文學研究叢書・辭章修辭叢刊

章法論叢

第十輯

教育部國民小學師資培用聯盟
國語文學習領域教學研究中心　主編
中華章法學會

序

秋颱遠離，洗滌了臺北的暑熱與污濁，當陽光重新掛上天空，蒸融了清晨的露水，那城市中的一草一木、一磚一瓦似乎從盛暑的渾濁中甦醒過來，隱約透露著一股秋天的涼意。過了九月，時間又向歲末邁近一步。猶記二〇〇六年秋天，章法學團隊排除萬難，在陳滿銘教授的帶領之下舉辦了「第一屆辭章章法學學術研討會」，轉眼經歷十載，期間經歷了章法學會的成立、章法學的成長茁壯，也帶動了國內學術氛圍與教育思維的改變。去年（2015）十一月十四日，「第四屆語文教育暨第十屆辭章章法學學術研討會」假臺灣師範大學舉辦，並在各方學者的熱切討論聲中圓滿落幕，為章法學的發展立下另一個里程碑。

本屆研討會透過與「教育部國民小學師資培用聯盟國語文學習領域教學研究中心」的合作，共發表三十一篇論文，不僅開拓了辭章章法學的應用範圍，更透過論文的發表與研討，擴大了學術研究與運用的視野。我們邀請來自對岸廈門大學及河南師範大學學者的參與發表，更網羅了國內各大專校院專、兼任教師、中學教師、研究生及民間教育機構的論文，從論文的品質與數量來看，都已超越前幾屆的規模。為了讓研討會的成果發揮更廣泛的影響力，我們仍循往例出版《章法論叢》第十輯。而基於提升論叢水準的考量，凡有意願納入本論文集的學者，均須參照特約討論人之意見加以修改，並同意將修改好的論文送予匿名學者審查，以送審意見作為刊登與否的標準。

經審查彙整，《章法論叢》第十輯共收論文十九篇，依論文的性質約可分為四種類型：

一是有關辭章學理論的探討，包括：陳滿銘〈論「篇章結構」教學之重心——以思維（意象）「0一二多」雙螺旋邏輯系統切入作探討〉、黃淑貞〈宋代簾幕內的薰香意象——以《全宋詞》為考察核心〉、仇小屏〈論譬喻的分類及其依據〉等三篇。範圍涵蓋了章法學、修辭學與意象學，完全呼應本屆章法學研討會的宗旨。

二為作家及文學作品的研究，包括：陳燕玲〈蒼涼的「好人」——論張愛玲〈紅玫瑰與白玫瑰〉的敘事特色〉、顏智英〈論南宋文天祥與南明張煌言詩海戰「他者」的形象〉、許瑛玳〈從張文環小說作品〈藝妲之家〉看藝妲的處境與關懷〉、邱燮友〈李白詩中的川話〉、何四維〈前所未見的新田園——周紫芝詩中的海洋書寫〉、林均珈〈《紅樓夢》子弟書借鑑唐詩之探析〉、黃麗容〈莫言《懷抱鮮花的女人》情節之3S及結構表現〉、蘇心一〈東坡詞中略喻多〉、胡其德〈從「青鳥」到「青蓮」——論蓉子詩風的延續與轉變〉、張娣明〈李臨秋創作歌詞〈望春風〉、〈四季紅〉與泛具法的輝映〉等十篇。其中包含古典詩歌、古典散文、古典小說、現代詩、現代散文及小說等文類的研究。

三為國語文教學的研究，包括：許碧霞〈從王力芹《誰？跌進了豬屎坑》看閩南語在少年小說中的運用〉、楊雅貴〈「讀寫互動」雙重奏——以張曉風〈許士林的獨白〉、蒲松齡《聊齋誌異・翩翩》、陳黎《我城・翩翩》三文之互文性教學為例〉、陳佳君〈小學國語習作中篇章結構佈題的考察〉、紀閔中〈章法結構在國中閱讀教學上的運用——以蒲松齡〈大鼠〉為例〉、吳雪麗〈以摘要策略建構章法概念的教學試探——國小二年級學童為例〉等五篇，各探討了國小、國中及高中語文教學的重要範疇，均有助於國語文的教學的現場參照。

四為華語文教學研究，有竺靜華〈句句為營——論華語教材中生詞例句之編寫原則〉一篇，其細膩而多元的舉例，準確而實用的理論架構，提供了華語文教學深刻的思維。

本屆計有十二篇論文未納入論叢之中，包括：歐貞君〈杜牧詩音節助詞探討〉、謝宇璇〈石中英詩作音韻特色——以詠物類絕句為例〉、劉楚荊〈明哲的怨情——班婕妤詩賦美學〉、亓婷婷〈比較《史記》中的「褚先生曰」與劉向敘事手法之異同〉、朱宇、謝奇懿〈華語文寫作能力測驗評分者心理特質與評分級別之關係初探〉、曾祥芹、張延昭〈從「章句」到「文章」的結構奇觀——《孝經》研究的文章學視野〉、張淑萍〈先天全盲視障生在國小階段的國語文教學策略〉、劉崇義〈審美意象解讀中「悖論」的運用——以國中國文範文為例〉、蔡欣芸〈淺論二晏詞的領字〉、高婉瑜〈試論禪師說法的章法及技巧〉、林芳如〈「爆」字語義網絡分析〉、許逸如〈新聞標題慣用語隱喻及語境分析〉，乃因作者另有考量，擬投刊於其他專書或學報，故未列入，就本論叢而言，雖無不缺憾，仍賀喜其鉅作另有發表空間。總計未參與審查及審查未通過之論文，《章法論叢》第十輯的論文審查通過率約為百分之六十一，就論文集品質的提升來看，此一數據代表著辭章章法學的研究仍朝著積極正向的方向發展。

本屆論文研討會能圓滿成功，首先要感謝臺灣師範大學文學院及國文學系鍾宗憲主任的努力協調，熱心協助會議場地的租借，讓本屆研討會得順利進行。更要感謝許多學者長期以來的支持，如邱燮友教授、胡其德教授等，各以實際的論文發表，讓研討會的討論增色不少。而透過與教育部國民小學師資培用聯盟「國語文學習領域教學研究中心」的合作，其主持人陳佳君教授、共同主持人鄭柏彥教授及常務委員如許秀霞教授、李志宏教授、周美慧教授、曾進豐教授、余崇生教授、張清榮教授、江惜美教授等人，積極參與各場論文的講評與討論，尤令人感佩。至於長期以來在每一屆研討會中擔任主持人的資深教授，如莊雅州教授、賴明德教授、孫劍秋教授、王偉勇教授及張春榮教授等，以及擔任特約討論的潘麗珠教授、傅武光教授及許學仁教授等，其情義相挺的熱忱，更令人銘感在心。謹代表章法學會理、監事及工作團隊，致上最深的敬意。

本論叢得以順利付梓，仍須感謝萬卷樓梁錦興總經理、張晏瑞副總編輯的籌畫和編輯蔡雅如小姐的排版。為使論文更為精緻無誤，本論叢已幾經繁瑣的校對，惟時間倉促，疏漏難免，期望各界不吝指正。

中華民國章法學會 理事長 許錟輝 秘書長 蒲基維 謹序於臺北

二〇一六年九月二十八日

目次

論「篇章結構」教學之重心
——以思維（意象）「0 一二多」雙螺旋邏輯系統切入作探討

陳滿銘
中華民國章法學會名譽理事長

摘要

人的基本「思維」，主要有「形象」、「邏輯」與「綜合」三種方式，都面對「意象」，使其不斷轉化，進行創造，而形成跨界的層層「思維（意象）雙螺旋邏輯系統」，且可由「0 一二多」雙螺旋邏輯結構加以層層貫通。即落於「辭章」層面，亦是如此。以其「篇章結構」而言，雖主要涉及「邏輯」與「形象」兩種思維，卻因其「雙螺旋」作用的關係，必然上徹，與「綜合思維」相結合，融為一體，以清晰呈現一篇「主旨」與「風格」（整體性審美風貌），形成「篇章結構」的「思維（意象）雙螺旋邏輯系統」，而「篇章結構」教學之重心，也由此予以突顯。

關鍵詞：篇章結構、教學重心、思維（意象）「0 一二多」雙螺旋邏輯系統、主旨、風格（審美風貌）

一　前言

人類的「思維」，以「意象」為內容，時時刻刻都離不開「形象」與「邏輯」的兩大思維之雙螺旋作用，藉以融成「綜合思維」，以轉化「意象」，進行種種創造。落於辭章的「篇章結構」[1]而言，即由此「形象」與「邏輯」思維兩者產生一縱（情、理、景、物、事）一橫（章法）的雙螺旋互動作用而形成[2]，以其「移位」或「轉位」

1　陳滿銘：〈談篇章結構（上）、（下）〉，《國文天地》15 卷 5、6 期（1999 年 10、11 月），頁 65-71、57-66。其類型論，參見仇小屏：增修版《篇章結構類型論》（臺北市：萬卷樓圖書公司，2005 年 7 月再版），頁 1-488。又，綜論參見陳滿銘：《篇章結構學》（臺北市：萬卷樓圖書公司，2005 年 5 月初版），頁 1-428。又，胡習之：「陳滿銘先生的章法論表現出了鮮明的辯證哲學思想。《新裁》多角度、全方位探討了章法內容與形式的辯證關係，尤其值得稱道的是〈談篇章結構〉一文，首度結合形式與內容來談篇章結構。……論述合理、科學，新穎、獨到。……又用縱橫結構關係加以貫穿，……無疑加強了章法辯證法的系統性和科學性。」見〈章法學研究的重要篇章——讀陳滿銘先生的《章法學新裁》〉，仇小屏、陳佳君、蒲基維、謝奇懿、顏智英、黃淑貞編：《陳滿銘與辭章章法學》（臺北市：文津出版社，2007 年），頁 253-259。而篇章結構學又稱篇章辭章學，見陳滿銘：《篇章辭章學》上、下編（福州市：晨風出版社，2005 年），頁 1-681。又，鄭頤壽：「陳滿銘教授是科研的多面手，在諸多相關領域都有卓著的成就。……他對《易經》和《老子》的研究成果則融化在相關的論著之中。在這基礎上，還廣涉古今文論、批評論、創作論、文藝學、美學、文章學、詞彙學、語法學、語用學、邏輯學、修辭學、主題學等相關學科，尤其重視富有中華文化傳統的這些學科的論述。這就爲他的章法辭章學（又稱「辭章章法學」）和篇章辭章學的研究打下堅實的理論基礎，提供了豐富的語料，而建構起中國章法辭章學和篇章辭章學的大廈。……美輪美奐，堂室深幽，又極實用。」見〈從「章法辭章學」登上「篇章辭章學」的寶座——讀陳滿銘教授的《篇章辭章學》（書論）〉，《陳滿銘與辭章章法學》，頁 281-305。

2　陳滿銘：〈談縱橫向疊合的篇章結構〉，《國文天地》16 卷 7 期（2000 年 12 月），頁 100-106。又，陳佳君：《篇章縱橫向結構論》（臺北市：文津出版社，2008 年 7 月），頁 1-428。又，鄭頤壽：「陳教授把『情』、『理』、『景』、『物』、『事』為『縱與「對比、調和」[3] 組合、轉化之「意象」，並以「包孕」[4] 加以統合，融成「綜合思維」，以突顯一篇辭章的中心義旨（主旨）與風格（整體性審美風貌[5]，含境界、韻致、趣味）。本文即基於此，由「0一二多」雙螺旋邏輯作鍵軸[6]，先探討「篇章結構」在「思維（意象）雙螺旋邏輯系統」中的地位，再舉例說明這種系統在「篇章結構」中的表現，以見辭章「篇章結構」教學之重心所在，提供大學（國文或通識）、中小學（國語文）各級教師作參考。

二　篇章結構在思維（意象）雙螺旋邏輯系統中的地位

「思維（意象）雙螺旋邏輯系統」可由「0 一二多」加以通貫。大體說來，以宇宙萬物創生、轉化的動態歷程而言，是初由「陰陽二元」開始互動，再經「移位」（秩序）或「轉位」（變化）的轉化過程，然後透過「對比、調和」（聯貫）徹下、徹上，產生「相反相

向』，『章法』為『橫向』，這與劉勰的『情經辭緯』說是一脈相承的，即把『章法』定位在『辭』——『（內容之）形式』上。」見〈臺灣辭章學研究述評及其與大陸的異同比較〉，《福建省社會主義學院學報》總 43 期（2002 年 4 月），頁 29。又，陳佳君：〈劉勰經緯觀與篇章縱橫向結構論〉，《國文天地．學術論壇》26 卷 5 期（2010 年 10 月），頁 106-120。

3 陳滿銘：〈章法的「移位」、「轉位」結構論〉，臺灣師大《師大學報．人文與社會類》49 卷 2 期（2004 年 10 月），頁 1-22。

4 陳滿銘：〈章法包孕式結構論——以「多」、「二」、「一（0）」螺旋結構切入作考察〉，《江南大學學報．人文社會科學版》5 卷 4 期（2006 年 8 月），頁 85-90。

5 顧祖釗：「風格的成因並不是作品中的個別因素，而是從作品中的內容與形式的有機整體的統一性中所顯示的一種總體的審美風貌。」見《文學原理新釋》（北京市：人民文學出版社，2001 年），頁 184。

6 陳滿銘：〈論螺旋邏輯學的創立——以哲學螺旋與科學螺旋為鍵軸探討其體系之建構〉，《國文天地．學術論壇》31 卷 1 期（2015 年 6 月），頁 116-136。

成」的作用，並由「統一」（包孕）將「秩序」（移位）、「變化」（轉位）、「聯貫」（調和、對比）等產生轉化的雙螺旋作用加以整合，成為四大規律[7]，而形成「0一二多」之「雙螺旋邏輯系統」的。

以古代聖賢之探討而言，則他們是先由「有象」（現象界）以探知「無象」（本體界），逐漸形成「多 ⟷ 二 ⟷ 一（0）」的逆向（上徹）雙螺旋邏輯結構；再由「無象」（本體界）以解釋「有象」（現象界），逐漸形成「（0）一→二→多」的順向（下徹）雙螺旋邏輯結構的。就這樣一順一逆、一上一下，往復探求、驗證，久而久之，使「（0）一 ⟷ 二 ⟷ 多」（順向：下徹）與「多 ⟷ 二 ⟷ 一（0）」（逆向：上徹）不斷產生「互動、循環、往復而提昇（或下降）」的作用，而形成「0 一二多」（含順、逆雙向）雙螺旋邏輯系統。這可從《周易》、《老子》的相關論述中獲得證明[8]。而這種「雙螺旋邏輯」，由「層次結構」逐層上撤，即形成其龐大「系統」，是可用如下簡圖加以呈現的：

---

7 落於章法，稱章法四大律。陳滿銘：〈論辭章章法的四大律〉，《國文天地》17 卷 4 期（2001 年 9 月），頁 101-107。又，陳滿銘：〈論章法四大律之方法論原則——以多二一（0）螺旋結構作系統探〉，臺灣師大《中國學術年刊》33 期・春季號（2011 年 3 月），頁 87-118。又，王希杰：「陳滿銘教授……把章法變成一門科學——可以把握，有規律規則可以遵循的學問。這是一個了不起的貢獻。……但是法則太多，可能顯得繁瑣、瑣碎，使人難以把握的。可貴的是，陳滿銘教授……力圖建立統率這些比較具體的法則的更高的原則。……創建了四大原則：（1）秩序律（2）變化律（3）聯貫律（4）統一律……這符合科學的最簡單性原則，而且也是變化無窮的。這其實就是《周易》的方法論原則，乾坤兩卦，生成六十四卦。所以他的章法學是一個具有生成轉化潛能的體系，或者說是具有生成性。因此是具有生命力的。」見〈陳滿銘教授和章法學〉，《畢節學院學報》2008 年 1 期，頁 1-6。

8 陳滿銘：〈論「多、二、一（0）」的螺旋結構——以《周易》與《老子》為考察重心〉，臺灣師大《師大學報・人文與社會類》48 卷 1 期（2003 年 7 月），頁 1-20。又，陳滿銘：《多二一（0）螺旋結構論——以哲學、文學、美學為研究範圍》（臺北市：文津出版社，2007 年），頁 1-298。

（一）單一「0一二多」雙螺旋邏輯結構圖：

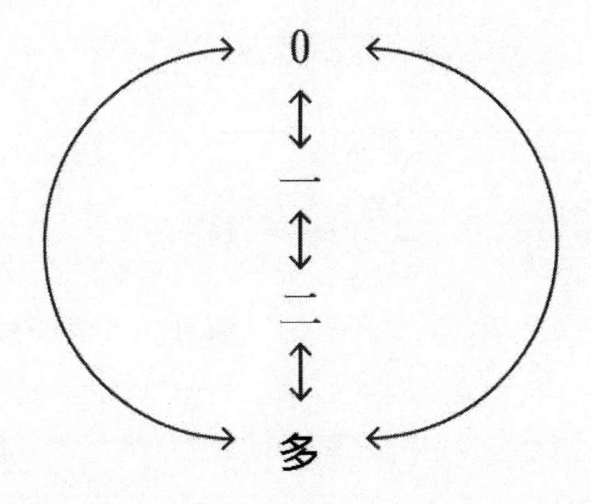

（二）單一「0一二多」與「轉化四律」對應雙螺旋邏輯結構圖：

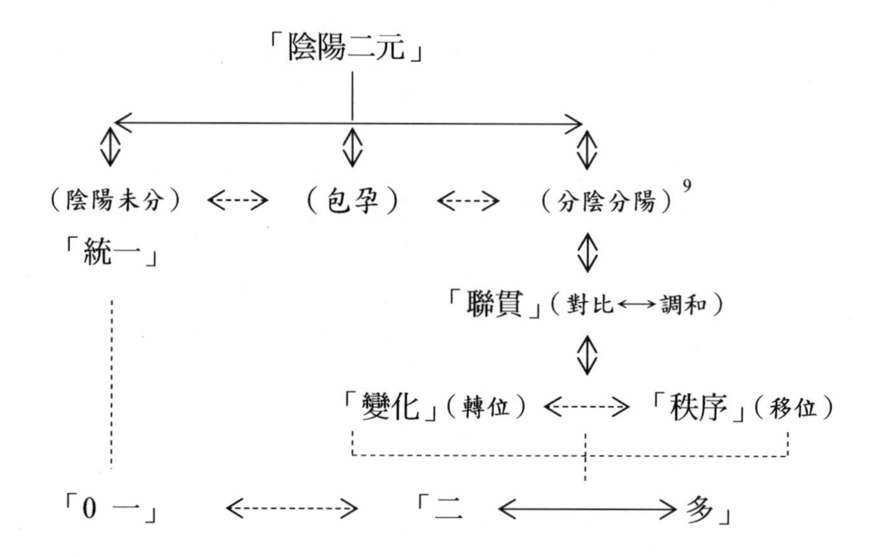

9 所謂「陰陽不分」，是就「無極、道（無）」、「太極、一（有之始）」的起始階段而言；所謂「分陰分陽」，是指「兩儀……、二……」的後續階段來說。陳立驤：「『無極』與『太極』係同一實存『本體』（『氣體』或『宇宙總體的存在與流行』）的不同稱謂，它們都是陰陽二氣未分前的統一體，兩者指涉著本體的不同面向或階段性發展，它們是『一體兩面』與『同指異名』的。惟雖如此，但『無極』卻是比『太極』更具有『本體宇宙論』上的優先性的」。見〈周敦頤《太極圖說》「無極」與「太極」關係之研究〉，《鵝湖》33 卷 1 期（2007 年 7 月），頁 42-52。又，周欣：「朱熹高度肯定周敦頤對『太極』的標示，正因為周敦頤標示『太極』的著眼處在於陰陽二氣的統合，而統合便必然有其構型，『理』正成為這個構型的內在依據。……朱熹又指出：『周子恐人於太極之外更尋太極，故以無極言之。既謂之無極，則不可以有底道理強搜尋也。』也就是說，『無極』為理解『太極即理』所指陳的天地萬物之理的一個方便，具有無形無象的特性，即『無聲無臭』。因此，『無極即是無形，太極即是有理。』相對於『無極』來說，無極是形上，太極是形下；相對於『陰陽』來說，太極是形上，陰陽是形下。」見〈《太極圖說解》的理學思想述略——兼論朱熹與周敦頤的思想淵源〉，《湖南農業大學學報・社會科學版》14 卷 5 期（2013 年 10 月），頁 76-81。

（三）逐層包孕的雙螺旋邏輯系統圖：

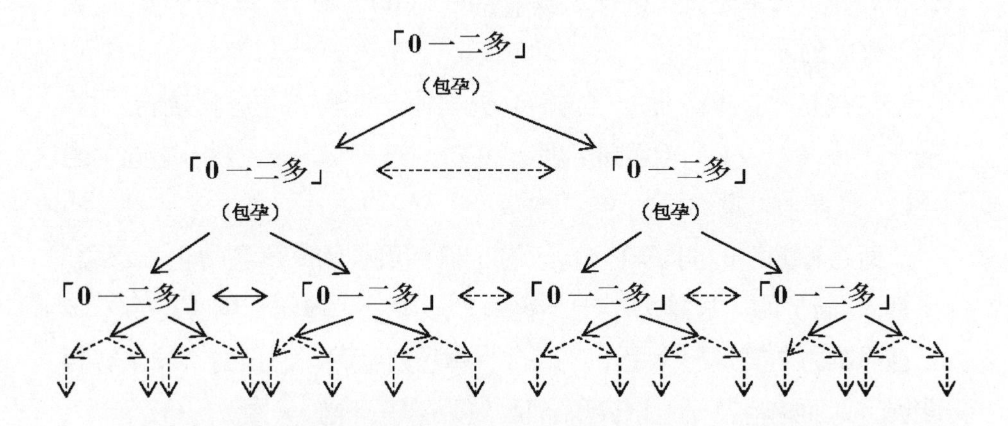

而此「雙螺旋邏輯系統」中每一層的內容或意象，雖可以萬變、億變，但每一層都以「陰陽二元」之互動為「二」，「秩序（移位）、變化（轉位），聯貫（對比、調和）」為「多」，「統一（包孕）」為「一（0）」，亦即由「0」包孕「一」（陰陽未分），由「一」包孕「二」（分陰分陽），由「二」包孕「多」，呈現不變之雙螺旋邏輯結構；而由此層層「包孕」，便形成「以大包小」之龐大系統。

由於這種「思維（意象）雙螺旋邏輯系統」，可說無所不在，因此直接與人類進行創造的開展息息相關。通常，這種創造的開展可概分為三個層級加以認識：

首先是「儲備」層，主要含觀察、記憶、聯想、想像、創造等思維力[10]，這是就「0 一二多」中的「多 ⟷ 二 ⟷ 一（0）」（逆向）來說的。

其次是「表現」層，如以辭章（語文）學科而言，含確立風格、

10 彭聃齡主編：《普通心理學》（北京市：北京師範大學出版社，2003 年），頁 76-392。

決定主題（主旨）、選取材料、運用詞彙、修飾語辭、構詞組句、運材布局等[11]，這是就「0 一二多」中的「(0) 一 ⟷ 二 ⟷ 多」(順向）來說的。

然後是「成果」層，含綜合力與創造力等，這是就統合「多 ⟷ 二 ⟷ 一 (0)」(逆向）與「(0) 一 ⟷ 二 ⟷ 多」(順向）的「0 一二多」來說的。

而這種創造的開展雖分為三層，但其重心始終落在轉化「意象」（舊 → 新）的「思維力」上，經由「形象」、「邏輯」與「綜合」等三種思維力之雙螺旋作用下，結合「聯想力」與「想像力」的主客觀開展，進而綜合為一，以表現各種「創造力」(隱 → 顯）[12]。

如此以「思維力」為其重心，而形成其層層之雙螺旋邏輯系統。其中的「觀察」(包括「閱歷」與「閱讀」) 是為「思維力」打基礎，「記憶」乃用以記憶「觀察」所得，「聯想」是「思維力」的初步表現，而「想像」則是「思維力」的更進一步呈顯，以主導「形象」、「邏輯」與「綜合」三種思維的雙螺旋作用。其中作比較偏於主觀聯想、想像的，屬「形象思維」[13]；作比較偏於客觀聯想、想像的，屬「邏輯思維」[14]。

而兩者在人的大腦裡分屬左右[15]，對此，李清洲說：「腦功能定位學說表明：人類大腦由兩半球構成，大腦對人體的運動和感覺的管

---

11 陳滿銘：〈論語文能力與辭章研究——以「多」、「二」、「一 (0)」螺旋結構作考察〉，臺灣師大《國文學報》36 期（2004 年 12 月），頁 67-102。

12 陳滿銘：〈論意象與聯想力、想像力之互動——以「多、二、一 (0)」螺旋結構切入作考察〉，《浙江師範大學學報・社會科學版》31 卷 2 期（2006 年 4 月），頁 47-54。

13 胡有清：《文藝學論綱》(南京市：南京大學出版社，2002 年），頁 160。

14 胡有清：《文藝學論綱》(南京市：南京大學出版社，2002 年），頁 171。

15 李清洲：〈形象思維在生物學教學中的功能〉，廈門《學知報・教學論壇》(2010 年 5 月 4 日），B08 版。

理是交叉的，左半球的功能側重於『邏輯思維』，如語言、邏輯、教學、分析、判斷等；右半球側重於『形象思維』，如空間、圖形、音樂、美術等。左、右腦半球猶如兩種不同類型的資訊加工系統，它們各司其職，相輔相成，相互協作，共同完成思維活動。左右兩半球資訊交換的生理結構是胼胝體，它由兩億條神經纖維組成，每秒鐘可以處理兩半球之間往返傳遞的四十億個資訊。」[16]

這樣形成「二元」，自然是兩相互動的。至於合「形象」、「邏輯」兩種思維為一的，則為「綜合思維」，用於進一步統合來表現「綜合力」，以發揮各種「創造力」來轉化「意象」，而形成其層層之「思維（意象）雙螺旋邏輯系統」。

如落於「辭章」，對應於「0 一二多」雙螺旋邏輯系統來說，則所謂的「多」，指由「詞彙（字意象）」、「修辭（句意象一）」、「文（語）法（句意象二）」、與「章法（章意象）」等所綜合起來表現之藝術形式；「二」指「形象思維」（陰柔）與「邏輯思維」（陽剛），藉以產生徹下、徹上之中介作用；而「一（0）」則指由此而突顯出來的「主旨（篇意象二）」與「風格（篇意象一）」（整體性審美風貌）等[17]。這樣以「0 一二多」雙螺旋來貫通辭章內涵，就能透過「二」（形象思維、邏輯思維）的居間作用，使「多」（「詞彙」、「修辭」、「文（語）法」與「章法」等）統一於「一 0」（綜合思維：「主旨」與「風格」等）了[18]。

---

16 黃順基、蘇越、黃展驥主編：《邏輯與知識創新》第二十章（北京市：中國人民大學出版社，2002 年），頁 429。

17 《文心雕龍．章句》分「篇」、「章」、「句」（語）、「字」（詞）來統合辭章內涵，見劉勰著、黃叔琳注、李詳補注：《增訂文心雕龍校注》卷七（北京市：中華書局，2000 年），頁 444-450。

18 陳滿銘：〈論語文能力與辭章研究——以「多」、「二」、「一（0）」螺旋結構作考察〉，臺灣師大《國文學報》36 期（2004 年 12 月），頁 67-102。又，陳滿銘：〈意據此，這種雙螺旋邏輯系統，專就「辭章」而言，可呈現如下圖：

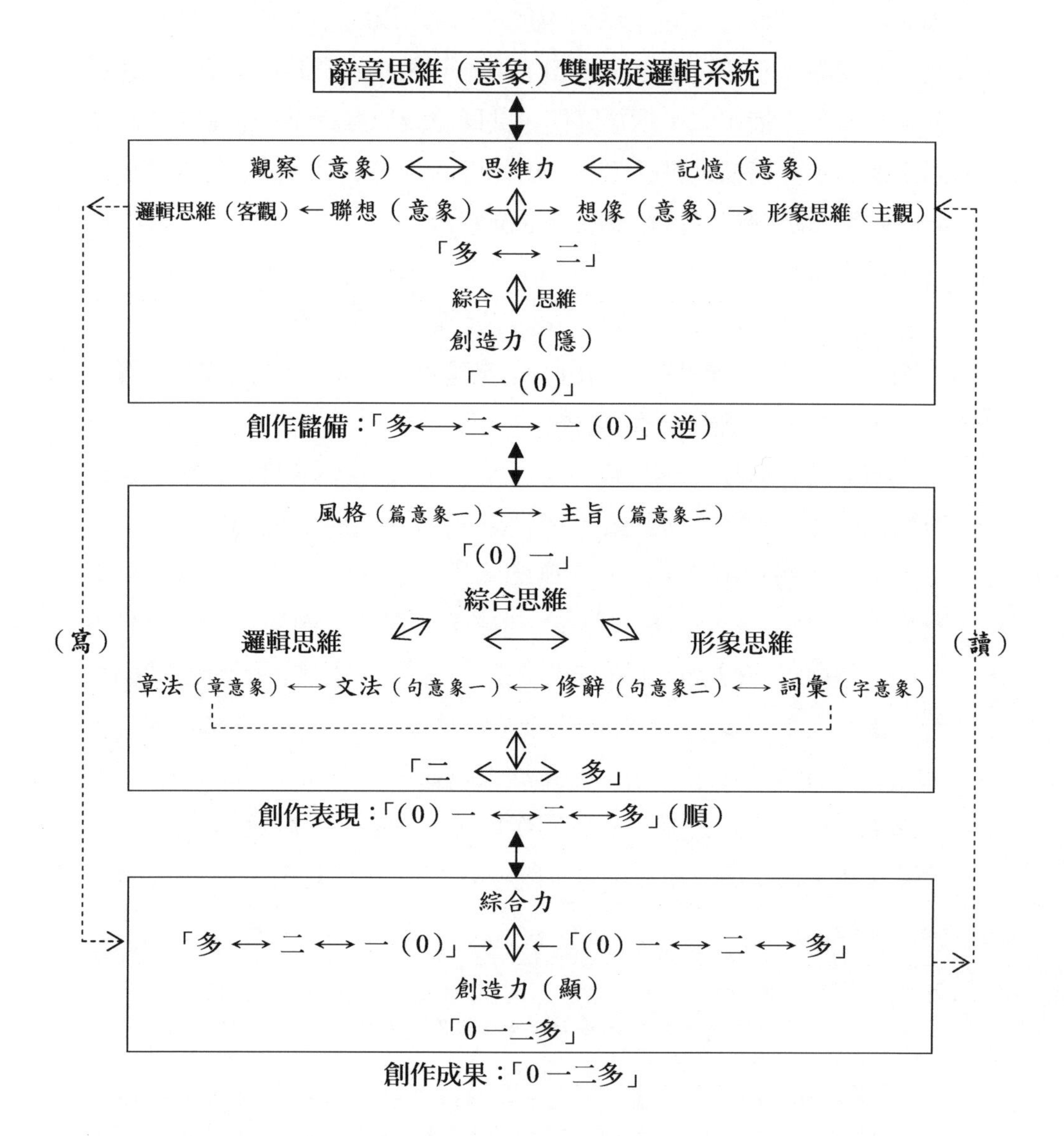

象「多、二、一（0）」螺旋結構論──以哲學、文學、美學作對應考察〉，《濟南大學學報・社會科學版》17卷3期（2007年5月），頁47-53。

由此可看出「形象思維」與「邏輯思維」在整個「思維（意象）雙螺旋邏輯系統」中的重要作用。亦即作者之「思維力」乃先逆向由「形象思維」、「邏輯思維」之互動以融成「綜合思維」，為辭章（語文）之創作作預備；再由順向表現各種「語文能力」，從事正式創作；然後綜合順、逆兩向，由各種「語文能力」之互動而呈現「創造成果」，以轉化「意象」（隱 → 顯、舊 → 新），以突顯順、逆雙向的創造過程；形成創造性之「辭章思維（意象）雙螺旋邏輯系統」。而人所以能作「直觀表現」（順向），是必須經由後天之「模式探討」（逆向），亦即「科學研究」作追溯認知，才能明白地加以確定的[19]。如此若著眼於「由隱而顯」（直觀表現）的順向過程來說，為「寫」；如著眼於「由顯而隱」（模式探討）的逆向過程來說，則為「讀」[20]。

---

19 陳滿銘：〈篇章風格論——以直觀表現與模式探索作對應考察〉，臺灣師大《中國學術年刊》32 期．春季號（2010 年 3 月），頁 129-166。

20 陳滿銘：〈論讀、寫互動〉，泉州：《泉州師範學院學報》23 卷 3 期（2005 年 5 月），頁 108-116。又，陳滿銘：〈語文能力與讀寫互動關係〉，臺灣師大《中等教育．專題論文》64 卷 3 期（2013 年 9 月），頁 17-34。又，張慧貞：「臺灣學者陳滿銘教授……從《易經》、《老子》等相關理論中吸取哲學的營養，用於篇章的研究。……認為文章的寫作沿著『(0) 一、二、多』的結構發展；而文章的解讀卻是從『多、二、一 (0)』的結構發展。這兩個方向，體現了哲學思辯，是由結構到組合與由組合到結構的雙向發展，並把結構與組合結合起來，這從哲學上對寫說與讀聽做了指導。……陳教授總結了篇章結構的四大律：秩序律、變化律、聯貫律、統一律。語文教學中之寫說與讀聽都離不開這些規律。……突出地體現了『表達←→承載←→理解』的雙向互動性，體現了培養、提高學生聽讀、說寫結合的運用語言的能力。課文教學、作文教學都是圍繞著雙向互動的篇章結構。」見〈兩岸辭章學研究和語文教學隅談——兼論陳滿銘對語文教學的貢獻〉，鄭頤壽主編：《大學辭章學》（福州市：福建人民出版社，2004 年 12 月一版一刷），頁 364-376。又，鄭韶風：「『讀』與『寫』方向相反，但都指向話語作品。陳教授長期以來都注意這種「雙向互動」的辭章學的普遍原則，近來就更明確地在《國文天地》第 20 卷第 4 期（2004 年 9 月）開闢『讀與寫互動的教學』專輯，並身體力行，寫了〈辭章學在讀與寫教學中的運用〉（頁 4-19）的論文，指出運用辭章的過程，就是『雙向互動』的『讀（鑑賞）』的過程和『寫（創作）』的過程的「結而其中的「篇章結構」，是涉及縱、橫兩向的。縱向偏於「形象思維」，所呈現的是內容義旨（情、理）與所用材料（事、景〔物〕）；橫向偏於「邏輯思維」，所呈現的是由轉化四律所形成之「章法結構」[21]，以反映兩者一縱一橫不可分割的關係。因此「篇章結構」是必須將「形象思維」與「邏輯思維」一縱一橫的互相交叉、疊合在一起，並上徹「綜合思維」，以突顯一篇辭章之主旨與風格（整體性審美風貌）的。由此可突顯「篇章結構」在「思維（意象）雙螺旋邏輯系統」中所佔的重要地位；而「篇章結構」教學之重心也由此顯現。

三　思維（意象）雙螺旋邏輯系統在篇章結構中的表現

辭章含「篇」、「章」、「句」、「字」（見《文心雕龍・章句》），都由「形象思維」與「邏輯思維」產生「相互協作」的作用而形成。就以「篇」與「章」這一層面的結構而言，即是如此。以「篇結構」來說，指的是「篇章結構」的第一層，以包孕第二層與第二層以下的

合」。他用具體的語料，顯示辭章學的『橋樑性』，……有力地證明了辭章學的科學性與實用性。」見〈試談陳滿銘教授「讀寫雙向互動」的辭章觀〉，《陳滿銘與辭章章法學》，同注 1，頁 320-329。又，王希杰：「陳滿銘教授歸納出來的章法學法則，閱讀和寫作教學中是有用的，是學術的基本功訓練的一個重要環節。」見《陳滿銘教授和章法學》，同注 1。

21 所謂「章法」是含「篇法」在內的。鄭頤壽：「陳教授之研究「章法」始終都含『篇法』。他是在『篇』中論『章法』；如今，又進一步在『章法』中論『篇法』，把『篇法』和『章法』交融起來。這是一個很好的學術發展態勢，它暗示我們包含在『辭章章法學』中的『篇章辭章學』已經十月懷胎，即將呱呱墜地。這是一個難能可貴的開拓。」〈含篇法的「辭章章法學」的發展——評介陳滿銘《章法學論粹》及其相關論著〉，《國文天地》19 卷 4 期（2003 年 9 月），頁 106-112。

「章結構」，並上徹「綜合思維」，以突顯一篇辭章之「主旨」與「風格」。它們的關係，對應於「0 一二多」雙螺旋螺旋邏輯系統，可用如下簡圖來表示：

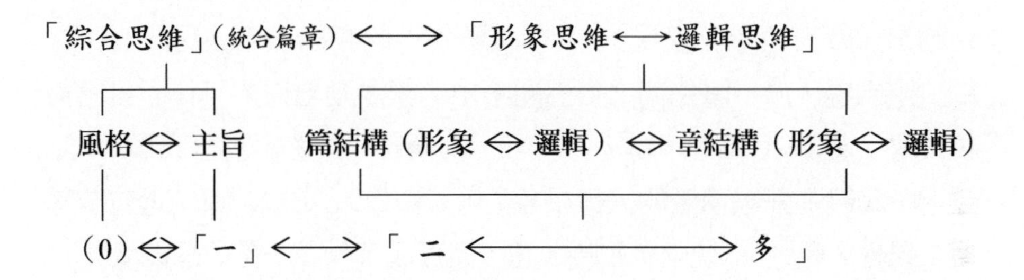

這樣將縱向的「形象思維」與橫向的「邏輯思維」切入「篇結構」（第一層）和「章結構」（次層及次層以下），是十分清楚的。底下就兼顧縱、橫兩向，分「形象（邏輯）」與「邏輯（形象）」兩種類型，依序舉例說明，以供大、中、小教師作「篇章結構」教學時之參考。

（一）「形象（邏輯）」類型

在此，舉古典詩、詞與現代散文各一例，酌予說明，以見一斑：古典詩如王維〈輞川閑居贈裴秀才迪〉：

> 寒山轉蒼翠，秋水日潺湲。倚杖柴門外，臨風聽暮蟬。渡頭餘落日，墟里上孤煙。復值接輿醉，狂歌五柳前。

此詩乃作者與裴迪秀才相酬為樂之作。在一特定時空之下，作者藉自然景物與人物形象之刻劃，以寫自己閒適悅樂之情；是採「先：象一（並列一）後：象二（並列二）」（上層）的移位性「篇結構」統合「次、底」兩層的移位性「章結構」寫成。

它以「篇結構」(上層),一面在首、頸兩聯,具體描繪了「輞川」附近的水陸秋景與暮色:「景物一」(次層:視覺包孕底層:山高水低)、「景物二」(次層:遠空間包孕底層:水上斜陽與空中炊煙),勾勒出一幅有色彩(視覺)、音響(聽覺)的和諧畫面;另一面又在頷、末兩聯,於一派悠閒之自然圖案中,很生動地嵌入了作者自己倚杖(點)聽蟬(染)[22]:「人事一」(次層:「聽覺」包孕底層:「點染」),和裴迪狂歌而至的人事景象:「人事二」(次層:遠、近包孕底層:視覺、聽覺);使兩者相映成趣,而形成了物我一體的藝術境界。

李浩說此詩「全詩具有時間的特指〔『落日』時分〕和空間位置的具體固定,通過『〔柴門〕外』、『〔渡〕頭』、『〔墟〕里』、『〔五柳〕前』等方位名詞,勾勒出景物的相互位置關係,景物具有空間開發性,既活潑無礙,又彼此依存,是構成整個畫面協調的一個部分。讀這樣的詩,應該在一個時間的片刻裡從空間上去理解作品,把握詩人用最高的藝術手腕所擬定下來的富有包孕性的瞬間印象」[23],這種體會十分深刻。

---

22 「點染」本用於繪畫,指基本技巧。其中「點」,指時、空的一個落足點,僅僅用作敘事、寫景、抒情或說理的引子、橋樑或收尾;而「染」,則指真正用來敘事、寫景、抒情或說理的主體。也就是說,「點」只是一個切入或固定點,而「染」則是各種內容本身。見陳滿銘:〈論幾種特殊的章法〉,臺灣師大《國文學報》31 期(2002 年 6 月),頁 181-187。

23 李浩:《唐詩的美學闡釋》(合肥市:安徽大學出版社,2000 年),頁 255。

據此可畫成如下的「形象（邏輯）」結構系統圖：

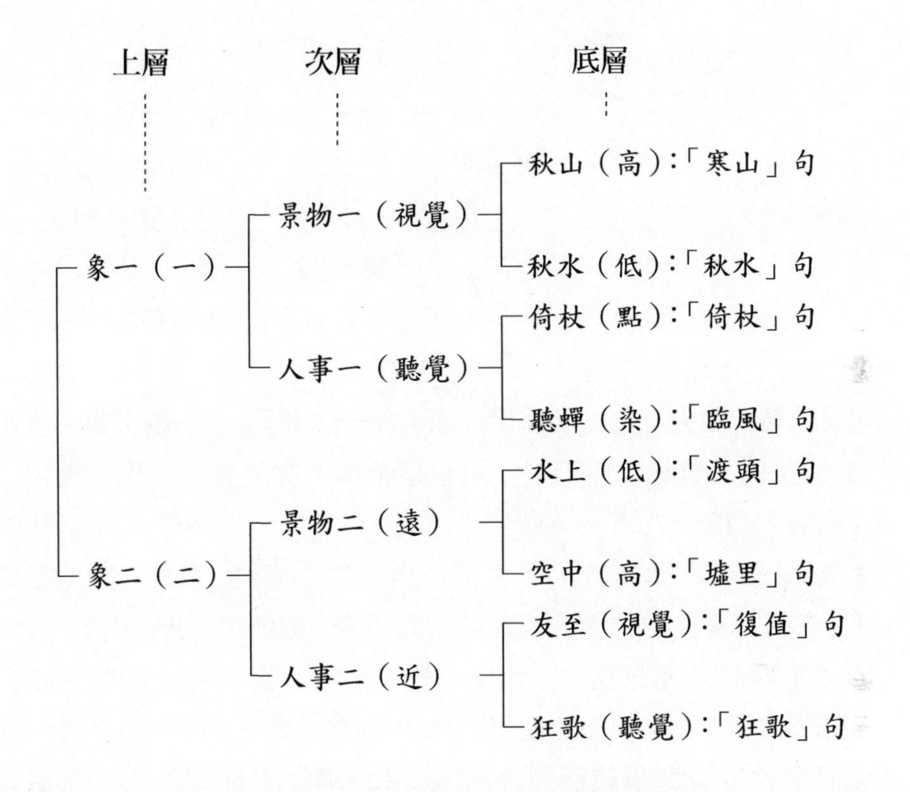

如著眼於影響作品剛柔風格之各層結構的陰陽流動[24]，則可呈現如下圖：

---

24 陳望衡：「剛柔也與許多成組相對立的事物性質相連屬，如動靜、進退、貴賤、高低……剛為動、為進、為貴、為高；柔為靜、為退、為賤、為低。」見《中國古典美學史》（長沙市：湖南教育出版社，1998 年），頁 184。另參見陳滿銘：〈章法風格中剛柔成分之量化〉，《國文天地》19 卷 6 期（2003 年 11 月），頁 86-93；陳滿銘：〈論章法結構系統——以其陰陽變化作輔助觀察〉，高雄師大《國文學報》17 期（2013 年 1 月），頁 1-30。

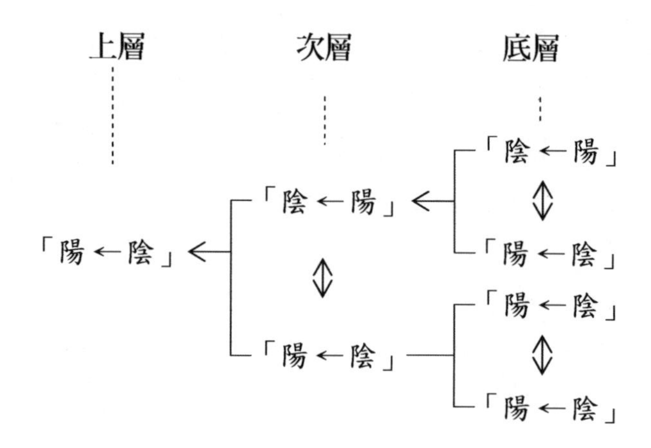

可見此詩，共分三層：上層用「先：象一（並列一）、後：象二（並列二）」的移位性「篇結構」以包孕全篇，次層先用「先：景物一（視覺）、後：人事一（聽覺）」的「章結構一」包孕「先：秋山（高）、後：秋水（低）」（底層）與「先：倚杖（點）、後：聽蟬（染）」（底層）的「章結構二」；再用「先：景物二（遠）、後：人事二（近）」的「章結構一」包孕「先：水上（低）、後：空中（高）」（底層）與「先：友至（視覺）、後：狂歌（聽覺）」（底層）等「章結構二」，由此逐層縱橫疊合在一起，以兩疊流向「陰」、四疊流向「陽」的成分組合成「篇章結構」。

茲將其「思維（意象）雙螺旋邏輯系統」以簡圖表示如下：

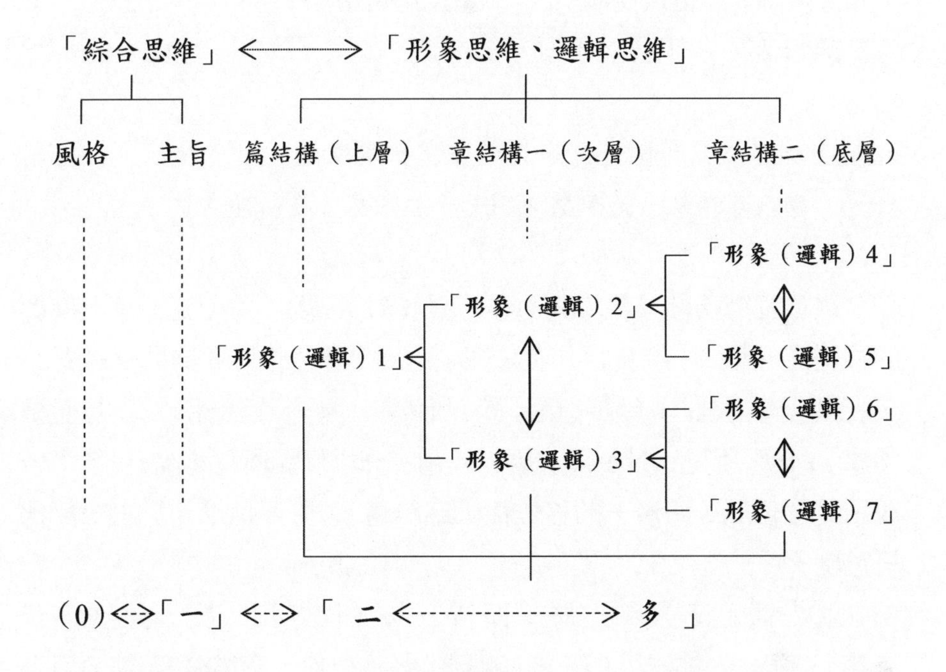

如此對應於「0 一二多」來看，則由次、底兩層所形成之移性結構，可視為「多」；由上層自為陰陽徹下、徹上所形成之調和性結構，可視為關鍵性之「二」，藉以徹下徹上，形成一篇規律；而以作者「閒適悅樂之趣」之主旨與所形成之高曠風格[25]，使人產生（主

25 此詩之剛柔成分，如加以量化，則其結構系統之「勢之數」：底層為「陰 7、陽 8」，次層為「陰 10、陽 8」，上層為「陰 3、陽 6」，總結為「陰 20、陽 24」；換成百分比是「陰 46%、陽 54%」，乃「偏剛」的「剛柔互濟」之作，為一臻於「和諧」的藝術珍品。陳望衡：「中國美學向來視『剛柔相濟』的和諧為最高理想。」見《中國古典美學史》，同上注，頁 186-187。而此「和諧」也可視為「對比」（剛）與「調和」（柔）的「統一」，夏放：「『多樣的統一』包括兩種基本類型：一種是多種非對立因素相互聯繫的統一，形成一種不太顯著的變化，謂之『調和式統一』；一種是各種對立因素之間的相反相成，造成和諧，形成『對立式統

體）美感，是為「一 0」。高步瀛說此詩「自然流轉（偏於陰柔），而氣象又極闊大（偏於陽剛）」[26]，道出了本詩的特色。

詞如李煜〈相見歡〉：

> 無言獨上西樓，月如鉤。寂寞梧桐深院、鎖清秋。　剪不斷，理還亂，是離愁。別是一般滋味、在心頭。

這首詞寫秋愁，採「先：事、景（具）、後：情（泛）」（上層）的移位性「篇結構」統合「次、底」兩層之移位性「章結構」寫成。

以「事、景（具）」（上層）而言，為上片，用「先：上樓（事）、後：所見（景）」（次層）包孕「先：仰觀所見（高）、後：俯視所見（低）」（底層）的移位性「章結構」，主要藉以勾畫出一片秋日愁境。

就「情（泛）」（上層）而言，為下片，用「先：離別之苦（淺）、後：家國之哀（深）」（次層）的移位性「章結構」，主要用以抒發滿懷愁緒：先以「剪不斷」三句，寫離別之苦，為「淺」：再以「別是一般滋味在心頭」句，寫身世、家國之哀，為「深」。唐圭璋在其《唐宋詞簡釋》中說：「此種無言之哀，更勝於痛哭流涕之哀。」[27] 真是深得詞心。

一』。」見《美學——苦惱的追求》（福州市：海峽文藝出版社，1988 年），頁 108。又，有關剛柔成分量化之理論及公式，最早見於陳滿銘：〈章法風格中剛柔成分之量化〉，《國文天地》19 卷 6 期（2003 年 11 月），頁 86-93；最近見於陳滿銘：〈試論篇章風格中剛柔成分之量化——以稼軒「豪壯沉鬱」詞為例作探討〉，彰化師大《國文學誌》25 期（2012 年 12 月），頁 61-102。

26 高步瀛：《唐宋詩舉要》（臺北市：學海出版社，1973 年），頁 422。

27 唐圭璋：《唐宋詞簡釋》（臺北市：木鐸出版社，1982 年），頁 39。

據此可畫成如下的「形象（邏輯）」結構系統圖：

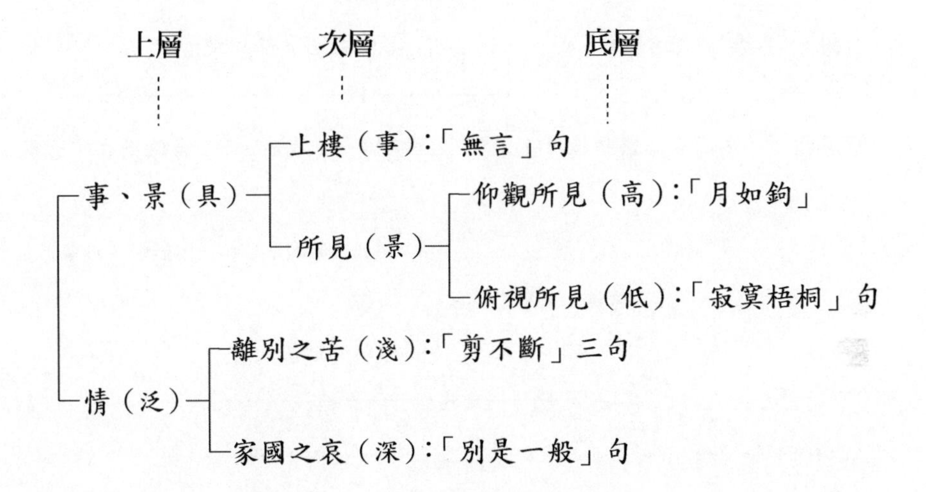

如著眼於影響作品剛柔風格之各層結構的陰陽流動，則可呈現如下圖：

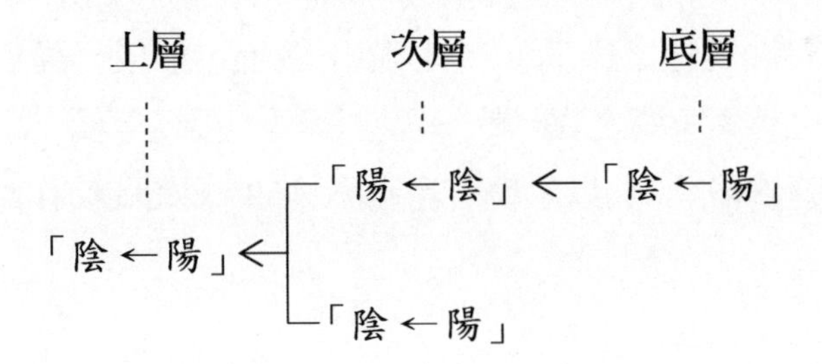

可見此詩，共分三層：上層以「先：事、景（具）、後：情（泛）」形成移位性「篇結構」，以包孕全篇；次層以「先：上樓（事）、後：所見（景）」、「先：離別之苦（淺）、後：家國之哀（深）」形成移位性「章結構」（一）；底層以「先：仰觀所見（高）、後：俯視所見（低）」形成移位性「章結構」（二）。由此逐層縱橫疊合在一起，以三疊流向「陰」、一疊流向「陽」的成分組合成「篇章結構」。

茲將其「思維（意象）雙螺旋邏輯系統」，以簡圖表示如下：

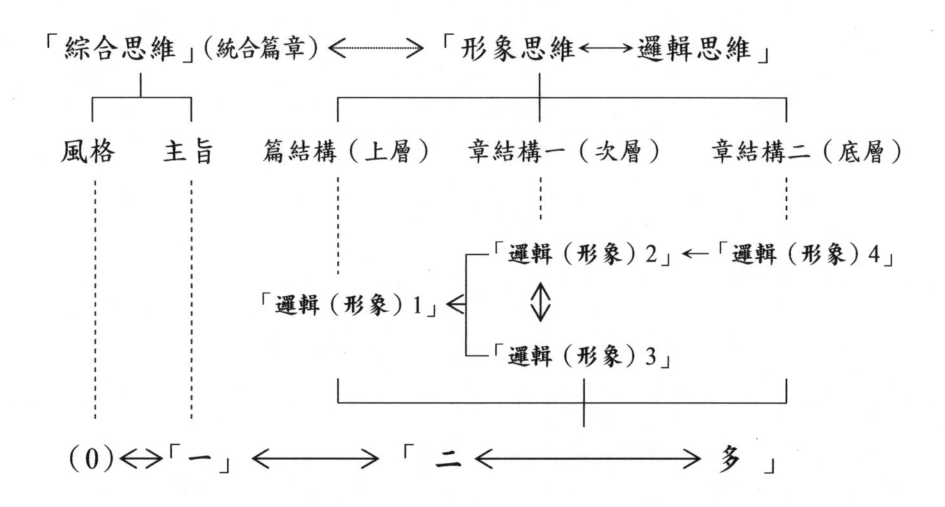

如此對應於「0 一二多」來看，則由次、底兩層所形成之移性結構，可視為「多」；由上層自為陰陽徹下、徹上所形成之調和性結構，可視為關鍵性之「二」，藉以徹下徹上，形成一篇規律；而以作者「身世之感與家國之哀」的一篇主旨與「悽惋至極」[28] 的「柔中帶剛」之偏陰風格 [29] 加以呈現，是為「一 0」。如此使作品產生了極大的感人力量。

---

28 唐圭璋：《唐宋詞簡釋》（臺北市：木鐸出版社，1982年），頁39。

29 此詞之剛柔成分，如加以量化，則其結構系統之底層為「陰 4、陽 2」，次層為「陰 10、陽 8」，上層為「陰 12、陽 6」，總結為「陰 26、陽 16」；換成百分比是「陰 62%、陽 38%」，乃「柔中帶剛」（偏陰）之作。參見陳滿銘：〈章法風格中剛柔成分之量化〉、陳滿銘：〈試論篇章風格中剛柔成分之量化——以稼軒「豪壯沉鬱」詞為例作探討〉，同注25。

現代散文如張騰蛟〈溪頭的竹子〉：

> 溪頭是一簇迷人的風景，而叢聚在這裡的那些茂密的竹林，乃是風景中的風景。
>
> 竹子是喜歡跑到山頭去聚居的，但是我從來沒有看過像溪頭的竹子這樣的稠密，這樣的擁擠，以及這樣的具有個性。我總認為，溪頭的竹子是它們這種植物中的另一種族類，它有意跑到這片山野裡來製造風景。
>
> 這裡的竹子，是以占領者的姿態去盤踞著山頭。它們不僅僅是為這片山野織起了一片青翠，重要的是，它們在這裡創造了一種罕見的姿態。記得當我第一眼觸及這裡的竹林時，曾經為之愕然良久，難道竹子是在這裡進行一項爬高的比賽？每一棵竹子都在不顧一切地往上鑽挺，看起來就好像要去捕星星，摘月亮，也好像是大家一起去搶奪那片藍藍的天空。
>
> 我面對著這麼一群生氣勃勃的青竹，不自主地便鑽進它們的行列裡去，去親近它們，去觸及它們，看它們如何用根鬚去抓緊泥土，如何用青翠去染綠山野。當然，還有一個更重要的理由，就是讓自己去站到一棵竹子的身邊，然後，昂起頭來向上望，看看它以一種什麼樣子的姿勢挺拔起來的；希望能從它的身上，學一點點如何才能挺拔的祕訣，如何才能昂然而立的本領。記得過去曾經在颱風過後的山林中，看到了不少的斷枝殘幹，為什麼這片竹林中沒有這種景象呢？我想，該不是颱風不來南投罷，恐怕是這些茂密的竹子，不允許它進入這片山林的。假如真是這樣，就更值得向它們學習了。
>
> 我站在竹林的邊緣，發現到這裡的竹子是很講究秩序的，它們有它們的領域，它們有它們的地盤；它們絕對不會獨個兒走向

其他林木叢裡去，也不會讓其他的林木走進它的行列裡來。竹林就是竹林，純得很，除了竹子，別無其他，就是一棵野花、野草什麼的，要想在這些竹林中立足，也是很不容易的。

正因為這裡的竹子創造了它們獨特的風格，創造了它們獨特的姿態，所以，喜歡這些竹林的人是很多的，我就發現到一群群的遊人佇立在竹林的外面，用一種癡癡的眼神去凝視那些竹林的深處。我想，他們一定也是被這些竹子吸引住了。

溪頭公園的風景是夠迷人的，而這裡的竹子，和竹子所構建起來的世界，更是迷人。賞景的人群自四面八方不斷地向這裡湧來，他們來看大學池，來看神木，而其中有不少的人，是特地來看竹子的，像我就是。

本文寫溪頭竹子之迷人，採「總提園竹迷人（凡）、分應園竹迷人（目）、總提園竹迷人（凡）」（上層）的轉位性「篇結構」統合「次、底」兩層之移位性「章結構」寫成。

以篇首「總提園竹迷人（凡）」（上層）而言，為第一段，用「先全園（全）後竹子（偏）[30]」（次層）的移位性「章結構」，先寫溪頭公園整個風景之迷人，再縮寫到竹林風景之迷人，拈出「迷人」二字作為綱領，以單軌貫穿全文。以中間「分應園竹迷人（目）」（上層）

30 所謂的「偏」，是指局部或特例；而「全」，是指整體或通則。作者在創作詩文之際，往往會用「局部」與「整體」、「特例」與「通則」的相應條理來組合情意材料。它雖和本末、大小等法，有一點類似，但「本末」比較著眼於事、理的終始，而「大小」則比較著眼於空間的寬窄與知覺的強弱，和「偏全」比較著眼於事、理、時、空的部分與全部、特殊與一般的，有所不同。這種章法和其他章法一樣，可以形成幾種能產生秩序、變化、聯貫〔呼應〕作用的結構，那就是：「先偏後全」、「先全後偏」、「偏、全、偏」、「全、偏、全」等。見陳滿銘：〈論幾種特殊的章法〉，同注 22，頁 175-180。

而言，為第二、三、四、五、六等段，用「先緣由（因）後結果（果）」（次層）包孕「（稠密：並列一、鑽挺：並列二）」與「親近（淺）→ 欣賞（中）→ 喜愛（深）」（底層）的移位性「章結構」，從人對竹子入迷這一面，交代了溪頭的竹子「迷人」的地方。以篇末「總提園竹迷人（凡）」（上層）而言，為末段，用「先緣由（因）後結果（果）」（次層）的移位性「章結構」來寫：先寫竹子的迷人，再寫人對它的欣賞、喜愛，以回抱前文作結。

據此可畫成如下的「形象（邏輯）」結構系統圖：

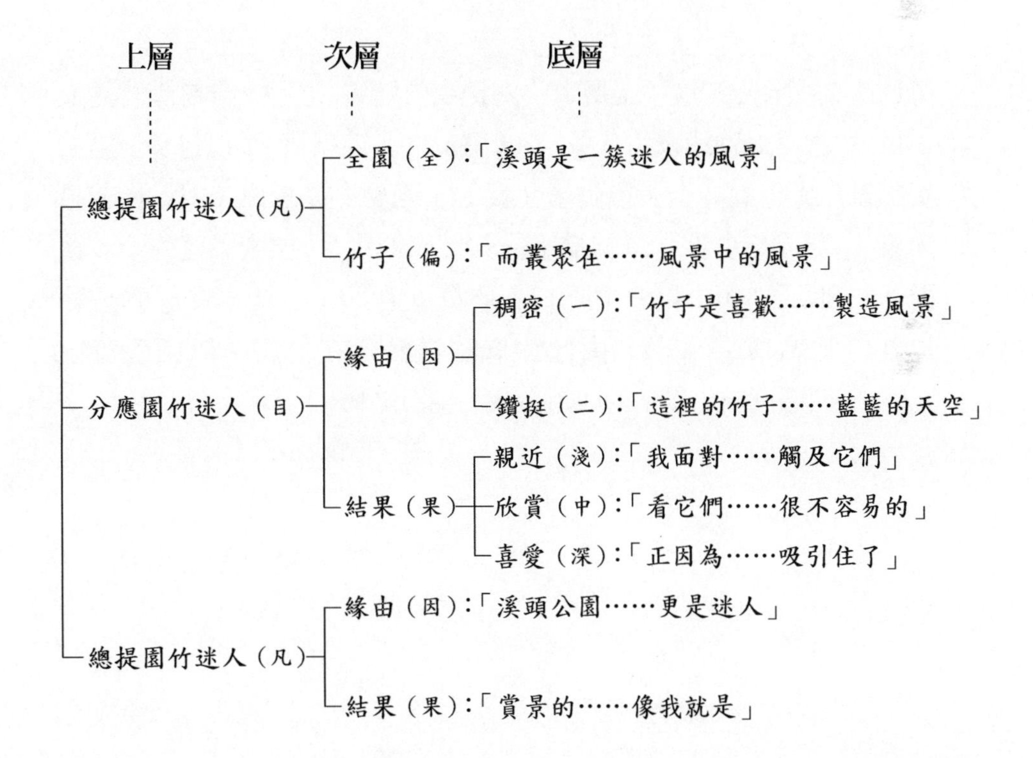

如著眼於影響作品剛柔風格之各層結構的陰陽流動，則可呈現如下圖：

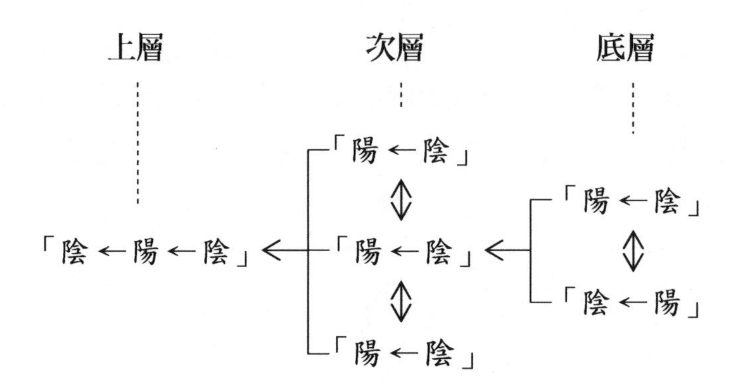

可見此文，共分三層：上層以「總提園竹迷人（凡）、分應園竹迷人（目）、總提園竹迷人（凡）」形成轉位性「篇結構」，以包孕全篇；次層以「先全園（全）後竹子（偏）」、兩疊「先緣由（因）後結果（果）」形成移位性「章結構」(一)；底層以「(稠密：並列一、鑽挺：並列二)」與「親近（淺）→欣賞（中）→喜愛（深）」形成移位性「章結構」(二)。由此逐層縱橫疊合在一起，以兩疊流向「陰」、四疊流向「陽」的成組合成「篇章結構」。

茲將其「思維（意象）雙螺旋邏輯系統」，以簡圖表示如下：

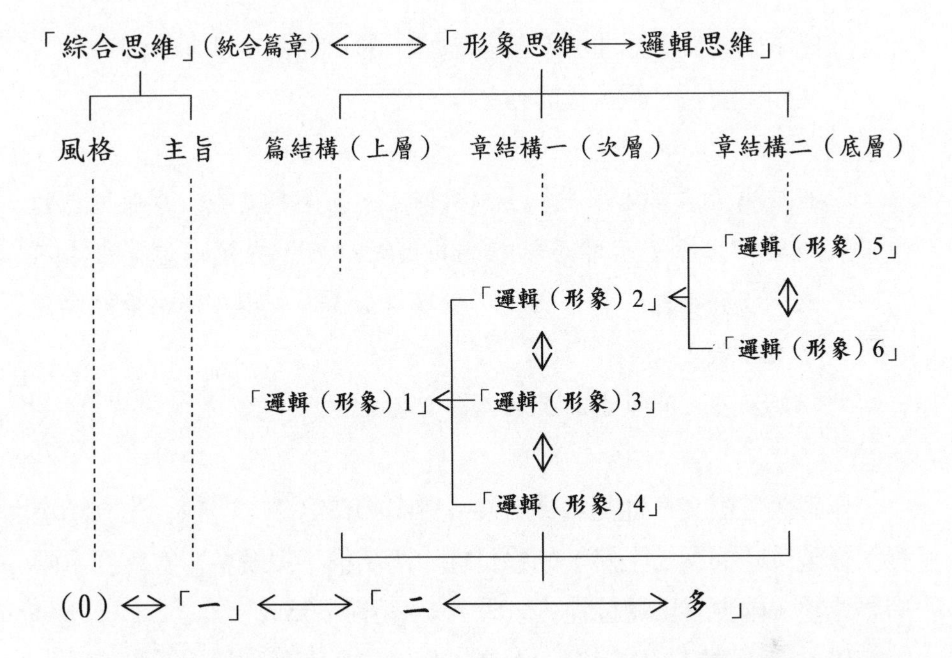

如此對應於「0 一二多」來看，則由次、底兩層所形成之移性結構，可視為「多」；由上層自為陰陽徹下、徹上所形成之調和性結構，可視為關鍵性之「二」，藉以徹下徹上，形成一篇規律；而以作者「溪頭竹子之迷人」之一篇主旨與所形成的「剛柔相濟」之風格[31]呈現出來，是為「一 0」。這樣使這篇短文產生清剛宜人的極大吸引力。

31 此文之剛柔成分，如加以量化，則其結構系統之底層為「陰 6、陽 4」，次層為「陰 6、陽 12」，上層為「陰 15、陽 6」，總結為「陰 24、陽 22」；換成百分比是「陰 52%、陽 48%」，乃以「和諧為最高理想」的「剛柔相濟」之作。參見陳望衡《中國古典美學史》，陳滿銘：〈章法風格中剛柔成分之量化〉、陳滿銘：〈試論篇章風格中剛柔成分之量化——以稼軒「豪壯沉鬱」詞為例作探討〉，同注 25。

(二)「邏輯(形象)」類型

在此,舉古文、元曲與新詩各一例,酌予說明,以見一斑:

古文如王安石〈讀孟嘗君傳〉:

> 世皆稱孟嘗君能得士,士以故歸之,而卒賴其力,以脫於虎豹之秦。嗟乎!孟嘗君特雞鳴狗盜之雄耳,豈足以言得士!不然,擅齊之強,得一士焉,宜可以南面而制秦,尚何取雞鳴狗盜之力哉!
>
> 雞鳴狗盜之出其門,此士之所以不至也。

作者藉這篇文章批判孟嘗君為「雞鳴狗盜之雄」, 採「先立(頌揚)後破(貶抑)」(上層)的移位性「篇結構」以統合「次、底」兩層移位性(兩疊)與轉位性(一疊)「章結構」寫成。

以「立(頌揚)」(上層)而言,作者一開篇就直接以「世皆稱」四句,先立一個案,採「先因(能得士)後果(脫於秦)」(次層)的移位性「章」結構,藉世人之口,對孟嘗君之「能得士」,作一讚美,並從中拈出「卒賴其力,以脫於虎豹之秦」,隱含「雞鳴狗盜」之意,以作為「質的」,以引出下文之「弓矢」。以「破(貶抑)」(上層)而言,為「嗟呼」句起至末,在此用「實(雞鳴狗盜)、虛(南面制秦)、實(不能得士)」(次層:轉位)包孕「先因(門下無士)後果(士因不至)」(底層:移)位的「章」結構,針對「立」的部分,以「雞鳴狗盜」扣緊「卒賴其力,以脫於虎豹之秦」,予以攻破。所謂「質的張而弓矢至」,真是一箭而貫紅心,雖文不滿百字,卻有極強的說服力。

對此,林西仲指出:「《史記》稱孟嘗君招致任俠姦人入薛,其所得本不是士，即第一等市義之馮驩，亦不過代鑿三窟，效雞鳴狗盜之力，何嘗有謀國制敵之慮！『龍門好客自喜』一語，早已斷煞，而世人不知，動稱『能得士』，故荊公作此以破其說。篇首喝起『世皆稱』三字，是與『龍門』贊語相表裡，非翻案也。百餘字中，有起、承、轉、合在內，警策奇筆，不可多得。」[32] 將此文特色交代得很清楚。

據此可畫成如下的「邏輯（形象）」結構系統圖：

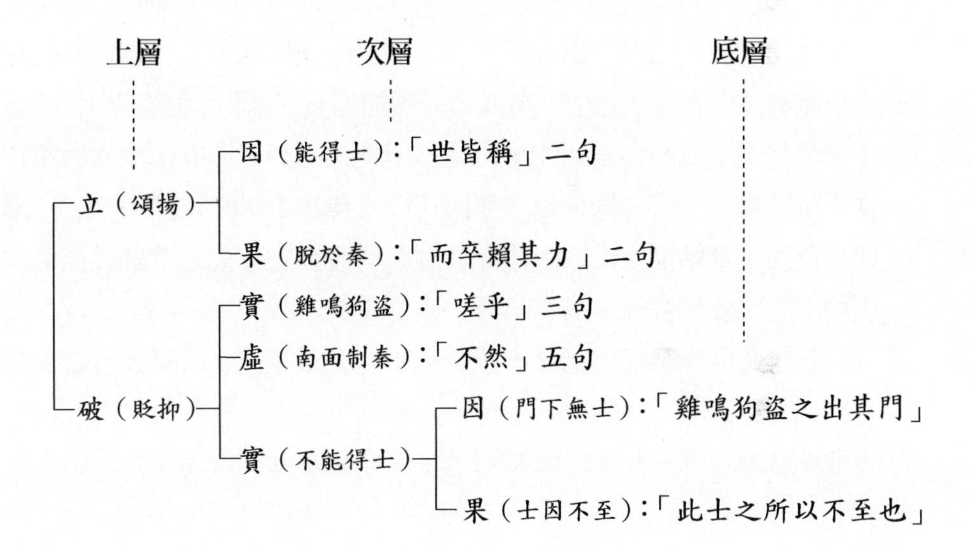

32 林雲銘：《古文析義合編》上冊（臺北市：廣文書局，1965 年），頁 326。

如著眼於影響作品剛柔風格之各層結構的陰陽流動，則可呈現如下圖：

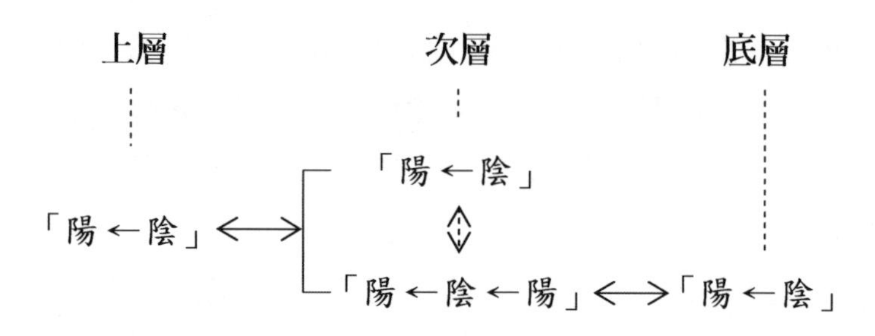

可見此文，共分三層：首層以「立（頌揚）、破（貶抑）」形成移位性「篇結構」，以包孕全篇；次層「因（能得士）、果（脫於秦）」、「實（雞鳴狗盜）、虛（南面制秦）、實（不能得士）」形成移位性與轉位性「章結構」(一)；底層以「先因（門下無士）、果（士因不至）」形成移位性「章結構」(二)。由此逐層縱橫疊合在一起，共四疊全流向「陽」的成分組合成「篇章結構」。

茲將此篇章結構，配合「多二一（0）」螺旋，以簡圖表示如下：

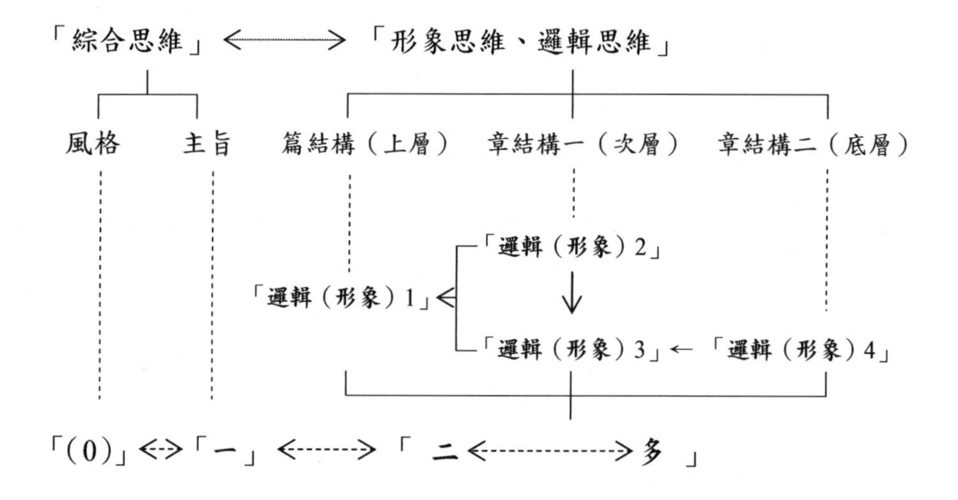

如此對應於「多二一（0）」而言，則此文以次、底兩層結構與節奏，是為「多」；以上層結構與韻律，自為陰陽對比，是為關鍵性之「二」，以徹下徹上；而以孟嘗君「未足以言得士」之主旨與所形成的毗剛風格、韻律，所謂「筆力簡而健」[33]，是為「一（0）」。如此使這篇短文有著極強之氣勢與說服力。

元曲如白樸〈沉醉東風〉：

> 黃蘆岸白蘋渡口，綠楊堤紅蓼灘頭。雖無刎頸交，卻有忘機友：點秋江白鷺沙鷗。傲殺人間萬戶侯；不識字煙波釣叟。

這首令曲透過對漁夫樸實生活的讚美，以寫自己的閒適心境。它採「先目（分應可傲）後凡（總提可傲）」（上層）的移位性「篇結構」統合「次、底」兩層的移位性「章結構」寫成。

以「目（分應可傲）」而言，其中的「目」有二，用「並列一（管山水）、二（友鷗鷺）」（次層）的「章結構」加以呈現：頭一個「目（管山水）」的部分，為起二句，寫漁父平日所享有的江邊風光，這種風光在水岸、渡口和灘頭的底子上，用黃蘆、白蘋、綠楊、紅蓼加以點綴，色彩之鮮明，予人以美的極大享受；此為漁父「傲殺人間萬戶侯」的一種財富；而第二個「目（友鷗鷺）」的部分，為「雖無刎頸交」三句，用「先點（忘機之友）、染（白鷺沙鷗）」（底層）的「章結構」，寫漁夫與忘機的水邊鷗鷺為友；這是漁夫「傲殺

33 郭預衡：《中國散文史》中（上海市：上海古籍出版社，2000 年），頁 485。又，此文之剛柔成分，如加以量化，則其結構系統之「勢之數」：底層為「陰 1、陽 2」，次層為「陰 10、陽 24」，上層為「陰 3、陽 6」，總結為「陰 14、陽 32」；換成百分比是「陰 51、揚 49」，乃「純剛」之作。參見陳滿銘：〈章法風格中剛柔成分之量化〉、陳滿銘：〈試論篇章風格中剛柔成分之量化——以稼軒「豪壯沉鬱」詞為例作探討〉，同注 25。

人間萬戶侯」的另一種財富。以「凡（總提可傲）」而言，為「傲殺人間萬戶侯」二句，用以總結上文之意，以「傲」字貫穿全篇作結，由此反映了作者傲然不群，不肯與世俗妥協的堅定態度，讓人「想見其為人」(《史記 · 孔子世家贊》)。

賀新輝說：「通過對漁夫生活的讚美，抒發了作者希望過一種寧靜無為、恬淡閒適生活的心境。作者所描繪的江邊風光，色彩鮮明，意境開闊，能給人以美的享受……這首小令，正是白樸生活、思想感情的生動寫照。」[34] 看法很正確。

據此可畫成如下的「邏輯（形象）」結構系統圖：

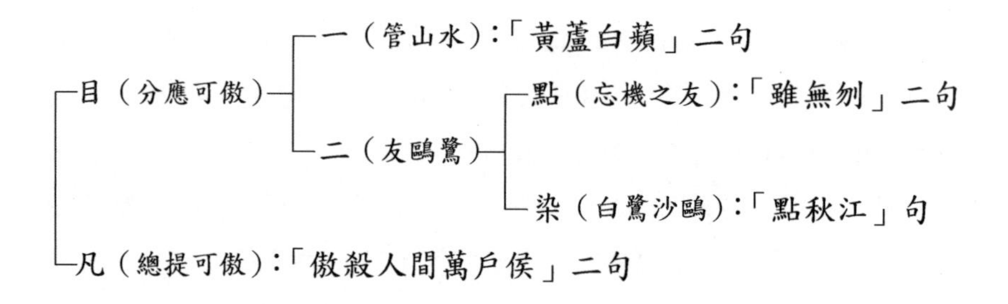

如著眼於影響作品剛柔風格之各層結構的陰陽流動，則可呈現如下圖：

上層　　　　次層　　　　底層

「陰←陽」⟵「陽←陰」⟵「陽←陰」

可見此曲，共分三層：首層以「目（分應可傲）、凡（總提可傲）」形成移位性「篇結構」，以包孕全篇；次層以「並列一（管山水）、二

34 賀新輝主編：《元曲鑑賞辭典》(北京市：中國婦女出版社，1988 年)，頁 185-186。

（友鷗鷺）」形成移位性「章結構」（一）；底層以「點（忘機之友）、染（白鷺沙鷗）」形成移位性「章結構」（二）。由此逐層縱橫疊合在一起，以一疊流向「陰」、二疊流向「陽」的成分組合成「篇章結構」。

茲將其「思維（意象）雙螺旋邏輯系統」，以簡圖表示如下：

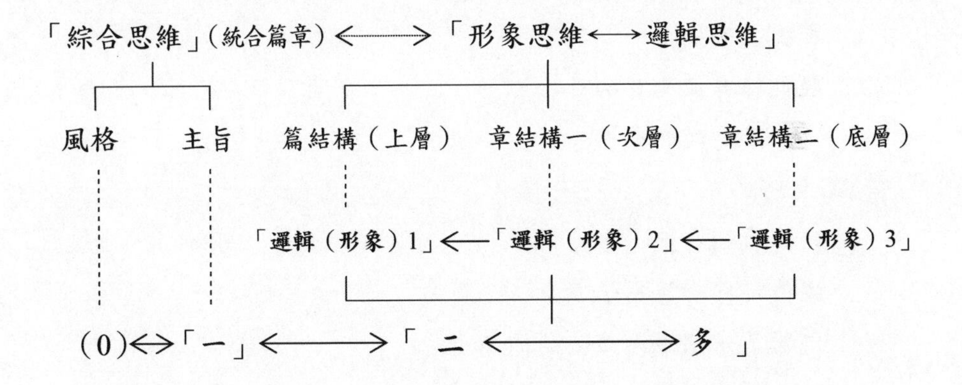

如此對應於「0一二多」來看，則由次、底兩層所形成之移性結構，可視為「多」；由上層自為陰陽徹下、徹上所形成之調和性結構，可視為關鍵性之「二」，藉以徹下徹上，形成一篇規律；而以作者「希望過漁夫式寧靜無為生活」的一篇主旨與「恬淡閒適（偏於陰柔）……意境開闊（偏於陽剛）」[35] 的「柔中帶剛」之偏陰風格加以呈現，是為「一0」。如此正式反映了白樸生活、思想感情的生動寫照。

新詩如蓉子〈只要我們有根〉：

在寒冷的冬天　　凜冽的北風裡
翠綠的葉子片片枯萎

35 賀新輝主編：《元曲鑑賞辭典》（北京市：中國婦女出版社，1988年），頁185-186。

正似溫馨的友情一一離去

我親愛的手足　不要悲傷
縱使葉子都落盡
最後只剩下了我們自己——

那挺立的樹身　仍舊
我們擁有最真實的存在
——只要我們有根

只要我們有根
縱使沒有一片葉子遮身
仍舊是一棵頂天立地的樹

讓我們更堅定不移
在北風裡站得更穩
堅忍地度過這凜冽的寒冬

只要我們有根
明春　明春來時
我們又會枝繁葉茂　宛如新生

此詩以樹木之「根」暗寓對家國的情感，以感懷當時（詩作於民國六十八年八月）時局。用「先實（寒冬）後虛（明春）」（上層）的移位性「篇結構」統合「次、底」兩層移位性「章結構」寫成。

以「實（寒冬）」（上層）而言，採「先反後正」（次層）來包孕

「先因後果」與「先底後圖」（底層）的「章結構」，寫因冬風凜冽，致使樹木由葉子枯萎而落盡，剩下樹身、樹根的景象，而強力聚焦於樹根「頂天立地」、「堅定不移」之上，以突出其意象。以「虛（明春）」（上層）而言，把時間推向「明春」，採「先點後染」（次層）的「章結構」，寫因「有根」而「枝繁葉茂，宛如新生」的未來，充滿著無限的希望。

對此詩的創作背景與喻意，王灝指出：「真正說來，本詩應該是一首感懷時局的詩，其創作的時代背景是正值我國在外交上屢遭挫敗之際。……『寒冷的冬天』正是喻指國家的遭逢困阨，『凜冽的北風』喻指國際姑息氣氛之高張，『葉子片片枯萎』喻指盟邦相繼與我斷絕外交關係，『手足』喻同胞，『樹身』喻國家，『沒有葉子遮身』就是是指沒有友邦的支持，『仍舊是頂天立地的樹』喻國家依舊繁榮進步，積極奮發，『堅定不移，站得更穩』是鼓勵國人堅定信心，自立自強，『度過凜冽的寒冬』就是度過困境，克服困難，『明春』是說時局的運轉，困境已過，『枝繁葉茂，宛如新生』喻國家民族再復興。順著這一系列的逐次分析，則作為題旨的『根』明顯可知的必是喻指民族的固有文化道德，傳統與民族的信心而言」[36] 分析十分清楚，可供參考。

36 王灝：〈解說〈只要我們有根〉〉，蕭蕭主編：《永遠的青鳥——蓉子詩作評論集》（臺北市：文史哲出版社，1995年），頁417。

據此可畫成如下的「邏輯（形象）」結構系統圖：

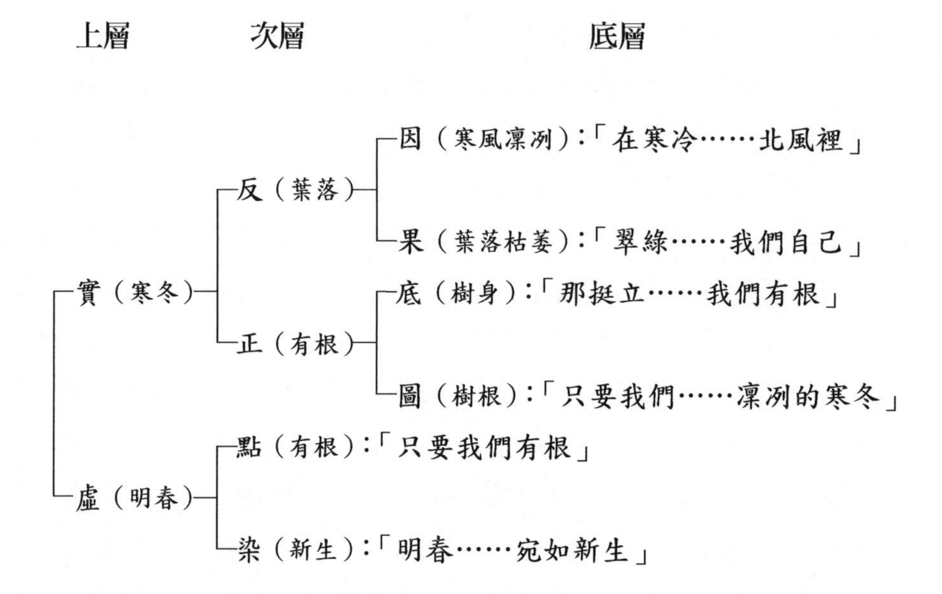

如著眼於影響作品剛柔風格之各層結構的陰陽流動，則可呈現如下圖：

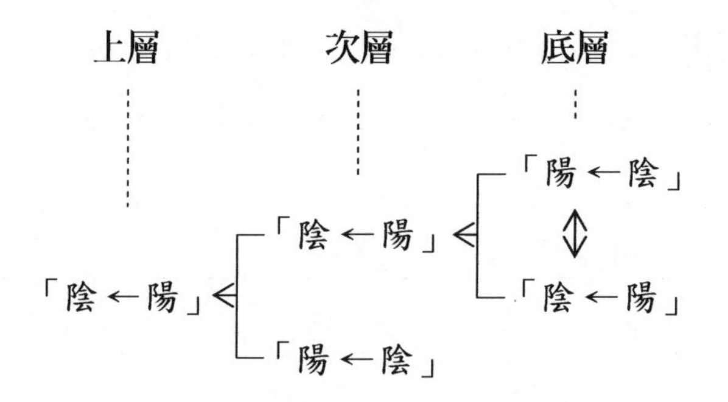

可見此詩，共分三層：上層以「實（寒冬）、虛（明春）」形成移位性「篇結構」，以包孕全篇；次層以「反（葉落）、正（有根）」、「點（有根）、染（新生）」形成移位性「章結構」（一）；底層以「底（寒

風凜冽）、圖（葉落枯萎）」、「底（樹身）、圖（樹根）」形成移位性「章結構」（二）。由此逐層縱橫疊合在一起，以三疊流向「陰」、二疊流向「陽」的成分組合成「篇章結構」。

茲將其「思維（意象）雙螺旋邏輯系統」，以簡圖表示如下：

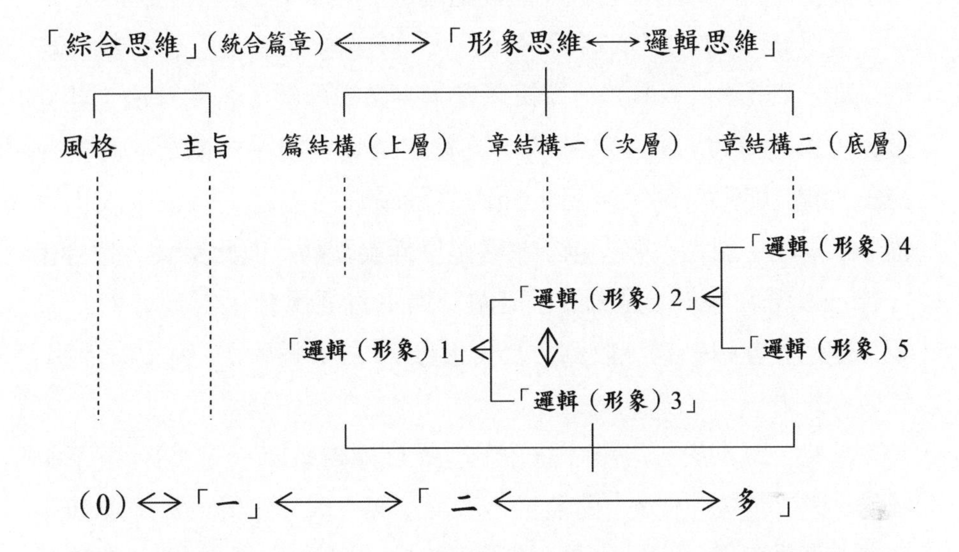

如此對應於「0 一二多」來看，則由次、底兩層所形成之移性結構，可視為「多」；由上層自為陰陽徹下、徹上所形成之調和性結構，可視為關鍵性之「二」，藉以徹下徹上，形成一篇規律；而以作者「感懷時局（偏於陰柔），盼望家國興盛（偏於陽剛）」的一篇主旨與「柔中帶剛」之偏陰風格[37]加以呈現，是為「一 0」。如此使作品之喻意更為深刻。

37 此詩之剛柔成分，如加以量化，則其結構系統之「勢之數」：底層為「陰 5、陽 4」，次層為「陰 6、陽 6」，上層為「陰 6、陽 3」，總結為「陰 17、陽 13」；換成百分比是「陰 57%、陽 43%」，乃「柔中帶剛」（偏陰）之作。參見陳滿銘：〈章法風格中剛柔成分之量化〉、陳滿銘：〈試論篇章風格中剛柔成分之量化——以稼軒「豪壯沉鬱」詞為例作探討〉，同注 25。

四　結語

綜上所述，可知「形象」與「邏輯」兩種思維，在「思維（意象）雙螺旋系統」中，是催動「聯想」與「想像」作主、客觀運轉，產生螺旋互動，以進行各種作品創造的重要力量。

單以辭章的「篇章結構」而言，「形象思維」主內容材料（含情、理、景〔物〕、事），「邏輯思維」主邏輯層次（各種章法，如立破、因果、虛實、賓主、小大、高低、泛具、淺深、偏全、時空交錯、平提側收等[38]），兩者，經由「陰陽二元」之「移位」或「轉位」、「對比、調和」與「包孕」產生雙螺旋互動，彼此交叉、疊合在一起，以帶動「綜合思維」，突顯一篇主旨與風格，形成「0 一二多」雙螺旋邏輯結構，收到「真（形象）、善（邏輯）、美（綜合）」的最大效果[39]。

為此，歸本於「思維（意象）雙螺旋邏輯系統」，並鎖定辭章領域的「語文能力」，分「儲備」、「表現」與「成果」等三層，兼顧作者之「直觀表現」（隱 → 顯）與讀者「模式探討」（顯 → 隱）的雙螺旋關係，嘗試來解析「篇章結構」，藉以突顯辭章的中心意旨（主旨）與風格（整體性審美風貌），使大家更能「由偏而全」地掌握「篇章結構」教學之重心所在，確實是有其必要的。雖然，在此所舉

---

38 章法反映的是自然的動態規律，為「客觀的存在」，見王希杰：〈章法學門外閑談〉，《國文天地》18 卷 5 期（2002 年 10 月），頁 92-95。而以上章法類型，見仇小屏：《文章章法論》（臺北市：萬卷樓圖書公司，1998 年），頁 1-510。又，陳滿銘：《章法學綜論》（臺北市：萬卷樓圖書公司，2003 年），頁 17-33；又見蒲基維：〈章法類型概說〉，《大學國文選・教師手冊・附錄三》（臺北市：普林斯頓國際有限公司，2011 年），頁 483-522。

39 陳滿銘：〈論「真」、「善」、「美」的螺旋結構——以章法「多」、「二」、「一（0）」結構作對應考察〉，臺灣師大《中國學術年刊》27 期・春季號（2005 年 3 月），頁 151-188。

的主要是「形象」、「邏輯」思維在「篇章結構」中所表現的幾個例子而已，但所謂「以個別表現一般，以單純表現豐富，以有限表現無限」[40]，是可由此窺知由「形象」與「邏輯」兩種思維以上徹「綜合思維」，以轉化「意象」（舊 → 新），形成層層「思維（意象）雙螺旋邏輯系統」。這在大學、中小學各階段，從事閱讀或寫作之教學上，無論是落於「篇章」或「句字」，都是一樣緊要的。

此外，必須一提的是；語文教學的範圍極廣，「篇章結構」的文本教學可說是其中最基本之一環。而文本反映的，雖然是先天（先驗）之「思維（語文）能力」，為「直觀表現」，看來一切好像「自然而然」就好，這對少數天才型的作者與讀者來說，當然是可以的；但對「直觀表現」或「思維（語文）能力」較為薄弱的多數人，尤其是一般學生而言，則無論是聽說或讀寫，都是非經由科學化的「模式定位」之研究，逐漸「知其所以然」，並且將它化繁為簡、化深為淺，加以適當指引，逐步提升之改進不可的。因此，非常期盼辭章研究與語文教學的專家學者，能互相合作，儘量提供相關之專業參考資料，讓一般教師作教學參考，以提升其教學效果，國小、國中、高中是如此，就是大學也不例外。

40 葉朗：《中國美學史大綱》（臺北市：滄浪出版社，1986 年），頁 26。

參考文獻（以徵引先後為序）

陳滿銘　〈談篇章結構（上）、（下）〉　《國文天地》　15 卷 5、6 期　1999 年 10、11 月　頁 65-71、57-66

仇小屏　增修版《篇章結構類型論》　臺北市　萬卷樓圖書公司　2005 年

陳滿銘　《篇章結構學》　臺北市　萬卷樓圖書公司　2005 年

胡習之　〈章法學研究的重要篇章——讀陳滿銘先生的《章法學新裁》〉　仇小屏、陳佳君、蒲基維、謝奇懿、顏智英、黃淑貞編　《陳滿銘與辭章章法學》，臺北市　文津出版社　2007 年　頁 253-259

陳滿銘　《篇章辭章學》上、下編　福州市　晨風出版社　2005 年

鄭頤壽　〈從「章法辭章學」登上「篇章辭章學」的寶座——讀陳滿銘教授的《篇章辭章學》（書論）〉　《陳滿銘與辭章章法學》　頁 281-305

陳滿銘　〈談縱橫向疊合的篇章結構〉　《國文天地》　16 卷 7 期　2000 年 12 月　頁 100-106

陳佳君　《篇章縱橫向結構論》　臺北市　文津出版社　2008 年

鄭頤壽　〈臺灣辭章學研究述評及其與大陸的異同比較〉　《福建省社會主義學院學報》　總 43 期　2002 年 4 月　頁 29-32

陳佳君　〈劉勰經緯觀與篇章縱橫向結構論〉　《國文天地・學術論壇》　26 卷 5 期　2010 年 10 月　頁 106-120

陳滿銘　〈章法的「移位」、「轉位」結構論〉　臺灣師大《師大學報・人文與社會類》　49 卷 2 期　2004 年 10 月　頁 1-22

陳滿銘　〈章法包孕式結構論——以「多」、「二」、「一（0）」螺旋結

構切入作考察〉 《江南大學學報・人文社會科學版》 5卷4期 2006年8月 頁85-90
顧祖釗 《文學原理新釋》 北京市 人民文學出版社 2001年
陳滿銘 〈論螺旋邏輯學的創立——以哲學螺旋與科學螺旋為鍵軸探討其體系之建構〉 《國文天地・學術論壇》 31卷1期 2015年6月 頁116-136
陳滿銘 〈論辭章章法的四大律〉 《國文天地》 17卷4期 2001年9月 頁101-107
陳滿銘 〈論章法四大律之方法論原則——以多、二、一（0）螺旋結構作系統探〉 臺灣師大 《中國學術年刊》 33期・春季號 2011年3月 頁87-118
王希杰 〈陳滿銘教授和章法學〉 《畢節學院學報》 總96期 2008年2月 頁1-6
陳滿銘 〈論「多、二、一（0）」的螺旋結構——以《周易》與《老子》為考察重心〉 臺灣師大《師大學報・人文與社會類》 48卷1期 2003年7月 頁1-20
陳滿銘 《多二一（0）螺旋結構論——以哲學、文學、美學為研究範圍》 臺北市 文津出版社 2007年
陳立驤 〈周敦頤《太極圖說》「無極」與「太極」關係之研究〉 《鵝湖》 33卷1期 2007年7月 頁42-52
周　欣 〈《太極圖說解》的理學思想述略——兼論朱熹與周敦頤的思想淵源〉 《湖南農業大學學報・社會科學版》 14卷5期 2013年10月 頁76-81
彭聃齡主編 《普通心理學》 北京市 北京師範大學出版社 2003年
陳滿銘 〈論語文能力與辭章研究——以「多」、「二」、「一（0）」螺旋結構作考察〉 臺灣師大《國文學報》 36期 2004年12月 頁67-102

陳滿銘　〈論意象與聯想力、想像力之互動——以「多、二、一（0）」螺旋結構切入作考察〉　《浙江師範大學學報・社會科學版》　31卷2期　2006年4月　頁47-54

胡有清　《文藝學論綱》　南京市　南京大學出版社　2002年

李清洲　〈形象思維在生物學教學中的功能〉　廈門《學知報・教學論壇》　2010年5月4日　B08版

黃順基、蘇越、黃展驥主編　《邏輯與知識創新》　北京市　中國人民大學出版社　2002年

劉勰著、黃叔琳注、李詳補注　《增訂文心雕龍校注》　北京市　中華書局　2000年

陳滿銘　〈意象「多、二、一（0）」螺旋結構論——以哲學、文學、美學作對應考察〉　《濟南大學學報・社會科學版》　17卷3期　2007年5月　頁47-53

陳滿銘　〈篇章風格論——以直觀表現與模式探索作對應考察〉　臺灣師大《中國學術年刊》　32期・春季號　2010年3月　頁129-166

陳滿銘　〈論讀、寫互動〉　《泉州師範學院學報》　23卷3期　2005年5月　頁108-116

陳滿銘　〈語文能力與讀寫互動關係〉　臺灣師大《中等教育・專題論文》64卷3期　2013年9月　頁17-34。

張慧貞　〈兩岸辭章學研究和語文教學隅談——兼論陳滿銘對語文教學的貢獻〉　鄭頤壽主編　《大學辭章學》　福州　福建人民出版社　2004年　頁364-376

鄭韶風　〈試談陳滿銘教授「讀寫雙向互動」的辭章觀〉　《陳滿銘與辭章章法學》　2007年　頁320-329

鄭頤壽　〈含篇法的「辭章章法學」的發展——評介陳滿銘《章法學

論粹》及其相關論著〉 《國文天地》19 卷 4 期 2003 年 9月 頁 106-112

陳滿銘 〈論幾種特殊的章法〉 臺灣師大《國文學報》 31 期 2002 年 6 月 頁 175-204

李 浩 《唐詩的美學闡釋》 合肥市 安徽大學出版社 2000 年

陳望衡 《中國古典美學史》 長沙市 湖南教育出版社 1998 年

夏 放 《美學——苦惱的追求》 福州市 海峽文藝出版社 1988 年

陳滿銘 〈章法風格中剛柔成分之量化〉 《國文天地》 19 卷 6 期 2003 年 11 月 頁 86-93

陳滿銘 〈論章法結構系統——以其陰陽變化作輔助觀察〉 高雄師大《國文學報》 17 期 2013 年 1 月 頁 1-30

陳滿銘 〈試論篇章風格中剛柔成分之量化——以稼軒「豪壯沉鬱」詞為例作探討〉 彰化師大《國文學誌》 25 期 2012 年 12月 頁 61-102

高步瀛 《唐宋詩舉要》 臺北市 學海出版社 1973 年

唐圭璋 《唐宋詞簡釋》 臺北市 木鐸出版社 1982 年

林大礎、鄭娟榕 〈開闢漢語辭章學的新領域——陳滿銘教授創建辭章章法學評介〉 《陳滿銘與辭章章法學》 臺北市 文津出版社 2007 年 頁 134-173

林大礎、鄭娟榕 〈當代漢語辭章學的三個時期及其主要標誌〉上、下 《國文天地》 20 卷 3、4 期 2004 年 8、9 月 頁 102-109、99-104

葉嘉瑩主編 《蘇軾詞新釋輯評》 北京市 中國書店 2007 年

林雲銘 《古文析義合編》上冊 臺北市 廣文書局 1965 年

郭預衡 《中國散文史》中 上海市 上海古籍出版社 2000 年

賀新輝主編 《元曲鑑賞辭典》 北京市 中國婦女出版社 1988 年

王　灝　〈解說〈只要我們有根〉〉　蕭蕭主編　《永遠的青鳥——蓉子詩作評論集》　臺北市　文史哲出版社　1995 年　頁 411-417
王希杰　〈章法學門外閑談〉　《國文天地》　18 卷 5 期　2002 年 10 月　頁 92-95
仇小屏　《文章章法論》　臺北市　萬卷樓圖書公司　1998 年
陳滿銘　《章法學綜論》　臺北市　萬卷樓圖書公司　2003 年
蒲基維　〈章法類型概說〉　《大學國文選・教師手冊・附錄三》　臺北市　普林斯頓國際有限公司　2011 年　頁 483-522
陳滿銘　〈論「真」、「善」、「美」的螺旋結構——以章法「多」、「二」、「一（0）」結構作對應考察〉　臺灣師大《中國學術年刊》　27 期・春季號　2005 年 3 月　頁 151-188
葉　朗　《中國美學史大綱》　臺北市　滄浪出版社　1986 年

從王力芹《誰？跌進了豬屎坑》看閩南語在少年小說中的運用

許碧霞
屏東大學中國語文學系碩士在職專班

摘要

王力芹《誰？跌進了豬屎坑》的鄉土少年小說以孩童為書寫對象，訴說小主人翁一段段刻骨銘心、精彩有趣的成長歲月。文本中閩南語、華語夾雜，描寫一九五〇年代臺灣社會轉型中的家庭故事，故事內容的人、事、物橫跨幾十年，些許是源自於作者的童年經驗，也是許多臺灣人鮮明、熟悉的記憶。王力芹基於對鄉土的熱愛而創作，亦長期致力於兒少的關懷，體認語言環境與閱讀應從小紮根起的重要性，作品極力表現鄉土語言文化之內涵，期望落實「人親、土親、文化親」的教化功能。筆者選擇王力芹的作品《誰？跌進了豬屎坑》為文本探究，訪談作家本人，再參考臺灣閩南語發展分期概況，連結臺灣小說創作題材相關訊息，期能對文本中的閩南語對話特色、人物形象和諺語做進一步的分析，探討鄉土少年小說中閩南語的運用，來呈現臺灣文學之內涵、時代氛圍與文化想像。

關鍵詞：王力芹、少年小說、閩南語、《誰？跌進了豬屎坑》、諺語

一　前言

王力芹（1957-　），生於臺中大墩，本名王麗琴，婚後落籍港都，全心持家育兒，待子女漸長即從事兒童作文教學並寫作，因此開啟了創作生涯。過了四十歲之後便將寫作視為生命的不悔之路。從寫詩、散文、小說、兒童文學等文體來詮釋生命的意義，筆致細膩常帶著溫柔的情感與正向能量。作品可說是行政院新聞局常推介中小學生的優良讀物。

二〇〇五年開始，王力芹更潛心創作兒少作品不餘遺力，在二〇〇九年書寫的《誰？跌進了豬屎坑》[1]一部鄉土文學[2]的少年小說[3]，並於二〇一一年獲國藝會文學出版補助。作品以閩南語[4]、華語夾雜

1　本文所引《誰？跌進了豬屎坑》內容，均根據王力芹：《誰？跌進了豬屎坑》（臺北市：耶魯國際文化公司，2012 年）此版本，以下出現引文只列出頁數不再另註出處。

2　美文學作家葛浩文對「鄉土文學」的定義：「鄉土文學通常描繪鄉村居民或小鎮市民的生活；……地域性本身是一個很有意思的主題，而且受到鄉土作家的重視，他們利用某個地方的特點，如地方方言等，來強調某一個地方的獨特性。鄉土作家常常把他生長環境敘述成在蕭條不景氣中打滾，在敗壞墮落中掙扎，或在現代化工業化等外來影響中遭受打擊的社會。後者這一類作品，在台灣鄉土文學作品中表現最露骨，最明顯；這些作品中寫得最好的，是描寫社會形態的轉變，以及把社會進步的優點和利益，跟伴隨而來的頹敗，以至古老傳統終於喪失，做鮮明對比。」葛浩文：《弄斧集》（臺北市：學英出版社，1984 年），頁 239-240。

3　少年小說是指適合國小五、六年級及國中階段的少年欣賞的小說而言。不過，真正的少年小說應該是老少咸宜的。趙天儀：《兒童文學與美感教育》（臺北市：富春文化公司，1998 年），頁 202。

4　閩南語：在此可以說是「臺灣閩南語」而臺灣閩南語有人習慣稱為「臺語」、「臺灣話」、「閩南語（話）」、「河洛話」、「福佬話」、「鶴佬話」，所指的對象都相同，也就是指在臺灣使用的「閩南語」，有別於在福建、廣東甚至於南洋新加坡、菲律賓等地使用的閩南語。林慶勳：《臺灣閩南語概論》（臺北市：心理出版社，2001 年），頁 3。

為創作基本，書寫著一九五〇至一九六〇年代的臺灣農村社會，勾勒出鄉間的樸素之美（沒有使用臺灣閩南語常用詞辭典，因為創作早於教育部公布實施之前）。作者用通俗易懂的對話，傳達故事中人物的情緒、思想文化與生活狀態，而靈活的應對突顯著閩南語的美感，使稍懂閩南語的人閱讀起來即能輕鬆了解其意，而不熟悉閩南語的青少年，也能透過仔細閱讀，便可輕易的進入小說情境。

少年小說隨著時代的發展，主題已呈多樣化，有深入探討家庭問題、人際關係、文化傳承、科技發達下人類未來的前途以及青少年在進入社會之前，如何來解決所面臨的問題。所以幫助青少年成長的少年小說，所擔負的責任較成人小說來的重要。林良提到：

> 一個從小閱讀故事、童話的小孩子，在他逐漸長大進入青少年期的時候，他會發現忽然沒有合適的文學作品閱讀了。他只有兩條路好走。第一條路是再回頭閱讀兒歌、兒童詩、短篇故事跟童話，讓自己成為永遠長不大的仙童「彼得潘」。第二條路就是一跳跳進「成人讀物」的世界裡去，狂熱的閱讀很可能對他並不合適的文學作品，使自己的心靈呈現昏亂早熟的不平穩狀態。這兩條路，都不是理想的，該走的路。[5]（頁 252-253）

因此可見，少年小說是兒童啟蒙成長到成人的橋樑。作家用生動的語言所建構想像世界，創作了文學作品包含有戲劇、詩歌、小說、散文等，是語言和文字的藝術表現。當作品的文化意涵從中體現出來，其中有作者的思想情感與再現一定時期、地域的社會風貌。戴昭明指出：「語言是文化整體的一部分，是一套發音的風俗及精神文化的一

5　林良：《淺語的藝術》（臺北市：國語日報社，2000 年），頁 252-253。

部分。」[6] 所以可說語言與文學是密不可分的。

臺灣有著特殊的歷史背景，經過日本殖民統治五十年及國民政府遷臺，為鞏固政權，推行國語運動，強化國家民族意識，完全改變臺灣整個政治、經濟和社會文化的生態環境，特別是每逢選舉，必會挑起族群的對立，不論是意識形態的爭執、國家認同的論戰，期間引出的「芋仔」、「蕃薯」之爭，語言也是個極大因素。[7] 王力芹在書中裡使用大量的閩南語，並用諧音、俚語製造趣味，洋溢著濃濃的鄉土味。故事主要場景是臺中的鄉村崁仔頂，描述小人物的生活色彩與文化精神樣貌。基於認同母語的環境與閱讀應從小紮根起的重要性，筆者選擇了王力芹的《誰？跌進了豬屎坑》鄉土少年小說為文本，由於多元的故事內容，可增進讀者閱讀的深度，期望提昇孩子對鄉土文學的喜愛。

本文以《誰？跌進了豬屎坑》為探究，並透過臺灣閩南語的發展分期[8]，以及臺灣少年小說創作題材的視野為論述基點及連結，結合小說中的閩南語對話特色做人物的形象、諺語的運用做進一步的分析，探討鄉土少年小說中閩南語的運用，來呈現臺灣文學與文化內涵，時代氛圍與文化想像，提昇兒童的語文能力，克盡其教化之功能，另外，筆者亦進行作者的口述訪談，期能和文本做一清楚脈絡的連繫。

---

6 戴昭明：《文化語言學導論》（北京市：語文出版社，1996 年），頁 14-15。

7 陳美如：《臺灣語言教育政策之回顧與展望》（高雄市：高雄復文圖書公司，2009 年），頁 6-8。

8 林慶勳：《臺灣閩南語概論》（臺北市：心理出版社，2001 年），頁 64-89。

二　鄉土情懷的呈現

作者對生活、社會、政治、宗教或國際世界的各種主、客觀的看法，以小說方式傳達了自身的思想情感與內心感受，對描寫題材作一種評價。小說作品表現出色，可以給讀者帶來美好的心靈上享受，還能在潛移默化之中讓讀者陶冶性情，更能淨化人心，傳遞美善得的信念。王力芹秉著熱愛鄉土、尊重生命、積極樂觀的態度看待人生，大學時期零星地參與寫作，也恭逢七〇年代的鄉土文學論戰。

作家們建構的集體記憶：一方面臺灣政治與文化對立衝突；一方面是威權體制的先聲。然而，政治與文學的分化，臺灣鄉土文學作家對社會的現實面多所批評，在文學中流露抗議特質來，也表現在社會運動中；他們抱著關懷自己所生長、所踩踏的土地，迅速而準確的反映社會現況給民眾知道。八〇年代政治權力中心鬆動，作家對「原鄉」的追尋逐漸浮顯，加以科技資訊時代的到來，本土化及多元化遂成為八〇到九〇年代的小說主題。在臺灣當代小說史的定位上，鄉土小說已被確定是文學成就。它在小說家的追憶、懷舊中被寫成自成獨特的原鄉文學系統。上承楊逵、賴和所開創的早期鄉土文學血脈，下續王禎和、黃春明的鄉土文學傳統。[9]

王力芹有中文系文學素養的底子；時代傳承的社會文化養分；家庭生活教育養成的鄉土；不斷的文學作品創作探索人性；持續兒童作文教學，與兒童對話，能構掌握兒童文學的味道；盡己之力找回逐漸消失在日常生活中，自己最熟悉的語言與童年的原鄉。

9　許琇禎：《臺灣當代小說縱論：解嚴前後（1977-1997）》（臺北市：五南圖書出版公司，2001 年），頁 16。

三　《誰？跌進了豬屎坑》少年小說人物形象

小說生動的人物刻畫與情節的高潮迭起，能夠深深地吸引讀者，不但可透過閱讀經歷豐富的心靈之旅，從中也能體悟到作者的故事意涵，發人深省的思想。傅林統認為小說素材裡，最重要的是人物和事件，尤其是情節的設置、人物的刻畫更需特別留心。[10] 有關小說人物，佛斯特（Edward Morgan Forster）略分為「扁平人物」與「圓形人物」，區別這兩種人物，他指出：「在最純粹的形式中，他們依循著一個單純的理念或性質而被創造出來；假使超過一個因素，我們的弧線即趨向圓形。」[11]這裡將分析書中五位主要人物形象，從祖母（阿嬤）、父母、少女與幼兒人物來分析其塑造人物形象之樣貌。

下表列出六位主要人物簡介，略述人物間的關係、生活背景，以及作者在文學技巧上所設下的隱藏象徵。

表一

人 物	關 係	生活背景	象徵	其他
美雲	家中的二女兒	十二歲活潑有主見的少女，不想因為要搬到鄉下而轉學，跟著阿嬤在市區住，假日再回崁仔頂時發生失足之事，為本書的主要人物，故事的動線皆依著她進行。	聰明 貼心	
阿卻	美雲阿嬤	近六十歲的母親，家中掌權者，為了親生兒子結婚，不管養子的經濟困難仍執意要他搬家，	自私 威權	

10 傅林統：《兒童文學的思想與技巧》（臺北市：富春文化公司，1990 年），頁 218。

11 佛斯特（Edward Morgan Forster）著，李文彬譯：《小說面面觀》（臺北市：志文出版社，1985 年），頁 59。

人 物	關 係	生活背景	象徵	其他
成福	美雲爸爸	一個電機公司小職員，不到兩歲就被領養，一直感恩在心，向來事母至孝。	孝順 憨厚	
金好	美雲媽媽	傳統家庭主婦，也會在背後叨念婆婆的偏心，不是滋味，對孩子都用說教方式。	堅忍 刻苦	
美雪	美雲大姊	常表現不禮貌的行為讓大人生氣，讓妹妹畏懼。	叛逆 自我	
美蓮	美雲妹妹	五歲多活潑愛說話，喜歡和美雲玩在一起，開她玩笑	天真 無邪	

在小說中作者塑立的圓形人物形成脈絡，能強烈的衝擊讀者參與的過程，無論酸甜苦辣的成長，給人立體感受，這是讀者可與小說人物一同分享的。上表列的六個人物，無論扁平或圓形，簡單與複雜，在相互之間性格不同的交錯、烘托與對立下，一部性格的文學作品被創作完成。

（一）祖母（阿嬤）

其實，書中的祖母是王力芹曾祖母、天送是其舅舅的縮影，所以對她來說，祖母是有特殊意義的人物角色。這樣的想法作品中可以觀察得知。故事中美雲回想阿嬤告訴她，年輕時遭遇戰爭，為躲空襲長途跋涉，一股不怕苦的信念：

> 「阿嬤，奈乀走遮久？」
> 「囡仔人按呢著話久，阿嬤卡早摻恁爸爸疏開的時陣，走到鹿谷遐才是遠。」

「阿嬤，啥是疏開？」
「著是空襲時陣，愛走去山內兜底密，飛機一隻一隻佇天頂飛來飛去，若去予丟落來的炸彈炸到著冇命囉！」
「嗄？遮恐怖喔！」
「汝才知，所以走一點點路著話遠，真毋是款。」(頁 69)

透過人物阿嬤說出在戰爭中為求生存，尋找安全隱密心聲，分享人生艱苦經歷，讓美雲了解戰爭才教人害怕。這是作者用長者來開啟少年智慧並期許後代能吸取經驗，對人生有深刻體悟，在困難襲擊時，不要怕苦，要走的堅定有自信。

(二) 父母

父母在孩子進入學校之前，是少年家庭教育中直接效法的人，因此身教、言教都在潛移默化中牽引、影響著孩子；但孩子進入青春期之後，對父母依賴的情感會逐漸轉為同儕間的情誼。文本中王力芹筆下的父母角色，大抵是威權、負面的管教方式，特別是母親，父親較能溫和的與孩子互動；而生活中父母為孩子瑣碎的事互相吵嘴，這都是激發孩子自我省思，理性思考的能力，與學習判斷的對象。

成福很清楚這一搬家，就從中區搬到了遙遠的北區，若是選擇走路去忠孝國小，一趟大約要走上兩個小時，一天下來往返就得耗去四個小時以上，無論如何他是不讓美雲得這樣辛苦。
走兩個小時？為了上學要走兩個小時？太辛苦了吧！美雲有點舉棋不定了。
「啥米啊？行兩點鐘喔？那按呢我不著透早五點半近前著愛出

門囉？」美雲不能置信崁仔頂和忠孝國小兩地的距離居然是那麼的遙遠，不是都在同一個城市嗎？

「誰乁予汝五點半著出門？我是無可能允准的。」金好堅決的說，成福看了金好一眼，也接口說，「麥講汝袂允准，我嘛無可能予美雲按呢做。」(頁 73)

所謂天下父母心，在事情不能兩全下，仍會以孩子的安全為首選，以孩子的立場來設想，孩子也能夠感受在心裡。所以父母的言行舉止早已深入少年心底無法抹滅，偏激、錯誤的想法只會造成少年成長產生障礙、矛盾，使心靈蒙上痛苦的陰影，期許的是父母能為孩子做正確的示範，讓孩子快樂成長。

(三) 少女與幼兒

王力芹刻畫的少女與幼兒三姐妹，性格是活潑大方、健康、能言善道，較同儕的男孩果決力強，早熟、善忌，善於察言觀色。行為上較為外向的美雲和美蓮；大姊美雪正值青春期顯得冷漠、叛逆，常語出神經的口頭禪。美雪總是喜歡教訓妹妹，似乎有媽媽在訓斥他們的口氣：

「嘎？干旦乁凍按呢喔？」金好和美雲不約而同發出同樣的疑問。

「無恁猶想要按怎？」爸爸回答得真冷酷。

「美雲，攏是汝啦，著愛吵，今嘛變做按呢啊，看汝要按怎？」美雪怨著美雲，因為在她而言，她也不希望一家人分散兩處。

「啥米我愛吵？我只是講我無愛轉學，我是想講阿嬤乀叫咱免搬厝、攏閣住落來。我奈乀知……」
「汝卡麥踮遐瞑夢。」美雪向著美雲嗤之以鼻。
「閣住落來上好啊！我嘛真愛喔！」什麼都不懂的美蓮抓住她想的點拍手稱好。卻是讓心煩的金好喝阻了，「美蓮啊，汝踮踮，連汝嘛要吵摻咧喔？」
「呃……」莫名其妙遭到颱風尾的美蓮噘著嘴縮到牆角去了。（頁 84-85）

美雪常有任性說話的行為，從小學起就有說話衝動不客氣的習慣，雖然如此，在緊要關頭她還是發揮了手足之愛，把美雲從惡臭中救了出來；相較於陽光型的美雲，反而理性多了，遇上問題能夠爭取，則具行動力並弄清楚；美蓮到底還小，只能聽自己可以消化的，有時總會插錯嘴，再被喝阻後無趣的逃開。作者能夠抓住孩子們縝密的心思，讓讀者能夠印象深刻。

四　《誰？跌進了豬屎坑》少年小說中的閩南諺語的運用

閩南語不但是我們日常生活的溝通工具，也蘊含著人民豐富的生活智慧與思想哲理，透過文化的轉變過程，傳遞了歷史的發展脈絡，更是一種文學。當語言結合了文學，再透過經典的閩南語俗諺，如「食米不知米價」、「一樣米飼百樣人」這種文句優美，來自人民口頭上普遍流傳與使用，通俗易懂，卻有智慧的寓意蘊和在其中，具有教化人心的功能。

王力芹是閩南人，以閩南語、華語交雜的語言方式在小說中交錯著，對話偶爾穿插與生活景象相關的俗諺，呈現自然濃厚的鄉土情懷，活潑了小說情節，並強化了人物形象的刻畫。高國藩認為：

> 俗話裡包含有一定科學的道理、人生的經驗、生活的知識，它幫助我們理解世界萬物、人類社會、做人的意義，這些俗話我們便稱它為諺語。[12]

「俗諺」是我們先民生活經驗所淬鍊出的智慧結晶，是他們的生活樣貌，亦是一種文化遺產。「俗諺」又叫俗語、諺語、古諺或者俚語，以流傳於民間社會，街頭巷說。[13] 為便於吟唱，大多為押韻方式呈現，所以極具文學之美。戴寶村說「以一百則常見的臺灣諺語串聯臺灣歷史，讀者能隨時隨地閱讀省思臺灣歷史，提升歷史人文涵養與本土文化的自尊自信。」[14] 這裡就小說中的俗諺參照陳主顯《臺灣俗諺語典》做一整理分類為親情倫理、家庭教育、言語行動三點（可參表二），來探討作者藉著先民智慧所要傳達給我們的道理。

（一）親情倫理

王力芹在文本呈現了中國人的家庭倫理思想。早年台灣生活困苦，在窮鄉僻壤又子女眾多的家庭，就會將男孩或女孩，送給別人當養子或養女。知恩圖報是為子女的責任，生育固然有恩，但養育恩情勝過生育之恩，《孝經》：「羊羔跪乳尚知孝，烏鴉反哺孝親顏。」所以論恩情，生、養亦有先後的做人道理。

---

12 高國藩：《中國民間文學》（臺北市：臺灣學生書局，1995 年），頁 551。

13 許成章：《臺灣諺語講義》（高雄市：河畔出版社，1999 年），頁 11-12。

14 戴寶村、王峙平：《從臺灣諺語看台灣歷史》（臺北市：玉山社，2004 年），頁 5。

> 阿母按呢是真正不公平呢厝攏分予天送，阿咱咧？……
> 汝麥按呢講，阿母共我飼大漢，古早人講「生的請一邊，養的卡大天」，干那看這項，我著袂凍對阿母的安排有意見，汝知麼？」（頁 53-54）

這是憨厚孝順的成福，用來勸戒妻子（金好）埋怨婆婆分家產的不公平待遇，堅定做人必須銘記養父母的恩情，不可抹煞養育他的苦心與功勞。諺語雖非完整的「生的請一邊，養的恩情較大天[15]」諺語，絲毫不減成福辨別事理的信念，也無違作者將其刻畫為一個樸實順從性格的本意。

（二）家庭教育

在威權觀念的舊社會裡，嚴肅的禮法，讓小朋友只能聽從長輩的話，意含著倫理輩份的區隔，目的希望在學識、經驗上仍不足的孩子，能多聽以充實自己，少說以免得罪他人而貽笑大方，所以言行舉止顯示家庭教育的重要。像「濟話，食臭焦餅」[16]，這種諺語極可能是父親用來阻止孩子的辯解。古希臘哲學家蘇格拉底曾說：「上天賜人以兩耳兩目，但只有一口，即欲使其多見聞而少說話。」也和我們的古諺寓意有著相同的哲理，皆是要求多聽以廣集他人的經驗，少說以免除無謂的禍端。其實今日堪稱開明的臺灣社會裡，只要稍微留意

---

15 本文所引俗諺與文本俗諺相同意思引來參考，均依據《臺灣閩南語常用詞辭典》此版本，以下所引俗諺不再另註出處。http://twblg.dict.edu.tw/holodict_new/index.html

16 陳主顯：《臺灣俗諺語典，卷五．婚姻家庭》（臺北市：前衛出版社，1999 年），頁 196。

一下，仍是可能聽到一些為人父者厲聲對小孩叱喝道：「囝仔人懂什麼？你給我閉嘴！」這類粗糙低劣的親子溝通情景，就是要督促囝仔人「多聽少說」都侷限了孩子的話語權。故事中作者筆下的美雲以揣度的自我獨白，無聲無息地引述諺語與讀者：

> 美雲心裡佈滿疑雲，她很想問，卻又不敢開口問，因為阿嬤一定會罵人，「囝仔人有耳無嘴。」（頁 56）

這句俗諺透露出相當嚴肅的訊息，強調教誨意義！也表現出美雲活潑又細膩的思緒，試著要解開為什麼要搬家的疑惑，但想到阿嬤的權威不能挑戰，只能將諺語堵住嘴巴罷了。足見美雲平日一定有受過阿嬤訓斥的經驗，所以能事先檢視自己的行為，以防說錯話受責備。這種否定意味濃厚的諺語，有其時代的侷限性，只因傳統社會一向以順從聽話為美德，但也反映著先民家庭教育的缺失，而一味壓抑孩子意見表現的習慣傳承至今，多少也受到俗諺的影響。

不論成人或小孩，都應有被尊重表達自己的權利，尤其被誤解、受委屈時，不因是小孩，辯護的機會就被剝奪。大人常捍衛自己的威嚴，喜好命令，往往讓小孩不知所措，抑或頂嘴反抗，此時大人若再以言語反諷，真會兩敗俱傷。作者在美雪挨阿嬤教訓的情節中似乎傳達出這股味道，也讓讀者思索著親子開放性溝通的必要性。

> 汝無看恁媽媽摻我攏咧無閒做粿嗎？叫汝鬥腳手一咧，汝著嫌肝狗脵，著做袂到，後擺甘乁凍望汝友孝？幫恁小妹拭一咧仔尻川，汝著嫌臭，阿卡早恁媽媽共汝落屎落尿，甘著袂臭？汝喔？予汝「讀冊，汝煞讀去尻脊後」，了然喔！（頁 187）

由於美雪（小四時）沒有在大人忙碌時當個好幫手，照顧兩歲多的妹妹美蓮，讓阿嬤氣極敗壞的，用食指戳著她的太陽穴既責罵又諷刺，氣她不受教，書是白念了。作者放入讀冊，汝煞讀去尻脊（讀冊，讀佇尻脊骿為原型）[17] 似乎做了結語，點出「懂得」道理的重要，助長了阿嬤火爆的氣氛以及她掌權的氣燄；顯得美雪沒有因受教育而明白「順從」的道理來分擔事務，這點人情義理都不能體會，也是枉然。

（三）言語行動

所謂社會百態，其實是每個人受著言語行為影響所顯現出來的樣態。陳主顯說：「先人處處在提醒人『話語』不是中性的物件，而是帶有『能力的』，乃是：善言種福，凶言召禍的『福言禍語』！」[18] 所以「禍從口出」這樣入木三分的智慧語錄，是要我們說話前得三思。王力芹巧妙的運用諺語，讓小朋友的對話顯得生動、逗趣。

> 「叫恁媽媽共汝改名好啊嘛！」
> 「哼，啥要改美麗的啥啥啥，人阮的名嘛真好聽，秋蟬。」
> 「呵呵，蟬是佇樹仔頂的蟲，汝是秋天樹仔頂的蟲喔！」美蓮還要再窮追不捨，美雲撥撥她的手，示意她適可而止。
> 「『毋識字閣兼無衛生』，人我的『蟬』是『蟬娟』的『蟬』啦！」
> 「清彩啦，橫直欉嘛是唸『ㄔㄢˊ』。」（頁 141）

---

17 《臺灣閩南語常用詞辭典》http://twblg.dict.edu.tw/holodict_new/index.html

18 陳主顯：《臺灣俗諺語典，卷三・言語行動》（臺北市：前衛出版社，1998 年），序言頁 1。

年幼的美蓮介紹二姐美雲給玩伴時，還是習慣搬出「阮媽媽說的」，結果被玩伴揶揄後，美蓮不甘示弱的回應了，惹得玩伴有點下不了臺的說出「毋識字閣兼無衛生」。由於美蓮尚未讀書，但也許在家或玩伴的群體裡，耳濡目染學到老祖先的話語，不想被說不懂裝懂的沒水準模樣，所以再不服輸的說「清彩啦」。小孩子的學習能力強，不論諺語正向或反向的意涵，他們很容易「有樣學樣」的仿效大人。

除此，作者在小說中穿插了人生哲理的諺語，使人物的論點增加了說服力，「一枝草一點露（頁 54）」，每個人都有自己謀生的方法，表示天生我才必有用，「不怨天不尤人」；成福認為做人要感恩圖報，不應與養母計較，何況天無絕人之路。「食老著剝無土豆（頁 218）」，人老了體弱力衰，即使剝個花生也力不從心，隱喻著人老了便一無是處；美雲阿嬤有心想和孫子學國語，卻學不來的憾事而認老。陳昌閩在《台灣閩南諺語之社會教化功能研究》中描述諺語的內涵：

> 諺語是人類民俗文化內涵、文藝實用美學趨導，所融合締造的「語言文本」智慧寶典，蘊含語言多義性與含蓄性的意境，藉由口耳傳授與大眾媒體的傳達，歷經歷史時空、文化傳遞、語言特質的演化，具有社會教化的意涵、規範與功能，深蘊雅俗兼容並蓄的文化人生型態。[19]

藉由小說裡的俗諺，話不道破卻能寓意真理，來教化並規範了我們的處事態度，俗諺「毋識字閣兼無衛生」粗俗但貼切的形容，而「一枝草一點露」以堅韌的生命力，展現淡雅的人生觀，這是我們臺灣諺語，所具有「賦比興」（直述、譬喻與聯想）的雅俗並蓄多元化的

---

19 陳昌閩：《台灣閩南諺語之社會教化功能研究》（嘉義縣：南華大學文學研究所碩士論文，2001 年），頁 6。

特色，也是王力芹少年小說中所引用諺語更貼近鄉土寫實與賞析的特色。孩子從小在閱讀故事中，學習欣賞臺灣諺語的修辭之美，講話能慎思，行動有好規範的參考，期勉我們也能在反思中，有智慧的修正自己，人人有更高的「社會道德」素養，呈現良好的「社會百態」。

表二　小說中閩南諺語的運用

分類	閩南語諺語	原型及釋義
親情倫理	生的請一邊，養的卡大天（頁 54）	生的請一邊，養的恩情較大天。（提醒被撫養人勿抹煞養育人的苦心與功勞。）
家庭教育	囝仔人有耳無嘴（頁 56）	囡仔人有耳無喙。（斥責小孩勿亂問大人的事，聽見了也勿亂傳。）
	讀冊，讀去尻脊後（頁 187）	讀冊，讀佇尻脊骿。（指人食古不化。）
	吃水果愛拜樹頭（頁 216）	食果子拜樹頭；食米飯拜田頭。（指人要懂得感恩，飲水思源，勿忘本。）
言語行動	一枝草一點露（頁 54）	一枝草，一點露。（有草就有露水，天生我才必有用。）
	毋識字閣兼無衛生（頁 141）	毋識字兼無衛生。（指人粗俗沒修養，不懂裝懂愛表現。）
	食老著剁無土豆（頁 218）	食老著剝沒土豆。（隱喻人老就一無是處，連剝花生也有使不上力之憾。）
	頂港有名聲，下港有出名（頁 247）	頂港有名聲，下港上出名。（意謂全省有名。）

五　人物的語言

魏飴說過：「文學就是用語言來創造形象、典型和性格，用語言來反映現實事件、自然景象和思維過程。文學是由什麼構成的呢？文學的第一個要素是語言。語言是文學的主要工具，它和各種事實、生活現象一起，構成了文學的材料。」[20] 作者運用語言塑造小說中的人物、展演情節，來描繪所處的時代，寄寓其領悟的現實社會。讀者也就透過人物形象去認識作品所反映的生活本質。

小說中的人物語言就是對話，描述的是人，對話精彩則人物活靈活現的性格，鮮明動人引人入勝；反之，嚴肅板滯，難以引人入目從。因此小說人物對話不但是情節發展的推動力，還是人物身分、思想、性情、教養、氣質的表露線索，另外可創造聲音的節奏，更是呈現人物性格的的手法。

對於小說語言可分為「敘述者語言」與「小說人物語言」兩類。前者是作者的寫作語言，描寫人物於自然與社會環境中的活動過程，敘述人物內心世界的情感波折及思維的起伏等等；而後者則指人物的對話，包含人物內心獨白，這就關係到敘述者的觀點了。佛斯特（Edward Morgan Forster）在其《小說面面觀》中引用路伯克的話說：「小說家可以旁觀者從外品評人物；或以全知全能者的身分從內描述他們；他也可以在小說中自任一角對其他人的動機不予置敘；或者採取其他折衷的態度。」[21] 王力芹的《誰？跌進了豬屎坑》小說是全知的敘述觀點，以局外人身分站在「第三者」的立場，作品裡人物

---

20 魏飴：《小說鑑賞入門》（臺北市：萬卷樓圖書公司，1999 年），頁 46-47。

21 佛斯特（Edward Morgan Forster）著，李文彬譯：《小說面面觀》（臺北市：志文出版社，1985 年），頁 69。

以「他／她」或「他／她們」出現，而多半是直呼人物的名字。下面就小說中的主要人物美雲一家人的對話使用的語言進行分析。

（一）人物語言的口語化

小說作家能讓小說人物語言口語化，一定有其豐富的生活歷練，熟稔群眾的生活、語言，所以寫出的日常生活型態，能夠個別的突顯小說人物的思想、性格與感情。然而，要講求人物語言的口語化，必須審慎地選擇且提煉地方語言，才能彰顯語言的地方色彩，使地方語言更具生動性。其實，每個地方都有方言寶庫，皆具豐富性的語彙，是提供文學的「寫實」能力，是製造「逼真感」的資源，特別在角色使用地方語言時，作品的時空背景隨之進入多元而立體化。

基於此，王力芹以其常用字彙和日常語言來描寫事情、人物，作者期許自己的作品風格平易近人，能適合普羅大眾閱讀，所以，她首先要求小說所敘述的是「自己成長的家庭為原型再創作，自己人的文字，自己人的語言、事件和生活」。其次，作者除了肯定閩南語運用可增強國語活潑化的效果，對小說閩南語的使用也力求平實，並不刻意在文字上雕琢，且盡可能避開艱澀難懂的語言。其實，小說人物的對話看似簡單平淡，不過，讀者從這些簡樸的文字中，卻能領會到市井小民的真與善，透過樸實的語言探求小人物的喜怒與哀樂皆饒富趣味，還能彰顯文化的活力和土根性。巴代在序裡說：「那一段段一句句的對話音韻所產生的鮮活生猛圖像；與無處不在的，淡淡飄漫或者濃烈凝滯於鼻孔間的豬糞氣味。本篇小說結構簡單，作者採一條線發展，反映出當時社會轉型中的家庭故事。不願搬家轉學的美雲如願後，頗為思念搬到鄉間的父母與姐妹，每逢假日便回去探望。在一回返家與妹妹、鄰居遊樂時掉落豬屎坑，與家人對話中鬱悶的責怪妹妹：

「啥？美雲汝對豬屎崛踏過？汝奈乀行對遐去？」金好不解。

「阮耍密相找，大家攏對志強伊兜的豬寮邊鑽過，阿二姊著挑仝要走近路，伊就對豬屎崛甲踏過⋯⋯」

「夭壽喔，遐要按怎乀踏哩？阿後來咧？」金好驚異的眼神流露出一絲絲害怕。

「後來，後來二姊著駁落去豬屎崛仔啊！」美蓮說著嚥了一口口水，接著再說，「阮大家嘛是聽到振宗話救人的聲，才閣鑽倒返來，一看，足恐怖乀呢，二姊伊歸身人攏浸佇豬屎崛內底，干旦剩一粒頭佇豬屎崛外口，阮大家攏驚甲要死，振宗姻小妹摻美香攏哭出來啊呢⋯⋯」美蓮越說語調也流露出恐慌，彷彿又回到當日的情景。

「汝家己嘛哭啊閣講別人。」美雪吐美蓮的嘈。

「阿人嘛乀驚啊！」

「阿美蓮仔汝是咧驚啥？也毋是汝駁落去豬屎崛啊？」成福索性放下碗筷問。

「因為我乀驚二姊淹死佇豬屎崛啊！」

「喔，原來汝是毋甘恁二姊喔！」成福故意輕鬆地說，但是金好的神情卻是驚魂未定，「彼咧所在奈乀凍行？美雲汝是毋知遐是豬屎崛嗎？」

美雲委屈地搖搖頭，「恁攏無人共我講，人根本著毋知嘛！」（頁 189-190）

在這段白描、樸實的對話，作者自然地使用日常中的閩南語彙，沒有複雜的文字技巧。金好一句「夭壽喔，遐要按怎乀踏哩？阿後來咧？」卻生動的刻畫了母親擔心女兒掉落豬屎坑的情形，而美蓮回顧、描述當時緊張的樣子，還是心有餘悸說：「足恐怖乀呢，二姊伊歸身人攏浸佇豬屎嚁內底，干旦剩一粒頭佇豬屎嚁外口」，似乎停不下來的樣子。平常對妹妹們說話像教官口吻的美雪說了美蓮「汝家己嘛哭啊閣講別人。」此時柔和的爸爸也放鬆的問美蓮回美雪的話「阿美蓮仔汝是咧驚啥？……」「因為我ㄟ驚二姊淹死佇豬屎嚁啊！」是五歲的美蓮對二姐的關愛與害怕的真誠內心。原本因失足已夠糗了，還要被當笑話傳來傳去，美雲在母親仍顯驚惶的問「彼咧所在奈ㄟ凍行？美雲汝是毋知遐是豬屎嚁嗎？」時，活潑的美雲不見了，只見她一副更委屈的模樣說：「恁攏無人共我講，人根本著毋知嘛！」一家人看似直言不諱，卻讓讀者感受到他們互相關心，所傳達的溫暖而且愛是緊密的。這裡作者用急促的節奏，讓親情在討論意外發生過程時更流露出來，生動的人物對話，都恰如其分的表達主要與次要角色應有的個性與身分。

小說作品吸引人，除了主要人物的性格要鮮明動人、豐富變化之外，在描寫次要人物也同樣不可忽視。因為有特色的配角一定會發揮其綠葉的效果。像美雲的媽媽是個心直口快的人，對婆婆偏坦要結婚的小兒子，元旦才過，即下令要他們一家大小搬家。孝順的成福不敢違逆，但不管如何縮緊支出，仍是捉襟見肘，做妻子的也無能為力，只能對著先生發發牢騷，道出內心的苦悶：

> 「話是按呢講無不對啦，毋閣我總是心肝袂爽快嘛！阿母伊按呢是真正偏心ㄟ。」
> 「好啊啦，橫直阿母著攏已經是安排好勢啊，咱做人子兒ㄟ也袂凍閣講啥啊？」
> 「我看我嘛著開始來找工作啊，那無干旦靠汝……」
> 「我……」（頁 54）

對話中金好對婆婆的安排，一句「毋閣我總是心肝袂爽快嘛！阿母伊按呢是真正偏心ㄟ。」不快的情緒、神態表露無遺。這顯示婦女以男人為主的社會結構裡，並沒什麼地位與自主權，仰賴的先生又不受母親重視的養子，加上順從的先生只是低聲下氣的回應「咱做人子兒ㄟ也袂凍閣講啥啊？」更突顯女人無言以對的悲情，而感悟到要改變自己，「我看我嘛著開始來找工作啊」。這裡王力芹用一個稍為急切的語調與急切護母式的夫妻對立關係，如此生動鮮活的鄉土話，栩栩如生，相當傳神，是保守社會裡鄉土人物司空見慣的畫面。

（二）人物語言的個性化

從人物的對話或喃喃自語中，可以看出其潛在思想觀點與性格特徵的綜合反映，正是人物的生活歷史寫照。作者自然透澈了解人物、掌握其內心世界，才能賦予人物不同的個性語言，讓不同的身分、地位、思想性格的人物各自發聲，以令讀者「聞其聲而識其人」。文本中，作者用全知視角，藉由美雲一家人互動的家庭生活，深蘊人文思想的家庭教養，孩子不平的內心世界：

> 「喔，按呢著要哭啊喔？那按呢後擺摻阿叔、阿嬸住佇蔗，看袂著恁爸爸媽媽阿姊小妹，汝毋著哭死啊？」
> 美雲睜著蓄滿淚水的眼睛凝視著叔叔，都是因為他要結婚才這樣，他居然還有心情取笑人家。
> 「阿叔，汝足歹心ㄟ呢，人無愛看袂著爸爸媽媽甲阿姊小妹嘛。」美雲擤了擤鼻涕。
> 「美雲汝是咧哭啥？」金好也過來要叫美雲，看到天送對著美雲笑，而美雲則紅了眼，她沒好氣的說了美雲一句，「無汝是咧哭好命喔？」

> 然後再把她拉扯倒餐桌旁，金好這個動作教在座的人大大的詫異了一下，美雲更是委屈得眼淚滑出眼眶，沿著鼻樑向下蔓延成兩條小河。
>
> 「美雲仔，汝是無愛摻阿嬤作伙住嗎？」阿嬤問出這樣一句，讓美雲慌得趕緊否認，「毋是啦，阿嬤。」
>
> 「誰叫汝著吵無愛轉學，嘟蔗阿嬤攏已經按呢講啊，汝著愛摻阿嬤住遮囉。」金好故意以有點幸災樂禍的口吻說。
>
> 「我……」
>
> 「應該死好。」美雪討厭這樣的結局，卻又不能多說什麼，於是對美雲拋下這惡毒的字眼。
>
> 「美雪……」阿嬤怒瞪美雪，美雪吐吐舌低頭扒飯了。
>
> 「我ㄟ想阿二姊ㄋㄟ。」美蓮則是拉拉美雲的手，多少給了美雲一點溫暖。（頁 89）

這段對話裡，有主見敢對大人說真話的美雲與家人構築的對比節奏。作者透過美雲姐妹與家人對話的語言、神態、舉動、逼真的呈現美雲蓄著淚水說「阿叔，汝足ㄉㄞ心ㄟ呢……」，為父母爭取說話權，難過親情有距離，表現正義形象；美雪也許是正逢初中叛逆期，常拋出惡毒的話，像「應該死好。」或扮鬼臉表抗議如對阿嬤吐舌，表現了壞壞的惡女形象，美蓮最坦護美雲，說出「我ㄟ想阿二姊ㄋㄟ。」就是給她溫暖，顯現天使般的天真形象。反觀，叔叔一句「看袂著恁爸爸媽媽阿姊小妹，汝毋著哭死啊？」；母親說的「無汝是咧哭好命喔？」還有阿嬤怒瞪美雪的神態。大人帶著諷刺的語氣，壓抑著小孩的情緒，威權式的單向溝通，讓孩子失去了表達機會，似乎讓我們聽到了孩子心裡的嘀咕模樣。其實，大人與小孩的期待雖不同，但溫馨的親情卻能掩蓋過那個年代傳統的尊卑觀念。

六　結語

不同時代有不同時代的困境，一九八七年以來，民間社會力量的抬頭，紛紛興起尋根的運動，語言顯得更多元化，閩南語如火如荼的推廣開來，閩南語文學作品可謂不少，但在兒少方面作品卻不如成人，王力芹在這方面努力試圖接上軌道《誰？跌進了豬屎坑》便受到國藝會出版補助的肯定，以及閩南語書寫在少兒文學上同樣具有發展的潛質。陳榕生笙也持正面的肯定，在文本序裡提到：「作者用字選詞的斟酌與體貼，讓他都能輕鬆閱讀整部作品並認定適讀年齡更廣闊。[22]」

而蔡明原除了讚許作者獨樹一幟的語言文字表現方式讓人印象深刻之外，也提出不一樣面向的看法：他自己閱讀這樣的作品過程中是會出現許多停頓、阻礙的，因為作品中的言文呈現和自己長久以來已經內化的言文使用（說話、書寫）習慣是有差距的。王力芹的這部作品一方面突破了某種侷限，提供給讀者一個去中心思考的可能，但也一併的讓許多問題浮現：作為表達工具的語言文字是否有多元的需求並且要用哪種形式呈現？[23]

另外巴代也在文本序裡提到「場景調度頻繁所產生的疏離感與不習慣，麻豆鄉間閩南語法的地域性腔調。」[24]（依據王力芹的說法，出生臺中市，婚後一直落籍高雄，有麻豆鄉間閩南語法，可能是因為常去探訪住在佳里的大姐鄰近麻豆的關係）

---

22 王力芹：《誰？跌進了豬屎坑》，頁 11。

23 蔡明原：〈讓閱讀帶領 2012 年臺灣少年小說出版回顧〉，《全國新書資訊月刊》第 170 期（2004 年 2 月），頁 25。

24 王力芹：《誰？跌進了豬屎坑》，頁 4。

上述閱讀的困境的確是可能，但那大多是喜好與習慣所影響的，如有些人不學閩南語，自然會影響到閱讀的喜好，甚至閩南人使用國語習慣，不喜歡閩南語，也會對閱讀閩南語小說感到興致缺缺，這也是王力芹強調的要從小就扎根，便可以改善閱讀習慣。以我個人日常生活使用的語言是閩南語，閱讀文本倒是輕鬆自在。

作者藉由《誰？跌進了豬屎坑》小說的描寫，把五〇年代農村豬圈的濃濃鄉土氣味及人文的關懷，閩南語的使用及其時代意義，代表著深度的集體生活記憶，它已烙入歷史的長河裡。因此另一重要意義也是重責，藉由充滿璀璨、生命力旺盛的少兒，將閩南語融入生活當中公開發出其典雅的美聲，慢慢咀嚼出它的美感體現人親、土親、文化親的教化功能。

王力芹說過她要把握時間，多為兒少盡一點力，即便她目前手邊正進行的光復前後其媽媽成長的年代，她已計畫同樣有閩南語發音，而且也是有可能以兒童文學的方式呈現，就如前面所說，那個年代閩南語就是我們的生活。期盼她的新作能夠早日創作完成，更期許她的臺灣鄉土少年文學創作多樣化，孩子必能幸福地、快樂地，閱讀她特有臺灣氣味的文學作品，閩南語也必然得以持續發展而壯大。

參考文獻

（一）專書

葛浩文 《弄斧集》 臺北市 學英文化 1984年
佛斯特（Edward Morgan Forster）著，李文彬譯 《小說面面觀》 臺北市 志文出版社 1985年
傅林統 《兒童文學的思想與技巧》 臺北市 富春文化公司 1990年
高國藩 《中國民間文學》 臺北市 臺灣學生書局 1995年
林文寶等 《兒童文學》 臺北市 五南圖書出版公司 1996年
張子樟 《認識少年小說》 臺北市 天衛文化 1996年
戴昭明 《文化語言學導論》 北京市 語文出版社 1996年
趙天儀 《兒童文學與美感教育》 臺北市 富春文化公司 1998年
陳主顯 《臺灣俗諺語典，卷五・婚姻家庭》 臺北市 前衛出版社 1999年
魏 飴 《小說鑑賞入門》 臺北市 萬卷樓圖書公司 1999年
許成章 《臺灣諺語講義》 高雄市 河畔出版社 1999年
盧廣誠 《臺灣閩南語詞彙研究》 臺北市 南天書局 1999年
林 良 《淺語的藝術》 臺北市 國語日報社 2000年
許琇禎 《臺灣當代小說縱論：解嚴前後（1977-1997）》 臺北市 五南圖書出版公司 2001年
林慶勳 《臺灣閩南語概論》 臺北市 心理出版社 2001年
戴寶村、王峙平 《從臺灣諺語看台灣歷史》 臺北市 玉山社 2004年
妍 音 《能引飲一杯無》 臺中市 臺中市文化局 2007年

陳美如　《臺灣語言教育政策之回顧與展望》　高雄市　高雄復文圖書公司　2009年
妍　音　《走過川端町25號》　臺中市　臺中市文化局　2011年
王力芹　《誰？跌進了豬屎坑》　臺北市　耶魯國際文化　2012年

（二）期刊與碩士論文

吳耀明、馮厚美　〈鄉土語言教學政策形成與實施現況訪談分析〉　《屏東教育大學學報》　第26期　2007年3月　頁41
蔡明原　〈讓閱讀帶領 2012 年臺灣少年小說出版回顧〉　《全國新書資訊月刊》　第170期　2003年2月　頁25
陳昌閩　《台灣閩南諺語之社會教化功能研究》　嘉義縣　南華大學文學研究所碩士論文　2001年
陳秋錦　《論李潼少年小說的人物刻畫——以《博士・布都與我》、《少年噶瑪蘭》和《我們的秘魔岩》為例研究》　屏東縣　屏東師範學院國民教育所碩士論文　2002年
蕭雅惠　《李潼少年小說中台灣元素之研究》　高雄市　高雄師範大學國文學系碩士論文　2009年

（三）網路資料

〈從「文學性」談語言與文學教學〉
http://web.nchu.edu.tw/~chtung/1990-3.doc　（2015/10/20）
教育部臺灣閩南語常用詞辭典
http://twblg.dict.edu.tw/holodict_new/index/fulu_suyan_level2.jsp?bihua=5　（2015/10/20）

臺語俗諺

http://web.ffjh.tyc.edu.tw/tai5gi2/69.htm （2015/10/21）

東方白《浪掏沙》的小說語言運用

http://blog.udn.com/ccpou/6520100 （2015/10/23）

福克納一九四九年諾貝爾文學獎領獎演說

http://dslbb.com/article/6935330866/ （2015/10/23）

張愛玲「好人」之蒼涼美學
——〈紅玫瑰與白玫瑰〉的敘事藝術

陳燕玲
臺北市立大學中國語文學系博士生

摘要

本文主要藉由時間差距、不參與、省略與非聚焦的敘事方式，以及自由聚焦的視角，從傳奇的敘事角度以及被敘述者的視角來分析張愛玲〈紅玫瑰與白玫瑰〉的敘事特色；特別再透過敘事技巧來探討張愛玲如何將小說中的主角營造出多層次的反諷藝術，進而引發讀者的同情，成就其小說中特有的「好人」之蒼涼美學。

關鍵詞：張愛玲、紅玫瑰與白玫瑰、好人、蒼涼、敘事

一 前言

蒼涼，是張愛玲（1920-1995）小說永恆不變的主題，在她筆下的人物，幾乎終得走向凡人無可解脫的無奈。〈紅玫瑰與白玫瑰〉即是典型的張式的通俗與蒼涼，整個故事以主角佟振保的人生追求為主軸，敘述其兢兢業業、汲汲營營一個成功的人生期間所歷經的愛情、婚姻、親情與事業的心理掙扎及取捨。故事結束於他繼續往「好人」的路途走去，然而，卻不是伴隨著「好的」、幸福的結果。

就盧卡奇（Georg Lukács, 1885-1971）的小說理論，小說的主人公「是疏離外部世界的產物」，他的內在經驗即可反映出小說內在的二元性──一方面是恆久的無所歸屬感，另一方面是對存在缺憾的絕望。小說主人公的世界是一個被上帝放棄、被魔鬼取代的世界。在這個被魔鬼籠罩著的世界裡，小說主人公的靈魂，不能和諧、平靜地生存與成長。於是，小說的結構在在反映出主人公尋找自我與本質的掙扎，是他的「個人走向自我的過程。」然而，這個過程是無止無休的，是悲哀的、絕望的。[1] 就此說來，主角二元性的存在是小說之必然了，那麼失望的結局便非張愛玲的小說所特有了，但為何她卻又能成功地營造出一種獨特的「蒼涼」之感？

張愛玲曾在〈傳奇再版自序〉中說到：「如果我最常用的字是『荒涼』，那是因為我思想背景裡有這惘惘的威脅。」[2] 作者明確表示因其思想的導向，致使小說裡的故事終得歸結在她筆端的「蒼

---

1 盧卡奇（Georg Lukács）著，楊恆達編譯：《小說理論》（*Die Therorie des Romans*）（台北市：唐山出版社，1997 年），頁 xiii。

2 張愛玲：〈傳奇再版自序〉，《張愛玲短篇小說集》（臺北市：皇冠出版社，1973 年），頁 9。

涼」[3]。即便難得修成「正果」的〈傾城之戀〉，張愛玲仍自我解讀：「從腐舊的家庭裡走出來的流蘇，香港之戰的洗禮並不曾將她感化成為革命女性；香港之戰影響范柳原，使他轉向平實的生活，終於結婚了，但結婚並不使他變為聖人，完全放棄往日的生活習慣與作風。因之柳原與流蘇的結局，雖然多少是健康的，仍舊是庸俗；就事論事，他們也只能如此。」[4] 正是這淡漠的「就事論事」，以及走不出的「也只能如此」，成就了張愛玲式的蒼涼風格。

鄭應峰在〈張愛玲小說距離敘事特徵淺析〉一文中指出，張愛玲將其他作家很難結合的三種距離：時間距離、空間距離與心理距離，在嚴密的結構中作了完美的結合，也正因這三種距離的互相作用下所造成的語言所指多向性而往「蒼涼」的主題靠近。[5] 另黃克全〈張愛玲「秧歌」的反諷結構〉則探討了張愛玲如何衍設反諷敘事，如何利用喜劇諷喻及寓悲於喜的手法來彰顯人世無可奈何的生命真象，對張式的反諷原理作了深入的解析。[6] 然吾以為，當我們以各種理論分析了張愛玲的敘事方法，惟莫忘記她所投射其中的「意識形態」[7]，即

3 雖言張愛玲最常用的字是「荒涼」，但所營造出的情境不如說是「蒼涼」，應更貼切。其實二者之義相近，因本文所欲探討的對象是小說中的人物，斟酌之後，採用「蒼涼」一詞，除了隨同一般評論者的用詞，或也能符應張愛玲於〈我看蘇青〉中所述：「我想到許多人的命運，連我在內的；有一種鬱鬱蒼蒼的身世之感。」

4 張愛玲：〈談女人〉，《流言》（香港：皇冠出版社，1996），頁 18-19。

5 鄭應峰：〈張愛玲小說距離敘事特徵淺析〉，《澳門科技大學學報》第 3 卷第 2 期（2009 年 12 月），頁 85-92。

6 黃克全：〈張愛玲「秧歌」的反諷結構〉，《文訊》第 22 期（1986 年 2 月），頁 134-141。

7 儘管各學派關於小說的理論有所不同，但華萊士・馬丁（Wallace Martin）認為在敘事方面都具有其一致的分析：開始於一些兩分組（敘述者或人物，第一人稱或第三人稱敘述，聚焦者—主體或被聚焦者—對象），並結束於分類。但在閱讀中，我們所意識到的並不是這些區分，而是從這些被分開者的相互作用中所產生的效

她「觀看這個世界的方式，力求得到社會意義的方式」，其實深深交融在她的敘事之中，也正因為她所獨有的「思想背景裡那惘惘的威脅」，才成就出她小說特有的美學風格。

本文試以〈紅玫瑰與白玫瑰〉為探究對象，以前人的研究結果為參考基礎，分析張愛玲在這部小說中如何利用敘事技巧營造出她意識中的荒涼。探討內容首先就張愛玲所謂的「好人」作一定義上與作品呈現上的了解，再以小說為文本，分為三部分來分析闡述：第一部分先就她用「傳奇」的型態來傳達故事的方式作探討。〈紅玫瑰與白玫瑰〉收錄在《傳奇》一書中，她是透過哪些與中國傳統的「傳奇」書寫有關的敘事形式來實踐她所自敘的「在傳奇裡面尋找普通人，在普通人裡面尋找傳奇。」的意識？第二部分將進行文本中的敘事聚焦分析。張愛玲如何運用焦點的轉換，靈活如敘述者轉述被敘述者的心聲；如何透過主人公的內在經驗反映出小說內在矛盾的二元性，預期勾畫出張愛玲所欲讓讀者從何角度去理解主人公的內在意識。第三部分則特別著力於小說不可或缺的反諷性，深究張愛玲如何利用諷刺的敘事手法，呈現出主人公不能和諧、平靜的生存的靈魂，在作者與讀者的意識與敘事交融的藝術中，使我們因理解而產生同情的蒼涼之美。

果。我們並不是將敘事體驗為種種範疇的綱要，而是把它體驗為總體的運動。這一運動的各個組成部分的特徵，最好也最普通的意義應該就是「視點」──構成一個人對待世界之立場的一組態度、見解和個人關注。馬丁並表示此處所言的「視點」（觀點）即與「意識形態」意義相近。「意識形態」這個詞在我們的日常語言和學術語言中似乎一直是個外國的闖入者，它本屬於政治理論的領域，在小說裡它有時指隱蔽的動機，有時指那些我們意識不到的、導致錯誤意識的因素。巴赫金（M. M. Bakhtin, 1895-1975）用它來表示「一種特定的觀看世界的方式，一種力求得到社會意義的方式」。華萊士・馬丁（Wallace Martin）著，伍曉明譯：《當代敘事學》（*Recent Theories of Narrative*）（北京市：北京大學出版社，1991年），頁147-148，152。

二　張愛玲筆下的「好人」——佟振保

佟振保是〈紅玫瑰與白玫瑰〉中一名追求社會功名並有所成的現代男子。振保年輕時以良好的中國青年形象赴愛丁堡求學，期間曾至巴黎嫖妓了其童貞。也曾交往一名混血女孩，名叫玫瑰，但振保認為把這樣開放的女孩移植到中國行不通，是勞民傷財的事，於是在返國前夕結束了這段初戀。深造後返回家鄉上海，任職於一家外資紡織廠擔任工程師。初時，振保暫租宿於友人王士洪家中，就在王越洋經商的離家期間，振保與王熱情主動的妻子嬌蕊發生了婚外關係，不料嬌蕊動了真情愛上了他，欲與王離婚重嫁振保，但振保卻鑒於自己的社會前途無情地拒絕了嬌蕊，並棄之而去。後來相親娶了門當戶對的良家婦女孟煙鸝，婚後生有一女。煙鸝削瘦、沉默而無趣，夫妻關係隱斥著不滿與猜忌，振保便從偶爾宿娼放任至隨興嫖妓。一日，振保在電車上與嬌蕊不期而遇，已婚的嬌蕊，雖明顯老化與發胖，卻難掩平凡的滿足；振保因不可抑制的嫉妒與憂傷，淚水竟滔滔流下。又在某日，他發現煙鸝與裁縫師暗通款曲，夫妻關係因此更加惡化，振保的行為也更形放蕩，他偏離了一直以來所追求的人生軌道，對家庭也疏忽了責任。終於在一次偶發的情緒潰堤之後，他又重拾理性，回歸了平靜，重新回到做「好人」的日子。

翻查辭海及教育部辭典，「好人」一詞的定義，一如一般我們所認知的：「品行端正、善良的人」，或是「做好事的人；沒生病的人」。張愛玲全文總共用了六次「好人」，突顯了這個詞之於振保的重要性，整個故事即在敘述振保致力成為「好人」所發展出的社會追求與情感愛慾的衝突及取捨。張愛玲的另一部小說〈封鎖〉，亦書寫了有關「好人」的議題，其義涵即如辭典所示，也如同〈紅玫瑰與白玫瑰〉中佟振保所努力實踐的形象，惟在〈封鎖〉中的「好人」是與「真的人」對立存在，即反義於真心的、真誠的或真實的人，可見張愛玲的「好人」一詞，具有其隱藏的諷喻性。

在〈紅玫瑰與白玫瑰〉中，當振保的初戀情人玫瑰欲獻身於他時，「他做夢也沒想到玫瑰愛他到這程度。他要怎樣就怎樣。可是……這是絕對不行的。玫瑰到底是個正經人。這種事不是他做的。」[8] 當他發現自己抵禦不住嬌蕊的誘惑時，「他覺得羞慚，決定以後設法躲著她，同時著手找房子，有了適宜的地方就立刻搬家。」[9] 路上巧遇在愛丁堡認識的艾許太太後，他「想起他在愛丁堡讀書，他家裡怎樣為他寄錢，寄包裹，現在正是報答他母親的時候。他要一貫地向前，向上。第一先把職業上的地位提高。有了地位之後他要做一點有益社會的事，譬如說，辦一個貧寒子弟的工科專門學校，或是在故鄉的江灣弄個模範的布廠……」[10] 又振保自從結婚以來，總覺得外界的所有人，以及他母親，都應當對他獎勵有加，「人家也常常為了這個說他好，可是他總嫌不夠，因此特別努力地去做分外的好事，而這一類的好事向來是不待人兜攬就黏上身來的。他替他弟弟篤保還了幾次債，替他娶親，替他安家養家。另外他有個成問題的妹妹，為了她的緣故，他對於獨身或喪偶的朋友格外熱心照顧，替他們謀事，籌錢，無所不至。後來他費了許多周折，把他妹妹介紹到內地一個學校裡去教書，因為聽說那邊的男教員都是大學新畢業，還沒結婚的。……」[11] 就連發現自己妻子偷情時，他也絲毫不懷疑自己的好：「我待她不錯呀！我不愛她，可是我沒有什麼對不起她的地方。我待她不能算壞

8 張愛玲：《張愛玲短篇小說集》，頁 63。

9 張愛玲：《張愛玲短篇小說集》，頁 76。

10 張愛玲：《張愛玲短篇小說集》，頁 88。

11 張愛玲：《張愛玲短篇小說集》，頁 100。

了。……可是我待她這麼好，這麼好——」[12]，振保就是這樣努力的在創造一個「對」的世界，不管是面對誘惑的自制力、孝敬老母、提攜弟妹、或是善盡夫責、幫助友人，終至事業有成、回饋社會，他一路就是這麼克己奮進的當他自己世界裡的主人，傾力成為一個人人眼中的「好人」。

然而，振保所致力成為的「好人」，當置於全文的脈絡中，卻顯得矛盾與諷刺。關於這一點，已有許多評論者提出過相關且頗為一致的看法，例如：

> 〈紅玫瑰與白玫瑰〉中的佟振保盡全力想要成為（或者說已經成為）「最合理想的中國現代人物」，為了維護他的事業、形象、利益、秩序等父權社會所強調的成就指標，他殘忍地拋棄自己愛的女人，撲滅心中情感的火焰。[13]

同時，他們也會為振保的矛盾與無情提出相對的理解與同情：

> 我們也許可以痛斥振保自以為是的「好人」形象背後虛偽的假面，但是他竭盡全力想要成為理想的社會公民的這一部分，並不是不值得同情的。中國傳統宗法社會裡頭強調的是絕對的道德，振保不過也只是一個軟弱的凡人，他努力去符合他以及他所屬的世界所看重的標準，其實從某個角度來看，也算是一種上進的努力，畢竟作為一個中國傳統男人，這也許是他所了解的唯一一種證明自己的方式，就算最後他成為一個內心乾枯、

12 張愛玲：《張愛玲短篇小說集》，頁 103。

13 彭念瑩：〈張愛玲短篇小說《傳奇》中的男性形象〉，《南方學院學報》創刊號（2005 年），頁 47。

無能去愛的無情怪胎，他或許也算盡了力了。[14]

此外，也有更進一步將「佟振保」泛喻為一個「理想的」，或說是「典型的」中國現代人物，從社會與文化的角度來解讀「佟振保」，論證他就如同許多現代市儈的庸眾，過著一種「理想的」生活，不斷擺盪在「社會人」與「動物人」之間：

白天是 Mr. Jekyll，頗受資本家雇主賞識的工作狂；下班是 Mrs. Hyde[15]，「坐雙層公共汽車的樓上，車子轟轟然朝太陽駛去，朝他的快樂駛去，他的無恥的快樂。」振保的「失敗」在於他最終還是沒辦法維持這個分裂的生活：他的情婦嬌蕊愛上他，要將他的兩套生活合而為一；不要再作他私下的情人，要離婚而作他公開的妻。振保知道這是萬萬行不通的。痛定思痛，他決定乾脆娶一個與他的工作生涯與社會人不衝突的妻。結果是他裡面直覺的、動物的人大受壓抑。於是他開始公開的嫖妓，然後再懺悔，變成「好人」……就這樣往復循環，直到他生命力耗盡為止。[16]

---

14 彭念瑩：〈張愛玲短篇小說《傳奇》中的男性形象〉，頁 47。

15 「Mr. Jekyll」及「Mrs. Hyde」是作者盧應初引用自張愛玲所喜愛的作家 Aldous Huxley 所寫的一段敘述：「在一個現代的、高度專業化的世界，唯一理想的生存方式是雙重人格的生活方式。一個 Mr. Jekyll，從事形而上，科學的思考，做生意，計算，設計機器等等。另一個 Mrs. Hyde 在工作間歇從事肉體的，直覺的生活。這兩個人應該分開生活……只有這樣分裂地，出爾反爾地活著，我們才能同時讓我們裡面的自然人與公民，智識人和動物性都得以存活。這個解決辦法也許不理想；但是現在我認為……它是現代的情形下能找到的最好的方案了。」盧應初：〈現代・市儈・性：佟振保與都市俗眾文化解讀〉，林幸謙等著《張愛玲：傳統・性別・系譜》（臺北市：聯經出版社，2012 年），頁 87。

16 盧應初：〈現代・市儈・性：佟振保與都市俗眾文化解讀〉，頁 87。

這樣的觀點，即是將張愛玲的作品用文學的方式來考察現代經驗、殖民資本主義社會以及文化的交互作用，認為張往往是通過最個人的領域，如性與愛的敘述來寫非常社會化的人格，故能使人對於振保這樣的「好人」，從一個更現代、更文化、更無可解脫的人類的生命視域予以理解。

且不論是中國傳統男性自我價值的證明，或是現代人在社會人與動物人之間的擺盪，佟振保依然擺脫不掉這樣的框架，終是走向張愛玲筆端惘惘的，也只能如此的結局。

三　從「好人」到「蒼涼」的敘事手法

在上一節，我們已知佟振保所力圖成為的「好人」是如何的形象，也知道了他在好人與非好人之間不可開脫的擺盪，也因這不可開脫的無力改變，而蘊生出蒼涼之感。張愛玲是如何將此傳達給讀者的呢？本節將她在〈紅玫瑰與白玫瑰〉中所匠心獨運的敘事技巧，分別從「傳奇」、「振保的心聲」及「令人同情的好人」三方面，詳述如下：

(一) 傳奇——時間差距、不參與、省略及非聚焦的敘事方式

〈紅玫瑰與白玫瑰〉收錄於《張愛玲短篇小說集》，是張愛玲於一九四四年出版的第一本著作，當時書名為《傳奇》[17]。小說中的每

17 《傳奇》是張愛玲的第一本著作，一九四四年八月十五日自費出版，九月再版，改由上海雜誌社印行；一九四六年上海山河圖書公司出版正體增訂本，收錄的作品有〈留情〉、〈紅鸞禧〉、〈紅玫瑰與白玫瑰〉、〈等〉、〈桂花蒸阿小悲秋〉、〈金鎖記〉、〈傾城之戀〉、〈茉莉香片〉、〈沉香屑　第一爐香（上）〉、〈沉香屑　第一爐香

個故事，有如中國古代「傳奇」的模式，有個說故事的人述說給讀者，其中使用的敘事特色，可分四點來說明：

1 說著一個久遠的故事——敘述的時間差異

「傳奇」是盛行於中國唐宋時期的一種文學體類，原來是唐朝裴鉶一篇作品的篇名，後來才作為一總稱，指以散文形式來寫故事的作品，現在，大多認為它就是中國的短篇小說。[18] 從敘述角度而言，敘述者所講述的故事都已是「過去」時間的人物與情事，故此文體的模式，被敘述者與敘述者必然存在著相當的時間差異，自然也拉開了兩者的距離，進而使聽故事的人產生一種事已境遷的時空隔閡。

祝秀俠專研唐代傳奇，探究「傳奇」之名稱到了元代才成立，說到《陶南村輟耕錄》有云：「唐有傳奇，宋有戲曲、彈詞、小說，金有院本、雜劇。」顯然此說的傳奇是概指唐代一切小說而言。但是，到了明清之際，傳奇這個名稱，又不是指唐代的小說了，而是指戲曲，如清梁紹壬《兩般秋雨盦隨筆》解：「裴鉶著小說，多奇異可傳示，故稱傳奇；而今之傳奇，則曲本矣。」故可說，傳奇自唐一路的演化下來，深切影響了後來的文學，可說是宋代話本、元明戲曲及清代章回小說之源。[19] 張愛玲將其小說以「傳奇」之名命之，在形式上，確實可見到它們如傳奇之體式來講述故事的模式，如〈啼笑因緣〉採用古代章回小說方式以對偶串句的形式分立章目，塑造出一種久遠傳說的敘事氛圍；又如〈傾城之戀〉中鋪陳的「胡琴咿咿呀呀拉

(下)〉、〈沉香屑 第二爐香〉、〈琉璃瓦〉、〈心經〉、〈年輕的時候〉、〈花凋〉、〈封鎖〉、〈中國的日夜〉等。張愛玲定居美國後，此書改名為《張愛玲短篇小說集》，先由香港天風出版社出版，再由臺灣皇冠出版社重版。

18 祝秀俠：《唐代傳奇研究》(臺北市：中華文化出版社事業委員會，1957 年)，頁 10。

19 祝秀俠：《唐代傳奇研究》，頁 6-10。

著，在萬盞燈的夜晚，拉過來又拉過去，說不盡的蒼涼的故事——不問也罷！」[20] 胡琴的「咿咿呀呀」聲，就如說書人的伴奏樂音；而那「說不盡的……故事」正似說書人的用語，張愛玲的小說，即常予讀者這般有如聽人說故事的感覺；其中〈紅玫瑰與白玫瑰〉的敘說方式：「振保的生命裡有兩個女人……」也不例外，彷彿一個說故事的人在說著一個久遠的傳奇故事給人聽。

2 說一個事不關己的故事——不參與的敘述者

原一九四四年五、六、七月連載於《雜誌》月刊第十三卷第二、三、四期的〈紅玫瑰與白玫瑰〉，在收入於一九四六年十一月由上海山河圖書公司出版的《傳奇》增訂本時，內容有了修改。原本《雜誌》的版本曾在開頭出現過「我」這個說故事的人，但增訂本的「我」卻被刪去，並在內文做了相應的改動。[21] 不過，儘管做了更動，說故事的人被隱藏了，但其敘事方式仍具有說故事的效果。就在開頭，即是這般的娓娓說道：

> 振保的生命裡有兩個女人，他說的一個是他的白玫瑰，一個是他的紅玫瑰。一個是聖潔的妻，一個是熱烈的情婦——普通人向來是這樣把節烈兩個字分開來講的。[22]

此處說這件事的人，是不參與故事的「異敘述者」[23]，他說的是別人

20 張愛玲：《張愛玲短篇小說集》，頁 203。

21 蔡登山：《傳奇未完：張愛玲》，頁 174。

22 張愛玲：《張愛玲短篇小說集》，頁 57。

23 異敘述者不是故事中的人物，他敘述的是別人的故事，由於不參與故事，因此在敘述上具有較大的靈活性。就敘述範圍而言，他可以凌駕於故事之上，掌握故事的全部線索和各類人物的隱秘，對故事作全面詳盡的解說；他也可以拋去這種優

的故事，就這個敘事範圍而言，他可以凌駕於故事之上，掌握整個故事的全部線索和各類人物的隱秘，對故事做詳盡的、全面的解說。故而振保這個與敘述者無關的「他人」的感情及秘密，他是知情的，因而能事不關己的提出評論，將振保與一般普通人相提並論。試比較未更動前的版本其中被刪去的一段：

> 振保叔叔沉著的說：「我一生愛過兩個女人，一個是我的紅玫瑰，一個是我的白玫瑰。」……聽到這話的時候我忍不住要笑，因為振保叔叔絕對不是一個浪漫色彩的人。那時候我還小，以為他年紀很大很大……[24]

顯然的，原敘述者「我」與振保有著親屬或至少是有著輩分關係的熟人，敘事者是個在講述自己所見所聞的「同敘述者」[25]，他可以是整個故事的次要人物或旁觀者，雖然和被敘述者也保有距離，但拉距的程度，卻不如沒有這個「我」存在的異敘述者；更何況文中的我，還表達了自己忍不住要笑的情緒，所以改動後的敘事方式，更符合了與己無關的「傳奇」模式。

3 三言兩語的結尾——省略的技法

傳奇小說的內容，雖含有神奇的意味，但並不純粹以給人們作消遣為目的。篇末往往會把作者的用意明白說出：或志在規誨，或意取

越感，緊跟人物之後，充當純粹的記錄者，有節制地發出信息。參自胡亞敏：《敘事學》，頁 32。

24 引自蔡登山：《傳奇未完：張愛玲》，頁 174。

25 同敘述者是故事中的人物，他敘述自己的或與自己有關的故事，他不如異敘述者那樣自由，他必須講自己的或自己所見所聞的故事。參自胡亞敏：《敘事學》，頁 32。

窒慾，甚或借事諷刺，總不外導人棄惡向善，這也是傳奇所具有的一種特徵。[26]

〈紅玫瑰與白玫瑰〉的開頭以說故事的敘事方式敘述，故事的結尾，卻以三言兩語的簡述方式交代了振保的結局：「第二天起床，振保改過自新，又變了個好人。」[27]沒有細節的陳述，彷彿意味著「沒有什麼好再說的，就是大家都應該知道的那麼一回事」。在這裡，張愛玲使用了「省略」的敘事手法，它的基本功能之一就是將「不值得寫的東西」省去，也是避免重複的一種技巧，它可加快節奏，也有深化意蘊的作用，因為敘述者沒有說出的緘默，反更顯意味深長；而文中沒有敘述出來的部分，只能通過文本提供的某些信息從邏輯上推斷出來，[28] 所謂「又變了個好人」，我們自然能從前文的振保一路走來所作所為的「好人」，得以推斷他的未來，也正是如此解脫不掉的循環，更為這個「好人」增添了無限的淒涼。

小說的結尾雖未明言勸善，也無直言批評，但讀者仍能在這個省略所提供的想像空間裡，省思到作者所寓託其中的道理，無形中也發揮了如傳奇所具有效用特徵。

4 說著一個人的故事——非聚焦形敘事

張愛玲的「傳奇」雖在形式上與傳統文學規式類同，但內容卻不追隨唐傳奇中所崇拜的俠士英雄主義，她在故事中不標榜英雄人物；但與其說是反英雄，不如說她表現的主題並非在善惡的二元對立，而是道德力量的虛弱與人生無能為力的反抗。即是這樣的莫可奈何，而使其建構的世界呈現出荒涼的生命況味。[29] 她曾在《傳奇．前言》中

---

26 祝秀俠：《唐代傳奇研究》，頁 6-10。

27 張愛玲：《張愛玲短篇小說集》，頁 108。

28 參自胡亞敏：《敘事學》，頁 81-83。

29 鄭應峰：〈張愛玲小說距離敘事特徵淺析〉，頁 87。

自述：「書名叫傳奇，目的是在傳奇裡面尋找普通人，在普通人裡面尋找傳奇。」[30] 張愛玲借用了傳奇的樣式結構，人物卻不擇崇高的英雄而選世俗的普通人，故事不談偉大的事蹟而講平凡的生活。誠如盧應初認為，張透過愛與性等極個人及私己的領域，來敘寫非常社會化的人格，他們產生在現代經驗與殖民資本主義社會及文化的交互作用下。[31] 於是振保的故事，就是普通人的故事，振保是「一個最合理想的中國現代人物」的典型。當敘述者以非聚焦型的視角來俯瞰眾生，他便擁有如「上帝的眼睛」般的全知，例如「振保的生命裡有兩個女人，……普通人向來是這樣把節烈兩個字分開來講的。」[32]「也許每一個男子全都有過這樣的兩個女人」[33]、「他整個地是這樣一個最合理想的中國現代人物」[34]等等的敘述皆是。〈紅玫瑰與白玫瑰〉說的是振保桎梏的人生，其實意指的也正是和振保一樣的普通人所逃不開的生命故事。當我們發現，一個小人物的處境是整個社會的縮影，他的人生，即是我們大多數人的宿命，這份理解便有了情感，而這份噓唏，則更添悲涼。

（二）振保的心聲——自由聚焦的視角

張愛玲的小說並不以情節見長，而是她對於「自由聚焦」[35] 的切

---

30 引自于青：《張愛玲傳——從李鴻章曾外孫女到現代曹雪芹》（臺北市：世界書局，1998年），頁130。

31 盧應初：〈現代・市儈・性：佟振保與都市俗眾文化解讀〉，頁88。

32 張愛玲：《張愛玲短篇小說集》，頁57。

33 張愛玲：《張愛玲短篇小說集》，頁57。

34 張愛玲：《張愛玲短篇小說集》，頁57。

35 當文本中的敘述者以敘述人的身分進行敘述時，作品採取的常常是外聚焦的視角，而敘述者深入到故事，與人物視角合而為一時，則常常是內聚焦，或者同時兼有內外聚焦的情況。就是這種對聚焦視角的自由轉換，作品在體驗世界、感知

換能力使讀者產生極為貼切的感知世界的審美效果。張愛玲的聚焦轉換之無痕，宛如直接轉述了被敘述者的話語，因而易被誤認為「轉述語」，[36] 即可見其技巧之精熟。通常敘事中的表現結構不可能被化簡為一個語言學的本體論，「焦點」必須與敘述者的語法人稱和「進入意識」一起被當作視點的一個獨立成分。[37] 就此來檢視〈紅玫瑰與白玫瑰〉，即可發現當中自由聚焦的敘事運用，其量之多，確實驚人，也實為精彩，於此分論如下：

1 通過振保的內心來看——敘述者與被敘述者的視角變異

在關於敘述者與振保的視角[38] 轉換方面，可見於小說開頭有如說書人說故事般地說道：「振保的生命裡有兩個女人……」，敘述者原該是個不參與故事的人，然而，貫穿整篇小說的敘述視角，卻經常被位移到振保的視角，兩者間的自由轉移，自然流暢、天衣無縫，敘述者與被敘述者在張愛玲的筆下不覺地融而為一。又如振保在巴黎初次嫖妓，精神受到了震撼，「出來的時候，街上還有太陽，樹影子斜斜

日常生活的層面才獲得了豐富的文本意義。鄭應峰：〈張愛玲小說距離敘事特徵淺析〉，頁 87-88。

36 「敘述語」是由敘述者發出的話語行為；「轉述語」則是指由其他人物發出但經敘述者引入的話語行為（這些都是敘述主體所構設安排的）。在各種敘述情況中，除了敘述者是事件的參與者而他的敘述語可能出現在引號內（跟其他角色對談），此外敘述者的敘述語都不可能出現在引號內（因為他不是局內人能跟局內人對談。以上盧卡奇所述可用以區別敘述語和轉述語的不同。盧卡奇，《小說理論》，頁 149，151。

37 此「進入意識」包含了兩層含意：第三人稱敘述者可以看進人物的內心，也可以通過其內心來看。在後者情況中，人物是觀看者，世界被觀看；而前者的情況中，敘述者是觀看者，人物的內心被觀看。華萊士・馬丁：《當代敘事學》，頁 144，147。

38 視角指敘述者或人物與敘事文中的事件相對應的位置或狀態，或者說，敘述者或人物從什麼角度觀察故事。參自胡亞敏：《敘事學》，頁 19。

臥在太陽影子裡。這也不對，不對到恐怖的程度。」[39] 這其中「不對」與「恐怖」的感覺，應該是振保的內心自覺而非他人的外聚焦所能感受；另談到對於愛丁堡的異性時：「愛丁堡的中國女人本就寥寥可數，內地來的兩個女同學，他嫌過於矜持做作，教會派的又太教會派了。現在的教會畢竟是較近人情了，很有些漂亮人物點綴其間，可是前十年的教會裡，那些有愛心的信徒們往往不怎麼可愛的。活潑的還是幾個華僑。若是雜種人，那比華僑更大方了。」[40] 這段敘述中的振保，雖以第三人稱的「他」來定位，但敘述中那些對異性的看法，卻活生生是振保自己的體驗；又面對初戀情人玫瑰時，說到「這樣的女人之在外國或是很普通，到中國來就行不通了。把她娶來移植在家鄉的社會裡，那是勞神傷財，不上算的事。」[41]「他做夢也沒想到玫瑰愛他到這程度，他要怎樣就怎樣。可是……這是絕對不行的。玫瑰到底是個正經人。」[42] 這兩段話與其說是他人的敘述，不如說是振保心裡的自白來的更為真切。而這種敘述者與振保這個人物的視角合而為一，或者說視角轉移的手法，尤其在文本中關於振保的背景與志向的表述時又特別顯著：

> 他想起路上碰見的艾許太太，想起他在愛丁堡讀書，他家裡怎樣為他寄錢，寄包裹，現在正是報答他母親的時候。他要一貫地向前，向上。第一先把職業上的地位提高。有了地位之後他要做一點有益社會的事，譬如說，辦一個貧寒子弟的工科專門學校，或是在故鄉的江灣弄個模範的布廠，究竟怎樣，還有點

---

39 張愛玲：《張愛玲短篇小說集》，頁 60。
40 張愛玲：《張愛玲短篇小說集》，頁 61。
41 張愛玲：《張愛玲短篇小說集》，頁 62。
42 張愛玲：《張愛玲短篇小說集》，頁 63。

> 渺茫，但已經渺茫地感到外界的溫情的反應，不止有一個母親，一個世界到處都是他的老母，眼淚汪汪，睜眼只看見他一個人。[43]

回顧自己曾經的努力，以及如何期許著自己未來的方向與成就，似乎要透過振保自己的角度來陳述，才能讓人感受到其中不為人知的艱苦與敬重。這段敘述情同振保訴說著「他」自己的心聲，譬如外界對他的眼光有如老母的淚眼汪汪的期盼，這箇中滋味，也只有振保自己能體會。更甚者，當他開始防禦不住嬌蕊的誘惑時，敘述者的話語已與振保的自問自答不可二分了：

> 就在這上面他感到了一種新的威脅，和這新的威脅比較起來，單純的肉的誘惑簡直不算什麼了。他絕對不能認真哪！那是自找麻煩。也許……也許還是她的身子在作怪。男子憧憬一個女子的身體的時候，就關心到她的靈魂，自己騙自己說是愛上了她的靈魂。唯有佔領了她的身體之後，他才能夠忘記她的靈魂。也許這是唯一的解脫的方法。為什麼不呢？她有許多情夫，多一個少一個，她也不在乎。王士洪雖不能說是不在乎，也並不受到更大的委屈。[44]

「他絕對不能認真哪！」這究竟是誰的吶喊？相信讀者絕不至於疑惑。敘述視角跳到了振保內心，從他內心的自我答辯中，我們清楚看到了他內心的衝突與掙扎，以及如何的想要合理化自己對嬌蕊身體的

---

43 張愛玲：《張愛玲短篇小說集》，頁 88。

44 張愛玲：《張愛玲短篇小說集》，頁 75-76。

慾望。再看振保與嬌蕊的婚外情發展到不可收拾的地步時，他奪門衝出後的下文：

> 他一向以為自己是有分寸的，知道適可而止，然而事情自管自往前進行了。跟她辯論也無益。麻煩的就是：和她在一起的時候，根本就覺得沒有辯論的需要，一切都是極其明白清楚，他們彼此相愛，而且應當愛下去。沒有她在跟前，他才有機會想出諸般反對的理由。像現在，他就疑心自己做了傻瓜，入了圈套。她愛的是悌米孫，卻故意的把濕布衫套在他頭上，只說為了他和她丈夫鬧離婚，如果社會不答應，毀的是他的前程。[45]

這段極其坦誠的剖白，明明白白是發自振保的內心，唯有將敘述權轉交給振保，才得以讓讀者沒有隔閡的知道他內心的矛盾、衝突與懷疑，以及愛情與社會成就之於他的價值差別。這此，文中出現了一個洩漏天機的全知痕跡，超出了第三人稱敘述者對於他人內心的非自然地進入。敘述人稱雖使用了「他」、「他們」，表示敘述者並沒有消失，但卻又並不讓人懷疑是出自振保的自述，足見張愛玲聚焦轉位的功力。另在故事尾聲，振保一次情緒的大爆發後，小說行文如下：

> 振保在床上睡下，直到半夜裡，被蚊子咬醒了，起來開燈。地板正中躺著煙鸝一雙繡花鞋，微帶八字式，一隻前些，一隻後些，像有一個不敢現形的鬼怯怯向他走過來，央求著。振保坐在床沿上，看了許久。再躺下的時候，他歎了口氣，覺得他舊日的善良的空氣一點一點偷著走近，包圍了他。無數的煩憂與

---

45 張愛玲：《張愛玲短篇小說集》，頁 89。

責任與蚊子一同嗡嗡飛繞，叮他，吮吸他。[46]

鞋，在文本中總共出現了四次凸出的描述，[47] 自有其象徵，此處即用以徵喻煙鸝在振保心中的形象與感覺，呼應他多年前單身時，在王家陽台望見的街景。那時風吹著兩片落葉彷彿沒人穿的鞋，像自己一個人走著，他觸景生情，想像著未來：「那時候只能有一個真心愛的妻，或者就是寂寞的。」[48] 而如今，多年後的此刻的妻，形似傳統的繡花鞋，魂似個怯生生的鬼，沒有尊嚴的央求著他。也只有他自己能感受到空氣是如何的氛圍，那擺脫不掉的舊日的善良終不可、也不敢失去；分不清吸吮他的究竟是煩憂、責任，還是蚊子，或其實也無能、無需去釐清了。透過敘述者與振保合一的視角，讀者便能感知到振保的內在意識，理解他沒有行如「好人」的時候，非不為，而是無能為，是值得同情的；畢竟最終的他，擁有的不是一個真心愛的妻，而是寂寞。

振保的寂寞，不曾直接表白，但透過他的視角，我們看到他內心

46 張愛玲：《張愛玲短篇小說集》，頁 108。

47 據本文分析歸納：一次是振保初到王士洪家，在傍晚的陽台望著街上的光景，「風吹著兩片落葉蹋啦蹋啦彷彿沒人穿的破鞋，自己走上一程子。……這世界上有那麼許多人，可是他們不能陪著你回家。到了夜深人靜，還有無論何時，只要是生死關頭，深的暗的所在，那時候只能有一個真心愛的妻，或者就是寂寞的。振保並沒有分明地這樣想著，只覺得一陣悽惶。」一次是嬌蕊摸黑從房內出來接電話，「剛才走得匆忙，把一隻皮拖鞋也踢掉了，沒有鞋的腳便踩在另一隻的腳背上。……嬌蕊站立不牢，一歲身便在椅子上坐下了，……。她那只鞋還是沒找到，振保看不過去，走來待要彎腰拿給她，她恰是已經蹋進去了。」一次是發現了妻子的出軌當晚淋了雨回家，「他在大門口脫下溼透的鞋襪，交給女傭，自己赤了腳上樓走到臥室裡」之後悲傷愛憐的洗著自己的腳；最後一次即是振保情緒爆發將妻子趕出房門，半夜醒來，「地板正中躺著煙鸝一雙繡花鞋，微帶八字式，一隻前些，一隻後些，像有一個不敢現形的鬼怯怯向他走過來，央求著。」

48 張愛玲：《張愛玲短篇小說集》，頁 70。

深處的自我拉扯，在他心底，這樣的拉扯儼然分裂成了兩個人：錯過與玫瑰肌膚之親時的兩個他：「他對他自己那晚上的操行充滿了驚奇讚嘆，但是他心裡是懊悔。背著他自己，他未嘗不懊悔。」[49] 發現妻子出軌，當晚淋濕了鞋回家後的兩個他：「他把一條腿擱在膝蓋上，用手巾揩乾每一個腳趾，忽然疼惜自己起來。他看著自己的皮肉，不像是自己在看，而像是自己之外的一個愛人，深深悲傷著，覺得他白糟蹋了自己。」[50] 倦怠了自己所擁有的一切，開始放蕩，帶女人雨天出遊的兩個他：「砸不掉他自造的家，他的妻，他的女兒，至少他可以砸碎他自己。洋傘敲在水上，腥冷的泥漿飛到他臉上來，他又感到那樣戀人似的疼惜，但同時，另有一個意志堅強的自己站在戀人的對面，和她拉著，扯著，掙扎著——非砸碎他不可，非砸碎他不可！」[51] 敘述中的另外一個他，如同自己的愛人，深深同情著、疼惜著自己，這份內心深處的寂寞與無處說，也只有他自己能懂；而今，經由他視角的公開，讀者也懂了。

2 看進振保的內心——外聚焦到內聚焦的切換

關於「外聚焦」[52]到「內聚焦」[53]切換的敘事轉移方面，在振保與嬌蕊的交手片段中俯拾即是，或許唯有將振保的感性知覺陳述於文

49 張愛玲：《張愛玲短篇小說集》，頁 64。

50 張愛玲：《張愛玲短篇小說集》，頁 104-105。

51 張愛玲：《張愛玲短篇小說集》，頁 107。

52 在外聚焦型視角中，敘述者嚴格地從外部呈現每一件事，只提供人物的行動、外表及客觀環境，而不告訴人物的動機、目的、思維和情感。參自胡亞敏：《敘事學》，頁 32。

53 在內聚焦型視角中，每件事都嚴格地按照一個或幾個人物的感受和意識來呈現。它完全任憑一個或幾個人物（主人公或見證人）的感官去看、去聽，只轉述這幾個人物從外部接受的信息和可能產生的內心活動，而對其他人物則向旁觀者那樣，僅憑接觸去猜度、臆測其思想感情。參自胡亞敏：《敘事學》，頁 27。

字，才能使讀者深刻體會他的「社會人」與「動物人」交戰的困境。從他與嬌蕊一見面開始，處處是這樣的敘述：「濺了點肥皂沫子到振保手背上。他不肯擦掉它，由它自己乾了，那一塊皮膚便有一種緊縮的感覺，像有張嘴輕輕吸著它似的。」[54]「他把它塞到褲袋裡去，他的手停留在口袋裡，只覺渾身燥熱。這樣的舉動畢竟是太可笑了，他又把頭髮取了出來，輕輕拋入痰盂。」[55]「嬌蕊熟睡中偎依著他，在他耳根底下放大了的她的呼呼的鼻息，忽然之間成為身外物了。」[56]「振保謝了她，看了她一眼。她穿著的一件曳地的長袍，是最鮮辣的潮濕的綠色，沾著什麼就染綠了。……衣服似乎做得太小了，兩邊迸開一寸半的裂縫，用綠緞帶十字交叉一路絡了起來，露出裡面深粉紅的襯裙。那過份刺眼的色調是使人看久了要患色盲症的。也只有她能夠若無其事地穿著這樣的衣服。」[57] 嬌蕊的洗髮泡沫在他皮膚上的緊縮感、偷藏嬌蕊掉落髮絲的燥熱感，嬌蕊在他耳根下的鼻息聲，以及對於嬌蕊衣著的感受與評論，不論是觸覺、聽覺、視覺或任何知覺與感想的陳述，都是從敘述者的外聚焦切換到人物的內聚焦。又當他為嬌蕊的「心居」提起筆墨時，文中所敘的「他從來不是舞文弄墨的人，這一次破了例，在書桌上拿起筆來，竟寫了一行字：『心居落成誌喜。』其實也說不上歡喜，許多唧唧喳喳的肉的喜悅突然靜了下來，只剩下一種蒼涼的安寧，幾乎沒有情感的一種滿足。」[58] 如今嬌蕊已全心為他所屬，而他真的如自己寫下的誌喜般的歡喜？真的享受肉體的喜悅？真的需要情感的滿足？其實連他自己也不知所以，也無

54 張愛玲：《張愛玲短篇小說集》，頁 64-65。
55 張愛玲：《張愛玲短篇小說集》，頁 66。
56 張愛玲：《張愛玲短篇小說集》，頁 88。
57 張愛玲：《張愛玲短篇小說集》，頁 71。
58 張愛玲：《張愛玲短篇小說集》，頁 80。

從確認了。這種毫無遮掩的誠實，也只有從客觀的外聚焦敘述轉換到主觀感受的內聚焦之後，我們才有機會窺知。

除了嬌蕊，與振保有肢體接觸而得以陳述其官能知覺的，另外還有他的妻子煙鸝：

> 但是他對她的身體並不怎樣感到興趣。起初間或也覺得可愛，她的不發達的乳，握在手裡像睡熟的鳥，像有它自己的微微跳動的心臟，尖的喙，啄著他的手，硬的，卻又是酥軟的，酥軟的是他自己的手心。後來她連這一點少女美也失去了。對於一切漸漸習慣了之後，她變成一個很乏味的婦人。[59]

在聚焦的切換下，振保對於煙鸝的內心感覺表露無遺，我們感同身受的知道了被敘述者振保的生理感受與心理感知，也間接知道了他的婚姻問題。內聚焦於振保的感思，足以詳實說明了「他對她身體不感興趣」的外聚焦敘述之內情。在這樣的焦距轉移下，他的內心意識，以及他那不可與外人道的悲涼，同時攤在了讀者的面前。

從以上的分析可以得知，因敘述者的視角與振保的視角不時變異轉移，而使讀者能跟著敘述視角，時而旁觀振保的虛偽與無情，時而明白振保內在的自我認知；另外視角有時聚焦在外，有時聚焦在內，我們也才有機會窺視振保的內心與外界的互動感知。一般來說，我們的同情是被那些我們了解其思想的人喚起的。一個聚焦者（觀看者）除了記錄外部世界之外，也能夠自我感知和反思——思考所看到的，或決定行動的方向。他可以自由地選擇掩蓋或揭示意識的內容。[60] 透

59 張愛玲：《張愛玲短篇小說集》，頁 93。

60 華萊士・馬丁：《當代敘事學》，頁 146。

過這些聚焦與觀看，可知張愛玲想揭示給我們的意識、想喚起我們對振保的同情的可能。

(三) 值得同情的好人——反諷的敘事手法

張愛玲的《傳奇》模式，並非建立在英雄與非英雄、善與惡的二元對立，而是因為看透人性與人生的矛盾與困境，她的小說比其他小說更透含著言外之意、弦外之音，表現出一種意味深遠的「反諷」[61]風格。諷刺是雙重的，沿兩個方向前進：它一方面的發展讓人深刻地看到奮鬥無望，另一方面的發展讓人更深刻地看到拋棄奮鬥亦無望。[62] 而反諷卻可以「毫不動情地拉開距離，保持一種奧林匹斯神祇式的平靜，注視著也許還同情著人類的弱點」[63]。〈紅玫瑰與白玫瑰〉整篇小說，可說是一部載滿「諷刺」與「反諷」的作品，[64] 不論在修辭或情節敘述上，都可見到敘事者含諷式的敘事藝術：

1 敘述者的意在言外——隱蔽的評論

就敘事觀點而言，敘述者是故事材料的提供者、組織者、表達者和擔保人，他可以對故事加以安排、分析、修辭乃至製造反諷；敘述

---

61 反諷重視語言符號中的能指功能，它有意破壞言意之間的對應聯繫，充分顯現語言的歧義性。同時強調敘述者在敘述過程的距離控制，包括角度、情感乃至道德距離，它要求敘述者以一種超然、平和的態度，敘述要適度，真意最好隱而不露。參自胡亞敏：《敘事學》，頁 116。

62 盧卡奇：《小說理論》，頁 58-59。

63 華萊士．馬丁：《當代敘事學》，頁 227。

64 諷刺和反諷之間的雖有其區別，但是一旦對之詳加考察，這些區別往往會消失。我們愈是仔細地區別反諷和諷刺，它們就愈是顯得一致，無論是從概念方面還是從經驗方面看。當我們在一篇敘事中發現其中之一時，其他兩個經常就潛伏在它附近。華萊士．馬丁：《當代敘事學》，頁 183。

者可以採用公開或隱蔽的方式表現自己的存在，但他不可能完全沉默。[65] 張愛玲曾自白：「……我用的是參差的對照寫法，不喜歡採取善與惡，靈與肉的斬釘截鐵的衝突那種古典的寫法，……」[66] 便不難推斷，與「公開」相較，她更喜用「隱蔽」的評論手法。

且看小說一開頭的敘述：「也許每一個男子全都有過這樣的兩個女人，至少兩個。娶了紅玫瑰，久而久之，紅的變了牆上的一抹蚊子血，白的還是『床前明月光』；娶了白玫瑰，白的便是衣服上沾的一粒飯黏子，紅的卻是心口上一顆硃砂痣。」[67] 以蚊子血、床前明月光；飯粒子、硃砂痣兩組對比來比喻男人對於女人的評價。敘述者將相互對照或對立的因素有機地組織在一起，形成反差，從而使意義不言自明，這是一種對比的敘述修辭，是敘述者「隱蔽評論」[68] 中利用修辭來發論的一種手法。在這裡，女人的價值全視是否為妻而定，敘述者沒有明說，但一經對照，並從略帶戲謔的用詞裡，我們即可知敘述者心中的評論。而這樣的對比，明顯具有諷刺的意味。只是對於男女婚姻中幾乎必然的改變、對於人性前後也許必然的矛盾，僅使人隱隱會心而輕嘆一絲鼻息，未能引起我們進一步的同情。

再看另一個較顯著的對比，描寫振保於電車上偶遇分手多年的嬌蕊後，將她與自己的妻比較時：「振保追想恰才那一幕，的確，是很見老了。連她（按：嬌蕊）的老，他也妒忌她。他看看他的妻，結了婚八年，還是像什麼事都沒經過似的，空洞白淨，永遠如此。」[69] 老

---

65 胡亞敏：《敘事學》，頁 104。

66 張愛玲：《張愛玲典藏全集（8）散文卷一》（臺北市：皇冠文化出版公司，2001年），頁 92。

67 張愛玲：《張愛玲短篇小說集》，頁 57。

68 隱蔽的評論只有敘述者隱身於故事之中，通過故事結構和敘述技巧來體現其對世界的看法，而自身不在作品中直接表明觀點。參自胡亞敏：《敘事學》，頁 111。

69 張愛玲：《張愛玲短篇小說集》，頁 98。

了、憔悴了、發胖了的嬌蕊，與白淨的妻子，是明顯的對比。原該是白淨優於老化的，我們卻在「他也妒忌她」的情緒表達，以及「像什麼事都沒經過似的，空洞白淨，永遠如此。」所流露的不滿的語氣中，確立了這裡言與意的對立，我們知曉必須從反面理解這段話語；又因敘述者是從振保的視角發出的評語，我們懂得他的情感了，於是對於他之前離棄嬌蕊的無情與之後對自已所選的妻子的不滿，儘管嘲諷，卻又頗感同情，因而透顯出反諷的意涵。

2 敘述與情節的矛盾——含混的評論

除了隱蔽式的評論，文中也利用了情景的對比來加以運作，此般敘述者沒有直言卻暗透紙背的論判，謂之「含混的評論」[70]。如在開頭敘述者提到振保時說到：「他是有始有終，有條有理的，他整個地是這樣一個最合理想的中國現代人物，縱然他遇到的事不是盡合理想的，給他心問口，口問心，幾下子一調理，也就變得彷彿理想化了，萬物各得其所。」[71] 這段對振保優秀形象的描述，卻在我們讀到他一路的行徑之後，一夕顛覆，這種敘述與情節整體的不一致，造成了矛盾與反諷。關於這種矛盾、不一致的配置，也表現在其他事上，例如當他面對初戀情人玫瑰的獻身意願時，仍能克已自持：「這件事他不大告訴人，但是朋友中沒有一個不知道他是個坐懷不亂的柳下惠，他這名聲是出去了。」[72] 既然「不大告訴人」，那又何以「沒有一個不知道」呢？言詞中即暗藏了譏諷，再說，不也正因這樣的好名聲，王

70 含混的評論介於公開的評論與隱蔽的評論之間，特徵為敘述語言的歧義性和意義的多重性。它可以是公開評論中的話中有話，也可以是隱蔽評論中的言外之意，其主要形式就是反諷。參自胡亞敏：《敘事學》，頁 115-116。

71 張愛玲：《張愛玲短篇小說集》，頁 57。

72 張愛玲：《張愛玲短篇小說集》，頁 64。

士洪才會放心分租公寓給他嗎？不料卻使自己的嬌妻與他發生情事，這樣的結果，與「坐懷不亂的柳下惠」完全兩樣情，即是一個前敘述與後情節矛盾的嘲諷，但因它諷刺了原來的諷刺，使我們體悟到或許沒有絕對的是非，而徒留無可奈何。

再者，當他決定放棄抗拒，主動去接近嬌蕊時，「他立在玻璃門口，久久看著她，他眼睛裡生出淚珠來，因為他和她到底是在一處了，兩個人，也有身體，也有心。他有點希望她看見他的眼淚，……」[73] 經過那麼一段時日的苦心掙扎，終究還是陷入了嬌蕊的熱情裡；但如何也是自己管不住心，調理不當，萬物一團迷糊了，而後他卻將無法收拾的結果怪到了嬌蕊頭上：「像現在，他就疑心自己做了傻瓜，入了圈套。她愛的是悌米孫，卻故意的把濕布衫套在他頭上，只說為了他和她丈夫鬧離婚，如果社會不答應，毀的是他的前程。」[74] 再順著情節的發展，來到他成家之後，流連於妓女的肉體時，想起心中的玫瑰：「他記憶中的王嬌蕊變得和玫瑰一而二，二而一了，是一個癡心愛著他的天真熱情的女孩子，沒有頭腦，沒有一點使他不安的地方，而他，為了崇高的理智的制裁，以超人的鐵一般的決定，捨棄了她。」[75] 若將這三段敘述並陳來對照，之間複雜矛盾的心理，頓時具現；說是無情卻有意，道是有心卻無義，今日的自己否定昨日的自己。但，這樣連他自己都不能整合的人格、無法掌握的人生，不也正是一般人性的遭遇？是故，又教人何忍苛責而視之以虛偽呢？

說到有關此種含混式的評論最精彩處，當是振保前後兩次返家拿取雨衣的情節。我們可從兩個情節的對照中比較出較多的層次，更可

73 張愛玲：《張愛玲短篇小說集》，頁 79。

74 張愛玲：《張愛玲短篇小說集》，頁 89。

75 張愛玲：《張愛玲短篇小說集》，頁 94。

領略諷刺與反諷的不同。一次是住在嬌蕊家時，一次是與煙鸝成家後：

> 他在午飯的時候趕回來拿大衣，大衣原是掛在穿堂裡的衣架上的，卻不看見。他尋了半日，著急起來，見起坐間的房門虛掩著，便推門進去，一眼看見他的大衣鉤在牆上一張油畫的畫框上……嬌蕊這樣的人，如此癡心地坐在他大衣之旁，讓衣服上的香烟味來籠罩著她，還不夠，索性點起他吸剩的香烟……真是個孩子，被慣壞了，一向要什麼有什麼，因此，遇見了一個略具抵抗力的，便覺得他是值得思念的。[76]
>
> 他僱車兜到家裡去拿雨衣，路上不由的回想到從前，住在嬌蕊家，那天因為下了兩點雨，天氣變了，趕回去拿大衣，那可紀念的一天。……進去一看，雨衣不在衣架上。他心裡怦的一跳，彷彿十年前的事又重新活了過來。他向客室裡走，心裡繼續怦怦跳，有一種奇異的命裡註定的感覺。手按在客室的門鈕上，開了門，煙鸝在客室裡，還有個裁縫，立在沙發那一頭。[77]

前後發生了兩次同樣回家拿雨衣的事件，敘述者也有沒忘記提醒讀者：「路上不由得回想到從前」，表示曾有過相同的情節，可將之對照比較。前一次回家取雨衣，無意中發現嬌蕊——一個不守婦道、社會所不容的女子，竟癡心愛著他；另一次回家取雨衣，無意間發現自己的妻子——一個社會所認同的良家婦女，竟背叛了他。這種鮮明的對比敘述，使人讀之憮然。第一次與第二次各自讀來，已各具反諷，再將兩次一起對照後，不禁令人五味雜陳，更加感受到命運的不可掌

76 張愛玲：《張愛玲短篇小說集》，頁 78。

77 張愛玲：《張愛玲短篇小說集》，頁 102。

握，進而憐憫之心油然而生，也因此滋生出多層次的反諷效果。

此外，還有一段極為諷刺的敘述，是當振保知道與煙鸝有染的裁縫師，自被他撞見後就沒再來了，心裡竟想：「哦？這麼容易就斷掉了嗎？一點感情也沒有——真是齷齪的！」[78] 好一句「一點感情都沒有」、「齷齪的」，這些話看在讀者眼中，恐怕字字句句都打回他自己的身上了。曾經離棄嬌蕊的他，不正是如此嗎？但此刻的振保，情義俱現地為自己的妻說了這句話，我們從他的視角知道了他的真誠，他是真正打自心底說出的，於是，真正的反諷，也由此而生。

〈紅玫瑰與白玫瑰〉在言詞是反諷，在情節是反諷，在整個故事而言，亦是一整個的反諷。許多細節與敘述，矛盾得無不前前後後的相互呼應。好比回到前文一開始的敘述：「照現在，他從外國回來做事的時候，是站在世界之窗的窗口，實在是很難得的一個自由的人……」[79] 這麼樣「一個自由的人」，我們卻在後來的全文中看到他是如何的無法自由，他的生理慾望、情感思想，以及社會文化的框架，如何的相互干擾與壓制，無法各得其所，無法安其所得，再與之對照最前面那麼一個「自由」，又何其諷刺！接著開頭而下的敘述：「普通人的一生，再好些也是『桃花扇』，撞破了頭，血濺到扇子上。就這上面略加點染成為一枝桃花。振保的扇子卻還是空白，而且筆酣墨飽，窗明几淨，只等他落筆。」[80] 但事實真如敘述所說是「空白」的嗎？曾經的經歷只因不被他的社會價值認可，所以便不算落過筆，只能算是「那空白上也有淡淡的人影子打了底子的，像有一種精緻的仿古信箋，白紙上印出微凸的粉紫古裝人像。——在妻子與情婦

78 張愛玲：《張愛玲短篇小說集》，頁 106。
79 張愛玲：《張愛玲短篇小說集》，頁 58。
80 張愛玲：《張愛玲短篇小說集》，頁 58。

之前還有兩個不要緊的女人。」[81] 就這一整段敘述看來，對振保而言的「自由」與「空白」，意於言外，甚至從情節看來，言與意恰恰相反。

論述至此，已足以見證〈紅玫瑰與白玫瑰〉的反諷敘事已臻至藝術之境，最後就以振保在電車上偶遇嬌蕊的經典片段作為收尾。當時，兩人彼此問候的互動中，有段刻畫入微的描寫，相當值得玩味：

> 振保想把他的完滿幸福的生活歸納在兩句簡單的話裡，正在斟酌字句，抬起頭，在公共汽車司機人座右突出的小鏡子裡看見他自己的臉，很平靜，但是因為車身的搖動，鏡子裡的臉也跟著顫抖不定，非常奇異的一種心平氣和的顫抖，像有人在他臉上輕輕推拿似的。忽然，他的臉真的抖了起來，在鏡子裡，他看見他的眼淚滔滔流下來，為什麼，他也不知道。在這一類的會晤裡，如果必須有人哭泣，那應當是她。這完全不對，然而他竟不能止住自己。應當是她哭，由他來安慰她的。[82]

前段敘述的「完滿幸福」，對照後段的「眼淚滔滔流下」，何者為真，何者為假，已盡在不言中。但在「完滿幸福」到「眼淚滔滔流下」中間經歷的細微的、複雜的心理轉折，透過了振保的視角，讀者適得身歷其境般地細細體會，他是那麼傾力於要創造一個「對」的世界，但究竟什麼是「對」，什麼是「不對」呢？或許世間萬物並非善與惡那麼截然二分，生命總是存在著難以解開的困惑，若我們理解到人性以及人生的根本矛盾，恐怕也難以對人世發生的種種情事，做出絕對的論斷吧。

---

81 張愛玲：《張愛玲短篇小說集》，頁 58。

82 張愛玲：《張愛玲短篇小說集》，頁 96-97。

我們旁觀著振保，同時也懂他內心的衝突與無可如何，於是在遠觀的注視中滋生一出份憐憫之情，而這，正是人生的無奈，「也只能如此」，張愛玲筆下永恆不變的主題。一如故事到了尾聲，敘述者匆匆一句「第二天起床，振保改過自新，又變了個好人」[83]，結尾的這一個「好人」，回應了整個故事、整篇小說中，振保所企圖所為卻又極力欲以掙脫的形象，簡簡單單「好人」兩個字，道盡了振保一生的蒼涼。

四　結語

傳統的「傳奇」故事，最後總有善惡的結局，在〈紅玫瑰與白玫瑰〉中，張愛玲卻使用了絕佳的敘事技巧，讓我們藉由佟振保在善與惡、上帝與魔鬼之間的掙扎，揭示了現代人難以決斷的困惑。本文主要從三方面來探討：首先，張愛玲使用如同中國傳統的「傳奇」形式：利用故事時間與敘事時間的差異、不參與故事的敘述者來拉開敘述者與故事人物的距離，因不涉入的旁觀立場、沒有感情的介入而能從全面來觀照振保，也利用省略的技巧及非聚焦的敘述角度來講述如傳奇的久遠故事；再者，張愛玲巧運敘述者與人物的視角合一及內外聚焦的切換，讓讀者能夠得到振保的內心感知，也即是她所要揭穿給讀者的視角、所要傳達給我們可觸知的意識；最後，張愛玲發揮了極擅長的反諷手法，敘述者以隱蔽及含混的反諷評論方式，透顯出在沒有絕對的是非下對於振保的嘲諷，恐怕只會更顯諷刺；讀者也因透過聚焦轉換，理解振保的矛盾或許如同我們自身的困境，因而那份理解有了感情而能深感同情。張愛玲將思想情感中那惘惘的威脅，透過這

83 張愛玲：《張愛玲短篇小說集》，頁108。

些敘事方法的交相運作，敘寫出了盧卡奇所說的小說藝術的雙重性：「要適合一個與理想無緣的世界，要為達到支配現實的目的而拋棄靈魂的不現實的理想，這種意圖可悲地失敗了。」[84] 成功的將振保作為一個「好人」的蒼涼，如實的呈現在讀者面前，

84 盧卡奇：《小說理論》，頁 59。

參考文獻

于　青　《張愛玲傳——從李鴻章曾外孫女到現代曹雪芹》　臺北市　世界書局　1998 年

胡亞敏　《敘事學》　武漢市　華中師範大學出版社　2004 年

祝秀俠　《唐代傳奇研究》　臺北市　中華文化出版社事業委員會　1957 年

張愛玲　《張愛玲短篇小說集》　臺北市　皇冠出版社　1973 年

張愛玲　《流言》　香港　皇冠出版社　1996 年

張愛玲　《張愛玲典藏全集（8）散文卷一》　臺北市　皇冠文化出版公司　2001 年

彭念瑩　〈張愛玲短篇小說《傳奇》中的男性形象〉　《南方學院學報》　創刊號　2005 年　頁 31-49

黃克全　〈張愛玲「秧歌」的反諷結構〉　《文訊》　第 22 期　1986 年 2 月　頁 134-141

蔡登山　《傳奇未完：張愛玲》　臺北市　天下遠見出版公司 2003 年

鄭應峰　〈張愛玲小說距離敘事特徵淺析〉　《澳門科技大學學報》　第 3 卷第 2 期　2009 年 12 月　頁 85-92

盧應初　〈現代．市儈．性：佟振保與都市俗眾文化解讀〉　收入林幸謙等著　《張愛玲：傳統．性別．系譜》　臺北市　聯經出版社　2012 年　頁 75-88

華萊士．馬丁（Wallace Martin）著，伍曉明譯　《當代敘事學》（*Recent Theories of Narrative*）　北京市　北京大學出版社　1991 年

盧卡奇（Georg Lukács）著，楊恆達編譯　《小說理論》（*Die Therorie des Romans*）　臺北市　唐山出版社　1997 年

論南宋文天祥與南明張煌言詩海戰「他者」的形象

顏智英

國立臺灣海洋大學共同教育中心專任教授

海洋文化研究所合聘教授

海洋文創設計產業系合聘教授

摘要

南宋文天祥與南明張煌言皆為末代亂世、文武兼備的戰士英雄，國家亦皆遭致外族「他者」由海道入侵，發為詩歌，遂亦都有不少關於海戰書寫的詩作，其詩中對他者的觀看與形塑，頗可映照出詩人內在的情意思想，值得加以探討、比較。本文從文天祥八百三十多首、張煌言四百六十多首詩中逐一篩檢，比較、分析、歸納出二人共同的他者形象為：「臣屬的蠻夷」、「凶狠的猛獸」，張煌言還另從我方受害者角度，將他者視為「跳梁的小醜」、「貪殘的災星」。同時，還結合二位詩人的時代背景與個人背景，對這些書寫異同的原因予以深入探析，以透視詩人對家國的心靈圖景。

關鍵詞：海戰、他者、文天祥、張煌言、南宋詩、南明詩

一　前言

南宋文天祥（1236-1283，字宋瑞、履善，吉州廬陵人）與南明張煌言（1620-1664，字玄箸，號蒼水，浙江鄞縣人）皆幼承嚴格家庭教育，長讀儒家聖賢之書，[1] 再加上濃烈的俠義性格，因此，忠義報國、匡世濟民成為其主要的思想與志業；無獨有偶的是，這二位同樣身處末代亂世、文武兼備的戰士英雄，國家亦皆遭致外族「他者」由海道入侵，發為詩歌，遂亦都有不少關於海戰書寫的詩作，[2] 其詩中對他者的觀看與形塑，可映照出詩人內在的情意思想，頗可探討、比較。近世對文天祥、張煌言研究的切入角度，多從二人的詩文作概括性、歷時性的考察，且多以宏觀的視角觀看其愛國意識，[3] 唯有學

* 本文為科技部專題研究計畫之部分研究成果，計畫名稱：「漢至宋詩海洋書寫研究」（計畫編號：MOST 104-2410-H-019-020）。

1 文天祥〈謝丞相〉自稱：「幼蒙家庭之訓，……長讀聖賢之書」（《文文山全集》，臺北市：世界書局，1956，頁 164），又〈題蘇武忠節圖〉云：「生平愛覽忠臣傳」（《指南錄．補遺》，頁 347），〈英德道中〉云：「少年狂不醒，夜夜夢伊吾」（《指南後錄》，頁 351）。張煌言〈奇零草．序〉：「余自舞象，輒好為詩歌。先大夫慮廢經史，每以為戒」（《張蒼水詩文集》，南投縣：臺灣省文獻委員會，1994，頁 38），闕名〈兵部左侍郎張公傳〉：「六歲就塾，書上口，即成誦。十二，喪母。父判河東鹾、署解州篆，為壯繆故里；煌言謁詞下，撰文祭告，以忠義自矢。……父庭訓甚嚴」（《張蒼水詩文集．附錄一》，頁 198）。本文所引文天祥、張煌言作品，皆分別出自上述二書，凡再徵引時，將直接以括號標注篇名、頁碼，不另作注。

2 據筆者統計，天祥、煌言與海戰相關詩作各約二十三、五十六首。

3 研究文天祥者如：修曉波：《文天祥評傳．附錄》（南京市：南京大學出版社，2002 年）、俞兆鵬、俞暉：《文天祥研究》（北京市：人民出版社，2008 年）等，研究張煌言者如：郭秋顯：《海外幾社三子研究》（高雄市：國立中山大學中文所博士論文，2007 年）、宋孔弘：《張煌言詩「亂離書寫」義蘊之研究》（臺北市：國立臺灣師範大學國文學系碩士論文，2005 年）、余安元：〈詩史之風　忠烈之情——張煌言詩歌分析〉（《寧波職業技術學院學報》第 10 卷第 4 期，2006 年 8 月）等。

者廖肇亨能從「海戰」的角度作主題式的研究，並指出文天祥為海戰詩的開山始祖，[4] 還注意到明代海戰詩主要集中於嘉靖的靖海抗倭詩與南明的抵抗女真詩；[5] 可惜，仍未對文、張二位詩人形塑他者的情形加以探討。

南宋文天祥自四十歲（1276）起，即輾轉海上鯨波，一意南歸行朝以圖戮力宋室，卻不幸被元軍俘虜，竟親眼目睹南宋亡於崖海戰役；南明張煌言則從二十七歲（1646）起抵抗清人，辭家護衛魯王行朝於浙閩海上，三度由海入江、二度聯鄭（成功）經海北征，海上征戰長達十九年。二人詩中對於戰爭他者（前者為蒙古族的元人、後者為女真族的清人）的形象有豐富而生動的勾勒，也投射了詩人複雜的情志，本文即試圖對文、張二人詩作形塑他者之異同與原因加以比較探析，期能透視並具體描繪出二人對家國的情感意識；並對二人形塑他者的特徵略作評論。

二　文、張共同的「他者」形象之一：臣屬的蠻夷

文天祥身處南宋末年，蒙古族的元軍為其詩中海戰的他者。文天祥詩中描繪元軍時，多就他者本身所具的質性言其形象，主要有兩種，即從其所屬種族文化落後的特質而視之為臣屬的蠻族，以及從他者所屬種族凶殘暴虐的行為而視之為凶殘的猛獸。首先，視他者為臣屬於中國的蠻夷者，展現出文天祥擁護中原華夏的民族意識與優越感，詩如：

4　參廖肇亨：〈浪裏挑燈看劍：中國海戰詩學之書寫特質與價值信念初探〉，收入復旦大學中國古代文學研究中心編：《中國文學研究》（北京市：中國文聯出版社，2008年），第11輯，頁285。

5　參廖肇亨：〈長島怪沫、忠義淵藪、碧水長流——明清海洋詩學中的世界秩序〉，《中國文哲研究集刊》第32期（2008年3月），頁52。

單騎堂堂詣**虜**營，古今禍福了如陳。(〈紀事六首〉其三，《指南錄》，頁 315)

自分身為齏粉碎，**虜**中方作丈夫看。(〈紀事〉，《指南錄》，頁 315)

誰遣附庸祈請使，要教索**虜**識忠臣。(〈使北八首〉其六，《指南錄》，頁 315)

落得稱呼浪子劉，樽前百媚佞**旃裘**。(〈留遠亭二首〉其二，《指南錄》，頁 320)

千金犯險脫**旃裘**，誰料南冠反見讎。(〈出真州〉，《指南錄》，頁 330)

海雲渺渺楚天頭，滿路**胡塵**不自由。(〈至揚州〉，《指南錄》，頁 333)

胡騎虎出沒，山魈鬼嘯呼。(〈卜神〉，《指南錄》，頁 339)

胡羯犯彤宮，**犬戎**去御牀。(〈壬午〉，《指南後錄》，頁 381)

「華夷之辨」、「夷夏之防」的觀念始於春秋，所謂：「內諸夏而外夷狄」(《公羊傳・成公十五年》)、「相桓公、霸諸侯，一匡天下，民到於今受其賜。微管仲，吾其被髮左衽矣」(《論語・憲問》)、「中國有禮儀之大，故稱夏；有服章之美，謂之華」(《春秋左傳正義・定公十年》)，從族類地域、文化習俗、道德禮儀來辨明華夏為正統。陳友冰還指出，中國古代史上有三個時期特別強調華夷之辨，一次是春秋戰國時期，第二次是在宋元之際，第三次是在明清之交，都是在漢族政權受到周邊少數族政權威脅或被其取代前後，才會表現得特別強烈。[6] 身處宋元之際的文天祥，對於北宋以來飽受遼、西夏、金、蒙

6　參陳友冰：〈古典愛國主義的現代詮釋〉，《安徽史學》2004 年第 1 期，頁 108。

古等少數民族夾擊的情況，自是格外憤恨，亦持「尊夏攘夷」[7]之觀點。因此，其於上述詩中不僅以「胡」、「胡羯」、「犬戎」等前朝對蠻夷的稱呼來指稱元人，甚至還以指稱奴隸、僕人的「虜」字來強調元人（蒙古族）本應是臣屬於中國的蠻夷。

更進一步地，文天祥還在「虜」之前加上「索」（指髮辮）字，或用「旃裘」（北方游牧民族用獸毛製成的衣服）來借指元人。其實，早在《左傳．襄公十四年》中即已明白指出華、夷在文化、服飾等方面有著極顯著的區別：「諸侯會於向，戎子駒支曰：『我諸戎飲食衣服，不與華同，摯幣不通，語言不達』」，《淮南子．墬行訓》亦云：「東方，其人兌行小頭，隆鼻大嘴鳶肩企行，長大早知而不壽；南方，其人修行兌上，大口決䶈，早壯而夭；西方，其人面末僂，修頸卬行，勇敢不仁；北方，其人翕形短頸，大肩下尻，其人愚蠢，禽獸而壽；中央四達，其人大面短頸，美鬚惡肥，惠聖而好治」，可知，文天祥此處具體標幟出蒙古族在服飾方面迥異於華夏特徵的用意，無非是想藉以突顯蒙古族的非正統性，表達詩人內心對他者入侵中原的輕視與鄙夷。這種華夏民族的優越感，又可從他以胡塵滿路、胡騎出沒無常的意象，突顯他者的髒污感與無所不在看出；同時，這些意象也生動地透顯出文天祥自元營脫逃後、一路亡命躲避他者追捕的驚險與不自由。

由於文天祥堅持這種華夷之辨、夷夏之防、漢胡不兩立的觀點，因此，詩中多以「漢」來代稱本朝，詩如：

> 何人肯為將軍地，北府老兵思漢宮。（〈踏路難〉，《指南錄》，頁 324）

---

7 〔宋〕文天祥：〈己未上皇帝書〉，頁 61。

天假漢兒燈一炬，旁人只道是官行。（〈出巷難〉，《指南錄》，頁325）

漢家山東二百州，青是烽煙白人骨。（〈胡笳曲．十八拍〉，《指南後錄》，頁372）

漢賊已成千古恨，楚囚不覺二年過。（〈自述二首〉其一，《指南後錄》，頁374）

吳兒進退尋常事，漢氏存亡頃刻中。（〈哭崖山〉，《吟嘯集》，頁384）

《指南錄》、《指南後錄》中的詩，都作於文天祥出使元營、德祐皇帝乞降元人之後，詩人遂以「漢宮」、「漢兒」、「漢家」、「漢氏」等詞表達對宋室本朝的思念之情，又以「漢賊」嚴正地表明視戰爭他者為外族、漢胡不兩立的鮮明立場。

至於張煌言，詩中海戰的他者則為女真人。南宋之後的元朝，由於倭寇開始侵擾東南沿海，因此元詩的他者已由元軍改為日本海盜；至於明代，則有所謂的「南倭北虜」，嘉靖時期的禦倭戰爭詩仍以日本海盜為他者，而張煌言所處的南明時期，戰爭的他者已變為「北虜」——女真族的清人。面對海戰的他者，張煌言除了在〈和定西侯張侯服留題金山原韻六首〉其六一詩中直接稱其為「女真」[8]外，大部分詩篇多與文天祥一樣，從他者本屬文化落後與凶猛殘暴的質性著眼，而以蠻族或猛獸之名稱之。首先，稱清人為臣屬蠻夷之詩如：

何時功成歸去來，重與尊前說破虜！（〈寄紀石青年丈〉，頁115）

8　原詩句為：「飛檐十載誤逋臣，喋血憑誰破女真！」（頁108）

只今**胡**馬復南牧，江村古木竄鼪鼯。（〈辛丑秋，虜遷閩浙沿海居民；壬寅春，余艤棹海濱，春燕來巢於舟，有感而作〉，頁 166）

長驅**胡騎**幾曾經，草木江南半帶腥。（〈追往八首〉其三，頁 99）

黃埃**胡騎**獵桑乾，長**狄**笳聲九塞寒。（〈和于湛之海上原韻六首〉其一，頁 109）

金**狄**豈愁王氣盡，銅焦誰說死聲多？（〈追往八首〉其六，頁 100）

但使**胡塵**終隔斷，餘生猶足老衣冠。（〈壺江即事二首〉其二，頁 123）

只今漲海**胡塵**裏，莫作當時天塹看！（〈舟山感舊四首〉其四，頁 126）

一自將臺星殞後，**胡塵**天地尚黃昏！（〈弔肅虜侯黃虎癡〉，頁 81）

雉壇曾記探陰符，共挽天戈指**羯胡**。（〈追輓屠天生兵部〉，頁 70）

南渡尚留龍種在，東遷祇避**犬戎**來。（〈追往八首〉其一，頁 99）

自古**匈奴**屬外臣，降王毳殿敢稱真？（〈和定西侯張侯服留題金山原韻六首〉其四，頁 108）

別有蒭蕘見，迴戈定**犬戎**！（〈送羅子木往臺灣二首〉其二，頁 162）

申、西兩都之變，[9] 對張煌言是一大衝擊，他對於昔日邊陲的屬國入

9 明思宗崇禎十七年甲申（1644）三月，流寇李自成攻入北京，思宗自縊殉國。五月，福王朱由崧即位南京，年號弘光。翌年乙酉五月，清人破南京，福王被俘遇害。

侵中原深感痛心，是以屢在詩、文中強調華夷之辨、夷夏之防，如：「華夷兩字書生辨，節義千秋史氏知」(〈輓華吉甫明經〉，頁 72)，「建酋本我屬夷，屢生反側，為乘多難，竊據中原。衣冠變為犬羊，江山淪於戎狄。凡有血氣，未有不拊心切齒於奴酋者也」(〈海師恢復鎮江一路檄〉，頁 18)，「英雄之士，明華夷之辨，莫不以被髮為辱，雪恥為懷；所恨力不從心，是以待時而動」(〈與偽鎮張維善書〉，頁 26)，「忠孝已難兩全，華夷豈堪雜處？區區此志，百折彌堅」(〈復偽提督田雄、偽鎮張杰、偽道王爾祿書〉，頁 14)。也正因如此，張煌言在上引詩題或詩句中，不僅以「胡」、「羯胡」、「狄」、「犬戎」、「匈奴」等前朝對蠻夷的稱呼來指稱清人，也同文天祥般還以指稱奴隸、僕人的「虜」字來強調清人（女真族）本應是臣屬於中國的蠻夷。他也繼承了文天祥以胡塵蔽日的意象，來突顯他者的髒污感與無所不在，道出中原遭受外族入侵、漫天髒污的無奈與痛恨，甚至更頻繁地使用「胡塵」以強調入侵者的穢濁之甚。張煌言又另以「胡馬南牧」的新意象，隱喻清人原居地在北方的事實與其南侵的不當；而對於霸佔中原長達十餘年的異族清人，張煌言心心念念的則是「迴戈定犬戎」，將之逐回北方。

值得注意的是，文天祥僅從服飾（「索虜」、「旃裘」）上表達元人乃非我族類的觀點，張煌言則在服飾（「旃裘」[10]）外，還從居住、飲食、語言、文字等更多元的文化面向來辨明女真族不同於華夏民族，如：

> 毳殿春寒乳酪香，近臣得賜新嘗。老璫不解駝酥味，猶道天廚舊蔗漿。(〈建夷宮詞十首〉其二，頁 75)

10 張煌言：〈舟次琅琦，謁錢希聲相國殯宮〉：「懸擬輀車歸兆日，同天應已靖旃裘。」(頁 103)

> 不知鸚鵡能胡語，偷向金龍誦佛名。(〈建夷宮詞十首〉其五，頁 75)
>
> 六曹章奏委如雲，持敕新書翻譯聞。笑殺鍾王空妙筆，而今鳥跡是同文。(〈建夷宮詞十首〉其九，頁 75)

就居住言，「毳」為毳帳，指北方游牧民族所住的氈帳；就飲食言，「乳酪」是從動物乳汁中煉製的食品、「駝酥」為駱駝乳釀製的酒，二者皆北地的主要食物；就語言論，宮殿中充滿胡語，是以學人語的鸚鵡亦滿口胡言；就文字論，眾多奏摺中已不復見中國美妙的書體，取而代之的是鳥跡般的、未開化蠻族寫的滿文。宮廷的住、食、言、文，充斥著清人的文化，華夏元素幾乎不見，凡此皆隱含作者視清人為「異類」[11]的貶義。又，詩題「建夷宮詞」，「建」指女真人發源地「建州衛」(滿州)，張煌言加一「夷」字，則明顯表示其「華夷」之辨的立場與身為漢族的優越感。

也由於秉持此種華夷之辨的立場，張煌言同天祥一樣，屢以「漢家」、「漢室」稱呼本朝，如：「祗惜漢家懸異數，每將白馬誓王侯」(〈南國〉，頁 162)、「漢家天仗肅仙班，一擲金椎不復還」(〈三月十九，有感甲申之變三首〉其三，頁 158)、「漢家磐石重天宗，奕葉金枝並翦桐」(〈悲憤二首〉其二，頁 184)、「珠崖仍復漢，玉壘亦宗周」(〈秋日傳蜀郡克復、瓊海反正，喜而有賦〉，頁 160)、「滿思匡漢室，虛擬乞秦庭」(〈贈陳文生侍御返命閩嶠〉，頁 145) 等；另外，他還以「漢」字為基礎，發展出更豐富的華夏次意象，如：

> 此時屬縣望漢官，君獨躬耕吟梁父。(〈寄紀石青年丈〉，頁 115)

---

11 張煌言：〈長鯨行〉：「嗟嗟長鯨爾何愚，如彼異類終屈節。」(頁 154)

瓜步月明刁斗寂，行人猶指**漢官儀**。（〈同定西侯登金山，以上游師未至，遂左次崇明二首〉其二，頁 109）

正朔應非堯甲子，孤軍猶是**漢威儀**。（〈甲辰元旦〉，頁 188）

一身真可繫危安，垂死**威儀尚漢官**。（〈張鯢淵相公〉，頁 77）

戴**漢節**旄空自脫，沼吳薪膽向誰謀！（〈步韻和曹雲霖「浯島秋懷」二首〉，頁 153）

漢幟年來半壁標，何期賢令賦同袍。（〈答古虞偽令〉，頁 73）

漢壇左鉞授宗臣，飛翰傳來消息真。（〈和定西侯張侯服留題金山原韻六首〉其一，頁 108）

尊前草論浮雲態，回首風烟滿**漢關**。（〈山中初度，用子木韻〉，頁 168）

漢臘誰留十五年，琴亡島嶼尚蒼然。（〈寄宿石塘庵，與居人道定西侯往事〉，頁 144）

漢臘總來殊越俗，屠蘇那得破愁顏！（〈辛丑除夕，行營沙關〉，頁 165）

試將班管論王命，**漢鼎**於今火德多。（〈哀閩〉，頁 109）

末路行藏關**漢鼎**，中朝興廢仗吳鈎。（〈見友人「咏懷」詩有感，遂依韻和之二首〉其二，頁 156）

南荒烟嶂百蠻天，別有山川紀**漢年**。（〈傳聞閩島近事〉，頁 184）

空將**漢法**頒司隸，獨少周原紀職方。（〈有所思二首〉其一，頁 187）

其中，屬縣渴望「漢官」、孤軍仍具「漢威儀」、「漢節」旄脫等將領意象，透顯張煌言期許自己為身繫國家安危存亡的明代官吏；「漢幟」標搖、「漢壇」授鉞宗臣、風烟滿「漢關」等戰爭意象，則標誌著南明諸臣矢志驅除韃虜的努力；至於「漢臘」俗存、「漢鼎」戰火多、「漢年」別紀、「漢法」頒布等國家意象，可見出詩人對明室的深情關注，以及對明祀仍能存續的希冀。張煌言還屢將「漢」與「胡」對舉，如：

> 不數年間殺運回，**漢人復熾胡人滅**。（〈閩南行〉，頁 90）
> 九邊鎖鑰斷**胡烽**，……防秋豈復**漢家封**！（〈冬懷八首〉其二，頁 132）
> 越絕衣冠已入**胡**，……似我鬚眉還戴**漢**。（〈寄金二如兼訊朱建武〉，頁 133）
> 東來玉帛空**胡虜**，北望銅符盡**漢官**。（〈姑孰既下，和州、無為州及高淳、溧水、溧陽、建平、廬江、舒城、含山、巢縣諸邑相繼來歸〉，頁 142）
> **胡天**應誤雁，**漢地**孰亡羝？（〈甌行志慨三首〉其三，頁 185）
> 秦吉了，生為漢禽死**漢鳥**。……我自名禽不可辱，莫待燕婉生**胡雛**！（〈秦吉了〉，頁 81）

以「漢人」對「胡人」、「漢封」對「胡烽」、「漢官」對「胡虜」、「漢地」對「胡天」、「漢鳥」對「胡雛」，在強烈的對比中突顯出詩人對明朝的眷戀與對清人的仇恨。有時，張煌言在詩中不稱「漢」，而以「夏」來代稱明朝，這也是對文天祥詩的開拓之處，如：

> 乾坤分正閏，夷夏辨春秋。（〈鬧元宵排律十四韻〉，頁 138）
> 獨喜亡秦三戶在，翻憐興夏一成難。（〈舟山感舊四首〉其四，頁 126）
> 力竭臣靡難復夏，聲哀望帝痛思君。（〈次韻酬林荔堂〉，頁 154-155）

亢宗空有子，函夏已無君。左衽興亡決，南冠生死分。（〈聞家難有慟四首〉其二，頁 183）
敢望臣靡興夏祀，祇憑帝鑒答商孫。（〈復趙督臺二首〉其二，頁 188）

由「興夏」難、「復夏」難、望興「夏祀」等書寫內涵，可知張煌言念茲在茲的是復興明朝，延續明祀。又由「夷」與「夏」對舉、「函夏」與「左衽」對舉，可知張煌言強烈的夷夏之防觀念。

三　文、張共同的「他者」形象之二：凶狠的猛獸

其次，文天祥詩中還將他者視為凶狠的猛獸，表達對異族入侵中原、暴虐不仁的痛恨不齒與強烈的威脅感。將異族禽獸化，在古籍中是很普遍的比喻方式，唐太宗即曾言：「吐蕃言語不通，衣服異制，朕常以禽獸蓄之」[12]，陸游亦言：「虜，禽獸也」[13]，皆為例證；而要強調異族的凶狠殘暴，則多會以「豺」、「狼」、「虎」等猛獸來比類。文天祥詩亦沿襲此一傳統，如：

三宮九廟事方危，狼子心腸未可知。（〈紀事六首〉其一，《指南錄》，頁 315）
狼心那顧歃銅盤，舌在縱橫擊可汗。（〈紀事〉，《指南錄》，頁 315）

12 〔元〕脫脫等：《宋史》（臺北市：鼎文書局，1994 年），卷 492〈吐蕃傳〉。
13 〔宋〕陸游：〈上殿札子三〉，曾棗莊、劉琳主編：《全宋文》（上海市：上海辭書出版社，合肥：安徽教育出版社，2006 年），卷 4925，頁 208。

> 不拚一死報封疆，忍使湖山牧虎狼。（〈紀事四首〉其一，《指南錄》，頁 316）
>
> 若使兩遭豺虎手，而今玉也有誰埋。（〈至高沙〉，《指南錄》，頁 338）
>
> 雄狐假虎之林皐，河水腥風接海濤。（〈如皐〉，《指南錄》，頁 340）
>
> 豺狼尚畏忠臣在，相戒勿令丞相知。（〈紀事六首〉其四，《指南錄》，頁 315）
>
> 夜靜啣枚莫輕語，草間惟恐有鴟鴞。（〈出真州〉，《指南錄》，頁 331）

「豺」、「狼」、「虎」、「鴟鴞」都是生性凶殘的肉食類猛獸，以之喻元人的殘暴無道、心狠手辣，三宮九廟與大好河山一旦落入其手，將難免於腥風血雨的噩運。然而，這些被文天祥視為動物等級、凶猛殘暴的元人，詩人並不害怕：「豺狼尚畏忠臣在」，認為一己浩然充沛的忠魂正氣，能令其退避三舍、心生恐懼，展現出威武不能屈的戰士勇氣。值得注意的是，文天祥既然把他者視為動物，那麼，對於投敵者，亦同樣以猛獸看待之，如：「梟獍何堪共勸酬，衣冠塗炭可勝羞」[14]，乃以吞食父母的「梟獍」鳥來比喻投降元人、忘恩負義的呂文煥叔姪，將之貶為動物品級，根本不願視之為人，由此顯見文天祥對二人的輕視與痛恨。

至於張煌言，亦稱清人為猛獸。他同文天祥一樣，依傳統用狼、豺、虎等凶殘的猛獸來比喻他者，表達對異族入侵中原、暴虐不仁的

14 宋．文天祥：〈紀事四首〉其三，《指南錄》，頁 316。該詩有小序云：「正月二十日，至北營，適與文煥同坐，予不與語。……予謂汝叔姪皆降北，不族滅汝，是本朝之失刑也。」可知詩所紀之事為天祥詈罵呂文煥叔姪為亂賊之對話。

痛恨不齒與強烈的威脅感。詩如：

> 性僻故貪鷗鷺侶，地偏猶逼虎狼墟。（〈卜居〉，頁 147）
> 狼鬣自從當日舞，龍髯能得幾人攀。（〈追往八首〉其一，頁 99）
> 那識狼心最不仁，組繫長鯨離溟渤。（〈長鯨行〉，頁 154）
> 大澤魚龍聊混跡，中原豺虎正端居。（〈贈傅惕庵二首〉其二，頁 120）
> 況復避豺虎，誰能解征衫！（〈擬答內人獄中有寄〉，頁 139）
> 猰貐滿中原，赤靈社已屋。（〈虜庭以余倡義既久，屢復名城，遂逮及族屬；旦開告密之門，波及親朋，搒掠備至，聞之泫然〉，頁 189）

詩中同樣以豺、狼、虎比喻殘虐不仁的清人，由於其端居中原，張牙舞爪，因此，人們避之惟恐不及，而戰事也難以平息。但是，張煌言與文天祥不同的是，他還用食人獸「猰貐」[15] 來喻指清人，更強烈地譴責了清人廣開「告密之門」、「搒掠」中原的惡行，表達了詩人對滿清統治者使生靈塗炭的血淚控訴。

四　張煌言新拓的「他者」形象：跳梁的小醜、貪殘的災星

除了上述文、張二詩人共同的他者形象書寫外，張煌言還有另從我方受害者角度觀看所發展出的「跳梁的小醜」、「貪殘的災星」等他

---

15 《爾雅．釋獸》：「猰貐，類貙，虎爪、食人、迅走。」見〔清〕郝懿行：《爾雅義疏》（臺北市：臺灣中華書局，1965 年《四部備要據家刻足本校刊》），卷下之六，頁 7。

者形象書寫，揆其原因，應是作者有鑑於自甲申國難以來，大明江山在清軍蹂躪下，處處「一片蘼蕪兵燹紅」、「萬戶千門空四壁」（〈辛丑秋，虜遷閩浙沿海居民；壬寅春，余艤棹海濱，春燕來巢於舟，有感而作〉，頁 166）、百姓顛沛流離，有感而發之作。首先，以跳梁（跳躍）的小醜喻指竊取中原、橫行霸道的清人者，詩如：

> 彈丸**小醜**尚陸梁，登陴不畏河魚疾。（〈閩南行〉，頁 89）
> **跳梁**寧復昔睚眦，涸轍應憐舊饕餮。（〈長鯨行〉，頁 154）

張煌言〈祭海神文〉有「近者醜虜肆行，憑踞都邑」（頁 13）之句，「醜」有難看、邪惡或應自知可恥之意，而加上一個「小」字，則更強調作者對他者的輕視與不屑。南宋愛國詩人陸游即以「小醜」稱呼北方金人：「黃頭汝小醜」（〈長歌行〉）、「天地固將容小醜」（〈書憤〉）。明人更喜以「跳梁小醜」描繪橫行中國沿海的海盜，如歸有光：「小醜猖狂捍禦勞，跳梁時復似猿猱」[16]，認為跳梁海上的小醜（倭寇）十分猖狂難禦，令人氣憤且不屑；而張煌言詩中所言肆志橫行的「跳梁」小醜，已不僅僅是猖狂海上的海盜，而是指從海登陸、霸佔明朝國都（南京）的清人，對於其「憑踞都邑」、「陸梁登陴」的偷盜行徑，充滿著蔑視、唾棄與憤怒。

張煌言又以代表災星的「天狼」喻指清人為貪殘的災星，表達戰爭他者對生民帶來無限苦難的沉痛與哀傷之感，詩如：

> **天狼**忽從西北來，旌為蚩尤鞭為孛。……**天狼**跋疐還叱咤，僉謂鯨鯢本遺孽。（〈長鯨行〉，頁 154）

---

16 〔明〕歸有光：〈頌任公四首〉其二，《震川先生集．別集》（臺北市：臺灣商務印書館，1965 年），卷 10，頁 523。

> 昨夜貪狼炤越軍，早嗟玉折與蘭焚。(〈輓董若思明經〉，頁 72)
> 星沉漢壘貪狼耀，風競胡營戰馬哀。(〈輓王完勳侍御〉，頁 80)
> 貪狼夜指絮雲高，鷺鶿痕腥淬寶刀。(〈和于湛之海上韻六首〉其二，頁 109)
> 神龍不臣臣貪狼，抉自塗腸坐自滅。(〈長鯨行〉，頁 154)
> 頻年長狄掃黃圖，此日狼星斂角無？(〈偽庭小汗夭亡，復以六歲餘孽僭號擅位〉，頁 158)

天狼星是大犬星座的主星，為太陽之外最明亮的恆星，通常在一月的晚上八至九點，能清晰看見。古人視天狼星為不祥之星，認為它出現或星光由青白轉紅色時，將會發生盜賊、災難或疾病，是一種貪殘及侵略者的象徵，因此詩人也常稱之為「貪狼」。張煌言以「天狼」(或「貪狼」) 喻清人，以天狼忽現、天狼肆虐、臣服天狼、天狼斂角等一系列意象，分別借喻清人入侵中國的不祥、清人屠殺明人的跋扈血腥、鄭芝龍降清的不智、清人幼帝即位的敗亡之象，意象含蓄、鮮明而生動，詩人的情意則是在悲嘆中隱藏著一絲對他者自取覆滅的希望。

此外，張煌言更以劍掃天狼的壯志發抒意欲消滅清廷仇敵、重復大明社稷的深深企盼。詩如：

> 安得一劍掃天狼，重酹椒漿慰國殤。(〈翁洲行〉，頁 82)
> 一劍橫磨近十霜，端然搔首看天狼。(〈書懷〉，頁 86)
> 解道安危關出處，可能無意掃天狼？(〈答紀石青年丈二首〉其一，頁 118)
> 天狼天狼莫漫驕，海宇會有真龍出。(〈長鯨行〉，頁 154)

身經百戰的張煌言，無視於己身安危，一心期盼的，無非是想驅使橫磨劍以掃滅他者。詩人由己身的起心動念、而至端看天狼、再至決意一掃天狼等系列的形象書寫，傳達內在無懼死亡、慷慨激昂的報國鬥志；同時，他還對驕傲的仇敵清人喊話：切莫太過目中無人，即將有足以消滅清廷的「真龍」（即鄭成功）出現！由此也可見出，張煌言對於鄭成功是寄予厚望的。

尤可注意的是，文天祥與張煌言對於他者入侵本朝、使國家蒙難的悲傷與沉痛，都使用了「銅駝」的意象來表現。文天祥詩如：

> 眼看**銅駝**燕雀羞，東風花柳自皇州。（〈求客〉，《指南錄》，頁314）
>
> **銅駝**隨雨落，鐵騎向風嘶。曉起呼詹尹，何時脫蒺藜。（〈聞雞〉，《指南錄》，頁319）
>
> 秋風禾黍空南北，見說**銅駝**會笑人。（〈行宮〉，《指南後錄》，頁357）
>
> 蒲萄肥汗馬，荊棘冷**銅駝**。（〈江行有感〉，《指南後錄》，頁359）
>
> 江左遘陽運，**銅駝**化飛灰。二十四橋月，楚囚今日來。（〈望揚州〉，《指南後錄》，頁360）
>
> 東流不盡**銅駝**恨，四海悠悠總一波。（〈自歎〉，《指南後錄》，頁373）
>
> 金馬勝遊成舊雨，**銅駝**遺恨付西風。（〈為或人賦〉，《指南後錄》，頁380）
>
> 慘淡**銅駝**泣，威垂朱鳥翔。（〈壬午〉，《指南後錄》，頁381）

銅駝，是銅製的駱駝，古代置於宮門外，自從晉朝索靖預知天下將亂、指著洛陽宮門外的銅駝嘆說：「會見汝在荊棘中耳」[17] 之後，「銅駝」便經常與「荊棘」相伴出現，用以指涉國土淪陷的情況。文天祥以「銅駝羞」之心覺意象、「銅駝落」與「銅駝化飛灰」之視覺意象、「銅駝冷」之觸覺意象，以及「銅駝笑人」、「銅駝恨」、「銅駝泣」之擬人手法，多方地呈顯出詩人心中對於外族入寇、國事已非的遺憾與憤恨；他還結合周遭淒冷景致如：雨、秋風、禾黍、荊棘等予以書寫，更增添了內心對於喪家失國的惆悵與感傷。相形之下，張煌言詩中的銅駝意象，就不如文天祥來得豐富，這應與二人遭遇不同有極大關聯：文天祥被俘四年、報國壯志難酬，因而亡國的悲痛感持續較久；而張煌言則能馳騁海上十九年，一直心懷復國希望，因此亡國的哀傷僅集中於舟山行朝覆滅後與詩人被執就義時。張煌言詩如：

> 鍾阜**銅駝**泣從臣，孝陵弓劍自藏真。（〈和定西侯張侯服留題金山原韻六首〉其三，頁 108）
> 桂樹千秋懷故國，**銅駝**臥處泣中原。（〈屯懸嶴，猿啼有感〉，頁 177）
> 槖駝九陌換**銅駝**，指顧中原鮮堅壁。（〈閩南行〉，頁 90）
> 金雁俄從別殿識，**銅駝**幾向故宮看！（〈和于湛之海上韻六首〉其一，頁 109）

僅有前二首銅駝悲泣的意象是繼承文天祥詩的書寫，表達美好故國被破壞、奪取的不堪與哀傷。至於第三首以銅駝被橐駝置換表達國都被外族竊佔之悲憤、第四首以遙望故宮銅駝表中興明朝之期盼，都是異於文天祥的意象書寫。可見，張煌言詩中的銅駝意象雖不如文天祥豐

17 〔唐〕房玄齡等：《晉書》（臺北市：臺灣中華書局，1965 年），卷 60〈索靖傳〉，頁 10。

富多樣，但在情志的內蘊展現上，卻能從國土淪陷的哀戚中超脫而出，以一種積極奮發的樂觀心態面對國難，化悲憤為力量，心中仍存中興漢室的希望，自有其創新與發展。

五　結語

本文針對文天祥、張煌言二位末世英雄詩作中有關戰爭他者（分別為蒙古族的元人、女真族的清人）的形象書寫，加以比較探析，期能透視並具體描繪出二人對家國的情感意識等心靈圖景，並對二人形塑他者的特徵略作評論。初步獲得下列觀點：

（一）二人皆從他者所屬種族文化落後的特質而視他者為「臣屬的蠻族」。此乃肇因於二人同處漢政權受到周邊少數族政權威脅或取代之際，以至於華夷之辨、夷夏之防特別強烈；王勁松曾指出：「一個作家或集團若把異國現實看成是絕對落後，則必然於主觀上帶有一種先天的憎惡之情且會呈現出意識形態的象徵模式」[18]，因此，當文天祥、張煌言在將戰爭他者視為理應臣屬於華夏的蠻族之形塑過程中，對他者的描繪便加入了華夏民族的優越感與個人主觀的愛國情感。雖然約翰・雷克斯在《種族與族類》中認為人類的體質差異與行為差異或心理差異並無關聯，主張「種族」不能用來論證不平等待遇的正當性，[19] 薩義德在談到知識分子公共領域的角色時也指出：「要有效介入那個領域必須仰賴知識分子對於正義與公平堅定不移的信

18 王勁松：〈侵華文學中的「他者」和日本女作家的戰爭觀——以林芙美子《運命之旅》為例〉，《重慶大學學報》第14卷第4期（2008年），頁131。

19 約翰・雷克斯《種族與族類》：「所謂人類的各個種族只是統計學上可區分的群體……根據某些顯著的指標……將人類分為不同類型是可能的。……這樣的體質差異與行為差異或心理差異並無關聯……」，認為「種族」不能用來論證不平等待遇的正當性。（顧駿譯，臺北市：桂冠圖書公司，1991年，頁26）

念，能容許國家之間及個人之間的歧義，而不委諸隱藏的等級制度、偏好、評價」[20]，反對文學表達時因隱藏的等級制度或偏見而有失公正性；但是，由於南宋文天祥、南明張煌言所處的大時代背景極為特別，再加二人濃烈的俠義性格，是以民族危機感特別嚴重，在高度的愛國意識驅使下如此主觀地形塑他者，應是可以諒解的。

（二）二人皆從他者所屬種族凶殘暴虐的行為而視之為「凶殘的猛獸」。若拿南宋初年詩人陸游來比較，其詩筆下他者的禽獸形象極其豐富多樣，[21] 有：勢窮狂吠的「猘子」[22]（即瘋狗），任人宰割烹煮、力量微不足道的「犬豕」或「犬羊」[23]，卑微下賤、無足為慮的「鼠輩」或「螞蟻」[24]，危害人類、應被誅戮的「蛇豕」或「蛇龍」[25]，佔據中國的「九尾妖狐」[26]，貪得無厭、凶狠殘暴的「豺狼」、「虎狼」、「豺虎」等，可謂有弱、有強，有單薄不足懼者、亦有暴虐具威脅性者；而文天祥、張煌言詩筆下他者的禽獸形象卻僅有對暴虐具威脅性（如：豺、狼、虎）這一類動物之形象書寫，此乃由於

20 愛德華．W．薩義德撰，單德興譯，陸建德校：《知識分子論》（北京市：生活．讀書．新知三聯書店，2002年），頁80。

21 以下有關陸游對他者動物形象的闡述，詳參黃奕珍：〈試論陸游筆下的「異族」形象〉，鄭毓瑜主編：《文學典範的建立與轉化》（臺北市：臺灣學生書局，2011年），頁267-272。

22 陸游〈醉歌〉：「小胡逋誅六十載，狺狺猘子勢已窮」。見〔宋〕陸游撰，錢仲聯校注：《劍南詩稿校注》（上海市：上海古籍出版社，1985年），頁1134。

23 陸游〈出塞四首借用秦少游韻〉之一：「犬豕何足讎」，頁3527；陸游〈送辛幼安殿撰造朝〉：「中原麟鳳爭自奮，殘虜犬羊何足嚇」，頁3314。

24 陸游〈出塞曲〉：「褫魄胡兒作窮鼠」，頁858；陸游〈碧海行〉：「幽州螘垤一炬盡，安用咸陽三月焚」，頁994。

25 陸游〈投梁參政〉：「頗聞匈奴亂，天意殄蛇豕」，頁135；陸游〈寒夜歌〉：「誰施赤手驅蛇龍？誰恢天網致鳳麟」，頁2233。

26 陸游〈綿州錄參廳觀姜楚公畫鷹少陵為作詩者〉：「妖狐九尾穴中國，共置不問如越秦」，頁279。

二位詩人皆身處異族取代國家政權的非常時刻，書寫的重點自然與陸游不同。但是，儘管文天祥與張煌言面對的是如此凶狠殘暴、深具威脅的他者，卻皆仍予以強烈的譴責與蔑視，並認為正因豺虎滿中原，更不應輕易解除征衫，而須拚死報封疆，展現出末世忠臣的無懼勇氣與報國丹心。

（三）張煌言還另從我方受害者角度，將他者視為「跳梁的小醜」、「貪殘的災星」。此乃因為煌言還較天祥多經歷了異族統治十餘年的苦痛歲月，長期目睹在清人的搒掠荼毒下，宗國百姓與家人朋友的生命、財產、勞力等飽受壓榨與威脅的悲慘與無奈：「宗國既飄搖，家門遂顛覆；感此多難心，欲泣不成哭。……猰貐滿中原，赤靈社已屋。所悲諸父行，班白攖三木。女兄與所天，株連遭拲梏；幸或作流人，否恐登鬼錄。稚子竟何辜？十載尚淹獄。仳離有寡妻，墨幪兼縕幗。國亡家亦亡，我固甘湛族；邇聞告密風，舊游復被錄」（〈虜庭以余倡義既久，屢復名城，遂逮及族屬；且開告密之門，波及親朋，搒掠備至，聞之泫然〉，頁 188-189），清人此等剝削中原的行徑，無異於偷盜的跳梁小醜，而其為廣大中原生靈所帶來的苦難，更等同於不祥的天狼災星。這兩種他者形象書寫，具體透顯了張煌言悲天憫人的仁者存心與憂國憂民的領袖格局，也是對文天祥詩他者形象書寫的一大開拓。

參考文獻

一　傳統文獻（依時代先後排序）

〔唐〕房玄齡等　《晉書》　臺北市　臺灣中華書局　1965 年
〔宋〕文天祥　《文文山全集》　臺北市　世界書局　1956 年
〔宋〕陸游等撰，曾棗莊、劉琳主編　《全宋文》　上海市　上海辭書出版社　合肥市　安徽教育出版社　2006 年
〔宋〕陸游撰，錢仲聯校注　《劍南詩稿校注》　上海市　上海古籍出版社　1985 年
〔元〕脫脫等　《宋史》　臺北市　鼎文書局　1994 年
〔明〕張煌言　《張蒼水詩文集》　南投縣　臺灣省文獻委員會　1994 年
〔明〕歸有光　《震川先生集・別集》　臺北市　臺灣商務印書館　1965 年
〔清〕郝懿行　《爾雅義疏》　臺北市　臺灣中華書局　《四部備要據家刻足本校刊》　1965 年

二　近人論著（依作者姓氏筆畫排序）

王勁松　〈侵華文學中的「他者」和日本女作家的戰爭觀——以林芙美子《運命之旅》為例〉　《重慶大學學報》　第 14 卷第 4 期　2008 年　頁 130-134
陳友冰　〈古典愛國主義的現代詮釋〉　《安徽史學》　2004 年第 1 期　頁 103-109

黃奕珍　〈試論陸游筆下的「異族」形象〉　鄭毓瑜主編　《文學典範的建立與轉化》　臺北市　臺灣學生書局　2011 年　頁 261-296

廖肇亨　〈長島怪沫、忠義淵藪、碧水長流──明清海洋詩學中的世界秩序〉　《中國文哲研究集刊》　第 32 期　2008 年 3 月　頁 41-71

廖肇亨　〈浪裏挑燈看劍：中國海戰詩學之書寫特質與價值信念初探〉　收入復旦大學中國古代文學研究中心編　《中國文學研究》　北京市　中國文聯出版社　2008 年　第 11 輯　頁 285-314

約翰・雷克斯（John Rex），顧駿譯　《種族與族類》（*Race and ethnicity*）　臺北市　桂冠圖書公司　1991 年

愛德華・W・薩義德撰（Edward W. Said），單德興譯、陸建德校　《知識分子論》（*Representations of the intellectual*）　北京市　生活・讀書・新知三聯書店　2002 年

從張文環小說〈藝妲之家〉看藝妲的發展與愛情

許瑛玳
政治大學民族系博士生

摘要

張文環是戰前的臺灣人日本語作家代表，曾與吳坤煌等人成立「台灣藝術研究會」，發行《福爾摩沙》，後來在王井泉等人的協助下成立啟文社，發行以臺灣人為中心的「臺灣文學」。《臺灣文學》的發行，多為台灣的本島人，是為促進臺灣文化全盤發展，和培育臺灣新人作家的文學道場，是戰時台灣文壇非常重要的文學家。

張文環本身對於臺灣的陋俗特別的注意，尤其是媳婦仔與藝妲的問題，因此這類的議題不斷的出現在其許多相關著作當中，包括雜文、小說等都提出種種思考，更舉辦座談會去了解藝妲的狀況。本篇將以張文環描述藝妲的代表作小說〈藝妲之家〉為主，從中看作者如何鋪陳女主角采芸身為藝妲對於愛情的渴望與內心的掙扎，同時也勾勒出台灣藝妲存在的問題，包括媳婦仔與藝妲之間的關係、老娼與社會壓力所產生的影響等等。

在大稻埕，藝妲最盛期為一九一八至一九二〇年代之間，人數多達三百多人，這也引起當時的日本政府注意，於是在一九二七年成立大稻埕

「檢番」。由此可見當時社會存在藝妲問題的嚴重性，透過藝妲對愛情的渴望及所遭遇到的問題，這個作品也如實的反映出當時的整體社會氛圍。作者對於藝妲及媳婦仔的關注，是希望為那些逼不得已進入藝妲行業的女性而發聲，這也是作者希望能逐漸改正這個臺灣傳統社會的陋習。

以女性的問題作為小說題材，使得社會中的弱勢女性逐漸可以有機會肯定自我，並間接的去反抗父權社會對女性的操控，透過小說塑造的女性角色，雖然生活困頓挫折，卻充滿了樂觀的生活態度。小說是社會反應的縮小，從此可看出女性對於自我主張的意識是當時的一股潮流趨勢。

關鍵詞：張文環、小說、女性角色、藝妲

一 前言

張文環（1909-1978），嘉義梅山人，是戰前的臺灣人日本語作家代表，同時兼具了文藝家的氣質與其山村部落的鄉土性格。一九二七年赴日本岡山中學就讀，再進入東洋，大學文學部，與吳坤煌等人成立「台灣藝術研究會」，發行《福爾摩沙》。一九三五年返台後，在台灣電影株式會社工作，並同時從事作家。一九四〇年成為「臺灣文藝家協會」的會員，因與當時的主編西川滿的編輯方針不合，隨後退出。在王井泉等人的協助下成立啟文社，發行以臺灣人為中心的「臺灣文學」。一九四三年，因「夜猿」這篇小說得到皇民奉公會的「台灣文學賞」的榮耀。[1]

以西川滿為首的「臺灣文藝家協會」結合島內台日文藝人士、學術文化菁英，於一九四〇年創刊發行《文藝臺灣》，是日據時期發行最久的綜合性純文學雜誌，是在南方熱的政治經濟氛圍下創刊，以島田謹二的「外地文學」（針對本土以外的地方——臺灣，是日本內地延伸出去的地方文學）及西川滿的「南方文學」（將臺灣視為日本南方中心）為編輯理念，[2] 其實兩種理念都是一樣的，將臺灣視為帝國版圖中的南方區域而存在。《文藝臺灣》至一九四四年一月第七卷二期停刊為止，刊載了在台日人的小說約六十部。[3]《文藝臺灣》，是一個相當重要的里程碑，因為它結束了一九三七年起被取消的報紙與部

---

1 中島利郎編著：《日本統治期臺灣文學小事典》（2005 年），頁 73。

2 林慧君，〈「南方文化」的理念與實踐——《文藝臺灣》作品研究〉，《臺灣文學學報》第 19 期（2011 年），頁 75-98。

3 林慧君，《日據時期在台日人小說重要主題研究》（新北市：淡江大學中國文學學系博士論文，2009 年），頁 26-27。

分雜誌的「漢文欄」，同時《臺灣文藝》與《臺灣新文學》停刊，使文壇在這一段期間陷入一片「空白期」。[4]

張文環在〈雜誌《台灣文學》的誕生〉中提到，「對於西川滿編輯的雜誌，認為過分偏向於他個人本位的興趣，不只是台灣人而已，反而是大部分屬於人道主義性的日本人都不太歡迎似的。我也是《文藝台灣》的同仁之一，不過，每逢編輯會議我就感到頭痛。要說他那種獨裁的性格，寧可說，是有錢又有閒的婦人在辦家家酒似的作法，令人無法忍受。[5]」因此與中山侑等人另組「啟文社」發行《臺灣文學》，這個帶有繼承臺灣新文學運動傳統的陣營，也有中山侑、中村哲、藤野熊士、田中保男、藤原泉三郎、坂口䙥子等在台日人作家加入。[6]

《文藝臺灣》與《臺灣文學》是同一時期非常具代表性的文學雜誌，雙方皆具有其各自的特色。《文藝臺灣》的成員內地人占七成，以追求成員間的進步發展為為一的目標，反之，《臺灣文學》的同人多為本島人，為促進臺灣文化全盤發展，和培育新人作家，不惜開放版面，努力想成為真正的文學道場。[7]

到了一九四四年左右，當時的臺灣社會情勢正好是戰爭時期的統制，不只是經濟面、言論面的管制，還有用紙的節約，也間接波及報紙與雜誌，所以刊物間的合併與停刊簡直就像是家常便飯。《臺灣文

---

4 張文薰，〈一九四〇年代臺灣日語小說之成立與台北帝國大學〉，《臺灣文學學報》第 19 期（2011 年），頁 104。

5 張文環，〈雜誌《台灣文學》的誕生〉，《張文環全集卷七》（臺中縣：臺中縣立文化中心，2002 年），頁 64。

6 林慧君，《日據時期在台日人小說重要主題研究》（新北市：淡江大學中國文學學系博士論文，2009 年），頁 26-27。

7 黃得時著，陳明台譯：〈最近的臺灣文學運動史〉，《臺灣文學》2 卷 4 號（1942 年）。

學》與《文藝臺灣》於一九四四年合併，成為臺灣文學奉公會的機關雜誌，以《臺灣文藝》為名重新發行，[8] 在《台灣文藝》的編輯後記中，張文環提到「兩雜誌合併後的《台灣文藝》創刊號並不能說劃時代的大事。但台灣的文學運動可以說已經邁入「上了軌道」的時期。」[9] 張文環對於台灣的文學發展相當充滿希望，《台灣文藝》是由西川滿和張文環等臺日作家共同擔任編委。[10] 但僅發行了八冊後，於一九四五年一月就停刊了。[11]

〈藝妲之家〉[12] 這篇小說於一九四一年五月發表在張文環自己所主編的《台灣文學》創刊號上，述說著女主角從一個普通的女性轉變成為藝妲的過程，這個過程存在著台灣女性長期以來被忽視的陋習，在這個過程中女主角在金錢、愛情、親情中掙扎不已，一篇小說的小人物故事卻點出台灣底層黑暗社會問題。本文將探討它的意義過程涉及的問題：小說人物性格的象徵、結構以及小說意義的呈現。本文試著從這些角度出發，回歸作品本身的探討，來了解張文環如何在小說中傳達他所想要表達的意義。

二　〈藝妲之家〉小說結構分析

藝妲，又可稱為「藝旦」或「藝妓」，依陳慧珍分析各文獻得到

8 池田敏雄著，陳明台譯：〈「張文環《臺灣文學》的誕生」後記，〉，《臺灣近現代史研究》第 2 號（1979 年）。

9 張文環：〈《台灣文藝》編輯後記〉，《張文環全集卷七》（2002 年），頁 94。

10 杜國清：〈日治時期的臺灣文學〉，《台灣文學英譯叢刊》（2006 年）。

11 中島利郎編著：《日本統治期臺灣文學小事典》（2005 年），頁 65。

12 張文環，〈藝妲之家〉，《張文環全集卷一》（臺中縣：臺中縣立文化中心，2002 年），頁 192-237，。同時參照日文版張文環：〈藝旦の家〉，《日本統治期台灣文學——台灣人作家作品集 4》（1999 年），頁 107-147。因中文與日文的用字不同關係，本文統一以「藝妲之家」做陳述。

臺灣藝姐的來源大概有養女、家族傳承、戲班女伶轉行、大陸來台之藝妓等。[13] 在張文環也有許多關於藝姐的著作，包括雜文、小說等提出種種思考，更透過舉辦座談會去了解藝姐的現狀。本篇將以張文環描述藝姐的代表作小說〈藝姐之家〉為主，從中看作者如何將自己的理念轉嫁在主角人物的呈現，看女主角采雲身為藝姐對愛情的渴望與親情內心的掙扎，同時也透過小說勾勒出台灣社會深層的藝姐存在問題。

作者在本篇小說的寫作技巧上，主要還是偏重於自然主義的寫作技巧，強調主角受到環境的影響，從一種客觀、寫實的描寫方式，完整的鋪陳出當時的社會環境、人物姿態，以當時環境的真實現況作為整篇小說內容呈現的基礎。[14]

〈藝姐之家〉這篇小說共分為七個章節來完成整篇小說，第一段開始的是當前男女主角所面對的現況與考驗。在當時的保守社會環境中要與一位當過藝姐的女性結婚，對男性而言，那種糾結的心情在男主角的身上表露無遺。

> 明知道藝妲是沒有處女的，最後還是決定要娶她。卻又不能不對將要以妻迎來的那個女人的身世，產生了多多少少的疑惑」[15]「想像她昨晚喝醉了，那個熟悉的顧客就乘著機會，潛進采雲的眠床裏去。到了早晨還在睡覺的時候，自己去訪問，瞬間勃然大怒，抓住那個男人，反而被那個男人痛打了一頓……[16]

---

13 陳慧珍：〈日治時期台灣藝妲之演出及其相關問題探討〉，《民俗曲藝》第 146 期（2004 年），頁 223-232。

14 陳英仕：《張文環及其日據時期文學研究》（臺北市：中國文化大學中國文學研究所博士論文，2010 年），頁 11。

15 張文環：〈藝妲之家〉，《張文環全集卷一》（2002 年），頁 192。

16 張文環：〈藝妲之家〉，《張文環全集卷一》（2002 年），頁 192。

如此種種的臆想讓男主角的內心翻騰不已，也顯現出自己對女主角是藝妲身分的顧慮與不安。

反觀女主角，面對愛情的來到及母親不願放手的態度，讓女主角思及自己處境的悲哀而心想，「對於我來說也只有生或死，到了兩者擇一的地步了。……采雲覺得耳鳴又雙腳麻痺，一點也不想抑住心裡湧上來的悲傷，看看月台上，還有誰像自己一樣遭遇不幸的命運呢？」[17]

這一段其實也呼應著最後一段的結局。筆者利用破題的方式，在第一節先說出了男女主角所面臨的現實情況，同時可以看出，女主角心靈對愛情的渴望卻無法擺脫現實情況的殘酷。因此在二至六段則進入了女主角成為藝妲的悲慘故事。

第二段開始，女主角采雲回想自己是在台南當藝妲的時候而與男主角楊秋成相識。一開始，因為家中經濟狀況不佳，而成為別人的養女，讓采雲從很小的時候就對自己悲慘卻無法抵抗的命運。因為是養女的關係，就算最後走上藝妲的路，也不埋怨，認為自己是背負不幸的重擔出生的。[18] 這與大部分的藝妲情況一樣，都是受到家中貧困所致，在《台灣私法》中的養女契約常可看到類似的例子。[19]

藝妲的行業需要大量的資金來打扮自己、裝飾，因此藝妲又分成南部、北部不同的風情，想要大紅大紫的藝妲必定先到南部賺取資金，因為南部的藝妲多半受雇在料理店或寄宿，所以沒有太大的限制，只要有錢賺的地方就會有藝妲。但是對商家而言，還是希望能有固定的藝妲或陪酒婦，這也衍生了在南部地方的藝妲有祭拜「豬哥神」的習慣。

---

17 張文環：〈藝妲之家〉，《張文環全集卷一》（2002 年），頁 200。

18 張文環：〈藝妲之家〉，《張文環全集卷一》（2002 年），頁 204。

19 臨時臺灣舊慣調查會編：《台灣私法》（臺北市：南天書局，1995 年），卷 2。

當藝妲的主要目的是為賺錢，因此藝妲們在化妝後，會到豬哥神的壇前膜拜，並唸「神明啊，今天也請祢為我帶來好客人吧，來的時候帶著很多錢，要回去的時候還捨不得離開我的懷裡。」[20]為什麼是豬哥神呢？因為南部地區養豬的行業都知道，豬的哥哥就是豬哥也就是種豬，一看到母豬的時候就會出現忘了一切，出現垂涎不止的狀態。豬哥神就是讓不管什麼男人都會對自己產生愛慕之情，但這些都不是真正的愛情，只是讓他們心甘情願的把錢拿出來。所以，一旦真的陷入了愛情，表示無法再隨意的屬於任何人，也就是被豬哥神拋棄了。[21]

因此，從事藝妲相關行業的工作者，至今仍有膜拜豬哥神的習慣，作者透過了民間的民俗信仰展現，也顯露出祭祀豬哥神的藝妲對自己命運無法掌握的無奈感。因為藝妲一旦與客人發生感情後就會離開，店家為了避免藝妲的流動率太高影響經營，都會設置豬哥神讓藝妲膜拜。透過一些對豬哥神祈願的咒語，反而間接的讓藝妲們接受了藝妲是沒有得到真正戀愛的資格，因為男人都是來來去去，對她們都愛情不是真心，只是豬哥神讓他們一時忘情而已，而真正找到戀愛的人卻反而是被拋棄的，會被嘲弄的。

因此，當時在台南時，采雲與楊秋成陷入戀愛，卻沒有得到祝福。因為采雲的母親（養母）認為一旦讓他們結婚，她就缺少了采雲繼續幫她賺錢，於是抓緊了采雲想要結婚的心情，反而要求采雲回到北部繼續擔任藝妲幫她賺錢，並對楊秋成採取不答應也不拒絕的態度，使得他們陷入一種曖昧的狀態。

20 張文環：〈藝旦の家〉，《日本統治期台灣文學——台灣人作家作品集 4》（1999 年），頁 116。

21 張文環：〈藝旦の家〉，《日本統治期台灣文學——台灣人作家作品集 4》（1999 年），頁 116-117。

對采雲來說，因為是養女的關係，對於自己的幸福以及未來的走向，還是必須聽從養母的決定，因此在養母沒有點頭之前，采雲也只能認命的接受她的安排。但是對於心愛的人面前，想要離開這種環境的渴望讓采雲陷入極度膠著的狀態。

第三段開始，看到了采雲從一個清純的女孩子在母親（養母）貪婪金錢的誘惑下，成為了金錢的犧牲者。這一段是作者亟欲批判的一個主題，因為養母受到金錢至上的利己主義誘惑，導致她不顧一切的犧牲采雲，如此扭曲的人性在養母身上一覽無遺，也因此使采雲陷入不幸的風暴。

采雲成為養女除了顧慮新養父母的眼神外，她開始脫離過去的貧窮生活，被允許上公學校。畢業之後，到茶行工作，因為開始懂得裝扮了，也成為工作場合注目的焦點。

> 到了十六歲，采雲就好像被遺忘在原野草坪裡的花籽，在不知不覺中萌芽了，從雜草中開出一朵含著露珠的薔薇花。……在茶工廠，采雲是眾人注目的美麗女工，每天使母親十分得意。[22]

作者用了「從雜草中開出一朵含著露珠的薔薇花」來比喻采雲在一群人當中獨特的表徵。薔薇，是一種有著鮮豔色彩、有著吸引異性且充滿十足魅力的花朵。在作者的作品當中，對於女性的形象描述時常會以不同的花朵來比喻，透過不同的花朵可看出該女性在小說當中的形象。這裡作者用薔薇來形容采雲，不只讓他有著充滿魅力的一面、且是具備了美貌的女性，[23] 在這個地方是獨特且突出的，而且含著露珠

22 張文環：〈藝妲之家〉，《張文環全集卷一》（2002 年），頁 206。

23 北見吉弘，〈在張文環小說裡對女性人物的比喻表現〉，《真理大學人文學報》第 10 期（2010 年），頁 135。

也隱喻著采雲含苞初放，是最鮮嫩的薔薇花而成為大家注目的焦點。

既然是含著露珠的薔薇花，如此帶著鮮明色彩的采雲當然也同時受到茶葉行老闆的注意，而拜託阿春婆去遊說養母，養母身邊出現阿春婆金錢的誘惑，讓養母的人性開始轉變。

> 采雲聰明又可愛，做藝妲必會賺大錢，能積蓄財產。[24]

> 誰都不會發覺又能拿到錢，這成為非常有魅力的事而啃蝕著母親的心。采雲的母親最近積極的開始思考了。如果是私娼，那就不得不考慮，……如果女兒被玷汙有了瑕疵，而名聲敗壞還無話可說，可是瑕疵看得見才算瑕疵，看不見得瑕疵應該連自己也會忘記。[25]

從這裡可以看見作者特別點出養母受到金錢的誘惑，刻意讓自己的思想將不合理的事情合理化，展現了人性黑暗的一面。對養母而言，像這種身體上的瑕疵是可以被時間隱藏的，所以不算是被玷汙，名聲時間久了會消失，但是可以拿到的錢卻不會消失。同時作者也暗示了「母親年輕時處身並不堅定」[26]，來強調養母因為過去這樣的原因，所以她對於這樣的事情不會在意。

作者在此段用了許多對比的手法，養母刻意幫采雲打扮的不純正心思對比什麼都不知道的單純采雲；養母不願意表態卻故意哄抬采雲的身價；養母擔心自己的高姿態讓煮熟鴨子飛掉的擔心；在計程車上采雲感到不對勁卻生性怯懦的不敢說出口；車內的陰鬱對比窗外的陽光閃亮；貧窮人的悲哀與有錢人的恣意。透過這些對比的手法，讓整

---

24 張文環：〈藝妲之家〉，《張文環全集卷一》（2002 年），頁 205。
25 張文環：〈藝妲之家〉，《張文環全集卷一》（2002 年），頁 208。
26 張文環：〈藝妲之家〉，《張文環全集卷一》（2002 年），頁 207。

篇小說逐漸進入高潮。

到了第四段，采雲的人生面臨一個很大的轉折，也就是貞操被賣掉了。作者更是用了跳脫小說情節的方式，用一種作者自己的聲音敘述這件事情看法的手法，寫出「到此，作者不想再往下描述。沒有必要追踪要去別墅的這對母女的行為。當然留下一個女孩子而去，有點不忍心，但是這一幕鏡頭，還是省略比較好。在這樣的社會，要是女人忘不了虛榮，不但永遠不會被解放，相對的要不斷的一個人背負著悲劇行走。采雲就是因為如此才成為母親的餌食被吃掉了。」[27]

這裡作者突兀的用了非故事中的語法與橋段，反而試圖在這個地方將自己的想法傳達給作者，這樣的做法，反而帶領著讀者進入故事情節的最高潮，同時也幫助讀者更理解那個時代底下會發生這樣事情的脈絡。點出了，成為藝妲的女孩們很多就是在母親無法拒絕金錢的誘惑下，而被出賣貞操成為藝妲。

張文薰提出，作者早在前面已經鋪了很多梗在談論這件事情、這個行為，到了這裡，作者看起來其實是想要提出女人忘不了虛榮就無法被解放。這與他當時正在推動的解放藝妲的行動是緊密相關聯的。[28]

經過三天，作者以「采雲像病患般被母親領回家」來形容她經過了身體的折磨，心靈也經過一場暴風雨，也同時揭露了養母的狠毒思想與行為。貞操喪失的采雲，經過了很長的一段時間才總算走出陰霾，這裡似乎在應驗著母親前面自我合理的話，「一段時間後，身體的瑕疵是會被遺忘的」。

但是這裡的轉折，是讓采雲意識到，世界不會因為自己的關係而

---

27 張文環：〈藝妲之家〉，《張文環全集卷一》（2002 年），頁 211。

28 張文薰：〈評論家／小說家的雙面張文環——以藝旦、媳婦仔問題為中心〉，《臺灣文學學報》第 3 期（2002 年），頁 222。

改變，只有靠自己才能走出來。自我意識的改變，讓采雲重拾對生活的希望，甚至意識到自己是上過公學校的知識份子，是對社會的議題感到興趣的。「當女店員的朋友秀英，比自己較開化。像資本家、榨取，還有戀愛至上主義等語言，都會從他嘴巴跳出來。她好像時常在看報紙。」[29]

北見吉弘針對這裡提到他們兩個的對話，對於戀愛至上的興趣特別高，尤其希望可以自由戀愛[30]，張文薰則提出，依故事的情節進行推定，時間點可能是一九三四年左右。當時的「臺灣文化運動」正在走下坡，由中產階級所組成的「臺灣文化協會」以臺灣議會設置運動為首發起各種啟蒙運動，考量民眾的教育程度不一，乃由書面媒體的報紙、到口頭媒體的演講，逐漸將世界思潮帶進臺灣。[31]

受到朋友的影響，采雲也試圖跳脫過去的生活，並讓養父母知道她有獨立賺錢的能力，如果自己可以經濟獨立就可以爭取自由，並且不會再受到他們的擺布成為賺錢的工具，她發現自己也能掌控自己的前途。

進入第五段，就在采雲開始希望過新生活的時候，碰到了以為能夠得到幸福的愛情，卻因為意外的被揭露過去的事情，而遭到拋棄。這樣的事情對采雲來說，因為失去貞操而無法繼續與心愛的人一起，就連去追他的資格都失去了。一度以為自己可以掌控自己的人生與前途，但現實卻讓采雲最後屈服在父母底下、失去追求愛情勇氣的行為。

這樣的轉變，讓采雲開始自暴自棄，認為不可能再得到愛情的情況下，從一開始的不願意／不悅（處女身），到後來自願前往（失去

29 張文環：〈藝妲之家〉，《張文環全集卷一》（2002 年），頁 213。

30 北見吉弘：〈張文環小說における新女性像に見られる人物造詣の特殊性〉，《育達科大學報》第 33 期（2012 年），頁 163-190。

31 北見吉弘：〈張文環小說における新女性像に見られる人物造詣の特殊性〉，《育達科大學報》第 33 期（2012 年），頁 223。

貞操），采雲認為是命運而迫使她走上當藝妲的路。「一切都是命運，自己出生在賤污的星象下麼。無可埋怨。……」[32] 然而，其實最大推手的人還是那個貪戀著金錢的母親（養母），認為藉著這樣的機會，讓采雲對愛情失望以後，就能全心的成為她賺錢的工具了。

到了第六段，采雲正式的當了藝妲，但是卻不是賣身而是賣藝的藝妲。這裡采雲發現「發現許多的姑娘都是像她一樣的經驗才來當藝妲，有的則是繼承前世代的家業、或是藝妲的私生子、養女等。當了藝妲之後如果賺得很可觀，她的養母會為她再買來養女，而這個養女也要作藝妲。因此在台北對三十左右的年輕女人叫祖母並不覺得稀奇」。[33] 由此可見藝妲在當時社會的普遍，以及在環境生態底下其實是一種不斷的循環。

采雲雖然臣服了命運當了藝妲，卻不願意淪落在這個環境底下，只選擇賣藝堅持不願意賣身，「真正賣藝的藝妲，很快得上流社會的好風評，便出現了如前例要專用金錢權力玩弄她身體的富豪」[34]。在這裡，作者也用了與采雲同一時期的其他藝妲陸續接受了開彩的事實，強調了藝妲從賣藝變賣身以後，身價與心情的轉變。然而，對養母而言，因為已經不是處女的關係，如果開彩的話，就會被發現不是處女而損失作為雛妓的最大收入。

就在采雲仍堅守自己身分的同時，也同時戀愛上了楊秋成，楊是雜貨店的老闆，他不斷勸采雲離開藝妲，說道「藝妲這種職業是女性最大的自我侮辱。」[35]對采雲來說，因為有了喜歡的對象，不願意再失身他人，而為他守身。但同時，采雲也擔心著如果真的戀愛了，最

32 張文環：〈藝妲之家〉，《張文環全集卷一》（2002 年），頁 225。

33 張文環：〈藝妲之家〉，《張文環全集卷一》（2002 年），頁 225。

34 張文環：〈藝妲之家〉，《張文環全集卷一》（2002 年），頁 226。

35 張文環：〈藝妲之家〉，《張文環全集卷一》（2002 年），頁 231。

後卻無法在一起，那種寂寞和悲傷的情緒攏罩著自己心想，「我也是人啊，一個人無法活下去。像門外流進來的胡琴哀音緊絞著心胸似地痛苦」[36]

楊對采雲的心情使得采雲開始動搖，想要離開藝妲的生活。楊對采雲寫了一封信提到「自己並非小氣，但他的身分地位不允許他進屋那種店」[37]，顯示出了當時社會對於特種行業仍然相當保守。采雲一方面希望自己能脫離藝妲的生活，一方面卻又擔心養母不允許自己辭去工作。就在這個時候，采雲突然湧現了一股意志，認為自己是越過死的線界活過來的身體，要用死的覺悟的來爭取自己的幸福。[38]

第七段，也是最後一段。采雲回到台北的藝妲生活，因為受到醉仙閣老闆的提拔，讓她感受到與南部不一樣的氣氛，生活過得更愜意、輕鬆。如此的生活卻沒有讓采雲改變想要離開藝妲生活的想法，但在養母的監視下卻無法輕易的脫離。同時，楊對於采雲卻越來越焦急，感受到楊秋成的壓力，不得不試圖向養母出要離開的要求，即使說了「自己的身體已經不是平常的身體」，養母仍然不為所動。

與第一段相互呼應，在這樣的社會底下，對采雲而言存在著無數的看不見的束縛，要怎麼解脫，對她而言最終似乎就只剩下自殺的路了。以這樣的方式結局，讓人感受到身為藝妲的悲哀。

不過，作者在小說的結尾並沒有明確的寫出采雲的決定與結局，但從作者在整篇小說的鋪陳來看，大概也可以了解到采雲與楊秋成恐怕不如童話故事般有著快樂美滿的生活。在〈藝妲之家〉當中看到的是采雲陷在親情與愛情之間的矛盾；同時在希望與失望中徘徊的女性。雖然意識到自己可以掌握自己的身體，也想要勇敢追求愛情，但

---

36 張文環：〈藝妲之家〉，《張文環全集卷一》（2002 年），頁 229-230。

37 張文環：〈藝妲之家〉，《張文環全集卷一》（2002 年），頁 232。

38 張文環：〈藝妲之家〉，《張文環全集卷一》（2002 年），頁 233。

卻依然受到社會對女性封閉的性格及宿命觀念的影響所壓制，讓人感到當時身為女性的悲情。

三　關於〈藝妲之家〉的人物性格分析

在張文環的小說之中，可以看見台灣女性的各種不同面向，透過小說的方式將這些女性呈現各種不同的社會背景。尤其，台灣當時正面臨顛覆傳統男性思維的新現代女性的時代，女性開始擁有自我意識，從思想、身體到反抗，都像是在日治時期被殖民統治的台灣人的縮影。[39]

〈藝妲之家〉是作者利用小說的方式，呈現了臺灣早期藝妲所面臨的困境，因為當了藝妲所賺的錢比較多，所以讓身陷其中的藝妲很難跳離這個環境，如此不斷的惡性循環，也因此造就了非常多悲慘命運的藝妲。從采雲的例子可以看到，即使因為采雲當了藝妲讓養母的生活變得比較富裕，卻還是希望采雲可以繼續當藝妲，不願意她離開，這是當時社會藝妲很難解決的一個很大問題。

（一）女主角采雲

采雲從一開始的形象清純、鮮明，加上受過公學校的教育，使得她名列在新女性的行列中。但卻因為十四歲被養母矇騙而失去貞操後，對愛情的憧憬到後來陷入痛苦而失志。雖然如此，但他在新女性的浪潮中嚮往戀愛至上，跳脫傳統女性的思維，認為女性可以自由戀愛，因此勇敢追愛。可惜結果卻因為失去處女的事情被揭穿後，而又

39 陳英仕：《張文環及其日據時期文學研究》（臺北市：中國文化大學中國文學研究所博士論文，2010年），頁441。

再度失去愛情，才讓采雲失去追求愛情的勇氣，進而將這樣的結果歸咎自己是身為養女的命運，去當了藝妲。作者讓采雲在新女性的思潮中勇敢追求愛情，卻因為屢次的破局而導向悲慘的結局。[40]

當了藝妲的采雲不願意出賣肉體，僅願意以藝賺錢，不過在喜歡的人出現後，采雲願意獻出自己（靈肉合一），並希望能與他結婚。可是阻擋在前面的是自己的養母，對養母有養育的義務，因此不敢違背養母的意思而不繼續當藝妲，但另一方面卻又希望能與心愛的人一起，采雲面對命運感到無奈的態度，讓人感受到她逆來順受卻又堅強面對生命的性格。

（二）養母

養母在整篇小說伴隨著采雲，有著不可或缺的對比角色。從慈善的母親開始，到後來因受金錢誘惑而變得自私自利使采雲失去貞操，到後來繼續掌控著采雲的身體使其成為藝妲牟取暴利。甚至掌控著采雲最後的愛情與幸福。養母的性格鮮明，作者更是讓養母邪惡算計的心思都毫不掩飾的攤在讀者面前，同時看她如何自我說服、合理化自己卑劣的想法，展現人性黑暗、醜陋的一面。

（三）與采雲有關的男性們

在〈藝妲之家〉一文中，作者將采雲比喻為「從雜草中開出一朵含著露珠的薔薇花」，用魅力十足的薔薇來形容，而不是嬌弱的百合，可見采雲雖受命運的擺弄，但是她卻很有自己的想法，即使成

40 北見吉弘：〈張文環小說中女主角之戀愛感情觀——毀滅或生存〉，《育達科大學報》第 37 期（2012 年），頁 124。

了藝妲也很有自己的意識。[41] 因此在她身邊出現的幾位男性大致羅列如下：

茶行老闆，利用自己的金錢勢力，搭配養母的貪婪，奪走采雲的貞操，使得采雲失去勇於追求愛情的性格。

廖清泉，使采雲嚐到自由戀愛的滋味，但卻因為被告知采雲已經被玷汙，並以為她是為了金錢而賣身犢，而離開采雲並認為她是背叛者。遭受打擊的廖清泉留下采雲到內地去。在張文環的小說當中，像廖清泉一樣遭到打擊後的男性都逃避現實的離開當地，被留下來的女性則陷入茫然絕望甚至死亡邊緣，顯示了男性在那個社會氛圍下，反而沒有女性來得堅強而都選擇了逃避現實。

楊秋成，在采雲當了藝妲後才交往並決定互許終生的男性。楊秋成與采雲雖然是自由戀愛下認識，但楊秋成卻認為「藝妲這種職業是女性最大的自我汙辱」[42] 而一直希望采雲離開藝妲的工作；也認為在保守的社會環境要與當過藝妲的女性結婚，內心仍糾結不已，充滿不安與顧慮。最後，他們是否能有情人終成眷屬，作者留下了一個空間讓讀者臆測。

透過這個故事與采雲息息相關的三位男性，還是可瞧出當時社會的端倪，貧富不均、男權為主的社會氛圍，因此采雲失去貞操、擔任藝妲，這些都使得她在這個社會遭受另類眼光的對待。

許惠玟針對張文環小說所塑造的女性形象進行研究，得出「如果女人能自重，就可以為她們的生活提供較好的助益，另外強勢的女性性格不只可以扭轉父權社會結構，並且不會對一本身造成任何傷害」

41 北見吉弘：〈在張文環小說裡對女性人物的比喻表現〉，《真理大學人文學報》第 10 期（2010 年），頁 135。

42 張文環：〈藝妲之家〉，《張文環全集卷一》（2002 年），頁 232。

的結論[43]，如果對照本文〈藝妲之家〉中的采雲，可以發現作者賦予她的聰明才智是足以在社會中生存下去，包括在茶行、或者是雜貨店，她都展現了很好的交際關係，並也獲得男性的青睞。

但是最後還是走向藝妲的道路，主要原因除了養母之外，采雲本身後來也從藝妲的生活中獲得自信，雖然想跳離卻又礙於種種的理由，這也是讓她陷入兩難的關鍵。但她並沒有強勢到扭轉父權社會結構，因為最後她是屈服於這個社會，接受父母的安排並隱忍生活中所遭遇到的困難，包括認為自己沒有資格可以追尋愛情、以及最後只能自殺一途等等的展現。

從小說中可以看出作者對這些弱勢女性的關懷，他知道在這個封閉社會受傳統束縛的女性，很難去掙脫。雖然最後在小說的結局中，這些弱勢的女性脫離不了「死」的想法，但作者最終還是沒有讓他們走上這條路，可以看出作者本身溫和的性格，以及期許能透過小說而改變困頓現狀的希望。

四　作者對藝妲的關懷及藝妲的發展

張文環對藝妲的關懷，從小說當中可以很清楚的看到作者對於藝妲的描述以及他們所遭遇到的困境，都寫得很仔細。除了小說之外，還有舉辦座談會，「大稻埕女侍、藝妓座談會」中，除張文環及記者之外，一共邀請了九位女侍，內容包括有女侍對愛情的看法、對媳婦仔的看法、以及要如何杜絕的方法。訪談的藝妲之所以成為藝妲的原因許多都是身為媳婦仔的緣故。張文環在會中主張「即使身為媳婦仔

43 許惠玟：〈張文環小說的女性形象分析〉，《台灣文藝》第166期（1999年），頁11-39。

也有自擇婚姻的自由」[44]，也提到台北北警察署署長對於媳婦仔制度的關心，可以前往尋求協助，希望能藉此逐漸的改正臺灣傳統社會的陋習。[45]

在大稻埕，藝妲最盛期為一九一八至一九二〇年之間，人數多達三百多人，[46] 這也引起日本政府注意到藝妲的問題，於是在一九二七年成立大稻埕「檢番」，檢番是管理當地藝妲的單位。[47] 從邱旭伶的研究中將日治時期的藝妲分為三種：藝妓、藝娼妓、和娼妓。藝妓是指唱歌沒有接客過夜的，所以也不用接受衛生單位的檢查。藝娼妓除了唱歌之外，可以與嫖客度夜，而娼妓則無才藝，僅以賣身維生，二者皆須接受衛生機關的定期檢查。[48] 當時凡是領有執照的藝妓、藝妲都要加入，但不包括娼妓，對於藝妓要到哪裡活動、接客等等，都必須要接受登記，並且監督娼妓要定期接受性病檢查。台北一共有三個檢番，台北檢番、萬葉共立檢番、大稻埕檢番，其中台北檢番、萬葉共立檢番是以日本人的藝妓為主，大稻埕的檢番則是台籍藝妓為主。[49]

娼妓因為需要接受性病檢查，此舉遭到他們一連串的反抗與抵制，《三六九小報》記載「謝氏紅柿性豪爽，有鬚眉氣，先是到基隆警署，將勵行花禁，盡驅鶯燕，付諸檢查。封信一傳，群花失色，於是或遠徙，或繳牌紛紛不已。柿獨毅然抗議，不以撓法而葸畏，卒得當局諒解，免除下體之檢視，其膽略之高、意氣之壯，直使世之懦

44 張文環：〈「大稻埕女侍、藝妓座談會」〉，《張文環全集卷七》（2002年），頁124。

45 張文薰：〈評論家／小說家的雙面張文環──以藝旦、媳婦仔問題為中心〉，《臺灣文學學報》第3期（2002年）。

46 劉捷：〈台灣藝旦社會學〉，《聯合文學》第3期（1985年），頁91。

47 台灣經世新報社：《台灣大年表》（臺北市：南天書局，1994年），頁20。

48 邱旭伶：《台灣藝妲風華》（臺北市：玉山社，1999年），頁36-43。

49 王詩琅：〈檢番〉，《台北文物》第5卷第4期，頁126。

夫，瞠乎其後矣。」[50]

其他還有包括〈老娼消滅論〉，其中提到「媳婦仔的生活，其幕後隱藏著妨害國民精神振興的人物，我深信老娼要是消滅了的話，社會生活必然呈現出光明的一面」[51]，張文環認為台灣娼妓問題之所以如此嚴重，就是因為老娼的存在，他們是這個社會的總頭頭，握有錢和女人，並頗具政治手腕，在這樣無賴的社會中，成為規矩社會裡的害群之馬。因此他主張應該對老娼採取強力彈壓的政策。來維護人道應有的措施。尤其針對大稻埕地區的媳婦仔的生活，民間與政府當局必須攜手合作，他深信老娼要是消滅的話，社會生活必然會呈現出光明的一面。[52] 可見老娼在社會當中所占有的地位是相當重，要徹底的改變藝妲間的弊病是相當困難，這些人也被張文環指為「心志把持不住」，不就是〈藝妲之家〉中采雲養母的原型。

在〈大稻埕雜感〉的花柳街中，張文環指出了大稻埕的流行文化顯得過度成熟，「看看在喫茶店裡的女孩子的化粧，全都佯裝成大人的樣子，使用成年女人的口氣講話，聽起來也會令人感到嘔吐。」[53]「專門接待中流以上紳士的那些藝妲或女服務生，很不像我們所了解的藝妲或女服務生那樣。所謂藝妲只是名字而已，實質上跟一般女服務生毫無差異。……現在這些所謂的藝妲，只不過是應付客人陪席酌酒而已，……」[54] 顯示了台灣的藝妲已經逐漸走下坡了，不再是崇尚技藝的精進，而是淪為與一般的藝娼妓而已。岱宗描述大稻埕的酒樓

50 《三六九小報》第 18 號（1930 年）。

51 張文環：〈老娼消滅論〉，《張文環全集卷六》（臺中縣：臺中縣立文化中心，2002 年），頁 184。

52 張文環：〈老娼消滅論〉，《張文環全集卷六》（臺中縣：臺中縣立文化中心，2002 年），頁 185-186。

53 張文環：〈大稻埕雜感〉，《張文環全集卷六》（2002 年），頁 23。

54 張文環：〈大稻埕雜感〉，《張文環全集卷六》（2002 年），頁 24。

說道：「江山樓、蓬萊閣之建築亦甚壯觀。而各街商店，買賣頓成活氣。」[55] 這些建築壯觀的酒樓，除飲食功能外，更藉著新式的建築外觀，吸引周邊人潮，成為當時大稻埕非常著名的景點。「年來飲酒之處，盛於昔時。不特可以飲酒，且可以看花」[56] 顯示出大稻埕非常繁榮的景象。

在〈高級娛樂的停止——追求不自覺的人們〉文中指出，「從內地來的藝妓大都是以賣藝償還押身錢的，台灣的則是自己獨立的藝妓比較多。當然也有以賣藝償還押身錢的，而那些大部分都是父祖繼續了幾代作這種生意，自然由這些人結合形成一種階級，因而需要查明那些階級的內容，那麼就像台灣社會童養媳的問題，也會被發覺出來。」[57]從張文環的論述裡，我們可以了解日本藝妲與台灣藝妲之間的不同，包括社會上的養成以及制度上的不同。台灣大部分都是由媳婦仔或養女而來，這與「大稻埕女侍、藝妓座談會」中藝妲談及自己身分是相符合的。童養媳的原意是作為家中兒子未來傳子嗣用，而養女則是為了沒有生兒育女的家庭有了可以幫忙家事或未來可以養家所用，然而後來卻走向偏途，藉著童養媳或養女的名義行藝妲之實。

〈無可救藥的人們〉中，張文環提到「所謂『無錢人人驚，做婊坐大廳』，這是風月場所的女人們所用來自我辯護的一句俗話，也是諷刺世間「卑賤根性」的一句話。……含有世間最怕的是貧窮的人，反之，富人無論到哪裡都備受歡迎的意思。其致富的理由或卑鄙行徑，卻是誰也不去追究。即使知道，在金錢財富的跟前，任何人都會俯首稱臣。因此，做了卑賤的事也不用覺得可恥。……這就是資本主

55 岱宗：〈北中遨遊小記（七）〉，《三六九小報》350 號（1934 年）。

56 《三六九小報》462 號（1935 年）。

57 張文環：〈高級娛樂的停止——追求不自覺的人們〉，《張文環全集卷七》（2002 年），頁 3。

義社會賜與她們的結論。頹廢若是到了這個地步，他們也就沒什麼好憂心的了。」[58] 張文環企圖喚起大眾要鄙棄這種金錢至上，淪喪道德的觀念。

在《三六九小報》中的〈花叢小記〉有一段描述藝妲的改變，提到：「吾臺花界之沿革，恆視商業之盛衰相推移，在昔商業之盛，有一府二鹿三艋舺之稱，近今則首推島都之稻艋，而花界亦然，若嫖客之趨尚，尤有今昔不同之感，改隸以前。妓尚南曲，尚風度，色其次之，改隸以後，妓尚京調尚酬酢，色亦次之，以雲年阿鴦之艷冶，有台灣美人之譽，猶不能博一般嫖客之嗜好，降而則只論色而不論藝，未免沒卻藝旦之本旨矣。輓近則專尚時髦，色藝在所不顧。如裝束入時且能跳舞，則群趨之如附羶，若不斷髮不跳舞，雖西施在前，亦無人過問，風尚之變遷者如此，欲求一新舊兩兼者，殊不多覯。」[59]可看出台灣的嫖客喜好的改變，也讓藝妲的形象與觀念隨之改變。

五　結論

〈藝妲之家〉是張文環對於藝妲描述非常重要的一篇小說，也因為作者本身對藝妲的關懷與了解，才能將〈藝妲之家〉這篇小說發揮得淋漓盡致。從女主角采雲所經歷的一切事情，從十四歲因為養母對金錢的貪戀導致失去貞操，進而對愛情失去憧憬，經過一段時間的沉澱，碰上高唱愛情至上主義的秀英，再一次的燃起他對愛情的渴望，這時候出現的廖清泉，是一個領固定薪水、可以安定生活的對象，是理想中的好對象，所以當他得知采雲過去的事情後，顧及社會的眼光，毅然決然的放棄采雲，也讓采雲陷入這一切都是受到命運的影

58 張文環：〈無可救藥的人們〉，《張文環全集卷六》（2002 年），頁 115。

59 花頭陀：〈花叢小記〉，《三六九小報》94 號（1931 年）。

響，因為身為養女無法違背養母，所以在失去貞操、且又再一次的在愛情上受到挫折後，只好遵循養母的規劃前往南部從事藝妲。這時采雲在藝妲的世界又得到信心，反而讓她願意待在藝妲的行業，不過遇到楊秋成後，兩人陷入愛情，采雲也實踐了她戀愛至上的作法，達到靈肉合一的地步。只是最後仍然無法逃脫養母的限制，而使她戀愛至上的主義無法得到最終的實踐。

不只〈藝妲之家〉，從張文環一系列關於藝妲問題發表的相關文章，可以發現他對於藝妲的主張及關懷弱勢女性的想法，同時也希望可以透過當時的日本政府一同解決藝妲的問題。這些藝妲往往因為自己身分的問題而不敢去追求自己的愛情，這也是張文環希望藝妲能透過自己的力量去改變這樣的現況，因此不僅是透過文字的書寫，還藉著座談會的舉辦，讓這些過去隱藏在社會中已久的弊病浮上檯面，試圖引起大家的重視。

張文環自己曾提到他並不是鼓吹解放煙花界的女性，他只是為了那些重情重義逼不得已進入藝妲行業的女性而抱不平，但是對於那些已經將藝妲視為賺錢工具、以及自甘墮落的人，他是無法喜歡的。俗話說「只要當上三天乞丐，就會欲罷不能」這些人就是無可救藥的了。[60] 他想要拯救的是仍有志節的女性，因為改變這些人是可以漸漸改變這歪斜的風氣的。同時他也認為媳婦仔應該要有結婚的自由，即使被賣做藝妲，如果現在奉養的母親在金錢上已經還清的話，就應該去爭取可以結婚。[61]舉辦座談會並且書寫這些相關文章，也是張文環本身對於藝妲遭遇可以改善的最大期待。

60 張文環：〈老娼消滅論〉，《張文環全集卷六》（臺中縣：臺中縣立文化中心，2002年），頁116。

61 北見吉弘：〈在張文環小說裡對女性人物的比喻表現〉，《真理大學人文學報》第10期（2010年），頁135。

一九四四年日情報局頒布了「關於停止高級娛樂之具體策要綱」，讓這些餐館、藝旦館、咖啡館、酒吧等等停業。[62]這消息讓張文環為之期待，在〈生活隨想——養女的躍進〉提到了「我更暗自期待藉此機會，他們能嘗試做一躍進。若是能對她們的環境或遭遇加以調查，好好地做一理解和輔導，使她們不至於重新走回頭路，暗地裡再操持賤業過從前的生活，那麼過去的媳婦仔問題必然會有所緩和吧！」[63]可以看出張文環對此一政策的期許，圍繞著這些討論，可以看出當時社會中層出不窮的藝妲問題，顯露出了張文環對台灣社會的關懷，當時正值戰爭前後，身為文學家，張文環反而是對社會底層的弱勢族群更加關懷，可以看見他將自己的想法不僅僅是書寫在紙上，而是透過各種方式去實踐，對於文人來說，是實踐了對現實社會的關懷。

以女性的問題作為題材，是張文環小說中最常使用的題材，介在一個新女性思潮與傳統社會的衝突中，女性如何從社會中的弱勢逐漸可以有機會肯定自我，並間接的去反抗父權社會對女性的操控。透過作者在小說中塑造的女性角色中可以看出，雖然生活困頓挫折，卻充滿了樂觀的生活態度，這讓女性對自我主張有了一股潮流趨勢。從小說中還可以看到雖然女性必須屈服外在社會的要求，但內心的世界卻不斷的在改變，逐漸轉變成為獨立堅強且覺醒的女性。因此，從女性研究的角度、或者是對當時社會女性思想的轉變，都能透過張文環的小說文本去窺探當時社會女性的思想脈絡，如能加以透過張文環系列小說去加以比較，必定能更了解當時大環境時代的女性形象之轉變。

---

62 許惠玟：〈張文環小說的女性形象分析〉，《台灣文藝》第 166 期（1999 年），頁 227-228。

63 張文環：〈生活隨想——養女的躍進〉，《張文環全集卷七》（2002 年），頁 5。

參考文獻

《三六九小報》　第 18 號　1930 年
《三六九小報》　第 462 號　1935 年
中島利郎編著　《日本統治期臺灣文學小事典》　東京　綠蔭書房　2005 年
王詩琅　〈檢番〉　《台北文物》　第 5 卷第 4 期　1955 年
北見吉弘　〈在張文環小說裡對女性人物的比喻表現〉　《真理大學人文學報》　第 10 期　2010 年　頁 127-150
北見吉弘　〈張文環小說における新女性像に見られる人物造詣の特殊性〉　《育達科大學報》　第 33 期　2012 年　頁 163-190
北見吉弘　〈張文環小說中女主角之戀愛感情觀──毀滅或生存〉　《育達科大學報》　第 37 期　2012 年　頁 119-152
台灣經世新報社　《台灣大年表》　臺北市　南天書局　1994 年
池田敏雄著，陳明台譯　〈「張文環《臺灣文學》的誕生」後記〉　《臺灣近現代史研究》　第 2 號　1979 年
杜國清　〈日治時期的臺灣文學〉《台灣文學英譯叢刊》　2006 年
岱　宗　〈北中遨遊小記（七）〉《三六九小報》　350 號　1934 年
林慧君　〈「南方文化」的理念與實踐──《文藝臺灣》作品研究〉　《臺灣文學學報》　第 19 期　2011 年　頁 75-97
林慧君　《日據時期在台日人小說重要主題研究》　淡江大學中國文學學系博士論文　2009 年
花頭陀　〈花叢小記〉　《三六九小報》　94 號　1931 年
邱旭伶　《台灣藝妲風華》　臺北市　玉山社　1999 年　頁 36-43
張文環　〈《台灣文藝》編輯後記〉　《張文環全集卷七》　臺中縣　臺中縣立文化中心　2002 年

張文環　〈雜誌《台灣文學》的誕生〉　《張文環全集卷七》　臺中縣　臺中縣立文化中心　2002年
張文環　〈藝妲之家〉　《張文環全集卷一》　臺中縣　臺中縣立文化中心　2002年
張文環　〈藝旦の家〉　《日本統治期台灣文學——台灣人作家作品集4》　1999年
張文環　〈「大稻埕女侍、藝妓座談會」〉　《張文環全集卷七》（2002）　臺中縣　臺中縣立文化中心　2002年
張文環　〈大稻埕雜感〉　《張文環全集卷六》　臺中縣　臺中縣立文化中心　2002年
張文環　〈生活隨想——養女的躍進〉　《張文環全集卷七》　臺中縣　臺中縣立文化中心　2002年
張文環　〈老娼消滅論〉　《張文環全集卷六》　臺中縣　臺中縣立文化中心　2002年
張文環　〈高級娛樂的停止——追求不自覺的人們〉　《張文環全集卷七》　臺中縣　臺中縣立文化中心　2002年
張文環　〈無可救藥的人們〉　《張文環全集卷六》　臺中縣　臺中縣立文化中心　2002年
張文環　〈藝旦の家〉　《日本統治期台灣文學——台灣人作家作品集4》　日本　綠蔭書房　1999年
張文薰　〈一九四〇年代臺灣日語小說之成立與台北帝國大學〉　《臺灣文學學報》　第19期　2011年　頁99-132
張文薰　〈評論家／小說家的雙面張文環——以藝旦、媳婦仔問題為中心〉　《臺灣文學學報》　第3期　2002年　頁209-228
許惠玟　〈張文環小說的女性形象分析〉　《台灣文藝》　第166期　1999年　頁11-39

黃得時著，陳明台譯　〈最近的臺灣文學運動史〉　《臺灣文學》　2卷4號　1942年
陳英仕　《張文環及其日據時期文學研究》　臺北市　中國文化大學中國文學研究所博士論文　2010年
陳慧珍　〈日治時期台灣藝妲之演出及其相關問題探討〉　《民俗曲藝》　第146期　2004年　頁219-260
劉　捷　〈台灣藝旦社會學〉　《聯合文學》　第3期　1985年　頁88-93
臨時臺灣舊慣調查會編　《台灣私法》　卷2　臺北市　南天書局　1995年

李白詩中的四川方言

邱燮友
臺灣師範大學退休教授
文化大學中文研究所兼任教授
東吳大學中文學系兼任教授

摘要

本文敘述李白生平事略，以及其四川生活背景，所接觸道教文化背景。主要在李白一千〇五十首中，指出其詩中六種川話。

關鍵詞：李白、詩仙、浪漫情懷、詩中川話

一　李白簡介

李白（701-762），字太白，號青蓮居士。中國唐代詩人，有「詩仙」、「酒仙」、「謫仙人」等稱呼，是中國文學史上最傑出的浪漫主義詩人，與杜甫合稱「李杜」。李白四十二歲到四十五歲，任翰林供奉。五十八歲參加永王李璘幕下，後永王被肅宗平定，李白被放夜郎，五十九歲赦免，回洞庭湖與族叔相遇，寫下頗負盛名的〈菩薩蠻〉後，投靠同鄉安徽當塗縣令李陽冰，六十二歲病卒於采石磯舟中。他的作品如天馬行空、浪漫奔放、意境奇異。李白詩篇誦讀千年，是中國文學史上永映千秋的藝術瑰寶，使人體味無窮，眾多詩句已成經典。今《全唐詩》收錄李白詩九百九十九首，清李琦注《李太白集》錄有一千〇五十首。

李白的家世與生平，則因文獻記載的匱乏和歷史傳說的廣泛而離奇，成為一個具有特殊吸引力的謎。

李白的出生地：碎葉？條支？四川綿州？江油縣？據郭沫若《李白與杜甫》，認為李白出生在碎葉。碎葉是今日的土耳其吉爾吉斯。

四川是他的第二故鄉，五歲隨父親李客來到四川，逃歸於蜀、家於綿州青蓮鄉，在他二十五歲開元十三年（725）離開四川。唐代的劍南道綿州彰明縣青蓮鄉（即今四川省江油縣青蓮鄉）是李白從五歲到二十五歲成長的地方。

二　李白詩文中的四川

讚美四川的美景，〈上皇西巡南京歌十首〉：「九天開出一成都，萬戶千門入畫圖。草樹雲山如錦繡，秦川那得及此間。」錦城成都如九天所開，萬戶千門都像畫圖一樣美麗。周圍的草樹雲山如同錦繡，秦川長安的風光能比得上這裏美麗嗎？

常常寫道峨眉山月，表達對故鄉的相思之情，「我在巴東三峽時，西看明月憶峨眉。」在遲暮之年仍舊懷念家鄉：「蜀國曾聞子規鳥，宣城還見杜鵑花。一叫一回腸一斷，三春三月憶三巴。」

三　三星堆和金沙遺址的神秘仙氣

古蜀歷史傳說、以三星堆和金沙遺址為代表的古蜀青銅文化，發源於西蜀的神仙文化。

三星堆位於四川廣漢，遺址年代可以推算到西元前二八〇〇年，世界上最大、最完整的青銅大立人像。通高二百六十二公分，重逾一百八十公斤，被稱為銅像之王。

四川是道教發源地，道教活躍，仙風道氣頗濃，在這裏修道的著名道士不少，李白曾經在詩中描繪「家本紫雲山，道風未淪落」，（《題嵩山逸人元丹丘山居》），李白從小受到家鄉民風的薰染，常去戴天山的道觀裏拜訪道士，聽他們談論求仙訪道的經典。

在四川期間，年輕的李白拜訪過不少道教名山，如峨嵋山、戴天山、紫雲山等，結交了不少道教名友。峨嵋山在李白的心中十分崇高，他在登山後就情不自禁地寫下了〈登峨嵋山〉一詩：「蜀國多仙山，峨嵋邈難匹。……」足見李白對神仙神秘文化的一往情深。

四　文化交融

經濟：巴蜀地區在唐代成為「財利貢賦率天下三分之一」的國家經濟支柱地區，為連接東西方的「北方絲綢之路」源源不斷地提供了大量絲綢布帛、珠寶圖書等商品，為溝通聯繫內地與西北、西南各族的「茶馬古道」提供了主要的茶葉和食鹽等商品。

同時，此一時期在巴蜀大地上人文薈萃，音樂歌舞、宴飲遊樂、城市園林、文學與繪畫藝術、絲織業、釀酒業、商貿業等繁盛甲冠天下，為詩歌文學創作提供了豐富的素材，也成就了大批蜀地和入蜀文人一生之中最輝煌的業績。

盛唐巴蜀本土文化經過與中原、江南及其他地區的外來文化碰撞、融合、創新和發展，形成了匯集眾家之長於一體的複合型文化，將巴蜀文化推向了發展頂峰。

川西高原山地的藏羌彝等各民族，其熱情奔放的民族性格、喜歌善舞和自由戀愛的民俗風情、歌舞美酒伴星月的傳統生活，加上青山白雲藏人家、風吹草低見牛羊的美麗風光，更使得這裏成為令無數人們嚮往的浪漫高原。少數民族與漢族的雜居也影響著漢族的文化，因此造成李白詩歌更加豪邁奔放。

五　閒適浪漫

平日川人生活：愛美食、愛喝酒。

川酒品牌代表：

五糧液、國窖一五七三、瀘州老窖、郎酒、劍南春、金六福、沱牌曲酒、捨得酒、全興大麯、水井坊、豐谷特曲。

川人愛喝茶飲酒，愛擺龍門陣，誇大其辭，也成李白詩歌的特色。

六　李白詩中的川話

詩人的創作多受母語的影響，所處的地域文化會潛移默化一個作家，並在他的作品中有所呈現。

四川方言屬於漢語的地域變體，在國語中也有。今在此歸納四川方言的辭彙如下：

（一）拂擦拭的意思

例如：〈下終南山過斛斯山人宿置酒〉：「綠竹入幽徑，青蘿拂行衣。」

〈清平調〉：「雲想衣裳花想容，春風拂檻露華濃。」

（二）青指黑色

例如：〈將進酒〉：「君不見，高堂明鏡悲白髮，朝如青絲暮成雪。」

〈贈王漢陽〉：「鬢髮何青青，童顏腳女練。」

又如：青衣、青褲，指黑衣、黑褲。

（三）得可以，能夠

例如：〈清平調〉：「借問漢宮誰得似？可憐飛燕依新妝。」

又如：要得；這個川娃要得。指好的可以。

（四）今朝，明朝指今天，明天

例如：〈宣州謝朓樓校書叔雲〉：「人生在世不稱意，明朝散髮弄扁舟。」

〈歌行上新平長史兄粲〉：「中宵出飲三百杯，明朝歸揖兩千石。」

〈宮中行樂詞八首〉：「今朝風日好，宜入未央遊。」

（五）山頭指山裏。

例如：〈清平調〉：「若非群玉山頭見，逢向瑤臺月下逢。」

又如：房頭、屋頭，指房裏、屋裏。

（六）傷心碧指非常綠，或很綠，極綠。

例如：〈菩薩蠻〉：「平林漠漠煙如織，寒山一帶傷心碧。」

又如：巧克力傷心甜，或這個包包傷心貴，是指巧克力非常甜，或這個包包很貴。

七　總結──李白詩歌特點

（一）「清水出芙蓉，天然去雕飾」：詩歌本是屬於書面語體，但李白敢於把日常口語入詩，雖然大膽，但是卻達到了自然天成的藝術效果。

（二）浪漫主義色彩：李白及其善於運用誇張的手法，想像奇特大膽，如「拂」字的運用，「舞袖拂秋月」、「枝葉拂青煙」，「秋月」、「青煙」本是高懸天上搆不著的事物，在李白的筆下卻觸手可及。

（三）李白詩多用誇飾格的修辭法：川人擺龍門陣，影響李白詩好誇大其辭。例如：君不見黃河之水天上來。又如：朝辭白帝彩雲間。又如：白髮三千丈，緣愁似個長。

（四）李白詩多用女子的口吻陳述：如〈長干行〉、〈擣衣篇〉、〈江夏行〉和〈春思〉都是以女子第一人稱口吻的鋪敘，這是李白詩的習慣用寫法，一直影響晚唐、宋詞的發展。

參考文獻

郭沫若　《李白與杜甫》　北京市　人民出版社

李白著，王琦注　《李太白全集》　北京市　中華書局

李白著，安旗主編　《李白全集編年注釋》　成都市　巴蜀書社

李白著，瞿蛻園、朱金城校注　《李白集校注》　上海市　上海古籍出版社

李白著，詹鍈主編　《李白全集校注彙釋集評》　天津市　百花文藝出版社

田園詩與海洋元素：周紫芝的海洋詩書寫特色

何四維

海洋大學海洋文化研究所碩士生

摘要

本文以宋代文人周紫芝的詩歌創作中與海洋有關者為研究對象，通過分析其晚年作品，以海門和潮音兩個關鍵意象為重點，類比傳統田園詩中常見的柴扉意象，點明二者在創作源流上的緊密關係；同時對比周紫芝以及歷代詩人的山水田園詩作品，揭示出其所進行的將海洋元素融入傳統山水田園詩歌的創作嘗試；并從各個分類枚舉和解析了周紫芝在其個人作品集《太倉稊米集》中與海洋元素有關的詩歌創作，從而梳理與闡明詩人是如何在創作生涯的晚期與海洋元素不期而遇進而在生活與創作中逐漸將海洋元素納入個人創作，最終開創出有別於前代的獨特海洋詩歌書寫方式，完成了傳統山水田園詩歌框架下融合海洋元素的創作創新。對於慣有的對周紫芝跟人品性的質疑導致過往研究者對其重視程度之不足，大可不必糾纏而將重點置於作品本身之研究。

關鍵詞：周紫芝、田園詩、海洋元素

一　前言

周紫芝（1082-1155），字少隱，號竹坡居士，安徽宣城人。周紫芝一生恰逢兩宋交替之際，歷神、哲、徽、欽、高宗五朝，而家鄉宣城又恰是南北之交的戰略要地，屢遭戰火殃及，可謂生值家國危難之秋，在周紫芝晚年得官離開故鄉之前，曾數次或因戰事或因家貧而舉家搬遷，這一身世背景與其所造成的影響屢屢見諸其作品集《太倉稊米集》，凡過往之周紫芝研究對此皆有討論[1]，在此不再贅述。此外，歷代詩話或是文學評論中往往對周紫芝的「時宰生日詩」系列大加詬病並以此為其人品污點[2]；然而此乃因其特殊的時代背景使然，與本文並無太大關聯，甚至在《太倉稊米集》[3]中就有與以其為奸佞之觀點相悖的佐證[4]，故筆者認為不可僅以某些特定文字作為否定其人其作品的依據。

紹興十二年（1142），花甲之齡的周紫芝終於以廷對第三名同學究出身走上了仕途，他再一次離開家鄉宣城，來到南宋的政經中心臨安，也是在這一年，周紫芝的人生體驗中第一次出現了海洋元素。老年得官的周紫芝在心志上相較於中年時期和緩，在詩風上回歸工穩清麗、淡泊自然。而對於長期寄居鄉間的周紫芝，甫一出仕便要談「歸園田居」似乎有些不合時宜或曰言不由衷，或許是賦閒日久早已看淡

1　當代關於周紫芝的生平考述和作品分析成果不多，可參考徐海梅：《周紫芝生平考述暨創作探源》（北京市：中國社會科學出版社，2014年）。

2　歷代詩話文學評論中，提及周紫芝，幾乎都要提到其「時宰生日詩」，繼而對此大加鞭撻，不一一舉例。

3　〔宋〕周紫芝：《太倉稊米集》，版本取自《四庫全書・集部四・別集類三・太倉稊米集》：《景印文淵閣四庫全書・分卷1141》（臺北市：臺灣商務印書館，1985年）。

4　參注17。

功名，初涉官場便感諸多不適之下，詩人在〈悶題〉中寫道：

命薄官如風，年多髩似銀。酒醺雖有聖，錢少本無神。

含笑花欺老，妨眠鳥鬧人。青山渾可戀，白眼莫相嗔。[5]

官居九品閒職，杭州監戶部曲院任上的周紫芝聽濤觀潮，作品中多次出現的海洋書寫透露出的恬淡情致，大約可以解讀為他為心中的傳統田園意象所尋找的一個替身，周紫芝詩中代替了鄉間阡陌的「海潮音」，亦因此呈現出一種前所未見的特殊風貌，其中，最典型的意象是海門山和（錢塘）潮水，此外還有一些出現頻率雖不高但具有鮮明的海洋特色的事物，如海市蜃樓和海鮮類。

周紫芝的創作生涯在歷代詩家中都可稱得上較長者，故其風格隨年齡增長的轉變與成熟過程也相對完整[6]，在此背景之下由於生活環境的改變所增添的新創作元素中，海洋元素是極具代表性的一環。

二　海門柴扉開

作為鄉居生活的一個象徵，中國傳統田園詩中柴扉意象屢見不鮮，南北朝時期就有沈約〈留真人東山還詩〉曰：「待余兩岐秀，去去掩柴扉」；唐詩中更常見，如元稹〈晚春〉：「柴扉日暮隨風掩，落盡閑花不見人」，王維更對這個意象別有偏愛：「山中相送罷，日暮掩柴扉」（〈送別〉）、「東皋春草色，惆悵掩柴扉」（〈歸輞川作〉）；兩宋

5　《太倉稊米集》卷二十一，頁十二，1141-136。原題注：壬戌歲始得官，時年六十一。

6　對於周紫芝詩歌整體風格的分析解構，可參徐海梅：《周紫芝生平考述暨創作探源》。

詩人中亦有楊萬里〈題羅溪李店〉其二：「誰道村郊野味侵，柴扉竹楊草花清」，陸游〈春晚雜興六首〉其一：「寂寂野人家，柴扉傍水斜」等等；在周紫芝自己的詩作中，柴扉亦是其所喜用的意象，在赴任臨安之前與到任初期，周紫芝作品中柴扉曾出現過三次，分別是：

〈次韻魏定甫早春題咏五首〉其五：

> 柴扉春亦借融和，客少高軒誰肯過。
> 醉裏我應慚畢阮，詩中君合是陰何。[7]

〈酴醾盛開伯潁許攜酒〉：

> 洗雨梳風玉作肌，溫泉初試太真妃。
> 莫驚霧帳人方睡，怕作風軒雪又飛。
> 未有酒樽酬玉艷，枉教春色到柴扉。
> 詩成不為花遊說，要看山翁倒載歸。[8]

〈後二日又題一首〉：

> 家在東灣古渡頭，柴扉草閣枕寒流。
> 無人擬彈能言鴨，有眼那驚不下鷗。
> 月裏踏歌何處社，樽中載酒幾家遊。
> 溪南溪北村村水，春雨春風日日愁。[9]

---

7 《太倉稊米集》卷十四，頁五，1141-94。

8 《太倉稊米集》卷十八，頁四，1141-121。

9 《太倉稊米集》卷二十三，頁六，1141-157。

綜觀以上三作，周紫芝詩中的柴扉意象遵循長期以來山水田園詩歌的規律，以田園鄉居的代名詞的身分出現，具指和虛指皆有使用，符合作者本人的創作風格。從時間上看，三作皆創作於周紫芝尚未入朝為官或為官伊始時，而這段時間內作者的居住地並不臨近海岸，生活中關於海洋的際遇寥寥無幾，因而作品中的海洋元素也難覓其蹤，這一切在周紫芝到達臨安開始任職後逐漸發生了變化。

對於田園詩，周紫芝本人還專門就陶淵明的以及自己同代士大夫的作品做出過這樣的評論：

> 陶淵明居則負耒而躬耕，年饑則叩門而乞食，蓋不可謂不貧矣。至於終棄官而歸則易若脫履，非其胸中自有丘壑，安能擺落世故如此。頃時杜祁公在政，府客有新第者以所業獻公，請學為政。公無一言，唯問生事厚薄，人有問公者，公曰：有田園則進退輕，乃可行吾志。祁公可謂知言矣。近時士大夫皆喜學淵明詩，皆故為靜退遠引之詞以文其歆羨躁進之失，譬猶效西子之顰而忘其語意高遠，不能窺此老之藩籬也。[10]

文中周紫芝對於「近時之士大夫」的田園作品殊為不屑，直指為東施效顰無病呻吟之作，那麼作為回應，在出仕臨安，居而「有田園」之後，周紫芝便創作了一系列他所認為的田園詩應有之圖像來展現自己是如何窺陶淵明之藩籬的。

周紫芝的詩、詞、文大致先後按時序收於《太倉稊米集》中，總覽其詩集，與海門有關的典型書寫首見於第二十二卷開篇，〈樓居雜句五首〉其一：

---

10 《太倉稊米集》卷六十六，〈書陶淵明歸園田居書後〉，1141-474。

吳江橫絕斷雲間，白鳥歸飛去不還。
烟樹青連越王國，暮潮聲過海門山。[11]

所謂海門，除當代地名中江蘇南通的海門市外，亦泛指內河通海之處，東南沿海諸省此類地名較為常見，歷代詩詞作品中也常有提及，不特指某地；周紫芝詩中的海門，絕大多數指的是杭州境內錢塘江出海口附近的若干山丘。自此詩開始，海門山作為周紫芝詩中最典型的海洋意象之一，與潮聲一起，頻頻出現於其作品中，前後跨越十數年，而在此期間，柴扉這一意象悄然從其詩作中消失了，無論士人唱和之作還是詩人自身的哲思，海門山皆代替了柴扉，如〈登北高峰一首〉：

鼓楫去故里，攜孥客東吳。湖山森照耀，魚鳥相嬉娛。
舉目見兩高，欲上徒嗟吁。人言不可往，無路登雲衢。
盡力賈餘勇，遂復酬宿逋。白鳥入蒼煙，滅沒在太虛。
曉日沸暘谷，萬川納歸墟。海門豁中開，怒濤喧朝晡。
盡注百丈江，拱揖朝伍胥。銀湖大如許，僅可方覆盂。
諸峰如培塿，瑣細不足圖。寸眸一俯仰，八極無遺餘。
第恨蒼涼日，悠悠迫懸車。臨風一悵惘，言旋戒危塗。[12]

同卷有〈觀潮示元龍〉：

越山莽蒼吳山高，海門屹立通江濤。
江頭久客歸未得，來趁吳兒看晚潮。

11 《太倉稊米集》卷二十二，頁一，1141-148。
12 《太倉稊米集》卷二十四，頁九，1141-165。

潮頭初來一線白，雪浪翻空忽千尺。
地中鳴角何處來，水上六花人不識。
驚濤倒射須臾空，千艘已落空濛中。
錦帆半劈浪花裏，越商巴賈爭長雄。
江湖險絕長如此，風靜潮平亦何事。
人間萬法有乘除，卻遣風波在平地。[13]

在戶部曲院當值，寓居西湖之濱的三年中，海門潮聲成了周紫芝最熟悉的情境，在其與京師文士、同僚的唱和作品中屢見不鮮；海門作為其心中一扇屹立天地間的柴扉，扮演起愈來愈重要的地位，歸園田居的古老意境在這錢塘江口西湖之畔展現出一番更加壯闊的新面向；又有〈與同舍郎觀潮分韻得還字一字江字三首一字江字為坐客作〉其一：

人生如微塵，同一霄壤間。可笑蟣蠓眼，但窺甕中天。
錢塘俯滄海，八月壯濤瀾。始疑疋練橫，旋作萬馬翻。
海門屹中開，方壺忽當前。不知何巨鼇，為我戴三山。
銀光射傑閣，玉筍垂朱欄。須臾擊飛雪，噴薄上簾顏。
相見各驚顧，日暮殊未還。那知在空濛，但怪毛髮寒。
平生雲夢胸，始信宇宙寬。安得凌雲手，大筆如脩椽。
盡挽卷天浪，參差入豪端。[14]

同卷中有〈將登南高示同舍〉其二：

---

13 《太倉稊米集》卷二十四，頁十三，1141-167。

14 《太倉稊米集》卷二十五，頁十三，1141-174。原題注：時自西湖徙城居。

三年身在翠鬟堆，慣見湖山眼厭開。

要上雲峰最高處，試看潮過海門來。[15]

對於這一意象的偏愛不但在周紫芝心中不斷發酵，更躍乎紙上，藉由詩作向友人同僚傳達著詩人心中的波濤。

移居城內之後，周紫芝仍時常前往海濱觀潮聽濤，其詩中亦不乏推門觀潮，掩扉聽濤的書寫，如卷二十六〈次韻庭藻再賦觀潮〉：

海門白浪如山高，還從巨海驅洪濤。

何人戲出此偉觀，撩公傑句爭雄豪。

詩成飛電欲爭激，戰勝何嘗費鋒鏑。

更復盡出武庫兵，不念長卿家四壁。

當時年少今老翁，愁將白髮吹秋風。

來趁千人萬人出，尚記時節如元豐。

袖手人知公作語，歌兒停歌復停舞。

越山迎浪看潮頭，白玉傳觴急飛羽。

胸中如公多廟謀，八珍未獻伊鼎羞。

笑人欲買江邊宅，看潮飽度殘年秋。[16]

卷三十一有〈夜聞潮二首〉其一：

江隔西興老翠鬟，轉頭即是海門山。

八盤嶺下移家住，安聽潮聲到夢間。[17]

15 《太倉稊米集》卷二十五，頁六，1141-171。

16 《太倉稊米集》卷二十六，頁九，1141-180。

17 《太倉稊米集》卷三十一，頁三，1141-216。

〈夜聞潮二首〉與前作〈將登南高示同舍〉遙相呼應，體現出周紫芝在紛繁蕪雜的塵世中尋求內心淨土的淡泊心態，後世對於周紫芝最大的詬病在於其連續多年為秦檜父子所作的生日詩，幾近將其當作一介攀附權貴的蠅營狗苟之輩看待，事實的真相究竟如何，恐怕不得不仔細考究周紫芝本人的為官態度及其面對上峰時的表現方能評價；前面說過，周紫芝出仕後的第一個官職乃是戶部麴院監院，他在次任上共計三年上下，期間曾就麴院的相關問題寫過一封書信，也收錄在作品集中：

> ……戶部之有麴院在西湖，六七年為麴六百餘萬斛官獲其利三十餘萬緡，不為不多矣，其為可數而陳也。議者乃欲徙而遷之不見其利而害則有之，不知其何苦而為是哉。酒之有麴則須水……議者無以為對……以此知水之不可不擇也……徙至其土不唯專犯陰陽家之忌，兼亦有損朝廷之善政 ……此所謂指其所以得以誣其所以失，陳其所利而掩其害者也……某官居九品職在筦庫，而又才不過中人名不在眾口，乃欲與有力者爭，其不自量誠為可笑，而不得不爭者其職在是也……[18]

這樣一個官居九品尚且敢在尚書大人面前直言利弊，絲毫不懼「有力者」而以自身從業經驗和實際狀況據理力爭的周紫芝，似乎不是傳統語境中阿諛奉承的佞臣形狀；再從《太倉稊米集》全書整體作品和詩人生平命運來講，若干生日詩應更可能只是隨彼時官場大流不得不做的表面文章，而其內心世界一直在試圖保持著一份世外的安寧。

18 《太倉稊米集》卷五十九，〈與張尚書論移麴院〉，1141-421。

和傳統田園詩對比來看，周紫芝詩中的海門，在掩與推上因結合了海潮而比傳統作品中的柴扉要多了幾分氣勢，這或許是人類面對遼闊的海洋時必然會產生的微妙改變。而天為被地為床，海門為柴扉的生活情趣，也與周紫芝晚年的恬淡心態頗有些相得益彰。

此後，由於官職變化，周紫芝離開臨安（紹興二十一年，1151）出知興國軍，興國軍治所在今湖北陽新縣，遠離海岸，而《太倉稊米集》詩集部分自三十五卷之後，也再鮮有海洋意象出現，周紫芝的那扇「海門柴扉」大抵是隨著他的離開悄然關上了罷。有意思的是，久違的普通柴扉又恰在此時再次於周紫芝詩中出現：

〈題蘇養直畫像三首〉其三

> 水上柴扉閉不開，蒼山羔雁九天來。
> 玉京已有神仙籍，莫怪青山喚不回。[19]

可見，正是傍海而居的生活經驗給了周紫芝創作的素材，詩歌中海洋元素的頻繁引入多發生在有切實臨海體驗的時期，在生命中最後幾年遠離海岸的時光中，周紫芝的那扇「海門柴扉」大抵也是隨著他的離開悄然關上了罷。

三　潮音漸起時

與海門山勢相伴隨的，是亙古不變的潮聲，對於周紫芝而言，潮聲滌蕩著他心中塵世的種種污穢，藉由潮聲的回響，周紫芝或酣然入夢或敞懷觀海，渾然化解了對故鄉田園的思念和對現實官場的不滿。

---

19 《太倉稊米集》卷三十三，頁九，1141-233。

周紫芝詩中海門與潮聲前後對應出現的典型有兩處，分別為〈與同舍郎觀潮分韻得還字一字江字三首一字江字為坐客作〉二首，前文已經分析過其一中的海門意象，而在其二中潮聲無疑是主角：

> 烈風驚洪濤，浩蕩吹海立。迅雷忽飜空，掩耳嗟不及。
> 漢兵百萬騎，已奪秦關入。擊石驚倒流，勢若三峽急。
> 滄波忽喧豗，眾目俱駭慄。人言海潮來，昔為子胥屈。
> 誰當語馮夷，四海今已一。王春會塗山，白玉執萬笏。
> 江河及喬嶽，祠祀已咸秩。海神會當知，萬歲拱帝室。

此時的潮音在周紫芝筆下顯出一番萬騎奔騰的宏大場面，然而若與歷代詩人對海潮意象的書寫相比較，卻也不能看出特異之處；而全詩的主旨，也落於歌功頌德的窠臼而已，結合本作創作時間來講，從戶部曲院任上擢升，也無怪乎周紫芝做出這番歌頌。隨著時間的推移，海門潮音逐漸從新鮮景象到日常生活的一部分，周紫芝筆下的潮音，也開始有了新的變化，這個例子來自於〈夜聞潮二首〉，其一中尾聯已提到潮聲入夢，其二更將詩人對這天籟的喜愛體現得淋漓盡致：

> 春雷隱約地中鳴，慣聽由來夢不驚。
> 莫怪詩翁歸未去，故鄉無此海潮聲。

近人為潮聲雨聲這樣的自然天籟取名曰「白雜訊」[20]，說是有促進睡眠的功效，看來周紫芝早在九百餘年前便已對「白雜訊」安之若素，甚至能藉以入眠，一夜好夢不驚了。

---

20 白雜訊（white noise），是指功率譜密度在整個頻域內均勻分佈的雜訊。所有頻率具有相同能量密度的隨機雜訊稱為白雜訊。

除上述兩首外，《太倉稊米集》二十二至三十四卷中海潮亦曾多次與自然奇景結合，供詩人暢遊其間，感天地萬物，思人生哲理。而上述的潮音意象在詩中的轉變也能從中覓得脈絡，如早期〈早發北山由麥嶺飯大通登烟霞洞閣〉：

瀕湖兩峰高，屹立曉相望。蒼涼昇海日，骯髒露千嶂。
贏驂絕坡陁，巖谷飽追訪。緬懷洪荒初，蘊蓄含萬象。
渾沌久已死，倏忽真巧匠。誰令鑿空手，出此奇險狀。
中虛納游雲，谷靜答幽唱。暗穴下無底，濤聲想悲壯。
十八老聲聞，附石出遺像。誰其架脩椽，置屋雲雨上。
青山不知數，遶屋森百丈。忽于兩峰間，萬頃見烟浪。
澎湃海潮聲，往往入藜杖。天公知愛山，令我拜嘉貺。
眇焉隔仙凡，欲往漫惆悵。便當學枯禪，綺語蠲宿妄。
自足伴周旋，長年此遐放。[21]

此時的潮音尚且只是奇險風光的悲壯註腳，雷同於前代已有的海洋書寫模式中，並未有太多創新。然而隨後，創作時間大約間隔一年有餘，周紫芝詩中的潮音開始不再僅僅停留在波瀾壯闊上，而是作為主軸影響詩人的情緒。如〈次韻庭藻觀潮〉：

八月既望秋風高，羣飛海水催江濤。
水來中州八萬里，至吳乃折微傷豪。
當日潮來如箭激，萬弩迎潮射鳴鏑。
風吹海立猶至今，雪卷千堆濺青壁。

21 《太倉稊米集》卷二十四，頁六，1141-164。

人間有海詩有翁，健如駕浪長江風。
詩成便可作圖畫，歲好莫漫占凶豐。
坐中客怕噤不語，憑高下看馮夷舞。
殘音到石未肯回，澎湃猶能作宮羽。
人生快意難預謀，眼辛盛事心懷羞。
老病無人喚我出，閉門枉度三中秋。[22]

本詩中，「澎湃猶能作宮羽」藉由潮音餘韻尚能成為天籟，周紫芝慨歎雖然自己已然年邁，卻似乎仍堪重用，卻官居閒職，未能發揮自身的全部實力，枉度三秋，這種悲歎自身命運的作品，已經與上一首有了截然不同的面向，可見海洋意象在周紫芝的創作中已經不再是簡單的具象描寫，開始抽象為某些情感的載體；在此基礎上，海洋意象在周紫芝詩中繼續發酵。如〈次韻仲平十八日觀潮〉：

吳兒輕生命如線，赤脚翻身踏江練。
南人慣看心不驚，北客平生眼希見。
海上潮來雪不如，中郎詩成錦初爛。
句法豈但窺澄江，壯士何從挽天漢。
飛流濺沫不足論，萬壑千巖此為冠。
解言越嶠翠摩空，歲與浪花爭隱見。
我亦蒼顏閱九州，始問江神得奇玩。
六年東望西興雲，歲月崩奔一飛箭。
擬將匹練作江圖，歸與故人誇偉觀。
倘從江海識波濤，分逐秋篷共流轉。

22 《太倉稊米集》卷二十六，頁九，1141-180。

> 試令海若語馮夷，慚色自應須滿面。
> 誰當更草海潮篇，詞采風流付王翰。[23]

與上一首感歎年華已老的作品相比，周紫芝在本作中又上一層樓，激發出「我亦蒼顏閱九州，始問江神得奇玩」的志氣，老當益壯，表現出一番近乎與前作中完全相反的積極心態。全詩雖未直言潮音聲響，卻別出心裁地將海潮韻律與辭章聲韻結合，展現出周紫芝創作與生活高度融合的面貌。

以上作品皆是周紫芝藉由與友人唱和抒發人生感慨之作，亙古不變的海潮正在滌去詩人心中的塵世污濁之餘，也引發了其對於時光流逝，年華已老的感傷；與傳統上此類慨歎年邁體衰主題的作品有所區別的是，海洋情懷賦予了周紫芝在蒼顏老病之時仍能苦中作樂，體驗世間萬象偉觀的積極心態。倘若再要加以深究這種心態上的變化如何產生，倒是能從《太倉稊米集》卷五十二的另一篇周紫芝作品中窺見些許端倪。

周紫芝在〈錢塘勝游錄序〉中說到他在早年便曾經有過遊歷西湖之濱的經歷：

> 崇寧間余以事適越，道由錢塘，留數日而後行，時方阨于羈旅，不得從諸公游，然猶能一再至西湖以覽觀湖山之勝，自是而西湖未嘗一日不在胷中。後三十餘年再至，則前日游觀之地登臨勝處，十已失其八九，雖湖山無恙不減昔時，而金碧漫漶草木彫衰煙雲慘舒之狀……嘗自謂方錢塘全盛則不得從容舒歗其間，更兵戈百戰之後始得朝夕於此，是為可恨。況復官冷食

23 《太倉稊米集》卷二十七，頁十二，1141-187。

貧，居無尊酒可以自樂，出無勝事可以同遊……與漁翁舟子並席而中，非公卿可得而與聞也，乃始自悔……而不知其清雄妙麗之姿無盡難窮之意，未嘗與時增損，隨物盛衰，何可以區區耳目一時之所聞見而字為之褒貶哉？善終經行隨其所見，欲作數語而勝絕之致難於摹寫，不敢汙以塵言……可以按圖而至豈不便哉？乙丑正月十日序

這篇序按照最後的落款日期可以知道是紹興十五年（1145）的作品，而崇寧年間（1102-1107）則是作者青年時期，文中周紫芝的心態發生了兩次大的轉折，其一是初到臨安為官時，以為飽受戰火蹂躪的土地無復太平時日的勝景，對此表現出極大的惋惜；其二是深入當地生活之後發出自然美景不因人類社會時政的動盪而有所變遷的感慨，並認為這等美景實在難以用塵世的語言加以形容。在這種由入世到出世的心態轉換中，其作品風格也隨之變化，最終形成特有的融會海洋元素的山水田園風格也就不足為奇了。

除去海門潮音的波瀾壯闊之外，周紫芝傍海而居所見的景致中也不乏安然閑適的趣味，後文將就此做分別討論。

四　海產、海市及其他

有宋一朝，民間社會手工業與商業繁榮發展，人民生活物資種類之豐富某種程度上可謂冠絕歷朝，周紫芝在得官前家中用度雖常常捉襟見肘甚至偶有潦倒之時，但仍有機會在安徽內陸品嚐到海產，如〈鱵鮓〉：

放筯朝盤空，食指昨夜動。軟玉開香包，桃花點春瓮。

平生江瑤柱，異名寔同用。何當登禹書，永作淮海貢。[24]

又有一詩記食用蛤蜊，〈食蛤蜊一首〉：

舊聞若士昇中天，俗眼未識烏鳶肩。
據龜食蛤結汗漫，盧敖尚肯遊人間。
高談謾罵沈昭略，坐視元長嗤稚弱。
更言且共食蛤蜊，忿氣難平兩譏謔。
下臨無地高無天，更作兒女爭媸妍。
平生我亦笑二子，豈知真味含芳鮮。
何如結屋清江曲，風雨關門酒初熟。
自烹折鼎吹濕薪，笑倚胡床摩醉腹。
但願年年對蛤蜊，一杯薦我梨花玉。[25]

以上兩首詩作於周紫芝赴臨安為官之前，由於長期清貧的生活中物資相對匱乏，能夠品嚐鹹魚和干貝這樣的食物就足以讓周紫芝大發感慨，認為能夠記入〈禹貢〉的淮海郡特貢和吸引隱士盧敖出山的珍饈，對海產的評價不可謂不高，然而這終究只是物以稀為貴的一時之念，在真正接觸海洋之後，周紫芝對於海產的認識有了一個較大的轉變；臨安任上，家資漸豐的周紫芝除了能在臨安城內營建居舍「蠅館」外，也有更多機會品嚐海產，如〈錢塘初見黃爵〉：

儂家大江東，黃爵家江西。江東黃爵不忍喫，江西黃爵賤如泥。

24 《太倉稊米集》卷十四，頁四，1141-94。
25 《太倉稊米集》卷八，頁二，1141-51。

赤罌封口上有印，白綿臥酒中含脂。

君不見涪口漫郎真漫仕，萬事平生不如意。

一囊紅粟不一咽，千里苞苴誰復寄。

有時鮭菜念故鄉，並刀落膾思飽霜。

青龜未堪聊入俗，黃爵那知亦渡江。

時平漫說爾可咀，擊鮮誰遣今得嘗。

殘杯欲盡客欲去，臛雁烹魚豈論數。

酒聞風味不可名，惟有此郎難著句。

九原誰喚儋耳翁，添入當年老饕賦。[26]

本詩中，生鮮的黃爵魚顯然比當初在內陸吃到的鹹魚和干貝要更勝一籌，然而此時的詩人卻已不再是當初那個潦倒的不第士子，黃爵魚也不過只是引發遊子思鄉之情的時令海鮮，雖然可以添入老饕之詞賦，卻再也難登上貢品的行列或是吸引仙人下凡了。

同時，兩宋年間航海技術的進步帶動了海外貿易的發展，在臨海為官的周紫芝對於行舟和艨艟也有幾筆記敘：

〈吳中舟行口號七首〉其三：

西來蕃使換氈裘，渡海風帆入帝州。

醉裏宮花紅壓帽，千年今日記千秋。[27]

同卷有〈海昌舟中雨過晚涼二首〉：

白板艅艎鐵裹頭，吳歌聲在藕花洲。

---

26 《太倉稊米集》卷二十九，頁四，1141-199。

27 《太倉稊米集》卷三十四，頁六，1141-239。

故來急雨歸何處，和月吹涼入柂樓。[28]

大體上來看，周紫芝詩中的舟船描寫在數量上談不上多，內容上也並沒有展現出什麼特別迥異於同代詩家的風貌，如果結合詩人的生平背景來看，雖然早年一直生活在內陸地區，然而安徽宣城的內陸水系發達，作者在彼時也不缺少泛舟湖上的體驗，所以來到海邊之後對於近岸行舟的認識和記錄也就沒有特別看重，其成果自然也中規中矩。

對於海市的描寫早在魏晉時期既已見諸文本，長期的海濱生活自然也讓周紫芝有了這類體驗，在其詩作中同樣勾勒過海市奇景，如〈虛飄飄〉其二：

虛飄飄，虛飄飄，水邊看海市，雲際現天橋。
弱柳綿吹徑，嫣花錦綴條。
臥雲雌霓飲滄海，過眼夕陽低碧霄。
虛飄飄，虛飄飄，比人生世猶堅牢。[29]

離開臨安多年之後，周紫芝還曾留下一首〈五月二十四日晚雨忽晴浴罷獨臥池亭雲峰奇峭既夕方散〉：

長虹截天雨初斷，孤日翻光上銀漢。
忽從海底出三山，就中蓬萊正奇觀。
黃金塗闕射日光，白玉飛欄入天半。
青童舞女各嬰姍，手執雲幢影凌亂。
想得神清洞府君，應榜春皇侍香案。

---

28 《太倉稊米集》卷三十四，頁七，1141-239。
29 《太倉稊米集》卷三十，頁一，1141-207。

群飛白鶴徒爾為，化作蒼狗何勞看。
神仙出沒不久長，碧落天宮豈容玩。
荊王曉夢只須臾，神女乘鸞逐雲散。
人間幻化無不爾，空復欷歔一長嘆。
老人假寐忽舉頭，但見明星光有爛。[30]

全詩營造出的夢幻風格頗有唐詩之餘韻，這在周紫芝晚年作品中是不多見的，海市的虛幻與旖旎看來的確給詩人留下了深刻的印象。

此外值得一提的還有〈十一月十一日夜步行中庭月色明甚作詩三絕〉：

其一：冰輪漸出海西頭，身在三吳近海州。賴有梅花管羈客，細分疏影上颱裘。[31]

這一組七絕對典故的運用和前代佳句的化用，尚未完全能夠進入山水田園詩派的範疇，然而卻是周紫芝開始接觸海洋並試圖將海洋元素加入作品中的早期嘗試方向之一，從中不難管窺作者詩作中海洋書寫的若干面向。

五　結語：周紫芝詩中海洋書寫的特色

在漫長的創作生涯中，周紫芝的作品中海洋元素的加入大致已經是他晚年風格大體定型基礎上的一種新鮮嘗試，而海洋元素與山水田

30 《太倉稊米集》卷三十八，頁十一，1141-267。
31 《太倉稊米集》卷二十三，頁一，1141-154。

園相結合者又是其中的佼佼者。南宋詩人對海洋元素加入傳統詩作流派做出了各個方向上的嘗試，周紫芝的這種結合，也大抵可列諸成功的範例之內。

周紫芝詩中的海洋既有上迄魏晉、下至兩宋歷代詩家曾經揮就的波瀾壯闊，亙古常在；更在自身生活經驗與精神追求的基礎上，別開生面地將山水田園的精神化入其海洋書寫詩作中，在塵世凡務中為內心開闢出一片淨土；不僅直書海洋奇景，亦融情景中，將自身關於人生百態的思考娓娓道來，讓後世能藉由其詩作感受他那個時代的海濱生活和詩人內心世界的浪潮起伏，臨安為官期間周紫芝的心路歷程躍然紙上，展示出其詩作的特異獨到之處，無愧於「其詩在南宋之初特為傑出，無豫章生硬之弊，亦無江湖末派酸餡之習……略其人品，取其詞采，可矣。」[32]的評價。周紫芝的時宰生日詩一向是使他飽受後人攻訐的污點，然而若深入體察考據其人其時代，或許就會有另一番不同的見解與評判，在此不作贅述。就作品本身而言，周紫芝晚年詩作中的海洋書寫，尤其在海門與潮聲的意象刻畫上有別於同輩各家，展現出其個性與經歷背景影響之下的獨特面向。

後記

周紫芝的時宰生日詩一向是使他飽受後人攻訐的污點，然而若深入體察考據其人其時代，或許就會有另一番不同的見解與評判。倘使暫且擱置道德上的對錯不論，單就作品本身而言，周紫芝晚年詩作中的海洋書寫，尤其在海門與潮聲的意象刻畫上有別於同輩各家，展現

32 《四庫全書·太倉稊米集提要》（臺北市：臺灣商務印書館，1985 年《景印文淵閣四庫全書》本），卷 1141，頁 1。

出其個性與經歷背景影響之下的獨特面向；本文多從意境切入，意在重點討論其詩中的海洋意象以及背後的精神脈絡，對於詞句的詳細分析和辭章的聲韻未能更多著墨，諸多欠缺之處還請方家指正。

參考文獻

一　傳統文獻（依年代排序）

〔宋〕歐陽修、宋祁　《新唐書》　臺北市　鼎文書局　1994年
〔元〕脫脫等　《宋史》　臺北市　鼎文書局　1994年
〔明〕陳邦瞻　《宋史紀事本末》　臺北市　鼎文書局　1978年
〔清〕紀昀等　《景印文淵閣四庫全書》　臺北市　臺灣商務印書館　1983年

二　近人論著（依姓氏筆劃排序）

王慶云　〈中國古代海洋文學歷史發展的軌跡〉　《青島海洋大學學報（社會科學版）》　1999年第4期　1999年
吳文治主編　《明詩話全編》　南京市　鳳凰出版集團　1997年
吳智雄　〈試論魏晉南北朝文學中的海洋書寫〉　《海洋文化學刊》第11期　2011年
吳智雄　〈試論先秦文學中的海洋書寫〉　《海洋文化學刊》　第6期　2009年
吳智雄　〈試論漢代文學中的海洋書寫〉　《海洋歷史文化與邊界政治》　高雄市　國立中山大學人文研究中心　2012年
柳和勇　〈中國海洋文學歷史發展簡論〉　《浙江海洋學院學報（人文科學版）》　2010年第2期　2010年
陳清茂　《宋元海洋文學研究》　高雄市　國立中山大學中國文學系研究所博士論文　1998年

徐海梅　《周紫芝生平考述暨創作探源》　北京市　中國社會科學出版社　2014 年

黃振民評注　《歷代詩評注・宋元詩・明清詩》　臺北市　大中國圖書公司　1994 年

張高評　〈海洋詩賦與海洋性格——明末清初之臺灣文學〉　《臺灣學研究》　第 5 期　2008 年

葉連鵬　《臺灣當代海洋文學之研究》　桃園縣　中央大學中國文學研究所博士論文　2006 年

楊政源　〈尋找「海洋文學」——試析「海洋文學」的內涵〉　《臺灣文學評論》　第 5 卷第 2 期　2005 年

廖肇亨　〈浪裏挑燈看劍：中國海戰詩學之書寫特質與價值信念初探〉　《中國文學研究》　第 11 輯　北京市　中國文聯出版社　2008 年

廖肇亨　〈長島怪沫、忠義淵藪、碧水長流——明清海洋詩學中的世界秩序〉　《中國文哲研究集刊》　第 32 期　2008 年

廖肇亨　〈知海則知聖人：明代琉球冊封使海洋書寫義蘊探詮〉　《臺灣古典文學研究集刊》　第 2 號　2009 年

趙君堯　〈海洋文學研究綜述〉　《職大學報》　2007 年第 1 期　2007 年

顏智英　〈論歸有光詩中的海戰書寫——兼述其顧問中的禦寇思想〉　《成大中文學報》　第 43 期　2013 年

顏智英　〈論陸游詩的泛海書寫〉　《旅遊文學與地景書寫》　高雄市　中山大學人文研究中心　2013 年

顏智英　〈末世孤臣的海戰詩比較析論：文天祥、張煌言〉　《海洋文化學刊》　第 18 期　2015 年

羅宗濤　〈從漢到唐詩歌中海的詞彙之考察〉　《中山人文學報》　第 9 期　1999 年

羅　漫　〈戰國文學的太平洋視域（一）〉　《中南民族大學學報（人文社會科學版）》　第23卷第2期　2003年

《紅樓夢》子弟書借鑑唐詩之探析

林均珈
臺北市立大學中國語文學系博士

摘要

清代文學，在小說方面，最著名的是《紅樓夢》。這部偉大的作品是內務府包衣人滿洲正白旗的曹雪芹所作，書中詳細記載滿洲貴族的生活，情節生動，文字雋永，是中國古典小說的代表。《紅樓夢》自從十八世紀中葉面世以來，它便立即轟動全國，二百多年來，它的魅力經久不衰。此外，子弟書是以北京地區為中心的滿族說唱藝術，誕生於乾隆年間（1736-1795），因首創於以滿族為主體的八旗子弟，因此稱為「子弟書」，它是珍貴的滿族文化遺產。在清代，子弟書十分受人喜愛，滿族人士對它更是推崇並尊稱它為「大道」。子弟書作者大多具有高度的文化修養，他們熟讀唐詩，所以知識豐富，無論敘事、抒情、寫景、狀物皆能得心應手。而《紅樓夢》子弟書即是根據《紅樓夢》小說故事所改編的一種滿族說唱藝術，正因為《紅樓夢》具有高度的文化水平，因此《紅樓夢》子弟書在現存五百多種子弟書中，它的文學價值以及藝術成就也是最高的。《紅樓夢》在乾隆年間問世，不久，便有了《紅樓夢》子弟書的創作。由《紅樓夢》改編的子弟書唱詞在八旗子弟中吟唱不衰，而由子弟書改編而成的京韻大鼓、河南墜子與梅花大鼓等其他說唱藝術，又在更廣泛的區域，如市井酒肆與鄉野廟頭演唱。清代有關《紅樓夢》故事的子弟書，根據筆者整理有三十二種，在清代的藝壇上，它為其他說唱藝術內容提供了珍貴的題材。由此可知，《紅樓夢》的故事之所以能家喻戶曉，而且在我國流傳的範圍極廣，《紅樓夢》子弟書的貢獻頗大。本論文主要是以現存《紅樓夢》子弟書為範圍，析論子弟書作者借鑑唐詩之現象。

關鍵詞：子弟書、紅樓夢、說唱藝術、曲藝、俗曲、鼓詞

前言

唐詩、宋詞、元曲、明傳奇在各朝代獨領風騷，在清代則是以戲曲[1]和說唱藝術較為出色。中國語言有非常豐富的語言旋律，不論戲曲或說唱藝術皆和語言旋律關係密切。隨著時間的遞嬗，中國音樂後來分成「雅」與「俗」兩個途徑：前者如唱曲牌的「聯曲體」，即詞曲系曲牌體，它是由詞牌或曲牌的長短句所構成的，如宋鼓子詞、覆賺，金元諸宮調，清牌子曲、群曲等；後者如唱七字句或十字句的「主曲體」，即詩讚系板腔體，它的唱詞部分是由七言詩或「讚（亦作攢）十字」所構成的，如唐變文、宋陶真、元明詞話、清彈詞、鼓詞等。從戲曲的創作，尤其是在定場詩或下場詩中，經常可以看出劇作家借鑑唐詩的情況。而清代《紅樓夢》戲曲中，孔昭虔《葬花》、石韞玉《紅樓夢》、朱鳳森《十二釵傳奇》、楊恩壽《姽嫿封》以及吳鎬《紅樓夢散套》五種均有借鑑唐詩的現象。此外，在清代《紅樓夢》子弟書中，韓小窗《露淚緣》與佚名《海棠結社》亦有借鑑唐詩的現象。就詩歌此一文學體裁而言，《紅樓夢》子弟書對於《紅樓夢》故事題材內容的處理以及對於原著精神進行新的挖掘等方面皆能賦予新的意蘊。《紅樓夢》子弟書詞婉韻雅，文學價值頗高。從《紅樓夢》子弟書的詩篇和正文中，可以看出子弟書作者熟讀唐詩，因此文學涵養深厚，他們在創作子弟書時往往借鑑[2]唐詩。

---

1 戲曲是搬演曲折引人入勝的故事，以詩歌為本質，密切融合音樂和舞蹈，加上雜技，而以說唱文學的敘述方式，通過演員妝扮，運用代言體，在狹隘的劇場上所表現出來供觀眾欣賞的綜合文學和藝術。見曾永義：《戲曲本質與腔調新探》（臺北市：國家出版社，2007 年 7 月），頁 24。

2 關於宋詞借鑑唐詩的技巧，王偉勇教授已有深入的研究。他提到晏殊《珠玉詞》借鑑唐詩的技巧，大致可分為八種：其一，泛用唐詩字面，含實字與虛字以言

一　《紅樓夢》戲曲

戲曲中許多角色在剛出場時，常會自報身分和來歷，並藉此點出角色的個性或特質，這就是「定場詩」，也稱為「上場詩」或「出場詩」。定場詩是用來鎮定劇場的安寧，使觀眾知道戲劇已經上演，其內容必須合乎人物的身分與心志。換句話說，定場詩是演員為了吸引觀眾注意力，在每次演出的開始所說的一首詩。定場詩大多有四言詩、五言絕句、六言律詩、七言絕句、七言律詩、宋詞、歌謠等形式。值得一提的是，除了定場詩外，劇作家在下場詩借鑑唐詩的情況也非常普遍。下場詩，即劇中人物下場時所念的詩，各種角色都可以念。下場詩一般使用五言絕句或七言絕句，內容大多概括劇情大要，給人啟發或引人思考。[3]

就體制規律來看，清代《紅樓夢》戲曲大致可區分為詩讚系板腔

之；其二，截取唐詩字面，係指截取唐代特定詩人之作品以言之；其三，增損唐詩字面，凡增減、改易之現象均屬之；其四，化用唐詩句意，又分「一句化一句」、「一句化兩句」、「兩句化一句」、「兩句化兩句」、「兩句化多句」五項；其五，襲用唐詩成句；其六，檃括唐人詩篇，凡檃括唐人全首詩篇，或大部分詩意者，均屬之；其七，引用唐人故實；其八，綜合運用各類方法，係指以「截取」、「增損」、「化用」、「襲用」、「檃括」等兩種技巧以上，綜合運用以成詞章者。見王偉勇：〈晏殊《珠玉詞》借鑑唐詩之探析——兩宋詞人大量借鑑唐詩之先驅〉，《東吳中文學報》第 3 期（1997 年 5 月），頁 159-160。

3　在下場詩中，運用〔集唐〕最廣泛且最出色的戲曲是《牡丹亭》。《牡丹亭》創作於明萬曆二十六年（1598），原名《還魂記》，其故事取材於明代話本小說《杜麗娘慕色還魂》，主要內容是描寫大家閨秀杜麗娘與書生柳夢梅的生死之戀。湯顯祖為戲曲開啟〔集唐〕的風氣，其作品《牡丹亭》共有五十五折，其中，引用唐詩就有五十三折。除第十六折〈詰病〉沒有下場詩外，其餘五十四折均有下場詩。又除了第一折〈標目〉的下場詩不是〔集唐〕外，其餘五十三折的下場詩皆是〔集唐〕的詩句。從《牡丹亭》大量借鑑唐詩，亦可以看出劇作家湯顯祖熟讀唐人詩作的豐富學養。

體（如皮簧、京劇[4]、地方戲曲[5]）以及詞曲系曲牌體（如短劇、南雜劇、傳奇）兩種。其中，詞曲系曲牌體的戲曲，包括孔昭虔《葬花》、仲振奎《紅樓夢傳奇》、萬榮恩《瀟湘怨傳奇》、吳蘭徵《絳蘅秋》、吳鎬《紅樓夢散套》、石韞玉《紅樓夢》、許鴻磐《三釵夢北曲》、朱鳳森《十二釵傳奇》、周宜《紅樓佳話》、陳鍾麟《紅樓夢傳奇》，以及楊恩壽《姽嫿封》十一種[6]。

在清代《紅樓夢》戲曲中，劇作家使用定場詩、下場詩極為普遍，而在定場詩中可以看到借鑑唐詩的現象。清代劇作家借鑑前人詩句頗多，事實上，除了借鑑唐詩外，也有借鑑五代十國詩[7]、宋

4 清代《紅樓夢》戲曲中，屬於皮簧、京劇的，有《林黛玉自嘆》，收錄於《風月夢》（道光二十八年，1848）第七回。見朱一玄編：《紅樓夢資料匯編》（天津市：南開大學出版社，2001 年 10 月），頁 942。

5 清代《紅樓夢》戲曲中，屬於地方戲曲的，包括：其一，滇戲，如李坤著有《寶玉聽琴》、《黛玉葬花》、《瀟湘館》（一名《弔瀟湘》）等三種；其二，桂戲，如唐景嵩《芙蓉誄》；其三，粵劇，如《寶釵問病》、《林黛玉葬花》，收錄於拔劍狂歌客編《真好唱》（宣統元年 1909 石印本）。見朱一玄編：《紅樓夢資料匯編》（天津市：南開大學出版社，2001 年 10 月），頁 940-942。

6 清代《紅樓夢》戲曲中，最早出現的是孔昭虔《葬花》，創作於嘉慶元年（1796），其他依序為仲振奎《紅樓夢傳奇》，創作於嘉慶三年（1798）；萬榮恩《瀟湘怨傳奇》，創作於嘉慶八年（1803）；吳蘭徵《絳蘅秋》，創作於嘉慶十一年（1806）；吳鎬《紅樓夢散套》，創作於嘉慶二十年（1815）；石韞玉《紅樓夢》，創作於嘉慶二十四年（1819）；許鴻磐《三釵夢北曲》，創作於嘉慶二十五年（1820 以前）；朱鳳森《十二釵傳奇》，創作於嘉慶二十五年（1820）；周宜《紅樓佳話》，創作於道光六年（1826）；陳鍾麟《紅樓夢傳奇》，創作於道光十五年（1835），以及楊恩壽《姽嫿封》，創作於咸豐十年（1860）。整體來看，創作於嘉慶年間的劇作就有八種，約占百分之七十三。

7 例如朱鳳森《十二釵傳奇》第十折〈品豔〉，劇作家描寫薛寶釵：「〔集唐〕座列金釵十二行，新翻酒令作辭章。姻聯紫府蕭窗貴，斜斂輕身伴玉郎。」其中，〔集唐〕第二句「新翻酒令作辭章」實出自花蕊夫人〈宮詞〉：「新翻酒令著詞章，侍宴初聞憶卻忙。宣使近臣傳賜本，書家院裏遍抄將」，朱鳳森將原詩首句「新翻酒令著詞章」中的「著」改為「作」以及「詞」改為「辭」，這就是增損前人詩篇字

詩[8]，以及明詩[9]。從清代《紅樓夢》戲曲中，可以歸納出劇作家借鑑唐代作家作品的，有曹唐、周曇、李洞、賀朝、朱絳、李白、杜甫、王建、白居易、張祜、方干、溫庭筠、李商隱、曹松、韋莊、韓偓等人。

面。花蕊夫人，為後蜀君主孟昶的費貴妃，五代十國女詩人。見筆者：《紅樓夢本事衍生之清代戲曲、俗曲研究》（臺北市：臺北市立教育大學中國語文學系博士論文，2013 年 7 月），頁 104。

8 例如石韞玉《紅樓夢》第四折〈葬花〉，他寫道：「〔浣溪沙〕翠月紅年不計辰，丹青窈窕畫中人，自澆杯酒奠花神。刻意團香包成小冢，驚心蘊玉殉芳塵，東風多少未招魂。」其中，〔浣溪沙〕第六句「東風多少未招魂」實出自蘇軾〈正月二十日與潘郭二生出郊尋春，忽記去年是日同至女王城作詩，乃和前韻〉：「東風未肯入東門，走馬還尋去歲春。人似秋鴻來有信，事如春夢了無痕。江城白酒三杯釅，野老蒼顏一笑溫。已約年年為此會，故人不用賦招魂。」石韞玉將原詩第一句「東風未肯入東門」以及第八句「故人不用賦招魂」此兩句合併改為「東風多少未招魂」一句，即是屬於化用前人詩篇句意。見筆者：《紅樓夢本事衍生之清代戲曲、俗曲研究》（臺北市：臺北市立教育大學中國語文學系博士論文，2013 年 7 月），頁 105。

9 例如石韞玉《紅樓夢》第四折〈葬花〉，在首曲【夜行船】後那段賓白中，劇作家寫道：「〔浣溪沙〕翠月紅年不計辰，丹青窈窕畫中人，自澆杯酒奠花神。刻意團香包成小冢，驚心蘊玉殉芳塵，東風多少未招魂。」其中，〔浣溪沙〕第三句「自澆杯酒奠花神」實出自馮小青《焚餘集》中絕句九首之四：「西陵芳草騎轔轔，內信傳來喚踏春。杯酒自澆蘇小墓，可知妾是意中人。」石韞玉將原詩第三句「杯酒自澆蘇小墓」中的「杯酒自澆」改為「自澆杯酒」，以及將「蘇小墓」改為「奠花神」，此即增損前人詩篇字面。馮小青，明代廣陵世家女，姿容冠絕。父親亡故後家道中落，委身富家子馮生，為大婦所不容，乃幽居西湖孤山，不久抑鬱而死。她的詩集為大婦所焚，所餘無幾，稱《焚餘集》。見筆者：《紅樓夢本事衍生之清代戲曲、俗曲研究》（臺北市：臺北市立教育大學中國語文學系博士論文，2013 年 7 月），頁 103-104。

二 《紅樓夢》子弟書

《紅樓夢》子弟書出現的時間頗早，據嘉慶十九年（1814）得碩亭《草珠一串》飲食類，便有「西韻《悲秋》書可聽」句，作者自注云：「子弟書有東西二韻，西韻若崑曲。《悲秋》即《紅樓夢》中黛玉故事。」[10] 由此可知，當時這個名為《悲秋》的子弟書作品是創作於嘉慶十九年以前，而且作者不詳。現存三十二種《紅樓夢》子弟書中，可確定作者的僅十種，其餘二十二種作者不可考。目前已確定《一入榮國府》、《二入榮國府》、《寶釵代綉》、《芙蓉誄》，以及《露淚緣》五種為韓小窗所作；《玉香花語》為敘庵所作；《議宴陳園》為符齋氏所作；《遣晴雯》為芸窗所作；《探雯換襖》為雲田氏所作；《二玉論心》（詩篇首句是「流水高山何處尋」）為竹窗所作。

（一）創造性的新詩

子弟書是清代北方俗曲的一種，盛行於乾隆、嘉慶、道光三代，到了光緒、宣統時才開始沒落。正因為子弟書詞婉韻雅，因此它在當代藝壇上的地位極高。繆東霖《陪京雜述》曾推崇子弟書為當時說書人之最上者，滿族人士並尊稱子弟書為「大道」，由此可知，當時的人對此種說唱藝術相當敬愛。[11] 子弟書的結構，開頭大多為八句詩，統稱「詩篇」，俗稱「頭行」。子弟書的內容，若是故事簡單，篇幅短

10 路工編選：《清代北京竹枝詞（十三種）》（北京市：北京古籍出版社，1982 年 1 月），頁 55。此書又名《京都竹枝詞》，共一百〇八首。

11 陳錦釗：《子弟書之題材來源及其綜合研究》（臺北市：國立政治大學中國文學研究所博士論文，1977 年 1 月），頁 1。

小，大多只有一回；若是情節複雜，篇幅冗長，則往往分成若干回。子弟書的結構是「回—篇」，包括詩篇、正文（含結語），每一回皆是獨立的單元故事。在詩篇部分，部分作品有詩篇，有些則沒有詩篇。在正文部分，字數少則五十餘句，多則達三百餘句。在正文結束處，部分作品有結語，有些則沒有結語。在協韻方面，子弟書依照「十三道轍」[12] 的規定，每一回一韻到底，詩篇與正文大多協韻一致。

例如《露淚緣》子弟書（全十三回），有回目，依序為〈鳳謀〉、〈傻泄〉、〈痴對〉、〈神傷〉、〈焚稿〉、〈誤喜〉、〈鵑啼〉、〈婚詫〉、〈訣婢〉、〈哭玉〉、〈閨諷〉、〈餘情〉與〈證緣〉，各回均有詩篇，合轍依序為「言前」（即協韻〔an〕）、「梭坡」（即協韻〔o〕）、「一七」（即協韻〔i〕）、「江陽」（即協韻〔ang〕）、「人辰」（即協韻〔en〕）、「油求」（即協韻〔ou〕）、「灰堆」（即協韻〔ei〕）、「遙條」（即協韻〔au〕）、「懷來」（即協韻〔ai〕）、「發花」（即協韻〔a〕）、「姑蘇」（即協韻〔u〕）、「乜斜」（即協韻〔e〕），以及「中東」（即協韻〔eng〕）。內容主要是根據《紅樓夢》第九十六回〈瞞消息鳳姐設奇謀　洩機關顰兒迷本性〉、第九十七回〈林黛玉焚稿斷痴情　薛寶釵出閨成大禮〉及第九十八回〈苦絳珠魂歸離恨天　病神瑛淚灑相思地〉以及第一百〇四回〈醉金剛小鰍生大浪　痴公子餘痛觸前情〉改編而成，敷演賈寶玉和林黛玉兩人的悲劇愛情故事，它着重在介紹他們的前世因緣，今

---

12 十三道轍是中國明清以來北方戲曲、說唱藝術押韻用的十三個韻部，「轍」也叫「轍口」，就是「韻」。「合轍」就是「押韻」，這是用順轍行車做比喻的通俗說法。它只有十三個轍名，相當於一般韻書的韻目，但「有目無書」，由於十三道轍是戲曲、說唱藝術工作者口耳相傳的，轍名和它的排列順序在書面記載上頗有分歧。一般而言，十三道轍的名稱是：（1）中東（2）江陽（3）一七（4）灰堆（5）油求（6）梭坡（7）人辰（8）言前（9）發花（10）乜斜（11）懷來（12）姑蘇（13）遙條。見筆者：《紅樓夢子弟書研究》（臺北市：萬卷樓圖書公司，2012 年 1 月），頁 92。

世認識的開始、相惜相知、私訂終身，最後兩人的愛情不被封建大家庭所接受，造成林黛玉命喪黃泉的悲慟與無奈。

一般而言，古典詩歌分為樂府詩、古體詩以及近體詩三大類。其中，「樂府」的名義，本指官府的名稱，即「音樂的官府」。由於它的職掌是在採集各地的民歌，或取文人所寫的詩加以配樂，作為朝廷典禮、宗廟祭祀，以及君臣宴飲時所用的詩歌，因此後代人稱民歌為樂府。後來，凡是合樂的詩，都稱為樂府，於是宋人長短句的詞、元人的散曲小令，也可稱為樂府。由此可知，樂府的名義，還擴大到詞、曲的範圍。隋唐以後的樂府，波瀾壯闊，尤其唐代文人樂府詩，更開啟詩歌活潑的天地。文人仿製的樂府詩，在盛唐以前，標題沿用漢魏或六朝樂府舊題，中唐以後，則多為「即事名篇」的新題樂府，也稱「新樂府」。樂府至此，已脫離音樂而不能合樂。樂府詩是合樂的詩，可以歌唱。兩漢樂府民歌，以寫實為主，極富詩趣，又具有諷諭勸化的作用，因此發展為敘事詩的形態，足以反映漢代的風俗民情。最長的敘事詩如《孔雀東南飛》，描寫焦仲卿和劉蘭芝夫婦的婚姻，由於婆婆不喜歡媳婦，在環境、性格、命運等因素下，造成焦、劉兩家的倫理悲劇。宋代以後的樂府，有些不用樂府一詞，或稱詞、稱曲、稱時調，而且走上長短句的道路，但民間歌謠的本色不變，仍然保有音樂文學的風格。[13] 如上所述，就詩歌的發展而言，樂府詩與敘事詩關係密切。子弟書從文學上劃分是屬於敘事詩，它不僅是創造性的新詩 [14]，而且其中好多篇傑作並不比《孔雀東南飛》和《木蘭辭》

13 邱燮友等編著：《國學常識》（臺北市：東大圖書公司，2004 年 7 月二版一刷），頁 128-131。

14 啟功：〈創造性的新詩子弟書〉，收錄於《漢語現象論叢》（北京市：中華書局，1997 年 3 月），頁 149-167。

遜色[15]。子弟書由詞曲組成，它往往用大段的詩句來渲染故事，從而在婉轉悠揚的詞曲中征服聽眾。

(二)「敘事」兼「代言」

說唱文學的說唱人就是「敘事」的主述人，演員必須不斷地「跳進跳出」說唱故事，除了「敘事」還兼「代言」。[16]例如《玉香花語》子弟書（全四回），作者為敘庵，現存有清鈔本等。無回目，僅有兩首詩篇，合轍依序為「言前」(即協韻〔an〕)、「江陽」(即協韻〔ang〕)。內容主要是根據《紅樓夢》第十九回〈情切切良宵花解語 意綿綿靜日玉生香〉部分情節改編而成，前兩回敷演賈寶玉應賈珍邀請，到寧國府看戲，無意間發現茗煙與卍兒親熱的故事；後兩回則敷演花襲人休假回家，賈寶玉同茗煙前往花家，探望花襲人的故事。

例如《玉香花語》子弟書第三回，描寫賈寶玉和茗煙來到花家的情況，正文寫道：「此時間，襲人的母親早將女兒接到／又接了甥女與侄女幾個媳婦姑娘／正吃茶果閒談話／忽聽外面叫聲『大哥花自芳』／自芳出房留神看／見是他主僕二人，不由心下甚慌張／一面嚷道：『寶二爺來了。』將公子抱下馬／見襲人跑出房來說：『喲！你因何來此？快道其詳。』／寶玉笑說：『我在家裡心中煩悶／來找你也認認門戶兒在何方。』／佳人聽說，纔把心放下／說：『真胡鬧，作什麼來此為那樁？』／問茗煙：『連你跟來人幾個？』／茗煙說：『就是我二人前來礙何妨？』／襲人說：『你們的膽子真比芭斗大／倘或

15 趙景深《子弟書叢鈔》〈序〉，《子弟書叢鈔》(上海市：上海古籍出版社，1984 年12月)，頁2。

16 筆者：〈敘事詩之寫作手法及其特色〉，《國文天地》第30卷第1期(2014年6月)，頁28、30。

要遇見了老爺禍非常／再者呢，街上的人多車馬又重／若有個一差二錯誰敢當／必是你攛掇二爺出來逛／今日晚，告訴嬤嬤給你頓板子湯！』」[17]

在上述這段曲文，開頭八句「出後門，不多時來到花家，茗煙下馬語高揚／此時間，襲人的母親早將女兒接到／又接了甥女與侄女幾個媳婦姑娘／正吃茶果閒談話／忽聽外面叫聲『大哥花自芳』／自芳出房留神看／見是他主僕二人，不由心下甚慌張／一面嚷道：『寶二爺來了。』將公子抱下馬／見襲人跑出房來說：『喲！你因何來此？快道其詳。』」是主述人的口吻；接著兩句「寶玉笑說：『我在家裡心中煩悶／來找你也認認門戶兒在何方。』」是賈寶玉的口吻；然後，「佳人聽說，纔把心放下」這一句是主述人的口吻；接著兩句「說：『真胡鬧，作什麼來此為那樁？』／問茗煙：『連你跟來人幾個？』」是花襲人的口吻；然後，「茗煙說：『就是我二人前來礙何妨？』」這一句是茗煙的口吻；最後六句「襲人說：『你們的膽子真比芭斗大／倘或要遇見了老爺禍非常／再者呢，街上的人多車馬又重／若有個一差二錯誰敢當／必是你攛掇二爺出來逛／今日晚，告訴嬤嬤給你頓板子湯！』」則是花襲人的口吻。

演員在說唱這一段故事時，他先是主述人，後來改成代言賈寶玉，接著，又改為主述人，然後，又改成代言花襲人，接著，又改成代言茗煙，最後，又改成代言花襲人。由此可知，說唱人就是「敘事」的主述人，演員必須不斷地「跳進跳出」說唱故事，除當主述人外，還得隨著故事的發展，不斷更換代言人物。說唱藝術的文采要巧妙，韻調要悠揚，節奏要明快，表演要端莊，如此才能充分表現語言以及音樂之美。

---

17 筆者：《紅樓夢子弟書賞讀》（臺北市：萬卷樓圖書公司，2012 年 1 月），頁 427-428。

(三) 具音樂文學風格

前文已提及，宋代以後的樂府，有些不用樂府一詞，或稱詞、稱曲、稱時調，而且走上長短句的道路。時代的更迭，不論名稱是樂府、詞、曲或時調，它的本質是屬於民間歌謠，皆具有音樂文學的風格。子弟書的曲調分東城調和西城調：東城調陰腔較少，與古歌類似；西城調陰腔較多，與崑曲類似，兩者皆具有音樂文學的風格。子弟書每句的字數雖有差異，然而，在音樂上的拍子卻是相等，今舉《湘雲醉酒》子弟書說明詩讚系板腔體的音樂體式。

《湘雲醉酒》子弟書（全一回），作者不詳，現存有清鈔本等。詩篇有八句，正文有七十二句，合轍為「發花」（即協韻〔a〕）。內容即是根據《紅樓夢》第六十二回〈憨湘雲醉眠芍藥裀　呆香菱情解石榴裙〉上半回部分情節改編而成，敷演史湘雲酒醉後，在山子後頭一塊青板石凳上睡著的故事。詩篇寫道：「風流名士屬嬌娃／一任園中眾口嘩／不避腥羶真韻事／偶將爛醉作生涯／燒來一臠嘗新味／夢入群仙數落花／如此佳人如此醉／古來閨秀總輸他。」[18] 子弟書作者以短短八句曲詞，簡單勾勒了史湘雲的形象——風流名士。正文中，子弟書作家刻畫史湘雲的酒興是「這湘雲拇戰 [19] 飛揚興高采烈」；醉容是「他只顧爭勝泛流霞」；外貌是「玉容無主伴群葩」、「襯香肩別樣的錦茵繡褥／綰雲髻天然的翠鈿珠花」；醉態是「香氣兒薰透了冰肌玉骨／小夢兒享盡了異彩濃華」。當眾人在芍藥叢中找到史湘雲時，她「脈脈春愁探月窟／沉沉香夢到蜂衙／津津粉黛殘英膩／楚楚羅衫

---

18 筆者：《紅樓夢子弟書賞讀》（臺北市：萬卷樓圖書公司，2012 年 1 月），頁 445。

19 拇戰，一種酒令，宴飲時兩人伸出手指猜合計數，以決勝負。拇戰，亦稱為「划拳」。

倩影遐。」[20] 子弟書中對史湘雲醉臥芍藥眠的模樣，從醉容、醉貌、醉態等著墨，描寫的比較細膩，而小說只以「湘雲臥於山石僻處一個凳子上，業經香夢沉酣，四面芍藥花飛了一身，滿頭臉衣襟上皆是紅香散亂，手中的扇子在地下，也半被落花埋了，一群蜂蝶鬧穰穰的圍著他，又用鮫帕包了一包芍藥花瓣枕著」[21] 幾句話簡單帶過。此外，子弟書作家在曲文結尾也表達個人對她的評價：「這湘雲有黛玉的聰明，又頗爽快／負寶釵的溫雅，更擅風華／偶爾超羶更增嫵媚／公然入醉獨冠群花」足見她兼具林黛玉和薛寶釵的優點，而且她比林黛玉爽快，比薛寶釵更擅風華。尤其是她自然不做作，大啖鹿肉，甚至公然入醉，因此子弟書作家認為她「獨冠群花」。然而，她命運坎坷，子弟書作家也發出感嘆：「念久困家親良宵分苦／對多情公子美玉無瑕／嘆人生如此佳人仍薄命／可不腸斷那連理枝頭日影斜。」[22]

子弟書是屬於唱的說唱藝術，通常兩句一韻，它是在古典詩歌如四言、五言、七言以及雜言句型幾乎走窮時所創造出來的詩體[23]。以「聲情」詮釋「詞情」，是任何音樂人都必須要求的境界。說唱藝術肩負「說唱人」的感情與「劇中人」的喜怒哀樂，因此演唱者對故事

---

20 筆者：《紅樓夢子弟書賞讀》（臺北市：萬卷樓圖書公司，2012 年 1 月），頁 447-448。

21 〔清〕曹雪芹、高鶚原著，馮其庸等校注：《紅樓夢校注》（臺北市：里仁書局，2000 年 1 月），頁 964。

22 筆者：《紅樓夢子弟書賞讀》（臺北市：萬卷樓圖書公司，2012 年 1 月），頁 448。

23 啟功說道：「子弟書雖然是歌唱的，但因為它是敷陳故事，屬於鼓書一類性質，所以叫做『書』，……我對這個『書』字卻有些意見，並非以為只有經史子集才配叫書，必作議論考據才配叫著書，而是覺得它應叫『子弟詩』才算名副其實。這個『詩』的含義，不止因它是韻語，而是因它在古典詩歌四言、五言、七言、雜言等等路子幾乎走窮時，創出來這種『不以句害意』的詩體。」見啟功：〈創造性的新詩子弟書〉，收錄於《漢語現象論叢》（北京市：中華書局，1997 年 3 月），頁 149-167。

的感受，更須以「聲音表情」來詮釋。[24] 子弟書是屬於「韻散相間」的說唱文學，它是「韻文」和「散文」不斷產生分分合合中所發展出的一種北方說唱藝術。子弟書的韻味之美就是「唱字」和「唱情」的結合，也就是演唱中演員對語言、語氣、聲音、行腔以及感情等種種表現手法和技巧的綜合運用。

三　清人借鑑唐詩之技巧

前文已提及，清代《紅樓夢》戲曲如孔昭虔《葬花》、石韞玉《紅樓夢》、朱鳳森《十二釵傳奇》、楊恩壽《姽嫿封》以及吳鎬《紅樓夢散套》五種皆有借鑑唐詩的現象。此外，以滿族為主體，包括蒙古、漢軍在內所構成的「八旗」詩人集群，是清代詩歌陣容之一，也是這一斷代詩歌史有別於前代詩歌史的因素之一。[25]關於《紅樓夢》子弟書借鑑唐詩的作品，如《露淚緣》子弟書以及《海棠結社》子弟書兩種。又從《紅樓夢》子弟書中，可以看出清人借鑑唐詩之技巧，有襲用前人詩篇成句、增損前人詩篇字面兩種[26]。

---

24 王友蘭：〈序言〉，《說唱文學與說唱音樂》（臺北市：蘭之馨文化音樂坊，2009 年12月），頁 1-3。

25 嚴迪昌：《清詩史（下）》（臺北市：五南圖書出版公司，1998 年 10 月），頁 821。

26 從清代《紅樓夢戲曲》中，可以看出清人借鑑唐詩之技巧，有襲用前人詩篇成句、增損前人詩篇字面、化用前人詩篇句意、檃括前人詩篇篇章四種。見筆者：《紅樓夢本事衍生之清代戲曲、俗曲研究》（臺北市：臺北市立教育大學中國語文學系博士論文，2013 年 7 月），頁 101-105。

（一）襲用前人詩篇成句

作家直接採用原句而不加以更動一字的現象[27]，稱為「襲用前人詩篇成句」。在《紅樓夢》戲曲中，例如孔昭虔（1775-1835）《葬花》，劇作家在首曲【北新水令】後的這段賓白中寫道：「〔集唐〕斷腸煙柳一絲絲，獨倚紗窗刺繡遲。瑤琴玉簫無意緒，五更風雨葬西施。」[28] 其中，〔集唐〕第一句「斷腸煙柳一絲絲」實出自韋莊（836-910）〈江外思鄉〉：「年年春日異鄉悲，杜曲黃鶯可得知。更被夕陽江岸上，斷腸煙柳一絲絲」，孔昭虔直接沿用原詩第四句，即是屬於襲用前人詩篇成句。

在現存清代《紅樓夢》子弟書三十二種作品中，在襲用前人詩篇成句方面，包括《露淚緣》子弟書與《海棠結社》子弟書兩種。其中，子弟書作者描寫寶黛故事，寫得最好的是《露淚緣》子弟書。《露淚緣》子弟書（全十三回），作者為韓小窗，現存有清文盛書房刻本等。《露淚緣》子弟書是由十三個小單元組織而成，這十三個小單元故事各自獨立，各自有一個完整的主題。每個小單元的詩篇具有啟後的作用，即概括該單元正文的內容旨趣。例如《露淚緣》子弟書第八回〈婚詫〉，敘述成親當日，賈寶玉獲知實情，痛哭心碎，終至發病的故事。第八回〈婚詫〉的詩篇寫道：「中秋十五月輪高／月下人圓樂更饒／金莖玉露空中落／桂子天香雲外飄／嫦娥應悔偷靈藥／弄玉低吹引鳳簫／怕只怕龍鍾月老將人誤／兩下裡錯繫紅絲惹恨

---

27 王偉勇：〈晏殊《珠玉詞》借鑑唐詩之探析——兩宋詞人大量借鑑唐詩之先驅〉，《東吳中文學報》，頁 192。

28 九思出版公司：《紅樓夢戲曲集》（臺北市：九思出版公司，1979 年 2 月），頁 2。

苗。」[29] 其中，第五句：「嫦娥應悔偷靈藥」實摘自李商隱（813-858）〈嫦娥〉：「雲母屏風燭影深，長河漸落曉星沈。嫦娥應悔偷靈藥，碧海青天夜夜心。」[30]韓小窗直接沿用原詩第三句，即是屬於襲用前人詩篇成句。在協韻方面，李商隱〈嫦娥〉是七言絕句，由於「嫦娥應悔偷靈藥」在原詩中是第三句，而在《露淚緣》子弟書第八回〈婚詫〉詩篇中則是第五句，不論是唐詩或子弟書，協韻主要是在偶數句，因此該句沒有涉及協韻的問題。

除《露淚緣》子弟書外，《海棠結社》子弟書亦有借鑑唐詩的現象。《海棠結社》子弟書（全二回），作者不詳，現存有清鈔本等。無回目，僅頭回有詩篇，「人辰」轍（即協韻〔en〕）。內容主要是根據《紅樓夢》第三十七回〈秋爽齋偶結海棠社　蘅蕪苑夜擬菊花題〉改編而成，敷演賈探春、賈寶玉、李紈、林黛玉、薛寶釵等在秋爽齋裡籌建詩社，各人都起了別號，選出詩社正副社長。然後限了字，各人分別依字作七律一首，社長李紈評定優劣，最佳者推薛寶釵，林黛玉居次的故事。第一回敘述賈寶玉收到賈探春邀請詩社的信函，以及賈芸送來兩盆白海棠的故事。第二回主要描寫李紈校閱各詩文的故事。

第一回詩篇寫道：「玉露凋傷楓樹林／嵐扉雲戶淡無痕／秋色佳時梧桐老／商音乍到桂花新／海棠吟咏逢蕭景／荷花未謝待霜侵／悶坐翻抄《紅樓夢》／勞君教正這粗文。」[31]其中，第一句：「玉露凋傷楓樹林」實摘自杜甫（712-770）〈秋興〉八首之一：「玉露凋傷楓樹林，巫山巫峽氣蕭森。江間波浪兼天湧，塞上風雲接地陰。叢菊兩開他日淚，孤舟一繫故園心。寒衣處處催刀尺，白帝城高急暮砧。」子

---

29 筆者：《紅樓夢子弟書賞讀》（臺北市：萬卷樓圖書公司，2012年1月），頁166。

30 〔清〕釋超永所編《五燈全書》也有類似的詩句，如「……桂子雲中落異鄉，不以金莖承玉露，庭前一曲已流觴。」

31 筆者：《紅樓夢子弟書賞讀》（臺北市：萬卷樓圖書公司，2012年1月），頁69。

弟書作者直接沿用原詩首句，即是屬於襲用前人詩篇成句。

在協韻方面，值得注意的是，杜甫〈秋興〉八首之一是七言律詩，押平聲「侵」韻，韻腳有「林」、「森」、「陰」、「心」、「砧」五字。杜甫〈秋興〉八首是組詩，第一首必須有詩的情調，它的詩情以悲秋為主，尤其閉口音（如〔en〕、〔an〕等）不易開展，具有餘音回味無窮的效果。而《海棠結社》子弟書第一回詩篇的八句詩，依十三道轍屬於「人辰」轍（即協韻〔en〕），韻腳有「林」、「痕」、「新」、「侵」、「文」五字；但若依唐律來看，「林」屬於「侵」韻，「痕」屬於「元」韻，「新」屬於「真」韻，「侵」屬於「侵」韻，「文」屬於「文」韻，協韻均不同。由此可知，《海棠結社》子弟書的詩篇雖以七律為本，但是它的用韻卻超出唐律之外，反而是接近元曲。

（二）增損前人詩篇字面

作家取材前人詩篇整句，但不變更其文意、語序，而僅增減一、二字，或改易一、二字的現象[32]，稱為「增損前人詩篇字面」。在《紅樓夢》戲曲中，例如朱鳳森（1776-1832）《十二釵傳奇》第十折〈品豔〉，劇作家描寫薛寶釵：「〔集唐〕座列金釵十二行，新翻酒令作辭章。姻聯紫府蕭窗貴，斜斂輕身伴玉郎。」其中，〔集唐〕第一句「座列金釵十二行」實出自白居易〈酬牛思黯戲贈〉：「鐘乳三千兩，金釵十二行。妒他心似火，欺我鬢如霜。慰老資歌笑，銷愁仰酒漿。眼看狂不得，狂得且須狂」[33]，朱鳳森將原詩第二句「金釵十二

32 王偉勇：〈晏殊《珠玉詞》借鑑唐詩之探析——兩宋詞人大量借鑑唐詩之先驅〉，《東吳中文學報》，頁 183。

33 白居易的詩句又引自南朝梁武帝〈河中之水歌〉：「頭上金釵十二行，足下絲履五文章。」南朝梁武帝的詩句指頭上的金釵，而白居易的詩句指女性。

行」增加「座列」兩字而改為「座列金釵十二行」，即是屬於增損前人詩篇字面。

在《紅樓夢》子弟書中，使用增損前人詩篇字面的，例如《露淚緣》子弟書第七回〈鵑啼〉，敘述賈寶玉成親當日，紫鵑為林黛玉不平，拒絕陪新人薛寶釵的故事。詩篇寫道：「孟秋冷露透羅幃／雨過天涼暑氣微／七夕年年牛女會／穿針乞巧滿香閨／海棠花濺佳人淚／萬木秋生楚客悲／最傷心是杜鵑枝上三更月／聽了那一派啼聲怎不皺眉。」[34] 其中，第六句「萬木秋生楚客悲」實出自劉長卿（709-780）〈過賈誼宅〉：「三年謫宦此棲遲，萬古惟留楚客悲。秋草獨尋人去後，寒林空見日斜時。漢文有道恩猶薄，湘水無情弔豈知？寂寂江山搖落處，憐君何事到天涯？」韓小窗為了與「海棠」對仗，將原詩第二句「萬古惟留楚客悲」中的「萬古」改為「萬木」；再配合詩情，將「惟留」改為「秋生」，即是屬於增損前人詩篇字面。在協韻方面，劉長卿〈過賈誼宅〉是七言律詩，押平聲「支」韻，韻腳有「遲」、「悲」、「時」、「知」、「涯」五字。而《露淚緣》子弟書第七回〈鵑啼〉詩篇的八句詩，依十三道轍，韻腳有「幃」、「微」、「閨」、「悲」、「眉」五字；但若依唐律來看，「微」屬於「微」韻，「悲」屬於「支」韻，「眉」屬於「支」韻，協韻不同，因此第七回〈鵑啼〉雖以七律為本，但是它的用韻仍超出唐律之外，反而是接近元曲。

又如《露淚緣》子弟書第九回〈訣婢〉，敘述林黛玉病重不起，對紫鵑交代後事，隨即嚥下最後一口氣的故事。詩篇寫道：「季秋霜重雁聲哀／菊綻東籬稱雅懷／滿城風雨重陽近／一種幽香小圃栽／不是淵明偏愛此／也只為此花開後少花開／到夜來幾枝疏影橫窗上／恍疑是環珮魂歸月下來。」[35] 其中，第八句「恍疑是環珮魂歸月下來」

34 筆者：《紅樓夢子弟書賞讀》（臺北市：萬卷樓圖書公司，2012 年 1 月），頁 161。

35 筆者：《紅樓夢子弟書賞讀》（臺北市：萬卷樓圖書公司，2012 年 1 月），頁 171。

實出自杜甫（712-770）〈詠懷古跡〉五首之三：「群山萬壑赴荆門，生長明妃尚有村。一去紫台連朔漠，獨留青塚向黃昏。畫圖省識春風面，環珮空歸月夜魂。千載琵琶作胡語，分明怨恨曲中論。」[36] 韓小窗將原詩第六句「環珮空歸月夜魂」加上句頭襯字「恍疑是」；將「空歸」改為「魂歸」；為了協韻〔ai〕，他將「月夜魂」改為「月下來」，即是屬於增損前人詩篇字面。在協韻方面，杜甫〈詠懷古跡〉五首之三是七言律詩，押平聲「元」韻，韻腳有「門」、「村」、「昏」、「魂」、「論」五字。而《露淚緣》子弟書第九回〈訣婢〉詩篇的八句詩，依十三道轍，韻腳有「哀」、「懷」、「栽」、「開」、「來」五字；若依唐律來看，「哀」屬於「灰」韻，「栽」屬於「灰」韻，協韻是相同的。

又如《露淚緣》子弟書第十回〈哭玉〉，敘述賈寶玉成婚數日後，前往瀟湘館哭林黛玉的故事。詩篇寫道：「孟冬萬卉斂光華／冷淡斜陽映落霞／小陽春氣風猶暖／下元節令鬼思家／那裡尋桃開似火三春景／只剩下霜葉紅於二月花／瀟湘館重翻千古蒼梧景／弔湘妃竹節成斑淚點雜。」[37] 其中，第六句「只剩下霜葉紅放二月花」實摘自杜牧（803-852）〈山行〉：「遠上寒山石徑斜，白雲生處有人家。停車坐愛楓林晚，霜葉紅於二月花。」韓小窗直接沿用原詩第四句「霜葉

值得一提的是，〔北宋〕林逋〈山園小梅〉：「疏影橫斜水清淺，暗香浮動月黃昏。」林逋是詠梅，而韓小窗則是詠菊，兩者不同。也就是說，子弟書作者援引古代詩句，語境卻不盡相同。此外，〔南宋〕方岳〈九日道中悽然憶潘邠老〉：「滿城風雨近重陽，城腳誰家菊自黃。」也有出現類似的詩句。

36 〔南宋〕姜夔詞〈疏影〉：「苔枝綴玉，有翠禽小小。……昭君不慣胡沙遠，但暗憶江南江北。想珮環月夜歸來，化成此花幽獨。……」的確用了杜甫〈詠懷古跡〉的詩句「環珮空歸月夜魂」。

37 筆者：《紅樓夢子弟書賞讀》（臺北市：萬卷樓圖書公司，2012 年 1 月），頁 175-176。值得一提的是，白居易詞〈憶江南〉：「日出江花紅勝火，春來江水綠如藍，能不憶江南？」也有出現類似的詩句。

紅於二月花」，再加上句頭襯字「只剩下」，即是屬於增損前人詩篇字面。在協韻方面，杜牧〈山行〉是七言絕句，押平聲「麻」韻，韻腳有「斜」、「家」、「花」三字。而《露淚緣》子弟書第十回〈哭玉〉詩篇的八句詩，依十三道轍，韻腳有「華」、「霞」、「家」、「花」、「雜」五字；若依唐律來看，「霞」屬於「麻」韻，「家」屬於「麻」韻，「花」屬於「麻」韻，協韻亦是相同的。

又如《露淚緣》子弟書第十一回〈閨諷〉，敘述婚後薛寶釵苦勸賈寶玉上進，考取功名的故事。正文寫道：「……／怪不得常在你心坎兒上／也算是高明眼力叫人服／真個是曾經滄海難為水／除卻巫山總是俗／……」[38] 其中，「真個是曾經滄海難為水／除卻巫山總是俗」兩句實出自元稹（779-831）〈離思〉五首之四：「曾經滄海難為水，除卻巫山不是雲。取次花叢懶回顧，半緣修道半緣君。」韓小窗將原詩首句「曾經滄海難為水」加上句頭襯字「真個是」；原詩第二句「除卻巫山不是雲」中的「不是雲」改為「總是俗」，即是屬於增損前人詩篇字面。在協韻方面，元稹〈離思〉五首之四是七言絕句，押平聲「文」韻，韻腳有「雲」、「君」兩字。而《露淚緣》子弟書第十一回〈閨諷〉詩篇與曲文，依十三道轍屬於「姑蘇」轍（即協韻〔u〕），為了協韻，因此韓小窗將原詩第二句「除卻巫山不是雲」中的「不是雲」改為「總是俗」。

文學作品借鑑唐詩之所以能夠成為一種創作的手法，它與詩歌文本自身的多義性[39] 關係密切。《文心雕龍．知音》提到：「夫綴文者

38 筆者：《紅樓夢子弟書賞讀》（臺北市：萬卷樓圖書公司，2012 年 1 月），頁 182-183。

39 多義性並不是作品的純粹客觀性質，也不是欣賞者的主觀構想，而是作品的某些特徵與觀看者的某些特殊的知覺和理解方式相互作用的產物。見滕守堯：《審美心理描述》（臺北市：漢京文化公司，1987 年 3 月），頁 245。

情動而辭發；見文者披文以入情。沿波討源，雖幽必顯。世遠莫見其面，覷文輒見其心。」[40] 作者內心先有情思活動，然後發為文辭。讀者再根據文辭，深入到作家的內心。即使年代久遠，讀者不能看見作家的面貌，但是看了文章也就了解了作者的心情。集句詩的創作，也可說是「見文者」對「綴文者」展現「知音」的現象。集句詩帶有移情的作用，它能將原有情境下所醞釀的情感轉移，然後應用在新的意境之中。欣賞者可以採用他人現成詩句來發揮原作者的精神，或是增減他人部分詩句來表現自己的精神。[41] 平心而論，作集句詩確實不容易，因為自己作詩，不論是古體詩或近體詩，皆可自由地遣詞用字或選擇韻部。然而，集句詩不同，它既要適合自己的創作旨趣，又要配合韻腳協韻。此外，句子必須能切合人、事、物，在一首詩中更要避免字句重複，要將別人的句子編纂組合，成為自己的詩。對於集句詩的寫作技巧，簡直可以用「以難見巧」四字來形容，因為集句詩是專門以集合他人現成詩句，來構成自己作品的一種高難度的創作。[42]較諸清代《紅樓夢》戲曲，清代《紅樓夢》子弟書作者借鑑五代十國詩、宋詩、明詩的情況較少。又子弟書作者借鑑唐代作家作品的，如杜甫、劉長卿、元稹、杜牧以及李商隱等人。

---

40 〔南朝・梁〕劉勰著，唐仁平、翟飆譯注：《文心雕龍》（北京市：華文出版社，2007 年 12 月），頁 361、362。

41 集句詩的成就有兩種：一種是能用現成詩句發揮原作者精神的；另一種則是能用他人詩句表現自己精神的。前者是名家作品的再創造；後者是熔鑄名家詩句，成為自己的創作。見裴普賢：《集句詩研究》（臺北市：臺灣學生書局，1975 年 11 月），頁 180。

42 裴普賢：《集句詩研究續集》（臺北市：臺灣學生書局，1979 年 2 月），頁 241。

表一　《紅樓夢》子弟書借鑑唐詩，採用「襲用前人詩篇成句」技巧

子弟書詩句	唐詩
1 《露淚緣》子弟書第八回〈婚詫〉詩篇	李商隱〈嫦娥〉
中秋十五月輪高／月下人圓樂更饒／金莖玉露空中落／桂子天香雲外飄／嫦娥應悔偷靈藥／弄玉低吹引鳳簫／怕只怕龍鍾月老將人誤／兩下裡錯繫紅絲惹恨苗。	雲母屏風燭影深，長河漸落曉星沈。嫦娥應悔偷靈藥，碧海青天夜夜心。
2 《海棠結社》子弟書第一回詩篇	杜甫〈秋興〉八首之一
玉露凋傷楓樹林／嵐扉雲戶淡無痕／秋色佳時梧桐老／商音乍到桂花新／海棠吟咏逢蕭景／荷花未謝待霜侵／悶坐翻抄《紅樓夢》／勞君教正這粗文。	玉露凋傷楓樹林，巫山巫峽氣蕭森。江間波浪兼天湧，塞上風雲接地陰。叢菊兩開他日淚，孤舟一繫故園心。寒衣處處催刀尺，白帝城高急暮砧。

表二　《紅樓夢》子弟書借鑑唐詩，採用「增損前人詩篇字面」技巧

子弟書詩句	唐詩
1 《露淚緣》子弟書第七回〈鵑啼〉詩篇	劉長卿〈過賈誼宅〉
孟秋冷露透羅幃／雨過天涼暑氣微／七夕年年牛女會／穿針乞巧滿香閨／海棠花濺佳人淚／萬木秋生楚客悲／最傷心是杜鵑枝上三更月／聽了那一派啼聲怎不皺眉。	三年謫宦此棲遲，萬古惟留楚客悲。秋草獨尋人去後，寒林空見日斜時。漢文有道恩猶薄，湘水無情弔豈知。寂寂江山搖落處，憐君何事到天涯。

子弟書詩句	唐詩
2 《露淚緣》子弟書第九回〈訣婢〉詩篇	杜甫〈詠懷古跡〉五首之三
季秋霜重雁聲哀／菊綻東籬稱雅懷／滿城風雨重陽近／一種幽香小圃栽／不是淵明偏愛此／也只為此花開後少花開／到夜來幾枝疏影橫窗上／恍疑是環珮魂歸月下來。	群山萬壑赴荊門，生長明妃尚有村。一去紫台連朔漠，獨留青塚向黃昏。畫圖省識春風面，環珮空歸月夜魂。千載琵琶作胡語，分明怨恨曲中論。
3 《露淚緣》子弟書第十回〈哭玉〉詩篇	杜牧〈山行〉
孟冬萬卉斂光華／冷淡斜陽映落霞／小陽春氣風猶暖／下元節令鬼思家／那裡尋桃開似火三春景／只剩下霜葉紅於二月花／瀟湘館重翻千古蒼梧景／弔湘妃竹節成斑淚點雜。	遠上寒山石徑斜，白雲生處有人家。停車坐愛楓林晚，霜葉紅於二月花。
4 《露淚緣》子弟書第十一回〈閨諷〉正文	元稹〈離思〉五首之四
……／怪不得常在你心坎兒上／也算是高明眼力叫人服／真個是曾經滄海難為水／除卻巫山總是俗／……	曾經滄海難為水，除卻巫山不是雲。取次花叢懶回顧，半緣修道半緣君。

四　子弟書為何大部分借鑑唐詩

「詩」與「詩學」常被混為一談，事實上，兩者之間的意義並不相同。詩是指詩的創作本身而言，詩學則是指對詩的理解與鑑賞，或對詩的原理的看法。清代詩學，不是指清人詩的創作，而是指清人對於詩的鑑賞、批評和研究心得。清代人文蔚起，學術興盛，就詩學而言，錢謙益、王士禎、沈德潛、袁枚、翁方綱，以及方東樹等人均為名家，而一代之風氣主要也是被這些人所左右。除此之外，清初的詩壇，如金聖歎、徐增等人別開生面，論析相當精微，而鄭燮、李重華等人立論系統非常嚴謹，引人注目。總的來說，清代詩學是集歷代詩學之大成，它在中國文學批評史上占有重要地位。[43] 明代中葉以後，前後七子 [44] 主盟文壇，他們「文必秦漢，詩必盛唐」的主張，固然風靡一時，被論文談藝之士奉為圭臬，但他們唯古是尚，陳義太高，因此引起公安派 [45] 和竟陵派 [46] 的反動。公安派和竟陵派的反擬古運動，雖然沒有明顯的弊病，但專主性靈的結果，或以清綺婉麗為工，或以淒清幽渺為能，因此風行未久，也產生了許多異議的聲音。[47]

---

43 吳宏一：《清代文學批評論集》（臺北市：聯經出版公司，1998 年 6 月），頁 1-18。

44 明代弘治、正德年間，李夢陽、何景明針對當時虛飾萎弱的文風，提倡復古，他們鄙棄自西漢以下的所有文章和自中唐以下的所有詩歌，他們的主張被當時許多文人接受，於是形成影響廣泛的文學復古運動。除李夢陽、何景明外，尚有徐禎卿、康海、王九思、邊貢及王廷相，總共七人。為了把他們和後來嘉靖、隆慶年間出現的李攀龍、王世貞等七人相區別，世稱「前七子」。

45 公安派，是明代後期萬曆年間的一個文學流派，主要人物是袁宏道和其兄袁宗道及其弟袁中道三人，因為三袁是湖北公安人，因此稱為公安派。在創作上，公安派提出「獨抒性靈，不拘格套」的口號。

46 竟陵派，竟陵派是在公安派聲勢很盛的時候，力求矯正其流弊的派別，但在理論和實踐上兩者其實並無太大的區別。竟陵派的代表人物是鍾惺和譚元春，由於他們都是湖北竟陵人，因此稱為竟陵派。竟陵派認為公安派詩文淺俗，主要是由於不在古人詩中求性靈所致，因此強調學習古人的精神，來矯正公安之弊。他們的創作最後走向另一形式主義的極端，一味追求用怪字，押險韻，造成一種艱澀隱晦的詩文風格。

47 吳宏一：《清代文學批評論集》（臺北市：聯經出版公司，1998 年 6 月），頁 22。

(一) 清代初葉：學杜思潮

清初詩歌之所以能超越明代，主要是因為有一個反映矛盾、暴露社會黑暗的現實主義傳統，例如孔尚任（1648-1718）就直接挑明《桃花扇》的主旨是「借離合之情，寫興亡之感」。清代初葉，詩壇出現一股學杜思潮，主要原因是自中唐以來，後世對杜甫的評價日益增加，並且推崇備至。杜甫是一位忠君愛國詩人，具有儒家所規定的道德情操，因此深深地打動了清初文人的心弦，例如錢謙益（1582-1664）肯定杜甫，強調杜詩具有史的功能，能夠以史證詩，彌補史家記載之不足，從而再現歷史真貌；又如葉燮（1627-1703）肯定杜甫為古代最傑出的詩人，強調杜甫為唐以後詩壇第一人。

清初對杜詩的研究和注釋，主要有：楊大鯤的《杜詩編年》、錢謙益的《杜工部集箋注》、朱鶴齡的《杜工部全集》、吳見恩的《杜詩論文》、張遠的《杜詩薈萃》、張縉的《讀書堂杜工部詩集注解》、仇兆鰲的《杜詩詳注》，以及浦起龍的《讀杜心解》等。而選集批點注本的，有黃生的《杜工部詩說》、王士禎的《點定杜工部詩集》、朱彝尊的《杜詩評本》、盧元昌的《杜詩闡》、陳式的《問齋杜意》、宋犖的《批杜詩闡》、吳瞻泰的《杜詩提要》、顧宸修的《闢疆園杜詩注解》，以及洪鐘的《苦竹軒杜詩評律》等。這些研究杜甫的作品，大致皆完成於康熙年間。[48]

(二) 清代中葉：獨尊杜甫

從十七世紀末到十八世紀中葉，乾嘉盛世的詩壇，詩人林立，詩

48 陳居淵：《清代詩歌與王學》（臺北：文津出版社，1994 年 12 月），頁 63-66。

集汗牛充棟，儒家詩教得到進一步的強化。復古和師古是乾嘉盛世詩壇正統派的兩大特徵：前者，如沈德潛（1673-1769）批評宋詩「近腐」、元詩「近纖」，從而肯定明詩總體上的「復古」。沈德潛曾說道：「有唐一代詩，凡流傳至今者，自大家名家而外，即旁蹊曲徑亦各有精神面目流行其間，不得謂正變盛衰不同而變者衰者可盡廢也。」足見他是持尊唐的態度；後者，如翁方綱（1733-1818）主張以六經為準則，重視儒家詩論的「六義」，強調詩歌的政治功能。

乾嘉詩壇，進一步發展清初以來尊杜的傳統，包括翁方綱提出：「上自風騷漢魏旨格，下逮宋元以來流別，一舉而衷諸杜法耳」的看法；鄭板橋（1693-1765）獨尊杜甫，他認為：「青蓮多放逸，而不切事情」，「雖李、杜齊名，未可並也。」他稱讚杜甫的詩作：「少陵七律、五律、七古、五古，排律皆絕妙，一首可值千餘。」黃子雲（1691-1754）甚至說道：「孔子兼堯、舜、禹、湯、文、武、周公而成聖者也，杜詩兼風、騷、漢、魏、六朝而成詩聖者也。外此若沈、宋、高、岑、王、孟、元、白、韋、柳、溫、李、太白、次山、昌黎、昌谷輩，猶聖門之四科，要皆具體而微。間有客問曰：『盛、中、晚名家不少，而子必以少陵為宗旨，何也？』余曰：『儒家者流，未聞去聖人而談七十子者也。』」由此可知，黃子雲十分讚揚杜甫，他認為杜甫的地位就如同孔子一般崇高，而其他詩人頂多是屬於七十弟子之列。在唐代詩歌發展史上，杜甫是上集初唐、盛唐之大成，下開中唐、晚唐之先河的關鍵人物。[49]

前文已提及，八旗詩人主要是以滿族為主體，包括蒙古、漢軍在內所構成的「八旗」詩人集群。八旗詩人所創作的詩歌歷經順治、康熙兩個時期的強化育成，自雍正時期，進入乾隆時期（1736-1795）、

49 陳居淵：《清代詩歌與王學》（臺北市：文津出版社，1994 年 12 月），頁 182-194。

嘉慶時期（1796-1820）已呈現極度繁榮的景象。乾嘉兩朝八十五年中，就詩歌的領域，八旗文人中稱上名家的遠遠超過前朝。八旗詩風熾盛，從文化現象來說，這當然是滿漢兩族融合的佳事。然而，事物的發展並不完全按上層統治者的意志運行，深於「文學」的皇子、宗室及其群從們在嚴酷的宮廷權力鬥爭和無情懲處的現實面前，不少成員竟轉化為一種奇特的「朝」中之「野」的心態，藉詩歌以自娛或渲洩其苦懣。[50]

在清代的封建社會裡，子弟書往往被認為是微不足道的一種玩藝，因此大部分作者的姓名與事蹟久已湮沒不傳，我們僅能從子弟書的詩篇或結語中偶然發現作者的別號或書齋名，例如：羅松窗、韓小窗、鶴侶氏、芸窗、竹軒、文西園、閒窗、煦園氏、雲田氏、漁村氏、小雪窗、竹窗、西林氏、藹堂氏、瑣窗、晴窗、梅窗等人。一般學者推斷羅松窗是乾隆時的子弟書作家，亦是清代子弟書藝壇中，年代可考最早的子弟書名家。《露淚緣》的作者是韓小窗，他早年多次參加科舉考試，但屢試不中。後來，結識子弟書作家鶴侶氏（即愛新覺羅．奕賡）等人，在眾人鼓勵下從事子弟書的創作。又因他才高識廣，很快即成為其中的佼佼者。在清代子弟書藝壇，韓小窗的作品，不僅是數量最多，而且在當時藝壇，其地位亦最高。鶴侶氏《逛護國寺》子弟書第二回寫道：「論編書的開山大法師還數小窗得三昧」[51]，由此可知，鶴侶氏推崇韓小窗在各家之上，稱他為「編書的開山大法師」，讚其作品「得三昧」。關於韓小窗的生卒年代，目前仍無詳細資

50 八旗文人中稱上名家者，例如鐵保、百齡、法式善並稱「三才子」；又如馬長海、戴亨、陳景元共稱「遼東三老」；又如馬長海、陳景元、李錯合稱「遼東三布衣」。此外，尚有恆仁、敦敏、敦誠等人。見嚴迪昌：《清詩史（下）》（臺北市：五南圖書出版公司，1998 年 10 月），頁 821-848。

51 中央研究院歷史語言研究所《俗文學叢刊》（臺北市：新文豐出版公司，2004 年 10 月），冊 398，頁 631。

料可稽，一般學者專家，推斷其年代必較羅松窗為晚，因而認定羅松窗既然是乾隆時子弟書名家，則韓小窗必為乾嘉間或嘉道時人。

值得一提的是，清廷為了確保兵源，將旗人禁錮在旗制之下，不准旗人經商做工，也不准旗人登臺賣藝，這對於旗人生計造成嚴重的影響。清廷甚至明文規定旗人不准遷移，即以法律封禁旗人的活動區域。[52] 從《紅樓夢》子弟書的作者大多不可考的情況，可知八旗子弟不願讓人知道姓名，應有其特殊的時代背景。清中葉以後，國勢逐漸衰落，加上，滿族人口不斷增加，相對地，八旗子弟的社會地位也逐漸沒落。韓小窗對《紅樓夢》愛不釋手，他在詩篇抒發自己在《紅樓夢》啟發下的創作動機：「小窗酣醉欲狂吟／忽見新籍佇案存／漫識假語皆虛論／聊將閒筆套虛文／有若無時無還有／真為假處假偏真／誰言作者多痴想／足把辛酸滴淚痕／暫歌一段《石頭記》／借筆生端寫妙文。」[53] 由此可知，八旗子弟在清代社會地位的經歷，正巧和小說作者這種大起大落的人生經歷類似，同樣是由盛而衰，因此韓小窗在改編《紅樓夢》時，特別能了解曹雪芹的心酸與痛苦了。

清代《紅樓夢》子弟書的創作年代，正值清代中葉，詩壇上普遍瀰漫著尊唐的氛圍，尤其是推崇杜甫的詩作。因此，清代《紅樓夢》子弟書大多借鑑唐詩，而非宋詩，這應該是與清代初中葉的詩學關係密切。

---

52 清廷為了確保兵源，將旗人禁錮於旗制之下，旗人不農、不工、不商，這對於旗人生計造成嚴重的影響。清廷不僅規定旗人不得經商，而且旗人不能做工，更不能當傭工。法律明文規定：「在京滿洲另產旗人，於逃走後，甘心下賤，受雇傭工，不顧顏面，即銷除旗籍，發往黑龍江等處，嚴加管束。」此外，針對旗人演戲，亦有明文規定：「凡旗人因貧糊口，登台賣藝，有玷旗籍者，連子孫一併銷除旗籍。」八旗的禁錮，包括：一是禁止旗人自謀生計，二是旗人活動地域的封禁。見黃美秀：《清康雍乾三朝八旗生計問題之研究》（臺北市：國立政治大學民族研究所碩士論文，1994 年 7 月），頁 65。

53 筆者：《紅樓夢子弟書賞讀》（臺北市：萬卷樓圖書公司，2012 年 1 月），頁 199。

結論

不論是詩歌、散文、小說或戲曲，每一種文學作品都有它自己的形式，即使兩種文學作品的故事情節是相似的，然而，只要作者有個人的創作動機，而且文學作品的形式是創新的，那麼它的文學價值仍然值得受到肯定。《紅樓夢》子弟書是以《紅樓夢》小說為底本所改編的說唱藝術，它可說是說唱版的《紅樓夢》。在現存清代《紅樓夢》子弟書中，可以發現佚名《海棠結社》與韓小窗《露淚緣》兩種均有借鑑唐詩的現象。前文已提及，集句詩的創作是「見文者」對「綴文者」展現「知音」的現象，而《露淚緣》子弟書借鑑唐詩亦可說是韓小窗對唐詩作者展現知音的現象。可以這麼說，借鑑唐詩亦帶有移情的作用，韓小窗將唐詩原有情境下所醞釀的情感轉移，然後應用在《露淚緣》子弟書之中。韓小窗有時是採用唐詩現成詩句來發揮原作者的精神，有時則是增減唐詩部分詩句來表現自己的精神。子弟書作家往往在詩篇或正文中借鑑唐詩，而借鑑唐詩之所以能夠成為一種創作的手法，它與詩歌文本自身的多義性關係密切。從《露淚緣》子弟書中，可以看出韓小窗是採用「襲用前人詩篇成句」以及「增損前人詩篇字面」兩種技巧來創作新詩。

從整個社會的讀書風氣來看，乾隆五十六年（1791），一百二十回本的《紅樓夢》以刻本的形式面世，它的故事內容不僅被許多腔調劇種之戲曲、各類說唱藝術之俗曲所吸收，而且因劇作家個人才情、人生閱歷的差異，往往呈現出同一故事情節卻有眾多不同形式的改編作品。清代《紅樓夢》戲曲的創作年代，最早出現的是孔昭虔《葬花》，創作於嘉慶元年（1796）。而清代《紅樓夢》子弟書的創作年代，根據得碩亭《草珠一串》飲食類所記載，嘉慶十九年（1814）以前，《紅樓夢》子弟書就已經出現了。由此可知，清代《紅樓夢》子弟書和《紅樓夢》戲曲問世的時間幾乎同時。平心而論，就詩歌風格而言，唐人用詞自然流露，不事雕琢，較宋人為勝。由此可知，《紅樓夢》子弟書借鑑唐詩，應該與清代初中葉詩壇普遍尊唐的詩風有關。值得注意的是，子弟書作者即使是借鑑唐詩並以七律為本，但是他們的用韻有些是超出唐律之外，反而是接近元曲。

參考文獻（依出版年月）

〔南朝·梁〕劉勰著，唐仁平、翟飆譯注　《文心雕龍》　北京市　華文出版社　2007年12月

〔明〕湯顯祖著，俞為民校注　《牡丹亭校注》　臺北市　華正書局　1996年1月

〔清〕曹雪芹、高鶚原著，馮其庸等校注　《紅樓夢校注》　臺北市　里仁書局　2000年1月

裴普賢　《集句詩研究》　臺北市　臺灣學生書局　1975年11月

裴普賢　《集句詩研究續集》　臺北市　臺灣學生書局　1979年2月

陳錦釗　《子弟書之題材來源及其綜合研究》　臺北市　國立政治大學中國文學研究所博士論文　1977年1月

陳錦釗　〈子弟書之作家及其作品〉　《中國書目季刊》　第12卷第1、2期　1980年9月

九思出版公司　《紅樓夢戲曲集》　臺北市　九思出版公司　1979年2月

路工編選　《清代北京竹枝詞（十三種）》　北京市　北京古籍出版社　1982年1月

關德棟、周中明　《子弟書叢鈔》　上海市　上海古籍出版社　1984年12月

臺灣商務印書館編輯　《景印文淵閣四庫全書目錄》　臺北市　臺灣商務印書館　1986年7月

滕守堯　《審美心理描述》　臺北市　漢京文化公司　1987年3月

新文豐出版公司編輯部　《叢書集成續編》　第二一〇冊　臺北市　新文豐出版公司　1991年7月

黃美秀　《清康雍乾三朝八旗生計問題之研究》　臺北市　國立政治大學民族研究所碩士論文　1994 年 7 月
陳居淵　《清代詩歌與王學》　臺北市　文津出版社　1994 年 12 月
啟　功　《漢語現象論叢》　北京市　中華書局　1997 年 3 月
王偉勇　〈晏殊《珠玉詞》借鑑唐詩之探析——兩宋詞人大量借鑑唐詩之先驅〉　《東吳中文學報》　第 3 期　1997 年 5 月
吳宏一　《清代文學批評論集》　臺北市　聯津出版公司　1998 年 6 月
嚴迪昌　《清詩史》　臺北市　五南圖書出版公司　1998 年 10 月
朱一玄編　《紅樓夢資料匯編》　天津市　南開大學出版社　2001 年 10 月
凌繼堯　《美學十五講》　北京市　北京大學出版社　2003 年 8 月
邱燮友等編著　《國學常識》　臺北市　東大圖書公司　2004 年 7 月二版一刷
中央研究院歷史語言研究所　《俗文學叢刊》　臺北市　新文豐出版公司　冊 398　2004 年 10 月
曾永義　《戲曲本質與腔調新探》　臺北市　國家出版社　2007 年 7 月
柯香君　〈《長生殿》集唐下場詩之「多義性」研究〉　《彰化師大國文學誌》　第 17 期　2008 年 12 月
王友蘭　《說唱文學與說唱音樂》　臺北市　蘭之馨文化音樂坊　2009 年 12 月
林均珈　《紅樓夢子弟書研究》　臺北市　萬卷樓圖書公司　2012 年 1 月
林均珈　《紅樓夢子弟書賞讀》　臺北市　萬卷樓圖書公司　2012 年 1 月
林均珈　《紅樓夢本事衍生之清代戲曲、俗曲研究》　臺北市　臺北市立教育大學中國語文學系博士論文　2013 年 7 月

林均珈　〈敘事詩之寫作手法及其特色〉　《國文天地》　第 30 卷第 1 期　2014 年 6 月。
林均珈　〈俗曲文學藝術特色初探──以《紅樓夢》俗曲為範疇〉第八屆兩岸韻文學學術研討會　2015 年 5 月

「讀寫互動」雙重奏
——以張曉風〈許士林的獨白〉、蒲松齡《聊齋誌異・翩翩》、陳黎《我／城・翩翩》三文之互文性教學為例

楊雅貴

臺北市立育成高中國文教師

摘　要

本論文期待透過有效的閱讀理解策略，以達到提升學生「閱讀理解分析能力」與「讀寫互動知能」的效果。

主要教學策略有二：一是「PISA 之閱讀素養與閱讀歷程策略」，從文本「訊息擷取」、「發展解釋」、「省思與評鑑文本內容、形式」等三歷程，以深化教學文本的閱讀理解；一是根據辭章意象論之「讀寫互動原理」，此可說是翻轉潮流中的「軸心閱讀策略」，強調閱讀理解分析的整體性，使閱讀範疇涵攝整體辭章內涵，提升學生兼顧綜觀性與微觀性閱讀知能，會通「閱讀」與「寫作」兩者互動關係，藉由「讀寫互動」教學，達到提升語文能力的學習效果。

選用教材有三：以「互文性」作為文本選取依據，首先以課本範文：張曉風〈許士林的獨白——獻給那些睽違母顏比十八年更長久的天涯之人〉（散文）為文本，承此，加入蒲松齡《聊齋誌異・翩翩》（小說）及陳黎《我／城・翩翩》（新詩）兩篇延伸教材作為互文本，進行互文性讀寫教

學，以增加文本讀寫廣度、深度與樂趣。

教學進程與重點分兩部分：第一部分著重在「讀」的層面，先依序就三文本辭章內涵，進行閱讀理解分析；再進行三文本之互文性比較；第二部分著重在「寫」的層面，進行「讀寫互動」之寫作練習：就三文本之辭章內涵特色與其互文性，進行「短文創作」、「文章解讀」與「文章分析」三類實作。

經此教學歷程與結果可知，以根據辭章意象論之「讀寫互動原理」，並結合「PISA」閱讀理解歷程的教學策略，除了有助於提升課本範文之讀寫教學成效外，更可經由辭章內涵之各專題，進行延伸，開發出多元的互文性教材，而達到深化與活化閱讀理解與讀寫互動知能的效果。

關鍵詞：PISA、讀寫互動、互文性、許士林的獨白、翩翩

一 前言

在翻轉教學潮流中，許多教學技巧與策略的開發與運用，都為教學現場提供了新的活水與激盪，而對國文教學而言，一套有效的閱讀理解與寫作策略，更是再重要不過的事了。

本論文之教學設計，其教學目標在期望透過有效的讀寫教學策略，以深化並活化學生的閱讀理解與讀寫知能。

主要教學策略與知能有二：一則為運用「PISA（the Programme for International Student Assessment，學生能力國際評量計畫）之閱讀素養與閱讀歷程策略」[1]，以進行文本之訊息擷取、發展解釋，進而省思與評鑑文本內容、形式；一則根據辭章意象論[2]之「讀寫互動原理」[3]，從文本內容之「意象」、「修辭」、「詞彙」面向與文本形式之「文法」、「章法」面向，以及文本統合之「主題」、「文體」、「風格」等面向，達到對文本之整體辭章內涵的理解[4]，此亦可說是文本

1 PISA 評量重點在：對文本訊息的擷取、發展解釋，省思與評鑑文本內容、形式與特色。其閱讀素養與閱讀歷程架構參見網站：臺灣 PISA 國家研究中心，http://pisa.nutn.edu.tw/pisa_tw.htm。

2 「辭章意象論」，參見陳滿銘：〈辭章意象論〉一文，參見陳滿銘：《意象學廣論》（臺北市：萬卷樓圖書公司，2006 年），頁 21-67；另「辭章學意象體系與思維力、寫作能力關係」，可參見陳滿銘：《章法結構原理與教學》（臺北市：萬卷樓圖書公司，2007 年）及仇小屏：《寫作能力簡介‧「限制式寫作」之理論與應用》（臺北市：萬卷樓圖書公司，2005 年）。

3 「讀寫互動原理」，根據陳滿銘：〈論讀寫互動原理——歸本於語文能力與意象（思維）系統作探討〉一文，參見陳滿銘：《意象學廣論》（臺北市：萬卷樓圖書公司，2006 年），頁 279-307。

4 辭章的主要內涵：「辭章的內涵，對應於學科領域而言，主要含意象學（狹義）、詞彙學、修辭學、文（語）法學、章法學、主題學、文體學、風格學……等」、「辭章的主要內涵，都與形象思維、邏輯思維或綜合思維有著密切的關係。其中

分析的「軸心閱讀策略與知能」。透過兩教學策略的結合運用，深入文本內涵，達到有系統、有效率地提升學生閱讀理解能力與讀寫能力的目標。

在教材選擇方面，以「互文性」[5] 作為文本選取依據，在兼顧有限教學時數與課本進度的考量下，透過「互文性」[6] 的觀念與方法，以課本範文搭配互文性延伸教材，進行互文性的讀寫教學。

課本範文為：張曉風〈許士林的獨白——獻給那些睽違母顏比十八年更長久的天涯之人〉[7]（散文），兩篇互文性教材分別為：蒲松齡《聊齋誌異・翩翩》[8]（小說）及陳黎《我／城・翩翩》[9]（新詩）。

有偏於字句範圍的，主要為詞彙、修辭、文（語）法與意象（個別）；有偏於章與篇的，主要為意象（整體）與章法；有偏於篇的，主要為主旨、文體與風格。因此辭章的篇章，是主要以意象（個別到整體、狹義到廣義）與章法為其內涵，而以主旨與風格來「一以貫之」的。」參見陳滿銘：〈論讀寫互動原理——歸本於語文能力與意象（思維）系統作探討〉一文，同前注，頁 287-288、頁 293。

5 「互文」修辭與「互文性」為兩概念；「互文」修辭，指的是上下文各有省略，但在意義上又互相補足的表現手法；關於「互文性（Intertextuality 或作「文本互涉」)」，李玉平：「按字面意思的理解，互文性就是文本之間互相指涉、互相映射的一種性質。」「我們對互文性的定義如下：互文性是指文本與其他文本，文本及其身份、意義、主體以及社會歷史之間的相互聯繫與轉化之關係和過程。」參見李玉平：《互文性：文學理論研究的新視野》（北京市：商務印書館，2014 年），頁 59、67。本論文是採用「互文性（Intertextuality」)」的研究方法。

6 李玉平：「互文性的研究價值正在於文本之間的異質性和對話性」同前注，頁 60。故本教學設計期待能透過三文本的互文性，進行同質性與異質性比較，並開拓對話性，創造更多元的閱讀體驗與樂趣。

7 原文參見「附錄一」，為龍騰文化事業股份公司出版之一〇三學年度高二第四冊課本第九課範文，此文選自張曉風：《步下紅毯之後》；為行文方便，以下直接以〈許士林的獨白〉一詞簡稱之。

8 原文詳見「附錄二」，依〔清〕蒲松齡：《聊齋誌異（會校會註會評本）》，第一冊卷三，四部刊要・子部・小說類傳奇之屬（臺北市：漢京文化公司，1984 年），頁 432-436；「附錄二」除原文外，並附上注釋，注釋內容除參酌前書外，並參酌相關字辭典及 http://www.shuzhai.org/gushi/liaozhai/13376.html 網站資料，以方便學生教學對象為敝校高二學生，共三個班級[10]，於高二下學期開始進行，並於高三上學期，接續此教學活動，再進行了兩項寫作練習[11]，以進一步檢核此「讀寫互動」教學成效。

在教學主題與教學流程方面，以「讀寫互動」為教學主軸，就「閱讀」與「寫作」兩部分交互進行：

第一部分——「讀」：先深化學生對張曉風〈許士林的獨白〉一文的閱讀理解分析；然後再以《聊齋誌異・翩翩》與陳黎《我／城・翩翩》兩文本進行互文性閱讀分析，使教學內容活化。

教學開始，從顯然易辨的「文體」切入，以連結三篇文本的互文性，並分別針對三文本設計了「閱讀學習單」，學習單設計皆涵攝文本的辭章內涵，包括：內容層面之「意象」、「修辭」、「詞彙」特色與文本形式層面之「文法」、「章法」特色，以及文本統合層面之「主題」、「文體」、「風格」特色，期使學生的閱讀理解分析的觸角，能深入文本之整體辭章內涵，進而啟發與提升其閱讀理解之統整能力。

閱讀理解自學；學生已於高一學過蒲松齡《聊齋誌異・勞山道士》一文（為龍騰文化事業股份公司出版之高二第二冊課本第十四課範文），故在此所選之〈翩翩〉一文，亦是結合了學生之先備知能。

9 原詩出自陳黎：《我／城》（臺北市：二魚文化公司，2011 年 5 月），參見「附錄三」學習單，學習單中的閱讀分析表格為筆者所設計；選擇此詩的學生背景知識，乃基於此屆學生已於高二時讀過陳黎〈迷蝶記〉一詩（為龍騰文化事業股份公司出版之高二第三冊課外學習讀本選文），故在此所選之陳黎〈翩翩〉一詩，亦可說結合學生之先備知能。

10 此課程進行時間為二〇一五年四月中旬，對象為敝校高二之 210（第一類組）、211（第一類組）、217（第三類組）三個班級學生。

11 本論文發表於二〇一五年十一月十四日第四屆語文教育暨第十屆辭章章法學學術研討會，為增加本論文結論的客觀性與評鑑效度，會後針對三文本「讀寫互動」的「寫」的部分，再行設計切合大考語文表達題型的兩題寫作題：文章解讀題型（9 分題）、文章分析題型（18 分題），並於十一月十九至二十日於原三個班級（已升高三）進行評量，兩題同時寫作，時間為一節課。

教學活動形式的設計，為兼顧有限授課時數的考量與合作學習的優點，故填寫學習單的活動方式，採「團體分組討論（共學）」與「個人閱讀分析（自學）」兩種方式交互進行，並依各班學習狀況彈性運用。

第二部分──「寫」：實施三項寫作練習，皆於國文課當堂完成。

一是以〈許士林的獨白〉與蒲松齡《聊齋誌異．翩翩》為範疇，就兩文「主題」的互文性，進行「讀寫互動」之短文創作──「羅保兒的獨白」（羅保兒為翩翩之子）三百字短文創作。

二是以〈許士林的獨白〉一文為範疇，聚焦該文之「主題」與「意象」專題，進行「文章解讀」習作。

三是以《聊齋誌異．翩翩》與陳黎《我／城．翩翩》為範疇，聚焦兩文本之「主題」與「意象」專題，進行互文性之「文章分析」習作[12]。

餘波──課後延伸活動：實施「〈翩翩〉影像故事創作活動」[13]，以故事情節的意象設計概念為主軸，提供學生之活化文本閱讀的創意學習經驗。

最後至課程尾聲，請學生填寫「省思與評鑑回饋學習單」，以便更加了解學生對三文本的互文性讀寫學習的綜合成效，並作為此教學策略的有效性與應用性的參考依據。

二 「讀寫互動」教學策略

本教學課程所採取之主要教學策略與知能有二：

---

12 第二、三項的寫作時間為高三上學期，詳見前注。

13 「〈翩翩〉影像故事創作活動」之活動辦法與說明，為筆者所設計，詳見「附錄九」。

(一) PISA 閱讀素養與閱讀歷程

PISA 評量重點在：對文本訊息的擷取、發展解釋，省思與評鑑文本內容、形式與特色。其閱讀素養與閱讀歷程架構[14]，如下圖：

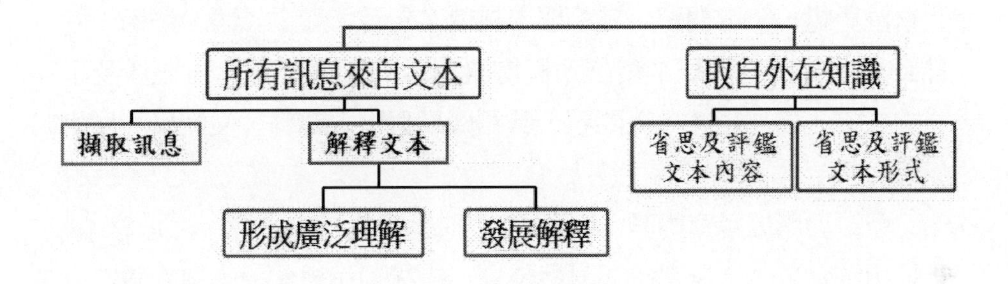

(二) 根據辭章意象論[15]之「讀寫互動原理[16]」

根據辭章意象論之「讀寫互動原理」，讀、寫離不開「意象」，「思維」亦始終以「意象」為內容，所以，「意象」是可以通貫「思維」各層面，而形成「意象（思維）系統」；而「意象（思維）系統」直接與「語文能力」的開展息息相關：辭章是結合「形象思

14 參考資料來源：臺灣 PISA 國家研究中心，「PISA 閱讀素養應試指南」，http://pisa.nutn.edu.tw/pisa_tw.htm

15 「辭章意象論」，參見陳滿銘：〈辭章意象論〉一文，參見陳滿銘：《意象學廣論》（臺北市：萬卷樓圖書公司，2006 年），頁 21-67；另「辭章學意象體系與思維力、寫作能力關係」，可參見陳滿銘：《章法結構原理與教學》（臺北市：萬卷樓圖書公司，2007 年）及仇小屏：《寫作能力簡介・「限制式寫作」之理論與應用》（臺北市：萬卷樓圖書公司，2005 年）。

16 「讀寫互動原理」，根據陳滿銘：〈論讀寫互動原理——歸本於語文能力與意象（思維）系統作探討〉一文，參見陳滿銘：《意象學廣論》（臺北市：萬卷樓圖書公司，2006 年），頁 279-307。

維」、「邏輯思維」與「綜合思維」而形成的，故辭章內涵和意象是融為一體的。

就辭章與形象思維的關係來看，主要涉及了「取材」與「運用詞彙」、「措辭」等問題，其相關學科是意象學（狹義）、詞彙學與修辭學等；就辭章與邏輯思維的關係來看，主要涉及了「運材與佈局」與「構詞與組句」等問題，其相關學科就字句言，即文（語）法學；就篇章言，就是章法學；就辭章與綜合思維的關係來看，主要涉及了「立意」、「確立體性」等問題，其相關學科是主題學、文體學、風格學等。

所以對應於辭章內涵，「語文能力」即是含括「立意」、「取材」、「運用詞彙」、「措辭」、「運材與佈局」、「構詞與組句」、「確立體性」等能力。

辭章意象結構圖[17]如下：

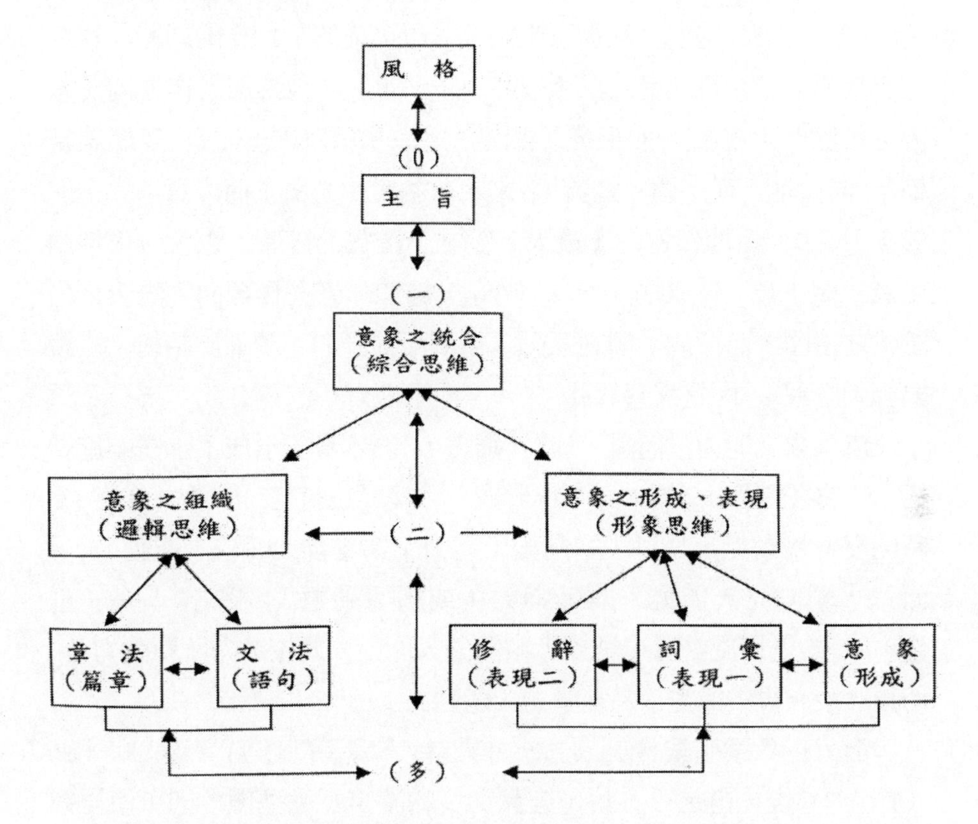

如圖示，辭章意象系統與辭章內涵，乃是「多」、「二」、「一(0)」[18]的關係；從「讀」與「寫」兩方面對「語文能力」之運用來看，辭章意象結構的形態是互動、循環而提升的「雙螺旋結構」：就

17 引自陳滿銘：〈辭章意象論〉一文，《意象學廣論》（臺北市：萬卷樓圖書公司，2006年），頁 21-67。

18 「多、二、一(0)螺旋結構」是以「思維力」為「(0)一」，「形象思維」(陰柔)與「邏輯思維」(陽剛)為「二」，由「形象思維」、「邏輯思維」與「綜合思維」所衍生的各種「特殊能力」與綜合各種「特殊能力」所產生的「創造力」為「多」。參見陳滿銘：《意象學廣論》（臺北市：萬卷樓圖書公司，2006 年），頁 279-307。

同一作品而言，從「寫（創作）」來說，作者由「意」而「象」（「(0) 一、二、多」）地從事順向（先天／先驗）創作的同時，也會一再地由「象」而「意」（「多、二、一 (0)」）地如讀者作逆向（後天／後驗）之檢查，而形成了順逆互動、循環而提升的「雙螺旋結構」；同樣地，從「讀（鑑賞）」來說，讀者由「象」而「意」（「多、二、一 (0)」）地作逆向（後天／後驗）鑑賞的同時，也會一再地由「意」而「象」（「(0) 一、二、多」）地如作者在作順向（先天／先驗）之揣摩，而形成了順逆互動、循環而提升的「雙螺旋結構」；「讀寫互動原理」，即是立基於此。

就「語文能力」而言，「讀（鑑賞）」的本身，形成了「雙螺旋結構」，「寫（創作）」的本身，也形成了「雙螺旋結構」，「讀（鑑賞）」時的雙螺旋動能，是以「逆向後天能力」為主動力（或謂顯動力），而以「順向先天能力」為輔動力（或謂隱動力）；反之，「寫（創作）」時的雙螺旋動能，是以「順向先天能力」為主動力（顯動力），而以「逆向後天能力」為輔動力（隱動力）。

而「在『讀（鑑賞）』之後，再進行『寫（創作）』」及「在『寫（創作）』後，再進行『讀（鑑賞）』」的讀寫互動型態，則可使雙螺旋的「順向先天能力」與「逆向後天能力」動能，皆得到顯著而明確的提升。

如此，先天的語文能力（寫）與後天的語文研究（讀）經由「讀寫互動、循環而提升」，以求達到完全合軌，臻於至善的境界。[19]

本次教學設計，即是期望透過「PISA 之閱讀素養與閱讀歷程策略」與「讀寫互動原理」兩教學策略的結合，從「文本內容」之「意象」、「修辭」、「詞彙」等面向，與「文本形式」之「文法」、「章法」

19 關於辭章「雙螺旋結構」及「讀寫互動雙螺旋結構」與動能之說明文字，為陳滿銘教授指導內容，指導日期：2016 年 5 月 26 日。

等面向，以及「文本統合（內容與形式的綜合）」之「主題」、「文體」、「風格」等面向，設計相關教學活動，以達到提升學生閱讀理解與讀寫互動能力的教學目標。

三　教學主軸、目標與教學流程

（一）教學主軸與目標

以三篇互文性教材為「讀寫互動」教學範疇，主要分兩階段進行，其教學目標如下：

階段	「讀寫互動」主軸	教學目標說明	互文性教材
第一階段	1.「讀」：兩文本閱讀與比較 2.「寫」： （1）〈許〉文之文章解讀寫作 （2）兩文本「主題」互文性之短文寫作	1.「主題」的互文： （1）「人」與「妖（物）」相戀生子主題 （2）親子（母子）情感主題 （3）敘事觀點：前者——第一人稱（兒子）／後者——第三人稱敘事觀點 2.「文體」的互文：白話散文與文言短篇小說文體	1. 張曉風〈許士林的獨白〉 2. 蒲松齡《聊齋誌異・翩翩》
第二階段	1.「讀」：兩文本閱讀與比較 2.「寫」：兩文本「主題」與「意象」互文性之文章分析寫作	1.「主題」的互文： （1）「人」與「妖（物）」相戀主題 （2）男女愛情主題 （3）敘事觀點：前者——第三人稱敘事觀點／後者——第三人稱敘事觀點 2.「文體」的互文：文言短篇小說與新詩文體	1. 蒲松齡《聊齋誌異・翩翩》 2. 陳黎《我／城・翩翩》

(二) 教學主題與教材

總授課節數五節，每節課之教學主題、教材及讀寫學習單，表列說明如下：

節數	「讀寫互動」教學主題	互文性教材／學習單
第一節	1. 張曉風〈許士林的獨白〉閱讀理解分析 2. 填寫與檢討張曉風〈許士林的獨白〉閱讀學習單	1. 課本：〈許士林的獨白〉 2. 〈許士林的獨白〉閱讀學習單[20]
第二節	1. 蒲松齡《聊齋誌異・翩翩》小說閱讀與分析 2. 《聊齋誌異・翩翩》單篇小說分析	1. 講義：蒲松齡《聊齋誌異・翩翩》原文（含注釋） 2. 《聊齋誌異・翩翩》閱讀學習單[21]
第三節	1. 蒲松齡《聊齋誌異・翩翩》意象分析 2. 「羅保兒的獨白」短文寫作	1. 《聊齋誌異・翩翩》意象分析學習單[22] 2. 「羅保兒的獨白」短文寫作學習單[23]
第四節	1. 「羅保兒的獨白」短文佳作分享 2. 陳黎《我／城・翩翩》新詩閱讀與分析 3. 〈許士林的獨白〉、《聊齋誌異・翩翩》、《我／城・翩翩》三文本之互文性教學之分析	1. 陳黎《我／城・翩翩》閱讀學習單（含原詩）」[24] 2. 〈許士林的獨白〉與《聊齋誌異・翩翩》、《我／城・翩翩》互文性教學省思與評鑑回饋單[25]

20 〈許士林的獨白〉閱讀學習單，為筆者所設計，詳見後文「表一」。

21 《聊齋誌異・翩翩》小說閱讀學習單，筆者依小說之主題思想、情節、人物、場景、語言文字、敘述觀點等要素，製成表格式學習單，詳見後文「表二」。

22 為筆者所設計，詳見「附錄四」。

23 為筆者所設計，詳見「附錄四」。

24 為筆者所設計，詳見「附錄三」。

25 為筆者所設計，詳見後文「表四」。

節數	「讀寫互動」教學主題	互文性教材／學習單
第五節	1. 寫作練習：〈許士林的獨白〉文章閱讀理解分析——文章解讀 2. 寫作練習：蒲松齡《聊齋誌異・翩翩》及陳黎《我／城・翩翩》——文章分析 3. 課後延伸活動說明	1. 〈許士林的獨白〉「文章解讀」題型之寫作學習單[26] 2. 蒲松齡《聊齋誌異・翩翩》及陳黎《我／城・翩翩》互文性之「文章分析」題型寫作學習單[27] 3. 「〈翩翩〉影像故事創作活動」說明單[28]

(三) 教學流程

教學活動安排方式，主要採由「讀」到「寫」進行，茲將教學流程表列說明如下：

讀寫主軸	教學流程
第一節：讀	1. 先：自學〈許士林的獨白〉(課前預習及課堂 10 分鐘) （1）課前自修：閱讀〈許士林的獨白〉原文 （2）課堂上：學生填寫自己的「〈許士林的獨白〉閱讀學習單」 （3）老師於此時，在黑板畫出「七～八個專題」區塊：包含「意象」、「修辭」、「詞彙」、「文法」、「章法」、「主題」、「風格」等 2. 中：共學〈許士林的獨白〉(課堂 30 分鐘)，合作完成學習單，方式有二： （1）方式一：分排抽籤，抽出各排負責的專題，分排討論後，各排派一至兩位代表將討論結果寫在黑板專題欄位中（約 30 分鐘），實施班級：211

26 為筆者所設計，詳見「附錄五」。

27 為筆者所設計，詳見「附錄六」。

28 為筆者所設計，詳見「附錄九」。

讀寫主軸	教學流程
	（2）方式二：不分組討論，學生自己填寫學習單，但黑板上仍區隔出各專題，由學生自動上台選定各專題，寫出自己的分析（於填寫項目前寫上座號，可個人加分），以提供班上同學參考（約30分鐘），實施班級：210、217 3. 後：檢討與分析〈許士林的獨白〉閱讀各專題，完成個人學習單（課堂10分鐘）
第二節：讀	1. 先：自學蒲松齡《聊齋誌異・翩翩》（課前預習） （1）課前自修閱讀原文：《聊齋誌異・翩翩》 （2）課前發下「《聊齋誌異・翩翩》閱讀學習單」，自行閱讀重點（可與同學討論） 2. 後《聊齋誌異・翩翩》：自學＋共學（課堂50分鐘） （1）老師指導學生研讀與分析小說內容，並作分析（25分鐘） （2）學生當堂完成自己學習單」（可與同學討論，約25分鐘）
第三節：讀／寫	1. 先：自學＋共學——蒲松齡《聊齋誌異・翩翩》意象分析（25分鐘） （1）老師指導學生研讀與分析《聊齋誌異・翩翩》意象經營特色 （2）老師於黑板畫出「意象」專題區塊，由學生自願上台填寫，提供班上同學參考 （3）學生填寫完成個人的「蒲松齡《聊齋誌異・翩翩》意象分析學習單」 2. 後：寫作練習——《聊齋誌異・翩翩》之「羅保兒的獨白」短文寫作（25分鐘）
第四節：讀／寫	1. 先：「羅保兒的獨白」短文寫作之佳作分享（10分鐘） 2. 中：自學＋共學——陳黎《我／城・翩翩》閱讀理解與鑑賞分析（25分鐘） （1）閱讀分析原詩 （2）發下「《我／城・翩翩》閱讀學習單」填寫（可與同學討論） 3. 後：〈許士林的獨白〉、《聊齋誌異・翩翩》、《我／城・翩翩》三文本比較（10分鐘），老師從辭章內涵的各專題（「意象」、「修辭」、

讀寫主軸	教學流程
	「詞彙」、「文法」、「章法」、「主題」、「風格」、「文體」）切入，鼓勵學生發表三文本的異同處 4. 課後：學生於課後填寫完成「〈許士林的獨白〉與〈翩翩〉互文教學之省思與評鑑回饋單」，並於下一堂國文課交回
第五節：寫	1. 先：從內容與形式之閱讀理解分析，回顧三篇文本（10 分鐘） 2. 後：寫作練習——以「文章解讀」與「文章分析」題型進行，以測驗學生對文本的閱讀理解與語文表達能力，讓學生於課堂中完成以下兩份寫作單（40～50 分鐘） （1）〈許士林的獨白〉「文章解讀」題型之寫作學習單 （2）《聊齋誌異．翩翩》及《我／城．翩翩》互文性「文章分析」題型寫作學習單 3. 課後延伸活動說明（5 分鐘）：說明「〈翩翩〉影像故事影片創作活動」，發下活動說明單，鼓勵對動畫影像設計有興趣的學生參與

四　教學成果

活動方式結合團體分組討論（共學）與個人閱讀分析（自學）兩種方式，期使學生能充分深入文本內涵，以下依序呈現教學活動成果：

（一）「讀」的方面

1 「讀」——閱讀理解分析之課堂活動：以〈許士林的獨白〉之閱讀分析活動為例

（1）活動方式一——分排討論共學：

就文本之「閱讀理解與鑑賞分析」學習單各專題，分排抽籤，選出各排負責上的專題，分排討論後，上台寫在黑板，以 211 課堂為例：

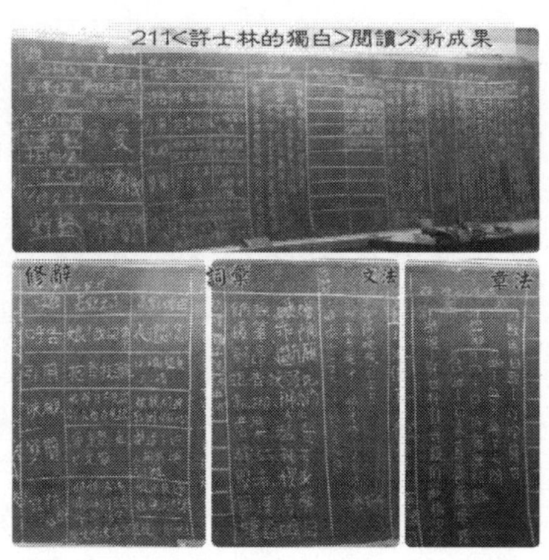

（2）活動方式二——自學與分享：

學生自己填寫學習單，黑板上仍區隔出各專題，再由學生自由上台選定各專題，填寫出自己的分析，提供同學參考，以 210、217 課堂為例：

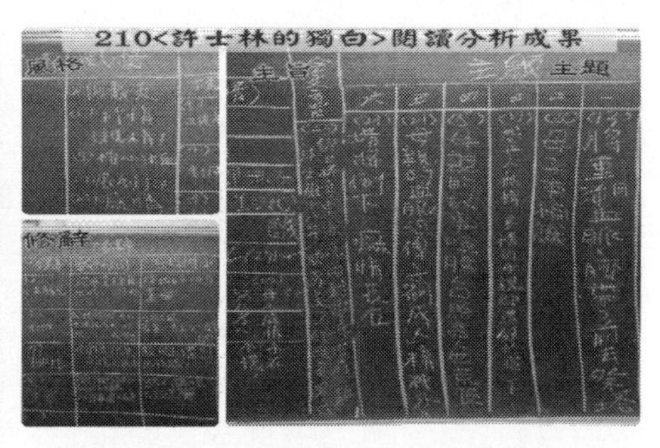

2 「讀」——三文本閱讀理解分析之成果：

（1）閱讀學習單設計理念與教學方式：

依文本性質與閱讀分析之辭章內涵專題，設計三份閱讀學習單，學生填寫方式採「自學」與「共學」方式並行，先以〈許士林的獨白〉學習單為基礎，並規定此項為必交作業，而後進行《聊齋誌異・翩翩》閱讀學習單及《我／城・翩翩》閱讀學習單之閱讀分析與填寫，後兩項學習單的填寫，採取「寫作練習」成績「加分」的方式進行，鼓勵學生自動繳交。

（2）〈許士林的獨白〉閱讀學習單之成果：

a 採「自學」與「共學」方式並行，為必交作業，成績如下[29]：

210：全班 38 人，成績 A－以上共 37 人，其中 A+有 7 人，A 有 21 人，A－有 9 人。

211：全班 39 人，成績 A－以上共 35 人，其中 A+有 8 人，A 有 21 人，A－有 6 人。

217：全班 41 人，成績 A－以上共 40 人，其中 A+有 6 人，A 有 24 人，A－有 10 人。

b 老師於下一節課進行此項學習單之檢討。學習單與學生成果示例，如下「表一」：

29 繳交狀況與成績表，參見「附錄七」。

文章閱讀理解與鑑賞分析

二年十七班十五號
姓名：魏○圻

篇名：許士林的獨白——獻給那些暌違母顏比十八年更長久的天涯之人

出處：《步下紅毯之後》　作者：張曉風

綜合	文體	散文	
	風格	情意複疊、情境鮮明，文情並茂	
	主題	作者想表達什麼想法？	
		一駐馬自聽	自問身世，何以自身只能追溯，溯那親情。
		二認取	日日見家家戶戶婦女，認取娘的身影，我，源於娘親，卻不能見。
		三湖	娘想成人不能成，而人生為人，不願為。
		四雨	人間無常，娘不能歸，子不能見。有相逢，必有別。
		五合鉢	即使鉢罩得住你，罩不住我的孑嗣、你的血源。
		六祭塔	在塔前這一拜。而對你不盡的思，是否能撼動這巨塔？
		請用一句話說明主旨：娘，我還在想你！（即使離了這十八年，也離不了我滿腔思念）	
寫作技巧特色	文本內容	意象	令我有感覺的意象是哪些？
		象（人事／景物）	意（情／理）
		1.雷峰塔	壓抑心中所愛。
		2.傘	人間聚散。
		3.紅袍	不論時間如何流逝，我依舊是娘的孩子。
		4.斷橋	即將離別。
		5.世間女子	對娘的意象，思情。
		修辭	有哪些修辭是亮點？為什麼？ 1.設問：都說……鎖得住嗎？ 2.倒反：娘，你來到西湖……〔啊〕！ 3.譬喻：我是小者……環鏈。 4.呼告：娘，且受孩兒這一拜。 5.排比：我們要的是……故事。 6.對偶：湖色千頃……是空明。 [illegible]
		詞彙	令我有感覺的文字／詞彙是哪些？為什麼？ 夕照、芳馨、輝耀、晴嵐、蒼穹、冥漠、倏然、酸楚、絮絮、噯噯、渾沌、哀鳴、骨肉撕離、寒碧、悽傷。美中帶了無限的遺憾
	文本形式	章法	底（背景）〈先：駐馬自聽—得知娘的故事；後：認取—尋母意象〉；圖（焦點）〈因（抒情）〈先：湖—娘想成人；後：雨—相逢即散〉；果：合鉢—鉢罩不住情；果：祭塔—抒發思念〉
		文法	1.長短句：而人間……骨肉撕離。／但是，娘，……看懂了啊！ 2.文白交雜：南屏晚鐘……的人呢？ 3.四字句：萬古乾坤，百年身世／血是溫的，淚是燙的。

(3)《聊齋誌異・翩翩》閱讀學習單之成果：

a 採加分方式，鼓勵學生於課堂後填寫完成，自動繳交，繳交成績如下[30]：

210：全班 38 人，繳交有 27 人，「優良」有 13 人，「尚可」有 14 人。

211：全班 39 人，繳交有 12 人，「優良」有 4 人，「尚可」有 8 人。

217：全班 41 人，繳交有 17 人，「優良」有 15 人，「尚可」有 2 人。

b 老師於下一節課進行此項學習單之檢討。學習單與學生成果示例，如下「表二」：

30 由於採加分方式鼓勵學生填寫，不硬性規定繳交，故而繳交人數較少，繳交狀況與成績表，參見「附錄七」。

2102

單篇小說分析

篇名：翩翩　出處：《聊齋志異》　作者：蒲松齡

	主題思想	妖比人更為人，雖知道身邊人的不良行為，卻還是對他很專情，反而使我們知道妖比人還更為「人」，卻也讓我們明白不是只有人會專情
	情節發展	羅子浮父母早逝→八九歲被叔叔帶大→十四歲去妓院玩染性病→遇女子翩翩→入洞府→入浴溪流→穿大葉製成的衣服→性病結痂→報償歡愛→花城娘子的到來→子浮至地上拾果→碰觸花城娘子鞋→心有妄想→大衣化大葉→子浮羞→後有一子→子浮思鄉邀翩翩同歸→翩翩在→子與花城之女結姻→夫婦喜→子浮攜兒媳回鄉看叔→回洞口→已無翩翩、花城、洞府。 章法：論（異史氏曰）；敘：圖（焦點）：先（翩翩出現）、中（成夫妻；花城娘子出現）、後；底（時空人事）
小說基本要素	人物	圓形（立體、複雜）人物：羅子浮　花城娘子　翩翩 扁形（類型、簡單）人物：羅大業　羅保兒　媼　花城之女 人物：扁形（花城之女、羅保兒、媼、羅大業）；圓形（花城娘子、翩翩、羅子浮）
	敘述觀點	□全知觀點 □小說第一人稱我 □小說第二人稱你 ☑小說第三人稱他或某某
	場景（時/空）變換	（八九歲）（十四歲）十四歲後→ 叔家→妓院→洞府→花娘子到來→與翩翩育有一子→子與花城之女連姻→子浮攜兒媳回叔家→返回石洞→無妻無洞室
	語言文字	文字淺明。 人物對話簡潔、人物性格鮮明。 （抒寫情節、文字技巧）

（4）陳黎《我／城．翩翩》閱讀學習單之成果：

a 採加分方式，鼓勵學生於課堂後填寫完成，自動繳交，繳交成績如下[31]：

210：全班 38 人，繳交有 4 人，「優良」有 4 人。

211：全班 39 人，繳交有 30 人，「優良」有 30 人。

217：全班 41 人，繳交有 4 人，「優良」有 4 人。

b 老師於下一節課進行此項學習單之檢討。學習單與學生成果示例，如下「表三」：

31 由於採加分方式鼓勵學生填寫，不硬性規定繳交，故而繳交人數較少，繳交狀況與成績表，參見「附錄七」。

翩翩　　陳黎

她喜歡吃樹葉
以及一切含葉綠素的
天然或有機食品

她也讓我吃樹葉
並且慢慢地讓它們從我的身上
長出來，成為遮蔽我下體的內褲
成為和紅男綠女們爭奇鬥豔的我的
波羅衫，我的慢跑褲，我的晚禮服

她是一隻披著人皮的狐
而她把樹皮樹葉和對我的愛
披在我身上，讓我光鮮耀人

她翩翩如蝶，我亦如蝶翩翩
我們翩飛歡飛，交頸交尾
不似在人間

但不該的是
我突然想吃生魚片
夜店裡，那些人魚
用她們的肚，她們的胸餵我
讓我加入她們的魚水之歡

我竟成為一尾魚，一尾
掉光魚鱗的魚，在回家的路上
看到身上的衣褲鈕扣皆化成枯葉
墜落一地

閱讀理解與鑑賞分析

班級：719　座號：19　姓名：鄭○璇

綜合	文體	新詩（出自陳黎《我／城》詩集）	
	風格	很會用轉化、譬喻，婉轉描述，栩栩如生帶點諷刺。	
	主題	作者想表達什麼想法？以男人的觀點來看男人。	
寫作技巧特色・文本內容	意象	象（人事／景物）：紅男綠女：塵俗中的愛。魚鱗：赤裸的衣褲鈕扣化為枯葉：翩翩不愛他了。	意（情／理）：她是一隻披著人皮的狐，而她把樹皮樹葉和對我的愛披在我身上，讓我光鮮耀眼 ↓ 翩翩不是人，也是[illegible]
	修辭	運用了哪些修辭？文句是？看到身上的衣褲鈕扣皆化成枯葉墜落一地→視覺摹寫；她翩翩如蝶，我亦如蝶翩翩→回文、類疊、譬喻。有哪個修辭是亮點？為什麼？我竟成為一尾魚，一尾掉光魚鱗的魚→譬喻（暗喻）把自己譬喻成魚→樹葉做的衣服掉光，翩翩離開了。	
	詞彙	令我有感覺的文字／詞彙是哪些？為什麼？我突然想吃生魚片 ↓ 感覺的出來男性的情色，受不了的感覺	
文本形式	章法	因：她是一隻披著人皮的狐，她把樹皮樹葉和對我的愛披在我身上。因：但不該的是我突然想吃生魚片。果：我竟成為一尾魚，一尾掉光魚鱗的魚。	
	文法	疊字詞→她翩翩如蝶，我亦如蝶翩翩。	

(二)「寫」的方面

1 「讀寫互動」教學設計之一:〈許士林的獨白〉文章解讀

(1) 題目設計理念如下:

此「讀寫互動」教學,以〈許士林的獨白〉段落文意為範圍,考察學生擷取文章訊息與解釋「意象」及理解「主題」的閱讀能力,題目[32]如下:

張曉風〈許士林的獨白——獻給那些睽違母顏比十八年更長久的天涯之人〉一文,以許士林(許士林是白蛇故事中白素貞和許仙的兒子)「獨白」敘述觀點行文,全文分六節,依次為「一 駐馬自聽」、「二 認取」、「三 湖」、「四 雨」、「五 合鉢」、「六 祭塔」,但作者特別於文末「後記」:「許士林是故事中白素貞和許仙的兒子,大部分的敘述者都只把情節說到「合鉢」為止,平劇中「祭塔」一段並不經常演出,**但我自己極喜歡這一段,我喜歡那種利劍斬不斷,法鉢罩不住的人間牽絆,本文試著細細表出許士林叩拜囚在塔中的母親的心情。**」

根據上述「後記」內容,請閱讀下列「祭塔」一段文字,回答:

(一) 作者藉許士林祭塔的獨白,所要表達的「人間牽絆」為何?從此節的哪些文字可以看出來?請至少舉出三處為例。(4 分)

(二) 承上題,作者在此節運用哪些寫作技巧,以凸顯那種「利劍斬不斷,法鉢罩不住」的感受?效果如何?請至少舉出三處為例。(5 分)

請將答案標明(一)(二)書寫,(一)(二)合計文長約 100~150 字。

32 此項文章解讀學習單,參見「附錄五」。

（2）〈許士林的獨白〉文章解讀之學習單成果：

a 此項讀寫互動習作，為必交作業，總分為 9 分，成績如下[33]：

310：33 人繳交，9 分有 1 人，8 分有 7 人，7 分有 8 人，6 分有 15 人，5 分有 2 人。

311：35 人繳交，9 分有 4 人，8 分有 6 人，7 分有 7 人，6 分有 10 人，5 分有 5 人。

317：34 人繳交，9 分有 4 人，8 分有 10 人，7 分有 8 人，6 分有 6 人，5 分有 3 人。

b 學生創作成果示例如下：

（a）例一：

（一）此篇文章所要表達的是母子之間的濃厚親情，從「紅通通的赤子」、「法鉢罩不住的柔情」、「如果我能重還為你當年懷中的赤子」可以看出即使無法相見，母子之間的情感卻濃厚無比。

（二）運用轉化，將抽象的柔情化作法缽無法罩住的東西；運用映襯，把會倒的塔與長存的痴作對比，突顯她對人間的痴；運用譬喻，把許士林的舉動暗喻為胎動，即使鎮在塔下，白素貞依舊能感知。（310 侯○瀚）

（b）例二：

（一）作者藉許士林的獨白，所要表達的人間牽絆是渴望母愛，思念母親的情懷。由「如果我能重還為你當年懷中的赤子」、「我是你的兒」、「扯你，牽你」可看出來。

（二）作者運用了呼告技巧，一直呼喚「娘」，表現出急切激動之情。誇飾法，例如豁然撕裂、倏然崩響，刻畫出鮮明的感受。轉

33 為原三個班級（已升高三）進行評量，習作時間為高三上學期。詳見注 11。繳交狀況與成績表，參見「附錄八」。

化，例如骨中的酸楚，血中的辛辣，令人深刻地感受文中想表達的情感。（311 王〇淳）

2「讀寫互動」教學設計之二：「〈許士林的獨白〉與《聊齋誌異・翩翩》互文性」之「羅保兒的獨白」短文創作

（1）題目設計理念：

以「〈許士林的獨白〉與《聊齋志異・翩翩》」兩文本為範疇，針對「親情主題」及以「人子角色」，設計短文創作題目[34]如下：

羅保兒十四歲時，離開了自小與娘親翩翩相依相守的山洞石室，偕同妻子，隨父親回鄉與叔公相聚，然不久再回石洞探視娘親時，卻已黃葉滿徑，洞口雲迷，而零涕而返。故事至此結束。

如果請你再續寫一段，你會如何安排？如果情節設定前提是：翩翩娘親在此故事的續集不再出現，你會不會讓保兒再次尋母？不管會或不會，請以「羅保兒的獨白」為題，設想保兒對娘親的一段獨白，並預設時、地、場景，以第一人稱「我」為敘述觀點，寫出他對翩翩娘親的思念與心靈對話。文長 300 字內。寫作時間：25 分鐘。

時：＿＿＿＿＿＿地：＿＿＿＿＿＿場景：＿＿＿＿＿＿

（2）「羅保兒的獨白」短文創作學習單之成果：

a 此項讀寫互動習作，為必交作業，成績如下[35]：

210：全班 38 人，33 人繳交，成績 A－以上共 33 人，其中 A＋有 12 人，A有 6 人，A－有 8 人。

211：全班 39 人，32 人繳交，成績 A－以上共 26 人，其中 A＋有 15 人，A有 5 人，A－有 6 人。

34 此項短文寫作學習單，參見「附錄四」。

35 繳交狀況與成績表，參見「附錄七」。

217：全班 41 人，32 人繳交，成績 A－以上共 19 人，其中 A＋有 11 人，A 有 3 人，A－有 5 人。

b 學生創作成果示例如下：

（a）＿18 歲時＿地：＿石洞前＿場景：＿黃葉滿徑洞口雲迷＿

娘！妳到底在哪！自四年前妳離奇消失，回家後，我就四處探聽妳的消息，市集、農村、荒野、深山……好幾次瞧見似妳的背影，我就樂不可支的衝上前，但回應我的卻是一張張陌生的臉。

妳恨爹嗎？恨他忘恩、恨他死性不改、恨他四處留情？如果因此妳選擇離去，娘，我不盼妳原諒爹，但妳還有我，我可想妳得緊！

又或是妳不能長久逗留人間，終究妳得返回仙界，但妳怎麼能不和我道別，逕自瀟灑的走！還年幼的我怎麼會知道，四年前一別，竟留給我滿腹的酸苦和思念！

娘，我還在等妳，也在找妳，我有些累了，似是無盡的等待惹來寂寞，巨大的寂寞將我淹沒。知道妳疼我，請排除一切，見我一面！

（210 劉○皓）

（b）時：＿6 年後＿地：＿石洞＿場景：＿石洞內＿

娘！六年了，孩兒整整思念了六年，在這兩千多個日子中，我念著您柔美的顏、輕柔的語，念著您那纖細卻又蘊含堅韌的手臂，輕輕環繞著我單薄的身軀！曾經，孩兒總怨自己不夠強壯，不夠有能力保護娘，而如今孩而已行冠禮，然而，娘您又在哪呢？是否偷偷躲在石洞之隅，瞯看孩兒，又是否像您的名一樣，化蝶翩翩，遠離父親的輕浮，遠離那日復一日的勞苦？

在娘離開了和孩兒相依相守的石洞後，這兒便如同漫漫深淵，枯黃的葉，瀰漫的雲佔滿了曾經的回憶，所以我逃，我逃離，但最終還是逃離不了和娘繫纏的緣份；當我再踏上石洞內布滿枯葉的地，孩兒將如破蛹而出般，化蝶翩翩，振翅高飛，娘，既然有緣，千里必會相見。

（211 呂○琳）

3「讀寫互動」教學設計之三：「《聊齋誌異・翩翩》及《我／城・翩翩》互文性」文章分析題型之寫作練習

（1）題目設計理念：

以「蒲松齡《聊齋誌異・翩翩》及陳黎《我／城・翩翩》」兩文本為範疇，以兩文「意象」、「主題」的異同處為分析重點，考察學生在擷取訊息（意象）、發展解釋（意象）、省思評鑑（意象、主題）之閱讀理解能力，設計文章分析之題目[36]如下：

> 閱讀甲、蒲松齡《聊齋誌異・翩翩》及乙、陳黎《我／城・翩翩》兩文本後，回答問題。
>
> （一）從甲、乙兩文中的哪些地方，可判斷出翩翩非人類？請分別說明之。請至少各舉出三處為例。（6分）
>
> （二）就羅子浮與翩翩的愛情故事情節安排來看，試分析從甲、乙兩文的異同處為何？（6分）
>
> （三）從羅子浮的行為表現之描述來看，試分析甲、乙兩文對羅子浮的性格與行為的評價角度為何？並進一步提出你自己的看法。（6分）
>
> 答案請標明（一）、（二）、（三）書寫，（一）、（二）、（三）合計文長約 250-30 字。

（2）「《聊齋・翩翩》及《我／城・翩翩》互文性」文章分析之成果：

a 此項讀寫互動習作，為必交作業，總分為 18 分，成績如下[37]：

---

36 文章分析寫作學習單，參見「附錄六」。

37 為原三個班級（已升高三）進行評量，習作時間為高三上學期。詳見注 11。繳交狀況與成績表，參見「附錄八」。

310：26 人繳交，17-18 分有 6 人，15-16 分有 8 人，13-14 分有 6 人，11-12 分有 3 人。

311：25 人繳交，17-18 分有 0 人，15-16 分有 3 人，13-14 分有 6 人，11-12 分有 9 人。

317：25 人繳交，17-18 分有 0 人，15-16 分有 6 人，13-14 分有 8 人，11-12 分有 4 人。

b 學生創作成果示例如下：

(a)（一）甲文中可見翩翩化葉為衣，取山葉呼作餅，翦作雞魚等特異功能，看出其非人類。而乙文則提及她喜歡吃樹葉、讓作者（男主角）長出樹葉，並直指她是「披著人皮的狐」。

（二）甲乙兩文皆提及翩翩提供主角物質資源，還有兩人相愛甚歡以及主角出軌等事，但不同在於甲文兩人重修舊好，並修成正果，乙文則悲劇收場，作者未被原諒。

（三）甲文中羅子浮雖輕浮好色，但在翩翩教化下漸漸改過，最終得到好結局。只能說「成功男人身後，必有偉大女人」，有妻子、家人的男人，會漸漸穩重。乙文中主角雖從愛人得到了物質支持，但克制不了慾望而出軌，最終落得一無所有的下場。但文中主角表達自己「不該的是」，可知其有悔恨羞愧之意。既然曾做出承諾，就應該了解隨之而來的責任，違背承諾，後悔也來不及。（310 陳○均）

(b)（一）從《聊齋．翩翩》中，「女取山葉呼作餅……烹之皆如真者」、「頓覺……悉成秋葉」、「掇拾洞口白雲……如新綿」，從這三例可知，其實翩翩是有法力的，能化腐朽為神奇；而《我城．翩翩》中，「她喜歡吃樹葉」、「長出來，成為遮蔽我下體的內褲」以及「樹皮，樹葉……讓我光鮮亮人」這些都在闡釋其實翩翩是有法力的。

（二）從聊齋中，可看出剛開始就在描述羅子浮的風流；而陳黎並非如此，他從開始就在訴說其實翩翩非人，將翩翩的特色描寫的較為突出；而兩者都有說明翩翩的法力高強，以及羅子浮風流事蹟，將故事情節烘托出高潮。

（三）從甲文可看出，羅子浮的風流從早期處處捻花惹草，到中期遇到翩翩有改善，其後遇花城娘子又故態復萌；而乙文由原文中的清晰形象，以寥寥數字寓褒貶，將評價用第一人稱方式帶出，我想「牛牽到北京還是牛」，是對羅子浮的最佳註解，他終究不改好色本性，我認為他的行為十分不可取，人與人之間貴在真心誠意的相處，而不應只被欲望所誘，這樣終究只是缺乏內涵的膚淺之人。

（310 陳〇勳）

（三）三文本互文性教學之學生回饋

（1）回饋單設計理念：

為確認學生對此互文性教學的統整與理解程度，故設計了「三文本之省思與評鑑回饋單」，從文本內涵各層面切入，以考察學生對此互文性教學之學習成效。

（2）回饋單之成果：

a 此項回饋單，為必交作業，成績如下[38]：

210：全班 38 人，33 人繳交，「特優」有 14 人，「優」有 16 人，「尚可」有 3 人。

211：全班 39 人，30 人繳交，「特優」有 5 人，「優」有 17 人，「尚可」有 8 人。

217：全班 41 人，32 人繳交，「特優」有 7 人，「優」有 18 人，「尚可」有 7 人。

---

38 為高二時所作，繳交狀況與成績表，參見「附錄七」。

b 回饋單及學生成果示例，如下「表四」：

「〈許士林的獨白〉與《聊齋・翩翩》及《我城・翩翩》互文教學」 省思與評鑑 回饋單

2 年 11 班 座號：10
姓名 徐○

【省思與評鑑──思辨提問】

1－1・就「文體」而言，我覺得三篇文章在敘寫故事上的優勢或特色，各有哪些？
1－2・承上，就「文本內容（修辭／詞彙／意象）」與「文本形式（章法／文法）」及「文本統合（文體／主題／風格）」三層面來比較，這三篇文章，哪一篇令你印象最深刻或最有感覺？並依印象或感覺深淺程度，依序標出１２③，並簡要說明有感覺的面向式哪些及其理由。

篇名	文體	1-1 優勢或特色（至少 20 字以上）	1-2 感受程度	1-2 感受程度有別的理由（至少 20 字以上）
〈許士林的獨白〉	散文	特色：綰古典於現代，在白話文中又有一股古典的韻味。情感真摯，筆鋒婉轉，用字精鍊。	3	內容：用字很古典，很喜歡。形式：運用許多長短句。統合：優美婉約
《聊齋・翩翩》	小說	特色：字中有圖畫，以敘事中隱含深刻的道理。	1	內容：詞彙多艱澀拗口。統合：主題扣緊「一字」，訴說凡人終究被世間情所困
《我城・翩翩》	新詩	特色：大膽結合甜蜜的戀愛與後段的外遇，強烈的對比令人印象深刻。	2	內容：大膽用字，辭彙意象鮮明 統合：筆鋒魔幻，風格豪放中帶著細膩

2－1・我覺得就「創作者的角度」來說，所想要塑造的許士林（白素貞之子）與羅保兒（翩翩之子）兩人的「性格」與「人生觀」是哪些？

人名	2-1 創作者想塑造出的性格與人生觀（至少 30 字以上）
許士林	性格：知恩善報，勇於嘗試自己，堅毅不服輸，孝順。人生觀：看破紅塵，笑天問地，唯我一人，無愧於心。
羅保兒	性格：精明善變，在朝中懂應退，孝順，飲水思源。人生觀：此情等待成追憶，把握世間情，細細品味。

五　教學檢討

此次「讀寫互動」教學活動，就「讀」與「寫」兩方面來看，其教學成效如下：

（一）「讀」的方面：以課本範文〈許士林的獨白〉為閱讀起點，而後延伸至「蒲松齡《聊齋誌異・翩翩》及陳黎《我／城・翩翩》兩文本；在作業要求方面，「〈許士林的獨白〉閱讀學習單」是在課堂上經過「自學」與「共學」方式的討論，並要求學生於當堂課內填寫完成，屬必交作業，是故，三班學生在「繳交狀況」與「成績表現在A－以上」兩個向度上，皆可達到班級人數的五分之四以上；另外，「蒲松齡《聊齋誌異・翩翩》及陳黎《我／城・翩翩》兩文本之閱讀學習單，是採取「加分」方式，鼓勵學生於課後自動填寫後交回，而由繳交學習單的數量來看，可知學生對非硬性規定繳交的作業要求，即使有「加分」誘因，但顯然對學生的激勵仍不夠強烈，所以缺交數量偏多，然而，若從繳交的學習單內容質量來看，則可發現，其成績多屬優質，亦可見出，若有自動積極的作業態度，其學習質量是正面的。

（二）「寫」的方面：設計三項寫作題型，分別是：「〈許士林的獨白〉文章解讀」、「〈許士林的獨白〉與《聊齋誌異・翩翩》之『羅保兒的獨白』短文創作」、「蒲松齡《聊齋誌異・翩翩》及陳黎《我／城・翩翩》互文性之文章分析」，以作為檢驗學生「從閱讀到寫作」的效能之參考依據；另外，課程結束前，讓學生填寫「三文本之省思與評鑑回饋單」，以考察學生對此互文性教學之整體學習成效。以上四項皆在課堂上進行，並要求於課堂內完成，就三個班級學生在此四項寫作表現的「繳交狀況」與「成績表現在 A－或優以上」兩個向度來看，皆可達到班級人數的三分之二到四分之三以上。

從以上學生「讀」、「寫」成果分析可知，學生在三文本的閱讀與寫作能力的學習成效，屬正向而成長的。

六　省思與展望

經此互文性教學的歷程與結果，可知透過「PISA」與根據辭章意象論之「讀寫互動原理」兩相結合之教學策略，對學生的閱讀與寫作知能來說，具有以下效果：

（一）就閱讀層面來看，閱讀分析兼顧整體辭章內涵，閱讀歷程具系統性：以全觀性閱讀角度來切入文本內涵，結合微觀性理解分析技巧，進而切入文本內容層面之「意象」、「修辭」、「詞彙」內涵與文本形式層面之「文法」、「章法」內涵，以及文本統合層面之「主題」、「文體」、「風格」等內涵，從而地精確掌握每篇文本的整體特色，並使閱讀歷程具系統性，無論是自學或共學，學生皆能以逐項而有層次的閱讀理解分析，使閱讀理解的範疇明確，符合了科學分析方法與精神，也進行了一場知感兼具的閱讀體驗。

（二）就寫作層面來看，精確閱讀文本，有助於深化與活化寫作技巧與效能：此次透過〈許士林的獨白〉與《聊齋誌異・翩翩》及陳黎《我／城・翩翩》三篇文本辭章內涵之會通，由讀到寫，進行「讀寫互動」之教學設計，由結果可知，學生透過對三文本的讀寫分析，除了可深化三文本的閱讀理解分析，更可使其思辨與寫作技巧獲得激盪與活化！目前國文教學在語文表達能力的評量方面，均十分重視「文意解讀／闡釋」與「文章分析」等題型，學生若能精確掌握閱讀理解分析的技巧，除了更能游刃有餘地面對各種文本外，更能由讀到寫，涵容會通，達到提升寫作能力的效果。

（三）就讀寫學習單的設計來看，以辭章內涵為依據，能簡明而有系統地檢核學生讀寫能力：藉由此次的教學策略的實踐，我們發現，若閱讀學習單的設計能以簡明而具專題性的方式，針對辭章各層面來設計，即文本內容層面之「意象」、「修辭」、「詞彙」內涵與文本形式層面之「文法」、「章法」內涵，以及文本統合層面之「主題」、「文體」、「風格」等內涵，能讓學生能快速而有系統地掌握文本的各專題範圍，使學生能在有限教學時間內，展現出極高學習效能。在寫作題型設計方面，亦能以專題性的方式，選定辭章特定內涵作為寫作能力檢核依據，除了可使命題更加精確有效外，更能有效評量學生對文本內涵的理解程度。

（四）就延伸教材的開發來看，精確理解整體辭章內涵，有助於「互文性」教材的篩選：教師進行範文教學時，若能精確掌握範文之內容、形式及統合層面等內涵，即能在「互文性」延伸教材的篩檢與選取上，達到事半功倍效果。以此次互文性教學為例，先由〈許士林的獨白〉範文的「主題」（親情思念——人子思念母親）與「意象」（取材——母親皆非人類，母親皆對愛情主動而執著）作延伸，而與《聊齋誌異·翩翩》形成互文性關係，進一步就兩文本在「文體」（白話散文與文言小說）上的差異，從而比較兩文在「詞彙」、「文法」等內涵的差異；再從《聊齋誌異·翩翩》之「主題」、「意象」作延伸，而與陳黎《我／城·翩翩》形成互文性關係，進一步就兩文本在「文體」（文言小說與新詩）的差異，比較兩文在「修辭」、「文法」等內涵的差異；如此，在延伸教材的選擇上，不僅有所本，更具多元性，使學生既能深入分析個別文本，又能作互文性之綜合比較，增強文本閱讀的類推力與統整力。

（五）就教學活動的翻轉與多元性來看，結合「PISA」與「讀寫互動原理」策略，可謂掌握讀寫軸心知能：以此次教學策略所搭配的教學活動來看，是以三文本之辭章內涵為閱讀核心知能，希望學生能熟習閱讀分析辭章內涵之軸心知能，輔以 PISA 閱讀歷程，進而提高其閱讀效能，故教學活動形式包含了自學（預習文本、自行分析文本後填寫學習單）、共學（分排討論辭章內涵專題、與同學討論、參考同學分析）、老師講述或提示、老師提問、師生討論、寫作練習、佳作分享（黑板專題分析成果、學習單、文章佳作）等等，如此，教學活動方式充滿彈性，自然可呈現出開放而多樣的教室風景；另外，更可開展出課堂外的風景——由學生個人或分組，就指定之文本，選定該文本辭章內涵之若干專題，尋找「互文性」延伸教材，進行閱讀報告或讀寫互動創作，使學生的讀寫知能，得到進一步深化與活化的效果。

七　結語

在國文教學過程中，教師運用其「結合『PISA 之閱讀素養與閱讀歷程策略』與『讀寫互動原理』的教學能力」，能執簡馭繁地面對各種範文、「互文性」延伸教材等讀寫課題，運用各種教學方式，以達到深化與活化學生的閱讀與寫作知能的目標；如此，在翻轉教學的風潮中，將能使國文教學的飛輪走得更穩更快更遠！

參考文獻

〔清〕蒲松齡　《聊齋誌異（會校會註會評本）》　第一冊卷三　收入《四部刊要》　臺北市　漢京文化公司　1984 年

〔清〕蒲松齡著，任篤行、劉湥注譯　《新譯聊齋誌異選》第一冊　臺北市　三民書局　2012 年

仇小屏　《寫作能力簡介・「限制式寫作」之理論與應用》　臺北市　萬卷樓圖書公司　2005 年

李玉平　《互文性：文學理論研究的新視野》　北京市　商務印書館　2014 年

陳滿銘　《意象學廣論》　臺北市　萬卷樓圖書公司　2006 年

陳滿銘　《章法結構原理與教學》　臺北市　萬卷樓圖書公司　2007 年

陳　黎　《我／城》　臺北市　二魚文化公司　2011 年

高中國文課本第四冊　臺北市　龍騰文化公司　2014 年

附錄一

張曉風〈許士林的獨白〉原文

〈許士林的獨白——獻給那些睽違母顏比十八年更長久的天涯之人〉

張曉風

一　駐馬自聽

我的馬將十里杏花跑成一掠眼的紅煙，娘！我回來了！

那尖塔戳得我的眼疼，娘，從小，每天，它嵌在我的窗裡，我的夢裡，我寂寞童年唯一的風景，娘。

而今，新科的狀元，我，許士林，一騎白馬一身紅袍來拜我的娘親。

馬踢起大路上的清塵，我的來處是一片霧，勒馬蔓草間，一垂鞭，前塵往事，都到眼前。我不需有人講給我聽，只要溯著自己一身的血脈往前走，我總能遇見你，娘。

而今，我一身狀元的紅袍，有如十八年前，我是一個全身通紅的赤子。娘，有誰能撕去這襲紅袍，重還我為赤子？有誰能摶我為無知的泥，重回你的無垠無限？

都說你是蛇，我不知道，而我總堅持我記得十月的相依，我是小渚，在你初暖的春水裡被環護，我抵死也要告訴他們，我記得你乳汁的微溫。他們總說我只是夢見，他們總說我只是猜想。可是，娘，我知道我是知道的，我知道你的血是溫的，淚是燙的，我知道你的名字是「母親」。

而萬古乾坤，百年身世，我們母子就那樣緣薄嗎？才甫一月，他們就把你帶走了。有母親的孩子可聆母親的音容，沒母親的孩子可依向母親的墳頭，而我呢，娘，我向何處破解惡狠的符咒？

有人將中國分成江南江北，有人把領域劃成關內關外，但對我而言，娘，這世界被截成塔底和塔上。塔底是千年萬世的黝黑渾沌，塔外是荒涼的日光，無奈的春風和忍情的秋月……。

塔在前，往事在後，我將前去祭拜。但，娘，此刻我徘徊佇立，十八年，我重溯斷了的臍帶，一路向你泅去，春陽曖曖，有一種令人沒頂的怯懼，一種令人沒頂的幸福。塔牢牢地楔死在地裡，像以往一樣牢，我不敢相信你馱著它有十八年之久，我不能相信，它會永永遠遠鎮住你。

十八年不見。娘，你的臉會因長期的等待而萎縮乾枯嗎？有人說，你是美麗的，他們不說我也知道。

二　認取

你的身世似乎大家約好了不讓我知道，而我是知道的。當我在井旁看一個女子汲水，當我在河畔看一個女子洗衣，當我在偶然的一瞥間看見當窗繡花的女孩，或在燈下衲鞋的老婦，我的眼眶便乍然溼了。娘，我知道你正化身千億，向我絮絮地說起你的形象。娘，我每日不見你，卻又每日見你，在凡間女子的顰眉瞬目間，將你一一認取。

而你，娘，你在何處認取我呢？在塔的沉重上嗎？在雷峰夕照的一線酡紅間嗎？在寒來暑往的大地腹腔的脈動裡嗎？

是不是，娘，你一直就認識我，你在我無形體時早已知道我，你從茫茫大化中拼我成形，你從冥漠空無處摶我為體。

而在峨嵋山，在競綠賽青的千巖萬壑間，娘，是否我已在你的胸臆中？當你吐納朝霞夕露之際，是否我已被你所預見？我在你曾仰視的霓虹中舒昂，我在你曾倚以沉思的樹幹內緩緩引升。我在花，我在葉，當春天第一聲小草冒地而歡呼時，你聽見我。在秋後零落斷雁的哀鳴裡，你分辨我，娘，我們必然從一開頭就是彼此認識的。娘，真的，在你第一次對人世有所感有所激的剎那，我潛在你無限的喜悅裡，而在你有所怨有所歎的時分，我藏在你的無限淒涼裡，娘。我們必然是從一開頭就彼此認識的，你能記憶嗎？娘。我在你的眼，你的胸臆，你的血，你的柔和如春櫱的四肢。

三　湖

娘，你來到西湖，從疊煙架翠的峨嵋到軟紅十丈的人間，人間對你而言是非走一趟不可的嗎？但裡湖、外湖、蘇隄、白隄，娘，竟沒有一處可堪容你，千年修持，抵不了人間一字相傳的血脈姓氏，為什麼人類只許自己修仙修道，卻不許萬物修得人身跟自己平起平坐呢？娘，我一頁一頁的翻聖賢書，一個一個的去閱人的臉，所謂聖賢書無非要我們做人，但為什麼真的人都不想做人呢？娘啊！閱遍了人和書，我只想長哭，娘啊，世間原來並沒有人跟你一樣癡心地想做人啊！歲歲年年，大雁在頭頂的青天上反覆指示「人」字是怎麼寫的——但是，娘，沒有一個人在看，更沒有一個人看懂了啊！

南屏晚鐘，三潭印月，曲院風荷，文人筆下西湖是可以有無限題詠的。冷泉一逕冷著，飛來峰似乎想飛到哪裡去，西湖的遊人萬千，來了又去了，誰是坐對大好風物想到人間種種就感激欲泣的人呢？娘，除了你，又有誰呢？

四　雨

西湖上的雨就這樣來了，在春天。

是不是從一開頭你就知道和父親注定不能天長日久做夫妻呢？茫茫天地，你只死心塌地眷著傘下的那一剎溫情。湖色千頃，水波是冷的，光陰百代，時間是冷的。然而一把傘，一把紫竹為柄的八十四骨的油紙傘下，有人跟人的聚首，傘下有人世的芳馨，千年修持是一張沒有記憶的空白，而傘下的片刻卻足以傳誦千年。娘，從峨嵋到西湖，萬里的風雨雷雹何嘗在你意中，你所以眷眷於那把傘，只是愛與那把傘下的人同行，而你心悅那人，只是因為你愛人世，愛這個溫柔綿纏的人世。

而人間聚散無常，娘，傘是聚，傘也是散，八十四支骨架，每一支都可能骨肉撕離。娘啊！也許一開頭你就是都知道的，知道又怎樣，上天下地，你都敢去較量。你不知道什麼叫生死，你強扯一根天上的仙草而硬把人間的死亡扭成生命。金山寺一鬪，勝利的究竟是誰呢？法海做了一場靈驗的法事，而你，娘，你傳下了一則喧騰人口的故事。人世的荒原裡誰需要法事？我們要的是可以流傳百世的故事，可以乳養生民的故事，可以輝耀童年的夢寐和老年的記憶的故事。

而終於，娘，繞著那一湖無情的寒碧，你來到斷橋，斬斷情緣的斷橋。故事從一湖水開始，也向一湖水結束，娘，峨嵋是再也回不去了。在斷橋，一場驚天動地的嬰啼，我們在彼此的眼淚中相逢，然後，分離。

五　合鉢

一隻鉢，將你罩住，小小的一片黑暗竟是你而今而後頭上的蒼穹。娘，我在噩夢中驚醒千回，在那份窒息中掙扎。都說雷峰塔會在夕照裡，千年萬世，只專為鎮一個女子的情癡，娘，鎮得住嗎？我是不信的。

世間男子總以為女子一片癡情，是在他們身上，其實女子所愛的哪裡是他們，女子所愛的豈不也是春天的湖山，山間的晴嵐，嵐中的萬紫千紅，女子所愛的是一切好氣象，好情懷，是她自己一寸心頭萬頃清澈的愛意，是她自己也說不清道不盡的滿腔柔情。像一朵菊花的「抱香枝頭死」，一個女子緊緊懷抱的是她自己亮烈美麗的情操，而一隻法海的鉢能罩得住什麼？娘，被收去的是那樁婚姻，收不去的是屬於那婚姻中的恩怨牽掛，被鎮住的是你的身體，不是你的著意飄散如暮春飛絮般的深情。

——而即使身體，娘，他們也只能鎮住少部分的你，而大部分的你卻在我身上活著。是你的傲氣塑成我的骨，是你的柔情流成我的血。當我呼吸，娘，我能感到屬於你的肺納，當我走路，我想到你在這世上的行跡。娘，法海始終沒有料到，你仍在西湖，在千山萬水間自在的觀風望月並且讀聖賢書，想天下事，與萬千世人摩肩接踵——藉一個你的骨血揉成的男孩，藉你的兒子。

不管我曾怎樣悽傷，但一想起這件事，我就要好好活著，不僅為爭一口氣，而是為賭一口氣！娘，你會贏的，世世代代，你會在我和我的孩子身上活下去。

六　祭塔

而娘，塔在前，往事在後，十八年乖隔，我來此只求一拜——人間的新科狀元，頭簪宮花，身著紅袍，要把千種委屈，萬種淒涼，都併作納頭一拜。

娘！

那豁然撕裂的是土地嗎？

那倏然崩響的是暮雲嗎？

那頹然而傾斜的是雷峰塔嗎？

那哽咽垂泣的是娘—你嗎？

是你嗎？娘，受孩兒這一拜吧！

你認識這一身通紅嗎？十八年前是紅通通的赤子，而今是宮花紅袍的新科狀元許士林。我多想扯碎這一身紅袍，如果我能重還為你當年懷中的赤子，可是，娘，能嗎？

當我讀人間的聖賢書，娘，當我援筆為文論人間事，我只想到，我是你的兒，滿腔是溫柔激盪的愛人世的癡情。而此刻，當我納頭而拜，我是我父之子，來將十八年的愧疚無奈併作驚天動地的一叩首。

且將我的額血留在塔前，作一朵長紅的桃花，笑傲朝霞夕照，且將那崩然有聲的頭顱擊打大地的聲音化作永恆的暮鼓，留給法海聽，留給一駭而傾的塔聽。

人間永遠有秦火焚不盡的詩書，法鉢罩不住的柔情。娘，唯將今夕的一凝目，抵十八年數不盡的骨中的酸楚，血中的辣辛，娘！

終有一天雷峰會倒，終有一天尖聳的塔會化成飛散的泥塵，長存的是你對人間那一點執拗的癡！

當我馳馬而去，當我在天涯地角，當我歌，當我哭，娘，我忽然明白，你無所不在的臨視我，熟知我，我的每一舉措於你仍是當年的胎動。扯你，牽你，令你驚喜錯愕，令你隔著大地的腹部摸我，並且說：「他正在動，他正在動，他要幹什麼呀？」

讓塔驟然而動，娘，且受孩兒這一拜！

後記

一、許士林是故事中白素貞和許仙的兒子，大部分的敘述者都只把情節說到「合鉢」為止，平劇中「祭塔」一段並不經常演出，但我自己極喜歡這一段，我喜歡那種利劍斬不斷，法鉢罩不住的人間牽絆，本文試著細細表出許士林叩拜囚在塔中的母親的心情。

二、此文中「西湖十景」的題詠是清朝的事，但白娘娘的故事卻被馮夢龍設定在宋高宗年代，不過這裡也就沒有十分細究了。（資料來源：張曉風：《步下紅毯之後》）

附錄二

蒲松齡《聊齋誌異・翩翩》原文暨注釋

《聊齋誌異・翩翩》

羅子浮，邠人[1]。父母俱早世[2]。八九歲，依叔大業。業為國子左廂[3]，富有金繒[4]而無子，愛子浮若己出。十四歲，為匪人誘去作狹邪遊[5]。會有金陵娼，僑寓郡中，生悅而惑之。娼返金陵，生竊從遁去。居娼家半年，牀頭金盡[6]，大為姊妹行齒冷[7]。然猶未遽絕之。無何，廣創潰臭[8]，沾染牀席，逐而出。丐於市。市人見輒遙避。自恐死異域，乞食西行；日三四十里，漸至邠界。又念敗絮膿穢，無顏入里門，尚趑趄近邑間[9]。

日既暮，欲趨山寺宿。遇一女子，容貌若仙。近問：「何適？」生以實告。女曰：「我出家人，居有山洞，可以下榻[10]，頗不畏虎狼。」生喜，從去。入深山中，見一洞府[11]。入則門橫溪水，石梁駕之[12]。又數武，有石室二，光明徹照，無須燈燭。命生解懸鶉[13]，浴於溪流。曰：「濯之，創當愈[14]。」又開幛拂褥促寢，曰：「請即眠，當為郎作袴。」乃取大葉類芭蕉，翦綴作衣[15]。生臥視之。製無幾時，摺疊牀頭，曰：「曉取著之。」乃與對榻寢。生浴後，覺創瘍無苦[16]。既醒，摸之，則痂厚結矣。詰旦，將興，心疑蕉葉不可著。取而審視，則綠錦滑絕。少間，具餐。女取山葉呼作餅，食之，果餅；又翦作雞、魚，烹之皆如真者。室隅一甖，貯佳醞，輒復取飲；少減，則以溪水灌益之。數日，創痂盡脫，就女求宿。女曰：「輕薄兒！甫能安身，便生妄想！」生云：「聊以報德。」遂同臥處，大相歡愛。

一日，有少婦笑入，曰：「翩翩小鬼頭快活死！薛姑子好夢，幾時做得[17]？」女迎笑曰：「花城娘子，貴趾久弗涉，今日西南風緊，吹送來也

[18]！小哥子抱得未[19]？」曰：「又一小婢子[20]。」女笑曰：「花娘子瓦窯哉[21]！那弗將來[22]？」曰：「方嗚之[23]，睡卻矣。」於是坐以款飲。又顧生曰：「小郎君焚好香也[24]。」生視之，年廿有三四，綽有餘妍。心好之。剝果誤落案下，俯假拾果，陰捻翹鳳；花城他顧而笑，若不知者。生方怳然神奪[25]，頓覺袍袴無溫；自顧所服，悉成秋葉[26]。幾駭絕。危坐移時，漸變如故。竊幸二女之弗見也。少頃，酬酢間，又以指搔纖掌。城坦然笑謔，殊不覺知。突突怔忡間[27]，衣已化葉，移時始復變。由是慚顏息慮，不敢妄想。城笑曰：「而家小郎子，大不端好！若弗是醋葫蘆娘子[28]，恐跳迹入雲霄去[29]。」女亦哂曰：「薄倖兒[30]，便直得寒凍殺！」相與鼓掌，花城離席曰：「小婢醒，恐啼腸斷矣。」女亦起曰：「貪引他家男兒，不憶得小江城啼絕矣。」花城既去，懼貽誚責；女卒晤對如平時。

居無何，秋老風寒[31]，霜零木脫[32]，女乃收落葉，蓄旨御冬[33]。顧生肅縮[34]，乃持襆[35]掇拾洞口白雲，為絮複衣[36]，著之，溫燠如襦[37]，且輕鬆常如新綿。逾年，生一子，極惠美[38]。日在洞中弄兒為樂。然每念故里，乞與同歸。女曰：「妾不能從；不然，君自去。」因循二三年[39]，兒漸長，遂與花城訂為姻好。生每以叔老為念。女曰：「阿叔臘故大高[40]，幸復強健，無勞懸耿[41]。待保兒婚後[42]，去住由君。」女在洞中，輒取葉寫書教兒讀，兒過目即了。女曰：「此兒福相，放教入塵寰[43]，無憂至臺閣[44]。」未幾，兒年十四，花城親詣送女。女華妝至，容光照人。夫妻大悅，舉家讌集。翩翩扣釵而歌曰[45]：「我有佳兒，不羨貴官。我有佳婦，不羨綺紈[46]。今夕聚首，皆當喜歡。為君行酒，勸君加餐[47]。」既而花城去，與兒夫婦對室居。新婦孝，依依膝下，宛如所生。生又言歸。女曰：「子有俗骨，終非仙品；兒亦富貴中人，可攜去，我不誤兒生平[48]。」新婦思別其母，花城已至。兒女戀戀，涕各滿眶。兩母慰之曰：「暫去，可復來。」翩翩乃翦葉為驢，令三人跨之以歸。大業已老歸林下[49]，意侄已死，忽攜佳孫美婦歸，喜如獲寶。入門，各視所衣，悉蕉葉；破之，絮蒸蒸騰去。乃並易之。後生思翩翩，偕兒往探之，則黃葉滿徑，洞口雲迷，零涕而返。
異史氏曰：「翩翩、花城，殆仙者耶？餐葉衣雲，何其怪也！然幃幄誹謔[50]，狎寢生雛，亦復何殊於人世？山中十五載，雖無『人民城郭』之異[51]；而雲迷洞口，無蹟可尋，睹其景況，真劉、阮返棹時矣[52]。」

【注釋】

[1]邠（ㄅㄧㄣ）：明清州名，在今陝西省彬縣。

[2]早世：早年去世。

[3]國子左廂：明清時國子祭酒的別稱。明初設國子監於南京，由於朱元璋「車駕時幸」，所以「監官不得中廳而坐，中門而立」，而以國子監的東廂房（即左廂）為祭酒治事、休息之所。故相沿以「左廂」代稱祭酒。

[4]繒（ㄗㄥ）：絲織品的總稱。

[5]匪人：品行不端的人。狹邪遊：嫖妓。

[6]牀頭金盡：唐張籍《行路難》詩：「君不見床頭黃金盡，壯士無顏色。」，後以「床頭金盡」（床頭錢財耗盡）比喻錢財用完了，生活受困。

[7]姊妹行（ㄏㄤˊ）：姊妹們。妓女間的互稱。齒冷：嘲笑。因笑必開口，笑久則齒冷。

[8]廣創：創，傷破也；廣創指性病，即梅毒，由粵廣通商口岸傳入，因稱廣創。

[9]趑趄（ㄗ　ㄐㄩ）近邑間：在鄰近的縣境內，徘徊不前。趑趄，徘徊不進貌。

[10]下榻：謂留客住宿。《後漢書．徐穉傳》：「（陳）蕃在郡不接賓客，惟來，特設一榻，去則懸之。」後因稱留客住宿為下榻。

[11]洞府：傳說中的仙人常以山洞為家，故習稱仙人或修道者所居為洞府。

[12]石梁：石橋。

[13]懸鶉：喻破衣。

[14]創（ㄔㄨㄤ）：瘡。

[15]剪綴，裁剪，縫紉。綴，連接。

[16]創瘍：膿瘡。

[17]薛姑子好夢，幾時做得：意謂美滿姻緣，何時結成。薛姑子，未詳。唐・蔣防〈霍小玉傳〉有「蘇姑子作好夢也未？」的問話，與此情事略同。因疑「蘇姑子作好夢」可能是舊時歇後語，謂盼嫁如意郎君。姑子，女冠（女道士）的俗稱。

[18]「今日西南風緊」二句：此為翩翩對花城戲謔之詞，意謂今日好風作美，送你到意中人身邊。曹植《七哀詩》寫思婦云：「願為西南風，長逝入君懷。」後常以西南風喻促成男女歡會的機緣或助力。

[19]小哥子抱得未：猶言小公子生了嗎？小哥子，男孩。抱得，猶云生下。

[20]又一小婢子：又生了個小丫頭。小婢子，猶言小丫頭，對女兒的昵稱。

[21]瓦窯：《詩．小雅．斯干》：「乃生男子，……載弄之璋。乃生女子，……載弄之瓦。」瓦，紡磚，即紡錘，婦人所用，後遂以「紡磚」為女孩的代稱。此戲稱多生或只生女孩的婦女為瓦窯。

[22]那弗將來：何不帶來？將，攜領。

[23]鳴：哄拍幼兒睡眠的聲音；此處用作「哄」。

[24]焚好香：猶言燒了高香；意謂有好運、獲好報。

[25]恍（ㄏㄨㄤˇ）然神奪：恍恍忽忽，神不守舍；謂生邪念。恍，同恍；恍忽。

[20]秋葉：枯葉。

[27]突突怔忡（ㄓㄥ　ㄔㄨㄥ）：心悸不安，形容驚懼。突突，形容心跳劇烈。

[28]醋葫蘆娘子：戲謔語。俗稱在愛情關係上有嫉妒之心為「酸吃醋」。「醋葫蘆」，猶今俗語「醋罐子」。

[29]跳迹入雲霄：猶言騰雲駕霧。意思是蕩檢逾閑，想入非非。

[30]薄倖兒：薄倖，原指薄情，負心；亦是古時女子對情人的一種暱稱。

[31]秋老：秋深。

[32]霜零木脫：霜降葉落。雨露霜雪降落叫零。木，樹葉。蘇軾《後赤壁賦》：「霜露即降，木葉盡脫。」

[33]蓄旨御冬：蓄存食物，準備過冬。《詩．邶風．穀風》：「我有旨亦以御冬。」傳：「旨，美；御，禦也。」

[34]齲縮：因寒冷而縮身戰抖。

[35]襆（ㄆㄨˊ）：同「袱」，包東西的布。如：襆巾。

[36]複衣：有衣裡，內可裝入綿絮的衣服。

[37]溫燠如襦：燠（ㄋㄨㄢˇ），同「暖」；襦（ㄖㄨˊ），短衣，短襖，泛指衣服也。

[38]惠：同「慧」，聰明。

[39]因循：遷延。指仍留洞中。

[40]臘：年歲。

[41]懸耿：耿耿懸念。

[42]保兒：羅子浮與翩翩所生子名。

[43]塵寰：人世間；世俗社會。

[44]臺閣：指宰相、尚書之類的高官；明清稱內閣大學士為閣臣，稱六部尚書、都御史為臺官。

[45]扣釵：用頭釵相敲擊，作為節拍。

[46]綺紈：綺與紈均絲織品，為富貴之家所常用，故以「綺紈」喻富貴。

[47]加餐：多多進食，保養身體。《古詩十九首》之一：「棄捐勿複道，努力加餐飯。」

[48]生平：終身；指一生前途。

[49]老歸林下：告老歸隱。林下，樹林之下，本指幽靜之地，引申指歸隱之所。

[50]幃幄誹謔：指閨房言笑。幃幄，房內帳幕，誹，當作俳（ㄆㄞˊ）。俳謔，戲謔玩笑。

[51]「人民城郭」之異：指年代久遠的人事變遷。丁令威學道千年，化鶴歸遼，徘徊作歌曰：「城郭猶是人民非，何不學仙塚累累。」見《搜神後記》。

[52]真劉、阮返棹時：真像漢代劉晨、阮肇回船重尋天臺仙女時的情形。晉朝宋劉義慶《幽明錄》載：東漢永平年間，浙江剡縣人劉晨、阮肇人至天臺採藥迷路，遇二仙女，邀至其家，殷勤款留半年。劉、阮思家，二女相送指路；既歸，子孫已歷七代。後重入天臺山訪女，則蹤蹤迷路迷，不可復在。返棹，回船。

(參考資料來源：原文及標點，依清‧蒲松齡：《聊齋誌異（會校會註會評本）》，第一冊卷三，四部刊要，（臺北市：漢京文化，1984）；注釋，除參酌前書外，並參酌相關辭典及 http://www.shuzhai.org/gushi/liaozhai/13376.html 網站資料等)

附錄三

陳黎《我／城・翩翩》原詩及閱讀學習單

翩翩　　陳黎

她喜歡吃樹葉
以及一切含葉綠素的
天然或有機食品

她也讓我吃樹葉
並且慢慢地讓它們從我的身上
長出來，成為遮蔽我下體的內褲
成為和紅男綠女們爭奇鬥豔的我的
波羅衫，我的慢跑褲，我的晚禮服

她是一隻披著人皮的狐
而她把樹皮樹葉和對我的愛
披在我身上，讓我光鮮耀人

她翩翩如蝶，我亦如蝶翩翩
我們翻飛歡飛，交頸交尾
不似在人間

但不該的是
我突然想吃生魚片
夜店裡，那些人魚
用她們的肚，她們的胸餵我
讓我加入她們的魚水之歡

我竟成為一尾魚，一尾
掉光魚鱗的魚，在回家的路上
看到身上的衣褲鈕扣皆化成枯葉
墜落一地

（陳黎：《我／城》，二魚文化，2011/05）

陳黎《我城・翩翩》閱讀理解與鑑賞分析學習單

班級：　　座號：　姓名

<table>
<tr><td rowspan="9">寫作技巧特色</td><td rowspan="3">綜合</td><td>文體</td><td colspan="2">新詩（出自陳黎《我／城》詩集）</td></tr>
<tr><td>風格</td><td colspan="2"></td></tr>
<tr><td>主題</td><td colspan="2">作者想表達什麼想法？</td></tr>
<tr><td rowspan="4">文本內容</td><td rowspan="2">意象</td><td>象(人事／景物)</td><td>意（情／理）</td></tr>
<tr><td></td><td></td></tr>
<tr><td>修辭</td><td colspan="2">運用了哪些修辭？文句是？
有哪個修辭是亮點？為什麼？</td></tr>
<tr><td>詞彙</td><td colspan="2">令我有感覺的文字／詞彙是哪些？為什麼？</td></tr>
<tr><td rowspan="2">文本形式</td><td>章法</td><td colspan="2"></td></tr>
<tr><td>文法</td><td colspan="2"></td></tr>
</table>

附錄四

蒲松齡《聊齋誌異・翩翩》意象分析及「羅保兒的獨白」短文寫作學習單

文章閱讀理解與闡發

____年____班　座號：______
姓名________________

篇名：翩翩　出處：《聊齋志異》　作者：蒲松齡

寫作技巧特色	文本內容—意象	令我有感覺的意象是哪些？為什麼？	
		象（人事／景物）	意（情／理）

羅保兒十四歲時，離開了自小與娘親翩翩相依相守的山洞石室，偕同妻子，隨父親回鄉與叔公相聚，然不久再回石洞探視娘親時，卻已黃葉滿徑，洞口雲迷，而零涕而返。故事至此結束。如果請你再續寫一段，你會如何安排？如果情節設定前提是：翩翩娘親在此故事的續集不再出現，你會不會讓保兒再次尋母？不管會或不會，請以「羅保兒的獨白」為題，預想保兒一段對娘親的獨白，並預設時、地、場景，以第一人稱「我」為敘述觀點，寫出他對翩翩娘親的思念與心靈對話。文長３００字內。寫作時間：２５分鐘。

時：________地：________場景：________

羅保兒的獨白

附錄五

張曉風〈許士林的獨白〉文章解讀題型之寫作學習單

〈許士林的獨白〉文章閱讀理解分析：文章解讀

文章解讀（9分）

張曉風〈許士林的獨白——獻給那些睽違母顏比十八年更長久的天涯之人〉一文，以許士林（許士林是白蛇故事中白素貞和許仙的兒子）「獨白」敘述觀點行文，全文分六節，依次為「一　駐馬自聽」、「二　認取」、「三　湖」、「四　雨」、「五　合鉢」、「六　祭塔」，但作者特別於文末「後記」：「許士林是故事中白素貞和許仙的兒子，大部分的敘述者都只把情節說到「合鉢」為止，平劇中「祭塔」一段並不經常演出，**但我自己極喜歡這一段，我喜歡那種利劍斬不斷，法鉢罩不住的人間牽絆，本文試著細細表出許士林叩拜囚在塔中的母親的心情。**」

根據上述「後記」內容，請閱讀框線內「祭塔」一段文字，回答：

(一)作者藉許士林祭塔的獨白，所要表達的「人間牽絆」為何？從此節的那些文字可以看出來？請至少舉出三處為例。（4分）

(二)承上題，作者在此節運用哪些寫作技巧，以凸顯那種「利劍斬不斷，法鉢罩不住」的感受？效果如何？請至少舉出三處為例。（5分）

請將答案標明(一)(二)書寫，(一)(二)合計文長約100～150字（約5～7列）。

六　祭塔

而娘，塔在前，往事在後，十八年乖隔，我來此只求一拜——人間的新科狀元，頭簪宮花，身著紅袍，要把千種委屈，萬種淒涼，都併作納頭一拜。

娘！

那豁然撕裂的是土地嗎？

那倏然崩響的是暮雲嗎？

那頹然而傾斜的是雷峰塔嗎？

那哽咽垂泣的是娘——你嗎？

是你嗎？娘，受孩兒這一拜吧！

你認識這一身通紅嗎？十八年前是紅通通的赤子，而今是宮花紅袍的新科狀元許士林。我多想扯碎這一身紅袍，如果我能重還為你當年懷中的赤子，可是，娘，能嗎？

當我讀人間的聖賢書，娘，當我援筆為文論人間事，我只想到，我是你的兒，滿腔是溫柔激盪的愛人世的癡情。而此刻，當我納頭而拜，我是我父之子，來將十八年的愧疚無奈併作驚天動地的一叩首。

且將我的額血留在塔前，作一朵長紅的桃花，笑傲朝霞夕照，且將那崩然有聲的頭顱擊打大地的聲音化作永恆的暮鼓，留給法海聽，留給一駭而傾的塔聽。

人間永遠有秦火焚不盡的詩書，法鉢罩不住的柔情。娘，唯將今夕的一凝目，抵十八年數不盡的骨中的酸楚，血中的辣辛，娘！

終有一天雷峰會倒，終有一天尖聳的塔會化成飛散的泥塵，長存的是你對人間那一點執拗的癡！

當我馳馬而去，當我在天涯地角，當我歌，當我哭，娘，我忽然明白，你無所不在的臨視我，熟知我，我的每一舉措於你仍是當年的胎動。扯你，牽你，令你驚喜錯愕，令你隔著大地的腹部摸我，並且說：「他正在動，他正在動，他要幹什麼呀？」

讓塔驟然而動，娘，且受孩兒這一拜！

____年____班　座號：______

姓名____________

（請由左至右，橫式書寫）

附錄六

「蒲松齡《聊齋誌異·翩翩》及陳黎《我／城·翩翩》」互文性」文章分析題型之寫作學習單

蒲松齡《聊齋·翩翩》及陳黎《我城·翩翩》：文章分析

文章分析（**18**分）

閱讀甲、蒲松齡《聊齋誌異·翩翩》及乙、陳黎《我城·翩翩》兩文本後，回答問題。

（一）從甲、乙兩文中的那些地方，可判斷出翩翩非人類？請分別說明之。請至少各舉出三處為例。（6分）

（二）就羅子浮與翩翩的愛情故事情節安排來看，試分析從甲、乙兩文的異同處為何？（6分）

（三）從羅子浮的行為表現之描述來看，試分析甲、乙兩文對羅子浮的性格與行為的評價角度為何？並進一步提出你自己的看法。（6分）

答案請標明（一）、（二）、（三）書寫，（一）、（二）、（三）合計文長約250-30字（約12-14 列）。

____年____班 座號：______
姓名________________________

（**請由左至右，橫式書寫**）

附錄七

互文性教學之學生作業成績統計表之一

〈許士林的獨白〉閱讀理解分析、《聊齋．翩翩》、《我城．翩翩》學習單／「羅保兒的獨白」讀寫互動寫作練習

上課班級：210／211／217；上課時間：103學年度第二學期(2015年4月10~15日)；回饋表填寫時間：(2015年5月4日)

210 座號	姓名	A〈許士林的獨白〉學習單	B《聊齋.翩翩》學習單加分	C《我城.翩翩》學習單加分	D 羅保兒的獨白（讀寫互動－寫作）	E 三文互文教學回饋表
01	尤 ○	80	△△	☆	91	☆
02	王○○	85	☆☆☆		95	☆△
03	李○○	80	△△		81	☆△
04	李○○	85			0缺交	☆
05	周○○	75	△		78	☆△
06	林○○	80	☆		85	☆
07	林○○	80	☆		75	☆
08	洪○○	80	△△	☆	86	☆△
09	洪 ○	75	△		70	
10	洪○○	80	☆		90	☆△
11	張○○	85	☆☆		90	☆△
12	張○○	80	☆△	☆	93	☆△
13	陳○○	80	△		78	☆△
14	陳○○	80	△		83	☆△
15	游○○	80	☆△		73	△
16	黃○○	85	☆		85	☆△
17	楊○○	85	△△		71	☆
18	詹○○	80			0缺交	
19	鄒○○	80	☆☆	☆	95	☆△
20	黎○○	80	☆△		83	☆△
21	劉 ○	85	△		78	☆
22	鄭○○	80	△		78	☆△
23	蘇○○	80	△		73	☆
24	吳○○	80	☆		90	☆
25	李○○	80			0缺交	
26	林 ○	0缺交			0缺交	
27	徐○○	75			70	△
28	洪○○	80	△		83	☆
29	張○○	75			85	☆
30	陳○○	85	☆△		88	☆
31	陳○○	75	△		78	☆
32	陳○○	75			0缺交	
33	陳○○	80			70	☆
34	陳○○	80			75	△
35	黃○○	75	△△		76	☆
36	葉○○	80			70	☆
37	劉○○	75	☆		90	☆△
38	蔡○○	75			85	☆
第一類組	成績評分標準	A+85,A80,A-75,B+70,B60,B-50,C+30,C20,C-10	自由繳交(回家作業)－－☆表優良：「羅保兒的獨白」加一級分;△表尚可,加3分		A+85,A80,A-75,B+70,B60,B-50,C+30,C20,C-10	☆△特優:14人,☆優:16人,△尚可:3人
備註	1. 繳交狀況與成績統計	A-以上37人:A+7人,A 21人A-9人,1人缺交	27人繳交;優良:3人,尚可:14人	4人繳交;優良:4人	B+以上共33人,其中A+12人,A 6人,A-8人,B+7人	33人繳交,5人缺交
備註	2. 學習單繳交方式說明	課堂完成	＊自由繳交：繳交B和(或)C學習單者,於「羅保兒的獨白」作文加分		課堂完成	課堂完成

211 座號	姓名	A〈許士林的獨白〉學習單	B《聊齋.翩翩》學習單加分	C《我城.翩翩》學習單加分	D 羅保兒的獨白（讀寫互動－寫作）	E 三文互文教學回饋表
01	王○○	80		☆	85	☆
02	王○○	85		☆	10缺交	☆
03	吳○○	80	△	☆	83	☆
04	呂○○	80	☆△	☆	98	☆△
05	李○○	80	△	☆	88	△
06	李○○	75		☆	80	☆
07	周○○	85		☆	75	☆
08	范○○	75		☆	10缺交	△
09	孫○○	80		☆	80	☆
10	徐 ○	85	☆☆☆	☆	105	☆△
11	張 ○	80		☆	10缺交	☆
12	許○○	80	☆	☆	90	△
13	鄭○○	80	☆☆	☆	100	☆
14	陳○○	85		☆	75	
15	陳○○	85	△	☆	83	☆△
16	曾○○	80	△	☆	83	△
17	馮 ○	80		☆	90	☆
18	黃○○	80		☆	75	△
19	鄒○○	80	△	☆	78	△
20	劉○○	80		☆	85	☆
21	劉○○	80		☆	10缺交	☆
22	謝○○	85	△	☆	88	☆△
23	朱○○	0缺交			0缺交	
24	吳○○	85			75	☆
25	李○○	75		☆	10缺交	△
26	李○○	80			0	☆△
27	林○○	80	△△	☆	86	☆
28	凌○○	0缺交			0缺交	
29	洪○○	75			0缺交	
30	胡○○	0缺交			0缺交	
31	張○○	80		☆	90	
32	張○○	80			0缺交	△
33	陳○○	75			0缺交	
34	陳○○	80		☆	10缺交	☆
35	傅 ○	80		☆	90	☆
36	黃○○	75		☆	85	
37	蔡○○	0缺交		☆	85	
38	簡○○	85	△△	☆	91	☆
39	姚○○	80			75	☆
第一類組	成績評分標準	A+85,A80,A-75,B+70,B60,B-50,C+30,C20,C-10	自由繳交(回家作業)－－☆表優良：「羅保兒的獨白」加一級分;△表尚可,加3分		A+85,A80,A-75,B+70,B60,B-50,C+30,C20,C-10	☆△特優:5人,☆優:17人,△尚可:8人
備註	1. 繳交狀況與成績統計	A-以上35人:A+8人,A 21人A-6人,4人缺交	12人繳交;優良:4人,尚可:8人	30人繳交;優良:30人	B+以上26人,其中A+15人,A5人,A-6人(課堂完成)	30人繳交,9人缺交
備註	2. 學習單繳交方式說明	課堂完成	＊自由繳交：繳交B和(或)C學習單5者,於「羅保兒的獨白」作文加分		6人缺交而有分數,表補交〈翩翩〉學習單加分	課堂完成

217 座號	姓名	A〈許士林的獨白〉學習單	B《聊齋.翩翩》學習單加分	C《我城.翩翩》學習單加分	D 羅保兒的獨白（讀寫互動－寫作）	E 三文互文教學回饋表
01	王○○	80	☆☆	☆	100	☆△
02	王○○	85	☆	☆	90	☆△
03	謝○○	80			85	☆
04	張○○	85	☆△	☆	88	☆
05	許○○	75			75	
06	許○○	80	☆☆		85	☆
07	許○○	75	☆	☆	90	☆△
08	陳○○	80			80	☆△
09	曾○○	80			0缺交	☆
10	鄭○○	75			0缺交	△
11	鄭○○	80			0缺交	
12	盧○○	80			70	△
13	蕭 ○	80			75	△
14	駱○○	80	☆☆		85	☆
15	魏○○	85			85	☆△
16	蘇○○	80			70	△
17	柯○○	80	☆		10缺交	△
18	呂○○	75			60	☆
19	李○○	85			0缺交	
20	李○○	80			0缺交	☆
21	李○○	75	☆△		83	☆
22	李○○	80	☆☆		75	☆
23	李○○	80	☆☆		20	
24	卓○○	80			0缺交	☆
25	周○○	80	☆☆		85	☆
26	林○○	75			60	
27	林○○	75			70	☆
28	康○○	80			75	
29	張○○	80			70	△
30	莊○○	80			85	☆△
31	許○○	70			0缺交	☆
32	許○○	75	☆△		73	☆
33	陳○○	80			70	
34	曾○○	80	☆△		83	☆
35	溫○○	80			0缺交	
36	鄧○○	80			0缺交	☆
37	黃○○	75	△		73	△
38	黃○○	75	☆△		78	☆
39	葉○○	85	△		73	
40	謝○○	85	☆		85	☆△
41	簡○○	80			70	☆
第三類組	成績評分標準	A+85,A80,A-75,B+70,B60,B-50,C+30,C20,C-10	自由繳交(回家作業)－－☆表優良：「羅保兒的獨白」加一級分;△表尚可,加3分		A+85,A80,A-75,B+70,B60,B-50,C+30,C20,C-10	☆△特優:7人,☆優:18人,△尚可:7人
備註	1. 繳交狀況與成績統計	A-以上40人:A+6人,A 24人A-10人	17人繳交;優良:15人,尚可:2人	4人繳交,「優良」4人	B+以上28人,其中A+11人,A3人,A-5人(課堂完成)	32人繳交,9人缺交
備註	2. 學習單繳交方式說明	課堂完成	＊自由繳交：繳交B和(或)C學習單者,於「羅保兒的獨白」作文加分		1人缺交而有分數,表補交〈翩翩〉學習單加分	課堂完成

附錄八

互文性教學之學生作業成績統計表之二

〈許士林的獨白／「羅保兒的獨白」／《聊齋・翩翩》／《我城・翩翩》「讀寫互動」寫作練習成績

上課班級：310／311／317；語文表達能力測驗日期／時間：104學年度第一學期(2015年11月19~20日)／一節課

310	題型	文章解讀（9分）		文章分析（18分）		
	作答時間	20分鐘		30分鐘		
第一類組	題材	許士林的獨白－「祭塔」一段		《聊齋.翩翩》與《我城.翩翩》比較分析		
座號	小題／姓名	(一)4分	(二)5分	(一)6分	(二)6分	(三)6分
01	尤○	3	3	6	4	▲3
02	王○○	4	3	5	6	5
03	李○○	4	4	5	4	5
04	李○○	▲1	5	5	4	5
05	胡○○	4	3	6	6	6
06	林○○	4	4			
07	林○○	3	4	6	5	4
08	洪○○					
09	洪○					
10	涂○○	2	4			
11	張○○	4	3	6	6	4
12	張○○	4	4	6	6	6
13	陳○○	3	5	6	6	▲4
14	陳○○	▲3	4			
15	游○○	▲3	3			
16	黃○○	3	4	6	6	3
17	楊○○	3	3	6	4	▲4
18	詹○○					
19	鄭○○	▲3	3	6	5	▲3
20	黎○○	3	3	6	5	6
21	劉○	2	4	3	5	4
22	鄭○○	3	3	6	6	▲4
23	蘇○○	3	3	4	4	▲4
24	吳○○	4	3	6	6	6
25	李○○	4	3			
27	侯○○	4	5	3	▲3	4
28	柴○○	▲2	4	6	6	▲4
29	張○○	2	4	4	▲3	▲3
30	陳○○	3	3	6	6	6
31	陳○○	4	4	5	▲3	▲3
32	陳○○	4	4	6	6	6
33	陳○○	4	4			
34	陳○○	4	2	3	3	▲3
35	黃○○	1	4	6	4	5
36	葉○○	▲3	3			
37	劉○○	▲3	2	4	4	6
38	藍○○					
備註	1.▲標示之說明	▲表示漏答「人間牽絆」,7人		▲表示未各舉例	▲表示漏答「異」,「同」其中一項,3人	▲表示漏答「自己的看法」,10人
備註	2.繳交狀況與成績	33人繳交，總分9分有1人，8分有7人，7分有8人，6分有15人，5分有2人。缺交4人		26人繳交，總分17~18分有6人，15~16分有8人，13~14分有6人，11~12分有3人，缺交11人		

311	題型	文章解讀（9分）		文章分析（18分）		
	作答時間	20分鐘		30分鐘		
第一類組	題材	許士林的獨白－「祭塔」一段		《聊齋.翩翩》與《我城.翩翩》比較分析		
座號	小題／姓名	(一)4分	(二)5分	(一)6分	(二)6分	(三)6分
01	王○○	3	4	3	6	3
02	王○○	4	5	4	▲2	5
03	吳○○	3	3	5	5	3
04	呂○○					
05	李○○	0	3	6	6	4
06	李○○					
07	邱○○	4	3			
08	范○○	1	4			
09	孫○○	▲3	3	5	▲3	▲3
10	徐○	3	3	5	6	3
11	張○	4	5	6	4	1
12	許○○	▲2	4	6	5	▲3
13	張○○	4	5	4	5	▲3
14	陳○○	▲3	3			
15	陳○○	2	4			
16	曾○○	3	5	4	5	▲4
17	湯○	3	4	6	5	3
18	黃○○	▲3	2	6	▲2	1
19	鄒○○	3	4	3	▲3	4
20	劉○○	▲3	3	▲3	0	0
21	劉○○	▲3	3	5	2	▲2
22	謝○○	4	4	4	6	6
23	朱○○					
24	吳○○	4	4	5	4	▲3
25	李○○	▲3	0	6	4	5
26	李○○					
27	林○○	2	3	4	5	▲2
28	姜○○	4	3			
29	洪○○	4	4			
30	胡○○	▲3	3			
31	張○○	▲3	4			
32	蔡○○	4	0	2	0	0
33	陳○○	▲2	3	1	0	0
34	陳○○	4	5	4	5	▲4
35	傅○	4	3	3	5	▲2
36	黃○○	3	3			
37	蔡○○	4	4			
38	劉○○	▲2	3	5	5	▲2
39	姚○○	4	4	5	4	▲3
備註	1.▲標示之說明	▲表示漏答「人間牽絆」,11人		▲表示未各舉例,1人	▲表示漏答「異」,「同」其中一項,4人	▲表示漏答「自己的看法」,11人
備註	2.繳交狀況與成績	35人繳交，9分有4人，8分有6人，7分有7人，6分有10人，5分有5人。缺交4人		25人繳交，總分17~18分有0人，15~16分有3人，13~14分有6人，11~12分有9人。缺交14人		

317	題型	文章解讀（9分）		文章分析（18分）		
	作答時間	20分鐘		30分鐘		
第三類組	題材	許士林的獨白－「祭塔」一段		《聊齋.翩翩》與《我城.翩翩》比較分析		
座號	小題／姓名	(一)4分	(二)5分	(一)6分	(二)6分	(三)6分
01	王○○	▲3	4	5	5	▲3
02	王○○	3	4	5	5	▲3
03	崔○○	4	5	▲3	6	▲3
04	張○○	▲2	3	6	6	▲2
06	許○○	▲3	2	6	6	3
07	許○○	▲3	4	5	6	▲5
08	陳○○	3	5	6	4	4
09	曾○○	4	5			
11	鄒○○	4	5			
12	盧○○	3	4	6	4	4
13	蕭○	0	4	6	4	5
14	駱○○			6	6	▲3
15	鍾○○	4	4	5	▲3	▲4
16	蘇○○	3	0	5	4	0
17	何○○					
18	呂○○	4	3	4	5	5
19	李○○	▲3	3	6	▲3	6
20	李○○	3	3	4	▲2	▲3
21	李○○	4	4			
22	李○○	4	3	5	6	▲3
23	李○○	4	4			
24	卓○○	2	4			
25	邱○○	4	3	6	3	6
26	林○○	▲2	3	5	▲2	▲1
27	林○○					
28	謝○○	0	0	4	2	▲2
29	梁○○	4	4	5	▲2	▲1
30	郭○○	3	5			
32	許○○	4	4	6	4	▲1
34	蘇○○	4	4			
35	溫○○	4	4	4	▲3	0
36	程○○	▲3	3			
37	翁○○	4	3	5	6	▲2
38	黃○○	3	3	5	0	0
39	蔡○○	4	2			
40	謝○○	4	5	6	▲4	▲4
41	鍾○○	3	5			
備註	1.▲標示之說明	▲表示漏答「人間牽絆」,7人		▲表示未各舉例,1人	▲表示漏答「異」,「同」其中一項,7人	▲表示漏答「自己的看法」,15人
備註	2.繳交狀況與成績	34人繳交，9分有4人，8分有10人，7分有8人，6分有6人，5分有3人。缺交2人		25人繳交，總分17~18分有0人，15~16分有6人，13~14分有8人，11~12分有4人。缺交12人		

附錄九

課後延伸活動——「〈翩翩〉影像故事創作活動」說明單

〈翩翩〉影像故事影片創作之活動說明單

一、影像故事影片創作之說明：

閱讀蒲松齡《聊齋誌異．翩翩》及陳黎《我／城．翩翩》後，透過你對此小說或詩的理解，請從兩文本中，選出你最感興趣的一則，依據此小說或詩的情節內容，發揮想像與創意，製作一部合於小說情節或新詩意象的影片，影片長度約兩到三分鐘左右。

二、影片製作注意事項：

1.「影片標題」格式（二選一）：

（1）《聊齋誌異．翩翩》影像故事——台北市立育成高中○○○製作

（2）《我／城．翩翩》影像故事——台北市立育成高中○○○製作

2.「影片製作」格式：

（1）以「靜態畫面」為主，故事中的角色可自行繪製，亦可取用現成相關角色扮演的平面或立體道具（務必注意肖像權與智慧財產權，故勿以未取得授權的「真實人物（如影星／政治人物等）影像呈現，若有自願擔任角色人物的同學，請在片尾註明演員姓名）。

（2）影片呈現方式：以「靜態畫面（至少十張以上）」＋「配樂」＋「配音（旁白）」呈現，以使人透過影片，清楚而快速的掌握《聊齋誌異．翩翩》或《我／城．翩翩》的故事或意象連結。

（3）請注意內容品質：影像畫面與旁白，可風趣、幽默，但不可流於低俗、粗野。

3.「影片製作人數」：可一人獨立製作或小組合作，但小組人數至多三人為限。

4.「片尾字幕」：為維護所製作影片的智慧權，請務必在「片尾」詳列出影片製作人員名單，若使用配樂，則務必註明音樂來源，與詞曲作者、演唱者等資訊。

5.「繳交方式與繳交期限」：請於 4/23(四)前，將影片上傳至 YouTube。

6.「評分原則與獎勵」：

（1）第一部分：根據影像中的劇情、畫面、音樂、旁白等與原作之旨意、意象的契合度與創意為原則，總分加 1－3 分。

（2）第二部分：老師將於 5/25（一）統計各影片「點閱人數」、「喜歡人數」、「評論則數」。

人氣獎：「點閱人數」最多者，該組分數再加 3 分；次多者，加 2 分；再次者，加 1 分。

最愛獎：「喜歡人數」最多者，該組分數再加 3 分；次多者，加 2 分；再次者，加 1 分。

話題王：「評論則數」最多者，該組分數再加 3 分；次多者，加 2 分；再次者，加 1 分。

◎ 蒲松齡《聊齋誌異・翩翩》原文可參考老師講義或上網下載。

◎ 陳黎《我城・翩翩》原詩下載，可至：陳黎文學倉庫網站
http://www.hgjh.hlc.edu.tw/~chenli/index.htm

小學國語習作中篇章結構佈題的考察*

陳佳君

臺北教育大學語文與創作學系副教授

摘要

本文主要是考察小學國語文篇章結構教學在國語習作中的佈題。經研究顯示，篇章結構教學攸關於學生進行閱讀理解時的邏輯思維運作，九年一貫分段能力指標亦明列各學習階段所應具備的段落安排、組織條理等語文能力，而國語習作中有關篇章結構教學的佈題，則是在教與學雙端皆具有指引、練習、診斷等功能性。目前在國語習作中常見的語篇結構類題型大致有內容大意填寫、句子重組、節段排序、標點符號判斷等，教師與教材編纂者若能以此為基礎，強化辭章章法學與評量設計等學理，以開發更多具有層次性、組織性等有效教學的習作新題型，並於教學現場搭配合宜的教學方法，相信能在一定程度上，提升兒童的語文邏輯思維力。

關鍵詞：篇章結構、國語習作、邏輯思維、語文教學、章法

* 本研究接受國立臺北教育大學教學實務或教材教法研發補助（2014.07-2015.03）。

一 前言

本文乃為回應教育部及師培大學精緻師資培育、精進師資素質之精神，而聚焦於小學國語科教學之研究，問題意識則是緣於篇章結構的教學與指導，需要習作等配套教材的搭橋，唯目前學界與教學現場對於國語習作在篇章結構教學的理論與應用方面，皆尚待進行相關研討。因此，本研究範疇是關注在句子以上的語篇（含語段），研究對象則鎖定小學國語習作，兼及國語課本和教師手冊，並以任務導向形式進行探討，包含歸納與分析常見的篇章結構教學習作佈題類型、省思題型的侷限與改善方案等，兼顧文章結構學、語篇切分與銜接理論、評量設計等學理依據，以及國語教材教法等教學實務，發揮語文學科在理論系統與實務系統的雙向互動性[1]。

此外，本研究亦融入「以課文為本位」之精神，此指以現行的各版本教科書為閱讀教學的主要文本，不需要捨近求遠的另外編寫閱讀教材，這樣的理念不但合乎語文教學之特點[2]，也是近年來教育部推動的重要教學方針[3]。課文篇章組織的分析與語文邏輯條理的教學，同樣不需要再另外搜尋或編寫教材，只要鎖定課文，並搭配習作，在進行內容深究與形式深究的同時，就能融入相關語文概念，講解課文的篇章邏輯條理和謀篇布局的藝術技巧。故本文擬以現行各家版本之

1 參見王本華：〈張志公先生與漢語辭章學〉，《漢語辭章學論集》（北京市：人民教育出版社，1996 年 3 月），頁 4；孟建安：〈章法學體系建構的系統性原則〉，《國文天地》第 23 卷第 1 期（2007 年 6 月），頁 83-87。

2 曾祥芹就說：語文教科書是用來揭示寫作規律或印證某種知識的範例，是傳授語文知識和訓練語文能力的憑藉，應該視典範文章為語文教材的主體。參見曾祥芹主編：《文章學與語文教育》（上海市：上海教育出版社，2001 年 6 月），頁 17-18。

3 參考教育部五區閱讀教學研發中心「課文本位的閱讀理解教學」計畫。

小學國語習作為研究對象（兼及課本與指引），探討習作上所編寫之課文結構分析和佈題形式方面的議題。如此一來，師培生能有機會更加熟悉教材，思考如何運用，也能使在職教師在原有的課室基礎上精進教學。

二　篇章結構教學的理論基礎

本研究為「篇章結構分析理論在提升國小閱讀教學之應用」計畫之延續[4]，前此已透過講授、實作、觀課與議課，並舉辦專家諮詢、案例分析、教師訪談及工作坊等活動，以精進課文篇章結構分析之教學。然而，在計畫執行過程中又進一步發現，當師培生及第一線教師能理解語篇分析的必要性及其對於閱讀理解的助益之後，除了立足教育部所推動之課文本位精神，能對課文進行課文篇章結構（含內容與組織）之梳理與統整之外，對於國語習作在這方面是如何佈題的、與文本相互對應的教學策略應該如何運用等，就成為研究者、師培生、語文教師下一個共同面臨的議題，這也使得本文的研究背景形成一個具有延續性的課題。

下文擬分就「篇章結構教學的重要性」、「習作佈題在篇章結構教學的搭橋作用」詳述。

（一）篇章結構教學的重要性

語篇（含語段）結構分析主要是在處理文本如何由句群聯結成小節、由小節聯結成段落、再由段落聯結成全篇的組織條理，而這種條

4　參見陳佳君：〈國立臺北教育大學教學實務或教材教法研發補助「篇章結構分析理論在提升國小閱讀教學之應用」計畫成果論文〉，2014 年 5 月。

理也是文本內容的脈絡，所以篇章結構不僅是形式問題，它也與內容息息相關。語文教師在引導兒童體察課文分段以了解課文架構時，除了標示「自然段」，通常還會進一步歸納出「意義段」，意義段之所以又被稱為「邏輯段」或「結構段」的緣由 [5]，就是因為它關係到上下文的銜接、段落與全篇的邏輯等，而且已有研究證明語篇結構分析對於文意的理解、歸納與推論實具有一定的影響力 [6]。

另一方面，在語文學習領域裡，無論是在「鑒識元」的聽、讀，或「表達元」的說、寫，理解謀篇布局的方式和講求章法條理的要求，都是十分重要的語文能力。教育部《國語文課程綱要》即明列（1至3學習階段）[7]：

2-1-2-4 能有條理的掌握聆聽到的內容。

2-3-2-1 能在聆聽過程中，有系統的歸納他人發表之內容。

3-1-1-1 能清楚明白的口述一件事情。

3-3-3-3 能有條理有系統的說話。

5-1-7-3／5-2-14-3 能從閱讀的材料中，培養分析歸納的能力。

5-2-3-2／5-3-3-1 能了解文章的主旨、取材及結構。

5-3-5-1 能運用組織結構的知識（如：順序、因果、對比關係）閱讀。

6-2-4-1 能概略知道寫作的步驟，如：從蒐集材料到審題、立意、選材及安排段落、組織成篇。

---

5 參見鄭文貞：《篇章修辭學》（廈門市：廈門大學出版社，1991年6月），頁90。

6 參見朱作仁、祝新華主編：《小學語文教學心理學導論》（上海市：上海教育出版社，2001年7月），頁140。

7 見教育部「國民中小學九年一貫課程綱要」語文學習領域國語文分段能力指標（民國100年發布）。http://teach.eje.edu.tw/9CC2/9cc_97.php?login_type=1。

6-2-6／6-3-1 能正確流暢的遣詞造句、安排段落、組織成篇。

6-3-2-3 能練習從審題、立意、選材、安排段落及組織等步驟，習寫作文。

從各個學習階段的能力指標中可以發現：在聆聽能力方面，需要訓練學生能有條理、有系統的傾聽與歸納他人言說的內容；在說話能力方面，口述時應該要講求條理、清楚陳述；在閱讀能力方面，能透過閱讀素材學習組織結構的知識並加以運用、培養分析能力、藉以了解文章主旨等[8]；在寫作能力方面，能知道如何安排段落、組織成篇。

由此觀之，在語文教學的過程中，除了原有的課程內涵架構，如：生字形音義教學、詞義教學、內容問思教學、摘取大意，或文體、句型、修辭等面向之外，還應加強整體性的篇章分析，以培養學習者對於組織語段及語篇的感知力，並從中學習歸納、演繹、先後、因果、順逆、正反等邏輯思考能力。尤其小學階段為兒童形成抽象思維之培養時期，進行語篇、語段的結構教學（含內容與組織）不但能培養兒童的邏輯思維能力，也能使語文教學更為全面，兼顧形象與邏輯兩大層面[9]。

8 王國元指出：要深入理解文章的內容，就必須理清文章的層次結構，理解作者的思路，並沿著這思路去了解句與句、段與段、段落與中心思想之間的內在聯繫。參見周元主編：《小學語文教育學》（上海市：華東師大出版社，1992.10），頁129。

9 永齡臺東教學研發中心在投入弱勢教育時，亦十分重視以文章結構來教閱讀理解，除了課本，也編有與教學結合的習作。陳淑麗教授在相關講座中（國立臺北教育大學，2014.04），即曾與本案研究者針對課文結構教學的助益進行對話，提出文章結構能幫助學生理解文本、摘取內容重點、重述課文、建立邏輯觀念等。

（二）習作佈題在篇章結構教學的搭橋作用

在「篇章結構分析理論在提升國小閱讀教學之應用」計畫執行期間，參與的教師群曾反映，課文結構教學除了以課本範文為主之外，還需要有配套或輔助教材。一般而言，教學指引上所列出的「心智圖」、「課文結構」或「內容示意圖」等，或能提供課文結構教學的參考之外[10]，結合該單元之邏輯概念所設計的習題也很重要。這是由於習題具有兩個重要的搭橋作用，茲以下圖匯整其功能性：

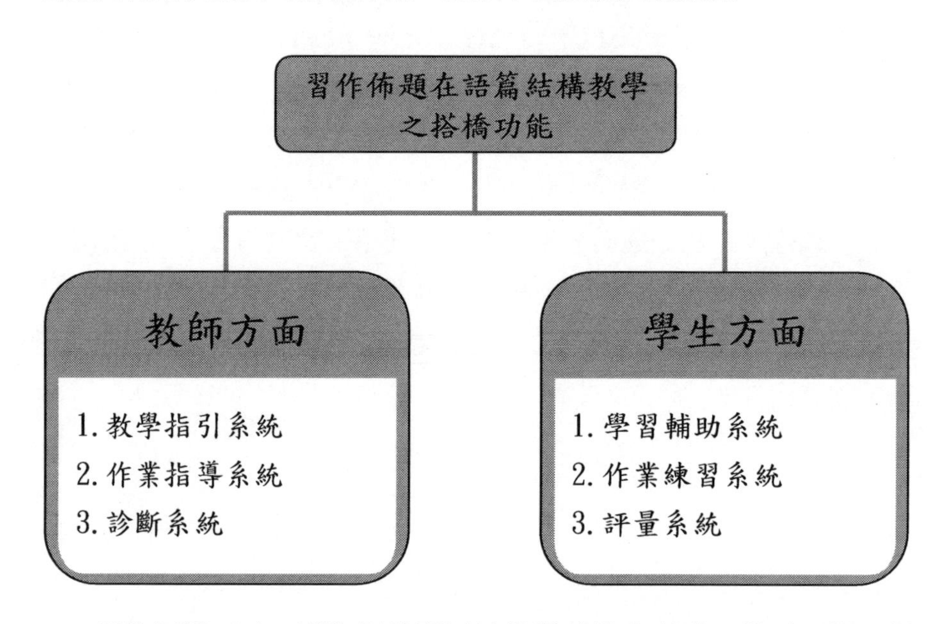

從教師端而言，習作裡的題目是教學時的參考點，甚至可能是課堂教學所直接使用的素材，其命題方向還有可能成為教師設計學習單的參考；其次，習作可作為主要教學活動告一段落之後的作業指導；

10 需要補充的是，教學指引之「課文結構圖」是否能準確呈現該篇課文的層次結構與邏輯特色，是另一個關於教材編纂的問題。

另外也可用以評估教學後的成效。從學生端來看，習作是學習時的輔助與練習，也是學習後的複習和評量，由此足見習作的重要性與功能性。如果師生能好好運用習作，它將會是教學過程中合宜的鷹架。

在國語習作中，除了透過「國字注音」、「寫部首」類的題目練習識字與寫字能力，或是藉由「填詞語」、「寫短語」、「照樣造句」、「造句」等檢核詞彙、文法句型能力，還是「閱讀測驗」類的題目考驗閱讀理解或綜合能力等佈題之外，事實上，訓練邏輯思維能力的語篇結構分析，也需要相應的習作命題搭橋。但前提是教師必須了解習作裡有哪些題型能幫助學生學習課文脈絡、邏輯條理、段落關係、層次結構等語篇分析能力，才能更好的運用習作，融入篇章閱讀教學，提升教學品質。是故針對此議題，從國小國語習作來考察，不僅能支援在職教師希望能有配套教材並知所運用的需求，也能在師培相關課程為師培生加強語文學習領域（國語文）教材的介紹與講解，還能進一步檢討、思考及開發更多具有可操作性的題型。

三　篇章結構教學的習作佈題類型

本研究之執行乃將相關的教學知能融入研究者所擔任之大學現行師培課程，如大學部之「國語教材教法」、「國小語文教學專題」、「教學實習」，以及教學碩士班之「閱讀教學研究」等，於閱讀教學的單元中講授和操作篇章結構分析的基本概念與應用，並且實際進行課文架構梳理、結構取向的語文教學，尤其是國語習作裡關於語篇邏輯力訓練的佈題分析與教學省思，以提升國小閱讀教學之品質。

具體的實施方式是針對各版本的小學國語習作，歸納篇章結構方面的題型分類，並分析佈題技巧、鑑別何種邏輯思維力、答題指導、教學策略等。希望藉此呈現出小學國語習作所出現之篇章結構題型的風貌，統計各類型所佔之比例，更重要的是使師培生、實習生、在職教師能明白篇章結構教學可以怎麼給予鷹架、指導作業練習或評估學生學習成效等。

在本研究計畫執行期間，已歸納出幾種常見的篇章結構教學之習作佈題類型，例如依文意重組句子和排出正確順序、填入內容大意、填入適當的標點符號、與結構概念相關的選擇題、故事線等，其中佔最大宗者可以說是填入內容大意的題型。此外，也有一些跨類型的佈題，例如重組句子加上填入標點（組織與標點符號應用能力）、排序加上填入詞語（邏輯與詞彙能力）、排序加上說出故事寓意（結構助以突顯義旨）等。

以下茲依分類舉例說明之。

（一）填入內容大意

其一是康軒四上第一課〈大地巨人〉。本課是詩歌體，課文大意是：想像大地像個和藹的巨人，他靜靜的躺著，讓我們在他身上自由自在的活動。主旨是引領孩童發揮想像力，欣賞大地之美，並且心存感恩之心。習作的題目是：

依照課文內容填寫：

總說	把大地想像成（　　　）的（　　　）。
分說	丘陵、盆地和小草是巨人的胸肌與（　　　）， 雲彩是巨人的（　　　）。 森林是巨人的頭髮和（　　　），山谷的風是他的（　　　）。 （　　　），是巨人把玩紅氣球的情景。
結尾	寬厚的巨人，任我們在他身上（　　　）。

本題之參考答案為：

總說	把大地想像成（　和藹　）的（　巨人　）。
分說	丘陵、盆地和小草是巨人的胸肌與（　絨衣　）， 雲彩是巨人的（　手巾　）。 森林是巨人的頭髮和（　鬍鬚　），山谷的風是 他的（　呼吸　）。 （　日升日落　），是巨人把玩紅氣球的情景。
結尾	寬厚的巨人，任我們在他身上（　活動　）。

此題的佈題的特色在於：不只停留在內容大意的整理，而是透過表格，顯示出本課的篇章結構為「總—分—總」式，第一段總說大地像是和藹的巨人，第二、三、四段圍繞著這個主題，分別從丘陵、盆地、雲彩，以及森林、風、太陽，敘寫大地巨人豐富的形象，最後一段再總說和藹的大地巨人寬厚的對待每個生命，然後將感謝之情蘊藏於篇外。由此可見，若能將「結尾」改為「總說」或「總結」，就修正了非結構單元式的語彙，並且與前兩個結構單元呼應。另外，透過填入關鍵詞的方式，也能降低歸納段落大意的難度。唯中間分說的部分由於含括了課文的三大段，如果能依序標出一至三的序號，應該會使第二層的並列結構更加清晰。

其二是南一四上第十一課〈懷念淡水河〉，詩分四段，歌詠淡水河昔日的美，包括流經田野的柔媚、流經都市的歡躍，以及夕陽照耀下的祥和、和深夜裡的安泰。本課習作就設計一大題引領兒童整理出課文的結構，其題目如下：

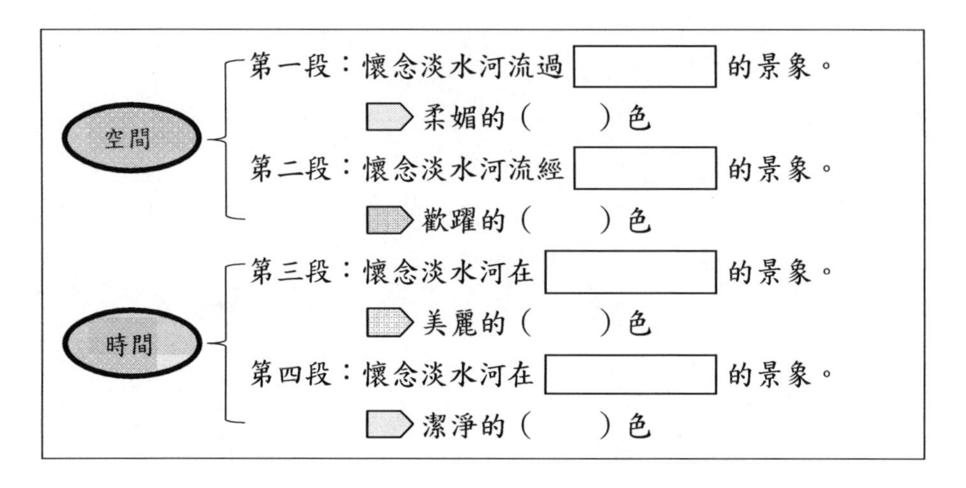

本題之參考答案為：

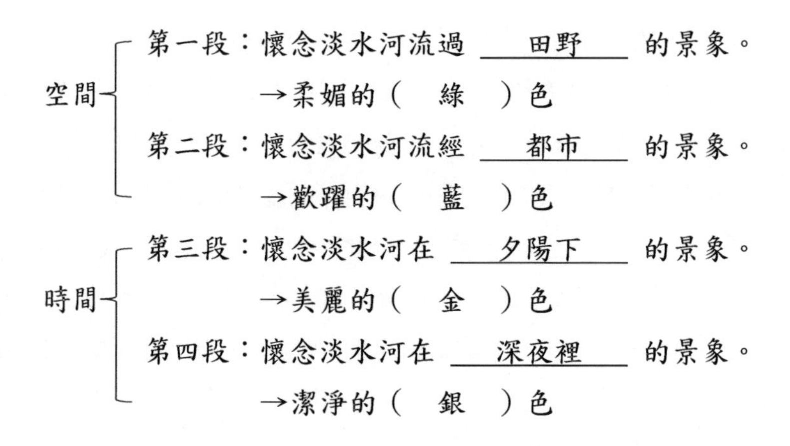

由林良所創作的這首詩，乍看可能會被歸屬於散列式並列結構，但事實上，前兩節主要從空間書寫，後兩節則從時間著墨，是屬於時空對映類型的結構，而習作已經在佈題上展現出這個結構上的特點。填空題的設計則是以歸納出概念為主，而不是寫出段落大意的長句，尤其是點出四個小節所表現的不同色彩，若能再加入情意的部分，將會更加完整，例如首段的自然氣息、次段的奮勉人們、三段的祥和大地、

和末段人間的安泰。透過這個習題，相信教師在帶領學生釐清詩歌內容脈絡和段落之間的對照互映，以突顯淡水河自然之美與人文之美時，能夠講解得更加清楚。

（二）重組與排序

其一是康軒四下第八課〈發現與發明〉，課文大意和主旨為：人類為了解決問題，滿足生活需求，而有許多發現和發明，促進了科技的進步，也提升了生活品質。習作的題目如下：

重組句子，並加上標點符號。

・有些事物本來是沒有的　把它製作出來　就叫做「發明」　什麼是發明　經過多次的研究和實驗　人們為了解決生活上的問題

本題之參考答案是：

> 什麼是發明？有些事物本來是沒有的，人們為了解決生活上的問題，經過多次的研究和實驗，把它製作出來，就叫做「發明」。

判斷文句順序的邏輯條理為：

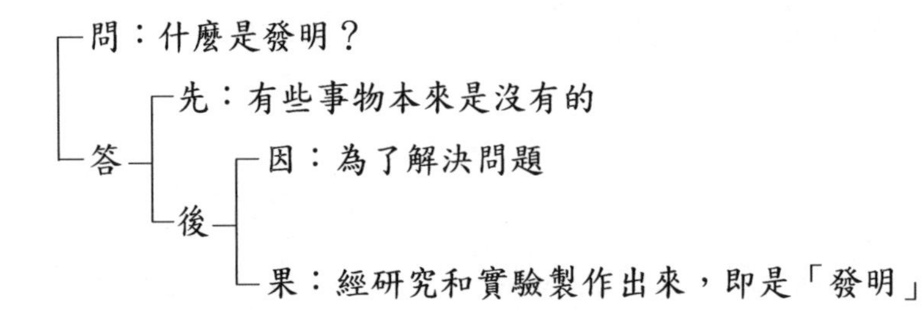

此結構教學佈題的特色在於：把句子的先後順序打亂再重組，是考驗學生如何把句子組織成段落的能力；組合的過程需要考慮前後文如何銜接，也需要找出組織構件之間的關係，才能正確排序。此外，標點符號與文句、節段的組織有著密切的關聯，例如首句與後段內容是問答關係，因此指導學生在此處使用問號。在教學時，教師可以先做好黏有磁鐵的句卡、標點符號卡，讓學生實際操作，排排看、唸唸看，從排序的過程中，學生也能逐步體會用以組織節段的問與答、先與後、因與果的二元對待關係，進而理解「發明」的定義。

其二是康軒二下第十三課〈月光河〉。本課是寓言體，課文大意是：從前有一條在月圓時，就會出現很多圓月的月光河，月圓那天的聚會，只有小白兔生病無法出席，於是動物們到牠家探望，並且在院子挖了小池塘，大家一起賞月，度過快樂的夜晚。故事的旨意是朋友應互相關懷，並透過團隊合作解決問題。習作的題目是：

根據課文內容，寫出圖片的順序，再依照提示填寫詞語。(寫代碼)
(圖略)
1. 排列順序：□ ➡ □ ➡ □ ➡ □
2. 依照課文內容和題目的圖片，在空格中填寫適當的詞語：
・每到(　　)的時候，月光河就會出現很多(　　　　)。
・生病的(　　)沒有來參加月光河的(　　)，動物們都去(　　)他。
・動物們合力在(　　)裡挖了一個(　　)，請(　　)到月光河邊吸水。
・(　　)跟大家在(　　)過了一個快快樂樂的晚上。

其佈題特色在於：由於此題是低年級的教材，習作以故事分鏡圖片，來讓兒童排列順序，除了圖像較具有吸引力之外，也能透過圖片裡的素材，讓孩子回想故事情節，而且當學生能排出正確順序時，故事大意也能被重述出來，教師在教學時，可將圖片放大，運用數位媒體展示圖片，引導孩子共說故事的來龍去脈。其次，藉由填空填入課文各段落的關鍵詞，如時間、地點、動作、角色等，讓學生精熟故事內容的脈絡：

> 點出故事背景(月光河)→事件原因(因／小兔生病)→大家決議(果／前往探望)→小兔的心情(欣喜與遺憾)→問題的解決方法(挖小池塘)→故事結局(大家一起快樂賞月)。

因此，在探索故事脈絡時，教師可特別關注於事件的衝突與解決、角色的行為舉措或心情的前後轉折、事件發展的因果關係等，以故事體增進低年級孩童的邏輯思維力。

(三) 其他佈題類型

篇章結構教學的習作佈題除了上述兩類比例較高的題型外，還有一些較為零星出現的題目類型，例如填上適當的標點符號、建立故事結構線、選擇題式等，這些題型在引導學生學習篇章結構的概念上，都會有所幫助。以下舉例說明之。

首先，以填入標點符號的題型而言，例如康軒四下第十三課〈我讀伽利略傳〉，課文大意是說小作者在圖書館閱讀了《伽利略傳》，了解伽利略從小就喜歡追根究柢，後來以自製望遠鏡觀察星空，突破當時宗教所敘述的宇宙觀，發現太陽才是宇宙的中心。主旨是學習科學家對追求真理的堅持。本課習作的第六大題，就選了兩段課文，讓學生填上適當的標點符號，其一佈題如下：

在□裡填上適當的標點符號 1. 許多個夜晚 □ 他興奮的守在星空下 □ 透過望遠鏡 □ 觀察神秘的天空 □ 望遠鏡裡頭 □ 是多麼不可思議的世界啊 □ 月亮表面有高山 □ 也有深谷 □ 銀河原來是由無數個小星星組合而成 □ 木星有好幾個衛星繞著它轉 □ 金星竟然也有盈虧的現象

本題之參考答案為：

> 許多個夜晚［，］他興奮的守在星空下［，］透過望遠鏡［，］觀察神秘的天空［。］望遠鏡裡頭［，］是多麼不可思議的世界啊［！］月亮表面有高山［，］也有深谷［；］銀河原來是由無數個小星星組合而成［；］木星有好幾個衛星繞著它轉［；］金星竟然也有盈虧的現象……［。］

篇章結構的梳理屬於邏輯思維的範疇。楚明錕主編的《邏輯學》指出：「邏輯」一詞可表示思維的規律或規則[11]。當抽象的思維透過具體的語言文字表出時，就必須符合一定的語文規律。而「標點符號」就是一種賴以標誌邏輯思維的媒介，所以標點符號存在著理清文句關係與段落層次的作用。楊遠編著的《標點符號研究》提出：「標點符號是用來標明詞句關係、性質以及種類的。」[12]因此標點符號的運用和語篇結構的習得相輔相成。就以本題來看，這個課文段落形成了以下語篇結構：

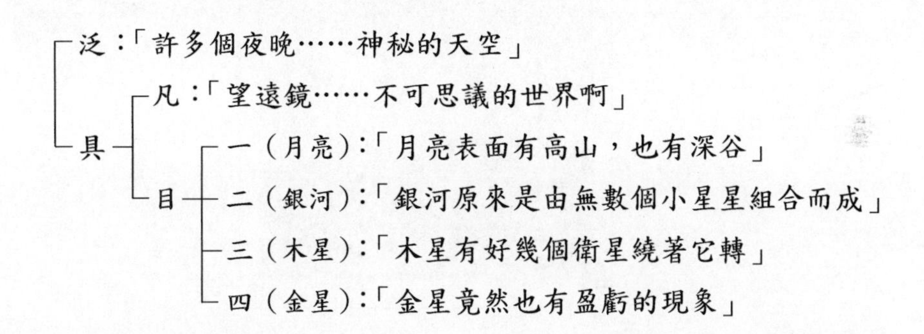

第一個句號之前，是整段文字的「泛」──泛泛的提起伽利略興奮觀察夜空之事，後半段則是「具」──具體敘寫觀察到怎樣的神秘星空。而後半段的「具」又是以「先凡後目」的結構組織起來：在驚嘆號之前的兩句，是總括；下文皆是舉例分目細寫，因此用了分號切分與連接，而後文還有許多不及舉例的宇宙現象，因此使用刪節號，並以最末一個句號作結。由此可見，良好的運用標點符號可以助以標誌文章的邏輯、了解文意。

其次，透過故事線來理清故事脈落和因果關係的題型，也出現在

11 參見楚明錕主編：《邏輯學》（開封市：河南大學出版社，2002 年 5 月二刷），頁 1。

12 見楊遠編著：《標點符號研究》（臺北市：東大圖書公司，1995 年 2 月），頁 5。

習作中。如南一五上第八課〈女媧造人〉，課文改寫自中國神話，內容描述開天闢地時期，女神女媧也在天地間遊歷。因感天地孤寂而捏塑泥娃娃，並賦予生命、教導溝通、耕作、生育，人類得以繁衍至今。習作題目如下：

其參考答案為：

人物：（女媧）⟹ 起因：感到（孤單和寂寞）

⇩

事件一：照自己的形貌捏泥娃娃，（又造出兩隻腳，吹氣讓泥娃娃活起來）。

事件二：揮舞（沾滿泥漿的青藤），一下子造出無數的人。

事件三：教人（說話溝通、耕種生活、生兒育女）。

⇩

結果：（人們繁衍至今）

在佈題特色上，是以故事發展線將故事內容的來龍去脈順出來，在題目中已經提供足夠的線索，讓學生從「主要角色」、「起因」、「事件」、「結果」去整理故事大要，填答完成後，就不難發現課文基本上是一個簡單的「原因—經過—結果」的線性組織，而不會落入一大堆文字和句子，弄不清文章內容。教師在教學時，還能再進一步點出本課課文在因果關係上的特點，也就是：因為孤單而決定造人；因為造人的三步驟（即習作題目中的三大事件）[13]，而使人類得以繁衍生命，那麼，高年級的學生除了認識到這篇故事的線性發展（偏平列式），也能學習到兩層次的因果邏輯（偏立體層次）[14]。茲以結構圖表示如下：

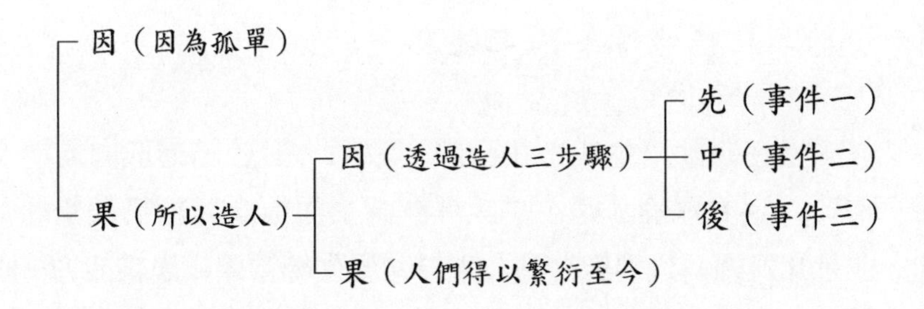

此外，本題形式上設計活潑，能引起學習動機，箭頭也有標示順序的功能；而且透過提示，用填空的方式完成句子，能提高學生的完成度，課文大意也能同步歸納出來。

---

13 事件一、事件二、事件三其實有先後順序而非平列關係，因此若能再於事件中間標出單箭頭（事件一→事件二→事件三），則會使課文的故事線更加清晰。

14 另外，課文第五自然段的後半，也透過因果關係使文章過渡到第六自然段。意即寫「捏出來的人終究有限」的部分是「因」，下一段寫「用青藤造出無數的人」的部分是「果」。

四 篇章結構教學的習作佈題省思

首先，雖然大部分的教師能理解課文篇章結構教學的重要性，但也同時反映出若能更好的建立或加強語篇相關學理知識，將能更精準的掌握課文如何結合內容與形式而被組織起來，並且判別習作的篇章結構題目，以幫助學生練習邏輯思維能力進而更有效的引導學生學習。其次，在前文歸納出常見題型後，本節將進一步對於習作在建構篇章節段之組織力的命題與作用等方面，進行檢討與建議，希望能從中發現問題並思考改善方案。

(一) 篇章結構學理知識之建立

無論是在學師培生或是在職語文教師，對於結構取向的語文教學，需要一定的理論基礎，才能理解課文語篇語段結構教學的重要性，並且知道如何找到施力點，來幫助學生練習邏輯思維能力、理解課文如何結合內容與形式被組織起來，同時能判斷國語習作有哪些命題是與材料間的關係和組織方式有關[15]，進而能搭起鷹架，對教與學雙向皆發揮效益。

解決之道是在課程與工作坊進行習作的實作分析前，先講解重要的基礎概念，例如語篇與語段的概念（含組織構件、銜接與呼應等）、篇章組織的規律、篇章組織的類型（尤其是小學國語課文常用的結構）、邏輯思維與形象思維的語文能力、文學作品中「義」（內容）與「法」（條理）的關聯等，以達到有理論系統支持的實務，同

15 參考鄭圓鈴：《國中國文教學評量》（臺北市：萬卷樓圖書公司，2004 年 1 月），頁 201。

時也能使學理有應用的驗證。

陳滿銘教授在專家諮詢會議上，即針對篇章結構教學所需具備的重要基礎概念，提出四大項目：篇章結構的四大規律、章法的類型、篇章縱橫向的交織關係、語文能力的回歸[16]。其中，教師若能先了解有哪些章法及篇章結構的類型，才能在讀寫過程中找到合宜的切入角度。目前已經發現和確立的「章法類型」，約有近四十種，每種單一的章法，皆有其個別的「特性」(異)，因此有它們獨立存在的必要，以適應千變萬化的辭章作品。然而，一個具有科學化和系統性的學科研究，還應兼顧「往上融貫提昇」的整合[17]，所以，透過「家族」的概念來認識這些章法，確實是一個化繁為簡的方式，這些不同章法因為某些「共性」(同)，可以歸納為圖底、因果、虛實、映襯四大章法家族，分別能藉以處理時間與空間、事理的展演、因虛實特性所構成的關係、內容材料間相互對比或襯托等條理[18]。另外，教師若能熟悉小學學習階段的常用章法，對教與學都會更有助於掌握方向，例如：總分（凡目）法、並列法、今昔（含先後）法、正反法、因果法等[19]。

16 參見國立臺北教育大學「語篇結構分析的教學與佈題——以國小國語習作為考察對象」研究計畫第三場專家諮詢會議會議記錄，與談人：陳滿銘教授，2015.02.06，臺北市：中華民國章法學會。

17 見陳滿銘：《章法學新裁．卻顧所來徑——代序》(臺北市：萬卷樓圖書公司，2001年1月)，頁10。

18 參見陳佳君：《篇章縱橫向結構論》(臺北市：文津出版社，2008年7月)，頁193-228。

19 參見仇小屏：〈論常見於國小國語課文的幾類章法——以因果類、映襯類、時間類章法為例〉，《國立臺北師範學院學報》第17卷第1期（2004年3月），頁23-46；以及陳佳君：〈從章法談國小作文運材教學——以幾種常用於論說文的章法為例〉，《人文及社會學科教學通訊》第12卷第4期（2001年12月），頁131-154；陳佳君：〈論小學階段的章法讀寫教學——以因果法、並列法、凡目法為例〉，漢語辭章學研討會（福州市：2009年11月）；陳佳君：〈談國小國語之並列章法教學〉，《國民教育》第47卷第3期（2007年2月），頁27-33。

此外，在融入師培課程或舉辦工作坊時，可由講師提供語篇結構之習作佈題範例，以減少題型判斷錯誤的機率；另外可規劃針對題目所欲分析的要項，如課文大意、本課結構特色、題型歸屬、命題特點與作用等，使參與者或練習者能有所依據。

（二）習作佈題之檢討與建議

1 習作中篇章結構題型的侷限

目前在小學國語習作中課文結構的相關佈題，大多數都是列表讓學生填上大意，像是南一六上第十二課〈梅樹飄香〉[20]：

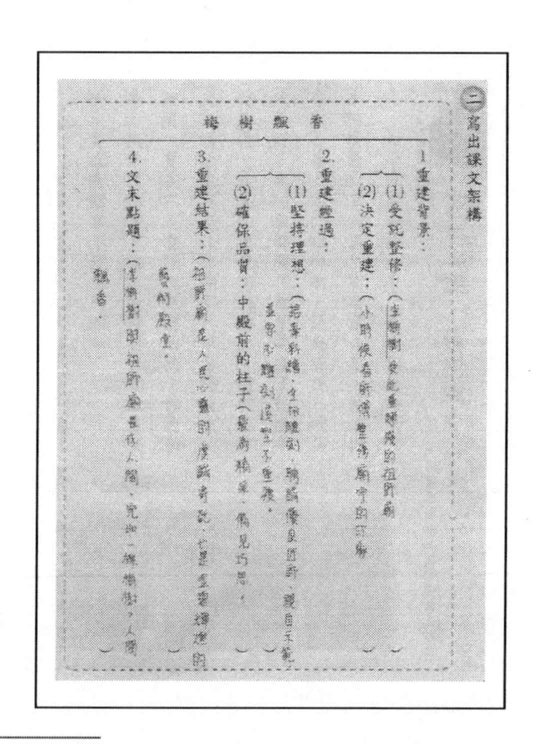

二 寫出課文架構

梅樹飄香

1 重建背景：
(1) 受託整修：（[illegible]）
(2) 決定重建：（[illegible]）

2. 重建經過：
(1) 堅持理想：（[illegible]）
(2) 確保品質：中殿前的柱子（[illegible]）

3. 重建結果：（[illegible]）

4. 文末點題：（[illegible]）

20 見南一六上第十二課〈梅樹飄香〉國語習作，頁 72。

這種填充式的題目雖然可以練習歸納課文段落大意，但是較偏向於內容要點的整理，尚未能理出段落與段落之間的關係，邏輯性也相對弱化，若能掌握並標示出條理關係，才能進一步形成結構[21]。

就以〈梅樹飄香〉這一課為例，文章雖然長，描述的細節也很多，但全文的書寫脈絡透過語篇分析，其實可以很清楚的看到是形成「點（引子）—染（正文）—點（尾聲）」結構，不僅開篇先點出貫串全文的寫作材料——祖師廟，文末還以人名與梅樹的聯想來扣合題目，並透過嗅覺營造出文章的充滿美感的尾聲。而課文中敘寫祖師廟「重建過程」（堅持全用雕刻、請來優秀匠師、親自指導、中殿柱子的工法、嚴格要求品質）與「重建結果」（贏得東方雕刻藝術殿堂美名、從殘破變得輝煌、更加震撼人心、遊客必訪）的段落，實形成「事件因果類」的「先因後果」結構。習作的填空題型就可以疊合篇章縱向結構（內容）與橫向結構（章法）[22]，繪表如下：

21 謝秀芬老師就曾在會議中提供第一線教師觀察的一些習作編寫的問題，其中包含習作的結構題型有過於單一的現象（多列表填空），而且若僅是依照段落大意機械填入的方式完成，就無法訓練學生對「理出關係」有所思考。參見國立臺北教育大學「語篇結構分析的教學與佈題——以國小國語習作為考察對象」研究計畫第一場專家諮詢會議會議記錄，與談人：謝秀芬老師，2014.11.03，臺北市：國立臺北教育大學語文與創作學系。

22 辭章之縱橫向結構，存在著相當密切的連結性，沒有縱向的內容（情意思想與物事材料），即無法形成橫向的結構；而沒有章法，則無法理清內容如何獲得安排與布置、段落如何成篇的邏輯關係。若能在進行結構分析時，同時呈現橫向的結構單元與縱向的內容層級，較能全面展現篇章內容與形式的特色。參見陳佳君：《篇章縱橫向結構論》一書。

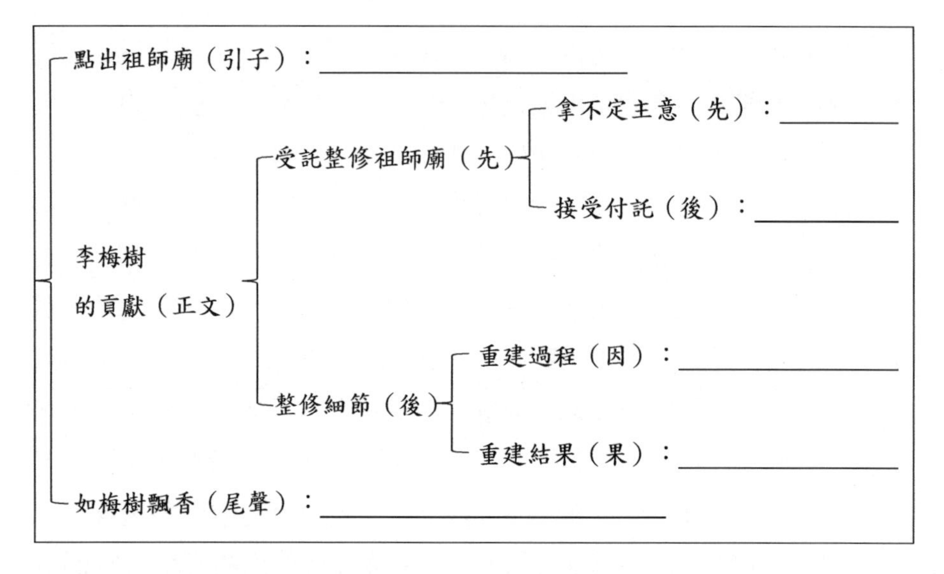

如此一來，語篇邏輯條理（橫向）即能帶動課文內容訊息（縱向）的提取與整理，而有助於閱讀理解。

因此，如何以課文內容為基礎，進一步強化對組織、條理等方面的邏輯概念，也就是訓練找出事物關係的思維力，如今昔、遠近、並列、因果、正反、總分等，是值得再思考的[23]。

（二）習作語篇分析題型的研發

承上述問題，如果國語習作裡關於語篇分析的題型有太過集中於某類的現象，或是有廣度與深度不足之疑慮的話，教師可以在有理論基礎的支持下，實際考量教學的目標與需求，開發具有可操作性的語

23 仇小屏教授在專家諮詢會議上就建議，老師可提供課文結構表，但將結構單元（邏輯術語）的部分空下來，帶領學生分組討論、填寫，並共同檢討。參見國立臺北教育大學「語篇結構分析的教學與佈題——以國小國語習作為考察對象」研究計畫第二場專家諮詢會議會議記錄，與談人：仇小屏教授，2014.12.12，臺南市：國立成功大學中文系。

篇結構分析之習作命題。以下舉兩類說明之[24]。

首先，文章在安排其內容之先後次序時，需要運用各種銜接技巧把句、節、段、篇連成一體，這關涉到篇章聯貫的規律與原則，而且上下文的銜接，有時也是影響文意理解的要素之一。其中，關聯詞語的作用和影響是十分重要的，唯習作裡較少關注到這一點。康軒五上第八課〈分享的力量〉編有「重組句子」的題組，其中至少有兩題需要輔以關聯詞語去判斷語句成段的聯絡規律，題目是：

1. 諾貝爾的成功　2. 他的聰明才智而已　3. 絕非只靠
4. 他的心胸氣度　5. 更重要的是　6. 與分享的態度

參考答案為：「1→3→2→5→4→6」，可供判斷句子前後銜接的關鍵語就有「而已」、「絕非只」、「更」、「與」等詞，其語篇結構可表示如下：

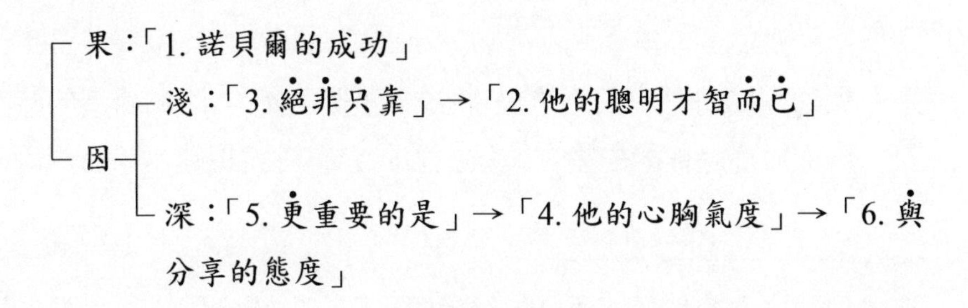

可見此課文段落的組織屬於「先果後因」式，而寫原因的部分更是「由淺及深」，推展出更重要的成功要素——氣度與分享。這樣的題

24 本節所探討之內容除可提供編寫教材者參考之外，教師亦可設計學習單來因應語篇結構分析之習作題型還可待開發的問題。

型能同時培養學生使用關聯詞語銜接句段節篇、從考慮句子的前後順序建立語文邏輯觀念等，值得再予研發。

此外，使用「可是」、「但是」、「不過」、「不料」等詞，多半會使上下文形成語意轉折或對比，在語段結構上就有可能構成正反邏輯，在習作命題設計時，即可嘗試給予一篇具有正反結構特色的短文，讓學生練習圈出關聯詞語或關鍵詞，再配合圖表進一步判斷段落之間的關係，甚至可再依文本性質與內容，引導學生進行「比較評估」的閱讀理解層次。

其次，將課文結構或語篇分析以測驗題形式命題的情形，在小學國語習作裡較為罕見[25]，而翰林三下第四課〈清明掃墓〉國語習作第三大題為「課文閱讀測驗」，其中有一題就出現與「組織」相關的題目：

> （　）本課各段是依照什麼順序寫作的？（1）季節（2）時間（3）地點。[26]

這一課的篇結構是「先點後染」，文章先點出清明節和掃墓的時空背景，再依掃墓過程的先後，順敘主體內容，先說抵達山下時飄雨的天

25 謝奇懿教授和曾進豐教授不約而同的提出可嘗試增加測驗題形式的佈題。謝教授建議，選擇題可考慮就段落細部之結構表現加以命題，例如課文主角觀察景物的方法（空間推移的邏輯）；曾教授建議，篇章結構教學可採閱讀測驗的形式，以選擇題設計「題組」式命題。參見國立臺北教育大學「篇章結構分析理論在提升國小閱讀教學之應用」第一場專家諮詢會議會議記錄，與談人：謝奇懿教授，2014.02.28，高雄市：文藻外語大學；「語篇結構分析的教學與佈題——以國小國語習作為考察對象」研究計畫第四場專家諮詢會議會議記錄，與談人：曾進豐教授，2015.03.13，高雄市：國立高雄師範大學國文系。

26 見翰林三下第四課〈清明掃墓〉國語習作，頁25。

氣和眼見防火的消防車，再寫剛到墳前的除草整理、擺放祭品，接著，行禮上香，然後記敘祭拜過後的「掛紙」；最後寫離開墓園，並以細雨和百合花呼應前文，因此答案為「2」。教師在引導時，不妨帶著學生找出課文中的時間詞，串起事件的先後。

本案研究者在相關會議裡也曾針對「關係」、「組織」、「條理」、「結構」類的題目在習作中十分少見的現象，與語文評量領域的學者進行討論，而彼此也都認為，國語習作「課文閱讀測驗」在關係、組織、條理、結構等方面的練習是否不足、有哪些測驗題模組或題型是教師可以嘗試設計的、佈題技巧及其與教學目標是否對應、誘答性與鑑別度的考量等，都需要透過一些研究計畫去執行統計與命題等相關考察。此外，高年級兒童若能接觸以測驗題形式佈題的語篇結構概念，對於銜接七八九年級的閱讀測驗或素養評量，亦將會有所幫助[27]。

五　結語

本文主要歸納出常見的篇章結構方面之習作題型，並省思習作中關於篇章結構佈題的侷限與建議。其中，常見的佈題方式大致有依文意重組句子和排出正確順序、填入內容大意、填入適當的標點符號、與結構概念相關的選擇題、故事線等，但佔最多數者，還是填入內容大意的題型，而且若是題目僅偏向課文段落大意的整理，未理出段落與段落之間的關係，則邏輯性也會相對弱化。因此，教師若能精進篇章結構的學科知識，在原有的習作題目之基礎上，進一步改良，例如

---

27 國中學力測驗的國文題目即包含篇章結構類的考題，例如分析某段（篇）文章的脈絡發展（內容安排、次序）、重組文句的先後順序、判斷章法種類（前後句的承接關係）等。參考仇小屏：〈基測試題分析——章法篇〉文稿；以及鄭圓鈴：《國中國文教學評量》一書。

標出課文結構的層次邏輯、發現目前教材中較為少見但有效的習作佈題方式予以加強，或再做更多題型的研發等，相信對學生掌握篇章縱橫向結合的整體風貌會更有助益。

篇章結構取向的語文教學和習作佈題之判斷、分析、應用、設計等，應於相關師培課程與進修活動中予以指導與研討。除了能透過對課文有整體架構的概念，來提升教師備課效率外，亦能在教學現場，運用習作的佈題搭橋，以講解、示範、師生共同釐清、學生合作學習等方式，達到篇章結構教學的目標。期望能藉此支援在職教師的講授需求，也能加強師培生對語文學習領域（國語文）教材的認識。

參考文獻

一　專書

朱作仁、祝新華主編　《小學語文教學心理學導論》　上海市　上海教育出版社　2001 年 7 月

周元主編　《小學語文教育學》　上海市　華東師範大學出版社　1992 年 10 月

陳佳君　《篇章縱橫向結構論》 臺北市　文津出版社　2008 年 7 月

陳滿銘　《章法學新裁》　臺北市　萬卷樓圖書公司　2001 年 1 月

曾祥芹主編　《文章學與語文教育》　上海市　上海教育出版社　2001 年 6 月

楚明錕主編　《邏輯學》　開封市　河南大學出版社　2002 年 5 月二刷

楊遠編著　《標點符號研究》 臺北市　東大圖書公司　1995 年 2 月

鄭文貞　《篇章修辭學》　廈門市　廈門大學出版社　1991 年 6 月

鄭圓鈴　《國中國文教學評量》　臺北市　萬卷樓圖書公司　2004 年 1 月

二　單篇論文

仇小屏　〈論常見於國小國語課文的幾類章法——以因果類、映襯類、時間類章法為例〉　《國立臺北師範學院學報》　第 17 卷第 1 期　2004 年 3 月

王本華　〈張志公先生與漢語辭章學〉　《漢語辭章學論集》　北京市　人民教育出版社　1996 年 3 月

孟建安　〈章法學體系建構的系統性原則〉　《國文天地》　第 23 卷第 1 期　2007 年 6 月

陳佳君　〈從章法談國小作文運材教學——以幾種常用於論說文的章法為例〉　《人文及社會學科教學通訊》　第 12 卷第 4 期　2001 年 12 月

陳佳君　〈談國小國語之並列章法教學〉　《國民教育》　第 47 卷第 3 期　2007 年 2 月

陳佳君　〈論小學階段的章法讀寫教學——以因果法、並列法、凡目法為例〉　漢語辭章學研討會　福建　福州市 2009 年 11 月

陳佳君　〈國立臺北教育大學教學實務或教材教法研發補助「篇章結構分析理論在提升國小閱讀教學之應用」計畫成果論文〉　臺北市　國立臺北教育大學　2014 年 5 月

莫言《懷抱鮮花的女人》情節之3S及結構表現

黃麗容

淡水真理大學語文學科專任副教授

摘要

莫言（1955 年 2 月 17 日- ）原名管謨業，山東高密縣（屬高密市夏莊鎮）人，是中國當代著名作家。其作品被譽為魔幻寫實主義的先鋒。曾言受一九八二年諾貝爾文學獎得主馬奎斯的魔幻寫實主義影響。

莫言作品富含驚奇、懸疑、虛幻、驚愕、擔憂、滿足等審美情思。以刻劃細膩且大膽新奇筆法受世界文壇好評，也以此被視為其作品創新處在其諾貝爾文學獎授獎詞中云「用虛幻現實主義將民間故事、歷史和現代融為一體。」亦因之榮獲二〇一二年諾貝爾文學獎。

莫言《懷抱鮮花的女人》自序云「我自認為這是一篇具有強烈批判性的小說，所以大陸的批評家都繞開了它。」實則這部作品以象徵比喻等手法摹擬撰寫種種心理感受，一方面鋪陳豐富心理層次、投射虛幻幻覺的驚奇情調，也反映悲慘現實人生、人生困境、勾勒起懸疑期待情思，亦引發同情理解之滿足心理等，並且提出對社會國家改革革新的新觀點。此正是莫言這作品深值析論的獨特貢獻。

莫言《懷抱鮮花的女人》一九八二年八月自序「這次結集，幾乎沒做刪改，因為拙笨自有拙笨的妙處。」他在一九九三年臺灣洪範書店有限公司出版此書，故依此版本為研究材料底本。

此論文取《懷抱鮮花的女人》情節之驚奇、懸疑、滿足，析論莫言作品中虛幻寫實獨特審美情思與其結構表現。

關鍵詞：莫言、魔幻寫實、懸疑、3S、懷抱鮮花的女人

一 前言

本論文研究範圍與方法，取莫言一九九三年出版的《懷抱鮮花的女人》為主要研究材料，及次運用小說理論、戲劇原理、心理學、美學、審美心理學等為研究佐證資料。

本文研究目的是探究莫言如何運用 3S 與象徵比喻具體形象性等寫作手法，反映人生困境，甚至更進一步呈顯他對社會國家的建言，並勇於提出改革社會的新觀點，此也正是莫言作品的獨特貢獻。

本文情節定義，希臘哲學家、科學家亞里斯多德（Aristotle，西元前 384-西元前 322 年）：「情節意指事件的安排。」又云：「情節是動作的模擬。」「性格和思想──是動作產生的兩個自然的原因。」[1] 美學家姚一葦先生：「所謂情節，乃是如何把一些發生的事件組合起來，成為一個結構的形式。」[2] 情節發展須遵循一定因果律[3]，故事情節指具最小因果關係的事件。因果關係事件皆由人類真實而具體的行為模擬而來，[4] 能引起情緒反應的。[5] 引起讀者觀眾情感共鳴。[6] 在西方戲劇界，最重視作品引發三種心靈情感情緒，這三種情緒即指

1 參見希臘哲學家、科學家亞里斯多德（Aristotle，西元前 384-西元前 322 年），劉效鵬譯：《詩學》（*Poetics*）（臺北市：五南圖書出版公司，2008 年），頁 74-76、84-89。

2 見美家姚一葦：《戲劇原理》（臺北市：書林出版公司，2014 年 10 月十刷），頁 102-103、107-108。

3 姚一葦：《戲劇原理》，頁 107-110。

4 姚一葦：《戲劇原理》，頁 94。另參見亞里斯多德：《詩學》（臺北市：五南圖書出版公司，2008 年），頁 74-75。

5 《戲劇原理》，頁 85。

6 參見孫惠柱：《戲劇的結構與解構》（臺北市：書林出版公司，2013 年 10 月二刷），頁 78-80。

「三 S 原則」，指懸念（懸疑）（suspense）、驚奇（驚喜）（surprise）、滿足（滿意）（satisfaction）[7]。

本論文分析莫言《懷抱鮮花的女人》情節，凡引發 3S 情緒者，探究其行動、物象、事件及象徵。

情節模擬了人類真實人生與動作，動作指「凡能引起情緒反應的都是動作。」包括「身體的動作」、「心靈的動作」和「無動作」。[8]情節與讀者觀眾的情緒是密切地連結。（美）心理學家加德維．墨菲與約瑟．柯瓦奇認為：「情緒不過是來自骨骼肌、內臟和其他器官的一陣感覺印象在意識中的表現。」[9] 指作品物象引發視覺等感官刺激，使讀者觀眾體內筋肉、呼吸、循環器官同步模仿著物象形象，而產生活動、變化的心理感覺。[10]「三 S」原則即據此一心理感覺而制定的。三 S 之首要為懸念（懸疑）（suspense），此指衝突過程中對於結局的急切期待，除了通常所說的「懸心」即理智和感情上的關注之外，還包括了生理器官的緊張感。其次為驚奇（surprise），此指情境的逆轉與發現。是衝逆轉化所引起的。生理和心理均隨劇中人一起產生突然的變化。多出現在故事後半段。以不合理為主要效果。[11] 其三為滿足（satisfaction），此指結果，由淨化的美感得到滿足。透過哀懼、恐懼的事件，使情緒淨化。[12]

---

7 孫惠柱：《戲劇的結構與解構》（臺北市：書林出版公司，2013 年），頁 80-81。

8 參見孫惠柱：《戲劇的結構與解構》，頁 77-78。另參姚一葦：《戲劇原理》（臺北市：書林出版公司，2014 年 10 月），頁 84-85。

9 參見心理學家〔美〕加德納．墨菲與約瑟夫．柯瓦奇：《近代心理學歷史導引》（上海市：商務印書館，1980 年），頁 273。

10 見孫惠柱：《戲劇的結構與解構》（臺北市：書林出版公司，2013 年 10 月），頁 79。

11 見亞里斯多德（Aristotle，西元前 384-西元前 322 年），劉效鵬譯：《詩學》（*Poetics*）（臺北市：五南圖書出版公司，2008 年），頁 94-96、100-103、196。另見孫惠柱：《戲劇的結構與解構》，頁 81。

12 見亞里斯多德（Aristotle，西元前 384-西元前 322 年），劉效鵬譯：《詩學》（*Poetics*）

莫言《懷抱鮮花的女人》情節常摹寫物象、行動和事件引發讀者懸念、驚奇、擔憂、期待、滿足等審美情緒思想，筆法大膽新奇且細膩，故以其作品動作、物象或因果事件，引發三 S 審美情思表現，歸納分析，並討論其三 S 筆法效益。

二　莫言作品情節之三 S

莫言作品情節設計，多半取因果事件與動作模擬[13]。一連串的情節設計表現種種強烈審美情感思想，有時展露急切期待之情、緊張壓迫感，有時引發突然的驚訝感，或因哀憐同情的理解情懷。這些也譜出人們性情普遍吟嘆的基調。

(一) 懸疑

懸疑（或懸念）（suspense），指衝突過程對於結局的急切期待，讀者感知即將要發生什麼，只是不知何時會發生；不知怎樣發生之緊張擔心情緒。懸疑可使作品產生延長強烈的壓力感。[14] 可安排在全文

（臺北市：五南圖書出版公司，2008 年），頁 74-79、80-81 頁。另見孫惠柱：《戲劇的結構與解構》，頁 81-82。

13 參姚一葦：《戲劇原理》（臺北市：書林出版公司，2014 年 10 月），頁 102-108。

14 見希臘哲學家、科學家亞里斯多德（Aristotle，西元前 384-西元前 322 年），劉效鵬譯：《詩學》（*Poetics*）（臺北市：五南圖書出版公司，2008 年），頁 94-96、100-103、196。另按：依湯普遜：《戲劇的解剖》（*The Anatomy of Drama,* 1946）之見，「大部分悲劇與喜劇的興趣，主要由衝突來維持，沒有衝突，我們欣賞戲劇便不容易完全被感動。」、「戲劇的衝突為戲劇的原動力，亦即戲劇的發展乃由意志衝突所推動，當意志遭遇到阻礙而產生衝突，衝突帶來可能的平衡的變化，使觀眾希望知道，他能否逾越阻礙，或造成怎樣的一種平衡的改變，這就是使觀眾看下去的原因，也就是所謂的懸疑。」見姚一葦：《戲劇原理》（臺北市：書林出版公司，2014 年 10 月），頁 135。

前段、中段與後段。

1 恐懼

莫言常使讀者感知未知的恐懼，運用因果事件及動作暗示即將來臨。試析〈罪過〉例子如下：

> 我和小福子同時發現，在我們腳下，近堤的平穩河水上，漂著一朵鮮艷的紅花。只有花沒有葉，花瓣兒略微有些捲曲，紅顏色裏透出黑顏色來。……河水東流，那朵紅花卻慢慢往西漂，逆流而上，花莖激起一些細小的、潔白的浪花。陽光愈加強烈，河裏明晃晃一片金琉璃。那朵花紅得耀眼。我和小福子對著眼睛，我想他跟我一樣感覺到了一種強烈的顏色的誘惑。後來發生的事情就極其簡單了。小福子狠狠地盯我一眼，轉身就朝著那朵紅花衝去。[15]

另見〈罪過〉之例：

> 我和小福子繼續住東走，快到袁家胡同了，據說這個地方河裏有深不可測的鱉灣。……後來槐樹上的貓頭鷹一聲慘叫，三爺才清醒過來。三爺把土槍順過去，瞄準了八仙桌子。槍筒子冰涼冰涼，三爺的心也冰涼冰涼。……三爺大吃一驚，迷迷糊糊地把槍機摟倒了，只聽得震天價一聲響，河裏一片漆黑，天地萬物都像扣在鍋裏，三爺聽到了鐵砂子打在水裏的聲音。緊接著狂風大作，風是白色的，風裏裹脅涼森森的河水，嘩啦嘩啦

15 莫言：《懷抱鮮花的女人》（臺北市：洪範書店，2012 年 10 月二印），頁 10-11。

> 淋到槐樹上。三爺緊緊地摟住了一棵大槐樹，才沒被風捲到鰲灣裏去。[16]

首先以事件暗示讀者即將發生什麼：「同時發現」、「漂著一朵鮮艷的紅花」，主角和弟弟均看到如此碩大明艷的漂流物，應是享受紅花的美，當感到愉悅才是，然而，緊接著：「紅花卻慢慢往西漂，逆流而上。」花朵和其移動方向均引人注意，而且存疑，出其不意地展示主角們發現紅花漂流一事之不尋常的壓力，再以「花紅得耀眼」、「我和小福子對著眼睛」、「感覺到了一種強烈的顏色的誘惑。」一連串幾個誇張的特寫畫面，塑造連續性，以眼睛動作模擬，暗示可怕悲劇即將發生，生動傳神地突顯人物緊張與等待結果之壓力。在莫言筆下，連續幾個臉部和肢體動作，傳達一個個排山倒海而來的恐懼與不可預測緊張感。主角們「往東走」、「河裏有深不測的鰲灣」、「一聲慘叫」、「才清醒過來」、「心也冰涼冰涼」、「把槍機摟倒了」、「捲到鰲灣裏去」等。密集呈顯緊湊的難以閃避的壓力。

另見〈築路〉取兩個人物動作，使讀者感知到衝突即將發生，如下：

> 老劉抬頭時連背也抬起來，盯著楊六九，忽發一聲奇笑，竟如鴟鴞夜啼一般嚴肅。楊六九吃了一驚，倒退半步，驚視著老頭在一瞬間變得年輕了許多的臉，心裏隱隱似有刺扎著。……手挖濕麵如雞啄米粒，那一個個拳大的窩窩頭便飛一般地往籠屜上蹦。……劉羅鍋子盯著回秀姑娘，臉上的表情令人害怕。這

16 莫言：《懷抱鮮花的女人》（臺北市：洪範書店，2012 年 10 月二印），頁 6-7。

> 老傢伙，也是賊心不退，……[17]

莫言擅長動作模擬，表達人物內心變化，也牽動讀者感知情境漸急或緩：「連背也抬起來」、「盯著」、「忽發」、「奇笑」、「驚視」、「臉上的表情」等，一連串肢體動作及臉眼特寫鋪陳，強化緊張氛圍，也維繫著讀者猜疑情緒，產生一波波情感起伏，或內心擔憂，或延長不可預測的壓力和情緒。[18]

2 怪異

奇怪人事景物容易使讀者關注，引發興味，延長緊張感，作品摹寫怪異人或物，常產生好奇、探索真相的期待。試舉〈罪過〉之例：

> 最後一個節目最精彩。雜耍班子裏的人從幕布後架出一個大漢子來，……一邊淒涼地喊叫著：「大爺大娘，大叔大嬸子們，大兄大弟姊妹們，今兒個開開眼吧，看看這個長尾巴的人。」……鮮紅鮮紅，像成熟辣椒的顏色。……我感覺到姊姊的手又黏又熱。姊姊被嚇出汗來啦。[19]

透過莫言在作品摹寫異常人事形貌，從「雙峰駱駝」、「一隻小猴子」、「滿身長刺的豪豬」、「三條腿的公雞」，到最後「一個生尾巴的人」，讀者漸漸地被帶進愈稀有的人或物景象中，以及莫言所著力鋪

---

17 莫言：《懷抱鮮花的女人》（臺北市：洪範書店，2012年10月二印），頁75-76、80。

18 參姚一葦：《戲劇原理》（臺北市：書林出版公司，2014年10月），頁129-130。「要維繫觀眾，就要引起觀眾的興味。」、「某一事物自某方面言是可厭的，自另一方面言，又是可愛的。」、「一個情節可以處理成笑的場面，也可以處理成哭的場面。」

19 莫言：《懷抱鮮花的女人》（臺北市：洪範書店，2012年10月二印），頁2-3。

陳引領探索的怪異氛圍和情緒。

莫言在摹寫老鱉精時，也大膽而深刻地表現了異類對人性有奇怪吸引力。例如〈罪過〉中云：

> 我和小福子從大人們嘴裏知道，漩渦是老鱉製造出來的，主宰著這條河道命運的，也是成精的老鱉。鱉太可怕了，尤其是五爪鱉更可怕，一個碗口大的五爪子鱉吃袋煙的功夫就能使河堤決口！……三爺說，遠家胡同北頭鱉灣裏的老鱉精經常去北京，它們的子孫們出將入相。……夫婿身體冷如冰塊，觸之汗毛倒立，疑非同類。[20]

此見到莫言將鱉化人的形貌舉出傳神地展現出來，「五爪」、「吃袋煙」、「去北京」、「身體冷如冰塊」、「汗毛倒立」等，造成視覺、觸覺的具象化，這異類的摹寫產生奇怪、怪異感，使讀者陷入連續且極度緊張的情緒狀態。

3 擔心被害

人性有求生存本能，從害怕恐懼感和怪異感，進入擔心被害情緒，是由旁觀立場至身臨其境立場的重要情緒跨越。分析〈築路〉例子：

> 那男人全身灰白，像一條僵蟲。他一動不動，大約只有心臟在那兒不緊不忙地跳動。灰白的臉上。眼睛像塑料球一樣模糊無光，偶然才能見腮上的肌肉抽搐兩下。……男人的身下墊著褯子，一股爛肉氣息直衝人腦。……（白蕎麥）幫我弄死他

20 莫言：《懷抱鮮花的女人》（臺北市：洪範書店，2012年10月二印），頁4、8。

吧……她那兩條細長的眼睛裏，射出暗綠色的光芒，從她的身上，似乎發出一股墓穴的霉氣……譚家莊老喬家的閨女死了。……女屍身上蓋著一床薄綢被，料子貴重，顏色鮮艷，定可賣大價，他高興異常，……按照慣例，他把一個繩套子先套在自己脖子上，又套在姑娘脖子上，死人應像棍一樣硬，站起來便於剝衣。……剛要動作，就聽到她咽喉裏咕嚕一聲響，下面也咚一聲響，玉臉上細眉抽動，眼睛看看要睜開的樣子……後面腳步雜沓，那女屍追上來了。[21]

莫言明顯地運用兩個事件並置，展現活人與殺活死屍、女死屍互動的緊張擔心，人物角色感到不知將會發生什麼異常情況，擔心白蕎麥的丈夫會和墓穴女死屍一樣，追殺他。在〈築路〉中，莫言對楊六九擔心被殺的情緒，給予很多關照，可以看出作者不但有意強調人性在求生存、被殺害等層面的強烈需求，更多的是刻意融入了對人性「擔心」情緒的強化和延長。透過兩個事件與連串動作摹寫，作品獲得讀者擔心、戰慄情緒。[22]

莫言文中描寫動物、昆蟲、魚鱉等都是會幻化成精，而且也是會殺人、要人性命的，〈罪過〉云：

蚯蚓的肚子裏冒出黃色的泥和綠色的血。切成兩段它就分成兩段爬行。我有些駭怕了，小蟲小鳥都是能成精的，成了精的蚯

---

21 莫言：《懷抱鮮花的女人》（臺北市：洪範書店，2012 年 10 月二印），頁 129-135。

22 參見弗列伊特格（Gustav Freifag）云：「戲劇的基本性質乃衝突與懸疑。」姚一葦：《戲劇原理》（臺北市：書林出版公司，2014 年 10 月），頁 135。

蚓也是能要了人命的，我總是聽到大人們這麼說。[23]

又如〈罪過〉中大福子聽三爺說著他在鱉灣看到鱉精既殘忍又恐怖地斬殺偵察員的頭的經歷：

三爺看到一條大黑魚在鱉灣裏漂著。那條大黑魚有五尺長，有二百斤重，頭沒有了還那麼長，那麼重，有頭時就更長更重了。三爺記得自己的槍口是瞄著白鬍鬚老頭的，大黑漢子站在灣邊上離著很遠呢。……大黑魚是鱉精們的偵察員，它失職了，因此被老鱉們斬掉了頭。[24]

（二）驚奇

驚奇（或驚喜）（surprise），指情境的運轉與發現。是衝突逆轉化所引起的。讀者或觀眾的生理和心理均隨故事中人物一起發生突然的變化。驚奇多安排在故事後半段。以不合理為主要效果。讀者產生不知道將發生，卻突然發生驚訝情緒。[25]

1 突然舉動

莫言作品驚奇情緒，多以突然一特殊事件或動作變化所引起的，呈現一驚訝情緒感受或狀態。試析例子〈罪過〉如下：

---

23 莫言：《懷抱鮮花的女人》（臺北市：洪範書店，2012年10月二印），頁5。

24 莫言：《懷抱鮮花的女人》（臺北市：洪範書店，2012年10月二印），頁7-8。

25 見希臘哲學家、科學家亞里斯多德（Aristotle，西元前 384-西元前 322 年），劉效鵬譯：《詩學》（*Poetics*）（臺北市：五南圖書出版公司，2008），頁 94-96、100-103、196。亦見孫惠柱：《戲劇的結構與解構》，頁81。

> 我看到父親的腮幫子可怕地扭動著，父親的嘴巴扭得很歪，緊接著我便脫離地面飛行了。……我在空中翻了一個斛斗，呱唧一聲摔在地上。……我的耳朵裏翻滾著沈重般的聲響，那是父親的大腳踢中我的屁股瓣時發出的聲音。[26]

另見〈棄嬰〉例子云：

> 家裏的人對我的突然出現感到驚喜，但對我懷抱的嬰孩則感到驚訝了。父親和母親用他們站立不穩的身體表示他們的驚訝，妻子用她陡然下垂的雙臂表示她的驚訝。惟有我的五歲的小女兒對這個嬰孩表示極度的興奮。……家裏除了女兒外，都用麻木的目光盯著我，我也麻木地盯著他們。……是個女嬰。她蹬著沾滿血污的、皺皮的小腿嚎哭。[27]

莫言大膽運用動作模擬，深刻生動地表現驚奇的情緒強度，讀者見到人物臉部動作「腮幫子」、「扭動著」、「嘴巴扭得很歪」、「麻木的目光盯著我」、「麻木地盯著他們」等，人物因突然舉止產生內心衝擊和訝異情緒，時表現在肢體動作「大腳踢中」、「站立不穩」、「陡然下垂的雙臂」，就自人物欲壓下這不平靜心情，但往往臉部表情與肢體產生許多變化。這一種驚訝的感受，是人物面對喪子及拾獲女棄嬰時真實心理，這當然與其所處的壓力與沈重——重男輕女環境有關。

2 不合理事件

莫言在《懷抱鮮花的女人》中摹寫死亡事件，充滿違反常理過程：

---

26 莫言：《懷抱鮮花的女人》（臺北市：洪範書店，2012 年 10 月二印），頁 21-22。

27 莫言：《懷抱鮮花的女人》（臺北市：洪範書店，2012 年 10 月二印），頁 36-38。

> 她身上磷光閃閃，寒氣逼人，宛若一條冰河中的青鯉。……那個大個子炮手青銅一樣的臉色竟與女人身上的顏色極其相似。……女人的舌頭冷冰冰地伸進了上尉嘴中。上尉感到血液都凍結了。他疲倦地隨著女人倒下去。[28]

莫言摹寫女子「身上磷光閃閃」、「寒氣逼人」、「青銅一樣的臉色」，表現不合理女性形象，從肢體、顏色、臉色、溫度等，讀者見到不合理女子人物形貌，感到驚訝，女子與上尉的愛情結局亦是不近常理方式。作者寫出了不合理的男女相識過程，異於常人的女子形貌，一再使讀者關注其事件發展，這就是驚奇引發的張力。

莫言擅長描寫不合常理的情節事件發展，使讀者產生驚奇的情緒，使內容情境突然轉化變換。如〈罪過〉描寫不合常理的精靈生活，使讀者感到驚奇。精靈胡同與人類世界是相通的，甚至過著比人類還要高級的生活，皇宮裏沒有的東西，精靈胡同裏也有，云：

> 有一個人回故鄉，精靈胡同裏托他捎一封信，信封上寫「高密東北鄉袁家灣」，這個人找遍了東北鄉也沒找到個袁家灣。他爹說，八成是鱉灣裏的信，你去那兒吆喝吆喝看看吧。……人站在河堤下淺水邊，對著那潭黑水，高叫：家裏有人嗎？出來拿信！喊了三聲，水裏沒動靜，這人罵一句，剛要走，就見水面豁然開裂，一個紅衣少年跳出來，說：是俺家的信嗎？那人把信遞過去。……心想水中精怪，必有珍寶，竟送我一籃綠豆芽！……只見籃子沿上，掛著一根閃閃發光的金綠豆芽。[29]

28 莫言：《懷抱鮮花的女人》（臺北市：洪範書店，2012年10月二印），頁319。

29 莫言：《懷抱鮮花的女人》（臺北市：洪範書店，2014年10月二印），頁8-9。

（三）滿足

滿足（或滿意）（satisfaction），此指結果，由淨化的美感得到滿足。滿足指透過哀憐、恐懼等事件，使讀者產生同情理解等淨化之合意情緒。[30]安排在作品末段。

1 充滿希望

首先在莫言〈罪過〉一則結局，就是呈現人物在困境中仍抱持希望的情懷：

> 沒有狗熊，沒有遍身硬刺的豪豬，沒有三條腿的公雞，沒有生尾巴的男人。不是我思念著的雜耍班子。人愈來愈多。兩個孩子同時站起來，緊緊腰帶，走進場子，一個追著一個翻起觔斗來。女孩和男孩把他們的身體彎曲成拱橋形狀時，往往露出繃緊的肚皮。……只看到一團紅光在下，一團綠光在上，好像兩團火。我看到展現在我面前的人生道路。[31]

莫言摹寫大福子的人生是儘管父親母親嫌棄、外貌不討喜，沒有聰明才智，但在小福子溺水後，大福子以獨立態度，試圖去尋找自己新人生，思考著「總有一天，你們會知道大福子不是省油的燈。」[32]當發覺孫二老爺走失的駱駝出現時，大福子流下快樂的淚水，他找到人生

30 見亞里斯多德（Aristotle，西元前 384-西元前 322 年），劉效鵬譯：《詩學》（*Poetics*）（臺北市：五南圖書出版公司，2008 年），頁 74-79、頁 80-81。亦參孫惠柱：《戲劇的結構與解構》，頁 81-82。

31 莫言：《懷抱鮮花的女人》（臺北市：洪範書店，2014 年 10 月二印），頁 29-30。

32 莫言：《懷抱鮮花的女人》（臺北市：洪範書店，2012 年 10 月二印），頁 24。

新天地：走失的駱駝和迷失的大福子，都可成為雜耍戲班子工作伙伴。莫言在〈棄嬰〉一文的結局，藉著萬物與人類皆生子繁衍後代的觀察，體悟到世界知識的世代傳承，能夠產生生不息的力量，還是為未來帶來希望。即便這力量亦帶來殘酷的人類習俗：溺嬰習俗與傳統思想。如下：

> 一個大螞蚱的背上馱著一個小螞蚱，附在葵花稈上，它們在交配。在某種意義上，它們和人類一樣。它們一點也不比人類卑賤，人類一點也不比它們高尚。然而，葵花地裏畢竟充滿希望。無數低垂的花盤，象無數嬰孩臉盤一樣，親切地注視著我。它們給我安慰，給我感知和認識世界的力量，雖然感知和認識是如此地痛苦不堪。[33]

2 男女平權的平等感

在〈棄嬰〉一則結局，雖不圓滿，莫言道出為重男輕女的錯誤思想，爭取人生而平等，不可以濫殺嬰兒的真誠吶喊：

> 陸奥的棄嬰已成為歷史了吧？避孕套、避孕環、避孕藥、結紮輸精輸卵管道、人工流產。可以成為消除陸奥溺嬰殘忍事的有效手段。可是，在這片盛開著黃花的土地上，問題多複雜。醫生和鄉政府配合，可以把育齡男女抓到手術床上強行結紮，但誰有妙方，能結紮深植根於故鄉人大腦中的十頭老牛也拉不轉的思想呢？[34]

---

33 莫言：《懷抱鮮花的女人》（臺北市：洪範書店，2012年10月二印），頁58。

34 莫言：《懷抱鮮花的女人》（臺北市：洪範書店，2012年10月二印），頁58-59。

〈棄嬰〉主要人物是有一個五歲女兒的男主角，一開篇因在回家路上，三棵柳樹下拾獲一紙條，看見：「速到葵花地裏救人！！」[35]這紙條讓男主角發生天翻地覆的變化，從葵花地裏抱起女棄嬰，並且帶回家照顧。當他看見其父母和妻子驚訝的反應，他決心為女棄嬰生存權努力，先是到鄉裏領導家找人收養，然後再到醫院找護士代尋領養，但在發現在醫院已有幾個棄養女嬰後，男主角痛苦地感知重點：爭取男女平權，廢除男女不平等思想。

3 解脫

在〈歡樂〉一文結局，男主角永樂（齊文棟）經歷高考五次落榜，連連考試失利的打擊，又因追求心儀女性的過程不順利，同儕東胡同裏魯連山家的老三高考上榜，家人對其期盼屢屢落空，他承受了一連串困難挫折與壓力，萬念俱灰下，開始思考生與死的意義，生似乎只帶來痛苦，死亡則結束痛苦，產生解脫、輕鬆的快樂。云：

> 生和死原來只隔著一層薄薄的窗戶紙，奮鬥，成功，不奮鬥，也不成功，都是同樣結局，到頭來都是一具直挺挺的僵屍，哪怕你機關算盡太聰明，哪怕你蠢笨如牛遭侮弄，死亡會使每一個人心平氣和。[36]

莫言進一步地摹寫死亡也許才是痛苦的結束，才會真正快樂。出生也許才是步上痛苦的道路。云：

---

35 莫言：《懷抱鮮花的女人》（臺北市：洪範書店，2012 年 10 月二印），頁 34。

36 莫言：《懷抱鮮花的女人》（臺北市：洪範書店，2012 年 10 月二印），頁 192-193。

> 你趁著嫂子去挑水的功夫溜進哥的家，趨著味道從窗上拿下一瓶德國造劇毒農藥「一〇五九」，擰開鐵蓋，把杏黃色的藥液倒進了你預先準備好的四兩小瓶子。你不願為哥浪費，農藥太貴了，四兩足夠了。……你終於把那瓶農藥觸到唇邊，不，你仰起脖子，大張著嘴巴，讓那四兩德國造劇毒農藥流暢地（幾乎沒污染口腔）從喉管爬進胃袋。……你感覺身體猶如一枚銀色的硬幣，在井水中搖搖曳曳地下落。一瞬間你又看到光明了。第一次見到光明是二十四年前的事情了。第二次的光明和第一次的光明像兩道強烈的燈光，遙相呼應著，照亮了一條幽暗的隧道……就是從這條隧道裏走出來的，你就是從這根陰暗的管道裏鑽出來的。……你稍一睜眼，便感到光明襲來的痛苦，牆縫裏颳進來的冷風像刀子一樣割著你嬌嫩的肉體，你張開沾著血的嘴哭起來，你感覺到人世間極端寒冷。……什麼是歡樂？哪裏有歡樂？歡樂的本質是什麼？歡樂的源頭在哪裏？[37]

三 莫言 3S 表達手法及藝術形式

莫言作品 3S 語言表達方式，是在延續和強化期待感、緊張感、驚訝感、哀憐理解等情緒變化。常經事件與事件間發展時序、特寫式摹寫物象、異常現象與形貌、刻意安排旁支事物、獨白與獨思、與期待相反之情境摹寫等，層層推進懸疑、驚奇等情感。

37 莫言：《懷抱鮮花的女人》（臺北市：洪範書店，2012 年 10 月二印），頁 262-264、267-269。

(一) 敘事觀點：身歷其境

敘事觀點即指莫言在作品採取第一人稱與男主角的角度，使作品帶領讀者親臨其境。[38]

1 作者觀點：第一人稱「我」

莫言化身作品的角色，用第一人稱「我」，把作品想法植入讀者腦中，讀者與作品角色「我」合而為一，透過「我」去看、思考、經歷、感受。試分析〈罪過〉之例：

> 我帶著五歲的弟弟小福子去河堤上看洪水時，是陰雨連綿七天之後的第一個晴天的上午。……我們眼睛緊盯著陰沈著長臉的髒駱駝，貼著離它最遠的牆邊，小心翼翼地往北走。駱駝斜著眼看我們。我們走到離它的身體最近時，它身上那股熱烘烘的腥氣真讓我受不了。駱駝怎地就生長了那樣高的細腿？脊梁上的大瘤子上披著一圈長毛，那瘤子裏裝著些什麼呢？[39]

莫言化身作品中的大福子，大福子帶著弟弟小福子所發生的事；觀察駱駝，感愛到動物的氣味，並且以「我」大福子身分思考、說話，這些目睹、分享和感受，以及內心獨白、疑問和思考，均化為讀者閱讀時的「我」，引起種種同情、緊張、害怕、擔心等情緒。

〈棄嬰〉亦是採用同樣敘事觀點。試舉〈棄嬰〉為例：

---

38 見陳碧月：《小說欣賞入門》（臺北市：五南圖書出版公司，2005 年 9 月），頁 30-31。另見羅盤：《小說創作論》（臺北市：東大圖書公司，1990 年），頁 66-74。

39 莫言：《懷抱鮮花的女人》（臺北市：洪範書店，2012 年 10 月二印），頁 1-2。

> 我把她從葵花地裏剛剛抱起來時，心裏是鎖著滿盈的黏稠黑血的，因此我的心很重很沈，像冰涼的石頭一樣下墜著，因此我的腦子裏是一片灰白的，如同寒風掃蕩過的街道。……我抱著她踉踉蹌蹌、戚戚愴愴地從葵花地裏鑽出來。……出了葵花地我就出了一身汗，被葵花莖葉鋸割過的地方鮮紅地凸起鞭打過似的印痕。好像，好像被毒蟲螫過般痛楚。更深刻的痛楚是心裏。明亮的陽光下，包裹嬰孩的紅綢子像一團熊熊的火，燙著我的眼，燙著我的心，燙得我的心裏結了白色的薄冰。[40]

莫言為了拾獲一女棄嬰而苦惱，當他從葵花地抱起女棄嬰的那天，心裏悲傷、掙扎到為女棄嬰奔走找尋生路，這一連串的，「我」心理活動，表現層層有序地情感波動和情緒起伏，牽引著讀者進入「我」的心理世界。

2 第二人稱「你」

莫言運用旁觀者立場「你」表現作品種種情思和感情。因為不是「我」，所以採用間接口吻、間接推想「你」的心理情緒。

〈歡樂〉的敘述立場「你」是一位考試失利的男子。莫言在作品中使用了「永樂」作為「你」的乳名，「齊文棟」是正式名字。試舉例如下：

> 離開蒼老疲憊的家門，像逃跑出一個一個恐怖的夢境，你，穿過了浮土噗噗的大街，貼著幾家紅色瓦房的牆根，晃過十幾散發著霉味的隔年柴草垛，……你知道一切都完了、晚了。強烈

---

40 莫言：《懷抱鮮花的女人》（臺北市：洪範書店，2012年10月二印），頁31-32。

> 的綠色像扎眼的電焊火花刺激得你頭腦灰白，口腔裏充滿苦澀清冷的青草味道。……你曾經多少次把自己想像成一個風流倜儻的大學生形象。[41]

莫言透過旁觀者角度，描述所看到的「你」，人稱「永樂」、「齊文棟」的男子，連連考試失利、失望、困窘的情緒排山倒海而來，家族父兄施予壓力，使永樂一點也不快樂，期待成為大學生，光宗耀祖的願望，一再落空。「連考五榜，榜榜落空」[42]讓祖宗和父親失望，旁觀者猜想永樂心情：

> 祖宗，你隨便吧，爹再也不管你啦！在那個漫長的暑假裏，你處在猶豫徬徨的痛苦之中，你在灰暗陰冷的魚翠翠和明亮灼熱的呑沙土男孩之間走著一條彎彎曲曲的、佈滿陷阱的道路。[43]

永樂對於落榜的失望，以及死心眼，在近距離「你」目擊下，表露無遺，感到人生已走到生與死之間的彎曲道路，甚至感覺活在火坑、水澤中，沒有快樂，也沒有光耀門楣。莫言運用「你」近距離觀察主角，呈現貼近人物身邊的敘事觀點，這敘述手法使讀者亦貼近作品人物生命、心情，這個「你」亦如同「我」般敘述法，形塑親歷其境感，也富含一短距離的客觀觀點，讀者在作品中與主角有強烈互動，亦參與主角的生活情思。

---

41 莫言：《懷抱鮮花的女人》（臺北市：洪範書店，2012 年 10 月二印），頁 177-178。

42 同前註。〈歡樂〉，頁 185。

43 莫言：《懷抱鮮花的女人》（臺北市：洪範書店，2012 年 10 月二印），頁 193。

(二)即將發生,不知何時何地發生:物象暗示、行動暗示

莫言運用行動、動作、因果事件等,鋪陳暗示氛圍,使讀者感到即將發生什麼事情,只是不知何時、何地、如何發生,這一過程引發讀者期待、仔細觀察細節,追溯種種關聯,甚至產生猜測、預期等強烈的參與感和緊張感。[44]

1 物象暗示

莫言的〈罪過〉開端就提示了讀者,即將有事發生,不知何時、不知何地,不知如何發生:

> 我和小福子沿著河堤往東走。河裏撲上來的味道又腥又冷,綠色的蒼蠅追著我和小福子。……小福子背上、屁股上都有蒼蠅爬動,他可能不癢,休只顧往前走。小福子眼珠漆黑,嘴唇鮮紅,村裏人都說他長得俊,父親也特別喜歡他。他瞇縫著眼睛看水裏水上氾濫的黃光,他的眼裏有一種著魔般的色彩。[45]

「河堤」、「水上氾濫的黃光」、「眼裏有一種著魔般的色彩」,接連地摹寫或景、或物、或景象,使讀者看一景物覺得一景物新奇,步步明

---

44 參見羅盤:《小說創作論》(臺北市:東大圖書公司,1990 年),頁 116-118。據羅盤研究,「懸宕的作用,則是製造神秘離奇的氣氛激起讀者的好奇,抓住讀者的情感,使讀者開卷後非一口氣讀下去不可,其目的在提高讀者的興趣。……利用讀者的好奇,讓讀者懷著一顆猜謎的心情去猜測它,進而使讀者去找謎底,要激起他們非到水落石出不肯罷休的決心,於是讀者便不得不閱讀下去,由此作者的目的也就達到了。」

45 莫言:《懷抱鮮花的女人》(臺北市:洪範書店,2012 年 10 月二印),頁 4。

顯，層層揭示，莫言對景色和人物景狀的描寫，就是一連串原因或可疑處，時而有問題，無法解決，時而有隱似現的線索，細心的讀者一讀到就感覺這些物象必定暗示著即將發生什麼。待讀者得到事件結果：小福子投水，感到吻合前述可疑或猜測處，期待獲得滿足，精神和心靈上與作品結構呼應。

〈懷抱鮮花的女人〉的開篇與結尾就運用「鮮花」，暗示事件發生：

> 海軍某部上尉王四回家結婚。……雨水在天地間拉開了灰白的巨網，往常交通繁忙的立交橋下，此刻竟冷冷清清。這裏地勢低窪，主交橋下既是車輛與行人的通道，也是洪水的通道。……他的打火機噴出的火苗可能把狗嚇了一跳，……他抬眼去尋找那條狗時，猛然發現，在對面那根支柱旁邊，站著一個身穿墨綠色長裙的女人。……最先映入王四眼簾並使他感到突然襲來了莫名興奮的，是女人懷裏抱著的那束鮮花。……上尉覺得她的眼裏一會兒射出溫柔可人的愛之光，一會兒又噴吐著磷光閃閃的地獄之火，那束怪異的鮮花不知在什麼時候已經枯萎了，女人仍然死死地抱著它。[46]

「那束鮮花」引起上尉王四注意，甚至使他產生莫名興奮感，這物象促成王四與綠色長裙女人的互動，使王四對這女子心動。「那束鮮花」馬上引發讀者好奇，也控制著讀者的期待情緒，莫言沒有直接著眼在王四對女子的感受，沒有乾淨俐落地寫王四和墨綠色長裙的女人彼此心動，為的是推動讀者的好奇心，反覆一再由外圍物象的異常，

46 莫言：《懷抱鮮花的女人》(臺北市：洪範書店，2012 年 10 月二印)，頁 275-276、318。

牽動讀者不得不閱讀下去。「那束鮮花」在作品末段，王四和墨綠色長裙女子確定相愛後，「不知在什麼時候已經枯萎了」，揭示著當愛情來了，外在形貌、偽裝、防衛和條件就不再重要，也不存在了。

2 行動暗示

〈築路〉中段劉羅鍋因回秀姑娘長相像煞了「他的帶著女兒跟人跑了的老婆」[47]，為了查找他太太，跑遍了三個縣，直到有人以行動暗示他：

> 他累癱了。在跑山路竄大道時心裏想著女人孩子並不覺得累，……他終於碰到一個熟人，熟人說村裏人都搬到西村去住了。他跑到西村去找老婆孩子，村裏人告訴他，兩個月前來了一群外縣人，人群裏有一個白面書生，藍卡嘰制服子上別著三個亮晶晶的回形針，……小伙子抱著女孩，女人跟在後邊，……他硬硬頭皮，拐出牆角，走到兩個女人面前，問：「兩位大嫂，借光啦！有一個外縣來的女人，家住哪兒？」兩個女人面面相覷，一個瘦臉的搖搖頭，說：「不知道。」兩個女人轉身就走。走在後邊那個女人紮一個小髻，半大解放腳，面孔很善，回頭對他使個眼色，向著灣子北面那個壘著間小門樓的院子噘了噘嘴巴。[48]

老劉日夜兼程跑，為了尋找被人帶走的太太和女兒，沒命似到處打聽，累得連腿和胳膊都麻木了，後來遇到兩個女人，其中一位「紮一

47 莫言：《懷抱鮮花的女人》（臺北市：洪範書店，2012 年 10 月二印），頁 85。

48 莫言：《懷抱鮮花的女人》（臺北市：洪範書店，2012 年 10 月二印），頁 90-91、96-97。

個小髻」、「面孔很善」、「回頭對他使個眼色」、「向著……嘛了嘛嘴巴」，這一連串行動，使讀者跟著劉羅鍋視覺觀察到她暗示著太太小孩去處，這行動暗示摹寫，帶領讀者發現線索，提示即將有事要發生。莫言在〈懷抱鮮花的女人〉一開篇，連用了數個人物與動物行動，暗示即將有事要發生，篇中女主角從沒有開口說話，均運用表情和肢體動作等來鋪陳暗示情節線索與表達她的想法：

> 王四站在水裏，尋找比較乾燥的地方，……，他打火機噴出的火苗可能把狗嚇了一跳，狗的叫聲把他真正嚇了一跳。他抬眼去尋找那條狗時，猛然發現，在對面那根支柱旁邊，站著一個身穿墨綠色長裙的女人。……，她的臉上漸漸展開了一個嫵媚而迷人的微笑，並且露出了兩排晶亮如瓷的牙齒。[49]

莫言細細摹寫女主角的微笑表情與動作，暗示女子對男主角的好感，並從男主角的立場與視線著眼，呈現一連串男主角對女主角行動的仔細觀察與關注。

在〈築路〉一則中，莫言屢屢運用劉羅鍋子的表情動作，暗示老劉老練世故的背景性格，藉此鋪陳奇怪情境與氛圍，引發讀者好奇心，也暗示即將發生可怕的事，云：

> 女人走了，楊六九一直目送她上了河堤，風過，女人的衣服像蝴蝶翅膀一樣在身上飄動。老劉又是一聲奇笑，楊六九不敢直視他陰鷙的目光，便蹲下去摘菠菜的黃葉。……劉羅鍋子盯著回秀姑娘，臉上的表情令人害怕。這老傢伙，也是賊心不退，

---

49 莫言：《懷抱鮮花的女人》（臺北市：洪範書店，2012 年 10 月二印），頁 276-277。

老有少心活該死。[50]

（三）兩線並行：產生緊張感和壓迫感

莫言為了使作品情節緊湊、縝密，往往採用兩件事同時並陳，或同時發生，其事件間具有精心巧妙的內部關聯和暗示性。試舉〈築路〉楊六九盜墓與殺白蕎麥丈夫，兩事並陳之例，分析之：

那天中午，他聽人說譚家莊老喬家的閨女死了。……新墳的土喧騰騰的，挖起來毫不費勁，……墳裏的燈光是長明燈發出，長明燈不滅，墳裏空氣未盡，不會有穢氣侵人，這也是盜新墳的好處。……女屍身上蓋著一床薄綢被，料子貴重，顏色鮮艷，定可賣大價，他高興異常，……按照慣例，他把一個繩套子先套在自己脖子上，又套在姑娘脖子上，死人應像棍一樣硬，……可這個姑娘不硬，……就聽到她咽喉裏咕嚕一聲響，下面也咚一聲響，玉臉上細眉抽動，眼睛看看要睜開的樣子……（楊六九）他避開那雙陰鷙如蜥蜴爬行動物的眼睛，去看窗上慘白的窗紙，電燈光嘛嘛有聲，照著男人的令人噁心的肉體。（楊六九）他看到（白蕎麥丈夫）男人的喉結又尖又高，伸手過去，剛觸皮膚便如摸了蛇一樣。（楊六九）不忍下手。男人身體的每個部位都令他噁心。他從炕角上提過一個枕頭，按到男人臉上……女人（譚家莊老喬家閨女）眉動目開，吐出長長一口氣，……那女屍追了上來了……（楊六九）看到（白蕎麥丈夫）他的脖子上血管跳起，顏色青紫。……（楊六

50 莫言：《懷抱鮮花的女人》（臺北市：洪範書店，2012年10月二印），頁79-80。

> 九）跳溝過壕，不敢回頭，不回頭也知道那起屍鬼深紅褂子如血染，蓬頭散髮。[51]

在五頁篇幅中，莫言設計了很多強烈具關聯性的情節，將楊六九的盜墓遇女屍復活與殺白蕎麥似僵蠶般丈夫，兩線情節巧妙並置，激起讀者聯想，或許白蕎麥丈夫也會如女屍復活追殺他。第一巧合並陳：楊六九盜墓所見女屍身體柔軟溫熱，就似白蕎麥僵蠶般丈夫。女屍身著深紅褂子，也正與白蕎麥衣著相同，兩人均蓬頭散髮。第二巧合並陳：女屍咽喉發生咕嚕聲響，與白蕎麥僵蠶般丈夫相似，亦只會餓時發出叫聲。第三巧合並陳：譚家莊老喬家的閨女或許是昏僵狀態，與白蕎麥丈夫相似。這一連串巧合與線索，使楊六九產生了在殺白蕎麥丈夫時，他也許會如女屍追人般突然復活，並且跳起身來追殺楊六九的驚懼。此外，莫言擅長採用兩個立場並陳，將對立雙方內心的獨白同時呈現，使讀者可以一方面站在某方立場思考說話，又同時可以得到另一方立場的內心思考與回應，使敵對兩方的謀略，一攻一退，一動一靜，一來一往，巧妙地並陳連繫，讀者因著兩線並置發展鋪陳，使緊張心情隨之起伏。〈築路〉云：

> 昨天夜裏，要不是那狗在他（小孫）腿上咬了一口，他真不忍心毀了它。這樣的狗多少年也難碰上一條，他釣住它後就想放了它。但它咬了他的腿肚子，他下了狠心。……他準確地把藏著魚鉤的油條扔到狗頭下，狗愉快地把油條吞了。……打量著狗臉上怒不可遏又痛疼難忍的表情，狗眼綠得出藍火星子，狗牙上寒光閃閃。他感到一線寒冷的月光穿透肌膚進入骨髓……

---

51 莫言：《懷抱鮮花的女人》（臺北市：洪範書店，2012 年 10 月二印），頁 131-136。

他想：狗啊，我們講和吧，我願意放了你，幫你摘下喉嚨裏的魚鈎子。狗說：不，你這個惡棍，狗偷，狗剋星，你毀了我多少同類。請神容易送神難。他想：你是條狗王。但我不怕你。我想放掉你不是我怕你，我欽佩你是個狗雄，不忍心殺死你。築路工的髒肚子不配做你的棺材，你的棺材應該是四合柏木板做成，外塗桐油銅錢厚，內掛著黃緞子裏子。狗說：日你媽的人，你不要花言巧語。我胃裏裝著自己的熱血，腥血。血使我想起祖先，我們的祖先被你的祖先給馴了，我們世世代代被你們蒙蔽，這種髒日子該結束了，你們把我們裝進肚子裏的事有千千萬萬起了，到了以人之道治人的時候了，你們這些狗日的人。他想：狗，我真不是怕你，我真心想放你。狗說：王八蛋子！到了這時了才說這種話，晚了，是死是活，魚死網破。他想：狗哇，你冷靜一點，你別感情用事，我希望你好好思考一下。[52]

莫言在數頁篇幅中，運用連續同步地呈顯狗與人兩線的內心獨白，串連了雙方對立思想的攻與守，既緊密關聯著兩線的計謀與來往，也巧妙扣合情節與雙方緊湊地進退行動。

（四）獨思與獨白：表現忐忑疑慮

莫言的〈罪過〉運用大量的獨思和獨白，安排主角內心情緒變化，獨思或獨白都是很能利用心理語言去渲染緊張、驚訝、害怕、疑惑等心理變化。劇作家勞遜（John Howard Lawson, 1984-1977）說：

52 莫言：《懷抱鮮花的女人》（臺北市：洪範書店，2012年10月二印），頁101-103、105-106。

> 語言也是一種動作的形式。抽象或涉及一般感受或觀念的對話，不是戲劇的。語言之妥當只在它描述或表現動作的範圍內。[53]

語言即使是存在人物心靈裡，藉身體活動、行動或臉部表情呈顯出來，這類語言可為「動作對白」(action dialogue)[54]。人物獨白獨思需與前後事件情境連結解讀，才能理解角色心理情緒轉折。〈罪過〉中云：

> 其實，我長大了才知道，人們愛護自己身上的毒瘡就像愛護自己的眼睛一樣，我從坐在莫垛邊上那時候就朦朦朧朧地感覺到：世界上最可怕最殘酷的東西是人的良心。……我在那道矮牆邊上坐著，沒人理我，場上散步幾百個人，……我看到了他們貌似同情，實則幸災樂禍的臉上表情。……他們都是來看熱鬧的，就像當年姊姊帶我去看那個長尾巴的人一樣。[55]

莫言〈罪過〉中大福子因小福子投水溺水，被父母冷落責難，承擔許多眾人指責和質疑自我價值，有時他看待父母和鄰里的舉止，表面無事，內心卻反覆思量和自我內心對話，懷疑眾人的關心同情其實只是事不關己的湊熱鬧或假面關切。當大福子知道父母又懷孕，一段時日後，鄰里們也不再談小福子投水溺水之事，大福子對人的生命價值產生質疑，後來思考並設立自己新的人生道路，體悟到生存與生命意義：「人身上總要有點珍奇的東西才好。」[56]

---

53 參見姚一葦：《戲劇原理》(臺北市：書林出版公司，2014 年 10 月十刷)，頁 88。

54 同前註。參見姚一葦之研究，「(勞遜) 他所謂描述或動作，乃指心靈狀態的客觀化。」頁 88-89。

55 莫言：《懷抱鮮花的女人》(臺北市：洪範書店，2012 年 10 月二印)，頁 13-14。

56 莫言：《懷抱鮮花的女人》(臺北市：洪範書店，2012 年 10 月二印)，頁 23、30。

另外在〈築路〉和〈歡樂〉也有獨思獨白的表達，舉例如下：

> 〈小孫〉他想：狗啊，我們講和吧，我願放了你，幫你摘下喉嘴裏的魚鈎子。狗說：不，你這個惡棍，狗偷，狗尅星，你毀了我多少同類。請神容易送神難。……他想：狗哇，你冷靜一點，你別感情用事，我希望你好好思考一下。狗沈默著，好像在深思。[57]

小孫與白蕎麥的黑狗的虛擬精神對話，其實是呈現一段心靈客觀化：小孫自覺沒有把握釣勾住這條大黑狗，發現這大黑狗聰明且強壯，小孫或許會被大黑狗撲倒咬死，內心的掙扎和後面行為的註腳。〈歡樂〉運用了獨思手法，男主角因五年落榜，承受莫大壓力，內心產生疑慮而質疑：生命是令人快樂的嗎？

> 你在蝶的河裏游泳著，蝶一樣的黃麻花團團簇簇地包圍著你，滿眼輝煌，觸目無綠，你歡樂！從地上傳來驚雷般的詢問聲：什麼是歡樂？哪裏有歡樂？歡樂的本質是什麼？歡樂的源頭在哪裏？……請你回答！[58]

（五）與期待相反

莫言〈懷抱鮮花的女人〉採用一些使讀者意外的寫法，改變讀者制式想法，延長故事緊張感，也增加讀者好奇心和思考空間。舉例如下：

---

57 同前註。〈築路〉，頁105-106。

58 莫言：《懷抱鮮花的女人》（臺北市：洪範書店有限公司，2012年10月二印），頁269。

> 上尉站住腳，把行包扔在地上，咬牙切齒，使自己發起狠來。他虛張聲勢地壓低了喉嚨說：「如果你膽敢繼續跟踪我，我就把你推到池塘裏去淹死！」……女人在微笑。[59]

故事中墨綠色長裙的女人被恐嚇後，一點兒也不畏懼，甚至還面露微笑，這女子的情緒反應令讀者不解，也增加讀者對這謎樣女人的好奇心。

在另一段摹寫上尉王四的父親突然的舉動：

> （上尉王四）靠進家門一步，對自己的痛恨和對女人連同那條黑狗的擔憂就增強一分。上尉跨進了家門。迎接他的是他父親的一記耳光！上尉被搧得頭昏腦脹。[60]

遠道回家的王四，為了籌辦婚禮，才抵家門，卻被父親打了一巴掌。原來王四父親已聽聞那墨綠色長裙女子和王四間曖昧傳聞。王四父親猜想兒子必定主動招惹那女子，故不但沒有歡喜迎接久未見面的兒子，反而先打兒子一記耳光。因為莫言將二人互動真相延緩到故事後段才揭示原因，讀者因而產生意外的驚訝效果，也增加情節的情感強度。

（六）超乎正常比例：表現壓迫感與驚懼感

莫言在〈罪過〉中設計了幾個異於正常比例的角色或物象，使讀

59 莫言：《懷抱鮮花的女人》（臺北市：洪範書店有限公司，2012 年 10 月二印），頁 286。

60 同前註。〈懷抱鮮花的女人〉，頁 309。

者感到恐懼、不安，甚至產生既害怕又好奇情感：

> 雜耍子裏的人從幕布後架出一個大漢子來，……敲鑼的老頭好像很難過，……喊叫著：「大爺大娘，大叔大嬸子們，大兄弟姊妹們，今兒個開開眼吧，看看這個長尾巴的人。」……夾出了根暗紅的，……小指粗細的肉棍棍。……它還哆哆嗦嗦地顫動呢。[61]

莫言在開篇刻意設計一個異於常人的角色：長尾巴的人，並且細部放大式摹寫尾巴的顏色、大小等，這類超乎正常比例或景況的人物或物象，常使讀者產生緊張害怕的壓迫感，造成讀者心理負荷，並且產生哀憐感嘆的情緒。

莫言在〈築路〉對白蕎麥丈夫似僵蠶般形象，有細節放大式摹寫，這類異於健康常態形貌的描述，是很容易使讀者產生緊張、驚訝、恐懼、哀憐等感受，舉例如下：

> 楊六九大吃一驚。那男人全身灰白，像一條僵蠶。他一動不動，大約只有心臟在那兒不緊不忙地跳動。灰白的臉上。眼睛像塑料球一樣模糊無光，偶爾才能見腮上的肌肉抽搐兩下。[62]

莫言放大細節的摹寫法，也藉此帶領讀者由楊六九的視覺方向，感受楊六九的心理變化及延展情節的壓迫和緊張感。

---

61 莫言：《懷抱鮮花的女人》（臺北市：洪範書店，2012 年 10 月二印），頁 2-3。

62 莫言：《懷抱鮮花的女人》（臺北市：洪範書店，2012 年 10 月二印），頁 129。

（七）藝術形式手法

1 類疊

莫言經常運用類疊修辭加強語氣、或者使情節產生節奏感，或者暗示某一重要物象，或重要情意，時見疊字法，或疊句，或類句等。[63]在〈罪過〉一則中，疊句與類句例子如下：

> 「讓它下河吧。」我用商量的口吻對小福子說。「讓它下河吧。」小福子也說。[64]

又如：

> 槍筒子冰涼冰涼，三爺的心也冰涼冰涼。[65]

又見例子：

> 「哥，一朵紅花……」小福子緊盯著水中的花朵說。「一朵紅花，是一朵紅花……」我也盯著水中的紅花說。[66]

在〈棄嬰〉一文中，莫言亦多用疊句與類句強化重要情意。例如：

---

63 黃慶萱：《修辭學》（臺北市：三民書局，2002 年 10 月三版一刷），頁 531。
64 莫言：《懷抱鮮花的女人》（臺北市：洪範書店，2012 年 10 月二印），頁 5。
65 同上註。頁 7。
66 莫言：《懷抱鮮花的女人》（臺北市：洪範書店，2012 年 10 月二印），頁 10。

> 她高叫著：「小弟弟，小弟弟，爸爸撿回來一個小弟弟。」……
> 「我看看小弟弟！」[67]

又如：

> 包裹嬰孩的紅綢子像一團熊熊的火，燙著我的眼，燙著我的心，燙得我的心裏結了白色的薄冰。[68]

又例如：

> 世上沒有無緣無故的愛，也沒有無緣無故的恨。……真正的危險來自後方不是來自前方，真正的危險不是齜牙咧嘴的狂吠而是蒙娜麗莎式的甜蜜微笑。不想不知道，一想嚇一跳。[69]

2 譬喻

莫言《懷抱鮮花的女人》常採用譬喻手法，以具體說明抽象，或使用具有類似點的事件物象來比方說明另一事物。莫言運用譬喻手法使抽象情意鮮活立體感。[70]在〈罪過〉一則中譬喻法的例句如下：

> 世界上最可怕最殘酷的東西是人的良心，這個形狀如紅薯，味道如臭魚，顏色如蜂蜜的玩藝兒委實是破壞世界秩序的罪魁禍首。[71]

---

67 莫言：《懷抱鮮花的女人》（臺北市：洪範書店，2012年10月二印），頁37。
68 莫言：《懷抱鮮花的女人》（臺北市：洪範書店，2012年10月二印），頁32。
69 莫言：《懷抱鮮花的女人》（臺北市：洪範書店，2012年10月二印），頁46。
70 黃慶萱：《修辭學》（臺北市：三民書局，2002年10月三版一刷），頁321。
71 莫言：《懷抱鮮花的女人》（臺北市：洪範書店，2012年10月二印），頁13。

又例如：

> 我看到小福子的身體愈來愈薄，好似貼在鍋底上的一張烙餅，[72]

在〈棄嬰〉一文，莫言亦使用譬喻手法靈活突顯重要情意，例如：

> 人類進化至如今，離開獸的世界只有一張白紙那麼薄；人性，其實也像一張白紙那樣單薄脆弱，稍稍一捅就破了。[73]

另見〈築路〉一則，亦屢見譬喻手法，細膩地摹寫人物內心情緒與情意，例如：

> （楊六九）心裏灼熱像生著炭爐，對白蕎麥的恨，猶如澆著熱水的冰凌，淋淋漓漓地化了。……楊六九躺著似睡非睡，身子飄起來，或重如泰山，或輕如鴻毛。[74]

〈懷抱鮮花的女人〉一則亦多次使用譬喻手法，摹寫女主角與她的黑狗的奇特的行徑，生動地突顯其情意與性格，例如：

> 然而就在這一瞬間，他看到那條狡猾的黑狗像泥鰍一樣從腿的縫隙中游刃自如地鑽過來。……因為她（懷抱鮮花的女人）站在這骯髒的售票大廳裏如同孔雀站在家雞群中一樣顯眼。……

---

72 莫言：《懷抱鮮花的女人》（臺北市：洪範書店，2012 年 10 月二印），頁 19。

73 莫言：《懷抱鮮花的女人》（臺北市：洪範書店，2012 年 10 月二印），頁 35。

74 莫言：《懷抱鮮花的女人》（臺北市：洪範書店，2012 年 10 月二印），頁 72。

那條黑狗已經聳著肩上的毛，像幾道縱橫交錯的黑色閃電，把幾個男人咬翻在地。[75]

四　結論

莫言在二〇一二年諾貝爾文學獎授獎詞中云：「用虛幻現實主義將民間故事、歷史和現代融為一體」，這確立莫言魔幻寫實筆法，與新奇摹寫法之價值，也受到世界文壇肯定。

莫言運用 3S 及多種具體形象性的手法，摹寫出虛幻的驚奇情境，呈現悲慘現實困境、鋪陳出懸疑氛圍，與引發同情理解滿足心理，有別於其他作家，莫言作品中提出革新觀點，破除傳統舊思維與舊社會風俗。此正為深植析論的獨特之處。

莫言在《懷抱鮮花的女人》亦大量運用驚奇懸疑等感受摹寫技巧，將現實批判與體悟呈現出來。有四種突破性筆法與一項對社會重要貢獻：一、莫言取用恐懼、怪異與擔心被害等行動和事件，形塑懸疑感。二、運用突然舉動和不合理的事件，產生驚奇效果。三、使用男女平等理念和追求人生希望，作為故事結局，具有強烈社會批判與期許。四、莫言設計身歷其境的敘事觀點；緊湊又驚恐的兩事並行和異常物象的摹寫法；意料之外的大反轉安排，延展鋪陳故事情緒強度，使讀者思考和不得不讀。莫言藉著上述開創性寫法，使其作品對社會國家產生重要貢獻，破除傳統舊社會思維，提出改革社會國家的革新觀點：突顯人倫情感和社會階級之陰暗面，鼓勵人建立自我價值，追尋自己的人生目標；破除男女不平等、解決女棄嬰的問題；破除萬般皆下品，唯有讀書高之悲，使高考不再是年輕人唯一的路；破除社會世俗婚姻看法，提出自由戀愛觀點。

75　莫言：《懷抱鮮花的女人》（臺北市：洪範書店，2012 年 10 月二印），頁 291-293。

參考文獻

（古籍依時代排序，今人資料依姓氏筆劃排序，外文資料依名字字母排序）

〔美〕加德納・墨菲與約瑟夫・柯瓦奇　《近代心理學歷史導引》　上海市　商務印書館　1980 年

姚一葦　《戲劇原理》 臺北市　書林出版公司　2014 年 10 月 10 刷

孫惠柱　《戲劇的結構與解構》　臺北市　書林出版公司　2013 年 10 月二刷

莫　言　《懷抱鮮花的女人》 臺北市　洪範書店 2012 年 10 月二印

陳碧月　《小說欣賞入門》 臺北市　五南圖書出版公司 2005 年 9 月

黃慶萱　《修辭學》　臺北市　三民書局　2002 年 10 月三版一刷

羅　盤　《小說創作論》　臺北市　東大圖書公司　1990 年

〔希臘〕亞里斯多德（Aristotle，西元前 384-西元前 322 年），劉效鵬譯　《詩學》（*Poetics*）　臺北市　五南圖書出版公司　2008 年

章法結構在國中閱讀教學上的運用——以蒲松齡〈大鼠〉為例

紀閔中
國立臺灣師範大學國文學系教學碩士班

摘要

閱讀能力是近年來教育界持續關注的議題，閱讀除汲取文本中的知識，更能透過精讀即有策略的閱讀來提升閱讀成效。本研究欲藉由學習認知理論來分析 PISA（the Programme for International Student Assessment 國際學生能力評量計畫）閱讀認知歷程與篇章章法結構在學習的關聯性，推論以章法結構教學對學生閱讀學習上有正向效益。

PISA 的閱讀認知歷程為擷取訊息、理解與解釋與省思與評鑑，有結構系統地分析閱讀文本有助於學生知識的建構；而章法是文章構成的型態，是組織篇章以合乎思維邏輯的一種方式，作者在謀篇布局時會受到共通理則的支配，故對章法結構熟稔則對文本的閱讀理解有正向意義。筆者藉由對現有一篇國中範文進行剖析，透過章法橫向結構論中的秩序律、變化律、聯貫律與統一律來說明，前三者重在材料內容的分析與運用，而統一律則著眼於情理抒發或統合材料。

研究材料為國中翰林版第六冊第九課課文——蒲松齡《聊齋誌異・大鼠》，旨在說明做人處世應懂得出處進退，善用智謀而乘勢取勝，若單憑勇力必自取毀滅。希冀藉由筆者對此篇國中範文的梳理探析及相關閱讀策略

（預測策略、斷句策略、提問策略）之運作，能提升學生閱讀理解能力。

關鍵詞：章法學、章法結構、國中閱讀、蒲松齡、大鼠

一 閱讀理解與章法結構

(一) 閱讀理解與歷程

阿德勒（Alfred Adler, 1870-1937）認為閱讀是作者與讀者的溝通[1]，當讀者主動進行閱讀，可以增進讀者的理解力，當讀者與作者兩者的認知越接近，溝通就越能成功，對閱讀內容也就更能理解。

閱讀理解模式根據李吟詠[2]的研究大致可分為四類：

1. 由下至上的理解模式
2. 由上至下的理解模式
3. 互動模式：以直線方式來描述閱讀理解的過程，此強調任何層次理解模式的缺失都可互相填補，如一位讀者在識字能力較慢，但卻對文章已有一些概念，由上至下的模式可幫助他理解；若讀者沒有一些既有知識，他的認知能力可讓他由下到上來理解文章。
4. 循環模式：以解字→形成命題→統整，此三者不斷地循環至讀者自覺已了解。

了解閱讀理解模式後，教師在教學上需要有一套系統架構，而非僅讓學生自主或自律學習，而單文經認為，建構式的教學是由教師或者是知識比較豐富的人來掌握與指導學生的活動，而後教師與學生共同分擔責任，教師繼續引導學生不斷地產生更進一步的理解，並且提

1 Alfred Adler 著，張惠卿編譯：《如何閱讀一本書》（臺北市：桂冠圖書公司，1985年7月25日5版），頁9。

2 李吟詠主編：《學習輔導——學習心理學的應用》（臺北市：心理出版社，2001 年3月再版1刷），頁314-316。

供必要的協助，此協助如同一般建築物所使用的鷹架支持，能保障學生學習的成功，且將學生習得的知能延伸至新的場域，最後能讓學生自行學習。[3] 教師在指導閱讀時應該要循序漸進，建立一套教師自我可駕馭學生閱讀歷程學習的閱讀策略。

PISA 測驗評量所定義的閱讀素養為理解、運用、省思及投入文本，以達成個人目標，發展個人知識和潛能，並有效參與社會。PISA 的閱讀歷程如下圖 [4]：

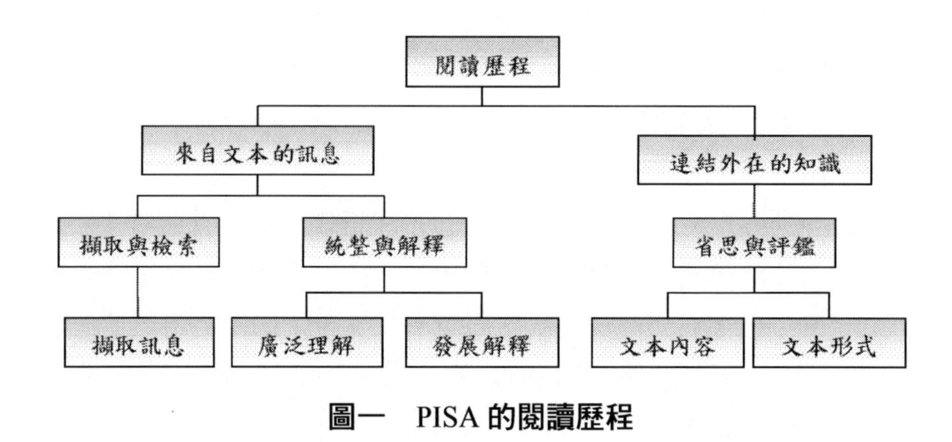

圖一　PISA 的閱讀歷程

資料來源：〈PISA 2009閱讀應試指南〉，頁6。

PISA 測驗評量的閱讀歷程可從文本本身的訊息而來，也可連結至外來的知識。就來自文本本身的訊息，在閱讀認知能力可分為以下三項：

1. 擷取與檢索：涉及尋找、選擇和收集資訊。讀者會尋找特定的文章資訊。

3　參閱單文經：《教學引論》（臺北市：學富文化公司，2001 年 6 月初版 1 刷），頁 168-170。

4　參閱〈PISA2009 閱讀應試指南〉，頁 5-6。

2. 統整與解釋：涉及文本內部的統整，了解文本各部分關係或加以推論。

3. 省思與評鑑：涉及利用文本外在知識、想法和價值。在省思文本時，讀者將知識或經驗與文本做關聯，當評鑑文本時，讀者不只利用個人的知識與經驗，也利用以內容為本或客觀知識的規範進行評斷。

鄭圓鈴參考 PISA 閱讀素養的閱讀歷程，亦認為閱讀歷程包括：先「檢索與擷取訊息」、次「統整與解釋」、後「省思與評鑑」的三個階段，用詞與 PISA 相似。這三個階段須依序進行，不可顛倒次序，也就是在閱讀理解的過程，須先有檢索與擷取，才能進一步做統整與解釋，最後才可能形成省思與評鑑。[5]

綜合上述，閱讀的精神即是思考，由淺層的閱讀認知能力，推衍至較高層次能對所閱讀的文本進行解釋與統整，而後更進一步到更高層次，將讀者所讀的內容與原有的知識與經驗相結合，經過判斷與省思後，即根據文本的內容來闡述自我想法與感觸。

(二) PISA 閱讀歷程與章法結構之關聯

PISA 的閱讀歷程即是有意義建構一個合宜的認知過程，透過由簡至繁的問題架構學生的認知，故提問的問題設計則相當重要，提問在教學現場上應是最經濟有效的教學技巧。張玉成認為提問是一種引發他人產生心智活動並作回答的語言刺激[6]，是促進學生思考發展的有效途徑之一，有良好的提問技巧是教學成功的基礎。提問乃是一種

5 鄭圓鈴著，許芳蘭採訪撰文：《有效閱讀——閱讀理解，如何學？怎麼教？》（臺北市：天下雜誌，2103 年 12 月 1 版第 3 次印行），頁 20-21。

6 張玉成：《教師發問技巧》（臺北市：心理出版社，1998 年 7 月 4 版），頁 1。

刺激，能引起學生的注意[7]，在教學現場因為有教師的主動提問，學生必須要專注與省思才能夠回答教師的問題，對教學課程初始的引起動機有不錯的功效。

教師想要改善自己提問的技巧與能力，應先對問題加以分類，透過對問題的分類才能夠區辨低層次的簡易問題與高層次的思考性問題。在教學現場上，教師對學生常詢問些較低層次的問題，因學生能較容易回答出老師的提問，進而增進師生間的互動。然如教師提問較需思索的問題偏向需要統整解釋或省思評鑑時，多數學生則沉默不語，學生可能是不知答案，抑或害怕回答錯誤，而此時教師只能多詢問幾位學生的意見、把這個問題當作回家作業或教師直接講出答案，故如能對問題的類型更加清楚，則自然會驅使提問者在擬定問題時能夠更多元，更具創造力。

然所謂的「章法」，就是綴句成節、段，聯節、段成篇的一種組織方式，章法的方式很多，有遠近、大小、本末、淺深、貴賤、親疏、賓主、正反、虛實、凡目、因果、平側、抑揚、擒縱、問答、立破等。[8]用上述章法結構類型來切入文本，來掌握它的形式結構，從而將它的內容結構也梳理清楚，自然文本在內容與形式的特色就自然顯現，學生如能夠根據教師的引領，習得基本的章法結構，對文本的理解也有相當的助益。

仇小屏指出若要更具體融入章法分析在範文閱讀教學上，提出「簡化課文分析表」、「配合分段精講」、「隨講隨畫」、「闡釋章法特色」四項可操作模式。[9]「簡化課文分析表」乃教師已先精簡教材，

---

7 張玉成：《思考技巧與教學》（臺北市：心理出版社，1993 年初版 1 刷），頁 95。

8 參見陳滿銘：《文章結構分析——以中學國文課文為例》（臺北市：萬卷樓圖書公司，1999 年 5 月初版），自序頁 1。

9 參見仇小屏：《深入課文的一把鑰匙——章法教學》（臺北市：萬卷樓圖書公司，2002 年 6 月再版），頁 267-287。

提綱挈領的說明要意，即能使學生全盤統領文本內容與形式，教師可以透過詢問文本直接與相關訊息內容，架構學生底層的知識；而後「配合分段精講」，在文章的細微處能深入探析，藉由「隨講隨畫（結構圖）」的方式，將章法觀念與運作傳達給學生，一邊詢問文本的重點句、關鍵句是如何闡釋，並引導提示學生文本運用何種章法原則來構置，培養學生對文本整體「廣泛理解」，並能對特定關鍵段落或字句「發展解釋」，建構學生對文本內容更高一層的認知。

單就文本內容理解是不夠的，需讓學生知曉如此的章法結構安排的用意何在，有何優點，此可以透過提問來對整體「文本形式」來進行省思，如，蒲松齡〈大鼠〉文本為何要「先敘後議」？作者為何對文中的大鼠「先揚後抑」？作者藉由獅貓與大鼠正反對比的用意何在？最後，學生對全篇的主旨綱領熟悉後，再透過提問的方式將文本主旨與學生本身的經驗相結合，進行延伸性的思考，將文本知識能轉化至日常生活中。

二　以章法結構梳理蒲松齡〈大鼠〉

章法結構有助於學生對文本閱讀的理解，故透過基本的章法原則能讓學生在文本的形式與內容能夠有較全面的認知理解，對學生的閱讀教學有相當的助益。陳滿銘認為辭章章法是以「邏輯思維」為主、「形象思維」為輔，它所探討的主要是內容的深層邏輯，即為篇章的「條理」，而此「條理」乃源自於人之心理，從內在應接萬事萬物，所呈顯的共通理則。而這共通的理則，落在章法上，便成為「秩序」、「變化」、「聯貫」、「統一」等四大原則。其中「秩序」、「變化」與「聯貫」三者，主要著重個別材料（景與事）之布置，以梳理各種章法結構，重在分析思維；而「統一」則主要著眼於情、理或統合材料，擬成主旨或綱領，以貫穿全篇。[10]

以下為蒲松齡〈大鼠〉原文，並依照章法結構原則分別加以析論：

> 萬曆間，宮中有鼠，大與貓等，為害甚劇。遍求民間佳貓捕制之，輒被噉食。
>
> 適異國來貢獅貓，毛白如雪。抱投鼠屋，闔其扉，潛窺之。貓蹲良久，鼠逡巡自穴中出，見貓，怒奔之。貓避登几上，鼠亦登，貓則躍下。如此往復，不啻百次。眾咸謂貓怯，以為是無能為者。
>
> 既而鼠跳擲漸遲，碩腹似喘，蹲地上少休。貓即疾下，爪掬頂毛，口齕首領，輾轉爭持，貓聲嗚嗚，鼠聲啾啾。啟扉急視，則鼠首已嚼碎矣。然後知貓之避，非怯也，待其惰也。彼出則歸，彼歸則復，用此智耳。
>
> 噫！匹夫按劍，何異鼠乎！

（一）秩序律

在探討文章的章法結構時，首重秩序律，乃因在從事文章創作時，將自己的意思有秩序地表達出來，使讀者容易了解。所謂的秩序，是說將材料依時間、空間或事理展演的順序加以安排的意思，而目前所能掌握的章法，約有四十種[11]。

10 陳滿銘：〈論辭章章法的四大論〉，《國文天地》17 卷 4 期（2001 年 9 月），頁 101-107。

11 參見陳滿銘：《章法結構原理與教學》（臺北市：萬卷樓圖書公司，2014 年 8 月 1 日初版），頁 198，亦見於頁 57-62。四十種即為今昔、久暫、遠近、內外、左右、高低、大小、視角轉換、知覺轉換、時空交錯、狀態變化、本末、深淺、因果、寡眾、並列、情景、論敘、泛具、虛實（時間、空間、假設與事實、虛構與蒲松齡〈大鼠〉中，時間為「順敘」，順敘乃因時間先後為次的敘述，依時間而論，由昔至今，即依照時間或人物動作發生的次序即可推知，敘述有頭有尾，來龍去脈清楚分明，方便讀者閱讀並了解文章的脈絡順序。〈大鼠〉剛開始即點出時間點「萬曆間」，即為明神宗在位時期，在當時大鼠造成的禍害非常的嚴重，官員到處尋求民間的好貓來捕捉牠，但那些號稱善於捕鼠的佳貓都被大鼠給吞噬。而後正巧他國進貢一隻毛白如雪的獅貓，官員將獅貓抱入有大鼠的房間內，經過一連串的鼠貓大戰後，結果獅貓得到勝利。附結構分析表如下：

┌昔：萬曆間，宮中有鼠，大與貓等，為害甚劇。遍求民間佳貓捕制之，輒被噉食。
└今：適異國來貢獅貓，毛白如雪。抱投鼠屋，闔其扉，潛窺之。……啟扉急視，則鼠首已嚼碎矣。

章法結構中的「深淺」則是從事理或情理方面而論。事理的發展或情理的推演都有其邏輯性，凡一件事在演變的過程中，它的情況有愈趨嚴重者，將它描繪下來，則會形成一種秩序。〈大鼠〉在第二段中描繪大鼠追獅貓的過程，因獅貓並未展現牠的能耐，只是一味消耗大鼠的體力，從旁觀者宮人來看，與先前從民間遍尋所得的佳貓並無不同，結果都是貓跑給大鼠追，認為貓膽怯無能，這是在敘述事理過程中較無出人意料之外，在事理的推論上屬「淺」；然第三段獅貓開始展現自己的能力，因大鼠已經用盡自己的力氣，而獅貓卻是保留體力，強弱形勢因而轉變，獅貓以迅雷不及掩耳之勢疾下撲鼠，制敵死

真實）、凡目、詳略、賓主、正反、立破、抑揚、問答、平側（平提側注）、縱收、張弛、插補、偏全、點染、天（自然）人（人事）、圖底、敲擊等。這些章法，都可以一秩序原則，形成「順」與「逆」的兩種結構。

命，此情節有別於第二段的預期陳述，在敘述事理過程中出人意表，在事理的推論上屬「深」。附結構分析表如下：

┌淺：（第二段）「適異國來貢獅貓」十六句
└深：（第三段）「既而鼠跳擲漸遲」十四句

章法結構中的「情緒變化」亦從事理或情理方面而論。一件事的推展，可以從當事人情緒變化帶出，此當事人可為作者也可以是其他相關人物。在〈大鼠〉中，宮中眾人的情緒變化與看法的轉變是造成文章高潮迭起的關鍵，在第二段中宮人見到獅貓從不回應大鼠，任由大鼠追擊，「眾咸謂貓怯，以為是無能為者」，宮中眾人先對獅貓的無能感覺失望，因獅貓是異國的貢品，理應較國內佳貓的捕鼠能力要來得好，然卻連想要反擊大鼠的動作都沒有，在門外觀看的宮人自然是相當失望的；然在第三段中，獅貓趁著大鼠精疲力竭之時，用爪抓住大鼠頭頂上的毛，咬住大鼠的頭頸，「然後知貓之避，非怯也，待其惰也」，此時宮人的情緒應該是相當激動的，因惱人許久的大鼠已經被獅貓給制伏了，從中顯現先前對獅貓的誤解，反襯出下文獅貓的能耐與智慧。

（二）變化律與聯絡律

所謂「變化」，是把材料的次序加以參差安排的意思。每一章法依循此律，也都可經由「轉位」而造成順、逆交錯的效果。所謂「聯貫」，是就材料先後的銜接或呼應來說的，以稱為「銜接」。無論是哪一種章法，都可以由局部的「調和」與「對比」，形成銜接或呼應，而達成聯貫的效果。[12]

章法結構中的「虛實」則是聯絡律中常被利用亦變化繁多，套用在敘論法中，「敘」指具體事件，是「實」，「論」指抽象道理，是「虛」，這種敘事與議論結合的謀篇方式，常見於歷代記人事或發議論的散文中。[13]通常一個詞章家在創作之際，在運材上，往往從兩方面著手；一是就「有」，運用當時所見、所聞、所為的實際材料；一是就「無」，運用憑著個人內心的感覺或想像所捕捉或製造的抽象材料。根據上述，在〈大鼠〉中，第一、二、三段為記敘部分屬「實」，末段論說部分為「虛」。第一段是陳述事件發生的時間、地點與原因；第二段是敘述鼠貓相鬥、鼠追貓避的過程；第三段是寫鼠疲貓擊，轉敗為勝的經過。末六句「彼出則歸，彼歸則復，用此智耳。噫！匹夫按劍，何異鼠乎！」以議論的方式點出獅貓的智謀及以鼠喻人，發人深省。附結構分析表如下：

實（敘）：（第一段）「萬曆間」七句
　　　　　（第二段）「適異國來貢獅貓」十六句
　　　　　（第三段）「既而鼠跳擲漸遲」十四句
虛（議）：（第三段）彼出則歸，彼歸則復，用此智耳。
　　　　　（第四段）噫！匹夫按劍，何異鼠乎！

就時間的方面而論，昔與今為「實」，然透過想像或未來則為「虛」。〈大鼠〉中，以獅貓投入鼠屋之鼠貓相鬥為「今」，則首段對大鼠的描敘與宮人在民間遍尋佳貓與尋獲佳貓來捕制大鼠的經過則屬

12 陳滿銘：《章法結構原理與教學》，頁 60。

13 同上註，頁 68。

於「昔」。末尾六句「彼出則歸，彼歸則復，用此智耳。噫！匹夫按劍，何異鼠乎！」則是以作者的視角來論述，無關故事本身的記敘，故屬於「虛」。附結構分析表如下：

┌實（昔）：「萬曆間」七句
├實（今）：（第二段）「適異國來貢獅貓」十六句
│　　　　　（第三段）「既而鼠跳擲漸遲」十四句
└虛（想像）：彼出則歸，彼歸則復，用此智耳。
　　　　　　　噫！匹夫按劍，何異鼠乎！

章法結構中的「正反」法則是藉由一正一反相互映照，使文章的意旨更能被突顯出來。正反法的原理是「對比」，而萬事萬物可形成對比者不勝枚舉，因此呈現在正反法中的對照內容也就包羅萬象。[14] 陳滿銘認為正反法乃是將極度不同的兩種（或兩種以上）的材料並列起來，作成強烈的對比，藉反面的材料襯托出正面的意義，以增強主旨的說服力與感染力的一種章法。[15]

蒲松齡〈大鼠〉中，鼠貓相鬥的過程開始是大鼠逞威，主動出擊，而獅貓則接連退避不予以還擊，大鼠強勢而獅貓怯弱，然獅貓的沉著冷靜對比出大鼠的急躁。而後獅貓在迅雷捕及掩耳之勢，擊下猛撲蹲地上喘息的大鼠，而大鼠的結局則是被獅貓咬碎頭頸而斃命。獅貓的沉著冷靜，從容應對危機屬正面的材料，而大鼠的拚命蠻幹，單靠勇力則是反面的材料，目的是為了突顯凡事應講究謀略、沉著應變，不應恃強而驕。附結構分析表如下：

---

14 仇小屏：《文章章法論》，頁 283-284。

15 陳滿銘：《篇章結構學》（臺北市：萬卷樓圖書公司，2014 年 8 月 1 日初版），頁 112-113。

┌反：（第二段）　「適異國來貢獅貓」十六句
├正：（第三段）　「既而鼠跳擲漸遲」十四句
├正：彼出則歸，彼歸則復，用此智耳。
└反：噫！匹夫按劍，何異鼠乎！

與「正反法」相關的則為「抑揚法」，「抑揚」可稱為對一人一事所作的褒貶。〈大鼠〉以大鼠為主角，而非異國進貢之獅貓，故在結構分析表上的呈現以大鼠為主要描述焦點。在〈大鼠〉中，對大鼠而言，是先揚而後抑，先突顯大鼠有很大的能耐，民間佳貓都不是牠的對手，而在剛與獅貓交手時的怒奔衝動，彰顯牠的勇猛，然卻好逞易窮，大鼠頻於追擊獅貓乃是消耗體力，而後被蓄勢待發的獅貓嚙咬嚼碎頭頸，此則是對大鼠極度的貶抑；對獅貓而言，則是先抑而後揚，先不動聲色與讓大鼠追擊顯示自身的懦弱無能，為的就是要等待時機以一舉攻下鼠首，此則是對獅貓極度的讚揚。然〈大鼠〉旨在以鼠喻人，故亦在諷刺批評做人處世恃寵而驕、意氣用事之人。附結構分析表如下：

┌揚：（第二段）「適異國來貢獅貓」十六句
├抑：（第三段）「既而鼠跳擲漸遲」十四句
└抑：噫！匹夫按劍，何異鼠乎！

（三）統一律

「統一」是就材料情意的貫通而言，辭章要達成統一非訴諸主旨（情意）與綱領（材料的統合）不可。[16]

16 參見陳滿銘：《篇章結構學》，頁 28。

蒲松齡〈大鼠〉是一篇生動並富有奇趣的記事小品，其主旨之置在篇內篇尾，主旨安置在篇內則必須經由內容與形式結構分析加以判定，以內容結構成分而言，則出現在說理的部分；以形式結構成分而論，則出現在「凡」。筆者嘗以「敘論」角度切入，第一段概略介紹事件發生的時間地點及先點出大鼠製造宮廷很大災害之「因」，再道出為解決此困境，宮人遍尋民間善於捕捉老鼠的佳貓之「果」。這部分在敘述的部分只是簡略地描述，並未針對大鼠危害宮中做具體描繪，如破壞家具、啃咬牆柱、盜食倉糧等，只用「為害甚劇」來強調大鼠逞凶之惡；作者在第二段及第三段才詳加敘述大貓與異國進獻之獅貓的交手過程。

第二段先描述獅貓在宮中房間內蹲踞許久，而大鼠見到不速之客獅貓則依循先前的經驗，直接憤怒地飛奔過去，大鼠主動出擊呈現氣勢凌人的姿態，而獅貓採退避方式，不與大鼠正面對擊，持續不斷閃避，目的是為了消耗大鼠的體力，示之以弱。因為有這樣的過程，旁觀者的宮人在旁窺伺，都不了解為何獅貓都不予以回擊，和過去的許多民間佳貓有不同之處，因親眼所見獅貓的逃避大鼠的追擊，而有「眾咸謂貓怯，以為是無能為者」的推論之「果」。

第三段仍繼續詳細記述大鼠與獅貓交手的過程，「既而」是一個轉折處，獅貓發現大鼠跳躍動作已經稍微緩慢，蹲在地上稍作休憩。獅貓趁大鼠之不備，一舉殲滅強敵毫不手軟，將大鼠的頭嚼碎。因為有這樣過程，所以宮人才會有「然後知貓之避，非怯也，待其惰也」的推論之「果」。

第三段末開始跳脫故事本身，以作者蒲松齡的角度看這整個故事，第一至第三段都是故事的內容為「敘」，而後為作者引用《左傳》「彼出則歸，彼歸則復」的典故，闡述獅貓之所以能夠勝過大鼠的主要原因。最後以鼠喻人，將大鼠比喻為有勇無謀的匹夫，只會逞兇鬥狠，不會深謀遠慮，作者因而發出慨歎，此部分為「論」。附結構分析表如下：

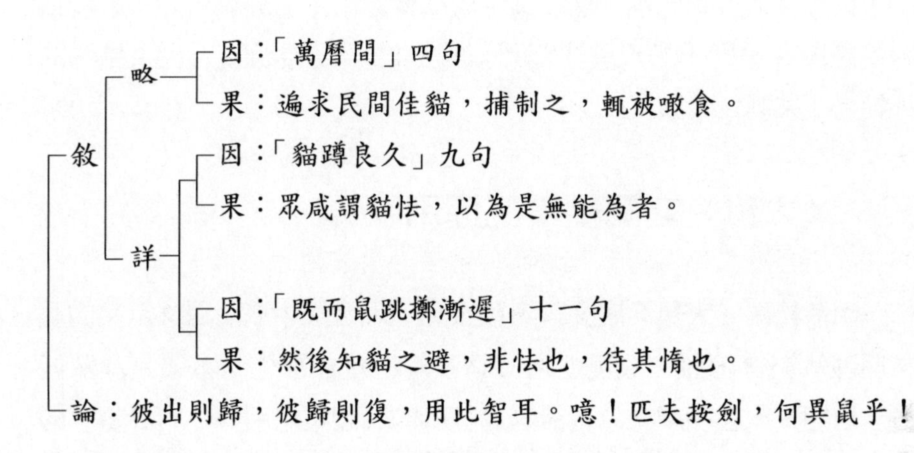

《聊齋誌異》裡的笑謔故事，文字表面都很溫和，不慍不火，但深入其中也未嘗不敢有冷峻氣氛，隱寓其以勸以懲為宏旨。且其文筆簡潔、摹寫精彩，諧謔不傷溫厚，笑談又不失嚴肅，以莊以諧，蔚為奇觀。[17]

〈大鼠〉中的大鼠則是隱喻是勇無謀、逞能逞強之人，然他們身處宮中，危害甚劇，那不就顯示大鼠實為在朝廷為政的官員，平庸無能，好逞易窮之輩，最終被異國進貢的獅貓所制伏。對壞人惡德，以其人之道還治其人之身，可謂《聊齋誌異》的道德法則。[18]

《聊齋誌異》所寫內容雖說表面上常是鬼狐，雖然在現實生活難以碰到或根本不可能有，但某些境況，卻是生活中所應該有的。[19] 家

17 參見羅敬之：《傳奇聊齋散論》（臺北市：文津出版社，2002 年 10 月一刷），頁 104。

18 馬瑞芳：《馬瑞芳講聊齋》（臺北市：大地出版社，2006 年 2 月 1 版 1 刷），頁 215-216。

19 聶紺弩：《聊齋誌異的藝術》（臺北市：木鐸出版社，1988 年 9 月初版），頁 21-22。

裡偶有捕鼠的經驗，透過經驗與知識知捕鼠要透過貓來執行，故蒲松齡以一個稀鬆平常的捕鼠、抓鼠與制伏鼠的過程來表現旨趣，讓讀者能夠較容易進入到文本，體現文本所欲傳遞的生活經驗，然「大」鼠的體態與跋扈則不是現實生活可以遇到的，故透過國人也未見過的「獅貓」來制伏大鼠。

三　〈大鼠〉之閱讀策略運用

因蒲松齡〈大鼠〉屬文言短篇小說，現今國中學生對文言文的翻譯與理解略有困難，故需運用閱讀策略以建構學生基本閱讀理解能力，以期未來在閱讀文章皆能透過教師的閱讀策略引導，有計畫性的閱讀學習。閱讀理解的歷程，可比喻成旅行，在旅行過程中，剛開始若有一段時間可以自由旅行，也許會心滿意足，接著可能會想要深度的旅遊，希望更了解這個世界，這些不同層次的旅遊目標，就是不同的閱讀目的。[20] 教師可以引導學生的閱讀方向，亦可提供學生閱讀策略使其能自我閱讀。

「預測策略」是閱讀初始與閱讀即將結束時可以運作的學習策略，亦是教學活動引起動機的部分。在閱讀全文前，可先從題目預測文本在描述什麼；抑是讀文章先不讀完，讀到某一個段落後，預測接下去的情節發展或故事結局。「預測策略」可以用借助 5W1H 的模式，即是讓學生能有個依據模式，不至於在預測時漫無目的揣想，而以老師主導問題的方向，則可以避免學生偏離主題太遠的想像。以蒲松齡〈大鼠〉為例，依序以 WHO（大鼠有什麼特徵？會稱為大鼠表

20 許育健：《高效閱讀　閱讀理解問思教學》（臺北市：幼獅文化公司，2015 年 6 月初版），頁 34。

現這隻鼠的體型為何？)、WHERE（大鼠存在於什麼地方？)、WHEN（在何時會有大鼠的出現？)、WHY（為什麼會有大鼠的出現？)、WHAT（大鼠會做什麼事情？大鼠與普通的老鼠有什麼不同？大鼠有什麼剋星？)、HOW（如何才能知道大鼠的生活狀況？既然大鼠是禍害，如何才能夠消滅大鼠？）的模式根據學生的推測回答，教師彙整學生的答案並提示學生哪些地方與蒲松齡〈大鼠〉有相同之處。

亦可於教導〈大鼠〉第二段結束後預測第三段情節發展，根據第二段已知情節，獅貓並沒有展現應有的捕鼠作用，只是一味躲避大鼠的追擊，最後以宮人的觀點說道「眾咸謂貓怯，以為是無能為者」。預測策略可根據學生已有的舊有經驗出發，或根據文章可能會有轉折的故事情節，如果第三段獅貓真的如同宮人所想的膽怯懦弱，則故事情節會如同第一段的民間佳貓一般；故可預測第三段應為故事的轉折之處，獅貓開始會進行反擊，將大鼠抓殺或嚙咬而死，扭轉先前貓怯的印象，如此故事才有抑揚起伏。

文言文的文意理解對學生而言有其困難性，要搭建學生文言文的學習鷹架除了上述的預設策略外，接著可以利用「斷句」策略[21]。先不讓學生閱讀課文，而是給學生一則沒有斷句的文言文〈大鼠〉，藉由學生對文言文斷句，可以了解學生對整個文意是否了解。要能夠順利完成文言文的斷句，教師可對生難字詞先做解釋，並可搭配「找主語」的策略，讓學生了解文本中的動詞該由誰所發出，如此對文本內容理解較不易偏移扭曲。例如〈大鼠〉首段「萬曆間，宮中有鼠，（鼠）大與貓等，（鼠）為害甚劇。（宮人）遍求民間佳貓捕制之，

21 參見鄭圓鈴：《閱讀理解，如何學？怎麼教？》（臺北市：天下雜誌，2013 年 12 月第一版第三次印行），頁 181-182。

（佳貓）輒被噉食」[22]，如學生對主語不甚了解，則在斷句上容易出現問題，對全文文意理解易有誤謬。

提問策略則是貫串在整個教學活動現場，不管是施行預測策略、斷句策略、找主語策略等閱讀策略，都需藉由教師的提問來引導學生進行閱讀策略活動。教師的提問相當重要，提問應由簡至繁，由易而難，則問題設計則可依照 PISA 閱讀認知歷程由「擷取訊息」、「發展解釋」至「省思文本內容」與「省思文本形式」，或在章法結構上可先從文本形式上的時間方面的「今昔」、空間方面的「遠近」、「大小」、「高低」、「左右」，再從文本內容事理或情理上去探析「本末」、「深淺」、「情緒變化」等，而後再探析聯絡律中的「賓主」、「虛實」、「正反」、「抑揚」、「凡目」、「因果」等。[23] 王淑俐認為教師在發問時應該心中準備好評量學生回答反應清楚的標準，故為提高學生回答的品質，教師發問時應注意以下五點[24]：

1. 用心規劃高層次問題
2. 對於哪些是可以接受的答案，應先有清楚的標準
3. 在引出高層次問題之前，應先界定之前所學過的事物
4. 須先複習之前的訊息，以確立學生所學到的
5. 規劃好問題的架構，使學生符合教師設定的回答標準

王淑俐所言即是冀望教師在提問時是需要有架構的，為學生建立良好的鷹架，有層次按順序堆疊，並從學生過往或既有的知識為出發

22 （ ）內為該句的主語，教師可以透過提問的方式，讓學生能夠從已正確斷句的文本中，推測各句的主詞為何。

23 依據上述的閱讀策略，筆者彙編整理並參考一〇四年九月臺北市國中國語文領域跨校共同備課會議所提供之一〇四學年度臺北市國語文領域學習者中心學習活動設計備課單表格進行教案設計，詳見附錄。

24 王淑俐：《教師說話技巧——教師口語表達在教學與師生溝通上的運用》（臺北市：師大書苑，1977 年 4 月初版），頁 82。

點設計提問問題，而提問的問題答案教師應要有一個既定可接受的標準範圍，如學生回答出逾越此範圍的答案，教師也有能力予以導正。

四　結語

閱讀是自我形成過程中的必備食糧，也是溝通能力的基礎。齊藤孝（Takashi Saito）認為自我形成是逐漸形成自己的世界觀與價值觀，創造自己的世界。[25]閱讀可視為終生學習的一項活動，應盡早讓學生透過閱讀來提升精神層次及拓展生活視野，並非只是為了讓學生透過閱讀來提升學業成績。

閱讀即由淺層的閱讀認知能力，推演至較高層次即能對所閱讀之文本進行詮釋與統整，而後再更進一步至更高層次，將所讀與原有的知識與經驗相結合，經過判斷與省思後來闡述自我想法。章法結構的建立與訓練是協助建構較高層次的認知，能提升讀者的邏輯推理能力與統整能力，運用在國中閱讀教學上則更有架構與效率，學生能以較全面來理解文本，而非單純獲取片段與零碎的文本知識。

---

25 Takashi Saito 著，陳昭蓉譯：《讀書力》（臺北市：臺灣商務印書館，2006 年 11 月初版 1 刷），頁 47。

參考文獻

仇小屏　《文章章法論》　臺北市　萬卷樓圖書公司　1998 年 11 月初版

仇小屏　《深入課文的一把鑰匙——章法教學》　臺北市　萬卷樓圖書公司　2002 年 6 月再版

王淑俐　《教師說話技巧——教師口語表達在教學與師生溝通上的運用》　臺北市　師大書苑　1977 年 4 月初版

李吟詠主編　《學習輔導——學習心理學的應用》　臺北市　心理出版社　2001 年 3 月再版 1 刷

馬瑞芳　《馬瑞芳講聊齋》　臺北市　大地出版社　2006 年 2 月 1 版 1 刷

陳滿銘　《文章結構分析——以中學國文課文為例》　臺北市　萬卷樓圖書公司　1999 年 5 月初版

陳滿銘　《章法結構原理與教學》　臺北市　萬卷樓圖書公司　2014 年 8 月 1 日初版

陳滿銘　《篇章結構學》　臺北市　萬卷樓圖書公司　2014 年 8 月 1 日初版

陳佳君　《虛實章法析論》　臺北市　文津出版社　2002 年 11 月初版 1 刷

許育健　《高效閱讀・閱讀理解問思教學》　臺北市　幼獅文化公司　2015 年 6 月初版

單文經　《教學引論》　臺北市　學富文化公司　2001 年 6 月初版 1 刷

張玉成　《思考技巧與教學》　臺北市　心理出版社　1993 年初版 1 刷

張玉成　《教師發問技巧》　臺北市　心理出版社　1998 年 7 月 4 版

鄭圓鈴　《閱讀理解，如何學？怎麼教？》　臺北市　天下雜誌　2013 年 12 月第一版第三次印行

聶紺弩　《聊齋誌異的藝術》　臺北市　木鐸出版社　1988 年 9 月初版

羅敬之　《傳奇聊齋散論》　臺北市　文津出版社　2002 年 10 月一刷

Alfred Adler 著，張惠卿編譯　《如何閱讀一本書》　臺北市　桂冠圖書公司　1985 年 7 月 25 日 5 版

Takashi Saito 著，陳昭蓉譯　《讀書力》　臺北市　臺灣商務印書館　2006 年 11 月初版 1 刷

附錄

學習者中心學習設計備課單

學校名稱：○○國中

任教學科：語文領域 國文科

單元名稱：翰林版第六冊第九課 〈大鼠〉

實施節數：共三節，每節 45 分鐘

授課年級：九年_○_班

授課日期：_104_年_○月_○_日

教學者：紀閔中

備課成員：本校同年級國文教師

課程綱要能力指標	
5-4-2 能靈活運用不同的閱讀理解策略，發展自己的讀書方法。 5-4-7-2 能統整閱讀的書籍或資料，並養成主動探索研究的能力。 6-4-3-7 能以敘述、描寫、抒情、說明、議論等不同表述方式寫作。	
單元學習目標	
主要概念（Big Ideas）	**關鍵問題（Essential Questions）**
1. 對蒲松齡與《聊齋誌異》有基本認識 2. 體察作者蒲松齡的寫作目的 3. 學習課文的表述方式與文章結構	1. 獅貓運用何者策略戰勝大鼠？ 2.「彼出則歸，彼歸則復」一句的涵義為何？ 3. 作者如何構成本文的章法結構？
學生能知道的知識（Knowledge）	**學生能做到的技能（Skills）**
1. 認識同義、反義、偏義複詞 2. 認識小說情節架構 3. 認識文章使用之對比（大鼠、獅貓）技巧	1. 學會章法結構分析 2. 文章結構圖繪製 3. 作文論述技巧
學生預學	
學生先備知識	**學生自學（預習單——對文本初步理解）**
1. 小說情節架構訓練文言部分如吳敬梓〈王冕的少年時代〉、歐陽修	1. 預習單 2. 與作者蒲松齡、《聊齋誌異》(〈倩

〈賣油翁〉、司馬遷〈張釋之執法〉、羅貫中〈空城計〉、曹丕〈定伯賣鬼〉及白話部分如徐志摩〈我所知道的康橋〉、劉鶚〈大明湖〉等。 2. 已對章法結構中的秩序律、變化律、聯絡律有概略的認識。	女幽魂〉、〈畫皮〉等）與相關網路影片。 3. 上網搜尋《聊齋》其他篇章，如〈雨錢〉、〈勞山道士〉等。

教材組織分析

教材內容結構分析（教材組織圖）

台北市立萬華　九年級　國文科　第九課　大鼠　結構圖表 2015

年代	作者	文章出處	寫作方法
清代	蒲松齡	聊齋志異	以貓鼠相鬥的故事，寄託鬥智取勝的道理。

故事背景	時間			萬曆間（明神宗萬曆年間）
	地點			宮中（順天府 北京市 宮殿）
	人物	主角	大鼠	大與貓等，為害甚劇（相當嚴重、劇烈）
			獅貓	異國來貢（獅貓），毛白如雪
		配角	宮人	遍求民間佳貓捕制……抱投鼠屋，闔其扉，潛窺之。
			佳貓	輒被啖食
過程（鼠貓初相鬥，鼠追貓避）	大鼠			……鼠逡巡自穴中出，見貓，怒奔之……鼠亦登 → 如此往復，不啻百次（消耗大鼠體力）
	獅貓			貓蹲良久……貓避登几上……貓則躍下
	宮人（第三人稱）			眾咸謂貓怯，以為是無能為者。（故意示弱，讓大鼠輕敵）
結果（鼠被貓擊，一舉獲勝）	大鼠			鼠跳擲漸遲，碩腹似喘，蹲地上少休（等待時機，反擊制勝） → 輾轉爭持間：鼠聲啾啾
	獅貓			……貓即疾下，爪掬頂毛，口齕首領 → 輾轉爭持間：貓聲嗚嗚
	宮人（第三人稱）			啟扉急視，則鼠首已嚼碎矣。 然後知貓之避，非怯也，待其惰也。
評論（作者觀點）	分析成敗			彼出則歸，彼歸則復，用此智耳。（使敵人疲於奔命——由此可看出獅貓以智取勝的策略）
	省思啟發			噫！匹夫按劍，何異鼠乎！（暗諷社會上匹夫之勇、血氣方剛、有勇無謀之人） （作者提醒人們不宜單憑勇力、意氣用事，因為拚命蠻幹而不講求策略，較不易成功）

教材亮點	教材難點	教材可延伸跳躍之處
1. 文本視角的轉換。 2. 章法結構（秩序律、變化律、聯絡律）的梳理分析。	3. 理解「彼出則歸，彼歸則復」一句的涵義。 4. 同義複詞、反義複詞、偏義複詞的區分與運用。	利用已習得之章法結構（秩序律、變化律、聯絡律）方式進行論說文的書寫。

學習表現評量	
評量內容	評量方式
文意初步理解	預習單、提問
理解句意和統整全文訊息與結構	學習單、提問
詮釋全文內容與文意與內涵	學習單、提問、小組討論發表
章法結構的梳理分析	學習單、提問、小組討論發表
書寫先敘後議之含有寓意之文章	寫作文章

本單元各節次學習活動設計的重點	
節次	學習重點
一	處理預習單、預測策略（分析題目）、作者蒲松齡簡介
二	難字與難句梳理、段落文意處理、文章章法梳理分析與討論
三	文章章法梳理分析與討論、完成課文結構圖、完成課文提問單（課文文意深究）

本單元第二節次學習活動設計					
學習策略	活動名稱	教學內容	活動方式	活動時間	學習指導（鷹架搭建）
統整推論	導入	朗讀課文 複習預測策略之 5W 提問預習單內容	學生朗讀 教師引導 教師提問	5 分	預習單 複習前一節課的預測策略
	開展	1. 難字與難句梳理 ① 逡巡、掬、齕 ②「彼出則歸，彼歸則復」 2. 段落文意處理 ①畫線策略—找文章重點 ②摘要策略—寫出自然段的段落主旨	教師講解 分組討論 分組搶答	15 分	教師講解並提問課文重點 難字與難句透過課文下方解釋加以引申並補充其他相關字詞。 分組討論找出文

應用發表					章的重點處，寫出各段主旨，並加以分析。
	挑戰	統整全文訊息 利用章法結構（秩序律、變化律、聯絡律）來分析文本，統整全文	分組討論	15 分	小組討論
	總結	1. 以表格方式，統整全文訊息並統整全文架構。 2. 分組報告，發表討論出來的結論。 3. 教師總結	學生分組發表分享	10 分	教師引導 分組代表發表

句句為營
——論華語教材生詞例句之編寫原則

竺靜華

臺灣大學華語文教學碩士學程助理教授

摘要

認識生詞，是踏入新課的第一步。華語教材中的生詞，引領學習者認識新的課文，了解新的說法，走入新的領域。生詞教學，是華語課的教學重點之一。教材編寫者必須思考：這些對學生而言是完全陌生的詞語，如何能迅速學習運用？教材編寫得越是易於入手，教師越是易教，學生便可易學，反之則使彼此陷入困境。

例句乃是讓學生學會生詞的重要關鍵。目前市面上的華語教材，生詞的例句有許多需要改進之處，有時數量不足，有的句子不實用，甚至不合理、不合邏輯者都有。改進生詞句的編寫模式，才能有效改善教材的效果。

本文首先針對現有的華語教材生詞例句之缺失加以分析，提出編製合宜之教學例句的具體做法，歸納編寫例句時應掌握的要點。例句編寫之重點在於啟發，如何藉例句啟發學習者思考生詞的意義與用法，是編輯教材時需要謹慎從事，層層漸進，步步為營的。本文採取個別生詞有限的例句，一步一步層層推展，呈現此生詞的意義與用法，最後將此步驟模式化，建立編寫生詞例句之原則，期能有助於日後編寫華語教材之用。

關鍵詞：華語教學、華語教材、生詞例句

一　前言

認識生詞，是踏入新課的第一步。華語教材中的生詞，引領學習者走入新的領域，認識新的課文，了解新的說法。生詞教學，是華語課的教學重點之一，學生經由學習生詞，掌握華語的運用。生詞是教學的重點，也是編寫教材的重點。教學時教師固然要思考：如何帶領學生學習運用這些新詞語？編訂教材時，編者更須思考：對學習者而言這些都是完全陌生的詞語，如何能夠安排在教材中使其迅速學會？教材編寫得越是易於入手，教師越是易教，學生便可易學，反之則使彼此陷入困境。

例句在教學上，扮演重要的角色，它們是教師和學生之間的橋樑。教師利用例句，引領學生實際運用新詞語。教材中尤其需要好的例句，幫助學生迅速學習。教材中的例句若是不理想，教師就必須費心思考佳句範例，才能順利完成教學。所以教材的例句編製得越好，教師越省力，甚至可以把全部心力放在教學流程的設計上。

教材中的生詞有例句，語法也有例句，例句既多，品質難免不齊，現有教材中的例句有許多需要改進之處，有時在於例句數量不足，有時則是例句不實用，甚至不合理、不合邏輯者都有。改進例句的編寫模式，才能有效提升教材的品質，增進教學效益。本文以下所指例句，以生詞例句之討論為主，語法例句將於日後另文說明之。

本文將針對現有的華語教材生詞例句之缺失加以分析，歸納編寫例句時應掌握的要點，提出編製合宜之教學例句的具體做法。例句編寫之重點在於引導與啟發，如何藉例句引導學習者學會運用該詞，啟發學習者思考該詞的意義與用法，是編輯教材時需要謹慎從事，層層漸進，步步為營的。本文採取個別生詞為例，探討如何在數量有限的例句中，一步一步層層推展，呈現生詞的意義與用法，並歸納生詞例句編寫步驟，期能有助於日後編寫華語教材之用。

二　例句之功能與必要性

教材中生詞的內容，包括標音符號、詞性、翻譯或解釋和例句。其中例句所佔份量最多，可以說，例句是生詞最主要的內容，也是學習生詞最重要的依據。例句的作用有二：

(一) 有助於理解

學習新詞語需要知道該詞的意義與用法，雖然教材中的生詞往往都有翻譯，但是翻譯的詞語未必能完整表達該詞的意義。再說，雖然教材中列出該詞的詞性，但是也不見得能充分展現該詞的用法。因此生詞需要例句，讓學習者掌握該詞的意義、詞性與用法。例句是最具體、最有力的說明。

生詞例句幫助學習者理解該詞，往往甚於翻譯。因為不同語言的意義往往不是一對一的單純對應，該詞的翻譯未必能達全面詮釋。再者，一般教材中的翻譯多以英文為主，倘或學習者的母語非英文，則又更隔一層，不如以例句代替翻譯或解說。

(二) 方便於模仿

例句可供學習者舉一反三，代換其中某一部分，創造新句使用。學習者依循例句的結構，模仿造句，至少能造出四平八穩的句子。例句的面向越多，可供學習者模仿的情況越豐富，將能使學習者組織更多句子，以敷應用。

總的來說，詞彙與語法皆需要例句供學習者理解與模仿。新學習的詞彙，需要例句體現詞義與詞性；看似深奧的語法，需要例句以展現句型的邏輯。例句幫助學習者理解詞義與用法，亦供學習者模仿運用，是學習者的利器。例句協助學習者貫穿新知的網絡，教材中缺乏例句，將使學習者只能從詞類與翻譯中習得零碎的詞義，不能在詞語與認知的系統間建立有效的聯繫。因此，每個生詞或語法盡可能輔以三五例句，幫助學習者迅速掌握新知，是十分必要的。然而目前華語教材多致力於語法的例句編寫，甚至提供練習，卻對生詞的例句未能多予著力，本文即以探討華語教材之生詞例句編寫原則為主，至於語法之例句編寫原則，日後將另文為之。

三　現有常用華語教材生詞例句之觀察與分析

一般而言，初、中級華語教材中的生詞皆安排例句輔助學習，至於高級教材，由於學習者已具有相當之語文能力，則未必皆編選例句。本文以觀察華語初、中級教材為主，乃先選擇本地常用的初、中級華語教材：《實用視聽華語》[1]、《遠東生活華語》[2]，分析這兩套教材中的例句編列情況及其優點與缺失。

1　此書共五冊，國立臺灣師範大學：《實用視聽華語 1》、《實用視聽華語 2》、《實用視聽華語 3》、《實用視聽華語 4》、《實用視聽華語 5》（臺北市：正中書局，2008年2版）。

2　此書共四冊，葉德明主編：《遠東生活華語Ⅰ》（臺北市：遠東圖書公司，2008年）、《遠東生活華語ⅡA》、《遠東生活華語ⅡB》（臺北市：遠東圖書公司，2012年）、《遠東生活華語Ⅲ》（臺北市：遠東圖書公司，2013年修訂版）。

（一）《實用視聽華語 1》至《實用視聽華語 5》

這套書一共五冊，於二〇〇八年改版發行，和前面已發行的舊版時間計算，這套書已使用了十六年，不僅廣為全臺的大多數語文中心採用，作為初、中級教材，海外也有許多單位採用，在華語教學界有很大的影響力。《實用視聽華語 1》至《實用視聽華語 4》屬於初級華語教材，《實用視聽華語 5》為中級華語教材。

《實用視聽華語 1》至《實用視聽華語 5》編選生詞例句的理念大致相同，書中的生詞大多有一或二個例句，當該詞有兩種詞性、兩種意義或兩種用法時，就會列出兩個例句。如：

1. **生詞：「愛」，例句有二：**[3]

   我很愛小孩子。
   他最愛吃臺灣菜。

分別顯示「愛」作為 V 和 AV 的情況。

2. **生詞：「循環」，例句有二**[4]**：**

   窮人的孩子無法接受較好的教育，往往形成惡性循環。
   春夏秋冬不斷地循環，形成了四季。

分別顯示「循環」作為 N 和 V 的情況。

---

3 見《實用視聽華語 1》第 8 課，生詞 3，頁 145。
4 見《實用視聽華語 5》第 11 課，生詞 14，頁 155。

有時也刻意在一個例句中，顯示兩種用法，如：

3. 生詞：「請客」，例句如下：[5]

小林說他要請客，不知道他要請我吃飯，還是看電影。

生詞中已標明「請客」為 VO，在一個例句中同時顯示「請客」是一個固定的詞語，也可以只用「請」作為 V 再加上 O，如「請我」吃飯。

甚至以一段話語為例句，顯示生詞的多種用法，如：

4. 生詞：「改變」，例句如下：

醫生告訴王太太她有小孩了以後，她開始注意到自己身體有了變化：慢慢地變「胖」了。另外，她還變得比以前愛吃酸的東西，也比以前容易生氣。她決定有些生活習慣也得改變：她不能再像以前那樣亂跑亂跳，也不能喝酒什麼的。想到自己就要從太太變成媽媽了，要適應這樣的改變，需要一點時間。[6]

以這段話作為一個相當長的例句，是為了呈現運用「變」、「改變」、「變化」、「變得」、「變成」這些詞語時的種種不同情況，可謂為例句設計的一個特例。

(二)《遠東生活華語 IA》至《遠東生活華語 III》

這套書一共四冊，《遠東生活華語 I》、《遠東生活華語 II A》、《遠

5 見《實用視聽華語 3》第 8 課，生詞 5，頁 211。

6 見《實用視聽華語 3》第 8 課，生詞 38，頁 218。

東生活華語 II B》屬於初級華語教材，《遠東生活華語 III》則屬於中級華語教材。國內外採用這套書的語文中心也不少，尤其是《遠東生活華語 III》，由於《實用視聽華語 5》的內容難度較高，與《實用視聽華語 4》不易銜接，因此《遠東生活華語 III》幾乎成為由初級華語進至中級華語普遍使用的教材。

《遠東生活華語 I》、《遠東生活華語 II A》、《遠東生活華語 II B》在例句編選上，也幾乎每個生詞附一例句，唯有《遠東生活華語 III》的每個生詞，不論難易，都列舉例句，使學習者更為便利，如：《遠東生活華語 III》第六課有三十六個生詞，每個生詞皆列出例句，甚至有一詞同時具有兩種詞性者，便列出兩個例句，如：

1. **生詞例句六：**[7]

報上的報導不見得都是真的。
電視上正在報導金融危機的問題。

列舉「報導」一詞的 N 與 V 的用法。

遇有三種詞性時，就列舉三個例句，如：

2. **生詞例句十七：**[8]

先生的嘮叨，其實都是對她的關心，只是他不知道怎麼表達。
孩子已經知道了，你就別再嘮叨了。
孩子常常覺得父母太嘮叨，長大後才知道父母的用心。

三個例句顯示「嘮叨」一詞的 N 與 V 及 SV 的用法。

7 見《遠東生活華語 III》第 12 課，生詞 6，頁 155。
8 見《遠東生活華語 III》第 12 課，生詞 17，頁 157。

這兩套常用教材編選例句的原則十分相似，《實用視聽華語 1》至《實用視聽華語 5》幾乎每字都編列例句，觀察其未附例句的生詞，多屬直接可以在母語中找到對應名詞的情形，如「盤子」、「頁」、「行」[9]、「草地」、「顏色」[10]等字，或是前面已舉過類似例句的詞彙，如「藍」、「紅」[11]等字。

《遠東生活華語 I》及《遠東生活華語 II A》、《遠東生活華語 II B》亦是大部分生詞都列一個例句，未列例句的如：「站」、「路」[12]等生詞，亦屬直接可以在母語中找到對應名詞者，或專有名詞如「老陳」[13]等。至《遠東生活華語 III》，則每個生詞不論難易必列例句，遇有兩種詞性或用法時，又增列一例句，因此該冊實際例句數量較生詞數量為多。

兩套常用教材都呈現了列舉例句乃屬必要的理念，換言之，本文第二章所論及例句的必要性，與此兩套常用教材的編輯理念是相同的。但是例句的功能，並非只是將例句列舉出來就可完成，此牽涉到例句本身優質與否以及安排設計是否有條理，因此以下將就兩套教材中例句的品質與設計，是否達到例句應有的功能而加以評析。

編製例句就功能而言，如本文第二章已言，可幫助學習者理解詞義及模仿運用，但是檢視例句的品質與設計是否可以更精進，將更有助於學習之用。因此本文將從精進例句的功能來觀察兩套教材的例句，提出建議，並歸納可依循的原則，或可供日後編選例句作為參考。以下為兩套教材所選例句的不足之處：

---

9 見《實用視聽華語 2》第 6 課，生詞 17、21、22，頁 141。
10 見《實用視聽華語 2》第 8 課，生詞 25、26，頁 193。
11 見《實用視聽華語 2》第 8 課，生詞 13、15，頁 191。
12 見《遠東生活華語 I》第 5 課，生詞 12、13，頁 100。
13 見《遠東生活華語 I》第 5 課，生詞 1，頁 99。

(一) 數量不足

例句可以幫助學習者理解，自然是越多越好，越有助於學習者充分掌握詞義。由《實用視聽華語 1》至《實用視聽華語 5》，《遠東生活華語 I》至《遠東生活華語 III》或許因為限於書籍的篇幅，每個生字皆僅採用一個例句，只有該詞具兩種詞性或兩種意義時才增加一例句，換言之，每詞一例，對學習者而言實在不足。即使該詞僅有一種意義，也需多舉數例，充分顯現其義，才能對學習者真正有所助益。因此例句實不應只是單句，每個生詞皆應編列例句群，至少三句以上，以便展現一詞的多種面向。

再者，雖然有許多具有兩種詞性的生詞，教材中列出兩個例句，但是仍有許多具有兩種詞性的生詞，教材中只列一例句，這樣的情形很多，可見當時編輯原則並未嚴格規範，這些疏漏亟待一一補足。如：

1. 生詞：「威脅」之例句

吃多了防腐劑之類的食品添加物，可能威脅身體健康。[14]

該詞已標明詞性有 V 和 N，但是例句只列動詞，未列名詞。

2. 生詞：「消費」之例句

一般來說，大城市的消費比鄉下高得多。[15]

該詞只標記詞性為 N，因此例句只列名詞，不過消費一詞也可以做動詞，應一併列出。

---

14 見《實用視聽華語 5》第 13 課，生詞 16，頁 183。

15 見《遠東生活華語 III》第 4 課，生詞 1，頁 45。

（二）彰顯詞義不足

生詞例句的作用既是為了輔助學習，應盡量呈現詞義，但是教材中有不少例句僅在敘述，未能幫助詞義思考，應重新檢討修改，如：

1. 生詞：「有空」之例句

有空的時候，我常畫畫兒。[16]

「有空」一詞的意義，與句中「常畫畫」的關聯不明顯，換言之，下班的時候、心情好的時候、想家的時候，都可以「常畫畫」，此句不能幫助學習者理解。倘或改為：

星期天不上班，我一天都有空。

「星期天不上班」與「有空」較能聯結，詞義應如何藉例句呈現，而不是僅由學習者代換或填空式地記憶生詞，這是編寫例句必須審慎考慮的問題。

2. 生詞：「周轉」之例句

做生意的人都需要現金周轉。[17]

初看此例句是合理的，但是周轉的意義未能彰顯，讀此句令人覺得做生意的人都需要使用現金，與周轉並無關聯，若改為：

買進了商品，還沒賣出去，需要現金才能周轉。

---

16 見《實用視聽華語 2》第 6 課，生詞 9，頁 139。

17 見《遠東生活華語 III》第 7 課，生詞 6，頁 86。

例句的作用是輔助理解詞義，「周轉」一詞究竟指什麼情況，句中必須點明，學習者才能領會真切的詞義。

（三）以解釋為例句

1. 生詞：「外匯」之例句

所謂的外匯就是外國錢。[18]

此句固然正確，但是它只是解釋，而不是例句。例句主要是為了展示用法的，此句不能呈現如何正確使用「外匯」一詞。

2. 生詞：「利空」之例句

所謂的利空指的就是股票市場上的壞消息。[19]

此句也只是解釋，猶如較長詞組串成的翻譯，完全不能呈現如何正確使用「利空」一詞，失去例句的意義。

3. 生詞：「零庫存」之例句

所謂零庫存，是指因為貨物很暢銷而完全沒有庫存。[20]

此句雖然清楚解釋零庫存的意義，卻完全不見在什麼情況下如何使用零庫存這個詞彙。倘若例句只是解釋，就沒有必要使用太多例句了。

---

18 見《遠東生活華語 III》第 6 課，生詞 12，頁 74。

19 見《遠東生活華語 III》第 5 課，生詞 3，頁 60。

20 見《實用視聽華語 5》第 14 課，生詞 8，頁 196。

（四）內容貧乏

1. 生詞：「盛行」之例句

現在盛行穿名牌的衣服。[21]

教材編選內容應以典雅為上，一種活動或宗教或風氣，皆可以使用「盛行」一詞來形容，何須用穿名牌的衣服這類意義貧乏空洞的做法呢？

2. 生詞：「話說回來」之例句

我知道我又錯了，可是話說回來，誰永遠都是對的呢？[22]

說話者明知自己已不是第一次犯錯了，不思反省檢討，卻反問誰永遠都是對的，這樣的狡辯文句，似乎也不宜編入教材。

3. 生詞：「細」的例句

我的頭髮又細又少，怎麼弄都不好看。[23]

此例句著眼未免過於小器，「細」字可以造的句子很多，不需要教學習者使用這樣的文句。

3. 生詞：「鬆」的例句

陳老師對學生太鬆了，所以學生都不用功。[24]

21 見《實用視聽華語 5》第 12 課，生詞 6，頁 168。
22 見《遠東生活華語 III》第 1 課，生詞 17，頁 5。
23 見《實用視聽華語 3》第 9 課，生詞 23，頁 245。
24 見《實用視聽華語 5》第 6 課，生詞 31，頁 159。

此句的因果邏輯不太合理，老師太鬆，所以學生不用功可以歸咎於教師。這樣的句子上課時讀它，雙方都不免會尷尬。這類內容貧乏不當的例句太多了，不勝枚舉，需要重新審定檢討。

例句的編選，必須精心設計內容，稍一疏忽，往往就會出現種種不當的情況。有了足夠數量的例句，還需要安排合理的順序，使其由簡至繁，由易至難，有條不紊地展現該詞的意義與用法，以下將就例句如何編選討論之。

四　華語教材生詞例句之編選原則

教材中的例句對學習者而言既是如此重要，編選例句越佳，對學習者越有助益，不可不謹慎處理。例句數量越多，越容易幫助學習者理解，自選擇單句至設計例句群，其中取捨的原則如何，是需要探討並且建立規範的。本文為方便起見，先討論單句例句的編選規範，再至數量較多的例句群設計。以下分述由單句至例句群的編選：

（一）選擇單句範例

首先必須考慮哪些例句是可以作為範例、可供學習的。所謂的範例就是一種典範的例句，是禁得起檢驗的，是可以作為典範、可以讓學習者效法的，它必須具備的條件有五：

1. 屬於典型用法

教材是要教規範的語言，採用範例顧名思義就是要採用典型的、最常見的、最適當的為例句，不採冷僻少見或較隨興的話語內容編入，如：

生詞：「把握」之例句

（1）把握青春並不是叫你天天玩樂。

（2）只要你去跟他說一聲，我有九成把握他會幫你。[25]

第（1）句雖是呈現口語，但是過於粗俗，如換成提醒人們應把握青春之類的語句，似乎較合宜。

第（2）句說話者的語意較曲折，恐怕令聽者較為納悶，如改為「對於明天的比賽，我有十足的把握可以得到勝利」這類較常在生活中使用的語句，或許較為適當。換言之，例句首要條件是要舉出最常見的內容、最合宜的用法，才能成其為典範佳句。

2. 語法完全正確

範例是要讓學習者模仿的，有些學習者甚至習慣背下例句，所以範例的語法若是有誤，就不成其為範例了。如：

（1）生詞：「味道」之例句

她做的菜，味道都很好。[26]

該句是正確的。倘若不經意寫成「她做菜的味道都很好」，雖然乍看之下好像無妨，但是菜的味道和做菜的味道畢竟是不同的，語法是否正確合適不可打馬虎眼，不能輕易放過。

（2）生詞：「選舉」之例句

找什麼人做這件事，選舉是最公平的辦法。[27]

---

25 見《遠東生活華語 III》第 10 課，生詞 27，頁 129。

26 見《實用視聽華語 2》第 11 課，生詞 17，頁 263。

27 見《實用視聽華語 3》第 10 課，生詞 2，頁 266。

此句令人摸不著頭腦。生詞的例句誠然是個獨立的單句，並無上下文可以推敲，但是也不應呈現好似談話中截取一半的話語，況且此句的前後兩個分句，看起來並無關聯，令人不解為何選此為例句，不如改為「選舉一位代表來替大家做事，是最公平的辦法」。

3. 增減一字不得

範例必須簡潔明淨，反覆讀來，既不能增一字也不能減一字，猶如水晶鑽石，無論從哪一面向看去，都是單純簡要的。

（1）生詞：「衝突」的例句

> 我的打工時間跟上課時間衝突了，只好放棄打工。[28]

此句語法雖然無誤，但是句中的「了」可以不用，句子會顯得更簡潔。

（2）生詞：「普遍」的例句

> 不生孩子的夫妻越來越普遍，政府為了國家未來的發展，採取了許多獎勵生育的措施。[29]

此句語法也正確，但是作為一個生詞的例句，顯得冗長，應刪減為「因為不生孩子的情況越來越普遍，政府採取了很多獎勵生育的措施」。

4. 內容彰顯詞義

詞義雖然有翻譯可以表達，但是有了例句襯托詞義，會更清楚更

---

28 見《遠東生活華語 III》第 12 課，生詞 16，頁 156。

29 見《遠東生活華語 III》第 15 課，生詞 22，頁 195。

容易掌握，因此範例選擇時必須思考是否能彰顯詞義，以及該例句對詞義的說明是否正確，如：

（1）生詞：「迎合」之例句

迎合顧客需要的商品才會暢銷。[30]

迎合的意思是揣摩人意，投其所好，常用的說法是商人迎合顧客的心理。再者，迎合是主動的，商品不會主動，如何能夠迎合呢？尤其是迎合顧客的需要，本句語法有些不妥，不宜作為範例。修改例句的內容，藉例句的描述讓學習者培養語感，就是成功的範例了。若改為「店員的讚美，往往是為了迎合顧客的心理而說的」，較為妥當。

（2）生字：「受氣」之例句

老闆有一點小事就罵人，我不想每天受他的氣，就決定換工作。[31]

這是一個頗能彰顯詞義的例句，此句把受氣的狀況描述出來了，說得很具體，使學習者了解詞義，而不是在讀解釋。例句要能展現詞義不容易做到，但是我們可以盡可能嘗試，讓適當的例句恰能彰顯詞義，使例句的存在更有其必要性。

5. 避免潛在歧視

有些例句在編選之初，可能沒有考慮讀者是否有類似句中描述的情況，若讀此句造成讀者心中不適，則應盡可能避免，如：

30 見《實用視聽華語 5》第 14 課，生詞 17，頁 197。

31 見《遠東生活華語 II B》第 22 課，生詞 14，頁 362。

（1）生詞：「萎縮」之例句

她的手腳因得病而逐漸萎縮。[32]

即使沒有其他可以取代的句子，也可以盡量避免用「她」這樣的詞語，彷彿直指其人，改為「身體器官可能會因為生病導致萎縮」，指稱並不明顯，較為妥當。

（2）生詞：「配」之例句

我覺得小李跟他太太不太配，一個那麼高，一個那麼矮，奇怪，他們怎麼會在一起？[33]

雙方外形上是否相配，本就不應由外人置喙，何況高矮更非兩人能否相處的關鍵，此句強烈透露潛在的歧視與主觀的評論，十分不妥。倘若採用正面肯定兩人很配的例句，用法相同，立意卻好多了。

（二）設計例句群

單句的例句選定後，由於每個詞彙需要三五個不等的例句，才足以顯現該詞，因此這些例句如何排列，易於學習，也是要考慮的問題，然後做進一步的安排。換言之，由選定適當的單句後，進至例句群的設計考量。

例句群的設計，應該是由淺而深，由易而難，由近而遠。同時也要留意課文內容的用法，考慮應將課文的語句安排在整個生詞例句中的哪個部分，以便學習。可以考慮兩種方式：一是安排在這個生字例

---

32 見《實用視聽華語5》第14課，生詞10，頁197。

33 見《遠東生活華語ⅡB》第20課，生詞15，頁326。

句群的最後，在練習完各種相關用法後，回到課文內容，讓學生熟悉本次學習這個詞彙最需要了解的語句。另一則是安排在生字群的首句，由課文的意義和用法說起，再進至生活中該詞的意義或用法。至於究竟孰先孰後，可視該詞的難度調整不同的做法，例如：該生詞的課文用法易懂又常見，就不妨以課文的語句導入，再進至生活中的其他情況運用。倘若該詞在課文中的用法不多見，則應先由較生活化的例句開始，逐步引導，最後再導入課文語句收結。

以下採用中級華語教材《今日台灣》第四課〈茶與中國人〉[34]的生字「價值」為例，說明例句群的設計。《今日台灣》這本教材生詞皆不列例句，教師教學時需補充處甚多，以「價值」一詞而言，教師可採用例句安排如下：

1.這幅畫有一百多年的歷史了，它很有價值。
2.彩券過期就沒有價值了。
3.這些珍貴的藝術品有很高的價值。
4.祖父留給我的紀念品，在我的心目中有很高的價值。
5.屋裡的家具有實用的價值。
6.這個茶壺除了實用以外，也有非常高的藝術價值。
7.他的話有參考的價值。
8.那件藝術品的價值很高。
9.王冠上的寶石價值連城。
10.那套禮服花了許多金錢製作，價值不斐。

「價值」一詞有各種的用法，例句群的設計是一步一步由易而難

34 鄧守信、孫珞：《今日台灣》（臺北市：東海大學華語中心，2004 年 2 版），第 4 課，頁 65-66。

漸漸推衍發展的。第一步，先從「有價值」、「沒有價值」說起，這是具體的意義。其次，引導至「有很高的價值」。一般而言東西有很高的價值，指的是具體的意思，是很貴的東西。但是有很高的價值的東西，也有可能並非值錢的東西，而是具有個人主觀的情感因素在內，看待自有不同，因此後面須分二句呈現。在此，「價值」則是抽象的意義。

「價值」一詞，在課文段落中的語句是：

各式各樣的茶杯茶壺，除了實用以外，也有非常高的藝術價值。

在一系列的例句群中，本文將其列入第六句教學，由前面幾個例句引導「價值」的用法後，自然融入課文的用法。在實際編選教材例句群時，則可以選擇上述十個例句中的第一、三、四、五、六，編為生字例句群。

例句的數量要足夠說明該詞多方面的意義，因此例句群的順序對於展衍該詞的詞性與意義，顯得十分重要。在一步一步的例句引導中，學習者領會該詞的各種面向的意義。這些例句一個比一個稍難，又一環一環相連接，形成整個生詞的完整詮釋。每個生詞的例句設計，至少以三至五個句子組成的例句群為宜，其中的每個句子都是語法正確，文字簡潔，彰顯詞義，文雅得體的一時之選，由簡而難，步步導引，句句為營，層層進展的。

四　結語

教材的製作，一向是以課文內容、生字、語法量的多寡以及難易程度是否適當，受到眾人的關注。例句的編選在早期製作教材時，一直是較被忽略的一環。其實生詞例句的好壞，關係學習成效甚著。例句乃是幫助學習者易學最為有力的工具，因此例句的編製必須細心講求。就單句而言，要選擇最典型、常用而且語法完全正確、最能彰顯詞義與用法的例句；就例句群而言，應由易至難，由具體而抽象，由生活而至思考，步步推敲，句句為營，細心延展，呈現多面向而完整的詞義與用法，供學習者參考。

教材編寫如此，教學時亦如是。倘或教材有所不足或缺失，則須倚賴教師的學識與才智，盡心補救，全力挽回。教材已選入常用的三五範例，輔助學習；教師教學更應有系統推衍例句群，充分補充範例，汰換可能較粗疏的例句，融合教材與教師精選的範例，或引導，或提問，或對話，務使每個生詞的教學達成一個個精心設計完整的小單元，必能增進學習成效。

參考文獻

鄧守信、孫珞 《今日台灣》 臺北市 東海大學華語中心 2004 年 2 版

國立臺灣師範大學 《實用視聽華語 1》 臺北市 正中書局 2008 年 2 版

國立臺灣師範大學 《實用視聽華語 2》 臺北市 正中書局 2008 年 2 版

國立臺灣師範大學 《實用視聽華語 3》 臺北市 正中書局 2008 年 2 版

國立臺灣師範大學 《實用視聽華語 4》 臺北市 正中書局 2008 年 2 版

國立臺灣師範大學 《實用視聽華語 5》 臺北市 正中書局 2008 年 2 版

葉德明主編 《遠東生活華語 I》 臺北市 遠東圖書公司 2008 年

葉德明主編 《遠東生活華語 IIA》 臺北市 遠東圖書公司，2012 年

葉德明主編 《遠東生活華語 IIB》 臺北市 遠東圖書公司，2012 年

葉德明主編 《遠東生活華語 III》 臺北市 遠東圖書公司，2013 年修訂版

東坡詞中略喻多

蘇心一
空中大學兼任講師
中國文化大學博士候選人

摘要

《論語．雍也》:「夫仁者，己欲立而立人，己欲達而達人，能近取譬，可謂仁之方也已。」是中國古典有關「譬」喻的最早言論；戰國《墨子．小取第四十五》亦云:「辟（同『譬』字）也者，舉也（同『他』字）物而以明之也。」對譬喻敘述；子夏（前 507-？）在中國現存最早詩歌總集《詩經．大序》有云:「故詩有六義焉：一曰風，二曰賦，三曰比，四曰興，五曰雅，六曰頌。」子夏將《詩經》歸類整理為「六義」:風雅頌是三種體裁，賦比興是三種表現手法：比即譬喻，自是以後，詩歌、辭賦等韻文作品，往往運用較多比興技巧，數千年來譬喻常受講究語文修辭者青睞，眉山東坡（1037-1101）繼承《論語》、《詩經》這一優良傳統，以其過人的文學敏銳度加上深諳譬喻技巧，在各類文學創作中多方展現譬喻的神奇效用，造就後人對他「長於譬喻」佩服得無以復加，宋人魏慶之（？-1272）《詩人玉屑》云:「子瞻作詩，長於譬喻。」何止於詩？其詞亦然，甚多譬喻，一九九七年天工書局韋金滿著《柳蘇周三家詞之修辭比較研究》得「明喻最多」結論，研究者發現東坡詞以略喻三百一十一個最多。

關鍵詞：蘇東坡、譬喻修辭、略喻、借喻、明喻、隱喻

一　前言——譬喻修辭受青睞

修辭名稱很多，又稱修辭格、辭格、語格、修辭方法、修辭技法、修辭技巧、修辭方式、表現手法[1]。譬喻就是比喻[2]，是「借彼以喻此」的修辭，奠基於心理學類化作用（Apperception）基礎——用舊經驗引發新經驗，以易知說明難知，以具體形容抽象[3]，以警策彰顯平淡，善用譬喻，往往事半功倍[4]。眾多修辭法以譬喻最受講究修辭者青睞。是歷史最悠久的文學表達技巧，也是最活潑、最有情趣、最能展現作者想像力的語文表達方式[5]。源於聯想力——張春榮《現代修辭學》有云：「是想像之鑰，語言文字的魔術，化抽象為具體的金手指，化概念之覺為畫面情境的執行總監。」譬喻是將抽象意念具體化，想出與所描寫事物有類似特點的人、事、物。張春榮又云：

> 譬喻（本體＋相似點＋喻體＋喻解）是修辭的大戶，更是天才的標幟。藉由相似聯想，化抽象心覺與理念，為生動鮮活的形象；由虛入實，由內而外，由已知至未知，得以可見可聞，可觸可感。自「本體」和「喻體」之間發揮想像力，在「喻體」和「喻解」之間，展開思維力；呈現靈光乍顯的認知與洞見。[6]

1　陸稼祥：《辭格的運用》（瀋陽市：遼寧出版社，1989 年），頁 1-3；沈謙：〈修辭格辨異〉（《人文學報》（臺北市：國立空中大學，1992 年），頁 1；蔡宗陽：《文法與修辭探驪》（臺北市：萬卷樓圖書公司，2006 年），頁 426-427。

2　大陸的修辭學專家學者都稱「比喻」，臺灣的修辭學專家學者為了不要跟「比擬」混淆，改稱「譬喻」。

3　黃慶萱：《修辭學》（臺北市：三民書局，2004 年增訂三版二刷），頁 321。

4　沈謙：《文心雕龍與現代修辭學》（臺北市：文史哲出版社，1992 年），頁 17。

5　黃麗貞：《實用修辭學》（臺北市：國家出版社，2007 年增訂初版二刷），頁 34。

6　張春榮：《現代修辭學》（臺北市：萬卷樓圖書公司，2013 年），頁 111。

譬喻是創作者運用聯想力，以接近、相似、對比、因果等手法[7]，可委婉多姿、曲折有味含蓄表達作者感情及內在自我影像。是使用頻率最高，最有表現力的修辭法[8]。屬於積極修辭，是創造性抒寫的核心，在詩歌創作中具有十分重要的地位和作用。除了生動造境，更可暗示故事結局。充滿鮮活的感染力，飽含奕奕含光的情意內涵，綻放語言藝術的極致[9]。

春秋時代至聖先師孔子（前 551-前 479）是中國典籍中最早正式提到有關「譬」喻言論的人。《論語．雍也》子曰：「夫仁者，己欲立而立人，己欲達而達人，能近取譬，可謂仁之方也已。」[10] 孔子說：能就近以自身譬喻，將心比心，就是行仁的路徑與方法；戰國《墨子．小取第四十五》亦云：「辟（同『譬』字）也者，舉也（同『他』字）物而以明之也。」[11] 表示墨子（約為前 479-前 381）亦有關於「譬」喻的認識；子夏（前 507-？）在中國現存最早詩歌總集《詩經．大序》有云：「故詩有六義焉：一曰風，二曰賦，三曰比，四曰興，五曰雅，六曰頌。」[12] 將《詩經》歸納為六義：風、雅、頌是三種體裁，賦、比、興是三種表現手法：賦是直陳其事，比是譬喻，興是託物起興。此後，詩歌、辭賦等韻文運用較多比興技巧；東漢王符（生卒年不詳）《潛夫論．釋難》有云：「夫譬喻也者，生於直告之不明，故假物之然否以彰之。」[13] 未曾出仕的王符是最早合用

---

7 張春榮：《現代修辭學》，頁 17、111-119。

8 陳正治：《修辭學》（臺北市：五南圖書出版公司，2001 年），頁 21。

9 張春榮：《現代修辭學》頁 31。

10 〔魏〕何晏集解，〔宋〕邢昺疏，〔唐〕陸德明音義：《論語注疏．雍也》，收入《景印文淵閣四庫全書》冊 195，頁 585。

11 〔周〕墨翟：《墨子》，收入《景印文淵閣四庫全書》冊 848，頁 108。

12 〔周〕卜商：《詩經．大序》，收入《景印文淵閣四庫全書》冊 69，頁 4。

13 〔漢〕王符：《潛夫論．釋難》，收入《景印文淵閣四庫全書》冊 696，頁 409。

「譬喻」者。中國人在古漢語當時就已非常普遍地使用譬喻，《十三經》中各種譬喻數以千計[14]。可見得「言此意彼」、「形存影附」的比、興「譬喻」確已普遍運用。

以最簡約的文字涵容最豐富的畫面與意蘊，組成「說不盡，道不完的情景交融藝術境界」是譬喻的最大貢獻。詩詞歌賦與小說、散文或報導文學都屬語言藝術。在以簡鍊精緻見長的詩歌中，譬喻尤其能夠突顯妙用與價值。詩人藉由譬喻將想像力發揮到極致，講究字句精鍊的詩歌比其他文體使用譬喻更為普遍。

善於天馬行空聯想力，融合許多瑰麗新奇想像的東坡是繼承《詩經》、《論語》這優良譬喻傳統的翹楚代表。他以過人的文學敏銳度，加上深諳譬喻修辭技巧，各類文學創作中，多方展現譬喻修辭法的神效。共填三百四十四闋詞（或三百四十八闋詞）[15]有九十八個明喻，超過全部詞作四分之一都有明喻。此外還有一百九十三個借喻，四十四個隱喻，三百一十一個略喻。數字說明一切，造就後人對他「長於譬喻」的表現佩服得無以復加。如宋人魏慶之（？-1272）《詩人玉屑》即云：「子瞻作詩，長於譬喻。」[16]清朝汪師韓（1707-？）《蘇詩選評箋釋》卷二亦云：「用譬喻入文，是軾所長。」[17]何止作詩、

14 呂珮芳所輯《經言明喻篇》十三經中總得譬喻七千三百九十一條，轉引自黃慶萱著：《修辭學》，頁 324。

15 〔宋〕蘇東坡著，龍榆生校箋：《東坡樂府箋》卷一，一百○六首，卷二，一百首，卷三，一百三十八首，計三百四十四首；石聲淮、唐玲玲箋注：《東坡樂府編年箋注》以朱祖謀編年、龍榆生的箋校附考為基礎，收錄詳備，三卷三百四十八闋詞；葉嘉瑩主編：《蘇東坡詞新釋輯評》（北京市：中國書店，2007 年）凡例頁 3，收錄四百一十闋詞；朱德才主編：《蘇東坡詞》（北京市：文化藝術出版社，1999 年），收錄三百六十二闋詞，本研究採龍榆生校箋《東坡樂府箋》三百四十四闋詞及石聲淮、唐玲玲《東坡樂府編年箋注》三百四十八闋詞的說法。

16 〔宋〕魏慶之：《詩人玉屑》，收入《景印文淵閣四庫全書》冊 1481，頁 248。

17 〔清〕乾隆：《御選唐宋詩醇》，收入《景印文淵閣四庫全書》冊 1448 中，蘇詩總評採用汪師韓：《蘇詩選評箋釋敘》，篇評也幾乎都是汪評蘇詩，不僅論述東坡在

作文如此，填詞亦然，東坡詞作譬喻多如天上繁星，邵博（？-1158）《聞見後錄》裏，東坡甚至自稱「凡人為文，宜務使平和；至足之餘，溢為奇怪，蓋出於不得已耳。」[18] 金末元好問（1190-1257）在〈遺山自題樂府引〉特別提到：「詩家謂之言外句，含咀之久，不傳之妙，隱然眉睫間，惟具隻眼者乃能賞之。」[19] 他又在〈新軒樂府引〉中提出：東坡詞的主要佳處即在其作品「能起人妙思」[20]，妙思即「言外句」當中的「不傳之妙」，起人妙思，能讓人產生玄妙想法，感受言外餘味，含不盡之意，見於言外，唯有具「言外餘味」的譬喻才能達到讓詞「見於言外」的理想境界，清人施補華（1853-1890）《峴傭說詩》講得更加清楚明白，施云：「人所不能比喻者，東坡能比喻；人所不能形容者，東坡能形容。比喻之後，再用比喻；形容之後，再用形容。」[21] 清人對東坡詞的精妙絕倫譬喻確實已能真切了解。

我國十三經之一的《禮記．學記》記述學習的功用、方法、目的、效果，並論及教學為師的道理，與《大學》發明所學的道術相為表裡，深受宋代理學家推崇。特別強調：「不學博依，不能安詩。」[22] 不從通曉鳥獸草木、天時人事來學會譬喻，詩就作不好，非常肯定譬

詩歌史的地位「獨立千古，非一代一人之詩也。」從多種角度對坡詩充分肯定「其詩氣豪體大，有非後哲所易學步者」，且闡明坡詩的主旨、章法、詩風，如：感情真摯、長於描摹、善用比喻和對偶等。

18 〔宋〕邵博：《聞見後錄．卷十四》，收入《景印文淵閣四庫全書》冊 1039，頁 283。

19 〔金〕元好問：《遺山樂府》（臺北市：廣文書局影彊村叢書本，1970 年），序頁 1。

20 〔金〕元好問：《遺山集》，收入《景印文淵閣四庫全書》冊 1191，卷三十六，頁 425。

21 〔清〕王夫之等撰，丁福保編：《清詩話》（臺北市：明倫出版社，1971 年），頁 341。

22 〔漢〕鄭玄注，〔唐〕孔穎達疏，〔清〕阮元刻：《十三經注疏．禮記》（臺北市：藝文印書館，2001 年），頁 651。

喻的重要。六朝文學家對我國的文學批評有極大貢獻，兩大著名文學批評典籍——《詩品》、《文心雕龍》都非常肯定譬喻功效。鍾嶸（約468-518）《詩品》認為真正的藝術作品都將意蘊深遠與文采精美達到高度融合，詩歌是所有文學形式中最精粹的藝術[23]。詩人情動於中而形於言，應物斯感、緣情體物。以巧妙修辭，出之以精美文采。是「詩歌醉人傳千古」的主要原因；劉勰（約 465-532）在《文心雕龍．比興》亦云：「金錫以喻明德，珪璋以譬秀民，螟蛉以類教誨，蜩螗以寫號呼，澣衣以擬心憂，席卷以方志固，凡斯切象，皆比義也。」[24]都是以具體譬喻說明抽象事物。劉勰接著對譬喻的取譬多方說明有云：「夫比之為義，取類不常：或喻於聲，或方於貌，或擬於心，或譬於事。」[25]有時運用喻詞「像、若、好比、好像、好似」等直接明喻；有時省略喻詞，直接暗比、借比。有時又一連串幾個比喻、博喻、連比，以獲取較顯著的藝術效果。《文心雕龍．物色》篇又云：

> 是以四序紛迴，而入興貴閑；物色雖繁，而析辭尚簡；使味飄飄而輕舉，情曄曄而更新。古來辭人，異代接武，莫不參伍以相變，因革以為功，物色盡而情有餘者，曉會通也[26]。

寫景貴有真感情而不在閑；能寫出情境為貴，即景抒情而不在求簡；

---

23 張健：《詩歌修辭學．序》（臺北市：五南圖書出版公司，1987 年），頁 2。

24 〔梁〕劉勰撰，〔清〕黃叔琳注，紀昀評：《文心雕龍注》（臺北市：世界書局，1956 年），頁 129。

25 〔梁〕劉勰撰，〔清〕黃叔琳注，紀昀評：《文心雕龍注》（臺北市：世界書局，1956 年），頁 130。

26 物色：事物形象，情有餘：意在言外，藉助形象產生象外之意，〔梁〕劉勰撰，〔清〕黃叔琳注，紀昀評：《文心雕龍注》（臺北市：世界書局，1956 年），頁 162。

能寫出新情味窮形盡相又達情味含蓄不盡境界手法最高明。朱熹（1130-1200）《音釋詩集傳》說「興者，先言他物，以引起所詠之辭也。」[27] 有時「興」和正文有關，有時無關。有時會有情調聯繫，有時光從韻腳引出下文。有時比興一體，比中有興，興中有比。有時有雙關諧音妙用，有音樂性，以起陪襯、烘托、聯想作用。有時又有意義性，真是運用之妙存乎一心。近代中國文學批評大師「民國才子」錢鍾書（1910-1998）有云：「所謂『博喻』或者西洋人所稱道的莎士比亞式的比喻。一連串把五花八門的形象來表達一件事物的一個方面或一種狀態。」[28] 錢氏本身多才多藝，更是修辭學大師。錢氏認為：譬喻正是文學語言的根本，錢氏還幫博喻追本溯源，提及《詩經》、《莊子》都有許多這樣的修辭，正是靠譬喻達到司空圖所謂「不著一字，盡得風流。」[29] 的高妙意境。

西方同樣重視譬喻，認為譬喻是詩歌勝過繪畫的關鍵所在，希臘三哲之一的亞里斯多德（385 B.C.- 322 B.C.）《修辭學・第三卷・第十章》有謂：「當追求這三樣東西：隱喻、對立子句和生動性。」指出修辭最基本的原則在譬喻、對比與生動。現存最早的世界文學精品是西元前七五〇至六七五年間的古希臘荷馬史詩——〈伊里亞德〉和〈奧德賽〉係歷史最悠久的典範珍品，使用甚多清楚明白比喻，又稱「荷馬式明喻」。大段譬喻詩節，表現宏大場面，突出偉大主題。〈伊里亞德〉有兩百多個這種譬喻，〈奧德賽〉也有四、五十個，因是荷馬原創，荷馬史詩中運用甚夥，歷來向為評論家所讚賞，故稱。世界文學史上無與倫比的英國莎士比亞同樣喜用譬喻。可見得不分古今中

---

27 朱熹：《音釋詩集傳》（臺北市：學海出版社，2004年），頁2。

28 錢鍾書：《宋詩選註》（臺北市：世界書局，2005年），頁383。

29 〔唐〕司空圖：《詩品二十四則・含蓄》收入《叢書集成新編》冊80（臺北市：新文豐出版公司，1985年），頁18。

外，都一致認為譬喻是非常重要的修辭技巧。

譬喻分類名稱歷來見解不同。宋代陳騤（1128-1203）《文則》是中國第一部系統完整的修辭專著，分譬喻為十類：直喻、隱喻、類喻、詰喻、對喻、博喻、簡喻、詳喻、引喻、虛喻[30]，對後世修辭學有莫大影響力。近代陳望道《修辭學發凡・第五篇・積極修辭一》將譬喻精簡為：明喻、借喻、隱喻三種[31]。黃慶萱一九九四年增訂七版《修辭學》將譬喻分為明喻、隱喻、略喻、借喻、假喻五種[32]；二〇〇四年增訂三版二刷取消假喻，增加較喻、詳喻、博喻成為七種譬喻[33]。沈謙（1947-2006）《修辭學》根據黃氏一九九四年版《修辭學》去假喻加博喻，還是五種[34]。黃麗貞《實用修辭學》分明喻、借喻、隱喻三種，但明喻及隱喻下各增一種「略式」[35]。譚汝為〈中國古典詩歌特殊喻式研究〉文中將古典詩歌特殊喻式分為：互喻、倒喻、頂喻、共喻、雙喻、駢喻、較喻、否喻、博喻十類[36]。唐松波、黃建霖主編《漢語修辭格大辭典》收列多達二十四大類。蔡宗陽《修辭學探微》歸為明喻、隱喻、略喻、借喻、合喻五大類，細分四十五種[37]。真是「至矣盡矣，不可以加矣！」[38] 錢鍾書對東坡作品風格非常推崇，曾云：「蘇東坡風格上的大特色是比喻的豐富，新鮮和貼

30 〔宋〕陳騤：《文則》，收入《景印文淵閣四庫全書》冊 1480，頁 683。

31 陳望道：《修辭學發凡》（上海市：上海教育出版社，1979 年），頁 77。

32 黃慶萱：《修辭學》，頁 227-250。

33 參見黃慶萱：《修辭學》，頁 321-353。

34 沈謙：《修辭學》（臺北市：五南圖書出版公司，2010 年），頁 1。

35 黃麗貞：《實用修辭學》頁 38、頁 40。

36 臺灣師範大學國文系主編，中國修辭學會編：《修辭論叢》第一輯（臺北市：洪葉文化公司，1999 年），頁 144。

37 蔡宗陽：《修辭學探微》（臺北市：文史哲出版社，2001 年初版），頁 189。

38 〔東周〕莊周著，〔清〕王先謙撰：《莊子集解》（臺北市：世界書局，2006 年二版三刷），頁 16。

切。」[39] 東坡詞中三百三十一個略喻究竟有何可觀之處，令人非常好奇。本文以明喻、隱喻、略喻、借喻四者研究東坡詞的略喻修辭方式。

二　東坡詞中譬喻多

向來熱愛生命、喜愛觀察、認真感受、並能充分呈現自然景物動態美的眉山東坡，六十五歲高齡自嶺南獲釋歸來。路上，逢謝民師袖書及其舊作遮道，東坡覽文之後，非常稱賞，遂有一信〈與謝民師推官書〉[40] 用生動簡潔、舒展自如的筆墨，做他一生創作經驗的總結。是篇優秀文論，充分表現東坡「崇尚自然、反對雕琢」的文藝主張。這封書信是表述東坡的文學創作基本觀點，並總結自己的創作經驗：「大略如行雲流水，初無定質，但常行於所當行，常止於所不可不止，文理自然，姿態橫生。」（《全集》，頁 2476）表示文章要文辭通暢，合乎自然之理，還要有文采和波瀾。自由表達對生活的真實感受，擺脫外在形式束縛，藉此表達自己文道並重的文藝見解，這些正是東坡文章的風格。該文又云：

> 孔子曰：「言之不文，行而不遠。」又曰：「辭達而已矣。」夫言止於達意，即疑若不文，是大不然。求物之妙，如繫風捕影，能使是物了然於心者，蓋千萬人而不一遇也。而況能使了然於口與手者乎？是之謂辭達。辭至於能達，則文不可勝用矣。……可與知者道，難與俗人言也，因論文偶及之耳。歐陽

---

39 錢鍾書：《宋詩選註》，頁 383。

40 〔宋〕蘇軾撰，段書偉、李之亮、毛德富主編：《蘇東坡全集．與謝民師推官書》（北京市：燕山出版社，2009 年），頁 2476，以下引用《全集》，僅（《全集》及頁○○），不另外附註。

> 文忠公言：「文章如精金美玉，市有定價，非人所能以口舌定貴賤也。」(《全集》，頁 2476)

東坡對文藝創作提出：「辭達而已矣」的重要說明。其人才高韻勝，前人作品，無所不學，無所不好。飛馳想像，筆力縱橫。學問淵博，才華橫溢。有四大人格特色：(一) 經世濟時、悲天憫人的儒者品格；(二) 沖淡閒適、隨遇而安的蜀士特質；(三) 才思橫溢、獨步古今的藝術成就；(四) 儒釋道三家融合的人生哲學[41]。通判杭州開始大量填詞。意境靈動，譬喻新奇。迭起波瀾，新穎巧妙。層出不窮，趣味橫生，與詩無別。在其筆下，無物不可以譬喻，無物不可以被喻。其創作風格亦相當與眾不同，主要有五：(一) 博採眾家，自成一格；(二) 筆力縱橫，揮灑自如；(三) 注重神韻，不拘細節；(四) 繼承傳統，重新開創；(五) 兼重理趣與情趣[42]。無論寫景、抒懷、緣情、詠物，均能信手拈來，意到筆隨，玩弄文字於股掌之中，如若無物。

東坡詩詞文章取喻新穎奇妙有兩大原因：一與他中年貶謫四方，擁有豐富的生活經驗與卓越的觀察事物的能力密切相關；一與東坡為文詩詞力學前人，又具有獨創精神有關。他非常欣賞唐代詩人韓愈，韓文公詩就善於運用比喻，如其〈送無本師歸范陽〉[43]雖是送別詩，內

---

41 盧韻琴：《東坡詩譬喻修辭研究》(高雄市：高雄師範大學國文教學碩士論文，2003 年)，頁 11-22。

42 盧韻琴：《東坡詩譬喻修辭研究》，頁 23-35。

43 韓愈：《御定全唐詩錄．卷四十六》：「無本於為文，身大不及膽。吾嘗示之難，勇往無不敢。蛟龍弄角牙，造次欲手攬。眾鬼囚大幽，下覷襲玄窞。天陽熙四海，注視首不頷。鯨鵬相摩窣，兩舉快一啖。夫豈能必然，固已謝黯黮。狂詞肆滂葩，低昂見舒慘。奸窮怪變得，往往造平澹。蜂蟬碎錦纈，綠池披菡萏。芝英擢荒蓁，孤翮起連菼。家住幽都遠，未識氣先感。來尋吾何能，無殊嗜昌歜。始見洛陽春，桃枝綴紅糝。遂來長安里，時卦轉習坎。老懶無鬬心，久不事鉛槧。欲

容其實是評述賈島詩歌風格。是衡文之作，屬於詩論範圍，連用十二句一氣貫注的博喻，極其誇張。韓愈用光怪陸離的形象模擬譬喻賈島險怪的詩境和詩風，非常生動傳神。東坡頗受韓詩影響，勇於創新。

東坡詞跟他的其餘作品一樣，特別擅長譬喻。取喻豐富，別具一格。創造比平鋪直敘更優美的意境、創造更引人入勝的想像空間、創造更多別人意想不到的藝術魅力，頗有藝術魅力與審美價值。主要採明喻、隱喻、略喻、借喻等四種譬喻。這些譬喻使他所要描寫的人、事、物的形象更加鮮明，躍然紙上。如現目前，呼之欲出。而他最常用的卻是略喻，總數三百一十一個，借喻次之，一百九十三個；明喻又次之，九十八個；隱喻最少，四十四個。東坡用這些譬喻比擬而不明說，極端傳神，總共六百四十六個譬喻。平均每闋詞用兩個譬喻，真是多如天上繁星。略述如下：

①明喻九十八個：明喻由「本體」、「喻詞」、「喻體」三者構成。明喻的例子甚多，如《左傳》已有：「先大夫臧文仲教行父事君之禮，行父奉以周旋，弗敢失隊。曰：『見有禮於其君者事之，如孝子之養父母也。見無禮於其君者誅之，如鷹鸇之逐鳥雀也。』」[44]此處用兩個明喻。明喻會用「好比」、「好像」、「就像」、「竟像」、「真像」、「如」、「就如」、「恍如」、「真如」、「有如」、「似」、「一似」、「好似」、「恰似」、「若」、「有若」、「有類」、「有同」、「彷彿」、「猶」、「猶之」、「猶如」……等連詞連接。使用明喻會產生明朗的美感，目前很多專家學者如鄒同慶、王宗堂、石聲淮、唐玲玲等都一致肯定東坡早在二十九歲為官鳳翔就已填〈華清引〉：「平時十月幸蓮湯，玉甃瓊

以金帛酬，舉室常顧頷。念當委我去，雪霜刻以憯。獰飆攪空衢，天地與頓撼。勉率吐歌詩，尉女別後覽。」收入《景印文淵閣四庫全書》冊 1472，頁 774。

44 〔東周〕左丘明著，〔晉〕杜預注，〔唐〕孔穎達疏：《左傳‧春秋卷二十》收入〔清〕阮元刻：《十三經注疏》(臺北市：藝文印書館，2001 年)，頁 352。

梁，五家車馬如水，珠璣滿路旁。翠華一去掩方床，獨留煙樹蒼蒼，至今清夜月，依前過繚牆。」[45] 不但有明喻：「五家車馬如水」，更有略喻「珠璣滿路旁」。東坡填完這闋詞便擱下詞筆多年，直到通判杭州才開始正式大量填詞。第一闋詞〈浪淘沙・昨日出東城〉第三句話也是明喻：「昨日出東城，試探春情，牆頭紅杏暗如傾，檻內群芳芽未吐，早已回春。綺陌斂香塵，雪霽前村，東君用意不辭辛，料想春光先到處，吹綻梅英。」詞中「牆頭紅杏暗如傾」則其對譬喻修辭運用之熟練可想而知。故云：東坡詞最早使用的修辭是譬喻。

②隱喻四十四個：凡具備「本體」、「喻體」而「喻詞」由繫詞「是」、「為」、「作」、「即」等代替叫作「隱喻」[46]，又稱「暗喻」，亞里斯多德《論詩・第二十二節・論修辭》指出：「最重要的莫過於恰當使用隱喻字，這是一件匠心獨運的事，同時也是天才的標誌，因為善於駕馭隱喻，意味著能直觀洞察事物之間的相似性。」[47] 隱喻是具有其他類型修辭格所未具有的直觀性，喻體和本體的對應是相即的結合關係，不需經過現象的還原過程，便能清楚表達；隱喻的特質是直接出諸變幻無常的現象和如實道理的對應關係，這樣的譬喻能力才是東坡和亞里斯多德所說「千萬人而不一遇」「天才的標誌」[48]，隱喻和明喻的主要差異在有無喻詞，隱喻的喻詞在文言裏常用「是、乃、成、即、為、做、也（在句末）」等，沈謙《修辭學》有云：「從明喻到隱喻，本體與喻體之關係越來越密切。隱喻以判斷形式出現，其

---

45 〔宋〕蘇東坡撰，龍榆生校箋：《東坡樂府箋》（臺北市：華正書局，2003 年），頁 294，本文引用東坡詞篇以此書為主，不另附註，僅以括弧（《箋》，頁○○）。

46 黃慶萱：《修辭學》增訂七版，頁 233。

47 亞里斯多德撰，崔延強譯：《論詩》卷 9（北京市：中國人民大學出版社，1997 年），頁 677。

48 吳明興：《蘇軾佛教文學研究》（宜蘭縣：佛光大學中國文學系博士論文，2009 年），頁 181。

實，隱喻喻詞的『是』字仍與明喻的喻詞『像』意義相同，唯更加強本體與喻體之間的密切契合。」[49] 東坡也常用隱喻來暗中譬喻曲折情愫，東坡詞隱喻是藉譬喻技巧帶出自己的思想和感觸，美國著名現代詩人華來士．斯蒂文斯（1879-1955）說：「沒有隱喻就沒有詩。」[50] 詩的語言常用隱喻，所以對詩來說，隱喻不僅是修辭方式，同時往往也是詩的結構方式與特性。

③借喻一百九十三個：借喻只剩「喻體」而無「本體」、「喻詞」。中文有許多俗諺都是屬於借喻[51]。《左傳》也有：「姜氏何厭之有？不如早為之所，無使滋蔓。蔓，難圖也。蔓草猶不可除，況君之寵弟乎？」[52] 就用「蔓草難除」譬喻鄭莊公的弟弟共叔段。東坡詞中會用翠眉、紅粉、蛾眉、綠珠、紅妝、芳伴、翠袖、嬋娟、吳姬來譬喻美麗的女子。美女的眼光會用橫波譬喻，美女的眉毛會用翠蛾、雙蛾譬喻，共三十二個這類形容女子的借喻。除此之外還有其他借喻一百六十一個。

④略喻三百一十一個：略喻僅有「本體」與「喻體」，省略「喻詞」，本體和喻體在形式上仍和明喻一樣，同屬類似關係，而非隱喻的結合關係。黃慶萱、沈謙、蔡宗陽、張春榮均稱此種譬喻為「略喻」，僅韋金滿稱「隱喻」。本研究從眾稱「略喻」。孔老夫子《論語．顏淵第十二》所云：「君子之德，風；小人之德，草，草上之風，必偃。」[53] 就沒用喻詞，是非常標準的略喻，上位君子德行如

---

49 沈謙：《修辭學》（臺北市：國立空中大學，1993 年），頁 10。

50 周文慧：〈詩與隱喻〉，《咸陽師範學院學報》2001 第 6 期，頁 13。

51 像：一人得道，雞犬升天；一山不能藏二虎，詳見黃慶萱：《修辭學》增訂七版，頁 337。

52 《左傳．春秋卷二》收入《十三經注疏》，頁 36。

53 〔魏〕何晏集解，〔宋〕邢昺疏，〔唐〕陸德明音義：《論語注疏》，收入《景印文淵閣四庫全書》冊 195，頁 641。

風，平民百姓德行如草，風吹草必倒。東坡〈舟中夜起〉詩[54]「落月掛柳看懸蛛」也是非常新穎別致的略喻。此喻本體：落月掛柳——將落的月亮掛在柔嫩柳條上。喻體：懸蛛——懸在蛛網上的蜘蛛。省略喻詞。本體、喻體之間雖無喻詞相連，卻語意明朗生動，將落未落的圓圓月亮像蜘蛛一般，掛在柳條上，使用這樣的略喻實在是非常精緻、細膩，很能夠引人產生如同繪畫一般藝術性的美妙聯想。

三　譬喻當中略喻多

韋金滿將柳永、東坡與周邦彥三人的修辭方式做了最基礎的整理與分析[55]，他說：「東坡樂府中，多用明喻 （集中用此類者，約達五十多處），隱喻次之（約有二十餘處），借喻又次之（集中用此類者極少，約有數處）。」韋氏認為東坡詞中略喻數量甚少，他對「略喻」的稱呼與眾不同，稱為「隱喻」，僅得二十三個而已，本文得到韋金滿不少啟發，在韋氏對修辭著力甚深的深厚基礎上，研究者做了更深入的爬梳探討，恰恰與研究者的計算有極大出入，發現東坡詞中其實有多達三百一十一個略喻，是明喻的三倍，大大超乎韋氏的想像。

東坡詞中這些略喻一共包含四個方面，下文所列以標點符號「；」分開每個略喻，以新細明體粗字呈現一共有二十三個，則為韋氏原稱隱喻（略喻）：

---

54 〔宋〕蘇軾撰，段書偉、李之亮、毛德富主編：《蘇東坡全集》（北京市：燕山出版社，2009 年）：「微風蕭蕭吹菰蒲，開門看雨月滿湖。舟人水鳥兩同夢，大魚驚竄如奔狐。夜深人物不相管，我獨形影相嬉娛。暗潮生渚弔寒蚓，落月掛柳看懸蛛。此生忽忽憂患裏，清境過眼能須臾。雞鳴鐘動百鳥散，船頭擊鼓還相呼。」頁 456。

55 韋金滿：《柳蘇周三家詞之修辭比較研究》（臺北市：天工書局，1997 年），頁 181-190。

①最擅長用事物來譬喻事物：肯親度瑤觴；霞苞霓荷碧；重重青蓋下；低玉枕；海棠珠綴一重重；榴花開欲然；瓊珠碎卻圓；雪肌冷；玉容真；香腮粉未勻；綺席纔終；冰弦；玉房金蕊；流水如今何在也；誤入仙家碧玉壺；淡紅褪白胭脂涴；佳氣鬱蔥來繡戶；玉枕冰寒消暑氣；碧簟紗廚；短日明楓纈；春雨消殘凍；溫風到冷灰；金尊灩玉醅；留取紅巾千點、照池臺；流年未肯付東流；珠檜；絲杉冷欲霜；雪花飛暖融香頰，頰香隔暖飛花雪；細花梨雪墜；墜雪梨花細；火雲凝汗；揮珠顆；顆珠揮汗；凝雲火；遺響下清虛，纍纍一串珠；羅帳細垂銀燭背；尚餘孤瘦雪霜姿；珠幕雲垂地；洗出碧羅天；榮光浮動，捲皺銀塘水；方杏靨勻酥；花鬚吐繡；任滿頭紅雨落花飛；石榴半吐紅巾蹙；餘音不斷，縹緲尚縈流水；蝸角虛名；蠅頭微利；苔茵展；雲幕高張；絲蓴；玉藕；珠秔；錦鯉；玉骨那愁瘴霧，冰姿自有仙風；素面翻嫌粉涴，洗妝不褪脣紅；雪花浮動萬家春；雪浪搖空千頃白；金城千里鎖嬋娟；勢浮輿蓋方圓；漸綺霞天際紅深淺；百尺飛瀾鳴碧井；情亂處青山；白浪；草頭秋露流珠滑；昨夜扁舟京口；歸去香雲入夢；后土祠中玉蕊；蓬萊殿後鞓紅；水晶盤瑩玉鱗赬；朱檻俯窺寒鑑；餘生寄葉舟；瓊彝；倒玉舟；繡鞅玉鐶遊；飛火亂星毬；船頭轉，長風萬里，歸馬駐平坡；飄流江海，萬里煙浪；雲帆；流年盡；冰簟；堆雲髻；曾雪沫乳花浮午琖；花霧縈風縹緲；玉粉旋烹茶乳；一千頃，都鏡淨；煙蓋；雲幢；揀盡寒枝不肯棲，寂寞沙洲冷；玉宇；瓊樓；亂石穿空；卷起千堆雪；檣櫓灰飛；煙滅；不道流年暗中偷換；幾人得見星星點；亂山屏簇；障泥未解玉驄驕；莫教踏碎瓊瑤；江漢西來……蒲萄深碧；猶自帶岷峨雪浪；半夜銀山上積蘇；朝來九陌帶隨車；廢圃寒蔬挑翠羽；小槽春酒滴真珠；江南雲葉暗隨車；雨腳半收檐斷線；雪床初下瓦跳珠；銀塘朱檻麴塵波；獄草煙深；玉肌；鉛粉傲秋霜；世事一場大夢；面旋落英飛玉蕊；苔岸霜

花盡；千歧細浪舞晴空；軟草平莎過雨新；晚湖淨鑑新磨；瓊樓；玉宇，高處不勝寒；舞裀瓊釵；綺窗學弄；柳絮；榆錢；春水流弦；霜入撥；雲山摛錦；玉笙不受朱脣暖；鳳簫聲斷月明中；璧月；瓊枝空夜夜；爭抱寒柯看玉蕤；掩霜紈；漫道帝城天樣遠；飛絮落花；華堂堆燭淚；一江明月碧琉璃；明日落花飛絮；飛絮送行舟；晚景落瓊杯；認得岷峨春雪浪；亂灑歌樓濕粉顋；水雲先已漾雙鳧；夾岸青煙鵲尾鑪；一葉舟輕；雙槳鴻驚；綺陌斂香塵，共一百四十九個。

②擅長用事物譬喻人物：輕身翻燕舞；低語囀鶯簧；獨自占春芳，不比人間蘭麝，自然透骨生香；莫問世間何事，與劍頭微吷；膚瑩玉；鬢梳蟬；玉盆纖手弄清泉；冰肌自是生來瘦；那更分飛後；歎隙中駒；石中火；夢中身；玉指；宜在玉人纖手裡；雲鬟垂兩耳；慚愧青松守歲寒；雲鬟傾倒；雲鬢鬅鬆眉黛淺；好夢；驚回；三個明珠；天公為下曼陀雨；咫尺江山分楚越；膩紅勻臉襯檀脣；連理帶頭雙□□；流年回首付東流；莫教秋；雲鬢裁新綠；霞衣曳曉紅；一朵彩雲何事下巫峰；趁拍鸞飛鏡；回身燕漾空；共看剝蔥纖手舞凝神；紺綰雙蟠髻；雲欹小偃巾；半年眉綠未曾開；笑怕薔薇罥；簟紋如水玉肌涼；團扇不堪題往事；挽回霜鬢莫教休；上殿雲霄生羽翼，論兵齒頰帶風霜；彩線輕纏紅玉臂；小符斜挂綠雲鬟；霜鬢真堪插拒霜；春融臉上桃；翠鬟斜幔雲垂耳；耳垂雲幔斜鬟翠；瓊暖碧紗輕；寒玉細凝膚；清歌一曲倒金壺；冶葉倡條徧相識；冰雪透香肌；尊前舞雪狂歌送；凝然點漆精神；五家車馬如水，珠璣滿路旁；雲鬢風前綠卷；玉顏醉裡紅潮；瓜頭綠染山光嫩；弄色金桃新傳粉；猶帶春醪紅玉困；顰月臨眉，醉霞橫臉；萬事從來風過耳；使君才氣卷波瀾；欲看梨花枝上雨；雪領；霜髯不自驚；莫唱黃雞并白髮；鬢雲吹亂；愁入參差鴈；長庚配月獨淒涼；膩玉圓搓素頸；十指露春筍纖長；煩子指間風雨，置我腸中冰、炭；檀脣點杏油；面旋回風帶雪流；春入腰

肢金縷細，輕柔；公駕風車淩彩霧，紅鸞驂乘青鸞馭，卻訝此洲名白鷺，非吾侶，翩然欲下還飛去；淚巾猶裛香泉；歌珠滴水清圓，蛾眉新作十分妍；走馬歸來便面；低雲鬟；眉峰斂暈嬌和恨；強染霜髭；常羨人間琢玉郎；笑勞生一夢；會與州人，飲公遺愛；一江醇酎；一點浩然氣，千里快哉風；凜然蒼檜；霜幹苦難雙；誰見幽人獨往來，縹緲孤鴻影；懊惱風情，春著花枝百態生；重客多情，滿勸金卮玉手擎；嬌眼橫波眉黛翠；妙舞蹁躚，掌上身輕意態妍；嬌多媚殺，體柳輕盈千萬態；臉嫩膚紅，花倚朱闌；家童鼻息已雷鳴；人在清涼國；冰肌；玉骨；風雨過一江春綠；豔歌餘響，繞雲；縈水；尊前呵手鑷霜鬚；煙鬟未上；夢裡栩然蝴蝶一身輕；且將新句琢瓊英；玉手簪金菊；夢雲驚斷；黃童白叟聚睢盱；霜鬢不須催我老；杏丹依舊駐君顏；朱顏；綠髮映垂楊；如今秋鬢數莖霜；人生到處萍飄泊；醉臉春融；瑩骨；冰膚那解老；寓身此世一塵沙；漁人一葉家；早知身世兩聱牙；一朵芙蕖開過尚盈盈，共一百二十七個。

③用人物譬喻事物較少：望斷高唐路；章臺折盡青青柳；一顆櫻桃樊素口；行憂寶瑟僵；隨織女度銀梭；長愁羅襪凌波去；自憐冰臉不時宜；酒生微暈沁瑤肌；月與佳人共僚；水光都眼淨；山色總眉愁；散落佳人白玉肌；紅玉半開菩薩面，丹砂濃點柳枝脣；山與歌眉斂；波同醉眼流；雪芽；雙井散神仙；兩兩輕紅半暈腮；碧瓊梳擁青螺髻，共二十個。

④用人物譬喻人物最少：卻跨玉虹歸去，看洞天星月；當時張范風流在；破鏡重來人在否；膝上王文度；憑仗挽回潘鬢；春衫猶是，小蠻針線；草木記吳風，繼取相如雲夢；佳人不見董嬌嬈；乘鸞來去；巫峽夢至今空有；薦士已聞飛鶚表；報恩應不用蛇珠；何時收拾耦耕身；天仙未必相思；坐中安得弄琴牙，寫取餘聲歸向水仙誇，共十五個。

四　結論

擁有天時、地利、人和三者才能讓人成功。東坡雖然未能完全擁有這三個條件，他卻很能用文字表現自我。他使用借喻、隱喻、略喻，雖無法處處都能像明喻那麼淺顯直率，卻更深刻顯現其詞中各樣情懷。讓人目為之亮，帶給人清新無比的充分感受。後人對東坡「長於譬喻」佩服得無以復加，他，字子瞻，他真的非常具有前瞻性，作品一直求新求變。即便在運用聯想類似性的譬喻也幾乎不用重複字眼。「譬喻」這種修辭法在東坡獨特的人生經歷與人格特質下，得到充分滋養的養分，在審美活動中拓展無限發展的廣闊空間。明喻一目了然；略喻省略喻詞；隱喻婉轉曲折；借喻阿娜多姿。各有千秋，各擅勝場。東坡為中國的詩詞修辭寫下輝煌燦爛、精彩絕倫篇章。無怪乎魏慶之《詩人玉屑》有云：「子瞻作詩，長於譬喻。」其實，何止詩爾，其詞亦處處俯拾皆為譬喻。譬喻當中又以在喻體和喻解之間充分展開繪畫般藝術性思維力的略喻數量最多，總數三百一十一個。從上面的整理可以發現：①東坡詞中最常用事物來略喻事物，有一百四十九處。而且有超過四分之三都是東坡最擅長的動態描寫，他擅長敏銳迅速地捕捉景物在運動變化中的形象特徵，以動態傳遞景物之「神」是他最拿手的本事；②其次是用事物來略喻人物，有一百二十七處；③再其次用人物譬喻事物，有二十處；④用人物譬喻人物最少，有十五處，後兩種譬喻幾乎都是用典故。

東坡使用略喻狀況如下：

①東坡最愛用「玉」字做各種略喻，共用三十六個形形色色的「玉」字：瓊樓玉宇、玉手簪金菊、膚瑩玉、玉容真、玉房金蕊、玉人纖手、仙家碧玉壺、簟紋如水玉肌涼、玉枕冰寒消暑氣、玉肌鉛粉

傲秋霜、障泥未解玉驄驕、冰肌玉骨、玉宇瓊樓乘鸞來去、常羨人間琢玉郎、玉粉旋烹茶乳、繡鞅玉鐶遊、膩玉圓搓素頸、瓊彝倒玉舟、水晶盤瑩玉鱗赬、后土祠中玉蕊、散落佳人白玉肌、玉骨那愁瘴霧、絲蓴玉藕、猶帶春醪紅玉困、玉顏醉裡紅潮、寒玉細凝膚、彩線輕纏紅玉臂、金尊灩玉醅、玉指冰弦、玉盆纖手弄清泉、低玉枕涼輕繡被、卻跨玉虹歸去、爭抱寒柯看玉蕤、玉笙不受朱脣暖、面旋落英飛玉蕊、滿勸金卮玉手擎，其中以三個玉肌最多。其次是兩個玉宇、兩個玉手、兩個玉枕、兩個玉蕊、兩個玉骨，兩個紅玉，東坡其他二十一個用「玉」來譬喻的東西竟無一個重複。

②其次，有二十七個用「雲」字：雲山摛錦、楚山修竹如雲、夢雲驚斷、江南雲葉暗隨車、繞雲縈水、煙蓋雲幢、低雲鬢、萬里煙浪雲帆、鬢雲吹亂、歸去香雲入夢、繼取相如雲夢、苔茵展雲幕高張、珠幕雲垂地、雲鬢風前綠卷、火雲凝汗揮珠顆，顆珠揮汗凝雲火、翠鬟斜幔雲垂耳，耳垂雲幔斜鬟翠、小符斜挂綠雲鬟、上殿雲霄生羽翼、冰簟堆雲髻、雲欹小偃巾、雲鬢裁新綠、一朵彩雲何事下巫峰、雲鬢鬅鬆眉黛淺、雲鬟傾倒、雲鬟垂兩耳。除了「楚山修竹如雲」是明喻外，其餘二十六個全是略喻，五個雲鬢、鬢雲，三個雲鬟，其他有十八個用「雲」譬喻的東西都沒有重複。

③再其次，用十八個「雪」字：認得岷峨春雪浪、雪床初下瓦跳珠、卷起千堆雪、雪芽雙井散神仙、雪沫乳花浮午琖、面旋回風帶雪流、雪頷霜髯不自驚、雪浪搖空千頃白、雪花浮動萬家春、尊前舞雪狂歌送、尚餘孤瘦雪霜姿、冰雪透香肌、細花梨雪墜、墜雪梨花細、雪花飛暖融香頰、頰香隔暖飛花雪、雪肌冷、況一尊浮雪。兩個雪花，兩個雪浪，其他十四個都未重複用「雪」略喻事物。

④再其次，用十七個「霜」字：掩霜紈、如今秋鬢數莖霜、春水流弦霜入撥、霜鬢不須催我老、淺霜侵綠、苕岸霜花盡、玉肌鉛粉傲

秋霜、尊前呵手鑷霜鬚、霜幹苦難雙、強染霜髭、雪頷霜髯不自驚、霜餘已失長淮闊、尚餘孤瘦雪霜姿、珠檜絲杉冷欲霜、霜鬢真堪插拒霜、論兵齒頰帶風霜、挽回霜鬢莫教休。僅有三個霜鬢重複，其餘十四個全未重複用「霜」為喻體來略喻事物。

⑤再其次，用十五個「珠」字：雪床初下瓦跳珠、小槽春酒滴真珠、報恩應不用蛇珠、歌珠滴水清圓、草頭秋露流珠滑、珠幕雲垂地、珠璣滿路旁、纍纍一串珠、火雲凝汗揮珠顆、顆珠揮汗凝雲火、海棠珠綴一重重、瓊珠碎卻圓、珠秔錦鯉、珠檜絲杉冷欲霜、三個明珠。完全不曾重複使用「珠」來略喻事物。

不管是玉、雲、雪、霜、珠，都是常見的普通已知事物，都屬舊經驗、易知、具體事物，適合形容抽象難知事物。經東坡這些歷代文人努力，千年後的今天，很多略喻都被使用得太過頻繁，已經成為常見形容詞，一般人已不會再以略喻視之。如：雲鬢、雲鬟、明珠、雪花、雪浪、柳絮、玉手、玉肌、玉宇等都成為普通名詞。但在一千年前絕不會用得這樣稀鬆平常，這就是令韋金滿感覺略喻極少的原因。由本文上面所述，可得到東坡詞中三百一十一個借喻數量最多的充分證明。

參考文獻（以筆畫排序）

〔古希臘〕亞里斯多德撰，崔延強譯　《論詩》　北京市　中國人民大學出版社　1997 年

〔宋〕陳騤著　《文則》　收入〔清〕永瑢、紀昀等纂修　《景印文淵閣四庫全書》　冊 1480　臺北市　臺灣商務印書館　1983 年

〔宋〕魏慶之　《詩人玉屑》　收入《景印文淵閣四庫全書》　冊 1481

〔宋〕蘇軾著，石聲淮、唐玲玲注　《東坡樂府編年箋注》　臺北市　華正書局　1993 年

〔宋〕蘇軾撰，龍榆生校箋　《東坡樂府箋》　臺北市　華正書局　2003 年

〔東周〕左丘明著，〔晉〕杜預注，〔唐〕孔穎達疏　《左傳》　收入〔清〕阮元刻　《十三經注疏》　臺北市　藝文印書館　2001 年

〔東周〕墨翟　《墨子》　收入《景印文淵閣四庫全書》冊 848

〔金〕元好問　《遺山集》　收入《景印文淵閣四庫全書》冊 1191

〔金〕元好問　《遺山樂府》　臺北市　廣文書局影《彊村叢書》本　1970 年

〔梁〕劉勰著，王更生注　《文心雕龍讀本》　臺北市　文史哲出版社　1999 年

〔清〕王夫之等撰，丁福保編　《清詩話》　臺北市　明倫出版社　1971 年

〔漢〕王符　《潛夫論》　收入《景印文淵閣四庫全書》冊 696

〔漢〕鄭玄注，〔唐〕孔穎達疏　《禮記》　收入〔清〕阮元刻《十三經注疏》
〔魏〕何晏集解，〔宋〕邢昺疏　《論語注疏》　收入《景印文淵閣四庫全書》　冊 195
《詩經》　收入《景印文淵閣四庫全書》　冊 69
朱　熹　《音釋詩集傳》　臺北市　學海出版社　2004 年
吳明興　《蘇軾佛教文學研究》　宜蘭縣　佛光大學中國文學系博士論文　2009 年
沈　謙　〈修辭格辨異〉　《人文學報》　1992 年
沈　謙　《文心雕龍與現代修辭學》　臺北市　文史哲出版社　1992 年
沈　謙　《修辭學》　臺北市　五南圖書出版公司　2010 年
沈　謙　《修辭學》　臺北市　國立空中大學　1993 年
亞里斯多德著，羅念生譯　《修辭學》　香港　三聯書店　1991 年
周文慧　〈詩與隱喻〉　《咸陽師範學院學報》　2001 第 6 期
孫興萱、古遠清　《詩歌修辭學》　臺北市　五南圖書出版公司　1987 年
張春榮　《修辭新思維》　臺北市　萬卷樓圖書公司　2011 年
張春榮　《現代修辭學》　臺北市　萬卷樓圖書公司　2013 年
陳望道　《修辭學發凡》　上海市　上海教育出版社　1979 年
陸稼祥　《辭格的運用》　瀋陽市　遼寧出版社　1989 年
黃慶萱　《修辭學》　臺北市　三民書局　1994 年，增訂七版
黃慶萱　《修辭學》　臺北市　三民書局　2004 年增訂三版二刷
黃麗貞　《實用修辭學》　臺北市　國家出版社　2007 年增訂初版二刷
鄒同慶、王宗堂　《蘇軾詞編年校注》　北京市　中華書局　2002 年
臺灣師範大學國文系主編，中國修辭學會編　《修辭論叢》第一輯　臺北市　洪葉文化公司　1999 年

蔡宗陽　《文法與修辭探驪》　臺北市　萬卷樓圖書公司　2006 年
蔡宗陽　《修辭學探微》　臺北市　文史哲出版社　2001 年初版
盧韻琴　《東坡詩譬喻修辭研究》　高雄市　高雄師範大學國文教學碩士論文　2003 年
錢鍾書　《宋詩選註》　臺北市　世界書局　2005 年
蘇軾撰，段書偉、李之亮、毛德富編　《蘇東坡全集》　北京市　燕山出版社　2009 年

從「青鳥」到「青蓮」
──論蓉子詩風的延續與轉變

胡其德

臺灣師範大學退休教授

提要

蓉子被公認為台灣詩壇的第一位女詩人，她的作品既多且精，揉合了古典詩的餘韻和現代詩的精華，遂成一代詩家。歷來評論蓉子作品的論文亦夥，只是泰半單論一首詩，或只就她的作品作浮面的、即興的或感興的評論，不僅不能一窺蓉子詩的全豹，亦未能直探蓉子的詩心。

本文企圖就蓉子的五本詩集（從《青鳥集》到《橫笛與豎琴的晌午》）取其重要詩篇（約五十篇）加以論述，剖析其中的精微底蘊以及各詩風格之間的關係。本文所謂「風格」指的是由修辭、旋律（音樂性）、敘述人稱、意象表現、篇章結構所構成的一種詩的氛圍。

本文試圖從以上五個角度切入，論述蓉子詩風的延續與轉變，從而透顯出蓉子詩的特質。

關鍵詞：蓉子、青鳥、青蓮、星光、互文性

一　前言：蓉子的詩觀

蓉子被公認為台灣詩壇的第一位女詩人，她的作品既多且精，成名甚早，自一九五三年出版第一本詩集《青鳥集》[1] 以來，就獲得很大的聲譽和回響。而從《青鳥集》到《橫笛與豎琴的晌午》(1974) 這二十一年之間，她一共出版了五本詩集 [2] 和一本兒童詩集《童話城》。以創作年代和作品數量而論，從寫於一九五〇年的〈青鳥〉一詩開始，到寫於一九七二年的〈金山・金山〉[3] 一詩為止，二十二年之間一共寫了大約二百〇七首詩（童話詩不論），量不可謂不多。

歷來評論蓉子作品的論文亦夥，超過一百五十篇 [4]。詩評家對於蓉子詩作的批評，多讚美之詞。向明和林野都說她是「永遠的青鳥」[5]，唐玲玲也說蓉子是「永遠飛翔的青鳥」[6]，余光中說她是「開

---

1 《青鳥集》原於一九五三年由中興文學出版社出版，本文所用的本子是爾雅於一九八二年的重刊本。

2 這五本詩集分別是一九五三年的《青鳥集》，一九六一年的《七月的南方》，一九六五年的《蓉子詩抄》（這兩本都由藍星出版），一九六九年的《維納麗莎組曲》（純文學出版社出版）和一九七四年的《橫笛與豎琴的晌午》（三民書局出版）。

3 此詩寫於一九七二年三月，從蓉子於《橫笛與豎琴的晌午》書後寫的〈集後記〉（1972 年 5 月寫）得知這首詩是此詩集收錄諸詩當中最晚完成的。

4 此處所云一百五十篇，包含《永遠的青鳥》（文史哲出版，1985）六十五篇論文，《燕國詩旅》（長江文藝出版社，2000）十九篇論文，朱徽所著《青鳥的蹤跡》（爾雅出版，1999）五十篇詩評，謝冕等合著《從詩想走過來》（文史哲出版）約三十篇，龍彼得《通向天堂的大門》二篇詩評，周偉民、唐玲玲合著《日月的雙軌》（文史哲出版，1991）以及張肇祺的《從詩想走過來》（文史哲出版，1997）這兩本書。

5 向明的詩評原載於《文訊》月刊（1983）後收錄於《永遠的青鳥》，頁 227-232。林野的論文〈永遠的青鳥〉原載於《陽光小集》第 11 期（1983），後收錄於《永遠的青鳥》，頁 39-50。

6 見周偉民、唐玲玲合著《日月的雙軌》一書，頁 205-434。

得最久的菊花」，[7] 蕭蕭說她是「一朵不凋的青蓮」[8]。這些評語概括式地讚美了蓉子詩之永恆性，有其道理在。唐玲玲認為蓉子詩歌的語言，是語境與心境的和諧共生[9]，這剛好點出了蓉子詩歌的一種特色。沈奇也有類似的看法，他說：「凡蓉子的成功之作，皆是與其心性最為契合的語境下的詩性言說」[10]。高秀芹認為蓉子詩的感情「自然化」，「構成一個自足自適的和諧世界」，意思與前兩位相若。高秀芹進一步比較羅門與蓉子的詩風，說「羅門更靠的是一種智慧，一種對語境的深刻把握。……而蓉子更源於一種本質的經驗。」[11] 這在眾多羅門／蓉子詩的比較析論中，是相當深刻的。在眾多詩評家當中，唯獨林寒澗的〈小論蓉子《蓉子詩抄》〉一文卻說蓉子《青鳥集》收入的是一些不成熟的作品，又說《七月》仍不是成功的作品[12]。林氏所評未免嚴苛，因為這兩部早期的詩集當中，不乏佳作。

其實，要評論蓉子的詩風，從蓉子的詩觀下手去考察，不失為一良方。蓉子認為詩與藝術都使生命永恆[13]，肯定了詩的價值。她認為美的感動、內心的感動是寫詩的真正原動力，又說「想像」是形成詩的一個不可或缺的因素。更進一步說，詩不僅止於內心的感動，也是

---

7 余光中的詩評原載於《婦友》月刊第 83 期（1961），後來收錄於《永遠的青鳥》，頁 1-7。

8 蕭蕭的評語原載於《中學白話詩選》（1980），後來收錄於《永遠的青鳥》，頁 401-409。

9 唐玲玲的評語見諸《燕國詩旅》，頁 393。

10 沈奇的說法見諸《燕國詩旅》，頁 225。

11 高秀芹的評說見諸《燕國詩旅》，頁 246-249。高秀芹此處所云「自然化」與潘麗珠所云「自然美」（《燕國詩旅》，頁 254-269），意思不完全一樣。

12 林寒澗之文，見《永遠的青鳥》一書，頁 269-274。

13 蓉子在《蓉子詩抄》的扉頁上說「詩與藝術使生命產生耐度，在時間裡不朽」。無獨有偶，羅門也指出，詩與藝術是人類「美」的內心世界的一股卓越的昇華力量（周偉民《日月的雙軌》，頁 174）。

一種表現，內容和表現是一體的兩面。詩的表現策略，就是運用比喻、擬人化、象徵、暗示、意象等方法，把內心的感受表現出來。[14] 蓉子以上的說法，不僅指出了詩之產生之原動力，更涵攝了詩之「內容」與「形式」兩方面。蓉子在〈詩〉[15] 這首詩當中，更說「倘生命不具，妙諦不與」。意思是說：一首詩如果只是文字遊戲，而沒有作者的生命力貫注其間，終不成其為詩，人生之妙諦亦無從透顯。蓉子又認為詩總是和生命認同的，每一位作者有其不同的性格、氣質、感受和經驗，這些決定了詩人的自我以及他那不同於別人的風格[16]。此說在強調詩與「生命」（力）的密切關係之餘，也點出了詩風的多樣性（diversity）。蓉子一再地闡述詩與生命力的關係，足見她對此十分重視。我們如欲品評蓉子的詩，這是一條方便的、不容忽視的徑路。

本文所謂「風格」指的是由修辭、音樂性、敘述人稱、意象表現、篇章結構所構成的一種詩的氛圍。本文企圖就蓉子的五本詩集（從《青鳥集》到《橫笛與豎琴的晌午》）約二百〇七首詩當中，取其重要者加以論述。先剖析其詩的修辭、詩句之間的互文性（intertextuality），次論詩的音樂性，再論詩的主題與敘述人稱，最後闡論各種意象與結構，從而點出蓉子詩的一些特質。質言之，透過宏觀（macrovision）與微觀（microvision）兼顧，貫時（diachronic）與並時（synchronic）並重的方法，本文企圖探析蓉子詩的精微底蘊及其詩風的延續與轉變。

---

14 見蓉子編著：《青少年詩國之旅》（臺北市：業強出版社，1990 年），頁 6，頁 18-28。

15 〈詩〉這首詩收錄於《維納麗沙組曲》（臺北市：純文學出版社，1969 年）這部詩集之中，頁 88-89。

16 蓉子的這一段話原載於《太陽與月亮》之〈序——我的詩觀〉（廣州市：花城出版社，1992 年）本文轉引自王一桃的論文〈從蓉子詩看其詩觀〉（《永遠的青鳥》，頁 188-189）。

本文之所以特別拈出「青鳥」與「青蓮」這兩個語詞作為標題，一方面是因為它們涉及了蓉子的兩首名詩，另一方面是因為它們反映了蓉子一種詩風的開始與結束。而從《青鳥》這首詩到《一朵青蓮》這首詩，其間是經過焠煉與轉折的，至《一朵青蓮》達於成熟完美的境界。本文的論述就以《一朵青蓮》為核心，觀察蓉子詩風的延續與轉變。

二　蓉子詩的修辭與互文性

中國古人所謂「修辭」最早出現在《易．乾卦．文言》，內云：「修辭立其誠」，其義偏重在言辭或文辭的表達（或運用）之誠。《文心雕龍》這本中國古代文學理論的書對於各種修辭技巧，論之甚詳[17]。這些修辭技巧包括了比興、隱秀、譬喻、夸飾和象徵等等[18]。西方人把「修辭」視為一門學科或一種技巧，稱之為「修辭學」或「修辭術」（Rhetoric）。古希臘的修辭學與「辯證術」（dialectic）相對立。前者關心的是輿論、信念或個人意見，後者強調的是認識和真理。西方近代的修辭學常與哲學、詮釋學、邏輯學、語言學或結構主義相提並論，而具有「認識論的」、「純文學的」和「演說術的」三大特徵[19]。中西修辭（學）的主要差異在於中國偏重於文學技巧，西方則把它置於更廣大的語境或文本之中，強調能說服人的演說技巧。易言之，中國人用修辭是為了美化作品，讓它更感人；西方人用修辭是為了說服

---

17 蔡宗陽〈篇章修辭學與文心雕龍〉，收於張高評主編：《哲學美學與傳統修辭——修辭學之多元詮釋與教學》（臺北市：新文豐出版公司，2012 年），頁 61-83。

18 沈謙：《修辭方法析論》（臺北市：文史哲出版社，2002 年），頁 25-283。

19 溫科學：《當代西方修辭學理論導讀》（臺北市：書林出版公司，2010 年），頁 14-33。洪漢鼎〈詮釋學與修辭學〉一文（載於張高評主編《哲學美學與傳統修辭——修辭學之多元詮釋與教學》一書，頁 85-131），對此亦有精闢的析論。

人。這種主要的差異，正好是尚「情」的中國文化與尚「理」的西方文化在修辭上的投射。

從蓉子詩的遣詞用字來看，她的修辭是中國式的，「修辭立其誠」這句話用來觀察蓉子詩的各種修辭手法，是非常妥當的。蓉子非常了解詩與生命的關係，所以其詩所用的言辭，可以說都出自肺腑，不標新立異，不依門傍戶，不會「為賦新詞強說愁」，也不會邯鄲學步或攀龍附鳳。她寫詩，只是把眼中所見、耳中所聞、所思所感，經過內心的淘洗，娓娓道出。她的詩只是自然流露，不特重詞藻之華麗，不刻意修飾或藉此炫人耳目。她詩的用字，有其獨立的風格。

在蓉子詩中最重要的顏色字是「青」字[20]，從《青鳥集》的「青鳥」、「青春」、「青螢」(〈為尋找一顆星〉)，《七月的南方》詩集中的「青枝」(〈七月的南方〉、〈重量〉)、「青濤」(〈湖上・湖上〉)，經過《蓉子詩抄》的「青翠」(「冷」)，到《維納麗莎組曲》中的「青冽」(〈千曲無聲〉)，再到《橫笛與豎琴的晌午》中出現的「青蓮」(〈一朵青蓮〉)、「青翠」(〈鄉愁〉、〈一朵青蓮〉) 以及後出的《天堂鳥》詩集收錄的詩〈兩極的愛〉中的「青澀」。從中我們可以看出蓉子用詞的偏好與延續性。

這些帶有「青」字的語彙雖然出現的次數也許不是最多的，但卻是最重要的顏色字，它們不僅構成了詩篇甚或詩集的名字，描繪了實景，而且它們有諸多的象徵意涵：青春、完美、純粹。以〈一朵青蓮〉這首詩為例，該詩中的「青蓮」出現兩次，一方面象徵自己的純粹（純潔），另一方面也隱喻著李白，又與周敦頤〈愛蓮說〉的

20 許燕〈大自然的三原色——論蓉子風景詩的色彩運用〉一文((載於《燕國詩旅》一書，頁 285-293) 提到蓉子的風景詩經常使用紅、綠、藍三種顏色，又說：綠色是親情的象徵，蓉子詩的藍色系等同於青色。其實，綠色本身無法象徵親情，必須賦予他字，才能象徵親情或鄉愁。而且雖然青出於藍，但青色並不等於藍色。

「蓮」的意象發生互文性的關係。〈一朵青蓮〉第一節的詩句「有一朵青蓮　在水之田／在星月之下獨自思吟」，意思繁複，除了「青蓮」是自況之語，與〈三角形的窗〉一詩所云「我是夏日湖上的最後一朵荷花」以及〈夢的荒原〉一詩之句子「一枝翠色的芰荷」呈現互文性的關係之外，下接的「星月之下獨自思吟」一語，又與暗喻「上帝之光」的星光連上了。而「獨自思吟」更突顯詩人的特立獨行，而與同詩第三節的詩句「一朵靜觀天宇而不事喧嚷的蓮」以及〈樹〉（收錄於《青鳥集》）一詩的句子「我是一棵獨立的樹」呈現互文性的關係。而從〈林芙之願〉的詩句「我是倦怠了　倦怠了／倦於這喧嚷的荒原」來看，「青蓮」與「喧嚷的荒原」是相對的。

「回響」（包含「回音」）一詞在蓉子詩中也具有特殊的意涵，它在詩中凡十六見：《蓉子詩抄》收錄的〈海戀〉、〈夏在雨中〉、〈看你名字的繁卉〉三詩各出現一次，〈D 大調隨想曲〉出現兩次；《維納麗沙組曲》收錄的〈詩〉、〈維納麗沙的世界〉、〈維納麗沙的星光〉、〈冷雨冷雨〉各一次；《横笛與豎琴的晌午》收錄的〈一朵青蓮〉、〈睡眠的歌〉、〈回響〉、〈古典留我〉（1966）各出現一次，〈横笛與豎琴的晌午〉一詩出現兩次，〈我們踏過一煙朦朧〉（1962）　一詩出現一次。從「回響」一詞所處的語境來看，除了具有「回音」、「回應」的本義之外，更有與古典連結的意涵。〈古典留我〉一詩第一節先說「古典留我」，第二節就說「處處都是回響／夢在江南　春色千里……夢在北國　漢家陵闕」，把「古典」和「回響」連上了；〈横笛與豎琴的晌午〉的詩句「悠悠遠遠的音波　像隔岸擣衣聲／回響在每一處靜靜的水上／回響那沉穩的明麗　沁人的古典……」亦足以證明「回響」與古典的連結。

蓉子詩中出現的語詞最重要的應屬「星光」（含「星月」）了。因為它不僅指涉天上星星的光芒，而且隱喻了上帝之光，並因此與上帝的屬性——永恆、完美、無所不在——聯結上了。從〈奇蹟〉一詩第三行的詩句「有星光　上帝的眾燈齊亮」把兩者並列，就可以看出「上帝的眾燈」(上帝之光）是「星光」的隱喻。而從〈維納麗沙的星光〉詩句「唯晌午我聞到一聲金石鏗然／一顆星在額前放光」以及〈邀〉詩句「靈魂原是抽象的／只是隔著一束的絳帳／透露點滴星光」，也可看出此所謂「星（光）」並非星星的光，而是上帝的光，因為晌午（近午）時分看不到天上的星星，而靈魂所透露出來的星光也只能是抽象的光（上帝的光)。就〈一朵青蓮〉這首名詩而論，「星（月)」一共出現三次，它們分別是首節第二行「只有沉寒的星光」、第四行的「有一朵青蓮……在星月之下獨自思吟」以及第二節第三句「有一種月色的朦朧　有一種星沉荷池的古典」。這三個「星（月)」不必然指實體的星月，亦指上帝之光。何以見得？因為本首詩第二節首句提到「可觀賞的是本體」；而且本詩末節「紫色向晚　向夕陽的長窗」以及「仍舊有妍婉的紅焰」這兩句，在詩意上和時序上與首句都不直接連屬[21]，因此，我們可以說，本詩四節當中，涉及本體界（虛）和現象界（實)，也涉及時間的變化：從晚上到白天再到黃昏。

進一步言之，如果把「我是夏日湖上的最後一朵荷花」詩句和「一枝翠色的芰荷」、「一朵靜觀天宇而不事喧嚷的蓮」、「有一朵青蓮……在星月之下獨自思吟」、「有一種星沉荷池的古典」等句一起參看，我們就可以明瞭蓉子詩中的「青翠」、「青蓮」(荷花)、「星光」、「回響」與古典及詩人自身的關係了。發表於一九五二年的詩〈為尋找一顆星〉[22]（收錄於《青鳥集》)，固然可以從追星族的角度去銓

21 本詩的主軸意象是「青蓮」，不應涉及紅蓮，只有在現象界才能既有「青翠」(青蓮)，又有「紅焰」(紅蓮)。

22 徐志摩也寫了一首新詩〈為要尋一顆明星〉，蓉子此詩顯然受到徐志摩的影響（見《日月的雙軌》唐玲玲所撰文，頁 242-244)，但意境不完全相同。

解，但是如果從「後設詩學」（Metapoetics）的角度來看，把它解為永恆星光的尋求，更能與後來不斷出現的「星光」意象綴連在一起。

〈一朵青蓮〉第三節的「面紗面紗」一語[23]，在稍前余光中的〈迷津〉[24]一詩也出現過。在余光中的詩中，「面紗」隱喻著霧；而在蓉子的詩中，指的也可能是霧，與第二節的「朦朧」呼應。青蓮之上彷彿罩著一層面紗，詩人與之陌生而不能相望。同詩的「喧嚷」一語，我們也可以在〈紅塵〉、〈林芙之願〉（收錄於《七月的南方》）和〈睡眠的歌〉這三詩中找到互文，隱喻夏日之暴虐和他人之譁眾取寵。「潮濕和泥濘」一語，可在〈初晴印象〉一詩找到互文。而「芬美」和「馨美」就是蓉子其他詩中的「豐美」。「本體」一詞在〈奇蹟〉一詩也出現，就語境而言，都具有「實體」和「本質」兩個意涵。〈一朵青蓮〉這首詩的每一個語彙，幾乎都可以在其他詩中找到具有互文性關係的字眼。

就修辭的角度而言，「隱喻」和「象徵」是很重要的，它們擴大了詞語的解釋空間。蓉子在詩中也常用這兩種技巧，在五部詩集之中，多得不勝枚舉。爰列舉一二，以明其旨趣。

前文言及「星光」的隱喻是上帝之光，星光是喻旨（tenor），上帝之光是喻依（vehicle）。〈維納麗沙的星光〉詩句「唯晌午我聞到一聲金石鏗然／一顆星在額前放光」，也證明了上帝之光是星光的隱喻[25]。在〈我的粧鏡是一隻弓背的貓〉一詩當中，「粧鏡」與貓也是

---

23 「面紗」一詞首見於蓉子的詩〈今、昔〉（收於《蓉子詩抄》）。〈四月之鏡〉第二節也出現「七月七月」的重複語詞。這可能是當時詩人的用語習慣，因為稍前余光中的詩〈六角亭〉重複出現「亭立」一詞，洛夫的〈花之聲〉也出現「江河江河」之語。

24 余光中此詩見於《蓮的聯想》這部詩集（臺北市：大林文庫，1977年），頁120。

25 在蓉子眾多提及星光的詩當中，只有〈看你名字的繁卉〉（1965）、〈瞻星塔〉

隱喻關係，粧鏡是喻旨，貓是喻依。粧鏡的意象又與貓眼的意象、詩人的形象疊合在一起。〈雪是我的童年〉首句「記憶是木香」，記憶是喻旨，木香是喻依。同一詩「雪是我的妹妹　我的鄉愁　我的童年」，雪是喻旨，妹妹、鄉愁、童年是喻依，後三者的意象又疊合在一起。在〈D 大調隨想曲〉一詩中，蓉子也用了「木香」和「鴿群」這兩個喻依來傳達「音符」這個喻旨：「輕快的音符是迷人的木香墜」、「音符們柔美的鴿群」。

就象徵而言，〈青鳥〉中的「青鳥」象徵著「信差」與「財富」；〈為什麼向我索取形象〉詩中的「紅寶石」象徵「珍貴」；〈我從季節走過〉一詩的「春天」象徵詩人的青春年華；〈黑貓的五月〉第二節詩句「暗夜有眾多星光／用彩色的語言交談在畫廊」的「星光」，象徵顯赫的人物或傑出的畫家。〈一朵青蓮〉的「青蓮」象徵「純粹」與「完美」。

從最早的《青鳥集》到《橫笛與豎琴的晌午》，象徵的意涵有了些許的變化，早期只是單一語詞的象徵，「我」仍在；晚期的象徵詩，除了語詞本身具有象徵意涵之外，整首詩是一個大的象徵。〈一朵青蓮〉的「青蓮」不僅指涉實體的蓮花，不僅象徵「純粹」與「完美」，當它與「星光」綴連在一起時，則整首詩不僅是「青蓮」一詞的象徵而已，全詩的象徵也進入了超越和本體、永恆的層次。一言之，全詩從「個人象徵主義」（personal symbolism）跳脫到「超越象徵主義」（transcendental symbolism）[26]。這種超越，在蓉子詩的發展

（1966）、〈磺溪的月色〉（1967）和〈金山・金山〉（1972）這四首詩的「星光」（星輝）純指星星的光，其他都隱喻了上帝的光。〈哀天鵝〉（1968）這首詩所云「星光」、「星族」則有星星和永恆雙重意涵。

26 「個人象徵主義」和「超越象徵主義」這兩個術語引自張漢良評覃子豪作品〈過黑髮橋〉，見於《現代詩導讀》，頁 11。

史上是值得觀察的：此現象不僅反映蓉子寫詩功力大增，風格有了變化，還多多少少是因為蓉子把整個「生命力」貫注於詩中所致。

由於蓉子嫻熟古典詩詞，因此在新詩中會直接引用或轉化古典詩詞的句子。例如〈內湖之秋〉一詩直接引用《詩經．秦風．蒹葭》的「蒹葭蒼蒼」；〈詩〉的第二節第四行直接引用《詩經．豳風．伐柯》的句子「伐柯　伐柯　其則不遠」；〈古典留我〉一詩第三節「漢家陵闕」引用李白〈憶秦娥〉[27]的末句；〈維納麗沙的星光〉引用東坡的詩句「衹緣身在此山中」；〈薄紫色的秋天〉引用辛稼軒的詞句「我見青山多嫵媚」；〈水的影子〉末句「遽知你曾經滄海」的後四字援自元稹的詩「曾經滄海難為水，除卻巫山不是雲」；〈一朵青蓮〉的末句「從澹澹的寒波　擎起」，轉化了元好問的詩句「寒波澹澹起」[28]，其間的互文性十分明顯[29]。但是，從直接引用到轉化，我們還是可以看出些許的變化。此外，因為出身於牧師家庭，再加上熟稔聖經，因此蓉子的詩〈青鳥〉用了聖經「瑪門」[30]的典故，〈今、昔〉一詩用了《舊約．傳道書》經文「日光下並無新事」。

把古典詩詞或經文引入現代詩中，也不是蓉子一人獨享。在五〇

27 李白〈憶秦娥〉見諸清代王琦編注的《李太白全集》(臺北市：九思出版社，1979年)，卷五、頁 322-323)。一般詞家把李白此作視為宋詞之嚆矢，有待商榷。其實它是樂府詩。

28 此句見於元好問〈穎亭留別〉一詩，參考《元遺山詩集》(臺北市：流出版社，1976 年)，頁 6b。

29 蓉子喜歡直接援引古典詩詞或經文，即使在晚出的詩亦見之。例如寫於一九九四年的〈杜甫草堂〉一詩，直接用了杜甫的詩句「殘杯與冷炙　到處潛悲辛」，「漸喜交游絕　幽居不用名」。寫於同年的〈寒暑易節〉首節末尾用了《莊子》的話「夏蟲不可語冰」。兩詩均收錄於一九九七年九歌出版的詩集《黑海上的晨曦》，頁 181、183、38-39。

30 瑪門一詞出現於聖經，是財富的象徵。此說見周伯乃〈淺論蓉子的詩〉一文（收於《永遠的青鳥》，頁 27。

年代和六〇年代的臺灣詩壇，這種現象處處可見，只是蓉子運用得好，把古今巧妙地揉合在一起。

三　蓉子詩的旋律與音樂性

蓉子出身於牧師家庭，又曾經在教堂擔任琴手，復受新月派詩人徐志摩、冰心的影響，因此她的詩充滿音樂性和節奏感，這種風格持續出現在她每一部詩集之中。蓉子在《七月的南方》詩集的〈後記〉裏說：「我的詩必須有我的感覺和旋律」，這句話點出了感性與音樂性是構成蓉子詩的必要條件。

到目前為止，她寫的兩百多首詩當中，就有一些是以「歌」或「曲」為名的：收於《青鳥集》的〈晨的戀歌〉、〈寂寞的歌〉、〈催眠的歌〉；收於《蓉子詩抄》的〈輓歌〉、〈D 大調隨想曲〉；收於《維納麗沙組曲》的〈早夏之歌〉、〈千曲無聲〉；收於《橫笛與豎琴的晌午》的〈端陽曲〉、〈睡眠的歌〉、〈眾樹歌唱〉。而《維納麗沙組曲》、〈花藝組曲〉以及〈山岡二重唱〉、〈橫笛與豎琴的晌午〉、〈寶島風光組曲〉更直接涉及樂器與曲子。

蓉子詩的音樂性表現在三方面：一是（不分平仄）韻腳的靈活運用；二是句子或語詞的重複出現，產生迴環複沓之效，好像流行音樂的「重複唱詞」(refrain)；三是高低音階的變化。有些詩同時出現這三種音樂性，有些只出現一兩種。

先就用韻而論，這在蓉子最初的兩部詩集（《青鳥集》、《七月的南方》）中非常普遍，《蓉子詩抄》用韻次數遞減之，而在後兩部詩集（《維納麗沙組曲》、《橫笛與豎琴的晌午》）中，實際用韻次數更是明顯地減少（雖然用韻詩篇的比例增加了）。從這裏，也可看出蓉子對於韻律的喜好與堅持了。

《青鳥集》收錄的〈青鳥〉首節「裏、裏」協韻；〈晨的戀歌〉首節「聲、鈴、醒」協韻，第二節「意、集」和「杯、美」協韻，第三節「鈴、嶺」協韻；〈寂寞的歌〉首節「袂、慄」協韻，末節「歌、破」協韻；〈為尋找一顆星〉單節詩的「野、野」、「星、星」、「邊、邊」協韻；〈為什麼向我索取形象〉首節「像、上、上、行」合韻，第二節「像、上、裳」協韻；〈催眠的歌〉末節「稀、翼」協韻。用韻次數十三次，詩篇六首，所佔的比例是這部詩集四十八首詩的百分之十二點五。

《七月的南方》收錄的〈三月〉第二節「女、雨、許」協韻，第三節「謎、璃」協韻；〈七月的南方〉一詩首節「廊、響、陽」協韻，第二節「美、媚、迴」協韻，第六節「命、勁」協韻，第六節「垂、美」協韻，第九節「薇、葵」和「蕉、燒」協韻，第十節「花、沙、華」和「方、象」協韻，第十一節「滴、氣、熠」協韻，第十二節「季、麗」協韻；〈十月〉首節「杯、美」協韻，第二節「像、像」協韻，第三節「椆、菊」協韻，第四節「床、望」協韻，末節「寐、子」協韻。用韻次數十六次，詩篇三首，所佔比例佔這部詩集二十四首詩的百分之十二點五。

《蓉子詩抄》收錄的〈今、昔〉首節「蹟、溢」協韻，末節「房、崗」協韻；〈夏日單調的鼓聲〉第二節「降、響、傷」協韻，〈夏・在雨中〉第二節「朗、響」協韻，第三節「掌、窗、朗、望」協韻；末節「響、涼」協韻。〈湖上・湖上〉第二節「蕩、上、洋」協韻；〈晚秋的鄉愁〉第四節「圓、弦」協韻；〈海戀〉第二節和第四節的「上、洋」；〈三角形的窗〉末節「夏、花」協韻。用韻次數十一次，詩篇七首，比例約佔這部詩集四十九首詩的百分之十四。

《維納麗沙組曲》收錄的〈朗誦會〉第二節「中、誦」協韻，第三節「留、久」協韻，第四節「空、誦」協韻，末節「袍、濤」協韻；〈早夏之歌〉末節「槳、上」協韻。〈維納麗沙之超越〉首節「傷、蕩、亡」協韻，第二節「前、線」協韻。〈肖像〉末節「息、已」協韻；〈維納麗沙的星光〉第二節「夏、啞」協韻。總計用韻次數九次，詩篇五首，比例約佔這部詩集三十四首詩的百分之十四點七。

《橫笛與豎琴的晌午》這部詩集五十二首詩當中，只有〈三月詩箋〉、〈舞鼓〉、〈橫笛與豎琴的晌午〉、〈吐含山之攀登〉、〈華克山莊〉、〈傘〉、〈一朵青蓮〉、〈到南方澳去〉這八首詩用了韻，而且每首只出現一次（〈一朵青蓮〉出現三處協韻） 合計用韻次數十次，詩篇八首，比例約佔這部詩集五十二首詩的百分之十五。

再就「重複唱詞」而論，《青鳥集》收錄的〈雨〉和〈楫〉、〈樹〉三首詩，末節重複了首節的詩句，不僅是「重複唱詞」，而且首尾相連，產生迴環複沓的效果。〈為尋找一顆星〉一詩第二、三行「為尋找一顆星／為尋找一顆星」是一節當中的語詞重複，〈公保門診之下午〉第二節第三、四行的詩句「殘缺與破損堆積一室待修機體的沉滯」重複出現，也是「重複唱詞」。〈四月的詠嘆〉一詩的末句連續三次用了「春深了」，是典型的「重複唱詞」。但是這種表達方式，從《維納麗沙組曲》以後就不再現。

就高低音階的變化而論，《青鳥集》收錄的詩當中俯拾即是。〈晨的戀歌〉、〈寂寞的歌〉、〈催眠的歌〉都採取一行高一行低的方式排列，好像音階的高低起伏。〈為什麼向我索取形象〉一詩的排列也是如此，除了末節採取一高三低一高的方式。但是同樣是歌曲的〈D 大調隨想曲〉、〈輓歌〉（收於《蓉子詩抄》）、〈早夏之歌〉、〈千曲無聲〉（收於《維納麗沙組曲》）卻不再有一行高一行低的排列方式。而〈一朵青蓮〉（收於《橫笛與豎琴的晌午》）這首詩用一種奇特的方式表達高低音的變化：「一朵青蓮」這個主軸意象，分別出現在第一節第三行的上頭、第二節第二行的下頭、第三節第四行整句以及末節第三行上頭。這種排列方式使朗誦之聲有了高低起伏的變化。從〈D 大調隨想曲〉以後的這些例子，我們看到了蓉子逐漸擺脫了新月派的影響，建立了自己獨立的風格，其間的變化大概自《蓉子詩抄》這部詩集開始。

高低音階的變化也可從蓉子的詩句得到印證。在〈D 大調隨想曲〉一詩中[31]，蓉子多次提到「顫音」和音階的上升與下降，顯示了風格的蛻變：

那是一個顫音
在弦索上滑行　如滑行在水上的天鵝
冰上的天鵝　如帆行曦微中
那是一個滑行的顫音
它要滑行到何處？到何處終止！
那是一個美妙的顫音
………
輕快的音符是迷人的木香墜
——從昔日之晨飄送過來那芬芳
………
華麗的夢沿音索直上雲霄
又從長長的音階下降
………
音符們柔美的鴿群繚繞我　繚繞我
我要急速地滑走　滑走……

31 本詩收錄於《蓉子詩抄》，頁 46-48。

整首詩好像一部樂章，歌聲盈章。音符既像柔美的鴿群，又像滑行在水上的天鵝，又是迷人的木香墜，詩人的夢也隨著音階的升降而起伏。

就詩中出現的樂器而言，〈橫笛與豎琴的晌午〉一詩可說是最多的，一共出現六種樂器：橫笛、豎琴、靈鼓、耶伽、琵琶、編鐘。雖然前三者是實景，後三者是想像的，但是讀者仍感受到一種鐘鼓齊鳴、金聲玉振的震撼。蓉子很多詩讓我們感受到音符飛翔、音韻繚繞的一種氛圍。這種風格雖然受到新月派詩人的影響，但是蓉子個人的天分與修養，才是讓此種音樂性持續不墜的主因。

四　蓉子詩的主題與敘述人稱

蓉子二百〇七首詩的主題（Theme）一部分屬於她旅遊所見所聞，一部分是她對周遭景物的所思所感，一部分懷鄉之作，還有一小部分是她對時事和當代人物的情感抒發。二百〇七首詩大約可以區分為如下的類型（有些詩同時跨越兩類或三類）：

（一）旅遊詩：以旅韓、旅華、旅美和遊歷臺灣、東南亞所寫的詩為主，有些與「自然詩」重疊。《七月的南方》和《橫笛與豎琴的晌午》收錄了不少旅遊詩。

（二）自然詩[32]（含山水詩和詠物詩）：散見於各詩集之中。

（三）自況詩：散見於各詩集之中，尤以《維納麗沙組曲》比例最高，《青鳥集》、《橫笛與豎琴的晌午》次之。〈樹〉、〈為尋找一顆星〉、〈我寧願擁抱大理石的柱石〉、〈我的粧鏡是一隻弓背的貓〉、〈維納麗沙〉、〈維納麗沙之超越〉、〈關於維納麗沙〉、〈肖

---

32 「自然詩」這個名詞，本文引自潘麗珠〈蓉子自然詩美學探究〉一文（載於《燕國詩旅》頁 254-269）。潘教授所列舉的二十二首「自然詩」當中，至少有七首詩與本文所謂「旅遊詩」重疊。

像〉、〈重量〉、〈邀〉、〈登〉、〈維納麗沙的世界〉、〈維納麗沙的星光〉、〈一朵青蓮〉、〈睡眠的歌〉諸詩皆屬之。自況詩是蓉子詩的精華之所在。

（四）哲理詩（知性詩）：以《蓉子詩抄》比例最高。蓉子的知性詩不是用理論或口號來表達，而是用一些意象來陳述。換句話說，蓉子把「理性」融入「感性」之中。

（五）鄉愁與懷古詩：散見於各詩集之中，又細分成兩個亞型：一型是對於神州和童年的懷念，另一型是一種文化鄉愁[33]。《蓉子詩抄》以前的鄉愁詩（例如〈鐘聲〉、〈鄉愁〉、〈林芙之願〉、〈飲的聯想〉等等）多屬第一型，以後的鄉愁詩（例如〈翠絲坦島的鄉愁〉）多屬第二型。

（六）都市詩：篇幅較少，在二百〇七首詩當中，不過八首左右。蓉子對於都市詩，多採負面的表達，這或許與她不喜歡都市生活有關[34]。

（七）即事詩（含時事詩）：散見於《蓉子詩抄》以後的各詩集之中。

就主題和內容而言，自《蓉子詩抄》這部詩集以後，蓉子的詩開始涉及一些「存在」（existence）或「超越」（transcendence）的層面。《蓉子詩抄》收錄的〈冬日遐想〉、〈我的粧鏡是一隻弓背的貓〉、〈一種存在〉、〈夢的荒原〉、〈死神打後窗走過〉，《維納麗沙組曲》所含各詩，以及《橫笛與豎琴的晌午》收錄的〈一朵青蓮〉、〈失題〉、〈現象〉、〈那些山水雲樹〉、〈橫笛與豎琴的晌午〉等詩都足以證明。

---

33 蓉子的詩還有少量的「異鄉人」意識的詩，這受到法國作家卡繆（Albert Camus）的著名小說《異鄉人》的影響，當另為文論之。

34 蓉子在《蓉子詩抄》的〈詩序〉（頁 4）上說：「雖然從少年時代起，就一直生活在都市中，而我卻一直和它建立不起感情來。」

這種現象的成因，除了蓉子的基督家庭出身的背景之外，它一方面受到六〇年代風靡臺灣的存在主義（existentialism）的影響，另一方面也受到艾略特名詩〈荒原〉的啟發。

兼具自況詩與知性詩特性的〈我的粧鏡是一隻弓背的貓〉這一首詩，論者每以「新女性」（nouvelle femme）[35] 或「女性主義」（feminism）[36] 論之，前說尤可通，後說則言過其實。如果把此詩與其他自況詩與知性詩作一個參較，就會發現此詩在陳述一個人受制於變幻莫測的命運和單調的人生，無法充分發揮所長，達到期盼的目標。此詩中的「豐美」（豐腴而完美）就是蓉子所企求的詩的境界、人生的境界。「豐美」的意象也出現於蓉子的其他兩首詩：〈維納麗沙的星光〉和〈奇蹟〉。在這兩首詩中，它都與自我成長、自我塑造連結在一起的，與「詩人」（自我）有關，而與「女人」無關。此「豐美」也非就女性容貌而言，而暗指豐富多樣而完美的詩的人生。

至於詩名（Title），則隨性而起，五花八門，不一而足，尤其〈心每〉這個詩名，乍看之下，讓人摸不著頭腦，仔細推敲，才知道它是「悔」字析成兩字。而收錄於《橫笛與豎琴的晌午》的〈古典留我〉，詩名與余光中的詩〈六角亭〉的首句「古典留我」雷同。〈古典留我〉和〈六角亭〉這兩首詩都涉及「蓮花」，但是余光中的詩只就亭子和蓮花盡情發抒他的情感和想像力，風格凝練；蓉子的詩則把鏡頭推向韓國、中國和遙遠的唐宋，風格較為澎湃敻遠。蓉子〈夏．在雨中〉（收錄於《蓉子詩抄》詩集）的詩題也可能受到余光中的詩〈等你，在雨中〉的啟發，雖然兩詩的意境完全不同。

---

35 此觀點見於朱徽《青鳥的踪跡》一書，頁 116。

36 此觀點見於張馨尹《蓉子與利玉芳女性主義詩作研究》（屏東縣：屏東教育大學中文系碩士論文，2007 年）在此書中，作者強調〈我的粧鏡是一隻弓背的貓〉這首詩和〈為什麼向我索取形象〉以及《維納麗沙組曲》各詩一樣，都強調女權（頁 101-107），此說實有「過解」（over-interpretation）之嫌。

在敘述人稱方面，蓉子好用第一人稱和第二人稱，很少用第三人稱，此於《蓉子詩抄》詩集以後諸詩尤然。在自況詩當中，常以第一人稱表述，或虛設一個「你」，以便與「我」對話（dialogue）。以《維納麗沙組曲》組詩為例，各詩中的「你」都指涉詩人自身，這是詩人脫離自身（自我），再反觀自己（本我）。

在敘述觀點方面，也以《蓉子詩抄》詩集為分界點，在此之前，多採「敘述」（narration）手法，以第三人稱的姿態表述；之後多採「陳述」（discourse）手法[37]，以第一人稱的方式表述。晚出的名詩〈一朵青蓮〉是比較複雜的，表面上看來，用的好像是「敘述」口吻，有「物」無「我」[38]，實際上，第一人稱的「我」因為與「青蓮」的意象疊合，所以也有「陳述」口吻。末節第二行「你從不哭泣」中的「你」，是詩人自喻（即「我」），透露了箇中訊息。《維納麗沙組曲》組詩雖然虛設一個「你」，它們的敘述觀點還是偏向「陳述」手法。

整體而言，蓉子前兩部詩集的敘述觀點多採「敘述」手法，以第三人稱的姿態表述居多；《蓉子詩抄》之後的三部詩集，多採「陳述」手法，以第一人稱的方式表述居多。

五　蓉子詩的意象

「意象」（image）用於詩派，最早出自英國詩人休姆和美國詩人

---

37 此處所云「敘述」手法與「陳述」手法，也引自張漢良之說，見《現代詩導讀》導讀篇一，頁 211。

38 張漢良評蓉子〈一朵青蓮〉說：「一朵青蓮中，沒有我，只有物」（《現代詩導讀》，頁 83）只見皮相。這首詩雖然沒有出現「我」字，但還是一首自況的詩。鄭明娳〈青蓮的聯想〉一文（載於《永遠的青鳥》，頁 425-426）也有類似的看法。她說：這首詩……「我」一開始就藏在裏邊。

Ezra Pond[39]。以西方意象觀之，〈我的粧鏡是一隻弓背的貓〉一詩中，粧鏡與貓眼意象疊合。「星光」的意象在蓉子詩中是最重要的，它與永恆的追求直接連上線。〈奇蹟〉的詩句「有星光　上帝的眾燈齊亮」，星光與「上帝的眾燈」這兩個意象疊合。

「樹」的意象在蓉子詩中，也具有舉足輕重的地位。樹不僅擬人化了，而且還會唱歌。《青鳥集》的〈樹〉詩（1953）末兩行重複頭兩行的語詞，詩人藉此重申她的獨特風格：

> 我是一棵獨立的樹—
> 不是藤蘿

樹既然擬人化，自然會隨著夢而成長的。收錄於《蓉子詩抄》的〈亭塔・層樓〉一詩有如下的句子：

> 我的夢屋已然樹一樣長大
> 樹一樣地成為亭塔 層樓
> 成為雕塑！

《維納麗沙組曲》的第一首詩〈維納麗沙〉首節云：

> 維納麗沙
> 你不是一株喧嘩的樹
> 不需用彩帶裝飾自己

39 參考筆者論文〈意象的疊印與並置——中西意象詩的一個比較研究〉，載於《章法論叢》第八輯（臺北市：萬卷樓圖書公司，2014 年），頁 175-177。

此處所云「不是一株喧嘩的樹／不需用彩帶裝飾自己」，與〈朗誦會〉末節所云：「荒原上有一棵樹　樹陰溶入水中／我行我歌　曳藍色長袍／朗誦像風濤」[40]，以及〈一朵青蓮〉所云「一朵靜觀天宇而不事喧嚷的蓮」都是詩人的自況，而與〈樹〉詩所云「我是一棵獨立的樹」異曲而同工。

無獨有偶，〈那些山、水、雲、樹〉（《寶島風光組曲》第一首）有如下的詩句：「那些山、水、雲、樹／每以永恆的殊貌或行或止／特別是樹／時以風的翅膀激揚起它們的翅羽／觸及了一種飛翔——」。在這裡，「樹」與飛向「永恆」搭上了線。它與星光一樣，都涉及永恆或超越。

在《橫笛與豎琴的晌午》中出現的〈眾樹歌唱〉一詩，詩人歌頌眾樹挺立為「眾多意象協力的高舉」，評價是正面的。但是，同一部詩集的〈四月之鏡〉卻有如下的詩句：

啊，我們的四月
我們的氣候
我們的隱憂
——一棵樹分歧
眾樹都停止了唱歌

詩人說一棵分歧的樹導致眾樹停止唱歌，言外之意似乎在說一個離經叛道的人帶來整個社會的不安，一如充滿慾望的草莓「追蹤神祇，踢踏同伴，擊落星群，夜色遂如晦了」。在這裡，分歧的樹隱含負面的

40 此處所用「荒原」一語，當受 Eliot 的名詩〈荒原〉(The Waste Land) 啟發。蓉子另有兩詩〈冬日遐想〉和〈夢的荒原〉俱收於《蓉子詩抄》詩集，都用過此語，意指「荒涼或荒蕪的原野」。

意義（因為它踢踏同伴擊落星群），不同於「一棵獨立的樹」。此「分歧」意象最早來自〈維納麗沙的世界〉一詩：「當眾多事務像樹枝一樣地分岔／雜草的林子裏便充滿遺忘」。此處的「分岔」也隱含負面的意義。同樣都是擬人化的手法，但是「樹」在不同的語境卻有不同的意涵：一是自況（正面的），一是分歧（負面的）。

「石」的意象在蓉子詩中也值得一談。收錄於《青鳥集》的名詩〈我寧願擁抱大理石的柱石〉(1953)，把冷峻、沉默而靜美的大理石與隨風飄搖的小草，做了強烈的對比。這個大理石的意象和獨立的樹一樣，寫於同一年，都暗喻詩人的特立獨行，自有主張，不隨波逐流。朱徽說「這首詩表現詩人面對現實生活的複雜情狀而產生的人生感悟和處世態度」[41]，固然言之成理。但是在五〇年代的臺灣詩壇，各門派風起雲湧，蓉子的此種發聲是具有特殊的時代意義的。

在〈維納麗沙的星光〉一詩中，蓉子說了「維納麗沙　猶然地在夢裏嘆息吧／你原非冷硬的岩　祇緣身在此山中」，這首自況的詩[42]，蓉子自喻為「冷硬的岩」，守著寂寞的高度。〈登〉詩又云：「我夢底高崗　也是寒冷」，岩石與寂寞、寒冷連結在一起，都指涉詩人自身的處境。

音符（或音波）的意象在音樂性十分濃厚的詩中，也是很重要的。〈橫笛與豎琴的晌午〉首行詩句「悠悠遠遠的音波　像隔岸擣衣聲」[43]，音波與擣衣聲的意象疊合（在此，擣衣聲是音波的「明喻」)。在〈D 大調隨想曲〉一詩中，可以看出蓉子對於音樂的敏感，

41 朱徽所著《青鳥的蹤跡》一書，頁 142。

42 龍彼得《通向天堂的大門》一書（臺北市：萬卷樓圖書公司，2013 年）云：「《維納麗沙組曲》是蓉子的一段心靈史，它記錄了女詩人的成長與成熟的過程。」(頁 17)。

43 這讓我們想到李白〈子夜吳歌〉(清代王琦注的《李太白全集》頁 352）的詩句「長安一片月，萬戶擣衣聲」。

也可以看出她如何運用「音符」這個意象。在此詩中，音符與詩人的詩、木香墜和柔美鴿群四個意象疊合在一起。酣暢淋漓，美不勝收。

就單首詩而論，〈一朵青蓮〉是一首意象頗為繁複的詩，除了前文提到的「星光」之外，第二詩節的「本體」也涉及終極的存在，「青蓮」又是詩人的自況。在此詩中，青蓮、本體與詩人三者構成意象的重疊。

六　蓉子詩的結構

就句子結構和篇章結構而言，蓉子的詩經常出現對偶句的「交錯配列法」（chiasmus）或「平行對位法」（parallel）（類似古典詩的對仗，但不像後者那麼工整）。這不僅增強詩的效果，而且注入了音樂性。例如〈為尋找一顆星〉一詩的頭四句的排列呈現「交錯配列」：

> 跑遍了荒涼的曠野／為尋找一顆星／為尋找一顆星／跑遍了荒涼的曠野

又如〈夏・在雨中〉第一節和第四節意象相若，第二節和第三節相同，在篇章結構上呈現「交錯配列」。〈立足點〉一詩在篇章結構上也呈現「交錯配列」，而且同一節的兩行詩句則呈現「平行對位」：

> 只是一點點／一點點地上坡／一回身／已是萬巒峰轉
> 遠處的小草／近處的大樹
> 遠處的蜂窩／近處的城垣
> 近處的陸地／遠處的海島
> 近處的宇宙／遠處的星球
> 只是一點點／一點點地下坡／猛抬頭——／又是聳天的山巒

在「平行對位」方面，〈夢裡的四月〉（1955）末節第二、三行的詩句「濃蔭中有陽光瀰漫／樹叢中有鳥聲啼唱」是一種「平行對位」。〈一捲如髮的悲絲〉一詩第五、六兩行也呈現「平行對位」：「一捲如髮的悲絲／一圈密密的憂情」。再如〈七月的南方〉的詩句「鳶蘿向南方纏繞／群鳥向南方展翼」以及「鳥在光波中划泳／樹在光波中凝定」都呈現「平行對位」的關係。〈冷雨冷雨〉的詩句「冷雨在市廛／冷雨在窗櫺」亦是如此。〈雨〉詩第二節連續七行的句型都是「如……的聲音」，是重複出現的「平行對位」。《蓉子詩抄》收錄的〈今、昔〉一詩首節第五、六節「日光下都是花朵／日光下儘是奇蹟」固然是「平行對位」，〈關於維納麗沙〉第二節第五行到第八行的詩句「縱使故土／縱使華年／縱然友誼／縱使夢魘」，更是典型的「平行對位」。

而〈七月的南方〉這首長詩第二節有「去到南方的柔美」之句，第三節有「到晴朗的南方去」之句，第七節有「到光艷的南方去」之句，末節有「南方的繽紛／南方的華麗」之句，則在節與節之間呈現「交錯配列」和「平行對位」的雙重關係。〈到南方澳去〉這首詩的前三節開頭都是「到南方澳去」，呈現篇章結構的「平行對位」。

〈一朵青蓮〉一詩當中出現句構的「平行對位」的現象，更加普遍：第二節的詩句「可觀賞的是本體／可傳頌的是芬美」，「有一種月色的朦朧／有一種星沉荷池的古典」，第三節的詩句「影中有形／水中有影」，末節的詩句「仍舊有蓊鬱的青翠／仍舊有妍婉的紅焰」[44]比比都是。蓉子對於「交錯配列法」和「平行對位法」的運用，可說得心應手，出神入化。這種句構的重複和篇章結構的靈活運用，也強化了詩的音樂效果。

44 此紅焰意象當受余光中詩〈等你，在雨中〉詩句「一池的紅蓮如紅焰」啟發（蓮的聯想，頁 11）。

以下就業師陳滿銘教授的篇章結構理論來論三首軸心詩的結構。先論〈青鳥〉：

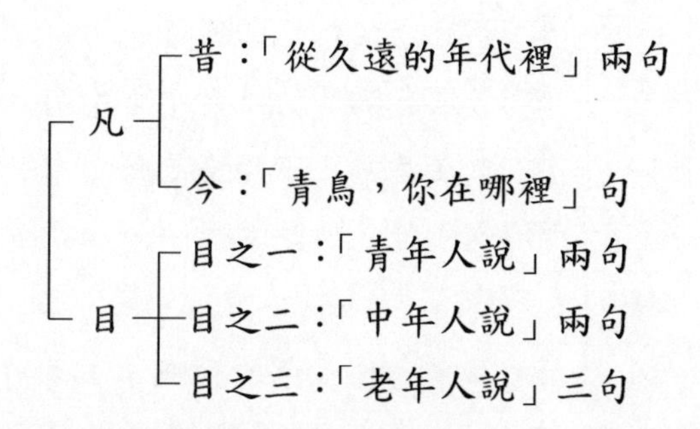

再論〈我的粧鏡是一隻弓背的貓〉一詩的篇章結構[45]：

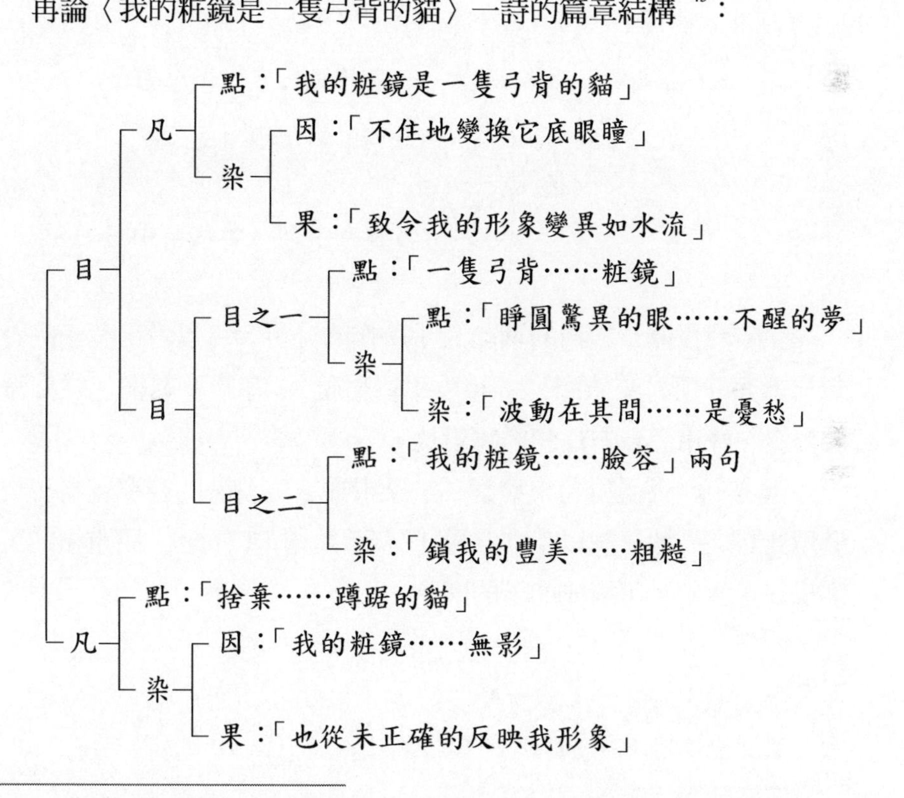

45 以下兩詩的結構圖示參考陳滿銘教授：〈論蓉子詩的三觀境界〉，《國文天地》29 卷 12 期（2014 年 5 月），頁 72-84；並在他的協助之下完成。

後論〈一朵青蓮〉一詩的篇章結構：

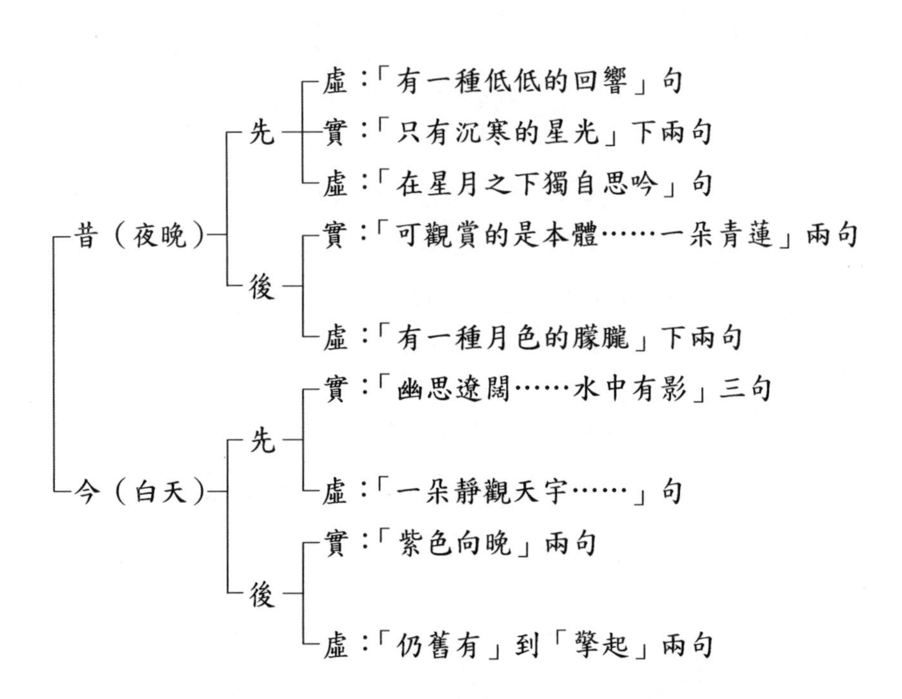

從陳教授篇章結構的理論入手所作的分析，可以看出蓉子的詩在句構方面好用「交錯配列」和「平行對位」，在篇章結構上從簡單趨於繁複，好用今昔對比和虛實對比。

再者，如果從對句來觀察〈一朵青蓮〉這首詩的篇章結構，更能發現此詩之高妙。試以英文字母 L 表示蓮花（Lotus），以重複的英文字母表示對句，可構成如下的圖示：

第一節： A——**L**——A

第二節： BB——**L** ——CC

第三節： DD——L

第四節： **L**——EE

第三和第四合觀，結構如下：

DD——**L**——EE

再把重複的英文字母縮為一物，則結構簡化如下：

A——**L** ——A

B——**L** ——C

D——**L** ——E

從這個簡化以後的結構看來，蓉子〈一朵青蓮〉這首詩以「青蓮」為軸心，上下又對位，真的如覃子豪〈構成〉一詩所說：「意象重疊意象／旋律交織旋律」，揉合了修辭之美、旋律之美、意象之美和結構之美，形成一首自然高妙的好詩。

相對於《青鳥集》收錄的〈雨〉、〈樹〉、〈楫〉三首詩之首節與末節詞句完全雷同，使整首詩構成一個圓，而〈一朵青蓮〉這首詩首句的「仰瞻」和末句的「擎起」起了意象連結的作用，也使整首詩構成一個圓，只是技巧改變了：從語詞的重複變成意象的連結。可見蓉子詩的延續與轉變，無論在哪個面向（dimension），都斑斑可考。

七　結論

雖然接受新月派的傳承，雖然受到五〇年代和六〇年代臺灣詩壇一些詩人的影響，又受到六〇年代流行於臺灣的存在主義以及艾略特〈荒原〉長詩的沖激，蓉子還是建立起她獨特的詩風，而以「豐美」為最高目標。用她自己的話來說，就是「自給自足，自我訓練，自我塑造／掙扎著完美與豐腴」(〈維納麗沙的星光〉詩句)，她宛如「一顆小松樹孤獨地成長……就這樣從涸竭的沙丘不斷地掙扎著豐腴與完美」(〈奇蹟〉詩句)。蓉子是一個感情豐沛、也是一個理智清醒的詩人，對於自身的稟賦和追求的目標了然於胸，無怨無悔地走下去。

相對於羅門之好言詩論，好言超越與永恆，也相對於余光中豐富的想像力和高度的文字技巧以及洛夫等同代詩人的擅長經營意象，蓉子的風格是清新而自然的。在這種自然風格之下，詩句自然噴薄而出，知性與感性交融，古典與現代接軌。用蓉子自己的話來說，就是「用古典的面影坐於現代」(〈夢的荒原〉詩句)。

除了自然風格之外，蓉子詩的另一個特質是一再地闡述她詩的純粹性以及超越於詩派之上。〈樹〉、〈我寧願擁抱大理石的柱石〉、〈維納麗沙的星光〉、〈奇蹟〉、〈我的粧鏡是一隻弓背的貓〉、〈夏・在雨中〉、〈夏日單調的鼓聲〉〈一朵青蓮〉。此種純粹性、完美性、超越性的追求與她早期詩「為尋找一顆星」所透露出來的心態，是始終一貫的，而且與她虔誠的基督信仰綰合在一起。

析論而言，蓉子的詩是由運用自如的修辭和互文性、流暢的旋律、繁複的意象，以及井然中有虛實變化的結構塑造而成的。就蓉子《青鳥集》到《橫笛與豎琴的晌午》五部詩集、二百〇七首詩來論，在修辭、音樂性、敘述手法、意象鋪陳和篇章結構五個層面，都出現延續與轉變的現象。蓉子的詩風以第三部詩集《蓉子詩抄》為轉換點，而於〈一朵青蓮〉一詩達到最高境界：一個純粹、豐腴、完美且超越的境界。

就修辭而言，〈一朵青蓮〉裏的詞語都可在別的詩找到源頭或互文性，主軸詞語「青蓮」既是實指，又是隱喻和象徵。就音樂性而言，除了每節用韻之外，「一朵青蓮」在四節當中又置於不同位置，呈現高低音階的變化。在敘述觀點方面，採用陳述法，詩中的「你」

即詩人自身（「我」），也是屬於「自況詩」的類型。在意象鋪陳方面，不僅意象繁複，而且「並列」與「疊合」兼具。在句構和篇章結構方面，每節四行，有其工整性，工整中有變化；又出現三次「平行對位」，五次的虛實對比，在結構上從簡單趨於繁複。這首詩又融合了修辭、旋律、意象和結構之美，讀之音韻鏗鏘，迴腸盪氣。再者，由於本詩觸及「星光」的隱喻，又提及「本體」，遂使本詩意境上升到「永恆存在」的領域。

蓉子這隻「永恆的青鳥」在臺灣詩壇飛行約二十年之後，終於化身為「一朵青蓮」，「從澹澹的寒波擎起」，「不事喧嚷」地散發她的「芬美」。

宋代簾幕內的薰香意象
——以《全宋詞》為考察核心

黃淑貞
慈濟大學東方語文學系副教授

摘要

宋代香文化鼎盛，常設薰爐於畫堂閨房，起薰衣祛穢致潔等作用，成為日常生活的一部分。宋代文人審美興味內轉，轉向日常細節的欣賞和內心些微意趣的咀嚼，致使簾幕內氤氳上騰的薰香提升至心靈境界。婉約詞的內容大都以女性為中心，女性所居的環境、所用的器物成為詞中常見的題材，描繪敘述宋代具體生活、所在場景的《全宋詞》，因而留下大量薰香研究的文獻資料。以此，本文以唐圭璋編纂的《全宋詞》為核心，探討簾幕內的薰香意象及其審美內涵。

關鍵詞：《全宋詞》、婉約詞、簾幕、薰香、意象

一　前言

宋代香文化繁榮，如丁謂〈天香傳〉、沈立《香譜》、洪芻《香譜》、顏博文《香史》、陳敬《陳氏香譜》、葉廷珪《名香譜》等香學專著，即廣涉香藥性狀、炮製、配方、香史等內容，且由皇宮內院、文人階層擴展至平常百姓。如孟元老《東京夢華錄》記載街市有專門製作印香的商家：「次則王樓山洞梅花包子、李家香鋪、曹婆婆肉餅……。餘皆羹店、分茶、酒店、香藥鋪、居民」；有「日供打香印者……，供香餅子、炭團」；有酒樓供香的廝波：「有向前換湯斟酒歌唱，或獻果子香藥之類，客散得錢，謂之『廝波』。」[1] 以此可知，宋人常設薰爐於晝堂、書齋、閨房，薰衣薰被、祛穢致潔、養生療疾，[2] 成為日常生活的一部分。加上宋代文人審美興味內轉，轉向靜謐簾幕世界薰香初點、香溫、燒盡等細節的欣賞和咀嚼，而令薰香從五根的知覺感受提升到心靈境界，成為入詞的材料：[3]

> 趙令畤〈蝶戀花〉：不卷珠簾，人在深深處。……盡日沉烟香一縷。（第 1 冊，頁 639）
>
> 李清照〈滿庭霜〉：晝堂無限深幽。篆香燒盡，日影下簾鉤。（第 2 冊，頁 1200）

1　以上依次見〔宋〕孟元老：《東京夢華錄》，〈卷 2·宣德樓前省府宮宇〉、〈卷 3·諸色雜賣〉、〈卷 2·飲食果子〉（臺北市：三民書局，2012 年 4 月 2 版 1 刷），頁 43-44、111、69。

2　傅京亮：《中國香文化》（濟南市：齊魯書社，2013 年 10 月 1 版 6 刷），頁 4、頁 79。

3　李澤厚：《美的歷程》（臺北市：元山書局，1986 年 8 月初版），頁 156-159；吳功正：《中國文學美學》（南京市：江蘇教育出版社，2001 年 9 月 1 刷），頁 569-571。

史浩〈臨江仙・贈婦人寫字〉：爐裊金絲簾窣地，綺窗秋靜無塵。（第 2 冊，頁 1642）[4]

不同質地色彩的簾幕，含避外隱內意，反映一種隔絕感，[5]和一般的日常的一縷沉烟香、篆香、爐香，共同指向詞境的內向性和閉合心理狀態。

婉約詞的內容大都以女性為中心，[6] 女性所居的環境、所用的器物成為詞中常見題材，[7]描繪敘述宋代具體生活、所在場景的《全宋詞》等典籍，也因而留下大量日常使用薰香的第一手文獻。以此，本文以唐圭璋（1901-1990）所校勘增補的《全宋詞》[8]為核心資料，探討簾幕內的薰香意象及其美感意涵。

4 本文所引宋詞，俱見唐圭璋編纂：《全宋詞》（北京市：中華書局，1998 年 11 月 1 版 7 刷）。為免重複之累，下文所引，謹標示冊數及頁碼於引文後。

5 金學智：《中國園林美學》（南京市：江蘇文藝出版社，1990 年 3 月），頁 442。

6 楊海明《唐宋詞主題探索》指出：綜觀唐宋詞中描寫春景之作多為「傷春」，「傷春」之情通常屬於女性所特富，加上詞體本身（指婉約詞）又具有某種程度的女性化傾向，故此類「傷春」詞篇就偏多以女性口吻寫出，偏多以女性化的柔婉風貌呈現讀者面前（高雄市：麗文文化公司，1995 年 10 月初版 1 刷），頁 81。

7 詞中的豔情題材，無論哪一種類型，都與女性密切相關。直接點明女性身分的詞作並不多見，更多的是以具有女性特徵的對應物來暗示或指代。首先是女性的容貌體態，其次是女性的衣飾，再次是女性所用的器物，最後是女性所處的環境。蔣曉城：《流變與審美視閾中的唐宋豔情詞研究》（南昌市：江西人民出版社，2009 年 8 月 1 版 1 刷），頁 71-72

8 唐圭璋參照《全唐詩》體例，對舊版《全宋詞》進行改編增補、斷句校勘。凡宋人文集中所附、宋人詞選中所選、宋人筆記中所載之詞作，皆一併採錄；更旁求類書、詩文總集別集、筆記小說、書畫題跋、金石錄、花木譜、方志等。重編訂補後，不論在材料或體例上，較舊版都有一定的提高。由於考訂精審，收錄齊備，引用書目達五百三十多種，成為研究宋詞最重要的參考文獻。

二　簾幕內薰香意象的細節欣賞

宋代用香講究心性和意境，重視香的品質。[9] 如「畏日亭亭殘蕙炷」(歐陽脩〈漁家傲〉，第 1 冊，頁 174)、「金獸盛熏蘭炷」(柳永〈祭天神〉，第 1 冊，頁 52) 的蕙香、蘭香，以蕙蘭等芳香植物為香料，薰燒所散發的氣味，具滅菌、醒神、暢情達志等功效。[10]「麝煤金博山」(張元幹〈菩薩蠻〉，第 2 冊，頁 1095) 的麝香，氣息濃郁，若與其他香料搭配使用，「一炷非蘭非麝」(曹勛〈清平樂〉，第 2 冊，頁 1591)，能使香氣更穩定持久，並產生一種特殊的靈動感和動情感。常溫下的沉香香氣淡雅，「金爐旋炷沈香」(黃昇〈清平樂．宮詞〉，第 4 冊，頁 3797) 或「遮坐銀屏度水沈」(高觀國〈浣溪沙〉，第 5 冊，頁 4334) 時，「高烟杳杳，若引束絙，濃腴湒湒，如練凝漆，芳馨之氣，持久益佳」。[11]「金篝候火，無似有、微薰初好」(呂同老〈天香．宛委山房擬賦龍涎香〉，第 2 冊，頁 1108) 的龍涎香，「白者如百藥煎而膩理，黑者亞之，如五靈脂而光澤，能發眾香」。至於「鳳屏清晝藹龍香」(鄧肅〈南歌子〉) 的龍腦香，則「帶之衣襟，香餘十餘步」(《圖經》)。[12]

9　宋代香配方豐富，香氣風格多樣，薰香用的炭餅與香灰也考究。傅京亮：《中國香文化》，頁 81-82；劉靜敏：《宋代《香譜》之研究》(臺北市：文史哲出版社，2007 年 7 月初版)，頁 181-250。

10　楊崗：〈先秦以至秦漢的薰香習俗文化〉，《西北農林科技大學學報》(社會科學版) 2011 年 4 期，頁 178。

11　〔宋〕丁謂〈天香傳〉，《景印文淵閣四庫全書》第 844 冊 (臺北市：臺灣商務印書館，1986 年 3 月初版)，頁 335。

12　屈原〈離騷〉：「蘭芷變而不芳兮，荃蕙化而為茅。」一花稱蘭，多花稱蕙。黃庭堅〈幽芳亭〉：「一干一華而香有餘者蘭，一干五七華而香不足者蕙。」〔宋〕陳敬《香譜．香品》引《廣志云》：「蕙草，綠葉紫花，魏武帝以為香燒之。」以上所由於宋人「焚香必於深房曲室，矮桌置爐，與人膝平。火上設銀葉或雲母，製如盤形以之襯香。香不及火，自然舒慢，無煙燥氣」[13]。而簾幕之「隔」，使房內自成一個與外界隔絕的空間，具外實內靜的神韻；因此香品點燃後，對「爐煙嫋，參差疏簾隔」（晁補之〈歸田樂·東皋寓居〉，第 1 冊，頁 556）的關注，成為實景之外美麗的虛景：

> 韋驤〈醉蓬萊·廷評慶壽〉：簾幕輕寒，引爐煙裊裊。（第 1 冊，頁 282）
>
> 仲殊〈玉樓春〉：飛香漠漠簾帷暖，一線水沈煙未斷。（第 1 冊，頁 706）
>
> 趙長卿〈瀟湘夜雨·燈詞〉：重重簾幕掩堂中。香漸遠、長煙嫋穟。（第 3 冊，頁 2327）

視知覺具有選擇性的分辨功能，總是及時地、情不自禁地選擇那些最引人注目的部分進行重點觀察，[14] 注意簾內爐煙由輕嫋而嫋嫋而未斷而漸遠的狀態，注意「醉衾不暖爐煙濕」（石孝友〈醉落魄〉，第 3

引，俱見〔宋〕洪芻《香譜》，《景印文淵閣四庫全書》第 844 冊（臺北市：臺灣商務印書館，1986 年 3 月初版），頁 218-228；陳敬《陳氏香譜》，《景印文淵閣四庫全書》第 844 冊（臺北市：臺灣商務印書館，1986 年 3 月初版），頁 243-265。麝香為雄性麝屬動物麝香腺的分泌物，可幫助麝鹿傳遞信息，在繁殖期則有吸引異性的作用。沉香是一種混合樹膠、樹脂、揮發油、木材等多種成分的固態凝聚物，質地密實，密度大者入水能沉，故稱。除此，常見香品尚有：白檀香、蘇合香、安息香、鬱金香、雞舌香、龍涎香、丁香、乳香、降真香等。傅京亮：《中國香文化》，頁 119-145。

13 〔宋〕陳敬《陳氏香譜·焚香》引顏博文《香史》，《景印文淵閣四庫全書》第 844 冊，頁 266。

14 呂清夫《造形原理》（臺北市：雄獅圖書公司，1989 年 9 月 7 版），頁 222。

冊，頁 2036）、「香爐一絲寒」（方千里〈少年游〉，第 4 冊，頁 2492）的濕寒觸感。觀看方式，決定了意義，[15] 也表述了對「屏山半掩餘香嫋」（寇準〈踏莎行〉，第 1 冊，頁 3）、「爐香靜逐遊絲轉」（晏殊〈踏莎行〉，第 1 冊，頁 99）等細節欣賞時的惆悵寂寞與百無聊賴。[16]

宋代香爐可分為封閉式、開敞式兩種。前者有蓋，後者則無。宋代日用焚香大都使用造型簡約、形制較小、適宜薰燒香炷（線香）的無蓋香爐。如「金鼎香銷沉麝，……簾幕低垂不卷」（侯寘〈西江月〉，第 3 冊，頁 1849）的仿古鼎爐，直接取法三代及秦漢禮器式樣，[17] 唯在宋詞中較不易辨認。宋詞中最常出現的封閉式香爐，其爐蓋造型或仿植物花卉，或仿靈禽瑞獸。如毛滂〈踏莎行・早春即事〉的「重簾不卷篆香橫……。鳳繡猶重，鴨爐長暖」（第 2 冊，頁 866）。侯寘〈水龍吟・老人壽詞〉的「夜來霜拂簾旌，淡雲麗日開清曉。香猊金暖」（第 3 冊，頁 1849）。

陳敬《陳氏香譜・香品器・香爐》記載：「香爐不拘銀銅鐵錫石，各取其便用，其形式或作狻猊、獬豸、鳧鴨之類，計其人之當，作頭貴穿窿，可泄火氣，置竅不用大，都使香氣回薄則能耐久。」[18] 或在爐蓋端鈕上作一個細長小管，或以禽鳥狻猊固有的張口姿態引出爐裡的香煙，可稱為「出香」或「獸口含香」。如「煙嫋嫋，金鴨吹

---

15 柏格著，陳志梧譯：《看的方法：繪畫與社會七講》（臺北市：明文書局，1989 年），頁 77-102。

16 李澤厚：《美的歷程》（臺北市：元山書局，1986 年 8 月初版），頁 156-159。

17 香爐種類很多，除了最常見的（含臥爐、印香爐、柄爐、提爐、薰香手爐等），尚有香筒（即香籠）、薰球（即香球）、薰籠、香插、香盤、香盒、香匙、香箸、香夾、香鏟、香囊等。揚之水：〈兩宋香爐源流〉，《中國典籍與文化》2004 年 1 期，頁 61-63；傅京亮：《中國香文化》，頁 185。

18 〔宋〕陳敬《陳氏香譜》，收入《景印文淵閣四庫全書》第 844 冊，頁 318。

香」(李rh〈洞仙歌〉,第 1 冊,頁 390)的鴨爐,張口徐送篆煙,幽趣而韻長,深受文人喜愛。[19] 博山爐的爐身因具有一定的封閉性,利於悶薰香品,同時防止火灰溢出,故適宜焚燒樹脂類香料。[20]「寶熏濃炷,人共博山煙瘦」(毛滂〈感皇恩・鎮江待聞〉,第 2 冊,頁 894)的「瘦」字,正是形容它的發煙細緩。

通過薰燒香品 [21] 所散發的香氣,除了殺菌、除穢、除潮、驅蟲、清香、醒神等功能,[22] 天冷時,猶可取暖:「帳底沈香火暖」(毛滂〈更漏子〉,第 2 冊,頁 679);[23] 可薰香被枕:「繡被熏蘭麝」(毛滂〈清平樂〉,第 2 冊,頁 664)、「龍香熏被羅屏繞」(張榘〈青玉案〉,第 4 冊,頁 2681)、「篆香透、鴛衾雙枕」(無名氏〈花前飲〉,第 5 冊,頁 4863);可薰衣:「蘭炷香篝,誰為暖羅衾」(曹良史〈江城子〉,第 5 冊,頁 4122)。毛滂〈浣溪沙・八月十八夜東堂作〉:

> 晚色寒清入四檐。梧桐冷碧到疏簾。小花未了燭花偏。 瑤甕孛堆春這裏,錦屏屈曲夢誰邊。熏籠香暖索衣添。(第 2 冊,頁 665)

---

19 揚之水:〈兩宋香爐源流〉,頁 46;傅京亮:《中國香文化》,頁 88-89。

20 博山爐盛行於兩漢及魏晉時期,宋代博山爐造形保留山形概念,甚至延伸為蓮化樣式。除了薰衣,可隨性用之。揚之水〈兩宋香爐源流〉,頁 49;劉靜敏《宋代《香譜》之研究》,頁 356。

21 據使用方法,香品可大分為:一、薰燒類:直接點燃使用的燒香、焚香,借助炭火熏烤散發香氣的薰香。二、浸煮類:放入液體中加熱浸煮以散發香氣。三、塗敷類:需擦拭或塗抹,如塗敷在身上或衣服的香粉、香水、香膏。四、佩戴類:隨身佩戴的香囊、佩香(掛在頸下的香包)、衣香(放入衣服、衣袋)。五、設掛類:陳設或懸掛,如盛香品的香盒、飾品。六、香用品:香品製作的日用品,如香燭、香枕、帷香。傅京亮:《中國香文化》,頁 166。

22 楊嵐:〈先秦以至秦漢的薰香習俗文化〉,頁 177-178。

23 揚之水:〈兩宋香爐源流〉,頁 55;楊嵐:〈先秦以至秦漢的薰香習俗文化〉,頁 177-178。

供薰香、烘物或取暖的熏籠、香篝，或有蓋或無蓋，若直接薰香衣物則多不用爐蓋。陳敬《陳氏香譜・薰香》即指「凡欲薰衣，置熱湯於籠下，衣覆其上使之沾潤。取去別以爐爇香薰畢，疊衣入篋笥，隔宿，衣之餘香數日不歇」。洪芻《香譜・薰香法》也記載「凡欲薰衣，以沸湯一大甌置薰籠下，以所薰衣覆之，令潤氣通徹，貴香入衣難散也。……薰訖疊衣，隔宿，衣之數日不散」，[24] 令「香暖索衣添」的情思意境尤為細美。當懸掛四檐的簾幕垂下來，室內空間立即處於某種封閉狀態，有助於構築幽深的詞境。屈曲錦屏、「帳掩屏香潤」（趙聞禮〈隔浦蓮近〉，第 5 冊，頁 3161）的圍掩作用，圍住香氣，沁入肌膚而滿身生香：「壚煙淡淡雲屏曲。睡半醒、生香透肉」（周邦彥〈玉團兒〉，第 2 冊，頁 618），增添綺麗性。

至於「重換熏爐炷，漸低羅幕香成霧」（趙子發〈惜分飛〉，第 2 冊，頁 740）、「小院橫窗香噀霧」（韓淲〈蝶戀花〉，第 4 冊，頁 2248）、「一簾香霧擁金猊」（無名氏〈鷓鴣天〉，第 5 冊，頁 4777）等沸湯所生的霧氣，則予人「香迷夜色暗牙床」（毛滂〈浣溪沙〉，第 2 冊，頁 674）的迷離感。它和「懊惱篆煙鎖碧。一餉春情無處覓」（程垓〈謁金門〉，第 3 冊，頁 2006）的篆煙一樣，成為詩人心象的觸發，同時也是「隔」心態的外化。[25] 風吹疏簾時，氤氳上騰的爐煙在空間方位移動的力度，更具視覺及心理上的動態美：

> 晏殊〈連理枝〉：簾幕生涼氣。……金鴨飄香細。（第 1 冊，頁 137）

---

24 〔宋〕陳敬：《陳氏香譜》，收入《景印文淵閣四庫全書》第 844 冊，頁 266；〔宋〕洪芻：《香譜》，收入《景印文淵閣四庫全書》第 844 冊，頁 237。

25 曾艷紅：〈簾幕意象與李商隱詩境詩風〉，《青島大學師範學院學報》2010 年 4 期，頁 32。

> 張耒〈秋蕊香〉：簾幕疏疏風透。一線香飄金獸。（第1冊，頁764）
>
> 賀鑄〈菩薩蠻〉：香斷入簾風。爐心檀燼紅。（第1冊，頁669）

引起「透」的簾幕，是室內外空間相互滲透、交融的場所，也是人們接觸最多、感覺最敏銳的視覺界面。人的眼睛會注意「生涼氣」「風微動」時，一線香飄在簾內空間的緩緩位移及每一個轉向，然後滲入詞人最細緻的心靈。香因風吹而「細」而「斷」的飄忽感，貫串和發展著「掩映斷其脈，則遠矣」[26] 的韻律。它和簾影一樣，都是在動態中體現的極細微的美：

> 晏殊〈殢人嬌〉：簾影動、鵲爐香細。（第1冊，頁125）
>
> 晁補之〈黃鶯兒．東皋寓居〉：午餘簾影参差，……一縷香縈炷。（第1冊，頁714）
>
> 徐照〈南歌子〉：簾影篩金線，爐煙篆翠絲。（第4冊，頁3112）

光線可揭示時間和節氣的遷移，人對光線現象的反應成為有選擇的注意。[27] 當光線射入簾內，光影的明暗對比易形成三次元立體效果；當「風輕只覺香煙短」（王寀〈玉樓春〉、第 2 冊，頁 698）、「風簾交翠篆香飄」（侯寘〈朝中措〉，第 3 冊，頁 1859）的篆煙及簾影，以接連或斷續的閃動方式，投射在網膜上的同一位置而產生「閃動」知覺

26 〔宋〕郭熙：〈林泉高致〉，收入俞崑《中國畫論類編》（臺北市：華正書局，1984年10月初版），頁639。

27 魯道夫．阿恩海姆（Rudolf Arnheim）著，滕守曉、朱疆源譯：《藝術與視知覺》（成都市：四川人民出版社，2001年3月1版1刷），頁406-407。

現象時，[28]「金線」及「篆翠絲」、「爐香細」所構成的細微輕柔的律動力度，變幻室內空間的意境和氣氛而予人不同的感染力。甚且可「透」「度」到簾外：

> 張綱〈點絳唇・榮國生日二首〉：寶薰籠霧。簾幕香風度。（第2冊，頁1196）
> 姜夔〈點絳唇・壽〉：瑞煙噴獸。簾幕香風透。（第3冊，頁2816）
> 吳文英〈天香〉：熏度紅薇院落，煙銷畫屏沈水。（第4冊，頁2908）

簾幕之隔，隔中有透。香氣本身又具擴散性、穿透性，可以瀰漫整個室內空間及紅薇院落。此種因內外交互滲透而難以掌握薰香所瀰散的空間，易形成心理意義上的模糊及深遠的意境。[29]

「雨稀簾外滴，香篆盤中字」（黃庭堅〈千秋歲〉，第1冊，頁532）的篆香、印香，以模具將香粉印壓成回環（連筆）圖案，造形美觀，深富情趣。洪芻《香譜・百刻香》指「其文準十二辰，分一百刻，凡然一晝夜乃已」。[30] 可長時間燃燒，可用於計時，以準昏曉，

---

28 運動知覺的產生雖起於外界的刺激，但知覺的感受卻起於網膜上影像的移動而生。張春興：《心理學》（臺北市：臺灣東華書局，2002年3月2版51刷），頁302-304。

29 羅燕萍：《宋詞與園林》（北京市：中國社會科學出版社，2012年1月1版1刷），頁180-184。姜夔〈點絳唇・壽〉等二則，見唐圭璋編纂《全宋詞》，第3冊，頁2816；第2冊，頁1196。

30 〔宋〕洪芻《香譜・百刻香》，《景印文淵閣四庫全書》第844冊，頁231。篆香印出的圖案如篆文曲折，也稱曲水香，如〔宋〕葉廷珪《名香譜・曲水香》：「香盤印之，似曲水像。」《叢書集成續編》第86冊（臺北市：新文豐出版公司，1989年7月臺1版），頁682。

成為簾內持續最久的動態美。由此，爐香的初燃：「蘭燈初上，夜香初炷」（史達祖〈青玉案〉，第 4 冊，頁 3006）；微溫與香殘：「簾幕靜垂清曉。寶鴨微溫瑞煙少」（楊纘〈被花惱．自度腔〉，第 5 冊，頁 3896）、「雕盤慵整寶香殘」（韓淲〈臨江仙．閨怨〉，第 4 冊，頁 2887）；香冷與香融：「元來香冷衣單」（盧祖皋〈畫堂春〉，第 4 冊，頁 2405）、「寶屑香融曲篆銷」（陳允平〈思佳客〉，第 5 冊，頁 3930）；乃至爐香的添續與重換：「清簟疏簾。金鴨香銷懶更添」（謝薖〈減字木蘭花〉，第 2 冊，頁 912）、「博山夜來爐冷，誰換沈煙」（劉鎮〈漢宮春〉，第 4 冊，頁 2472），均具有擴散或延長的現象，它已由物理的時間變化成為心情和欲望的象徵，代表青春的流逝。對於正在經歷或持續的時間，人也常懷有直觀的長度印象。簾內靜寂到彷彿停滯時，「餘香一線」的發現與參照，使人愈覺時間的漫長和思緒的寂寥。[31] 如丘崈〈撲蝴蝶．蜀中作〉：

> 鳴鳩乳燕。春在梨花院。重門鎮掩。沉沉簾不卷。紗窗紅日三竿，睡鴨餘香一線。佳眠悄無人喚。　　謾消遣。行雲無定，楚雨難憑夢魂斷。清明漸近，天涯人正遠。盡教閑了秋千，覷著海棠開遍。難禁舊愁新怨。（第 3 冊，頁 2253-2254）

重門之深和垂簾之隔，使宋代詞人向內收斂的審美心理更趨於凝結。鴨爐餘香的氤氳特質，動態盤旋的一線，和行雲楚雨魂夢等輕盈意象，皆是寂寞、惆悵、百無聊賴心態的對象化。「閑了」本是青春與活力象徵的秋千，強化青春流逝的聯想。由此，詞人的感性心靈集中反映在梨花院內女性題材的描述，反映在對簾內薰香意象的描述，體

31 吳盛木：《心理學》（臺北市：三民書局，1977 年 3 月初版），頁 183-184。

現對於天涯人遠、海棠花落等「舊愁新怨」的細細反芻。[32]

三　靜謐的薰香世界

隨著醫藥的發展與香方的興盛，宋人重視「合香之法，貴於使眾香咸為一體。麝滋而散，撓之使匀；沉實而腴，碎之使和；檀堅而燥，揉之使膩」。[33]然後在「簾垂晝，焚香宴坐，猶得半清閒」（熊則軒〈滿庭芳・郭縣尹美任〉，第 5 冊，頁 4221）的靜謐世界，細細體味若有若無的香氣。又值古典園林藝術成熟、三教會通等因緣，解開儒家「入世」、「用士不遇」之結，宋代文人在建築花木山水等園林要素中找到「內有自得」的依據。[34]如毛滂〈臨江仙・宿僧舍〉：

> 古寺長廊清夜美，風松煙檜蕭然。石闌干外上疏簾。過雲閒窈窕，斜月靜嬋娟。　獨自徘徊無箇事，瑤琴試奏流泉。曲終誰見枕琴眠。香殘虯尾細，燈暗玉蟲偏。（第 5 冊，頁 3362）

北宋以來的審美觀念和美學意識，重視平淡之美，從簾外的松檜月色

---

32 楊海明指出，宋代詞人的怨嗟之音，有四種情況：寒士詞人的怨嗟、貶官詞人的怨嗟、兩次遭受亡國之災的全民怨嗟、某種特殊的怨嗟情緒——閑愁或閑情。閑愁或閑情，有異於因宦海浮沉、政治風波而生的貶謫之愁，也不同於因異族入侵、社會動盪而生的傷亂之愁，似乎只是詞人特有的一種夾雜悲哀滋味的精神狀態和感情活動。《唐宋詞與人生》（鎮江市：江蘇大學出版社，2010 年 10 月 1 版 1 刷），頁 260-261、293-294。

33 〔宋〕陳敬《陳氏香譜・合香》引顏博文《香史》，《景印文淵閣四庫全書》第 844 冊，頁 265。

34 張文勛：《華夏文化與審美意識》（昆明市：雲南人民出版社，1992 年 7 月初版），頁 147-187；李青春〈自得範疇從宋學向宋代詩學的轉化〉，《宋學與宋代文學觀念》（北京市：北京師範大學出版社，2001 年 10 月初版），頁 110。

閒雲等視覺意象及風聲蟲聲等聽覺意象，從簾內的瑤琴藝術審美活動及薰香繚繞上升盤曲如虬龍等日常細節的欣賞中得到快樂與自足。其中，焚香尤能表現幽靜自在的書齋生活。如王元之〈竹樓記〉的「公退之暇，戴華陽巾，披鶴氅衣，手執周易一卷，焚香默坐，消遣世慮」。[35]又如：

> 范成大〈減字木蘭花〉：枕書睡熟。珍重月明相伴宿。寶鴨金寒。（第3冊，頁2094）
>
> 程垓〈鳳棲梧．南窗偶題〉：兩面疏簾，四壁文書靜。小篆焚香消日永。（第3冊，頁2575）
>
> 無名氏〈長相思〉：篆爐香。午夢驚回書滿床。棋聲春晝長。（第5冊，頁4663）

焚燒篆香所形成的氣味，「不徒為熏潔也，五臟惟脾喜香，以養鼻通神觀」。[36]無論修道學佛、讀書夜坐、贈禮往來，宋代文人與簾內薰香建立緊密關係；[37]且「隔絕」外物紛擾，從五根的嗅覺感受提升到心靈境界，安和身心，[38]調和清致的價值觀。[39]如周晉〈清平樂〉：

35 〔宋〕王元之〈竹樓記〉，收入《景印文淵閣四庫全書》第844冊，頁328。

36 〔宋〕顏博文《香史．序》，《景印文淵閣四庫全書》第844冊，頁580。

37 劉靜敏：《宋代《香譜》之研究》，頁101-103。

38 薰香據功能可分為：一、藥用類：祛穢致潔，防疫療疾。二、祭祀類：潔淨清揚，溝通凡聖。三、美飾類：以香氣美化、裝飾人物品或環境。四、怡情類：增添詩意，怡養情志。五、修煉類：安和志意，開竅通經。六、綜合類：其他功能。傅京亮：《中國香文化》，頁166。

39 如黃庭堅〈寶熏〉：「……隱几香一炷，靈臺湛空明。晝食鳥窺臺，晏坐日過砌。俗氣無因來，烟霏作輿衛。石蜜化螺甲，榠樝煮水沉。博山孤烟起，對此作森森。……」《景印文淵閣四庫全書》第844冊，頁564-565。

圖書一室。香暖垂簾密。花滿翠壺熏研席，睡覺滿窗晴日。手寒不了殘棋。篝香細勘唐碑。無酒無詩情緒，欲梅欲雪天時。（第4冊，頁2776）

「圖書一室」的靜謐生活充溢著審美韻味，品茗、詩酒、書棋，得「樂且適」（歐陽脩〈六一居士傳〉）。[40] 垂簾內的香氣，經由空氣擴散，不必直接接觸刺激源，即可作用於鼻腔上部黏膜中的嗅細胞，產生神經興奮，經嗅束傳至嗅覺的皮層部位，形成距離性感覺，[41] 有效應和迴避現實、反歸內心的傾向。它是審美的，講究典雅、蘊藉、意境，又與儒家「芻豢稻粱，五味調香，所以養口也；椒蘭芬苾，所以養鼻也」的「香氣養性」論有密切關係，[42] 貼近了日常生活，也貼近了心性，令垂簾內的薰香意象，從用香、品香，發展至「爐薰清炷坐安禪」（趙令畤〈西江月〉，第1冊，頁639）的賦有靈性與禪意。[43]

與此對照的，則是閨房內靜謐的薰香世界。漢魏以來，居室中的床一般多與屏風、帷帳等建築軟構件結合，形成一個較封閉的私密性空間，而且延續到兩宋：

史浩〈臨江仙〉：繡幕羅裙風冉冉，象床氈幄低垂。獸爐香嫋

40 霍然：〈宋代美學思潮的展開〉，《宋代美學思潮》（長春市：長春出版社，1997年8月），頁132-154。

41 張春興：《現代心理學》（上海市：上海人民出版社，2004年11月21刷），頁103。

42 〔清〕王先謙：《荀子集解·禮論篇第十九》（臺北市：藝文印書館，1977年2月4版），頁583。

43 蘇軾〈和黃魯直燒香〉其一：「四句燒香偈子，隨香遍滿東南。不是聞思所及，且令鼻觀先參。」其二：「萬卷明窗小字，眼花只有斕斑，一炷烟消火冷，半生身老心閒。」見《景印文淵閣四庫全書》第844冊，頁343。通過焚香達到「鼻端參禪」意境，正符合士大夫清致的寫照。劉靜敏：〈靈臺湛空明——從〈藥方帖〉談黃庭堅的異香世界〉，《書畫藝術學刊》第7期（2009年12月），頁117。

錦屏圍。(第2冊，頁1268)

袁去華〈菩薩蠻〉：流蘇寶帳沈煙馥。寒林小景銀屏曲。(第3冊，頁1504)

石孝友〈鷓鴣天〉：屏障重重翠幕遮。蘭膏煙暖篆香斜。(第3冊，頁2034)

因為有了流蘇寶帳氈幄翠幕和銀屏錦屏的圍掩，才能「香滿圍屏宛轉山」(范成大〈減字木蘭花〉，第3冊，頁1619)。「繡屏掩、枕鴛相就，香氣漸暾暾」(賀鑄〈綠頭鴨〉，第1冊，頁535)時，薰燒香氣具擴散性、感染性，令閨房內「日照遮檐綉鳳凰，博山金暖一簾香」(毛滂〈浣溪沙・家人生日〉，第2冊，頁664)的暖香、溫香，展示著俗世的快樂或惆悵孤寂。它和「玉人呵手試妝時，粉香簾幕陰陰靜」(晏幾道〈踏莎行〉，第1冊，頁326)、「笑拈粉香歸洞戶，更垂簾幕護窗紗」(賀鑄〈減字浣溪沙〉，第1冊，頁690)的脂粉香一樣，共同呈現婉約詞特有的香豔情調。如毛滂〈更漏子・熏香曲〉：

玉狻猊，金葉暖。馥馥香雲不斷。長下著，繡簾重。怕隨花信風。　傍薔薇，搖露點。衣潤得香長遠。雙枕鳳，一衾鸞。柳煙花霧間。(第2冊，頁879)

香品溶於沸湯而生的水霧繚繞，沾衣不去，自然「衣潤得香長遠」。直接點燃或借助炭火薰烤催發的馥馥香雲，和玉爐、金葉、繡簾、鳳枕、鸞衾等一系列精美陳設的圖紋色澤，合力構成香豔富麗的閨房氛圍，指向某種微妙的情感。宋詞不斷朝抒情的深度發掘，「坐想玉奩鴛錦，空餘臂粉衣香。枕邊共語，窗前執手，簾外啼妝」(郭世模〈朝中措〉，第3冊，頁2226)的情感表達，深細之外又呈現出真摯和真實的特徵，[44] 寄寓超乎傳統「閨怨」這一概念的孤絕感，使垂簾內「屏溫香軟綺窗深」（韓淲〈浣溪沙〉，第 4 冊，頁 2259）的薰香意象別具誘人魅力。

嗅覺，是以分子狀態的揮發性物質接觸作用於嗅覺器官而產生的感覺。溫度越高，「鸞屏繡被香雲擁」（蔡伸〈虞美人〉，第 2 冊，頁 1013），分子運動激烈，氣味越明顯。濕度較高時，氣味分子的振動及傳播也會影響嗅覺的感受性，[45] 而有「麝溫屏暖，卻恨煙村，雨愁風惱」（趙彥端〈醉蓬萊〉，第 3 冊，頁 1440）的感受。當空氣中的有味分子由鼻孔進入與嗅覺受體結合時，會活化嗅覺細胞而傳送電波到嗅蕾所在地，此時腦皮層會把每一種傳送到的氣味整理歸檔，留存在內隱記憶，形成氣味地圖。因此只要觸及氣味的引線，過去「帳裡薰爐殘蠟照。賞心樂事能多少」（鄭僅〈調笑轉踏〉。第 1 冊，頁 445）的記憶，也特別容易被喚起。隨著歲月流逝，賦予氣味更多情緒上的聯想：[46]

> 柳永〈少年游〉：好天良夜，深屏香被，爭忍便相忘。（第 1 冊，頁 33）
> 張元幹〈如夢令〉：歸去。歸去。香霧曲屏深處。（第 2 冊，頁 1087）

---

44 宋秋敏《唐宋詞與流行歌曲》（北京市：中國社會科學出版社，2009 年 8 月 1 刷），頁 129-133。

45 黛安·艾克曼（Diane Ackerman）著，莊安琪譯：《感官之旅：感知的詩學》（臺北市：時報文化出版公司，2012 年 7 月 2 版 2 刷），頁 18-20。

46 陳述性記憶可區分為情節記憶（episodic memory）、語意記憶（semantic memory）。語意記憶是普遍的、無條件的記憶，如各種概念和文字的意義。內隱記憶也在嗅覺上扮演某種角色，它儲存的是我們無意識的、不費力的、甚至未察覺的東西，卻影響我們的行為。Philip G. Zimbardo & Richard J. Gerrig 著，游恆山譯：《心理學導論》（臺北市：五南圖書出版公司，1997 年 12 月初版 1 刷），頁 111。

> 劉過〈四字令〉：魂牽夢縈。翠銷香暖雲屏。（第 3 冊，頁 2151）

床屏裡的薰香召回過去的記憶，使之再現於心靈，而有爭忍相忘、歸去、魂牽夢縈等心靈意識的流動。在燭光的參與下，「金鴨冷，錦鴛閑。銀釭空照小屏山」（周密〈鷓鴣天〉，第 5 冊，頁 3279）的光影，對比出立體感與深度感，以此醞釀「冷」「閑」的憂思。而夢醒時，「金鴨香溫，幽夢醒時午禽囀」（李彌遜〈洞仙歌．次李伯紀韵〉，第 2 冊，頁 1367）的聽覺意象，又予人一種遠方有聲的靜：

> 陳允平〈瑞龍吟〉：深院靜，東風落紅如雨。畫屏夢繞，一篝香絮。（第 5 冊，頁 3113）
>
> 張榘〈西江月〉：翠屏圍夢寶熏殘。窗外流鶯聲亂。（第 4 冊，頁 2678）
>
> 陳允平〈蝶戀花〉：獸香閑伴銀屏冷。淅瀝西風吹雁影。（第 5 冊，頁 3122）
>
> 周密〈四字令〉：玉屏水暖微香。聽蜂兒打窗。（第 5 冊，頁 3292）

王夢鷗指出，向外開張的生理上的感覺器官，尚有包藏在內心的「經驗再生」與「潛意識」作用，[47] 故簾內的薰香意象和穿簾而來的風雨聲禽蟲聲，通過人的本質力量對審美對象訴之敏銳的直覺思維，在大腦皮層構成鮮明突出的審美初象，並由此展開審美聯想和想像，[48] 成

---

47 王夢鷗：《文學概論》（臺北市：藝文印書館，1982 年 10 月 2 版），頁 111。

48 李元洛：《詩美學》（臺北市：東大圖書公司，1990 年 2 月初版），頁 19。

為詞人情感投射的對象，表達內心隱微深細的思緒，及「鴨爐香過瑣窗寒」（晏幾道〈浣溪沙〉，第 1 冊，頁 239）的靜謐清冷詞境。

四　結語

宋代薰香文化鼎盛，諸多香學專著已廣涉香品、合香、香具、香史、香文等內容，成為簾幕內常見的嗅覺意象：「雲枕席，月簾櫳。金爐香噴鳳幃中」（趙彥端〈鷓鴣天・歐倩〉，第 3 冊，頁 1895，充分展現香豔的脂粉氣息和綺麗的閨閣氛圍。詞人的感性心靈集中反映在簾內女性題材的描述，藉「金爐香噴」氤氳不絕的特點顯示超常的精微感。「日照遮檐繡鳳凰。博山金暖一簾香」（毛滂〈浣溪沙・家人生日〉，第 2 冊，頁 860）的一線爐香，可祛穢致潔、殺菌清新、薰衣取暖，也是簾內持續最久的動態美；因風吹、簾疏等因素飄散至簾外時，會形成內外空間的滲透與交流。「香冷倦熏金鴨，日高不卷珠簾」（趙長卿〈清平樂〉，第 3 冊，頁 2357）、「燭飄花，香掩燼，中夜酒初醒。……曉簾垂」（晏殊〈喜遷鶯〉，第 1 冊，頁 119）等香的燃與滅、添與續，則體現了詞人對於時間流逝、青春流逝的深刻體驗和細細咀嚼。

隨著醫藥的發展與香方的興盛，「其香絕塵境而助清逸之興」[49] 的焚香文化，也融入宋代文人「簾幕輕陰，圖書清潤，日永篆香絕」（馮偉壽〈春雲怨・上巳黃鍾商〉，第 4 冊，頁 3824）清致的讀書生活。「明窗延靜書，默坐消諸緣。即將無限意，寓此一炷烟」（陳去非〈焚香〉）。[50] 室內焚薰香品所形成的氣味，隔絕了外物紛擾，令垂簾

49 〔明〕周嘉胄《香乘》卷 12，引趙希鵠《洞天清錄》，《景印文淵閣四庫全書》第 844 冊，頁 450。

50 又如陳去非〈覓香〉：「罄室從來一物無，博山惟有一銅爐。而今荀令真成癖，秖

內的薰香意象貼近日常生活。以此可見，宋代文人重視「銀葉重調火活，珠簾日垂風悄」（李居仁〈天香・宛委山房擬賦龍涎香〉，第 5 冊，頁 2426）的薰香意象，及其所帶來的審美內涵。

欠清芳梟坐隅。」邵康節〈焚香〉:「安樂窩中一炷香，凌晨焚意豈尋常。」《景印文淵閣四庫全書》第 844 冊，頁 567。

參考文獻

一　古代典籍（略依時代排序）

〔宋〕丁謂　〈天香傳〉　《景印文淵閣四庫全書》第 844 冊　臺北市　臺灣商務印書館　1986 年 3 月初版

〔宋〕洪芻　《香譜》　《景印文淵閣四庫全書》第 844 冊　臺北市　臺灣商務印書館　1986 年 3 月初版

〔宋〕陳敬　《陳氏香譜》　《景印文淵閣四庫全書》第 844 冊　臺北市　臺灣商務印書館　1986 年 3 月初版

〔宋〕葉廷珪　《名香譜》　《叢書集成續編》第 86 冊　臺北市　新文豐出版公司　1989 年 7 月臺 1 版

〔宋〕孟元老　《東京夢華錄》　臺北市　三民書局　2012 年 4 月 2 版 1 刷

〔宋〕和峴等著，〔民〕唐圭璋編纂　《全宋詞》　北京市　中華書局　1998 年 11 月 1 版 7 刷

〔明〕周嘉胄　《香乘》　《景印文淵閣四庫全書》第 844 冊　臺北市　臺灣商務印書館　1986 年 3 月初版

〔清〕王先謙　《荀子集解》　臺北市　藝文印書館　1977 年 2 月 4 版

二　現代專著（依姓氏筆畫排序）

王夢鷗　《文學概論》　臺北市　藝文印書館　1982 年 10 月 2 版

俞　崑　《中國畫論類編》　臺北市　華正書局　1984 年 10 月初版

李澤厚　《美的歷程》　臺北市　元山書局　1986 年 8 月初版

呂清夫　《造形原理》　臺北市　雄獅圖書公司　1989年9月7版

李元洛　《詩美學》　臺北市　東大圖書公司　1990年2月初版

金學智　《中國園林美學》　南京市　江蘇文藝出版社　1990年3月1版1刷

張文勛　《華夏文化與審美意識》　昆明市　雲南人民出版社　1992年7月初版

楊海明　《唐宋詞主題探索》　高雄市　麗文文化公司　1995年10月初版1刷

霍　然　《宋代美學思潮》　長春市　長春出版社　1997年8月1版1刷

吳功正　《中國文學美學》　南京市　江蘇教育出版社　2001年9月1刷

李青春　《宋學與宋代文學觀念》　北京市　北京師範大學出版社　2001年10月初版1刷

張春興　《心理學》　臺北市　東華書局　2002年3月2版51刷

張春興　《現代心理學》　上海市　上海人民出版社　2004年11月21刷

劉靜敏　《宋代《香譜》之研究》　臺北市　文史哲出版社　2007年7月初版

宋秋敏　《唐宋詞與流行歌曲》　北京市　中國社會科學出版社　2009年8月1刷

蔣曉城　《流變與審美視閾中的唐宋豔情詞研究》　南昌市　江西人民出版社　2009年8月1版1刷

楊海明　《唐宋詞與人生》　鎮江市　江蘇大學出版社　2010年10月1版1刷

羅燕萍　《宋詞與園林》　北京市　中國社會科學出版社　2012 年 1 月 1 版 1 刷
傅京亮　《中國香文化》 濟南市　齊魯書社 2013 年 10 月 1 版 6 刷

三　外文譯著（依英文字母排序）

黛安・艾克曼（Diane Ackerman）著，莊安琪譯　《感官之旅：感知的詩學》　臺北市　時報文化出版公司　2012 年 7 月 2 版 2 刷
約翰・柏格（John Berger）著，陳志梧譯　《看的方法：繪畫與社會七講》　臺北市　明文書局　1989 年
Philip Zimbardo & Richard Gerrig 著，游恆山譯　《心理學導論》　臺北市　五南圖書出版公司　1997 年 12 月初版 1 刷
魯道夫・阿恩海姆（Rudolf Arnheim）著，滕守曉、朱疆源譯　《藝術與視知覺》　成都市　四川人民出版社　2001 年 3 月 1 版 1 刷

四　單篇論文（依姓氏筆畫排序）

揚之水　〈兩宋香爐源流〉　《中國典籍與文化》　2004 年 1 期
曾艷紅　〈簾幕意象與李商隱詩境詩風〉　《青島大學師範學院學報》　2010 年 4 期
黃淑貞　〈《全宋詞》垂簾「隔中有透」視覺意象探析〉　《臺大文史哲學報》　第 80 期　2014 年 5 月
楊　崗　〈先秦以至秦漢的薰香習俗文化〉　《西北農林科技大學學報》（社會科學版）　2011 年 4 期

劉靜敏 〈靈臺湛空明——從〈藥方帖〉談黃庭堅的異香世界〉《書畫藝術學刊》 第7期 2009年12月

論譬喻的分類及其依據

仇小屏
成功大學中國文學系副教授

摘要

譬喻格是最為重要的修辭格，所演變出的個別譬喻現象，堪稱「變化萬千」，因此，也實在難以一一地加以辨別、指稱。本論文根據譬喻四要素說，提出基本型：詳喻（本體＋喻詞＋喻體＋喻解），因為這是原理與現象的完全對應。而所有殊異的變化型，可以與基本型對勘，然後一一指出變化之處。據此，本論文所總結出的變化依據，計有六種：「四要素的變化（顯隱、位置、多寡）」、「辭格的綜合運用（連用、套用、兼用）」、「譬喻所形成的詞組（偏正詞組、同位詞組）」、「增添句子的性質（判斷、比較、否定、疑問）」、「譬喻句群的關聯」、「字形／字音」。並以此為基礎，進行「次級辭格」、「分類依據」的檢討，進一步對譬喻理論作出回應，期望能因此而更為深化譬喻理論。

關鍵詞：譬喻、次級辭格、譬喻四要素、詳喻

一 前言

譬喻又稱比喻[1]，是運用範圍最廣、頻率最高的修辭格[2]。也因為應用的廣泛與複雜，所以產生許多殊異的譬喻現象，此即王希杰《修辭學通論》所說的：

> 比喻的表層結構是多種多樣，變化多端的。[3]

然而，譬喻的表層結構的多變，畢竟是「小異」，貫通其中的譬喻原理，才是「大同」。儘管如此，這些「小異」的表層結構，也確實各具特色與功能，也因此，研究者自然而然會對這些表層結構進行分析、歸納、闡述，所以，許多譬喻的小類就應運而生。汪國勝、吳振國、李宇明《漢語辭格大全》（以下簡稱《漢語辭格大全》）即指出：

> 比喻在實際應用上非常複雜，有許多特殊的用法，人們往往給以特殊的名稱，從而形成比喻的二級辭格或三級辭格。[4]

---

1 蔡宗陽：〈論譬喻的分類〉，《中國學術年刊》第十三期：「大陸修辭學專家都說『比喻』，臺灣修辭學專家為了不與『比擬』的『比』相混淆，是以都稱為『譬喻』。」頁 263-264。
蔡宗陽：《應用修辭學》（臺北市：萬卷樓圖書公司，2001 年 12 月初版，2002 年 1 月初版二刷）：「臺灣修辭學書多半採用『譬喻』，大陸修辭學書多半採用『比喻』。」頁 149。

2 見鄭頤壽：《比較修辭》（福州市：福建人民出版社，1982 年 12 月一版，1983 年 10 月二刷），頁 229。

3 見王希杰：《修辭學通論》（南京市：南京大學出版社，1996 年 6 月第一版第一刷），頁 419。

4 見汪國勝、吳振國、李宇明：《漢語辭格大全》（南寧市：廣西教育出版社，1993

次級辭格的類別之多，的確令人有眼花撩亂之慨[5]。

就研究而言，細分出小類有其合理性：可以更深入準確地辨析、掌握、指稱某種譬喻現象。但是，也誠如王希杰《修辭學通論》所言：

> 比喻的表現形式在理論上可以無窮多，分類過細過繁，不利於學習和運用，還是簡明為好。[6]

因此，如何在「精確」與「簡明」中取得平衡，甚至在此研究成果上，更進一步地提升對譬喻的理解呢？

本論文認為：關鍵不在於辨析各個小類的差別，也不在於去取這些小類，而是掌握住區分出這些類別的根據，這樣，或許是更為根本的處理方式，也是前述問題的解答。關於此點，前人也已經注意到了，譬如黃慶萱《修辭學》即指出：「由於喻詞有時可以改變，甚至可以省略，本體、喻旨之或省或增，喻體之或多或少，所以譬喻也就可分明喻、隱喻、較喻、略喻、借喻、詳喻、博喻等等。」[7]黎運漢、張維耿編著《現代漢語修辭學》也說這些小類：「有的表現為喻體的多寡詳略不同，有的表現為喻體的句法構造或句型的不同，有的表現為喻體的取材不同。」[8]《漢語辭格大全》則認為譬喻要素的順序、是否處理為定心式偏正結構、是否用比喻詞、本體喻體之間是否有比較關係、是否從否定面設喻、連著使用多個譬喻、使用功能、合

年 2 月第一版第一刷），頁 10。舉例而言，二級辭格如較喻，三級辭格如較喻之下的強喻、弱喻、等喻。

5 《漢語辭格大全》、《修辭通鑑》、李庚元、李治中編著《古今辭格及範例》、蔡宗陽〈論譬喻的分類〉均區分出數十種譬喻的小類。

6 見王希杰：《修辭學通論》，頁 426。

7 見黃慶萱：《修辭學》，頁 327。

8 見黎運漢、張維耿編著：《現代漢語修辭學》，頁 102。

用情況等，都可區分出小類[9]。

在以上諸家說法中：黃慶萱著眼於譬喻四要素的顯隱、多寡。黎運漢、張維耿著眼於喻體的狀態。《漢語辭格大全》則注意要素的順序；喻詞有無；是否增加比較、否定等性質；是否形成詞組；譬喻的連用、兼用；功能。因此，在前人的基礎上，本論文嘗試掌握分類的根據，進而歸納出一些看法，並提出一些建議。不過，因為篇幅所限，本論文暫不處理取材、功能類的次級辭格，而且，舉例時也僅舉一例，有時會將譬喻例證的上下文一起錄出，以便了解，但是為了兼顧準確度，會將譬喻例證加上底線。

二　譬喻分類的主要理論

關於前輩學者在譬喻分類上的成果，蔡宗陽〈論譬喻的分類〉論之甚詳，計有二分法、三分法、五分法、七分法、十分法、十二分法、二十四分法數種[10]。而蔡宗陽本身是就「形式」言，分為五類，二十四種；就「內容」言，分作五大類，二十一種，因此共計有四十五種譬喻的小類[11]。

然而，尚有另一種研究方式：即先將這些次級辭格大分為「基本型」、「變化型」兩類，再分別區分出小類。而因為對「基本型」的看法不同，又可分為兩派：

一派是以明喻、隱喻、借喻為基本型。譬如向宏業、唐仲揚、成偉鈞主編《修辭通鑑》（以下簡稱《修辭通鑑》）認為：「一個完整的比喻，通常由本體、喻體和喻詞三個部分組成，按照這三部分的隱現

9　見《漢語辭格大全》，頁 11-12。

10　見蔡宗陽：〈論譬喻的分類〉，頁 264-276。

11　見蔡宗陽：〈論譬喻的分類〉，頁 276-285。

情況，比喻可分為明喻、暗喻、借喻三種基本類型。」[12] 此書即將明喻、暗喻、借喻稱為「基本類型」，而將其他的的博喻、引喻、曲喻等等，稱之為「比喻的變式」[13]。王本華《實用現代漢語修辭》[14]、黎運漢、張維耿編著《現代漢語修辭學》[15]、劉蘭英、吳家珍、楊秀珍編著《漢語表達》[16]、黃麗貞《實用修辭學》[17] 亦持此說。

另一派是以明喻、隱喻、略喻、借喻為基本型。譬如蔡宗陽《應用修辭學》將基本類型分為明喻、隱喻、略喻、借喻四種，變化類型又可以分為四十多種[18]。

前面兩派的差別主要在於基本型中是否包括略喻，而變化型的類別、說明，也有或多或少的不同。筆者亦支持基本型、變化型的大分法，但是在此提出第三種基本型：根據譬喻四要素的說法[19]，則四要素皆在字面上呈現，才是最為完整的譬喻，因為，這等於是原理與現象的完全對應，所以，此為基本型，其形式為「明喻＋喻解」，亦即「本體＋喻詞＋喻體＋喻解」，一般稱之為詳喻、申喻[20]。其他小類皆為變型。

本論文以前述說法為根據，進行研究。研究方式為：以黃慶萱

12 見《修辭通鑑》，頁 349。

13 見《修辭通鑑》，頁 370。

14 詳見王本華：《實用現代漢語修辭》（北京市：知識出版社，2002 年 12 月第一版第一刷），頁 147、150。

15 見黎運漢、張維耿編著：《現代漢語修辭學》（臺北市：書林出版社，1991 年 9 月一版，1997 年 10 月三刷），頁 104。

16 見劉蘭英、吳家珍、楊秀珍編著：《漢語表達》（南寧市：廣西教育出版社，2001 年 8 月第一版第一刷），頁 213。

17 詳見黃麗貞：《實用修辭學》，頁 50。

18 見蔡宗陽：《應用修辭學》，頁 22。

19 關於譬喻四要素的說明，請參見本論文「三　根據譬喻四要素的變化來分類」。

20 此名稱見本論文「三　根據譬喻四要素的變化來分類」。

《修辭學》[21]、黃麗貞《實用修辭學》[22]、《修辭通鑑》[23]為對象，對其中所論述的譬喻小類，進行地毯式的分析、歸納。此外，並以下列諸本專著為輔助：《漢語辭格大全》、李庚元、李治中編著《古今辭格及範例》、黎運漢、張維耿編著《現代漢語修辭學》、王本華《實用現代漢語修辭》。而且，《漢語辭格大全》、馮廣藝《漢語比喻研究史》除了說明之外，還指出了許多次級辭格的出處[24]。

因為這些次級辭格具有所分類別不同、同名異實、同實異名、具備兩種以上判斷依據的情形[25]，這給歸類、去取的工作帶來了一定的難度，所以，只好在全面的考量下，對某些諸家看法不同的次級辭格，只取其中一家的說法為據。

---

21 黃慶萱《修辭學》中的小類計有：明喻、隱喻、較喻、略喻、借喻、詳喻、博喻。

22 黃麗貞《實用修辭學》中的小類計有：明喻（又分為「明喻詳式」、「明喻略式」）、隱喻（又分為「隱喻詳式」、「隱喻略式」）、博喻、約喻、引喻、兼喻、互喻、較喻。但不討論黃麗貞《實用修辭學》潛喻，因為此為轉化，黃麗貞在分析潛喻例證時說：「最直接的想法，是判定它是『比擬』……直接認為是譬喻的可能性低。」頁 50。蔡宗陽：〈論譬喻的分類〉亦認為：潛喻……屬於比擬（又叫轉化），頁 285。

23 《修辭通鑑》中的小類計有：明喻（含明喻略式）、暗喻（判斷式、注釋式、同位式、修飾〔或附加〕式、並列式）、借喻、引喻、倒喻、對喻、回喻、互喻、反喻、逆喻、較喻、補喻、提喻、縮喻、擴喻、不喻、連喻、派生喻、兼喻、博喻。但本論文不處理擴喻，《修辭通鑑》認為：「擴喻。比喻的擴大形式。是一種結構鬆散、但比喻的含義卻很明朗的比喻。本體和喻體一般是短句，常常組成平行句式，有的本體在前，有的喻體在前，不用喻詞。」因為「平行句式」的特色很鮮明，所以可合併至對喻中。也不處理曲喻，《修辭通鑑》：「曲喻。是指隱晦曲折的比喻，或者比喻的曲折化。它是一種迂迴設喻的修辭手法。即從喻體的某一方面，轉移、聯想到喻體的另一方面。通過這種聯想，使本體同喻體產生比喻關係。這類比喻，含蓄生動，耐人尋味。」頁 370。但是仔細研讀定義和例證後，再參酌他家說法，仍然覺得難以掌握，只好放棄。

24 分見《漢語辭格大全》，頁 13-59，以及馮廣藝：《漢語比喻研究史》（武漢市：湖北教育出版社，2002 年 4 月第一版第一刷），頁 221-242。

25 詳細說名可參見本論文「九　綜合討論」。

三　根據譬喻四要素的變化來分類

關於譬喻的構成成分的討論，主要有三要素說、四要素說。馮廣藝《漢語比喻研究史》指出：第一種傳統的三要素說，即比喻是由本體、比喻詞、喻體三部分構成的，大多數學者持此觀點；第二種四要素說，認為比喻的構成必須具備四個要素，即本體、喻體、相似點和比喻詞，鄭頤壽持此觀點[26]。不過，關於四要素說，支持者越來越多[27]，本論文亦持此種觀點，並引用其他學者說法，將相似點稱為「喻解」[28]。

(一) 根據四要素的潛顯來分類

譬喻四要素為本體、喻體、喻詞、喻解。根據此四要素在字面上的潛或顯，可區分出四種情況：「具備四要素者」、「具備本體、喻體、喻詞者」、「具備本體、喻體者」、「只具備喻體者」。

---

26 參見馮廣藝：《漢語比喻研究史》，頁 274。並指出鄭頤壽的觀點發表於〈關於比喻的四個要素〉，《修辭學習》1984 年第 3 期。

27 譬如黎運漢、張維耿：《現代漢語修辭學》，頁 102；劉蘭英、吳家珍、楊秀珍：《漢語表達》，頁 213；黃慶萱：《修辭學》（將喻解稱之為喻旨），頁 327、黃麗貞：《實用修辭學》，頁 36。

28 黎運漢、張維耿《現代漢語修辭學》即說：「一個比喻通常由被比喻的事物和用作比喻的事物以及使兩者發生比喻關係的輔助詞語構成。被比喻的事物叫做本體，用作比喻的事物叫做喻體，聯繫本體和喻體的輔助詞語，叫做喻詞，本體和喻體之間的相似點，叫做喻解。」頁 102。關於喻解，黃慶萱《修辭學》又稱之為「喻旨」，頁 327。

1 具備四要素者

通常稱之為詳喻、申喻，此即為本論文所稱之「基本型」。

黃慶萱《修辭學》說明道：「『本體』、『喻詞』、『喻體』之外，更直接說出『喻旨』，叫作『詳喻』。」[29]《漢語辭格大全》則稱之為「申喻」：「是在比喻之後加上比喻申說的話語，申說部分可以說是對喻體的延伸。又稱『詳喻』。」[30] 觀察其對例證的分析，所謂「比喻申說的話語」實為喻解。《漢語辭格大全》亦說：「申喻借助於申說部分，可以使比喻的含義更為明確，起到限定本體和喻體的相似點或強調本體和喻體的相似點的作用。」[31]

黃麗貞《實用修辭學》認為喻解在字面上出現，是因為「作者所以使用這個譬喻的『本意』，必須有後面的解釋來說明，以幫助聽者、讀者的了解。」[32]「如果用來譬喻的事物，是人們所常見熟知，那麼就不需要加以解釋，喻解就要省略。」[33]

例證：

> 農民們就像土撥鼠般，永遠守著這一片野地。（節選自陳冠學〈田園之秋．九月二十二日〉）

「農民」（本體）與「土撥鼠」（喻體）用「像……般」（喻詞）連

---

29 見黃慶萱：《修辭學》，頁 338。定義中只說出現「喻詞」，依此來看，只有明喻加上喻解，才是詳喻，但是例證中不乏喻詞改為繫詞、準繫詞者，此實為隱喻加上喻解，例證詳見黃慶萱：《修辭學》，頁 338-341。

30 見《漢語辭格大全》，頁 46。

31 見《漢語辭格大全》，頁 47。

32 見黃麗貞：《實用修辭學》，頁 48。

33 見黃麗貞：《實用修辭學》，頁 48。

結，兩者的相似點在於：「永遠守著這一片野地」（喻解）。所以，此為四要素俱全的詳喻。

2 具備本體、喻體、喻詞者

通常稱之為明喻[34]。黃慶萱《修辭學》認為：「凡『本體』、『喻詞』、『喻體』三者具備的譬喻，叫作『明喻』。」[35] 黃麗貞《實用修辭學》[36]、《修辭通鑑》[37] 也有類似的說法。而《修辭通鑑》又特別針對喻詞，指出有「似」、「像」、「如」、「若」、「彷彿」、「宛如」、「好像」、「猶如」、「正如」這些喻詞[38]。

例證：

她的微笑如一片晨光。（節選自張秀亞〈玫瑰園〉）

此例的本體為「她的微笑」，喻詞為「如」，喻體為「一片晨光」，此為明喻。

3 具備本體、喻體者

此類譬喻具備本體、喻體，缺乏喻詞、喻解。可分為兩種。

---

34 黃麗貞《實用修辭學》：「『明喻』是沿用清人唐彪《讀書作文譜》的舊名，即宋代陳騤《文則》中的『直喻』，也有叫它做『顯比』的。」頁 37。

35 見黃慶萱：《修辭學》，頁 327。在分析時只指出本體、喻體、喻詞三要素，但有些未被分析的例證，則還具備了喻解，頁 327-328。

36 見黃麗貞《實用修辭學》，頁 37。不過，黃麗貞在分析例證時，還特別指出「喻解」的作用，並認為：「譬喻的本體、喻體和喻詞，還有喻解句，都一同出現；這樣的句子組合，是最完整的明喻句式。」說明及引文見黃麗貞《實用修辭學》頁 37-38。而此種包含喻解的譬喻，黃慶萱將之從明喻中區分出來，稱為「詳喻」。

37 見《修辭通鑑》：「明喻的本體、喻體、喻詞，一般都同時出現。」頁 358。

38 見《修辭通鑑》，頁 359-363。

（1）略喻

通常稱之為略喻。黃慶萱《修辭學》：「凡省略『喻詞』，只有『本體』、『喻體』的譬喻，叫作『略喻』。」[39]「至於『本體』是什麼？『喻旨』又是什麼？就留給讀者『以意逆志』了。」[40]黃麗貞《實用修辭學》並不贊同分出略喻一類[41]。

此外，《修辭通鑑》也沒有略喻一類，但是將暗喻又細分出一類：「並列式。本體和喻體各自成句，並列參照，以顯示比喻關係，闡明本體的要義。」[42] 也可歸入略喻。而且，《修辭通鑑》對補喻的說明，也很接近略喻：「補喻。由單句或句群構成喻體，置於本體之後，既說明本體，又補充本體，使本體事物得到更充分、更形象的表現。」[43] 不過，補喻規定了喻體必須是「單句或句群」。

例證：

戀人之目；
黑而且美。

十一月，
獅子座的流星雨。（紀弦〈戀人之目〉）

此詩分為二節，從譬喻角度觀之，第一節為本體，第二節為喻體，中間省略喻詞。然而，戀人的明眸與「十一月，／獅子座的流星雨。」

39 見黃慶萱：《修辭學》，頁 332。
40 見黃慶萱：《修辭學》，頁 335。
41 詳細說明見黃麗貞：《實用修辭學》，頁 44-45。
42 見《修辭通鑑》，頁 364。
43 見《修辭通鑑》，頁 371。

之間相呼應的美感，已經不言自明。

（2）注釋式

《修辭通鑑》沒有略喻，將暗喻又細分出一類：「注釋式。把喻體作為對本體的一種注釋。本體和喻體之間不用喻詞，而用破折號聯結，或者用逗號隔開。」[44] 此種譬喻歸為略喻較為恰當。

例證：

黃昏的天空，龐大莫名的笑靨啊（節選自方莘〈月升〉）

「黃昏的天空」為本體，「龐大莫名的笑靨啊」為喻體，中間用逗號格開，省略了喻詞，既使得詩句更精簡，又有不說破的美感。

4 只具備喻體者

通常稱之為借喻。黃慶萱《修辭學》：「凡將『本體』、『喻詞』省略，只剩下『喻體』的，叫作『借喻』。」[45] 黃麗貞《實用修辭學》、《修辭通鑑》皆提及借喻，看法相同[46]。借喻在文字上當然是最簡約的了。[47]

例證：

遠遠的
靜悄悄的
閒置在地平線最陰暗的一角

44 見《修辭通鑑》，頁 364。

45 見黃慶萱：《修辭學》，頁 334。

46 分見黃麗貞：《實用修辭學》，頁 45、《修辭通鑑》，頁 366。

47 見黃麗貞：《實用修辭學》，頁 45。

一把張開的黑雨傘（張默〈鴕鳥〉）

參照題目，我們始可理解：全篇描摹黑雨傘，而此黑雨傘乃一借喻，用來譬擬鴕鳥。李瑞騰賞析道：「我以為張默此詩，乃是抓住鴕鳥的特色形象，賦予一個普遍性的意義：一個人如果沒有勇氣去面對迎面而來的挑戰，笨拙無用，一時逃避又自曝其短，則正如鴕鳥一般，被閒置在人間最陰暗的小角落。」[48] 此段分析相當精闢。

（二）根據四要素的位置來分類

依據目前蒐檢所及，沒有全面涵蓋四要素的位置來加以分類的，都是根據三要素或二要素。三要素指的是本體、喻體、喻詞，二要素指的是本體、喻體。

在譬喻的基本型中，三要素的位置是「本體＋喻詞＋喻體」，所以此種譬喻不會特別列出來加以討論，反而是變型「喻詞＋喻體＋本體」、「喻體＋喻詞／繫詞＋本體」，才分別被指為「提喻」、「逆喻」。而在基本型中，二要素的位置是「本體＋喻體」，所以「喻體＋本體」為變型，被稱為「引喻」。

1 「喻詞＋喻體＋本體」者

通常稱之為提喻。《修辭通鑑》：「提喻。將喻體提前，本體置後，用以突出喻體，從而加強本體。表達格式是喻詞＋喻體＋本體；

48 見李瑞騰為張默編著：《小詩選讀》（臺北市：爾雅出版社，1987 年 5 月初版，1994 年 9 月四印）所作之序，頁 5。

或喻詞＋喻體＋似的＋本體。」[49]

例證：

> 猶如一滴水落進渭河裡頭去了，改霞立刻被滿街滿巷走來走去的閨女群淹沒了。（節選自柳青《創業史》）[50]

作者為了突出地表現改霞和「閨女群」的關係，以「一滴水落進渭河裡頭去了」為喻，並提出置於本體「改霞立刻被滿街滿巷走來走去的閨女群淹沒了」之前，這就更加奪目。[51]

2 「喻體＋喻詞／繫詞＋本體」者

通常稱之為逆喻。《修辭通鑑》：「逆喻。本體和喻體逆向放置，即本體充做喻體，喻體充作本體，而喻詞位置不變。本體互易其位，把『甲是乙』，說成『乙是甲』。」[52]「逆喻一般為暗喻。」[53]

例證：

> 貝殼是耳，纖草是眉髮
> 你底呼吸是浩瀚的江流
> 震搖今古，吞吐日夜。（節選自周夢蝶〈孤峰頂上〉）

---

49 見《修辭通鑑》，頁 371。《漢語辭格大全》則稱：「提喻分為兩類：一類是比況詞組作狀語，本體作謂語……一類是比況詞組作定語，本體作定語中心語。」頁50。後者很容易成為偏正詞組，若成為偏正詞組，則應歸入「詞組」類中。

50 此例見《修辭通鑑》，頁 378。

51 此例及說明參見《修辭通鑑》，頁 378。

52 見《修辭通鑑》，頁 371。

53 見《修辭通鑑》，頁 371。

此節詩歌的前兩行為「向水上吟誦你底名字／向風裡描繪你底蹤跡」，因此其後三譬喻的喻體就取材自自然界。在這節詩歌的三個譬喻中，第一、二個譬喻是逆喻，第三個譬喻是隱喻。而第一個譬喻的本體為「貝殼」，喻體為「耳」，喻解暗藏起來，不過應該是指外型上的相似；第二個譬喻的本體為「纖草」，喻體為「眉髮」，喻解應是纖細，出現在本體的修飾語中；第三個譬喻的本體為「你底呼吸」，喻體為「浩瀚的江流」，喻解為「震搖今古，吞吐日夜」。

3 「喻體＋本體」者

通常稱之為引喻。《修辭通鑑》：「引喻。即先引設某一事象，以其類似的特徵來喻另一事象，喻體在前，本體在後，不用喻詞。」[54]「它可以單舉一事，也可以連舉數事，然後帶出本體，不用喻詞，表達格式是：引乙喻甲。」[55]「此類手法，與古詩中的『興』相同。」[56]「陳騤《文則》中說：引喻為『援引前言以徵其事』，所以有的修辭學家又叫它喻證。」[57] 引喻並不強調句式的對稱。

例證：

54 見《修辭通鑑》，頁 370。對引喻的說明各家不同。譬如王本華《實用現代漢語修辭》認為：「引喻：又叫『平行喻』。」頁 151，黎運漢、張維耿編著《現代漢語修辭學》認為：「平列式：本體和喻體同時出現，不用喻詞，本體和喻體之間的關係靠平行的句式來表現。……喻體在前，本體在後，這種比喻有人叫做引喻。」頁 104-105，黃麗貞《實用修辭學》：「引喻的喻體和本體，都以平行句式來表現。」「其實這種二句的組合，就是『明喻』的略式而已。」均見於頁 53。此諸家說法都強調「平行句式」，亦即對稱式的句式，然而此種句式，許多專家都歸入「對喻」中。因此本論文將對稱句式從引喻的定義中剔除出去。

55 見《修辭通鑑》，頁 370。黃麗貞《實用修辭學》亦持同樣看法，頁 52。

56 見《修辭通鑑》，頁 370。黃麗貞《實用修辭學》亦持同樣看法，頁 52。

57 見《修辭通鑑》，頁 370。

卻凝望著另一只大球，那火艷艷西沉的落日，在惜別的霞光與漸濃的暮靄裡，頹然墜入亂山深處。（余光中〈思蜀〉）

此段文句中，先出現喻體：「另一只大球」，以便於前文描述的球場看球連結，然後才出現本體：「那火艷艷西沉的落日」，倒置兩者的位置，使得文章更為順暢。

（三）根據四要素的多寡來分類

根據目前蒐檢所及，沒有根據喻詞、喻解的多寡來分類的。而根據本體、喻體的多寡，可以分為約喻、博喻。

1 具備兩個（含）以上的本體者

通常稱之為約喻。黃麗貞《實用修辭學》：「與博喻相反，是由一個喻體來說明或描繪幾個本體的比喻。」[58]《漢語辭格大全》亦有類似說法[59]。

例證：

原來
喜悅與疼痛
都是說不出話來的
小精靈，在無聲的嘆息上
裸身一現

58 見黃麗貞：《實用修辭學》，頁52。

59 見《漢語辭格大全》，頁59。

隨即又
重新盛裝（陳霏雯〈覺〉）

此詩將「喜悅」與「疼痛」譬擬成「說不出話來的／小精靈」，喻解為「在無聲的嘆息上／裸身一現／隨即又／重新盛裝」以一個喻體來比喻兩個本體，是為約喻。

2 具備兩個（含）以上的喻體者

通常稱之為博喻，又稱為多項喻、莎士比亞式比喻[60]、連喻[61]。黃慶萱《修辭學》認為：「『本體』只有一個，卻用許多『喻體』來形容說明，叫作『博喻』。」[62] 黃麗貞《實用修辭學》[63]、《修辭通鑑》[64]亦持類似看法。

但是值得注意的是：一個博喻必有兩個或兩個以上的喻體，而喻體之所以可以比方說明本體，那是因為彼此之間有「相似點」（亦即喻解），而這些喻體與本體之間，有的是以相同的喻解聯繫起來，有的則是以不同的喻解連繫起來的，汪國勝、吳振國、李宇明《漢語辭格大全》針對此點有所說明：「博喻可以分兩種情況：一是用幾個比喻來說明事物的一個方面……有人稱為『復喻』；二是用幾個比喻來說明事物的幾個方面……有人稱為『聯喻』。」[65] 也就是前者指的是

60 見《漢語辭格大全》，頁 40。

61 見李庚元、李治中編著：《古今辭格及範例》，頁 30。

62 見黃慶萱：《修辭學》，頁 341。

63 黃麗貞《實用修辭學》：「由兩個以上的『喻體』來說明或描繪一個『本體』。」頁 51。

64 《修辭通鑑》：「即連續用兩個或兩個以上的喻體，從各個角度，說明本體或一個本體的多個側面。」頁 384。

65 見《漢語辭格大全》，頁 40。

喻解相同者，後者指的是喻解不同者。而且，前者可以突顯事物的某一特點，後者可以使讀者從幾個側面來把握事物的全貌。[66]

例證：

> 方其時，人，彷彿置身密林，彷彿沉浮於深澤大沼，彷彿穴居野處的上古，彷彿胎兒猶在母體，又彷彿易經乾卦裡的那隻「潛龍」正沉潛某處，尚未用世。（節選自張曉風〈我的幽光實驗〉）

這段文字摹寫人處在幽光之中，作者用了五個新鮮貼切的喻體，其共通點都是——幽昧神秘，讓人感覺到清晨時的幽光是如此柔和潤澤且豐沛磅礴。此為博喻中之復喻。

四　根據辭格的綜合運用來分類

汪麗言《漢語修辭》談到「辭格的綜合運用」時，指出有連用、兼用、套用三種形式：「辭格的連用一般是指同類辭格或異類辭格在一段文字中的連續使用。」「辭格的兼用主要是說一種表達形式兼有多種修辭格。」「什麼是辭格的套用？一般指在修辭格類又包容著修辭格，這樣層層套用，就稱為辭格的套用。」[67] 以下即分就譬喻的連用、套用、兼用來進行討論。

---

66 參見《漢語辭格大全》，頁 40。

67 分見汪麗言：《漢語修辭》（上海市：上海大學出版社，1998 年 12 月第一版，2001 年 2 月第三刷），頁 300、302、305。

(一)連用譬喻

可分為兩種：一般譬喻句的連用，以及正喻、否定喻的連用。

1 連喻

通常稱之為連喻。《修辭通鑑》:「連喻。用一連串的喻體來比譬一連串相關的本體，組成系列描寫，這種比喻系列，叫做連喻。」[68]「連喻是多體多喻，是比喻系列。」[69]

例證：

整座中南半島
一只迎向海洋的缽
我感覺自己和同胞
像一顆顆堅實的米粒
被海洋的水沖刷，淘洗(許悔之〈齋飯〉)

此節詩歌共含兩個譬喻，第一個譬喻，其本體為「整座中南半島」，第二個譬喻的本體為「自己和同胞」，兩者有著包孕式的關係。而第一個譬喻的喻體為「一只迎向海洋的缽」，作者應是以此譬擬中南半島的地形與地理位置；接著第二個譬喻的喻體為「一顆顆堅實的米粒」，喻解為「被海洋的水沖刷，淘洗」。這兩個譬喻中的喻體——「一只迎向海洋的缽」和「一顆顆堅實的米粒」，其中，前者可以包孕後者，也因為如此，這兩個譬喻的聯繫就更緊密了。此外，因為中

68 見《修辭通鑑》，頁 372。
69 見《修辭通鑑》，頁 372。

南半島也受到佛教文化的沾溉，而且盛產稻米，所以這兩個喻體的選擇，也呼應了本體，相當富於巧思。

2 交喻

通常稱之為交喻。《漢語辭格大全》：「交喻……是對於本體交替使用正面的喻體和反面的喻體的比喻。」[70]

例證：

那榆蔭下的一潭，
　不是清泉，是天上的虹，
揉碎在浮藻間，
沉澱著彩虹似的夢。
（節選自徐志摩〈再別康橋〉）

「那榆蔭下的一潭」是本體，「清泉」是反面設喻，「天上的虹」是從正面設喻。兩者交替，使得潭水之妍麗更為鮮明。

（二）套用譬喻

通常稱之為套喻。《漢語辭格大全》：「套喻：是指大比喻中包含小比喻的包孕式比喻。」[71]

例證：

---

70 見《漢語辭格大全》，頁 32-33。

71 見《漢語辭格大全》，頁 45。

> 傘狀的夢
> 蒲公英一般飛逝（節選自舒婷〈會唱歌的鳶尾花〉之八）

「傘狀的夢」原為「夢如傘」，偏正化之後，成為詞組，在句中擔任主語。而且，此主語又成為本體，被譬擬為飛逝的蒲公英。這是相當巧妙的套喻。

（三）兼用其他辭格

1 兼用頂真

通常稱之為兼喻。黃麗貞《實用修辭學》：「兩個或兩個以上的譬喻連用時，前一個譬喻的喻體，兼作後一個譬喻的本體，形成：甲像乙、乙像丙的連鎖格式。」「兩個譬喻是透過『頂真』的形式來結合的，所以也叫做『頂喻』。」[72]《修辭通鑑》、《漢語辭格大全》亦有類似說法[73]。《修辭通鑑》並指出其效用：「這是一種有獨特修辭效果的比喻。它的作用不僅使句子上下之間緊湊，而且可以揭示事物之間的多重聯繫。」[74]

例證：

> 三十九年以前的種種好像是我的前生。而前生是一塊擦得乾乾淨淨的黑板。（節選自王鼎鈞〈明滅〉）

---

72 分見黃麗貞：《實用修辭學》，頁 53、54。

73 分見《修辭通鑑》，頁 372、《漢語辭格大全》，頁 56-57。

74 見《修辭通鑑》，頁 372。

作者認為他的人生可以用三十九歲為分界，三十九歲以前的人生被深埋著、甚至被抹滅了。因此「三十九年以前的種種」就被譬為「我的前生」，而「前生」又被譬為「一塊擦得乾乾淨淨的黑板」。「我的前生」、「前生」形成了頂真，讓前後兩個譬喻句銜接得更為緊湊。

2 兼用回環

通常稱之為互喻。黃麗貞《實用修辭學》：「以相同的字詞做前一個譬喻的『本體』，和緊接在後的另一個譬喻的『喻體』，彼此互相設喻；呈現出『回環』格的形式。」[75]《修辭通鑑》亦有類似說法[76]。不過，《漢語辭格大全》認為還可以細分：「互喻可分為主謂型和偏正型兩類。」[77]

例證：

> 詩人高克多說
> 他的耳朵是貝殼
> 充滿了海的音響
>
> 我說
> 貝殼是我的耳朵
> 我有無數耳朵
> 在聽海的秘密（覃子豪〈貝殼〉）

此詩中，「貝殼」、「耳朵」互喻，詩人對海洋的珍愛，盡在此中。

---

75 見黃麗貞：《實用修辭學》，頁 54。

76 見《修辭通鑑》，頁 371。

77 見《漢語辭格大全》，頁 30。

3 兼用排比

通常稱之為對喻。《修辭通鑑》:「對喻。本體和喻體以對稱或形式整齊的排比句式出現，不用喻詞，或本體在前，喻體在後，或喻體在前，本體在後，構成明確的比喻關係。」[78] 此種譬喻方式，兼具了排比的美感。

例證：

他們說　在水中放進
一塊小小的明礬
就能沉澱出　所有的
渣滓

那麼　如果
如果在我們的心中放進
一首詩
是不是　也可以
沉澱出所有的　昨日（席慕蓉〈試驗之一〉）

此詩的第一節為喻體，第二節為本體，中間省略了喻詞。而詩的兩節，結構形式彷彿，形成了對稱的美感。

---

78 見《修辭通鑑》，頁 370。《修辭通鑑》還說明：「對喻也不同於引喻，引喻重意義相近，而不重形式結構相似，一般是喻體在前，引出本體，表達格式是乙→甲；對喻重義理相通，並要求喻體與本體構成對稱的排比的句式，喻體可前可後。」頁 370。

4 兼用通感、移覺

通常稱之為「通喻」。李庚元、李治中編著《古今辭格及範例》：「以通感為基礎的比喻叫通喻。」[79]

例證：

> 在奔跑著紅髮雀斑頑童的屋頂上
> 被踢起來的月亮
> 是一隻剛吃光的鳳梨罐頭
> 鏗然作響（節選自方莘〈月升〉）

其中「被踢起來的月亮」是視覺所見，但是作者用「一隻剛吃光的鏗然作響的鳳梨罐頭」來譬喻，而且以倒裝的方式，將「鏗然作響」置於詩末，特別強調音響效果；最有趣的是，此種「鏗然作響」的聲音顯然是因為罐頭被踢起而發出的，因此恰恰能傳達出月亮「騰」地升起的視覺動態，真是巧妙極了。所以在這段詩句中，「主要知覺」是視覺，「輔助知覺」是聽覺，形成了移覺格，而這是用譬喻的方式連結起來。

五　根據所形成的詞組來分類

譬喻多半以「句」的外型出現，但是，譬喻亦可形成詞組。而當譬喻形成詞組時，有偏正詞組、同位詞組兩種，此為次級辭格。

---

79 見李庚元、李治中編著：《古今辭格及範例》，頁 41。

(一) 偏正詞組

譬喻所形成的偏正詞組，又可分為兩種情況。黎運漢、張維耿編著《現代漢語修辭學》:「偏正式：本體和喻體同時出現，構成修飾與被修飾的關係。」[80] 並舉二例為證，分別是本體修飾喻體、喻體修飾本體。[81] 將這兩種情況都稱之為「偏正式」。

1 喻體＋的＋本體

通常稱之為倒喻。《修辭通鑑》:「倒喻。本體和喻體次序顛倒的一種比喻。即喻體在前、本體在後，構成一種喻體修飾本體的修飾和被修飾的關係，其間一般用『的』字聯繫。可以是明喻，也可以是暗喻。一般的表達格式是：喻體＋的＋本體。」[82] 此小類的定義乍看之下，似乎可歸類為「位置」類，但是更重要的是偏正化，從句子變成詞組，因此歸入此類。

例證：

那榆蔭下的一潭，
　不是清泉，是天上的虹，
揉碎在浮藻間，
　沉澱著彩虹似的夢。(節選自徐志摩〈再別康橋〉)

「彩虹似的夢」一詞，是「夢似彩虹」之喻，偏正化之後的結果。

---

80 見黎運漢、張維耿編著：《現代漢語修辭學》，頁 105。
81 見黎運漢、張維耿編著：《現代漢語修辭學》，頁 105。
82 見《修辭通鑑》，頁 370。

2 本體＋的＋喻體

通常稱之為縮喻[83]、修飾喻[84]。《修辭通鑑》認為：「縮喻。……即省略喻詞，本體和喻體直接組合成一種偏正詞組，構成本體修飾喻體，或本體限制喻體的關係。其間常以『的』表示。」[85]「縮喻。又名『反客為主式』比喻。與修飾性暗喻同。」[86]

而《修辭通鑑》在暗喻中又細分出一小類：「修飾（或附加）式。本體常以定語形式出現，作為附加成分，附著於喻體，修飾喻體，本體和喻體的關係是修飾和被修飾的關係。」[87]因為形成了詞組，所以，本論文不歸於隱喻，而歸於偏正詞組類中。

例證：

一把綠色小傘是一頂荷蓋
紅色朝暾　黑色晚雲（節選自蓉子〈傘〉）

「紅色」、「黑色」分指紅傘、黑傘[88]，分別被譬為「朝暾」、「晚雲」，並在字面上形成縮喻：「紅色朝暾」、「黑色晚雲」。

---

83 蔡宗陽：〈論譬喻的分類〉認為縮喻屬於比擬（又叫轉化），頁 285。但是本論文認為譬喻與轉化系出同源，難以截然二分，因此仍將此小類納入討論。

84 見王本華《實用現代漢語修辭》：「修飾喻：指用修飾語和中心語的形式組成的偏正式的比喻，本體一般是修飾語，喻體一般作中心語。」頁 150。

85 見《修辭通鑑》，頁 371。

86 見《修辭通鑑》，頁 371。

87 見《修辭通鑑》，頁 364。

88 此種手法為用顏色來借代。

（二）同位詞組

通常稱之為同位式。黎運漢、張維耿編著《現代漢語修辭學》：「同位式：本體和喻體同時出現，不用喻詞，兩者構成語法上的同位關係。」[89] 而《修辭通鑑》將「同位式」歸類為暗喻中的一種，其定義為：「同位式。使本體和喻體在句式中處於同一位置，或本體在前，喻體在後；或喻體在前，本體在後；可以用做主語，也可以用作賓語或定語。」[90] 其實此類應該不屬暗喻，而為同位詞組。

例證：

> 悅來場本是四川省江北縣的一個芥末小鎮。（節選自余光中〈思蜀〉）

悅來場是作者少年時居住之地。「芥末小鎮」應為「小鎮如芥末」的意思，所以「小鎮」為本體、「芥末」為喻體，「芥末小鎮」是喻體在前、本體在後的同位式詞組[91]。

六　根據增添句子的性質來分類

以譬喻句為基礎，增添上判斷、比較、否定、疑問的性質，就形成了次級辭格。正如王希杰《修辭學導論》所言：「同一個比喻，可

---

89 見黎運漢、張維耿編著：《現代漢語修辭學》，頁 105。

90 見《修辭通鑑》，頁 364。

91 有趣的是，「芥末小鎮」可能是作者一時筆誤，應為「芥子小鎮」。根據教育部國語辭典（網路版）：「芥末：用芥菜子研細的粉末，味辛辣，常用作調味料。」「芥子：佛教用語。佛典中常用罌粟之實來比喻極微小。」

以是肯定形式，也可以運用否定形式或者疑問形式、比喻的形式、選擇的形式等不同的方式來表達。」[92]此即借用自喬姆斯基的轉換生成語法的觀念。

(一) 根據增添判斷／準判斷的性質來分類

通常稱之為隱喻或暗喻。黃慶萱《修辭學》認為：「凡具備『本體』、『喻體』，而『喻詞』由『繫詞』及『準繫詞』如『是』、『為』、『成』、『作』等代替者，叫作『隱喻』，亦稱『暗喻』。」[93] 定義中並未規定位置，但是從例證中看來，皆為本體在前、喻體在後的標準格式。黃麗貞《實用修辭學》稱為隱喻[94]、《修辭通鑑》稱為暗喻[95]，定義與黃慶萱差不多。

《修辭通鑑》又稱：暗喻的常見形式有判斷式、注釋式、同位式、修飾（或附加）式、並列式 [96]，其中判斷式是標準的隱喻 [97]，注釋式、並列式應歸入略喻 [98]，同位式、修飾（或附加）式皆為詞組

92 見王希杰：《修辭學導論》，頁 277。

93 見黃慶萱：《修辭學》，頁 328-329。

94 見黃麗貞：《實用修辭學》，頁 39。不過，在分析司馬中原〈如歌的行板〉例證時，將有喻解的隱喻也納入隱喻的範圍，頁 40。不只如此，又將隱喻分為「隱喻詳式」、「隱喻略式」，前者有喻詞，後者喻詞省略，頁 39。然而，黃麗貞所稱之「隱喻詳式」即為普遍認知上的隱喻，「隱喻略式」強調「平行句式」實為對喻。

95 見《修辭通鑑》，頁 363。《修辭通鑑》特別指出：「暗喻一般本體在前，喻體在後，此為常式；但也有喻體在前，本體在後的變式。」頁 363。但是，暗喻應強調喻詞的改變即可，如要探討其他的判斷依據，則可加入的其他判斷基準甚多，如果要一一探討，實有為難之處，也有繁瑣之弊。

96 見《修辭通鑑》，頁 364。

97 根據書中提供的例證，出現了「……者，……也」的句式，而此種句式是古文的判斷句。

98 可參見本論文「三　根據譬喻四要素的變化來分類」。

式的譬喻，分別為同位詞組、偏正詞組[99]。

黃麗貞《實用修辭學》認為隱喻：「意義上有判斷、誇張的意味。」「有加強本體和喻體緊密結合的作用；這樣的結合作用，比起明喻來說，譬喻的作用是隱、暗的。」[100]

例證：

在我心中，外公是位哲學家。(節選自琦君〈看戲〉)

在琦君筆下，外公是位充滿智慧的長者，所以把外公譬喻為哲學家，而將喻詞改為繫詞，論斷的效果更強。

(二) 根據增添比較的性質來分類

通常稱之為較喻，又稱作權衡式比喻、較物[101]。黃慶萱《修辭學》：「凡具備『本體』、『喻體』，而『喻詞』由差比詞（通常由形容詞加介詞構成）替代的，叫作『較喻』。」[102] 黃麗貞《實用修辭學》[103]、《修辭通鑑》[104] 亦有類似看法。而且根據程度的不同、喻詞的變化，又可分為強喻、弱喻、等喻[105]。

例證：

---

99 可參見本論文「五　根據所形成的詞組來分類」。

100 見黃麗貞：《實用修辭學》，頁 39。

101 見黃麗貞：《實用修辭學》，頁 55。

102 見黃慶萱：《修辭學》，頁 331。

103 黃麗貞《實用修辭學》的說明為：「本體和喻體……二者之間不但相似，而且相互比較，權衡輕重、高低……也可以說是『喻中有比』。」頁 55。

104 《修辭通鑑》的說明是：「較喻。……即以比較的方式設喻。」頁 371。

105 見黃麗貞：《實用修辭學》，頁 55。《修辭通鑑》看法亦同，頁 371。

母子脈脈相守之情卻與夜同深。(余光中〈思蜀〉)

此例中,「母子脈脈相守之情」是本體,「夜」是喻體,而且兩者相等,這是較喻中的等喻。

(三)根據增添否定的性質來分類

通常稱之為反喻、否定式比喻、否定喻[106]、非喻[107]。《修辭通鑑》認為:「反喻。又叫否定式比喻。是一種用否定句式構成的比喻。它不是用肯定語氣從正面說明本體像什麼,或者是什麼,而是從反面說明本體不像什麼,或者不是什麼,它是一種取義相反,以反托正,以本體『不是什麼』而強調本體『是什麼』的修辭格。」[108]

例證:

而我不是一座開著門的電話亭
唉,根本不是——

就連小小的小小的一枚企望
都不能投入。(節選自方莘〈開著門的電話亭〉)

「電話亭」象徵著對話、溝通,更何況是「開著門的電話亭」。但是作者出以否定喻:「不是」、「根本不是」,突顯出主人翁無法與人交流

106 見王本華:《實用現代漢語修辭》,頁 152。
107 見《漢語辭格大全》,頁 32。
108 見《修辭通鑑》,頁 371。

的困境，因此導致這樣的結果——「就連小小的小小的一枚企望／都不能投入」。

（四）根據增添疑問的性質來分類

通常稱之為詰喻。《漢語辭格大全》：「詰喻……指用反詰句式構成的比喻，是比喻與反詰的融合。」[109] 因此是以疑問句型式表出的譬喻句。

此外，疑喻也可歸入此類中。《漢語辭格大全》認為：「疑喻……是指比喻詞為『疑』、『疑是』、『依約是』、『彷彿』、『彷彿是』等的比喻。」[110]

例證：

> 怎麼才真正像一塊黑板那樣忘情而無怨呢？（節選自王鼎鈞〈明滅〉）

作者在前文將三十九歲以前的人生譬為一塊擦得乾乾淨淨的黑板，但是經歷過的人生畢竟不可能被抹滅，因此無法真正做到「忘情而無怨」。而這種心情，作者出之以反詰的語氣，形成了「詰喻」。

七　根據譬喻句群的關聯來分類

根據本體、喻體各自的關聯來分類。不過，依據自己所蒐檢到的例子，大多是本體、喻體同時相關。

---

109 見《漢語辭格大全》，頁 48。

110 見《漢語辭格大全》，頁 58。

（一）根據喻體的關聯來分類

通常稱之為派生喻。《修辭通鑑》：「派生喻。由一個喻體派生另一個或多個相關喻體，這種以第一個喻體為基礎產生出來的比喻分支，叫做派生喻。……派生的喻體之間，是一種縱向關係。」[111]「有的修辭學者叫它做義喻。」[112]

此外，《修辭通鑑》有「進喻」的說法：「進喻。是一種層層遞進的比喻。喻體第一次出現後，或作為第二本體，相繼以一個或多個喻體相喻。表達格式如：甲像（是）乙，乙像（是）丙，丙像（是）丁；或進一步設喻揭示喻體的多方面特徵。」[113]但是此種格式近於頂喻（與頂真兼用的譬喻）。而《漢語辭格大全》則認為：「進喻……是在原有比喻的基礎上再進一步設喻，前後連貫，層層加深。」[114]此種定義很接近派生喻。因此本論文取《漢語辭格大全》，將進喻歸入於派生喻中。

例證：

> 我，才有個美好的完成，
> 如一冊詩集：
> 而那覆蓋著我的大地，
> 就是那詩集的封皮（節選自楊喚〈我是忙碌的〉）

111 見《修辭通鑑》，頁 372。

112 見《修辭通鑑》，頁 372。

113 見《修辭通鑑》，頁 371。

114 見《漢語辭格大全》，頁 43-44。李庚元、李治中編著《古今辭格及範例》也持同樣的看法，頁 47。

「美好的完成」暗指死亡，作者譬擬為「一冊詩集」，其相似點應為出現在本體中的「美好」。接著的一個譬喻：「那覆蓋著我的大地，／就是那詩集的封皮」，本體為「那覆蓋著我的大地」，喻體為「那詩集的封皮」，其相似點也出現在本體中，那就是「覆蓋」。而且兩個喻體「一冊詩集」、「那詩集的封皮」的相關性是很明顯的，前者可以包含後者，形成了緊密的呼應。

(二) 根據本體、喻體的關聯來分類

通常稱之為類喻。《修辭通鑑》：「類喻。用兩個以上的同一類事物的喻體來比譬本體的修辭格。」[115] 而《漢語辭格大全》說得更為清楚：「類喻是幾個同類的本體分別與幾個同類的喻體相配，通過幾個喻體之間的關係來顯示幾個本體之間的關係。」[116]

此外，《漢語辭格大全》有「類比遞喻」：「是指幾個比喻依次遞進，本體喻體類連相對的比喻。又稱『合喻』。」[117] 此與類喻其實無差，因此歸併在一起。

例證：

> 一撇是崑崙，一捺是塔克拉馬干
> 而一橫啊，恰似扶搖直上濃蔭蔽天的萬里長城（節選自張默〈時間，我繾綣你〉）

此節詩句的前兩行是「點點滴滴，灌溉絕塵超逸的黃庭堅／踉蹌陶

115 見《修辭通鑑》，頁 372。
116 見《漢語辭格大全》，頁 43。
117 見《漢語辭格大全》，頁 57。

然，細說淳真高古的米芾」。因此接著出現的三個譬喻，其本體分別是「（書法的）一撇」、「（書法的）一捺」、「（書法的）一橫」，喻體分別是「崑崙」、「塔克拉馬干」、「扶搖直上濃蔭蔽天的萬里長城」，這三個喻體都是大陸西北地方的地理特色，有著空間上的關聯，因此是運用接近聯想捕捉而來的，而本體和喻體之間的相似點是縱橫的走勢。這樣一來，不僅本體之間、喻體之間都有著密切的呼應，而且也回應了前面出現的黃庭堅、米芾。

（三）反正複句

通常稱之為回喻。《修辭通鑑》認為：「回喻。是一種迂迴設喻的修辭手段。先提出喻體，接著加以否定，隨之又引出本體。」[118] 同時，又有一種不喻：「不喻。連續使用不同的喻體來說明本體，但都不能顯示本體的特徵，最後只好用本體自身來比譬本體，亦即『無喻之喻』，這種多方設喻，多方否定，最後回歸到本體自身的比喻，叫做不喻。」[119] 其實這兩種小類只的都是先有譬喻，然後否定，最後提出本體。因此這兩小類可以合併在一起。

例證：

站在高山往下望，
井場流水翻黑浪，
不是水，

118 見《修辭通鑑》，頁 370。亦見於李庚元、李治中編著：《古今辭格及範例》，頁 35。

119 見《修辭通鑑》，頁 371-372。《漢語辭格大全》：「不喻……是在博喻之後，表示這些比喻都不滿意，不能比喻或不必比喻。」頁 45。

原是原油出閘展翅飛。(民歌《站在高山上》)

《修辭通鑑》賞析道:「『流水』是喻體,本體是『原油』。先提出喻體,然後加以否定,接著引出本體,形式上是否定喻體,實際是回過頭來強調了本體、突出了本體。」[120]

(四)全偏複句

通常稱之為例喻。《漢語辭格大全》:「例喻……是在排比的幾個比喻中抽出一個來加以分析。」[121]「排比的幾個比喻」是「全」,「抽出一個」是「偏」,因此這種譬喻句群形成的是先全後偏的結構。

例證:

> 打仗只能一仗一仗地打,敵人只能一部分一部分地消滅,工廠只能一個一個地蓋,農民犁田只能一塊一塊地犁,就是吃飯也是如此。我們在戰略上藐視吃飯:這頓飯我們能夠吃下去。但是具體地吃,卻是一口口地吃的,你不可能把一桌酒席一口吞下去。這叫做各個解決,軍事書上叫做各個擊破。(節選自毛澤東《在莫斯科召開的社會主義國家共產黨和工人黨代表會議上的發言》)

在開頭的幾個比喻之後,詳細地分析了「吃飯」這個比喻,通過飯要一口一口吃的分析來進一步說明「各個擊破」的道理。例喻便於通過

120 例證及賞析見《修辭通鑑》,頁375。

121 見《漢語辭格大全》,頁46。

對某一比喻的詳細分析來說明複雜的道理。[122] 而前面全面提起，後面專注一例來說明，形成了「先全後偏」的結構。

八　根據字形／字音來分類

（一）根據字形來分類

李庚元、李治中編著《古今辭格及範例》:「字喻……它包括離合體詩和回文體詩兩種。」[123]應該只有前者算是字喻。

例證：

這首詩便秘了
醫生那邊良心建議灌腸
一橢圓形的水袋　塞入肛門　直端端
就可通了
果然
符號　形式
意象　符
號　隱　喻　竹　付
　　　　虎　立日心　象　言
土　寸（節選自江文瑜〈這首詩便秘了〉）

江文瑜在訪問中自言:「我這首詩裡，還利用拆開符號的方式。我把『符號、形式、意象』拆開，就好像是掉到馬桶裡，這些字都散落

122 例證及賞析見《漢語辭格大全》，頁46。

123 見李庚元、李治中編著:《古今辭格及範例》，頁48。

了。例如『立、日、心』合起來就是『意』,『言、土、寸』合在一起就是『詩』，這『詩』分崩離析掉到馬桶裡，然後就分開了。」[124] 利用字形的本身以及分合來示意，也是譬喻中非常有趣的一類。

(二) 根字音來分類

通常稱之為音喻。蔡宗陽：〈論譬喻的分類〉有諧音式的隱喻：「是指喻體和喻依在語音上相同或相近的隱喻。如音喻，是屬此類。」[125] 王希杰《修辭學通論》也說：「在語言世界中，語音的相同或相似可以引起相同或相似的聯想，這可以叫做『語音比喻』。」[126]

例證：

> 機槍是一個達達主義者（節選自洛夫〈城市〉）

機槍被譬為「達達主義者」，乃是因為用「達達」描摹機槍掃射的聲音。此譬乃是依據聲音上的關聯而達成的。

九　綜合討論

在前面論述的基礎上，可區分成三大部分：「針對次級辭格的檢討」、「針對分類依據的檢討」、「對譬喻理論的回應」，進行更進一步的討論。

---

124 見江文瑜：《男人的乳頭》（臺北市：元尊文化企業公司，1998 年初版），頁 141。

125 見蔡宗陽：〈論譬喻的分類〉，頁 282。李庚元、李治中編著《古今辭格及範例》所提到的「詞喻」，亦屬此類，頁 48。

126 見王希杰：《修辭學通論》，頁 424。

(一) 針對次級辭格的檢討

關於譬喻的次級辭格，有以下幾種常見的情形：

1 所分類別不同。例如：黃慶萱《修辭學》有略喻，黃麗貞《實用修辭學》、《修辭通鑑》則沒有。

2 同實異名。例如：黃慶萱《修辭學》、黃麗貞《實用修辭學》所稱之隱喻，《修辭通鑑》稱之為暗喻。

3 同名異實。例如：引喻是許多學者提到的小類。《修辭通鑑》認為：「引喻。即先引設某一事象，以其類似的特徵來喻另一事象，喻體在前，本體在後，不用喻詞。」[127] 並不強調句式的對稱。但是，王本華《實用現代漢語修辭》、黎運漢、張維耿編著《現代漢語修辭學》、黃麗貞《實用修辭學》諸家說法都強調引喻須具備「平行句式」[128]，亦即對稱式的句式。然而，此種句式，許多專家都歸入「對喻」中。因此本論文將對稱句式從引喻的定義中剔除出去。

4 一類中具備兩種以上的判斷依據。又可分成兩種情況：

(1) 核心依據只有一個，其他考量只是輔助。例如：《修辭通

---

127 見《修辭通鑑》，頁 370。對引喻的說明各家不同。譬如王本華《實用現代漢語修辭》認為：「引喻：又叫『平行喻』。」頁 151，黎運漢、張維耿編著《現代漢語修辭學》認為：「平列式：本體和喻體同時出現，不用喻詞，本體和喻體之間的關係靠平行的句式來表現。……喻體在前，本體在後，這種比喻有人叫做引喻。」頁 104-105，黃麗貞《實用修辭學》：「引喻的喻體和本體，都以平行句式來表現。」「其實這種二句的組合，就是『明喻』的略式而已。」均見於頁 53。此諸家說法都強調「平行句式」，亦即對稱式的句式，然而此種句式，許多專家都歸入「對喻」中。因此本論文將對稱句式從引喻的定義中剔除出去。

128 分見王本華：《實用現代漢語修辭》，頁 151；黎運漢、張維耿編著：《現代漢語修辭學》，頁 104-105；黃麗貞：《實用修辭學》，頁 53。

鑑》認為：「逆喻。本體和喻體逆向放置，即本體充做喻體，喻體充作本體，而喻詞位置不變。本體互易其位，把『甲是乙』，說成『乙是甲』。」[129]「逆喻一般為暗喻。」[130] 核心依據為位置，喻詞改為判斷詞是輔助的判斷依據。

（2）兩種以上的判斷依據都很重要。例如：《修辭通鑑》：「對喻。本體和喻體以對稱或形式整齊的排比句式出現，不用喻詞，或本體在前，喻體在後，或喻體在前，本體在後，構成明確的比喻關係。」[131] 其中提到「排比句式」、「不用喻詞」兩種判斷依據。

5 無法涵蓋所有變化。儘管次級辭格相當繁多，但是仍然無法涵蓋所有的變化型。例如：張春榮《修辭散步》根據喻體的數量，將博喻分為「雙重」、「三重」、「四重」、「其他」[132]，同時也提到沈謙《修辭學》用另一種標準，將博喻分為四類：「以明喻組成」、「以隱喻組成」、「以略喻組成」、「以借喻組成」[133]。這些都是博喻之下的細類，但是實難一一冠以專名，加以指稱。

（二）針對分類依據的檢討

本論文所總結出的譬喻分類的依據有如下六種：「四要素的變化（顯隱、位置、多寡）」、「辭格的綜合運用（連用、套用、兼用）」、

129 見《修辭通鑑》，頁 371。

130 見《修辭通鑑》，頁 371。

131 見《修辭通鑑》，頁 370。

132 見張春榮：《修辭散步》（臺北市：東大圖書公司，1991 年 9 月初版一刷，2006 年 9 月增訂二版一刷），頁 52-65。

133 見張春榮：《修辭散步》，附註 3，頁 65。

「譬喻所形成的詞組（偏正詞組、同位詞組）」、「增添句子的性質（判斷、比較、否定、疑問）」、「譬喻句群的關聯」、「字形／字音」。

1 前面五種以意義、文／章法為基礎，後面才是字音字形

（1）以意義、文／章法為重，是十分合理的。而且，涵蓋了修辭學（四要素的變化、辭格的綜合運用）、詞彙學（譬喻所形成的詞組）、語法學（增添句子的性質）、章法學（譬喻句群的關聯）。涵蓋範圍相當廣。

（2）相對而言，對字音、字形的關注不夠。本書進行地毯式分析的三本書：黃慶萱《修辭學》、黃麗貞《實用修辭學》、《修辭通鑑》，都未談到字音字形的修辭。

2 修辭學

（1）注意到譬喻格本身（四要素的變化），以及與其他辭格的綜合運用。

（2）在四要素的變化中，最受關注的是本體、喻體，喻解相對被忽略。例如：本體、喻體的增加可分為約喻、博喻，而喻解中相似點的增加[134]，卻並未受到相對的重視。

（3）因為辭格的綜合運用相當靈活複雜，實在難以全面兼顧，因此未注意到的還有很多。例如：「月光光，月是冰過的砒霜／月如砒，月如霜／落在誰的傷口上？」（節選自余光中〈月光光〉）兼用了「析詞」格。

3 語法學

（1）在增添判斷性質一類中，並未區分判斷句／準判斷句，但因為此二者實有不同：判斷句強調判斷，準判斷句近於轉化。所以或可考慮加以分類。

134 相似點可以從一個到兩個、三個、四個等。可參見拙作：〈論譬喻中喻解表出的類型——以現代散文為例〉，《修辭論叢（第七輯）》（臺北市：東吳大學，2006.10初版），頁507-523。

（2）疑問句部分，亦可歸入辭格的兼用（兼用反詰）。

4 章法學

（1）說明不夠細緻。例如「根據喻體的關聯來分類」中，喻體的關聯至少可以分成「延展」與「包孕」兩種關聯[135]，在分析時應予指出。

（2）目前只舉出四種而已，實在無法涵蓋繁多的變化類型。例如：「我是月的光，／我是日的光，／我是一切星球的光，／我是 x 光線的光，／我是全宇宙的 Energy 底總量！」（節選自郭沫若〈天狗〉）五個隱喻句連用的句群，前四句是「分」，最後用一句來「總」，彼此之間的邏輯關聯是先分後總。

5 以字音字形為基礎者

（1）根據字形分合而產生的「字喻」，亦可歸入「析字」格。至於哪種歸類方式更為合理，還須再作討論。

（2）更進一步，還可關注到：有些譬喻是同時兼顧「音、義」或「形、義」的。例如：「她猛抽一下鼻子說：『我什麼花都不是，我是我媽媽臉上的一個疤，她才那麼討厭我。』」（琦君〈看戲〉）從前面作者的問句：「那麼四姑你是什麼花呢？」帶出四姑的回答。「花」、「疤」不僅有意義上的相反對照，也有意義上的同韻關聯。

（三）對譬喻理論的回應

1 次級辭格的建立，有助於辨析、掌握、指稱某種譬喻現象。

---

135 詳見拙作：〈論套式譬喻之呼應——以新詩為考察對象〉，《修辭論叢（第九輯）》（臺北市：洪葉文化公司，2008 年 5 月初版一刷），頁 193-222。

2 在整理次級辭格的基礎上，理出次級辭格分類之依據，有助於印證譬喻理論，並對譬喻理論的條理化做出貢獻。因為次級辭格的成立、分類，主要建立在現象分析的基礎上，也可說是毫不迴避地直面現象。進一步言，因為「象」與「理」一般是對應的，所以對現象進行細緻精確的掌握，也有助於掌握背後所隱藏的原理。

3 次級辭格的分類，全面關照到形、音、義、法，是非常珍貴的。因為意義要奠基在物質基礎上（形、音）方能實現，因此形、音、義有如鼎之三足不可或缺，而且環環相扣[136]。儘管目前的分類有偏輕偏重的情形，但是已經指出一個非常好的發展方向。

4 因為譬喻辭格的運用情況廣泛複雜，實在難以一一區分，並進行分類。因此以「詳喻」（基本型）來對照，再一一指出變化之處，例如兼有增加判斷句性質、喻體在一個以上……等，就可避免類別繁多又指稱不足的情況。不過，有專稱勝在便利，因此常見的變化型才分小類，冠以專稱，譬如較喻、博喻，或許是兼顧兩者的做法。

5 關於譬喻辭格的運用情況廣泛複雜，王希杰《修辭學通論》闡述得十分深刻：「在對修辭格作必要辨識和區分的時候，也應當清醒地認識到：客觀世界上的事物都是有聯繫的。許多事物之間有交叉和連續地帶。在修辭格問題上，同樣如此。修辭格是具有交叉和連續特點的事物。」[137] 其中「交叉」與「連

136 關於此點，可參見張春榮：《現代修辭學》（臺北市：萬卷樓圖書公司，2013 年 9 月初版）「理論篇」中，對修辭三性：「繪畫性」、「音樂性」、「意義性」的闡述，頁 1-88。

137 見王希杰：《修辭學通論》，頁 419。

續」二詞相當重要，因為，連續帶來交叉，且又因交叉而連續。從以上對小類、分類依據的探討中，應可印證此點。

九　結語

譬喻格是最為重要的修辭格，所演變出的個別譬喻現象，堪稱「變化萬千」，因此，也實在難以一一地加以辨別、指稱。本論文提出基本型：詳喻（本體＋喻詞＋喻體＋喻解），而所有殊異的變化型，可以與基本型對勘，然後一一指出變化之處。而本論文所總結出的變化依據，計有六種：「四要素的變化（顯隱、位置、多寡）」、「辭格的綜合運用（連用、套用、兼用）」、「譬喻所形成的詞組（偏正詞組、同位詞組）」、「增添句子的性質（判斷、比較、否定、疑問）」、「譬喻句群的關聯」、「字形／字音」。

期望這樣的努力，可以抉發出譬喻小類的「大同」與「小異」，並期望能因此而更為深化譬喻理論。

參考文獻

一 單篇論文

仇小屏 〈論譬喻中喻解表出的類型——以現代散文為例〉 《修辭論叢（第七輯）》 臺北市 東吳大學 2006 年 10 月 初版 頁 507-523

仇小屏 〈論套式譬喻之呼應——以新詩為考察對象〉 《修辭論叢（第九輯）》 臺北市 洪葉文化公司 2008 年 5 月初版一刷 頁 193-222

蔡宗陽 〈論譬喻的分類〉 《中國學術年刊》 第 13 期，頁 263-264

二 專著

王希杰 《修辭學通論》 南京市 南京大學出版社 1996 年 6 月第一版第一刷

王本華 《實用現代漢語修辭》 北京市 知識出版社 2002 年 12 月第一版第一刷

成偉鈞、唐仲揚、向宏業主編 《修辭通鑑》 北京市 中國青年出版發行 1991 年

江文瑜 《男人的乳頭》 臺北市 元尊文化公司 1998 年初版

汪麗言 《漢語修辭》 上海市 上海大學出版社 1998 年 12 月第一版

汪國勝、吳振國、李宇明　《漢語辭格大全》　南寧市　廣西教育出版社　1993 年 2 月第一版第一刷

李庚元、李治中編著　《古今辭格及範例》　長沙市　湖南出版發行　1997 年

馮廣藝　《漢語比喻研究史》　武漢市　湖北教育出版社　2002 年 4 月第一版第一刷

黃慶萱　《修辭學》　臺北市　三民書局　1975 年 1 月初版一刷，2002 年 10 月增訂三版一刷

黃麗貞　《實用修辭學》　臺北市　國家出版社　2007 年二刷

張默編著　《小詩選讀》　臺北市　爾雅出版社　1987 年 5 月初版，1994 年 9 月四印

張春榮　《修辭散步》　臺北市　東大圖書公司　1991 年 9 月初版一刷，2006 年 9 月增訂二版一刷

張春榮　《現代修辭學》　臺北市　萬卷樓圖書公司　2013 年 9 月初版

劉蘭英、吳家珍、楊秀珍編著　《漢語表達》南寧市　廣西教育出版社　2001 年 8 月第一版第一刷

蔡宗陽　《應用修辭學》　臺北市　萬卷樓圖書公司　2001 年 12 月初版，2002 年 1 月初版二刷

鄭頤壽　《比較修辭》　福州市　福建人民出版社　1982 年 12 月一版，1983 年 10 月二刷

黎運漢、張維耿編著　《現代漢語修辭學》　臺北市　書林出版社　1991 年 9 月一版，1997 年 10 月三刷

以摘要策略建構章法概念的教學試探
——國小二年級學童為例

吳雪麗
新北市修德國小教師

摘要

本研究針對國小二年級學生實施以教育部國教司推廣的「課文本位的閱讀理解教學」，進行「課文大意摘要策略」的教學，以教育部審定之現行語文領域國語科「康軒版」二年級上學期第四課課文〈文字的開始〉為文本教材，採用提問、討論的教學技巧，逐步搭建學生學習的鷹架，藉以建構學生在章法結構中邏輯思維的運作與發展，並形成遷移、應用之「帶得走」的能力。

關鍵詞：摘要策略、章法、課文大意、二年級

一　前言

國外許多閱讀歷程理論認為：摘要與閱讀理解關係密切，閱讀是摘要文本內容，再將摘要結果與先備知識整合，以形成獨特文本詮釋的歷程，它是深層文意理解不可或缺的重要成分。發展研究理論提出了實徵證據來支持摘要與閱讀理解的關係，當學生透過摘要教學成功學會做摘要，閱讀理解也有所提升，顯示做摘要與閱讀理解間存在著因果關係。[1]

國內研究發現，發現六年級學生可以學會摘要策略，且在摘要效率、閱讀理解以及後設認知上皆有顯著的進步。[2] 另外研究發現：國內歷年閱讀理解教學研究方案，對學生閱讀理解能力及閱讀情意表現的提昇，具有中等的助益效果；在立即效果和持續效果上，亦有中等以上的效果。[3] 但是，以往摘要教學研究大多採獨立式課程，未將摘要課程融入既有的、日常的學科學習中，並只以單一班級測試效果。這樣的研究結果不僅難以確認摘要策略的成效，也不能落實在日常教學現場，實在可惜。

因此，在教學現場，許多老師的國語課仍停留在生字新詞的習寫、釋義和補充知識，學生讀歸讀，並沒有學會閱讀的方法，也沒有利用閱讀來幫助自己的學習。也就是說，學生學的大多是記憶的、片段的、零碎的知識，即使靠大量閱讀、抄寫美言佳句、讀後心得的方

1　摘錄自陸怡琮：〈摘要策略教學對提升國小五年級學童摘要能力與閱讀理解的成效〉，《教育科學研究期刊》第 56 卷第 3 期（2011 年），頁 94。

2　陳文安：《國小學生摘要策略之教學研究——以六年級為例》（屏東市：國立屏東教育大學教育心理與輔導學系碩士論文，2006 年），頁 172-176。

3　連啟舜：《國內閱讀理解教學研究成效之統合分析研究》（臺北市：國立臺灣師範大學教育心理與輔導研究所碩士論文，2002 年），頁 106-110。

式，也缺乏統整、詮釋與批判的能力。

根據教育部國教司二〇〇八年研發的「課文本位的閱讀理解教學」手冊，分析閱讀理解策略成分在國小各年級實施階段的對照表，如下表[4]：

表一 閱讀理解策略成分與年級對照表

項目／策略	教學要點	一年級	二年級	三年級	四年級	五年級	六年級
課文大意	重述故事重點	●	●				
	刪除／歸納／主題句			●	●		
	以文章結構寫大意				◐[5] 認識文章結構	●	●
推論	連結線索（指示代名詞／轉折詞）／（句型）	●（指）	●（指）	●（轉）			
	連結文本的因果關係／（句型）	●	●	●	●		
	由文本找支持的理由／（句型）			●	●	●	●
	找不同觀點（找反證）／（句型）				●	●	●

---

4 摘自課文本位的閱讀理解教學網站 http://pair.nknu.edu.tw/，2015 年 8 月 30 日。

5 表格中圖示「◐」表示開始認識。如：四年級尚未使用「以文章結構寫大意」的策略，但必須「認識文章結構」；「自我提問」的策略於四年級開始認識有層次的提問，包括事實、推論、評論，但其中較難的評論層次應於高年級學習。

項目／策略	教學要點	一年級	二年級	三年級	四年級	五年級	六年級
自我提問	六何法		●	●			
	有層次的提問				◐	●	●
	詰問作者						●
理解監控	理解監控			●	●	●	●

從對照表中發現，閱讀理解教學逐年加深實施，到了中、高年級是最主要教學目標。其中，課文大意的教學在低年級主要教學要點是「重述故事重點」，重視口說發表的能力；「刪除、歸納、找主題句」的教學要點是中年級的教學階段，「認識文章結構」是四年級才開始的教學重點。大家一定都同意，閱讀的最後目的就是「理解」，但在閱讀理解的許多目標到中、高年級才放入實際教學中，在實際教學現場，常常對中、高年級教師造成龐大的壓力與負擔。

陸怡琮對國外文獻有關摘要能力發展的研究也指出以下結論：

> 總之，年幼兒童未必了解摘要意義，且摘要技能發展是由「刪除」、「歸納」到「創造」。因此，摘要策略教學應從教導優質摘要特徵開始，然後遵循「刪除—歸納—創造」的順序。[6]

個人現場教學近三十年，擔任過各年級國語教學，且一直以來從事語文訓練工作，期期以為，課文大意的摘要能力培養，影響學生閱讀理解能力的發展，至為重要，有必要趁著課文長度尚短，文意尚

6 陸怡琮：〈摘要策略教學對提升國小五年級學童摘要能力與閱讀理解的成效〉，《教育科學研究期刊》第 56 卷第 3 期（2011 年），頁 95。

淺，有「優質摘要特徵」的課文結構，慢慢實施課文大意的摘要策略教學，即使學生年紀尚小，未必了解摘要的意義，未必了解閱讀的大腦歷程，但是他們可以從老師示範、師生共做，學到自主完成；從團體辯論、分組討論到個人批判，習慣動腦思考、習慣自省，逐步搭建自己學習的鷹架。

二　相關理論

（一）閱讀理論

《大腦、認知與閱讀》一書中，引用 Chall & Popp（1996）研究指出，閱讀是：「學習如何將視覺的文字符號與先前已經建立的口語詞彙對應起來，進而透過語音表徵的媒介觸接到語意的過程。」這種學習對應文字符號和語音的過程，稱為語音編碼（phonological recoding）。[7] 也就是說，在學習閱讀時，主要目的是將書面符號變成口語符號，從口語符號和已經具備的心理詞彙作連結，進行意義處理。所以，閱讀，並不是直接從書面符號與詞彙意義相連結，是文字、語言、心理的三向度結合。

Mayer（1996）的閱讀歷程「選擇－組織－統整」（selecting-organizing-integrating, SOI）模式指出，讀者先判斷內容的重要性，選出重要訊息；然後，對重要訊息加以組織，建立訊息間的內在連結，形成貫穿文本內容的整體概念；最後再將組織歷程所產生的整體概念與長期記憶中的先備知識整合，建立外在連結。[8]換言之，閱讀的歷

7　李俊仁、阮啟弘等著：《大腦、認知與閱讀》（臺北市：信誼基金出版社，2010 年 6 月初版 1 刷），頁 169。

8　Mayer, R. E.:《Learning strategies for making sense out of expository text》, The SOI

程是選擇訊息、組織訊息和統整訊息的大腦內部一連串複雜的活動，不是單一的「識字」活動。

根據王瓊珠、洪儷瑜、張郁雯、陳秀芬的研究顯示，在臺灣，一個二年級的小朋友平均可以辨識一千二百至一千五百個中文字。根據教育部國語推行委員會的資料，當代書面媒體一共出現約有五千五百個不同的字，而出現頻率最高的前一千字，對文章覆蓋率達到百分之八十六。也就是說，認得最常出現的前一千字，大約就能讀懂報章雜誌裡百分之八十六的字詞了。兒童讀物的用字比報章雜誌相對精簡，一般而言，在二年級下學期，小朋友應該具備獨立念出書中文字的能力。[9]

實際上，正確讀出兒童讀物裡的字，並不是代表完全「理解」。「理解」還牽涉到詞彙、背景知識、語法處理、推理及監控能力、個人的注意力和記憶力狀況。如下表[10]：

model for guiding three cognitive processes in knowledge construction. *Educational Psychology Review*, 1996，8（4），頁 357-371。

9 李俊仁、阮啟弘等著：《大腦、認知與閱讀》（臺北市：信誼基金出版社，2010 年 6 月初版 1 刷），頁 195。

10 李俊仁、阮啟弘等著：《大腦、認知與閱讀》（臺北市：信誼基金出版社，2010 年 6 月初版 1 刷），頁 39。

表二　閱讀的成分與基礎認知成分

<table>
<tr><td rowspan="11">閱讀理解
（獲取文意）</td><td rowspan="6">字詞辨識</td><td rowspan="3">語音處理能力</td><td>快速念名</td></tr>
<tr><td>語音工作記憶</td></tr>
<tr><td>聲韻覺識／音素覺識</td></tr>
<tr><td rowspan="3">基本的感覺知覺</td><td>視覺瞬態系統處理能力</td></tr>
<tr><td>語音知覺能力</td></tr>
<tr><td>聽覺的時序處理能力</td></tr>
<tr><td rowspan="5">理解</td><td colspan="2">語音工作記憶</td></tr>
<tr><td colspan="2">執行運作功能</td></tr>
<tr><td colspan="2">詞素覺知</td></tr>
<tr><td colspan="2">詞彙</td></tr>
<tr><td colspan="2">語法覺知</td></tr>
</table>

「閱讀理解能力」（reading comprehension ability），就是從書本上提取視覺訊息（字詞辨識）和理解文章意義（理解）的能力，故西方學者提出各種「閱讀策略」（reading strategy），幫助學生有效理解文章意義[11]。對此，曾祥芹認為這種從讀物中接受、處理、使用信息的貫串性鏈條的理解能力，是一個動態結構，其發展沒有上限，永無止境。並引章熊在《中國當代寫作與閱讀測試》一書說法，依據國內外學者已取得共識，將閱讀理解能力的發展過程確定為四個層級：

11 黃淑貞：〈辭章學閱讀策略之理論與實踐——以鄭愁予二詩為例〉，《章法論叢（第五輯）》（臺北市：萬卷樓圖書公司，2011 年），頁 341。

1　複述性理解：

（1）能正確地把握局部和細節。

（2）能正確地把握整體和主要內容。

（3）能正確地把握內容的發展過程。

2　解釋性理解：

（1）能對讀物的主要概念做出正確的解釋。

（2）能對讀物的重要局部或細節的寓意做出解釋。

（3）能對讀物做出整體解釋。

（4）能解釋讀物各局部與整體的關係。

（5）能聯繫有關的概念或材料對讀物的內容做出解釋。

3　評價性理解：

（1）能夠對自己感興趣的部分做出評價。

（2）能夠對讀物的主要內容從自己的立場做出評價。

（3）能夠對讀物的主要概念、觀念或內容從作者和讀者自己這兩個不同的角度和立場進行分析、評價。

（4）能夠對讀物的局部（或細節）從它與主體的關係進行分析、評價。

（5）能夠對作者的意圖、讀物的客觀價值、得與失進行全面的分析、評價。

（6）能夠聯繫相關的或同類的讀物進行比較和評價。

4　創造性理解：

（1）了解和發展讀物的各種用途。

（2）了解讀物所涉及的新概念、觀念、思想或方法，並加以發展。

（3）就上述內容提出新的、不同的相反的見解。

（4）聯繫實際或結合相關材料，提出新的問題、見解或思路。

這種「閱讀理解能力的縱向層級結構」，明晰具體，秩序井然，形成了閱讀理解水準的邏輯間架。[12] 而這種「邏輯間架」，既提供了訓練和測試閱讀理解能力的質量指標。

另外，鄭圓玲教授也指出，閱讀的歷程包括：檢索與擷取訊息、統整與解釋、省思與評鑑的三個階段，這三個階段必須依序進行，不可顛倒順序。[13] 他提到：

> 「蜘蛛式閱讀」，著重於檢索與擷取重要且有用的訊息；「蜜蜂式閱讀」，先透過統整與解釋，讓訊息變得更有價值，再藉由省思與評鑑，對訊息提出有用的看法。從「檢索與擷取」有用訊息，到經由「統整與解釋」，讓訊息變得具有價值，以及藉由「省思與評鑑」，對訊息提出自己得難法，這整個的過程，就是有效閱讀的歷程。[14]

柯華葳教授說：

> 閱讀是一段歷程。歷程指連續操作得到某些成果。……閱獨立成，當然也有許多成分，但是不像做麵包一步接一步，按步操兵。閱讀的各個成分可以同時或是交互使用，幫助讀者理解所閱讀的篇章，而理解，就是閱讀歷程的成果。[15]

12 曾祥芹：《漢文閱讀學導論》（北京市：中央文獻出版社，2004 年），頁 387。
13 鄭圓玲：《有效閱讀》（臺北市：天下雜誌公司，2013 年 12 月一版 3 刷），頁 20。
14 鄭圓玲：《有效閱讀》（臺北市：天下雜誌公司，2013 年 12 月一版 3 刷），頁 21。
15 柯華葳：《教出閱讀力》（臺北市：天下雜誌公司，2006 年 11 月初版，2011 年 12 月一版 21 刷），頁 51。

她將閱讀歷程分成認字、理解、自我監控，並且透過不斷閱讀，讀者不只增加書本內容的知識，還增加閱讀的能力，使他能懂得判斷自己與文章。因而讀得更多，形成「富者愈富」的良性循環。[16]

許育健教授也在教育部主持的《閱讀理解問思教學手冊》提到：「學生面對本書之提問，將有四個不同理解層次之思考——提取訊息、推論訊息、詮釋整合與比較評估。」[17]

什麼是閱讀策略？《英語基本詞彙用法辭典》對「strategy」釋義有三，一是戰略學、兵學，二是戰略、策略（skill planning generally)，三是策略、計謀（a particular plan for gaining success in the particular activety）[18]，第三釋義提到，「strategy」是某項活動為了獲取成功的特殊計畫；漢語大辭典「策略」的釋義有三，一是謀略、計謀，二是根據形勢發展而制定的行動方針和鬥爭方法，三是有鬥爭藝術、能注意方法和方式。[19] 歸納言之，「策略」(strategy）是有方法、有目標、有組織的系列行動，不是單一的技巧（skill)。

因此，閱讀策略指的是，為了達到閱讀的目標，所採取一系列有計畫的的閱讀方法和技巧。好的策略，能夠提供思考並且能協助我們啟動、運用自身的相關知識，知道何時、如何使用何種方法的解決問

---

16 柯華葳：《教出閱讀力》(臺北市：天下雜誌公司，2006 年 11 月初版，2011 年 12 月一版 21 刷)，頁 63。

17 柯華葳、許育健等編寫：《閱讀理解問思教學手冊》(臺北市：教育部，2012 年)，頁 18。ttp://www.scimao.com/。此四層次是根據 Gagne 在一九八五年一書《The cognitive psychology of school learning》依訊息處理理論的觀點，將閱讀的過程分為：解碼（decoding)、文義理解（literal comprehension)、推論理解（inferential comprehension)、理解監控（comprehension monitoring）四個階。

18 高凌主編：《英語基本詞彙用法辭典》(臺北市：五南圖書出版公司，2003 年初版一刷)，頁 2209。

19 羅竹風主編：《漢語大辭典》(臺北市：臺灣東華書局，1997 年初版)，第八卷，頁 1142。

題。[20]

也就是說，閱讀時，讀者有意識的應用一些方法來促進理解，或記得更牢，或有更深度的思考。閱讀策略的學習並不只是完成學習單的教學活動或是排序、歸納出結論的作業練習，如果只有活動或練習，卻沒有明確教導如何在閱讀時運用這些方法來思考，並不算是策略教學。

採用策略教學是因為，學生的學習沒有辦法直接從被動式躍升為創造式，老師必須為孩子設計一系列的問題，搭建一個個過渡的鷹架，這個搭鷹架的過程，是一個有方法、有步驟、能循序漸進的系統化學習歷程，讓孩子逐漸學會在閱讀時能統整、組織、思考、內化，進而提出具有創造性的看法，享受深層閱讀之樂。

（二）章法學

辭章（文本）所呈現的主要為「特殊能力」，是結合「形象思維」、「邏輯思維」與「綜合思維」而形成的[21]。一篇辭章所要表達之「情」或「理」，訴諸各種偏於主觀之聯想、想像，和所選取之「景（物）」或「事」接合在一起[22]，或者是專就個別之「情」、「理」、「景」（物）、「事」等材料本身設計其表現技巧的，皆屬「形象思維」，亦即：運用典型的藝術形象來顯示各種事物的特質[23]；這涉及了「取材」與「措詞」等問題，而主要以此為研究對象的，就是意象

20 潘麗珠：《閱讀的策略》（臺北市：商周出版社，2009年2月初版3刷），頁81。

21 吳應天：《文章結構學》（北京市：中國人民大學出版社，1989年），頁345。

22 彭漪漣：《古典詩詞邏輯趣談》（上海市：上海人民出版社，2001年），頁13。

23 陳佳君：〈論辭章學的學科特質與跨領域研究〉，《語文集刊》第19期（2011年1月），頁245。

學、詞彙學與修辭學等。如果是專就「景（物）」或「事」等各種材料，對應於自然規律，結合「情」與「理」，訴諸偏於客觀之聯想、想像，按秩序、變化、聯貫與統一之原則，前後加以安排、布置，以成條理的，皆屬「邏輯思維」，亦即：用抽象概念來顯示各種事物的組織[24]；這涉及了「布局」與「構詞」等問題，而主要以此為研究對象的，就字句言，即文（語）法學；就篇章言，就是章法學。至於合「形象思維」與「邏輯思維」而為一，探討其「主題」與「體性」[25]的，則為「綜合思維」，這涉及了「立意」、「確立體性」等問題，而主要以此為研究對象的，為主題學、文體學、風格學等。而以此整體或個別為對象加以研究的，則統稱為辭章學或文章學。

因此辭章的內涵，對應於學科領域而言，主要含意象學（狹義）、詞彙學、修辭學、文（語）法學、章法學、主題學、文體學、風格學……等。

章法學，主要探討的是篇章內容材料的邏輯結構，也就是聯句成節（句群）、聯節成段、聯段成篇的關於內容材料之一種組織。這些章法，全出自於人類共通的理則，由邏輯思維形成，都具有形成秩序、變化、聯貫，以更進一層達於統一的功能。而這所謂的「秩序」、「變化」、「聯貫」、「統一」，便是章法的四大律。其中「秩序」、「變化」與「聯貫」三者，主要是就材料之運用來說的，重在分析；而「統一」，則主要是就情意之表出來說的，重在通貫。這樣兼顧局部的分析（材料）與整體的通貫（情意），來牢籠各種章法，是十分

---

24 陳佳君：〈論辭章學的學科特質與跨領域研究〉，《語文集刊》第 19 期（2011 年 1 月），頁 245。

25 陳望道：「語文的體式很多，……表現上的分類，就是《文心雕龍》所謂的『體性』的分類，如分為簡約、繁豐、剛健、柔婉、平淡、絢爛、謹嚴、疏放之類。」見《修辭學發凡》（香港：大光出版社，1961 年），頁 250。

周全的[26]。這種篇章的邏輯思維，與語句的邏輯思維，可以說是一貫的。

如就逆向之邏輯結構來說，首先是由「意象」（個別）、「詞彙」、「修辭」、「文（語）法」、與「章法」等所呈現之藝術形式（善）；其間藉「形象思維」（陰柔）與「邏輯思維」（陽剛），來產生徹下徹上之中介作用；然後是藉「綜合思維」所突顯出來的「主旨」與「風格」（文體）等，這涉及了與篇章有機整體之「美」，乃辭章之核心所在。這樣在思維系統之牢籠下，回歸語文能力來看待辭章（意象）內涵，就能突顯「形象思維」與「邏輯思維」的居間作用，使辭章之表現呈現「善」，將「意象」（個別）、「詞彙」、「修辭」、「文（語）法」與「章法」等，統一於「主旨」與「風格」（文體），以臻於「真、善、美」的最高境界[27]。而這些都是經驗累積與辭章研究之成果，是不能忽略的。如下表：

26 陳滿銘：《章法學綜論》（臺北市：萬卷樓圖書公司，2003 年），頁 17-58。

27 陳滿銘：〈論「真」、「善」、「美」的螺旋結構——以章法「多二一（0）」結構作對應考察〉，《中國學術年刊》27 期春季號（2005 年 3 月），頁 151-188。

表三　語文能力與思維能力系統表

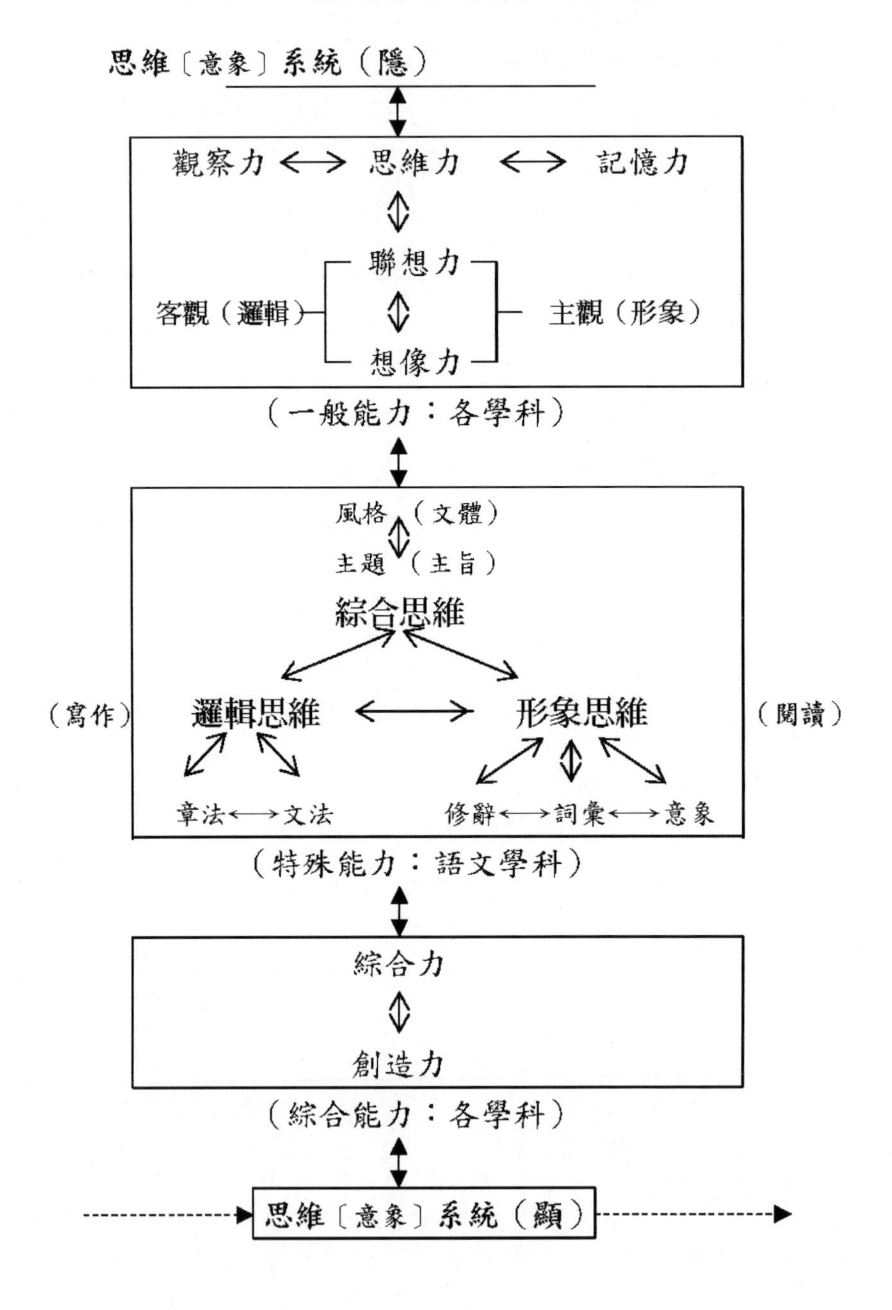

這種形成螺旋結構的能力，是可用「閱讀」與「寫作」來印證的。由於「寫作」（作者）乃由「意」而「象」，靠的是先天（先驗）自然而然的能力，這多是不自覺的，屬「直觀表現」；而「閱讀」（讀者）則由「象」而「意」，靠的是後天研究所推得的結果，用科學的方法分析作品，自覺地將先天（先驗）自然而然的能力予以確定，屬「模式探索」。因此「寫作」是先天能力的順向發揮、「閱讀」是後天研究的逆向（歸根）努力，兩者可說互動而不能分割，而「創造力」就由「隱」而「顯」地表現出來。

由此可見，文本閱讀是必須歸本於辭章思維系統來進行，而閱讀理解能力牽涉到的文字辨識、詞彙、背景知識、語法處理、推理及監控能力、個人的注意力和記憶力狀況，對照辭章思維系統可以觀察到，「文字辨識」、「背景知識」和「意象」、「修辭」的形象思維相關，「語法處理」、「推理及監控能力」的和「文法」、「章法」的邏輯思維相關，「個人的注意力和記憶力狀況」就屬於大腦遺傳的因素佔多數了。以下表說明如下：

表四　辭章思維能力與閱讀理解能力對照表

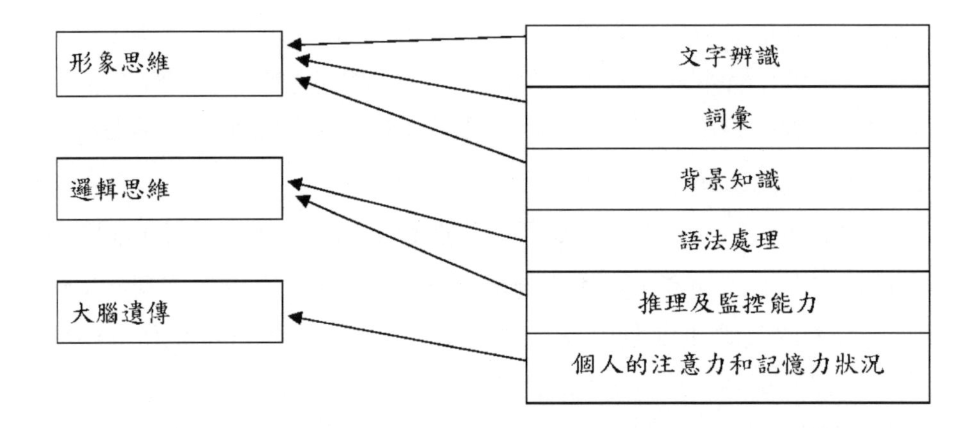

閱讀時，我們腦中既有的知識會被啟動，幫助整理由文章得來的訊息，這是所謂由上（既有知識）而下（解字）的閱讀，當然，識字有一定量時，閱讀也可能是由下（解字）而上（既有知識）的閱讀，實際上，文章由字詞組成，不識字一定不理解，但識字也不一定理解，閱讀需要上下兩者互動。[28]

實際教學過程，教師要從篇章結構的思維分析課文大意著手，再設計提問問題以逐步發展學生形象思維、邏輯思維的能力，搭建學生邏輯思考的鷹架，形成綜合力和創造力。

---

28 Michael Pressley 著，曾世杰譯：《有效的讀寫教學》（臺北市：心理出版社，2010年3月初版一刷），柯華葳推薦序，頁 vii。

三　教學課例

（一）設計理念

中國文字最大的特色，就是由圖形演變而來，能從字形揣摩文字的意義，也兼具有表音的作用，展現高度的藝術價值。從結繩記事，到象形文字的創造，看似是歷時性的「先後」關係，卻也是環環相扣、邏輯嚴整的「因果」關係。而課文摘要教學又是訓練學生閱讀理解能力，也就是邏輯思維能力最重要的策略，兩兩配合，激盪、碰撞的加成效果，是令人期待的教學經驗。

教學課例設計，以「不學寫字有壞處」的童詩來引起動機；接著從摘要策略中的「圈出重要訊息」、「刪除不重要訊息」訓練，輔以朗讀，來調整文意通暢和句子文氣，也反覆檢視邏輯思維是否合理，再加入「找出關鍵句」來快速找出段落大意；最後，從「分號」來判讀句子，並找出上、下句關係和大意，最後透過縮句練習，完成全課大意。

整個教學過程學生不斷的對文句、段落提出思考、判斷，達到思維訓練的目的。

（二）教學分析

1 教材分析

本教學設計教材取自康軒版二年級第三冊第一單元「新的開始」的第四課〈文字的開始〉。第一單元共四課，第一課是〈開學日〉，介紹開學是學習的開始；第二課是〈天亮了〉，介紹太陽升起是一天的開始；第三課是〈第一次做早餐〉，介紹開始學習一件事（做早餐）；第四課是〈文字的開始〉，介紹文字演變的過程。整單元課文圍繞「新的開始」的主題。

（1）文體：說明文

本課是一篇「說明文」的體裁，說明文是以說明「事理」為主要的表達方式，用來解說事物或事理的特徵和本質的文章。說明文結構清晰縝密，語言表達準確簡練，通常安排在國小中、高年級的課文出現，此篇課文在二年級出現，說明文字的起源過程簡要而清楚，舉例淺顯而易懂，別具特色。

（2）主旨：文字的發明讓人們記事方便。

（3）大意：文字還沒發明前，結繩記事不方便，接著，人們把觀察到的物體畫下來造字，後來文字就造出來了。

（4）文本分析：

本課課文內容如下：

四　文字的開始[29]

文字還沒有發明以前，人們要記事情很不方便。
有人用「打結」來記事，大事情打大結，小事情打小結，生活中發生的大事小事太多，大大小小好多結，最後都記不得是什麼事了。

29 《國語課本二上》（臺北市：康軒文教公司，2015 年 9 月），頁 22。

> 後來有人想到，可以把看到的東西畫下來，圓圓的太陽，就畫個「日」；半圓的月亮，就畫個「月」。還有人畫出有三個尖角的高「山」和有四個方格的「田」地……。
>
> 有了文字以後，大家發覺生活中的事情，都可以記下來。於是，一個又一個的文字，就這樣被人們慢慢的造出來了。

本課共有四個自然段，篇章結構分析可以從「因果」、「先後」、「正反」關係來分析。[30] 本教學課例以「因果結構」來做設計，課文結構依「先因後果」呈現，第一自然段是「總因」，二、三、四自然段是「果」

第一自然段是全篇的「因」，第二、三自然段是解決第一段原因的二個「果」事件；第二段事件本身又有「因果」結構，其中的「果」結構又成為第三自然段第二事件的「因」結構；第四段段落中的句號，把段落分成二句話，前一句話是第三段的「果」結構，第二句話是全篇的「總果」結構。結構表如下：

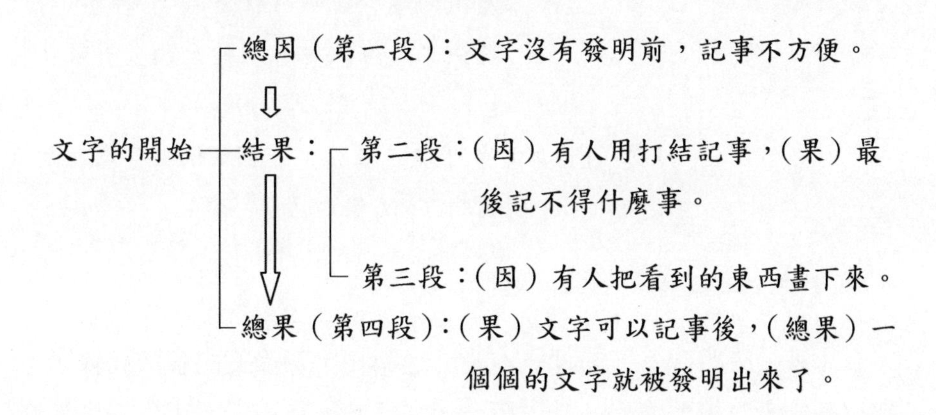

30 陳佳君：〈小學篇章結構取向之閱讀教學的效益與實踐〉，《章法論叢（第九輯）》（臺北市：萬卷樓圖書公司，2016 年 1 月再版），頁 413-414。

從結構表中可以看出，本課的「因果」結構環環相扣，條理分明，邏輯嚴謹，是非常難得的文本。

本課又以「先、中、後」結構的順向敘述方式呈現。陳滿銘師研究指出：

> 因為「因果邏輯」確實帶有統括「章法結構」之母性……。很明顯地，「敘論」、「點染」、「先（昔）後（今）」、「正反」等，也都可用「因果」加以代替，以呈現「因果邏輯」之聯繫作用。[31]

以「先後」結構分析如下表：

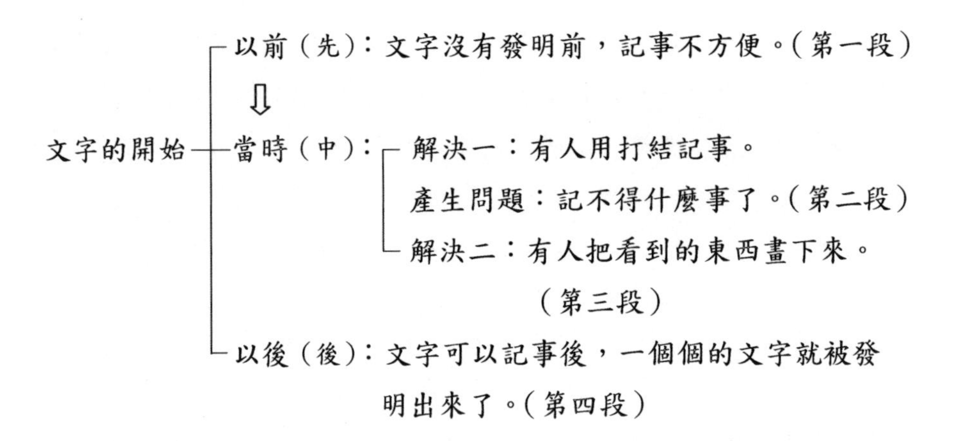

（5）教學課時安排

本課教學時間共五節課，本設計是第三、四節的內容深究教學，採用課文大意摘要教學，其中第一節課是本人在一〇四年參加在福州

31 陳滿銘：〈因果邏輯與章法結構〉，《中文學報》第 14 期（2013 年 9 月），頁 22-23。

舉行的第三屆「新課堂・新教師」海峽兩岸基礎教育交流研討活動的示範教學內容。

第一節 看圖說話、課文朗讀、詞語教學
第二節 課文朗讀、生字教學、語文焦點指導
第三節 內容深究：摘取大意
第四節 摘取大意、理解課文組織架構
第五節 習作指導

2 學生：二年級學生

本班學生是筆者從一年級帶起，一年級下學期即以師生共作的方式實施課文摘要教學，二年級繼續實施，並且從師生共做，變化到分組討論。

3 教學方法分析

（1）問思教學法

問思教學法，藉由良好的提問設計與教學活動規劃，引導學生在文本閱讀的歷程，進行不同理解層次的思考，搭出鷹架，幫助學生漸漸深入理解，並提供教師實施閱讀教學與評量的參考，以促進學生學習興趣、增加學生閱讀、思考、表達、寫作等綜合能力。

（2）分組合作學習教學法

合作學習教學法是讓不同背景、不同程度的學生組成的小組，透過解決任務時，互動、互助的過程，學習如何溝通、解決衝突、妥協、欣賞不同觀念和想法，以及與人相處的重要技能。「分組合作學習法」強調「以學習者為中心」，提供學生主動思考，相互討論或小組練習的機會。在過程中，每位小組成員不僅要為自己的學習負責，也要幫助同組的成員學習。

（三）教學結果

本教學研究主要設定在摘要策略對國小二年級學生建構章法概念的可能。根據上述，本教學結果與發現如下：

1 分段能力的訓練有助於學生建立篇章組織的概念

要教學生認識課文結構（篇章），一定要先教「分段」。文章有自然段、意義段，一個或數個自然段組合成一個意義段，通常一篇文章又有數個意義段。國小國語課文長度按年級逐漸加長，通常一年即出現二到四段的自然段，二年級就二到六段的自然段了。

所以從一年級的課文簡短、段數少，來教認識自然段，是再好不過的時機。教學時，散文體從每段開頭空二格的形式、童詩以段與段之間空一行的形式來判斷，是簡單清楚的，對於低年級學生年紀小、注意力不容易集中，通常中上學生程度在練習幾課後，就能上手了，但是中下程度學生需要半學期、甚至一學期的時間來熟練、理解（能說出理由）。

經過一年級上學期八課的練習，一年級下學期就可以進入意義段的說明了。老師示範、說明幾課後，學生嘗試自己將自然段歸納成幾個意義段，教師將學生的數個答案分別列出在黑板，請全班或分組思考其歸納的理由。通常在一年級下學期的時候，我不直接給予正確的意義段答案，而是讓學生先心中存疑，然後進行課文大意摘要後，再次檢視意義段的歸納，這樣學生經過課文深究、摘要的練習，對意義的歸納判斷就更清楚了。

所以，在進行本課〈文字的開始〉摘要教學時，大部分學生已經具備自然段、意義段的概念，部分學生能將自然段歸納成意義段，對於歸納的理由，不管是用「因果」、或「先後」，都是對篇章組織概念的建構有明顯進步。

低年級教學的目標，希望學生能清楚分辨自然段段數，從段落大意的摘要練習，歸納全課的意義段，並且說明分段的理由，建構初步「因果」、「最先、接著、最後」的章法概念，也能簡單建構出個人的課文章法結構圖，並且應用於其他課文，在教學實驗的二年過程中，確實可以看到相當豐富的成績。

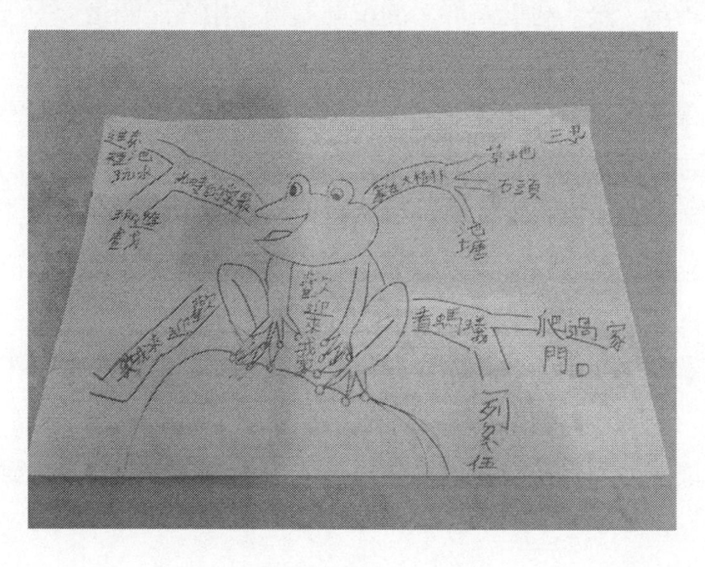

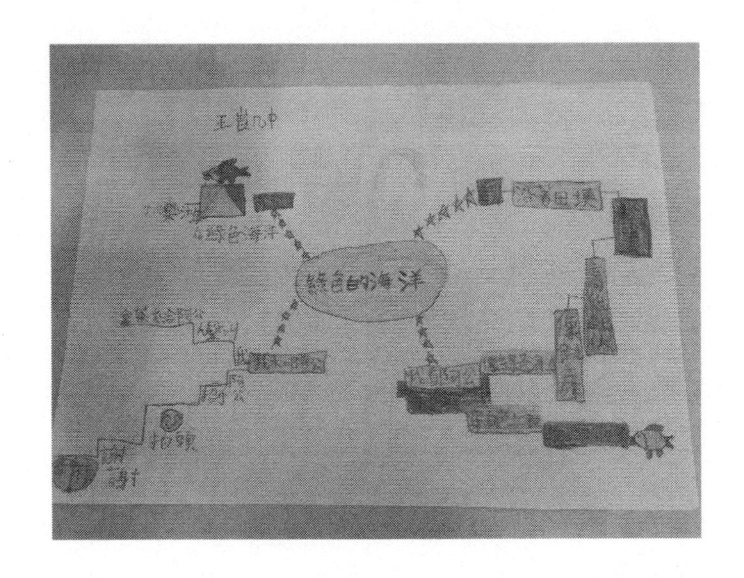

2 刪除、選擇訊息的能力訓練有助於學生建立字、詞、句組織的概念

篇章是組字成詞、組詞成句、組句成段、組段成篇的繁複結構，摘要策略首先要刪除不重要訊息，然後選擇重要訊息，組合成通順的句子、段落，是「化繁為簡」的精簡結構，兩者之間是一而二、二而一的互動過程。

教學時，刪除不重要訊息、選擇重要訊息，二種方式並沒有絕對先、後之分，甚至可以同時進行。「刪」，可以刪去所有修飾語，包括形容詞、副詞、數量詞，刪除的過程，教師要不斷反問學生「為什麼你認為它可以刪去？」當學生能清楚說出理由時，才表示他已經理解「刪」的規則。「選」的過程，教師也要不斷反問學生「為什麼你認為它應該留下？」有時學生保留了某些修飾語，教師更要學生清楚說出理由，因為這些修飾語確實可能是文章的重要訊息。

本節次教學除了自己班級教學外，也在二年級四個班級實驗，各班的學習舊經驗不同，學生經過第一、二段的師生共做後，有約三分之一的學生可以模仿老師和班上閱讀高手的示範，來預測第三、第四段的大意。姑且不論精準備為何，能夠大膽嘗試、動腦思考，就是一種進步，如果每班都像自己的班級一樣課課操練，全班學生熟悉思考的模式的人數會增加，邏輯思維的能力就能漸漸建立。

同樣的課文，我也在三年級的五個班級教學，同樣有各班學習舊經驗的差異，但較二年級學生各方面成熟，所以學生上課歸納、類推的能力較強，教學的時間更能節省，效果更顯著。在教學過後，班級老師都很驚訝，我能夠成功的從低年級開始做課文大意的摘要教學，更高興從教學演示中，學習課文大意的摘要策略教學，他們可以輕鬆的複製這樣的經驗在他們往後的教學中。

教學結果顯示，教師能從學生的口述或「刪」、「選」過程，明顯確認學生建立起字、詞、句組織的概念。

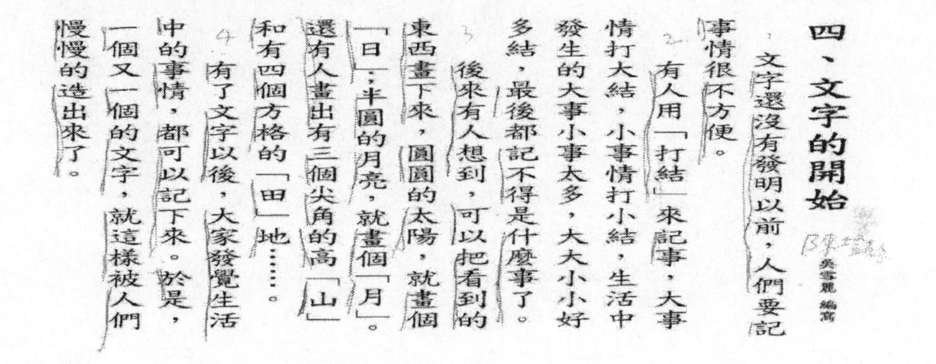

四、文字的開始

吳雪麗 編寫

文字還沒有發明以前，人們要記事情很不方便。

有人用「打結」來記事，大事情打大結，小事情打小結，生活中發生的大事小事太多，大大小小好多結，最後都記不得是什麼事了。

後來有人想到，可以把看到的東西畫下來，圓圓的太陽，就畫個「日」；半圓的月亮，就畫個「月」。還有人畫出有三個尖角的高「山」和有四個方格的「田」地……。

有了文字以後，大家發覺生活中的事情，都可以記下來。於是，一個又一個的文字，就這樣被人們慢慢的造出來了。

四、文字的開始

吳雪麗 編寫

文字還沒有發明以前，人們要記事情很不方便。

有人用「打結」來記事，大事情打大結，小事情打小結，生活中發生的大事小事太多，大大小小好多結，最後都記不得是什麼事了。

後來有人想到，可以把看到的東西畫下來，圓圓的太陽，就畫個「日」，半圓的月亮，就畫個「月」。還有人畫出有三個尖角的高「山」和有四個方格的「田」地……。

有了文字以後，大家發覺生活中的事情，都可以記下來。於是，一個又一個的文字，就這樣被人們慢慢的造出來了。

3 歸納主題句的能力訓練有助於學生形成段落大意的概念

段落中的主題句，就是段落大意，學生剛開始學習摘要策略，並不能一眼就找出主題句，常常還陷在刪刪選選的泥淖中，教師在備課時發現段落中有主題句，就要設計提問問題，引導學生根據問題從課文裡找到答案，理解主題句就是就是段落大意。

四、文字的開始

吳雪麗 編寫

文字還沒有發明以前，人們要記事情很不方便。

有人用「打結」來記事，大事情打大結，小事情打小結，生活中發生的大事小事太多，大大小小好多結，最後都記不得是什麼事了。

後來有人想到，可以把看到的東西畫下來，圓圓的太陽，就畫個「日」，半圓的月亮，就畫個「月」。還有人畫出有三個尖角的高「山」和有四個方格的「田」地……。

有了文字以後，大家發覺生活中的事情，都可以記下來。於是，一個又一個的文字，就這樣被人們慢慢的造出來了。

四、文字的開始

吳雪麗 編寫

文字還沒有發明以前，人們要記事情很不方便。

有人用「打結」來記事，大事情打大結，小事情打小結，生活中發生的大事小事太多，大大小小好多結，最後都記不得是什麼事了。

後來有人想到，可以把看到的東西畫下來，圓圓的太陽，就畫個「日」，半圓的月亮，就畫個「月」。還有人畫出有三個尖角的高「山」和有四個方格的「田」地……。

有了文字以後，大家發覺生活中的事情，都可以記下來。於是，一個又一個的文字，就這樣被人們慢慢的造出來了。

當然，也可以讓學生先嘗試刪刪選選，然後再提出引導問題，找出主題句，讓學生有茅塞頓開、恍然大悟的感覺。

4 口說大意的能力訓練有助於學生思維的整合

許多教師在訓練低年級學生口說大意時，都是先設計問題，學生根據問題回答，學生的回答常常是簡答句，教師需要求完整句，才能養成學生完整句型的概念，但是要求學生將數個完整句，組合成一段話，他們往往說了上句，忘了下句，說了三句，落了一句，即使中上程度的學生也無法輕鬆完成。所以，根據課文內容做摘要練習，有所依據有所本，學生刪刪選選後，看著圈選的文句念，心裡不但踏實，也不怕丟三落四了。

另外，「刪」、「選」的判斷，都是以「句子」基本結構來判斷，當學生刪刪選選後，要組成通順的句子，「讀」是最有效的方式，尤其，學生對「刪」、「留」有不同意見時，他們往往說不出所以然的理由，我就請他們不斷的讀句子，一讀再讀之後，憑著語感，他們總能選出最佳、最通順的句子。學生「聆聽」與「朗讀」，有助於語感的提升和偵錯的能力，這正應證了神經生理學者對閱讀與聲韻覺識能力有很大的正相關的研究。[32]

從句子連成一句話，可能又得加入一些助詞、連接詞、代名詞，才能完整表達意思，這一連串的大腦運作，其實是一件複雜又龐大的工程，卻是學生語文邏輯思維的內化、無形運作，師生共同學習，採用問、答方式，能促進學生邏輯思考，協助其學習伸展跳躍，形成思維模式，讓不同能力的學生在課堂上是主人，都有任務要完成。

---

32 李俊仁、柯華葳：〈臺灣學生聲韻覺識作業之聲韻表徵運作單位〉，《教育心理學報》第 41 期，頁 111-124。

運用閱讀理解的課文大意摘要策略，學生回到文本中找答案的習慣與能力皆有所提升，對文本的整體內容有更深入的理解。當教師將摘要策略分解成有系統的步驟，並在教學過程中提供適當鷹架逐步教導摘要步驟，的確可以將摘要程序成功地轉移給低年級學生，有效提升學生的摘要表現，更有助於學生對章法概念的建立。

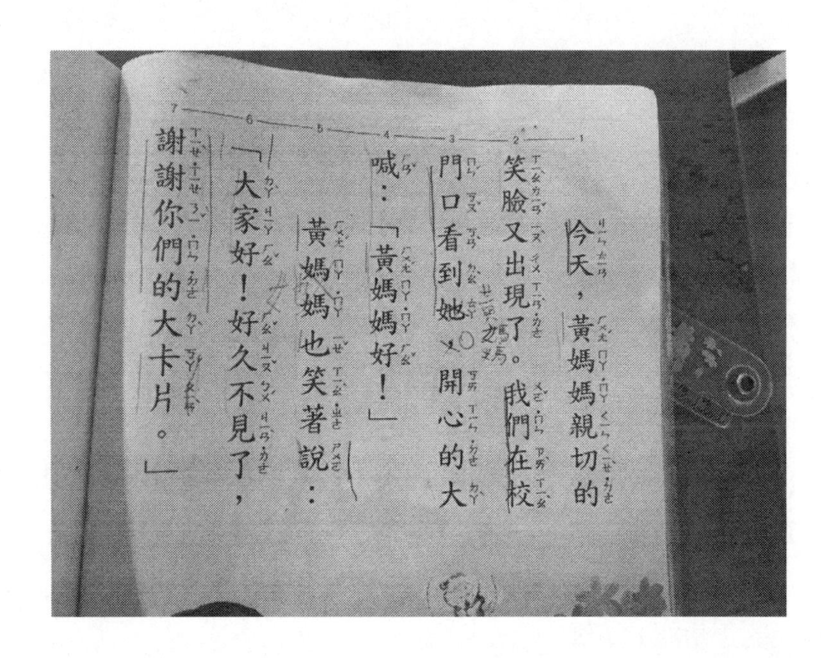

今天，黃媽媽親切的
笑臉又出現了。我們在校
門口看到她，開心的大
喊：「黃媽媽好！」
黃媽媽也笑著說：
「大家好！好久不見了，
謝謝你們的大卡片。」

5 抄寫大意的能力訓練有助於學生建立篇章組織的格式概念

我的作法是，當摘要策略完成一段的段落大意，就要學生拿出格子簿，將段落大意抄下來，並且指導段落前空二格、標點符號等等的格式要求。這樣的練習通常要在學校練習好多次，費時費力，但是，學生才能真正熟悉寫作的格式，並且養成習慣，又能將課文大意的口述轉成筆述，將教材發揮最大的效用，並且有助於學生建立篇章組織的概念。

下圖一是低成就學生在學校將摘要的大意寫在格子簿上；圖二是第八課在學校寫大意；圖三、四是回家寫大意。可以發現，這些學生要把寫作的格式、標點符號的正確書寫、使用，需要更多次的反覆練習和糾正，才能養成習慣。這些低成就學生佔全班人數百分之二十五，其餘百分之七十五的學生，都能正確書寫篇章格式，可見摘要策略的提早寫作教學，有助於篇章組織概念的建立。

一

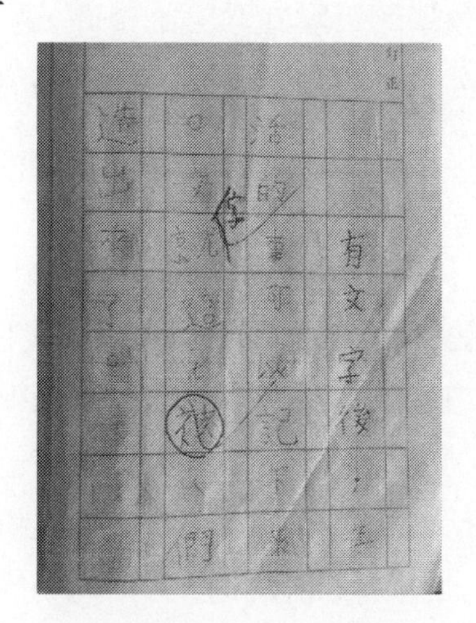

二

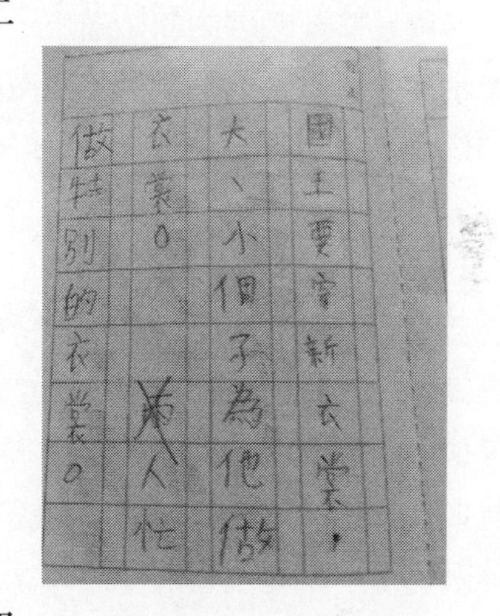

三

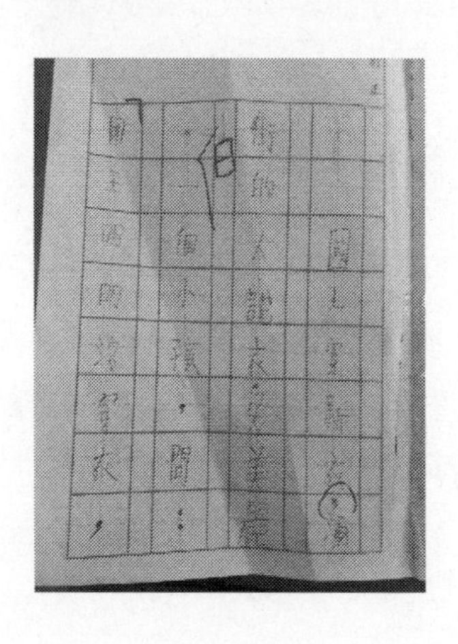

四

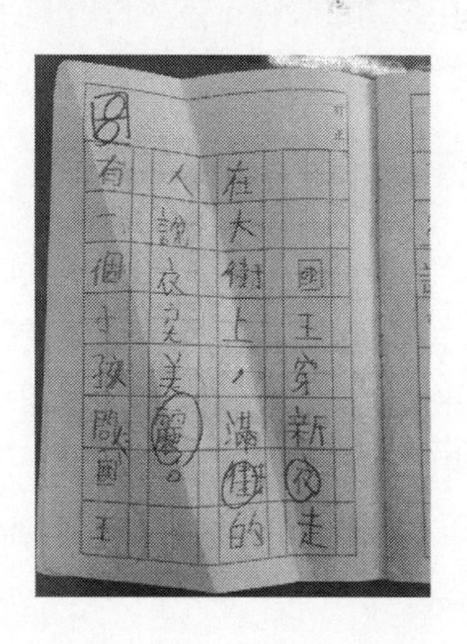

6 學生讀寫結合，篇章概念螺旋提升

閱讀教學的摘要策略依學生的發展分四步驟實施：

（1）師生共作

課堂上教師提問、學生個別發表（預測）、說明（證明）、修正、朗讀（確認）、確認，學生再深入思考，最後老師提出支持或意見。這階段是摘要教學的初始階段，主要教學的重點在教師的提問、引導和示範，學生藉由閱讀高手、教師、全班討論，練習腦海中知識處理的過程，將抽象的理解程序變得較具體，藉此提昇組織知識的能力。

（2）學生分組共作

指定課文某一段全班現場分組討論，指定每組能力較弱的學生負責畫線，其餘組員提供意見，低成就的學生透過觀察閱讀高手來模仿學習，不需要擔負發表的責任，也可以放心的參與其中，貢獻自己；然後，分組發表，全班共同討論、修正、朗讀、確認、完成。也可以進階成每一或二組分配一段課文來做。這階段是提供能力不同的學生互相學習的機會，透過閱讀高手的帶領，再經過師生共同討論，強化摘要能力的養成。

（3）學生部分自作

將課文某一段當作全班共同的回家功課，預習（預測）畫摘要的能力，隔天在課堂上請低成就學生先發表，再請閱讀高手先提修正，全班討論、修正、朗讀、確認、完成。在這個階段老師可以根據學生發表回家預習的內容，藉以評估學生習得的能力，作為教學改進，另一面，讓低成就的學生有發表的機會，也讓閱讀高手有快速反應的表現機會。

下圖是二年級下學期的課文，學生在家預習用鉛筆畫線，在學校師生共同討論後原子筆畫線的課文。可以發現學生的預習，已經跟共同討論的大意很接近了。

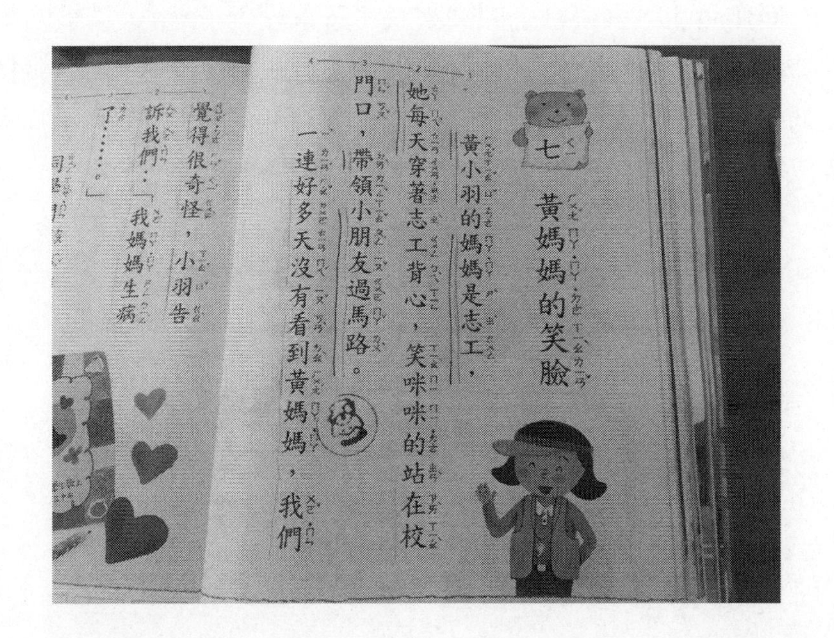

（4）學生獨立自作

摘要教學歷程中的每一次練習都是透過師生或同儕合作完成。教學初期由教師以學生思考示範負起做摘要的全部責任，然後由教師或能力較佳的同儕提供支持，協助學生完成摘要，並將策略練習形式逐步由小組練習轉為配對練習，再到個別練習，漸進地將做摘要的責任轉移給學生。摘要教學這是以學生為中心一種強而有力的鷹架，因為它讓所有的學生都有機會觀察到老師、閱讀高手，在閱讀過程中如何運用策略找出證據，進而模仿、練習，達成自學基礎能力，然後教師可以漸漸撤開鷹架，學習責任移轉的歷程。

課文大意的抄寫是搭建學生提早寫作鷹架的暖身準備、前置作業；熟悉了寫作格式，就可以根據段落大意仿寫完整具或段落了。到了二年級下學期，配合全課大意，就可以仿寫作文了。

下面作品前半張稿紙是課文大意（意義段），下半張稿紙的第一、二段是全班師生共作的仿寫，第三段是學生自行仿寫。第一張作品是低成就學生的作品，無法獨力完成，需要個別指導需要；第二張是高成就學生作品，可以自己完成，並且運用優美句子。

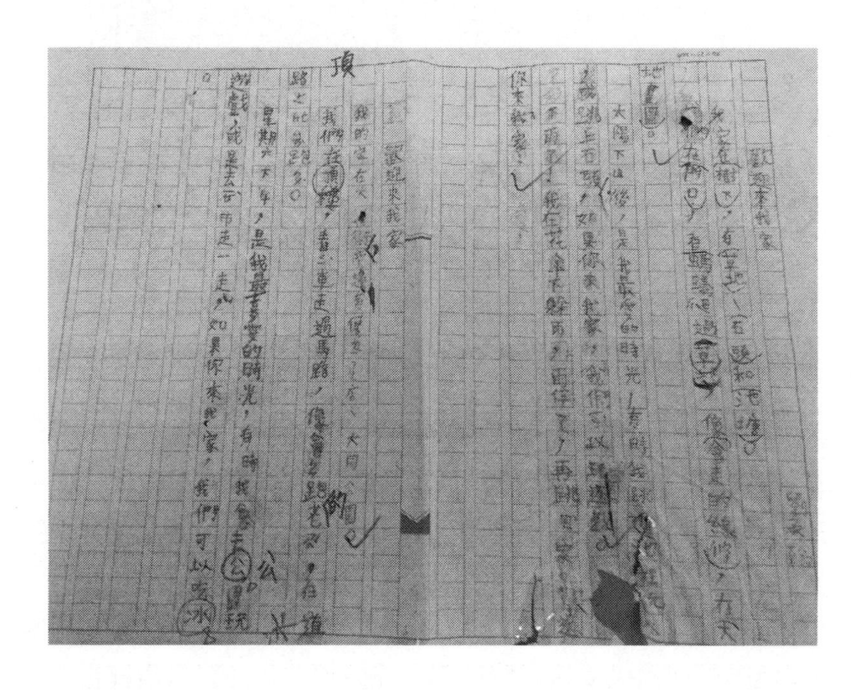

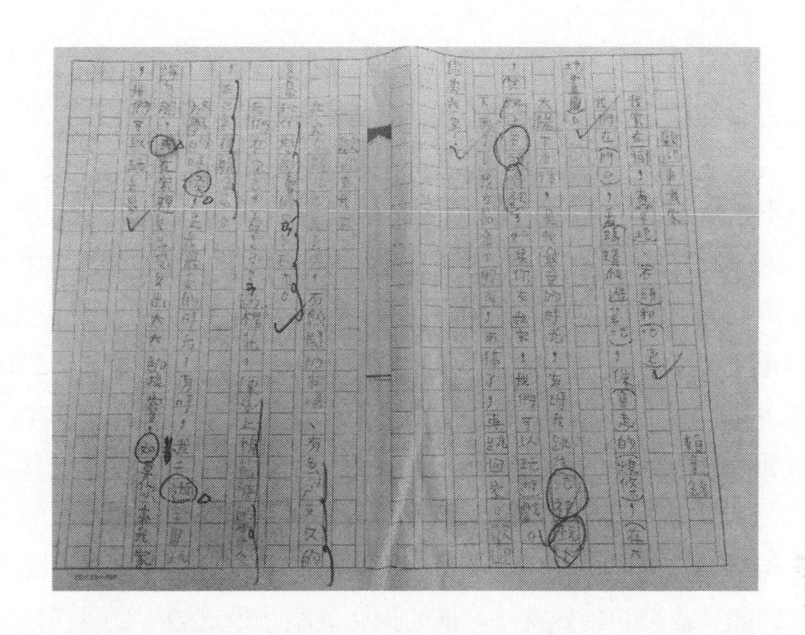

課文摘要的教學是一條漫長的道路，不能急、不能催，更不能有批評，永遠都是「挑戰再挑戰」的鼓勵。剛開始時，許多小朋友習慣依賴老師或閱讀高手，不習慣在課堂上自己動腦，所以，老師要根據學生的能力，要求接受挑戰，當學生回答超過個人水準時，老師要當場大大的讚美，寫聯絡簿或電話通知家長，學生更能獲得雙重讚美，自信心會大大的提升，下次上課的表現會更積極。長期下來，學生個個都能獨立完成課文大意摘要，並且趨近於精簡。

自己帶班的班級學生經過二年的循序漸進的課文大意摘要教學，對於訊息中的重要元素與線索，刪除訊息、統整訊息、替代訊息，最後加以連接成通順短文，逐漸熟稔，達到篇章結構、獨立思考與批判反省能力的學習。

對於提早寫作，他們也不害怕，他們可以根據課文內容、課文大意來參考用詞、用句，可以根據課文篇章結構來組織他們的段落，達到讀寫結合的語文能力螺旋提升。

五　建議

本教學後有幾點建議如下：

一、運用閱讀理解的課文大意摘要策略，教師必須充足備課，透過章法學的學習和課文本位閱讀理解的研習，多角度切入分析，並且繪製課文結構圖表，找出教學重點，設計提問的問題，在教學過程中還要不斷的利用聆聽與串聯的能力，鼓勵學生發表，這些工作都能提升教師專業發展能力。

二、教師必須有效安排全學期、全學年課程目標，循序漸進，掌握上課時間，彈性調整課程，以利學校教學進度與個人教學研究的進行。例如，我一開始做章法結構的摘要策略教學實驗，是從任教的二年級開始，採選課操作的實驗教學；第二次教二年級，我就每課操作，熟悉自己的教學流程；現在，第三輪，我是從一年級下學期就每課操作，二年級開始配合寫作教學，因為教學經驗的累積精進，更能掌握教學的方方面面，學生達到的能力越來越提升了。

參考文獻

（一）書籍

李俊仁、阮啟弘等著 《大腦、認知與閱讀》 臺北市 信誼基金出版社 2010年6月初版1刷

吳應天 《文章結構學》 北京市 中國人民大學出版社 1989年

柯華葳 《教出閱讀力》 臺北市 天下雜誌 2006年11月初版，2011年12月一版21刷

柯華葳、許育健等編寫 《閱讀理解問思教學手冊》 臺北市 教育部 2012年

高 凌主編 《英語基本詞彙用法辭典》 臺北市 五南圖書出版公司 2003年初版一刷

連啟舜 《國內閱讀理解教學研究成效之統合分析研究》 臺北市 國立臺灣師範大學教育心理與輔導研究所碩士論文 2002年

陳文安 《國小學生摘要策略之教學研究——以六年級為例》 屏東市 國立屏東教育大學教育心理與輔導學系碩士論文 2006年

陳望道 《修辭學發凡》 香港 大光出版社 1961年

陳滿銘 《章法學綜論》 臺北市 萬卷樓圖書公司 2003

陳佳君 〈小學篇章結構取向之閱讀教學的效益與實踐〉 《章法論叢（第九輯）》 臺北市 萬卷樓圖書公司 2016年1月再版

黃淑貞 〈辭章學閱讀策略之理論與實踐——以鄭愁予二詩為例〉 《章法論叢（第五輯）》 臺北市 萬卷樓圖書公司 2011年

曾祥芹 《漢文閱讀學導論》 北京市 中央文獻出版社 2004年

彭漪漣　《古典詩詞邏輯趣談》 上海市　上海人民出版社　2001 年
鄭圓玲　《有效閱讀》　臺北市　天下雜誌　2013 年 12 月一版 3 刷
潘麗珠　《閱讀的策略》　臺北市　商周出版社　2009 年 2 月初版 3 刷
羅竹風主編　《漢語大辭典》 臺北市　臺灣東華書局　1997 年初版
Michael Pressley 著，曾世杰譯　《有效的讀寫教學》　臺北市　心理出版社　2010 年 3 月初版一刷
Mayer, R. E.　The SOI model For guiding three cognitive processes in knowledge construction　《Learning strategies for making sense out of expository text》　*Educational Psychology Review* 1996
《國語課本二上》　臺北市　康軒文教公司　2015 年 9 月

（二）期刊

李俊仁、柯華葳　〈臺灣學生聲韻覺識作業之聲韻表徵運作單位〉　《教育心理學報》　第 41 期
陸怡琮　〈摘要策略教學對提升國小五年級學童摘要能力與閱讀理解的成效〉　《教育科學研究期刊》 第 56 卷第 3 期　2011 年
陳佳君　〈論辭章學的學科特質與跨領域研究〉　《語文集刊》　第 19 期　2011 年 1 月
陳滿銘　〈論「真」、「善」、「美」的螺旋結構——以章法「多二一（0）」結構作對應考察〉　《中國學術年刊》　第 27 期春季號　2005 年 3 月
陳滿銘　〈因果邏輯與章法結構〉　《中文學報》　第 14 期　2013 年 9 月

（三）網站

教育部課文本位的閱讀理解教學網站　http://pair.nknu.edu.tw/

附錄

一　教案設計

康軒版語文科「文字的開始」教學活動設計

<table>
<tr><td>教學領域</td><td>語　文</td><td>教學年級</td><td>二年級</td><td>教學設計者</td><td>吳雪麗</td></tr>
<tr><td>教學課次</td><td colspan="5">第一單元 新的開始 第四課 文字的開始（康軒版）</td></tr>
<tr><td>教學日期</td><td colspan="2">2015 年 11 月</td><td>教學時數</td><td colspan="2">二節，共 80 分鐘</td></tr>
<tr><td>教學目標</td><td colspan="2">一、學習運用摘要策略，刪除不必要的訊息，說出段落大意。
二、學習運用摘要策略，歸納重要的訊息，說出段落大意。
三、學習運用摘要策略，找出主題句，說出段落大意。
四、學習運用句號、連接詞（於是），分出段落中的層次。
五、能統整各段大意，潤飾文句，成為全課大意。
六、能理解課文敘述的順序和因果關係。</td><td>對應能力指標</td><td colspan="2">2-1-2-3 能邊聆聽邊思考。
3-1-4-3 能依主題表達意見。
5-1-2-2 能概略了解課文的內容與大意。
5-1-7-2 能理解在閱讀過程中所觀察到的訊息。
5-1-7-3 能從閱讀的材料中，培養分析歸納的能力。
6-1-2-1 能運用學過的字詞，造出通順的短語或句子。</td></tr>
</table>

<table>
<tr>
<td>教材分析</td>
<td colspan="4">文體：說明文。
主旨：文字的發明從不方便，慢慢變得方便。
大意：文字還沒發明前，結繩記事不方便，人們把觀察到的物體畫下來造字，文字就造出來了。
文本分析：
文字的開始——
總因（第一段）：文字沒有發明前，記事不方便。
⇩
結果：
第二段：（因一）有人用打結記事，（果一、因二）最後記不得什麼事。
第三段：（果二、因三）有人把看到的東西畫下來。
⇩
總果（第四段）：（果三）文字可以記事後，（總果）一個個的文字就被發明出來了。</td>
</tr>
<tr>
<td colspan="2">教　　學　　活　　動</td>
<td>分鐘</td>
<td>教學資源</td>
<td>評量</td>
</tr>
<tr>
<td colspan="2">準備活動：
一、預測標題
（一）標題「文字的開始」的重點、範圍。
二、教師朗讀方素珍童詩《不學寫字有壞處》

小蟲託溪水帶信給螞蟻，
小蟲不會寫字，
在落葉上咬了三個洞，
表示「我想你」。

螞蟻收到信，
在落葉上咬了三個洞，
表示「看不懂」。

小蟲不明白螞蟻說什麼，
螞蟻也不懂小蟲的意思，
怎麼辦呢？</td>
<td>5'</td>
<td>1. 課文作業單
2. 方素珍童詩《不學寫字有壞處》
3. 玩偶
4. 電腦
5. 投影機
6. PPT 檔</td>
<td></td>
</tr>
</table>

<table>
<tr><td>三、教師提問：找一找、想一想
（一）小蟲和螞蟻在葉子上都做了什麼事？牠們表示的意思有什麼不同？說說看。
（二）「小蟲不明白螞蟻說什麼，螞蟻也不懂小蟲的意思，」這就是不學寫字的壞處呀！
四、我們來讀一讀課文，它告訴我們文字是怎麼來的。
四、教師範讀全課，請學生找出全課自然段，並在段落開頭處寫下阿拉伯數字，註明第幾段。</td><td></td><td></td><td>口頭發表</td></tr>
<tr><td>發展活動：摘要策略
◎閱讀第一段：
文字還沒有發明以前，人們要記事情很不方便。
一、這段話要說明文字什麼事？。
（一）把重要的字畫線，刪去不重要的字。
（二）二個字的詞語如果可以用一個字表示，可以刪去。
（三）把刪除後的句子念一次，全班念一次，檢視通順嗎？
【文字沒發明前，人們記事不方便。】
（四）這段文字就是第一段大意。
（五）用螢光筆或色筆，畫出重點。</td><td>10'</td><td>課文作業單</td><td>師生共同討論口頭發表</td></tr>
<tr><td>◎閱讀第二段：
有人用「打結」來記事，大事情打大結，小事情打小結，生活中發生的大事小事太多，大大小小好多結，最後都記不得是什麼事了。</td><td>15'</td><td>課文作業單</td><td>師生共同討論口頭發表</td></tr>
</table>

<table>
<tr>
<td>二、這段話要說明什麼事？結果怎麼了？畫線在課文作業單。
（一）歸納重要訊息，刪去解釋的訊息。
「大事情打大結，小事情打小結，生活中發生的大事小事太多，大大小小好多結，」都是說明「打結」記事的情形，所以可以刪去。
（二）整段畫出的重點是：
【有人用「打結」來記事，最後都記不得是什麼事了。】
（三）這段文字，就是第二段段落大意，全班齊聲朗讀。
（四）用螢光筆或色筆，畫出重點。

◎閱讀第三段：

後來有人想到，可以把看到的東西畫下來，圓圓的太陽，就畫個「日」；半圓的月亮，就畫個「月」。還有人畫出有三個尖角的高「山」和有四個方格的「田」地……。

三、這段話要說明什麼事？畫線在課文作業單。
（一）二人一組，甲生以手指字，低聲朗讀給乙生聽。
（二）乙生畫重點，甲生提問討論。
（三）揭示發表學生的課文作業單，比較畫線最多和畫最少的作業單，請學生說明其理由。
（四）師生共同討論修改，歸納重點、刪除這段話不重要的訊息（舉例），畫在作業單。</td>
<td>10'</td>
<td>課文作業單</td>
<td>二人一組討論</td>
</tr>
</table>

<table>
<tr><td>（五）第三段大意就出現在第一句，這句話在說明本段的大意，就是「主題句」。
（六）乙生朗讀第三段大意給甲生聽。
【後來有人把看到的東西畫下來。】

第一節結束

◎閱讀第四段：

有了文字以後，大家發覺生活中的事情，都可以記下來。於是，一個又一個的文字，就這樣被人們慢慢的造出來了。

四、二二討論，找出段落中句號，分出段落中的結構。
（一）教師詢問：段落中的句號，有什麼作用？
（二）教師提示：句號表示一句話表達意思已結束，新一句話的開始。在朗讀時，讀到句號應適當的停頓。教師指導以斜線做出標記。
（三）教師範讀，學生跟讀，體會句號停頓的時間。
（四）段落中的句號，把段落分成上、下二個部分，這兩部分用了什麼詞語連接？（於是）有什麼關係？（教師揭示答案：因果關係）</td><td>5'</td><td>課文作業單</td><td>二人一組討論</td></tr>
<tr><td>五、這段話上、下二個部分各要說明什麼事？畫線在課文作業單。
（一）二人一組，乙生以手指字，低聲朗讀給甲生聽。</td><td>15'</td><td>課文作業單</td><td>二人一組討論</td></tr>
</table>

（二）甲生畫重點，乙生提問討論。 （三）揭示發表學生的課文作業單，比較畫線最多和畫線最少的作業單，請學生說明其理由。 （四）師生共同討論修改，歸納重點，用「換句話說」的方式，簡短說明。 （五）甲生朗讀第三段大意給乙生聽。 【有了文字後，大家可以記事情。於是，更多的文字，就被造出來了。】			
六、把課文段落大意，組合成一段話，再次歸納重點、潤飾文句，就成了全課大意了。 （一）教師要求歸納全課大意在 80 字以下。 （二）分組討論，展示課文作業單，發表理由。 【文字沒發明前，人們記事不方便。有人用「打結」記事，有人把看到的東西畫下來。有了文字後，更多的文字，就被造出來了。】（56 字）	15'	分段大意組合單	二人一組討論
綜合活動： 一、全課大意是按照原因、過程、結果的順序來說明的。 （一）哪些段落屬於文字被發明的原因？（第 1 段） （二）哪些段落屬於文字發明的過程？（第 2、3 段） （三）哪些段落屬於文字發明的結果？（第 4 段） 二、請小朋友文章段落上方寫下原因、過程、結果。 第二節結束	5'	詞語卡	

二　觀課回饋單

（一）

觀課回饋單

時間：104年9月23日（星期三）上午9:30　10:15

地點：305教室　科目：國語領域　單元名稱：【[illegible]】

教學者：修德國小吳雪麗老師　觀課者：【修德國小[illegible]老師】

這堂課課我學到：

如何教導學生組織段落、並各段找出大意來、尤其是主題句的引導　讓我學習到如何正確的指導學生找出該段的重點　收穫良多!!

謝謝雪麗老師

[illegible]

感謝妳的支持、協助！

更謝謝妳用心的觀課和真誠的回饋！！

那是我們最美的心靈交會！！！

（二）

觀課回饋單

時間：104年 9月21日（星期一）下午2:10～2:50

地點：201 教室 科目：語文領域 單元名稱：【文字的開始】

教學者：修德國小吳雪麗老師 觀課者：【修德國小 廖翎君 老師】

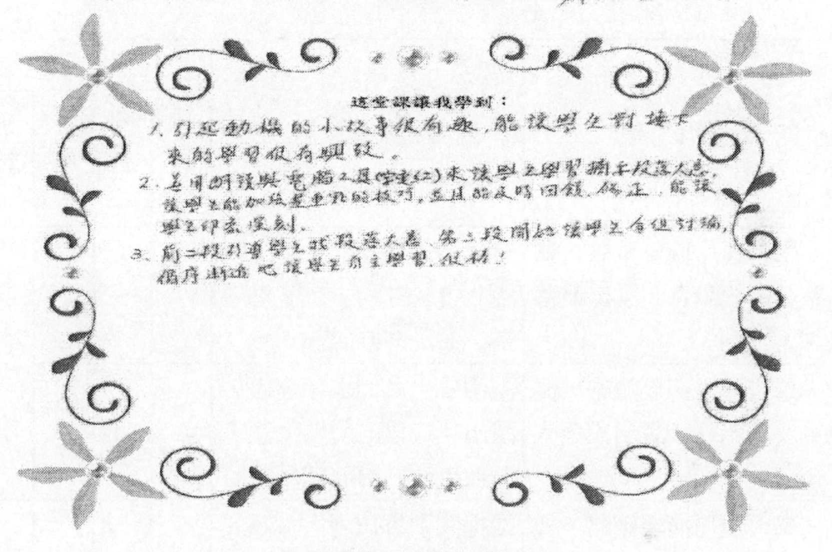

這堂課讓我學到：

1. 引起動機的小故事很有趣，能讓學生對接下來的學習很有興致。
2. 善用[illegible]與電腦工具（字卡(?)）來讓學生學習摘取段落大意，讓學生能加強重要的技巧，並且能及時回饋、修正，能讓學生印象深刻。
3. 前二段引導學生找段落大意、第三段開始讓學生合組討論，循序漸進地讓學生自主學習，很棒！

感謝妳的支持、協助！

更謝謝妳用心的觀課和真誠的回饋！！

那是我們最美的心靈交會！！！

三　觀課記錄單

1　時間：104 年 9 月 29 日（星期二）　上午 15:00 至 15:30
地點：302 教室　科目：語文領域　單元名稱：文字的開始
教學者：修德國小吳雪麗老師　觀課者：修德國小劉怡萱老師
❖請簡單記錄教師實際教學表現：

教學目標	教師表現摘要	結果			
		優良	滿意	待改進	不適用
一、學習運用摘要策略，刪除不必要的訊息，說出段落大意。	帶領學生思考，提出問題，不直接否認學生答案，而是共同討論。	V			
二、學習運用摘要策略，歸納重要的訊息，說出段落大意。	先由學生共同舉手發表，選出第二段的段落大意，最後再一同討論做結論。	V			
三、學習運用摘要策略，找出主題句，說出段落大意。	從提問引導思考，並讓其嘗試找出，更能讓學生印象深刻。	V			

2 時間：104 年 9 月 24 日（星期四） 下午 14:10 至 15:00
地點：302 教室 科目：語文領域 單元名稱：文字的開始
教學者：修德國小吳雪麗老師 觀課者：修德國小林世珍老師
❖請簡單記錄教師實際教學表現：

教學目標	教師表現摘要	結果			
		優良	滿意	待改進	不適用
一、學習運用摘要策略，刪除不必要的訊息，說出段落大意。	用電腦投影，一起畫&刪字，大家更能清楚看到重點。	V			
二、學習運用摘要策略，歸納重要的訊息，說出段落大意。	畫重點→刪不重要的字	V			
三、學習運用摘要策略，找出主題句，說出段落大意。	刪去說明文字，找出主題句。 提問，找出重點。	V			

李臨秋創作歌詞〈望春風〉、〈四季紅〉與泛具法的輝映

張娣明

開南大學應用華語學系專任助理教授

摘要

現代是文學的繁榮發展時代，也是一個歌謠創作個性化、歌謠創作者獨特的情性與風格，得以充分展現的階段。臺灣近代歌謠，為臺灣多姿多彩的文化，開啟光輝燦爛的一章，並深刻地影響著臺灣的歌謠與文化發展。歌謠是詩歌、哲學與歷史文化的結合，現代創作者努力創作歌謠各種風格，體現自覺的文化意識，也展示臺灣人的主體意識，是臺灣人民的集體意識。

〈望春風〉、〈四季紅〉是名作詞家李臨秋的代表作品，也是臺灣歌謠史上的經典名曲。歌詞中抒發了臺灣的在地情感，表達出當時民眾的共同心聲，因此傳唱極廣，歷久不衰，至今仍讓許多歌迷回味無窮，陶醉不已。

臺灣的歌謠史上，李臨秋是臺灣一九三〇年代閩南語歌謠的重要作詞人，自一九三二年開始歌詞創作，並以〈望春風〉、〈四季紅〉奠定其在臺灣歌謠史上的不朽地位，為臺灣歌謠重要且知名作品，呈現臺灣的文化面向，值得研究。

若要更進一步從現代的角度去了解李臨秋創作歌詞，則可從章法學的角度對照。所以本文將從李臨秋歌詞與泛具法作一輝映。

本文從李臨秋歌詞中對詩歌滋味、審美經驗、「怨」、「群」、「情」的表現，去討論與現代章法學中的泛具法，相互輝映之處。發現敘寫「事、景、情、理」時泛寫具寫合用的情形，可以解釋為「抽象」與「具象」關係，它們會分別形成抽象美與具象美，也會互相適應而達成調和美感，詞人對事物的描述，就交叉呈現抽象美與具象美，並達成和諧，使情韻迴盪。詩歌泛具法使得作品自然渾圓，確實是一種完美的藝術形式，如此便確立一種前所未有的審美理想，對後世與影響久遠。

關鍵詞：臺灣歌謠、歌詞創作、章法學、泛具法

一 前言

現代是文學的繁榮發展時代，也是一個歌謠創作個性化、歌謠創作者獨特的情性與風格，得以充分展現的階段。臺灣近代歌謠，為臺灣多姿多彩的文化，開啟光輝燦爛的一章，並深刻地影響著臺灣的歌謠與文化發展。歌謠是詩歌、哲學與歷史文化的結合，現代創作者努力創作歌謠各種風格，體現自覺的文化意識，也展示臺灣人的主體意識。是臺灣人民的集體意識。

〈望春風〉、〈四季紅〉是名作詞家李臨秋的代表作品，也是臺灣歌謠史上的經典名曲。歌詞中抒發了臺灣的在地情感，表達出當時民眾的共同心聲，因此傳唱極廣，歷久不衰，至今仍讓許多歌迷回味無窮，陶醉不已。

二 李臨秋及歌詞背景

李臨秋是臺灣一九三〇年代閩南語歌謠的重要作詞人，自一九三二年開始歌詞創作，並以〈望春風〉、〈四季紅〉奠定其在臺灣歌謠史上的不朽地位。

（一）李臨秋的生平與創作

李臨秋（1909-1979），一九〇九年出生於臺北牛埔莊（今臺北雙連附近）。他的祖父早年賣油，後來改開輾米廠，生意相當好。父親是家中獨子，環境優渥，倍受寵愛，飽讀詩書。李臨秋自幼受父親教誨，一九二二年畢業於臺北市大龍峒公學校（今臺北市立大龍國小）。後因父親幫人作保，輾米廠遭到查封，家道從此中落。一九三〇年，李臨秋經親戚介紹，進入臺北永樂座戲院任職。

一九三二年，上海電影《桃花泣血記》來臺放映，為了招徠臺灣觀眾，業者推出同名的閩南語宣傳歌曲（作詞者為詹天馬），紅遍大街小巷，成為臺灣第一首閩南語流行歌，也帶動了閩南語歌謠的風潮。延續「中國電影搭配臺灣歌曲」的宣傳模式，當時擔任影劇文宣工作的李臨秋，陸續為電影《懺悔》、《倡門賢母》、《人道》、《一顆紅蛋》同名的閩南語宣傳歌曲填詞，頗獲好評。

一九三三年，李臨秋與作曲家鄧雨賢，共同創作出不朽的傳世經典——〈望春風〉。〈望春風〉是李臨秋作詞生涯的里程碑，也是臺灣迄今最受歡迎的歌謠之一。一九三七年，電影公司邀請李臨秋將歌曲中的故事改寫編劇，拍攝電影版《望春風》，創下臺灣史上首次因歌曲走紅而改編為電影的記錄。

一九三八年，李臨秋與鄧雨賢再次攜手合作，發表了〈四季紅〉，反映當時年輕人對自由戀愛的嚮往。一九四八年，他為永樂座戲院上演的舞臺劇《補破網》同名主題曲填詞。一九五八年，他與戲劇家呂訴上共同在臺北市三軍球場（今北一女中前介壽公園）策畫閩南語歌謠大會。一九六〇年代，他任職的永樂座戲院因經營困難而被拆除，他就退休在家，不再專事創作。

一九七七年，中風後的李臨秋偶然結識音樂家林二，他將幾首詞作交由林二譜曲，其中的〈相思海〉是他生前最後發表的重要作品。

一九七九年，李臨秋病逝於大稻埕家中，享年七十一歲。

二〇〇九年，臺北市政府文化局選在李臨秋生前活動的大稻埕公園，設置李臨秋銅雕，對李臨秋在臺灣歌謠領域的貢獻與成就，致上最崇高的敬意。

(二)〈望春風〉——少女情懷，盼望郎君

〈望春風〉

詞：李臨秋　曲：鄧雨賢　唱：純純

獨夜無伴守燈下，清風對面吹；
十七八歲未出嫁，搪著少年家。
果然標致面肉白，啥家人子弟？
想欲問伊驚歹勢，心內彈琵琶。
想欲郎君做翁婿，意愛在心內；
等待何時君來採，青春花當開。
聽見外面有人來，開門共看覓；
月娘笑阮戇大呆，予風騙毋知。

〈望春風〉發表於一九三三年，是一首刻畫少女情懷的中板抒情歌曲。

「獨夜無伴守燈下，清風對面吹；十七八歲未出嫁，搪著少年家。」先用泛寫法，描述一名少女，在孤獨的夜晚沒有人陪，獨自一人守在燈火前，清微、涼爽的風對著臉龐吹拂而來。再用具寫法，仔細寫出女子心中所思：十七八歲的她尚未出嫁，無意間和一名年輕男子不期而遇。閩南語「搪」：意指不期而遇。

「果然標致面肉白，啥家人子弟？想欲問伊驚歹勢，心內彈琵琶。」接著此四句，皆為具寫法，詳細描繪這名男子英俊瀟灑、皮膚白皙。「是誰家的兒子呢？」少女心裡頭小鹿亂撞，想要問他的名和姓，又怕自己會不好意思，基於少女的矜持，開不了口，獨自懊惱，情意就像哀怨的琵琶聲，只在內心輕輕彈奏著。閩南語「驚歹勢」意為：怕會不好意思。

「想欲郎君做翁婿，意愛在心內；等待何時君來採，青春花當開。」此段也全用具寫法，「郎君」是對男子的尊稱，也是妻子對丈夫的稱呼，歌詞用「郎君」來指稱這名男子，一語雙關。閩南語「翁婿」意為：丈夫。少女希望這名男子能當她的丈夫，內心充滿對愛情的渴望，期盼著她內心中意的郎君，能夠追求或迎娶她。歌詞中將少女比喻為「青春花」，等待情人前來摘採。

「聽見外面有人來，開門共看覓；月娘笑阮戇大呆，予風騙毋知。」此段全用具寫法。少女突然聽見門外傳來聲響，以為有人來訪，於是開門看一看。結果只見月亮高掛天上，彷彿在取笑自已是個自作多情的大傻瓜，被風欺騙了，竟然只聽到風吹動門扉的聲音，就誤以為是心上人前來拜訪。閩南語「戇大呆」意為：大傻瓜。此四句歌詞的靈感，可能源自中國雜劇《西廂記》：劇中的女主角崔鶯鶯在等待情人張君瑞時，「待月西廂下，迎風戶半開；拂牆花影動，疑是玉人來。」看到被風吹動的花朵的影子，懷疑是情人到來，傳達出充滿期待又不知所措的等候心情。閩南語「予風騙毋知」意為：被風欺騙了。

〈望春風〉先用泛寫法，寫一女子在燈下，其後全用具寫法，具體寫出女子心中所思慕的人。以臺灣歌仔戲的押韻為基礎，充分展現了閩南語聲調的獨特韻味，並且融入中國古典文學的意境，生動地捕捉到少女愛在心裡口難開，卻又期盼意中人了解自己情意的微妙心思，再搭配上柔和優美的旋律，因而能引發廣大民眾的共鳴，至今傳唱不絕。

(三)〈四季紅〉——談情說愛，濃情蜜意

〈四季紅〉

詞：李臨秋　曲：鄧雨賢　唱：純純／豔豔

(合) 春天花當清香　雙人心頭齊震動
(男) 有話想要對妳講　不知通也不通
(女) 佗一項？　(男) 敢也有別項？
(女) 肉呅笑　目睭降　(合) 你我戀花朱朱紅

(合) 夏天風正輕鬆　雙人坐船要遊江
(男) 有話想要對妳講　不知通也不通
(女) 佗一項？　(男) 敢也有別項？
(女) 肉呅笑　目睭降　(合) 水底日頭朱朱紅

(合) 秋天月照紗窗　雙人相好有所望
(男) 有話想要對妳講　不知通也不通
(女) 佗一項？　(男) 敢也有別項？
(合) 肉呅笑　目睭降　(合) 嘴唇胭脂朱朱紅

(合) 冬天風真難當　雙人相好不驚凍
(男) 有話想要對妳講　不知通也不通
(女) 佗一項？　(男) 敢也有別項？
(女) 肉呅笑　目睭降　(合) 愛情熱度朱朱紅

〈四季紅〉，發表於一九三八年，是一首男女對唱、表達愛意的輕快情歌。

歌詞四段，開頭皆用泛寫法描寫四季景色：「春天花當清香」、「夏天風正輕鬆」、「秋天月照紗窗」、「冬天風真難當」；引出接續的具寫法。使用泛寫法的「興」，是從詩經以來，民間歌謠慣用手法之一。

以下閩南語詞語意義「通」：可以。「佗」：哪。「肉吻笑　目睭降」：意指眉開眼笑或笑瞇瞇的樣子。「不驚凍」：不怕冷。

歌詞共四段，分別描繪青年男女春、夏、秋、冬四季談情說愛的情境，並託借「你我戀花」、「水底日頭」、「嘴唇胭脂」、「愛情熱度」的紅色意象，來傳達熱戀的歡愉美好，浪漫中洋溢著柔情與蜜意！皆用具寫法，分別具體寫出男女雙方的想法。

歌詞中的對唱部分非常口語化，通俗而生動。「（女）佗一項？（男）敢也有別項？」男女雙方均未直接說出愛意，可見彼此的心意早已不言自明，接著「肉吻笑　目睭降」，兩人眉開眼笑，想必是以含情脈脈的眼神凝視著對方吧！這種打情罵俏、調皮滑稽的逗唱，貼切地傳訴了熱戀男女內心的真摯情感，正是民歌本色，也是李臨秋運筆的高明之處。李臨秋俚俗質樸的歌詞，配上鄧雨賢輕快活潑的旋律，表現了男女情愛詼諧風趣的一面，可謂天作之合，相得益彰。

除了男女戀情外，本曲也反映出當時臺灣的四季景色與風土民情，為二十世紀三〇年代的臺灣留下饒富趣味、彌足珍貴的見證，讓後代的我們，能夠一窺當年的臺灣鄉土文化風貌。

一九三七至一九四五年，是日本統治臺灣的皇民化政策時期，日本殖民政府致力於將臺灣與日本同化，並且提倡「新臺灣音樂運動」，將臺灣原有的歌曲旋律配上新編的日本歌詞，甚至把原本抒情哀怨的曲調改編為激昂悲壯的進行曲，臺灣閩南語歌謠的發展面臨了極大危機。當時許多閩南語歌謠的創作者，受到市場緊縮及經濟壓力等現實問題的影響，被迫轉行或改以走唱維生。儘管如此，仍有不少和李臨秋一樣的音樂人，堅持閩南語歌謠的創作，〈四季紅〉即是一首展現臺灣特色的優秀歌謠。

李臨秋的最高學歷僅到小學，家道中落後，為了維持生計，不得不從事工友與茶房（服務生）等工作，但他努力不懈地作詞，終成一代名家。對於所有臺灣人而言，任憑時光流轉，李臨秋留下的經典歌詞，仍會繼續傳唱。

三　泛具法產生的歌謠滋味

陳師滿銘在〈談詞章的兩種作法——泛寫與具寫〉中說：

> 詞章是用以表情達意的，通常為了要加強表情達意的效果，以觸生更大的感染力或說服力，則非借助於具體的情事、景物或特殊的狀況不可。而專事描述具體的情事、景物或特殊狀況的，我們特稱為具寫法；至於泛泛地敘寫抽象情意或一般狀況的，則稱作泛寫法。[1]

詩歌篇章表達情感，所在多有，直到鍾嶸《詩品》問世，詩學才脫離昔日身為傳統人倫教化的工具，鍾嶸《詩品》問世之前，詩學尚未脫離儒家經學附庸地位，鍾嶸《詩品》改變傳統重視美、善合一，以意逆志等批評方法，開創以審美鑑賞為中心的評析方式，具有純文學性質的研究理念。就連對詩歌涵義的要求，鍾嶸也強調「滋味」：

> 夫四言，文約易廣，取效〈風〉、〈騷〉，便可多得。每苦文繁

1　收錄於《國文教學論叢續編》，頁 445。

> 而意少，故世罕習焉。五言居文詞之要，是眾作之有滋味者也，故云會於流俗。豈不以指事造形，窮情寫物，最為詳切者耶[2]。(《詩品・序》)

鍾嶸認為：四言詩字數少，容易變成詩句繁多，只要效仿《詩經》、《楚辭》，就可多成，這就是因為當時詩人的四言詩多採用泛寫法。然而世人常常苦於文句繁多，卻詩意淡薄，所以很少學作四言詩。在鍾嶸觀念裡，五言詩居於詩歌重要地位，是各種詩體中最富有滋味的一種，所以他認為符合世俗需要。鍾嶸用反問，表達原因是因為五言詩在敘述事件、摹寫形象，抒寫情性、描繪物體方面，最為詳細準確，這就接近具寫法的概念。他論述五言詩優於四言詩的地方，提出詩歌的「滋味」，從而給五言詩高度的歷史地位，並界說五言詩藝術特性，所以詩歌採用具寫法，可以增加詩歌的滋味。

李臨秋的〈望春風〉為七言、五言交替句法，在描述故事、摹寫女子形象、書寫女子思慕之情、側寫女子思慕對象的形象等等方面，非常具體準確，將泛具法產生的情味，發揮得淋漓盡致。泛寫法是大家皆有的共同情感，歌謠中多是描繪所有人一致的共通情感，可以引發共鳴；再透過作者獨特的具寫法，闡述此種情感，使所有人恍然大悟：正是此種感受，就使得歌謠更有代表性。

歌謠可能同時選擇某些媒介作為表現情感的素材，如能借助具體的描寫，以及當時狀況與心情，產生詩歌篇章出神入化的渲染力，令讀者拍案叫絕。這些歌謠中，有使用具寫法的部分，專門書寫具體的狀況，也有使用泛寫法，以象徵記敘抽象情意或一般狀況的部分，就可以添加滋味。

---

2 何文煥：《歷代詩話》(臺北市：藝文印書館，1991年)，頁7。

鍾嶸《詩品》並以「味」的觀念為詩學基礎，建立其詩歌鑑賞理論「滋味說」。所以鍾嶸便以「五言居文詞之要，是眾作之有滋味者也」[3]來讚美五言詩，作為詩的特有美學義涵的「滋味」，由此拈出，亦開啟後世以「味」評詩的先聲。此外，書中提到「味」部分，還包括：

> 永嘉時，貴黃老，稍尚虛談，於時篇什，理過其詞，淡乎寡味。[4]（《詩品．序》）

鍾嶸認為永嘉時代，推崇道家黃老之學，崇尚清談。當時詩篇，玄理湮沒文辭，平淡而少有韻味。這可以作為泛寫法理論的補充，倘若詩歌中完全使用泛寫法，印象概括甚至流於理論，則枯燥缺乏生氣。所以詩歌缺乏「味」，鍾嶸就給予較低評價。又說：

> 幹之以風力，潤之以丹采，使味之者無極，聞之者動心，是詩之至也。[5]（《詩品．序》）

鍾嶸認為詩歌要以風力為骨幹，用詞采來潤飾，讓欣賞者感到滋味無窮，讓聽到吟誦的人內心感動，才是詩歌的極致。此處替具寫法加上良好的註腳，具寫法的具體內容，可以以風力為骨幹，用詞采來潤飾，讓欣賞者感到滋味無窮。強調詩歌要使讀者感到「滋味」，才能成為上乘之作。鍾嶸認為只有「使味之者無極，聞之者動心」的詩歌，才是「詩之至也」。最好的詩歌，必定是具有「滋味」的濃郁之

---

3 何文煥：《歷代詩話》（臺北市：藝文印書館，1991年），頁7。

4 何文煥：《歷代詩話》（臺北市：藝文印書館，1991年），頁7。

5 何文煥：《歷代詩話》（臺北市：藝文印書館，1991年），頁7。

作，閱讀以後，必定能令人感受到其中所蘊涵的詩味。然而何謂詩味？王英志對此有確切而詳贍的說法。他說：

> 詩味是指能使讀者或精神上感到愉悅，或感情上引起激動的一種美感力量；有時在此基礎上還可以引起思想的啟示，具有一定的認識作用乃至教育作用。後者與前者往往是統一的，但前者是基礎，關鍵在於能感人。[6]

若在詩歌中使用泛具法時，使讀者精神上感到愉悅，感情上引起激動的美感力量，甚至還可以引起思想的啟示，乃至教育作用，皆可促進詩歌的滋味。王英志並借用黃周星《製曲枝語》中「論曲之妙」的話，來詮釋所謂「能感人」的意義：

> 感人者，喜則欲歌、欲舞，杯則欲泣、欲訴，怒責欲殺、欲割，生趣勃勃，生氣凜凜之謂也。噫，興觀群怨，盡在於斯，豈獨詞曲為然耶？[7]

王英志認為具有詩味的作品，能引發讀者蘊藏在內的真性情，使讀者在閱讀過程中真情流露，而且從中得到新啟迪與領悟，而泛具法的功能也在此。鍾嶸將「滋味」作為衡量作品的重要尺度，有「滋味」的詩，便能讓人領受到涵藏無窮的詩味。

另外，虛實法是指在篇章中靈活處理虛寫和實寫的關係，使虛實相生相成，以增強感染力的一種謀篇方式。其內涵可統攝為「具體與

---

6 王英志：〈論詩味說〉《古典美學傳統與詩論》（濟南市：齊魯魯社，1981 年），頁116。

7 〔清〕黃周星：《製曲枝語》（臺北市：新文豐出版社，1989 年）。

抽象」、「時間與空間的虛實」、「真實與虛假」三大類。其中，「具體與抽象」包括情景法、敘論法、凡目法、泛具法、詳略法；本文討論的多半是抽象與具體的關係，也可以從章法的虛與實來探討。

李臨秋的〈四季紅〉，形式很整齊，用六七七六三五三三七字的重複四段，並用「（男）有話想要對妳講　不知通也不通　（女）佗一項？　（男）敢也有別項？　（女）肉呅笑　目睭降」重複於四段之中，表現情感中的欲言又止、欲語還休。

鍾嶸也說：

> 詞采蔥蒨，音韻鏗鏘，使人味之，亹亹不倦。[8]（評張協詩）

鍾嶸評張協，置於上品，認為張協詩歌文采富盛美麗，音節鏗鏘有力，使讀者玩味，不覺厭倦。認為詩歌好壞，取決於讀者是否能玩味，一方面與前面說法都同樣提高讀者地位，另一方面仍強調詩歌的「滋味」。李臨秋所作歌詞，也同樣詞彩華麗，音韻鏗鏘，喜愛這首歌謠的人，玩味再三。他同時也說：

> 至於「濟濟今日所」，華靡可諷味焉。[9]（評應璩詩）

鍾嶸評中品應璩（190-252），認為：至於像應璩「濟濟今日所」如此句子，華麗綺靡，值得品味欣賞。可惜今日此詩已經散佚，僅可觀察出鍾嶸重視詩歌，但詩歌需要能受到讀者誦讀品味，才是優秀作品。一首好的歌謠如果能得到民眾的品味傳唱，將是對它最好的讚美。

8　何文煥：《歷代詩話》（臺北市：藝文印書館，1991年），頁11。

9　何文煥：《歷代詩話》（臺北市：藝文印書館，1991年），頁12。

專指描寫具體的情事、景物或特殊狀況的，稱為具寫法；至於泛泛地敘寫抽象情意或一般狀況的，則稱為泛寫法。乍看之下，這似乎與詳寫、略寫頗有類似之處。泛具法是針對同一事物（景、情、理）兼用泛、具寫法者而言；詳略法則是只在文章中某些事（景、情、理）用詳寫，其他的某事物（景、情、理）又用略寫，以此區分泛具法與詳略法。李臨秋的〈望春風〉先泛寫女子的孤獨守在燈下，而後具體寫出情思，〈四季紅〉先泛寫男女所見景色，而後具寫心中愛戀，展現泛具法的趣味。以上不論是「滋味」、「寡味」、「味」、或「諷味」等辭彙，代表鍾嶸對詩歌非關道德功利的審美評論，也是使用泛具法來評論詩歌。此後「風味」、「餘味」、「韻味」、「真味」、「至味」、「深味」等，以「味」字為評賞中心概念的用語，成為品論詩文的傳統，開展出詩學術語的新頁，一諾千聲，在後世的詩話詞話中俯拾皆是。而筆者借用泛具法與此類辭彙檢視李臨秋歌詞創作，將其美感顯現出來。

四　詩歌審美經驗與泛具法

讀者對詩歌的審美心理能力，構成對詩歌審美經驗結構的中心層次，直接與詩歌形式結構與音韻相應對，成為審美需要與所審美的詩歌相聯接，讀詩的人審美經驗發生與實現的功能成為一個系統。鍾嶸的詩學系統，非常重視讀者。讀詩的人審美需要與情感生命相關聯，是生命情感欲求的超越性形式，在詩歌審美經驗結構中處於底層，構成鍾嶸詩學審美經驗的基礎和動力系統，具有激發和喚醒其他表層能力的功能作用。多數優秀詩歌兼用泛寫與具寫，李臨秋的〈望春風〉與〈四季紅〉正是如此，使讀詩者得到審美經驗。讀詩者審美的價值意識，構成審美經驗的最高層次，這是鍾嶸詩學審美需要的理想化形式，典範代表，又是詩歌審美心理經驗的總結與昇華，是鍾嶸詩學審美經驗的調控系統。可以用下列圖示表達[10]：

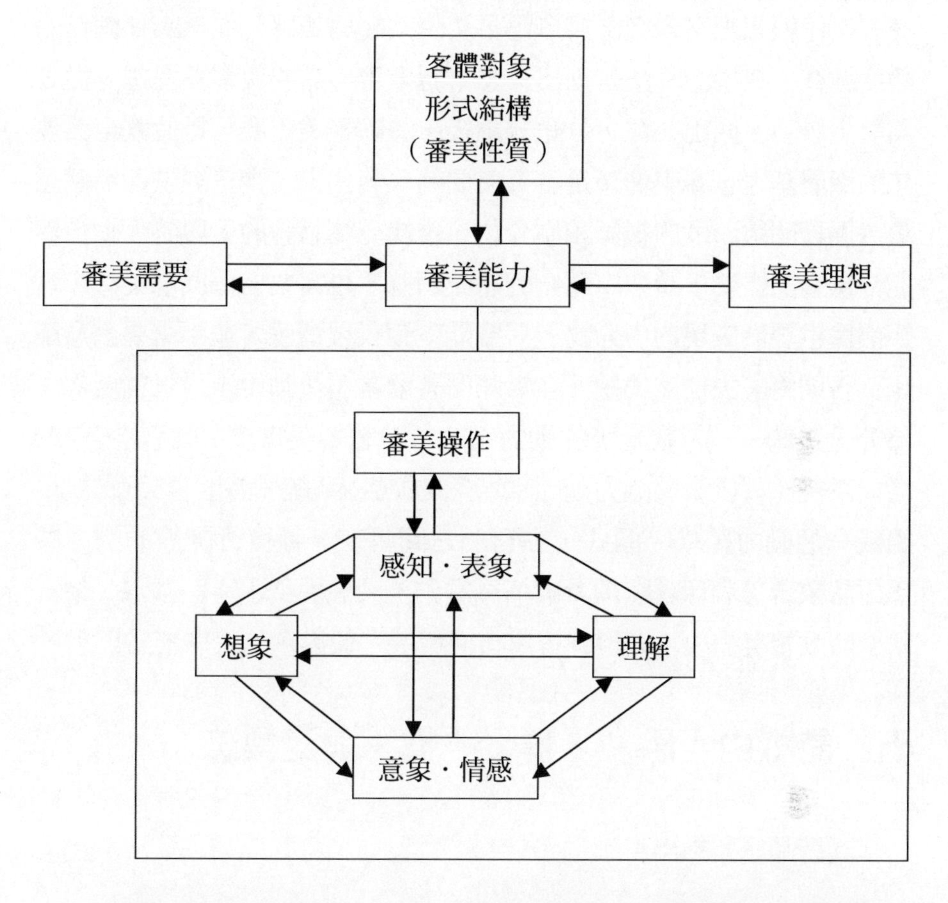

詩歌審美需要跟審美思想，作為詩歌審美經驗結構的底層與上層、動力與先導，都根源於對詩歌的審美欣賞、與創作詩歌經驗，是詩歌審美心理功能活動的凝結物，前者是詩歌的沉積，後者是詩歌的昇華。詩歌中使用泛具法，對概念陳述的代表作，使用的象徵筆法，皆能引人入勝，產生審美欣賞。鍾嶸一方面從讀詩的人角度，審查詩

10 楊恩寰：《審美心理學》（臺北市：五南圖書出版公司，1993 年），頁 108。

歌的美感，另一方面從詩人創作的角度，勘查詩歌如何構成美感。李臨秋的〈望春風〉與〈四季紅〉，從閱讀的人角度上看，彷彿在寫自身，但仔細想來又未必全寫自己，產生共鳴與美感。從李臨秋創作的角度勘查，他用泛具法勾勒出美感。詩歌審美需要與審美理想，從審美發生學看，同出一源，分化為兩級，詩歌審美需要，是詩歌審美理想的深層基礎，審美理想是審美需要的典範代表，審美經驗即情感意象，則是閱讀詩歌的根源和中介物。鍾嶸認為讀詩的人與詩人，自然能分辨審美需要，詩歌中蘊含的意象情感，也需要充分展現美感，音節韻律也屬於表現的中介物，只要能生動表現情感，並不需要刻意雕琢，否則將失去自然美感。在實際的詩歌審美活動中，這三個層次、部分、系統——詩歌審美的動力系統（詩歌審美需要）、詩歌審美的功能系統（詩歌審美能力）、詩歌審美的調控系統（詩歌審美意識），組成一個動力結構、圖式，在它們之間具有一種自行調節的動力關係。詩歌審美心理經驗即詩歌情感意象，向感性欲求方面擴滲，便沉積為詩歌審美需要；向理性追求方面發展，便昇華為詩歌審美思想。

五　詩歌中「怨」、「群」、「情」與泛具法

《詩品序》指出：

> 動天地，感鬼神，莫近於詩。[11]

繼承《毛詩序》一部分詩學觀點，認為震撼天地，感動鬼神，沒有比詩更好的。而後說「窮賤易安，幽居靡悶」，除去詩歌揭露黑暗現實

11 何文煥：《歷代詩話》（臺北市：藝文印書館，1991 年），頁 7。

的鋒利芒刺，使詩歌轉變為自我安慰的心靈調和劑。李臨秋的〈望春風〉與〈四季紅〉正是如此，安慰無數為情所苦的芸芸眾生。鍾嶸重視詩歌「群」與「怨」構成要素，雖提到感化與諷諭的社會作用，雖是承孔子（西元前 551 或 552-西元前 479）之說，但鍾嶸主要是強調表現詩人個別的感情，著重於自我意識，不突出加強社會群體方面，教化構成成分並非鍾嶸詩學重點。李臨秋的〈望春風〉中的「怨」及「情」，與〈四季紅〉〉中的「情」，使用泛具法後更加突顯，讓人民傳唱不已，加強了民歌中「群」的功能。

相對的，《毛詩序》說：

> 先王以是經夫婦，成孝敬，厚人倫，美教化，移風俗[12]。

強調詩歌必須為統治階級政治服務，要能經營人際關係，促成孝敬態度，使人倫敦厚，教化善良風俗。《毛詩序》還說：

> 情發於聲，聲成文謂之音。治世之音安以樂，其政和；亂世之音怨以怒，其政乖，亡國之音哀以思，其民困。故政得失，動天地，感鬼神，莫近於詩[13]。

認為情感藉聲音發出，聲成為文字歌詞，稱為「音」。治世的音安和，因為政通人和樂；亂世的音怨恨憤怒，這裡使詩成為「治世」的工具。劉勰（約 466-537）也重視詩歌這些涵義，鍾嶸雖也重視這些，但更強調詩歌抒情成分。

《毛詩序》開篇說：

---

12 鄭玄箋注：《毛詩鄭箋》（臺北縣：學海出版社，2001 年）。

13 鄭玄箋注：《毛詩鄭箋》（臺北縣：學海出版社，2001 年）。

〈關雎〉后妃之德也，風之始也，所以天下而正夫婦也。故用之鄉人焉，用之邦國焉。風，風也，教也；風以動之，教以化之[14]。

詮釋〈關雎〉，認為是象徵后妃德行，是〈國風〉的開始，可以端正天下夫婦之德。進一步則用來帶領鄉人與國民。「風」即是諷諭與教化。用風感動人民，用教育化民成俗。此處強調「風」的教化作用。又說「言之者無罪，聞之者足戒，故曰風。」進一步說明風的教育作用，認為說話者無罪，並且足以勸戒聽聞的君王，才算是「風」。「經夫婦，成孝敬，厚人倫，美教化，移風俗」五個內容，則進一步規範教育感化普通人民的具體內容。《毛詩序》把《詩》的內涵，具體歸結為「上以風化下，下以風刺上」，完全遵奉儒家詩教，看待《詩經》，以統治階級為政治服務的實用主義觀念，忽視《詩經》審美內涵與抒情意義。

反觀之，鍾嶸明確指出，詩歌需有審美意義，打動讀者心靈，使欣賞者反覆品味，獲得咀嚼不盡的美感「滋味」，並激起強烈的審美情感，如此，方為詩歌最高造詣。李臨秋的〈望春風〉與〈四季紅〉正合於鍾嶸的想法，使用泛具法，產生審美意義，並能感動讀者，使欣賞者反覆品味，獲得餘音繞樑的韻味，並激起強烈的審美情感。《詩品．序》說：「五言居文詞之要，是眾作之有滋味者也」。[15]又說：「幹之以風力，潤之以丹采，使味之者無極，聞之者動心，是詩之至也。」[16]強調詩歌美感，提出「滋味說」，將詩歌使讀者產生審美情感的涵義，視為詩歌首要意義。

---

14 鄭玄箋注：《毛詩鄭箋》（臺北縣：學海出版社，2001 年）。

15 何文煥：《歷代詩話》（臺北市：藝文印書館，1991 年），頁 7。

16 何文煥：《歷代詩話》（臺北市：藝文印書館，1991 年），頁 7。

仇小屏《篇章結構類型論》曾說：

> 泛具法應該是文學作品中「因景而明理」、「因事而生情」者，所自然形成的一種章法；而且「事、景、情、理」在單寫時，也可能會出現泛寫；具寫合用的情形[17]。

李臨秋的〈望春風〉與〈四季紅〉正是「因景而明理」、「因事而生情」者，所自然形成的一種章法；與鍾嶸的想法不謀而合。李臨秋的〈望春風〉因見一名孤獨守燈下的女子而書寫出優美的歌詞；〈四季紅〉因見臺灣四季變化的好景，產生對戀情的描寫；詩歌作品自然的因為景色事物而寫出感情道理，形成作品的泛具法，也自然產生咀嚼不盡的滋味美感，讀者在欣賞時，也是自然產生審美情緒。

鍾嶸將不平的生活遭遇，與怨憤的思想感情，視為詩歌創作的重要要素。鍾嶸《詩品．序》：

> 若乃春風春鳥，秋月秋蟬，夏雲暑雨，冬月祁寒，斯四候之感諸詩者也。嘉會寄詩以親，離群託詩以怨。至於楚臣去境，漢妾辭宮；或骨橫朔野，或魂逐飛蓬；或負戈外戍，殺氣雄邊；塞客衣單，孀閨淚盡；或士有解佩出朝，一去忘返；女有揚蛾入寵，再盼傾國。凡斯種種，感蕩心靈，非陳詩何以展其義，非長歌何以騁其情？故曰：「《詩》可以群，可以怨。」使窮賤易安，幽居靡悶，莫尚於詩矣。[18]

---

17 仇小屏：《篇章結構類型論》(臺北市：萬卷樓圖書公司)，2000 年，頁 290。

18 何文煥：《歷代詩話》(臺北市：藝文印書館，1991 年)，頁 8。

鍾嶸列出春天的風，春天的鳥，秋天的月，秋天的蟬，夏天的雲，暑天的雨，冬天的嚴寒等現象，是四季節候變化在詩歌中的反映。李臨秋的〈四季紅〉也是以四季來表現。鍾嶸透視詩歌創作，認為凡此種種，都激蕩出詩人的靈感，不書寫詩歌如何能展現詩人情思？不放聲高歌又怎麼能馳騁詩人情懷？種種內容，鍾嶸為具寫法做出更進一步的詮釋。鍾嶸並引用孔子《論語》，認為詩歌可以使人振奮，也可以表現詩人怨憤之情；詩歌能使窮困低賤的人和悅安樂，也能使幽獨隱居的人沒有憂悶。沒有優於詩歌的，便是泛寫法的統整說明。

詩歌用泛寫法描述，使讀者自然的體會到他們對景色事物的看法，因自然成理，反較一般議論文，易於輕鬆接受，的確是自然形成的章法。而多數詩人對象徵處理時，有時運用泛寫，有時則會泛具合用。李臨秋的〈望春風〉與〈四季紅〉正是泛具合用。

《論語・陽貨》：

> 子曰：小子何莫學夫詩？詩可以興，可以觀，可以群，可以怨。邇之事父，遠之事君。多識於鳥獸草木之名。[19]

此語為孔子詩學的重要觀念，孔子認為詩歌要具有興發情感、觀察社會、和諧人群、諷諭表怨等涵意，孔子對於「詩」的看法，可以說是我國詩學的源頭。不論是周勛初《中國文學批評小史》[20]或郭紹虞《中國文學批評史》[21]都將孔子的言論置於開端。郭紹虞曾言：

---

19 劉寶楠：《論語正義》（臺北市：文史哲出版社，1990 年），頁 689。

20 周勛初：《中國文學批評小史》（高雄市：麗文文化事限公司，1994 年 7 月初版）。

21 郭紹虞：《中國文學批評史》（臺北市：文史哲出版社，1988 年 4 月出版）。

> 後人以崇奉儒學之故，遂亦宗其著述；以宗其著述奉為文學模範之故，遂更聯帶信仰其文學觀念：於是這種文學觀念遂成為傳統的勢力而深入於人心。[22]

由於孔子思想對於後世有權威性影響，所以雖然他的言論沒有直接點明並組織其詩學，他零星片段的詩學概念仍然成為我國詩學的萌芽與濫觴，影響著後代的文人。

觀察「可以群」的實用意義與詩學意義。所謂「群」，孔安國注為「群居相切磋」，可以看出詩對於社會人倫以及與人相處具有作用，所以黃保真等人的《中國文學理論史——先秦兩漢魏晉南北朝時期》曾言：

> 文藝的地位是由文藝的政治社會作用決定的，孔子對詩和樂的作用講得更為具體。他說：「不學詩，無以言。」(〈季氏〉) 又說：「誦詩三百，授之以政，不達；使於四方，不能專對；雖多，亦奚以為？」(〈子路〉)」[23]

當時外交場合需要用詩賦詩，孔子的話正點出這樣的事實，現代有許多學者受到孔子此言的啟發，對於當時用詩賦詩的情況作了許多研究。孔子這些話說明了詩可以用於人與人群居時交際的辭令，以及學詩對在人群中言詞應對的重要性，他在〈陽貨〉中更說：「人而不為周南、召南，其猶正牆面而立也歟？」[24]指出如果不學詩則無法面

---

22 郭紹虞：《中國文學批評史》(臺北市：文史哲出版社，1988 年 4 月出版)，頁 11。

23 黃保真、成復旺、蔡鍾翔：《中國文學理論史——先秦兩漢魏晉南北朝時期》(臺北市：洪葉文化公司，1993 年 12 月初版)，頁 19。

24 劉寶楠：《論語正義》(臺北市：文史哲出版社，1990 年)，頁 690。

對人群，如同面對牆壁站立，寸步難行。

從詩學意義來看，孔子「可以群」一言揭示了文學可以反映現實生活中群居情形，這樣一個重要概念，何金蘭教授《文學社會學》一書用很長的篇幅介紹高德曼文學理論中的「世界觀」，也就是「集體意識」，並且以此方法進行對東坡詞研究，與孔子此言是不謀而合的，只是孔子顯然要比高德曼在一九七四年提出的理論要早得多。文學可以反映現實生活中群居生活，其中歌謠更是深刻且完整的反應現實的群居生活。《文學社會學》一書言：

> 文學作品跟這個世界一樣，有其結構緊密性，也有其內在邏輯性，我們總是以某種角度、某種觀點來看、來了解世界；作家也就是被他自己的世界觀所支配，決定他創作時所採取的角度。[25]

可見文學作品中往往有其人文事實，群體與社會現象常常蘊含於文學之中，在分析時就需要將這些要素的性質與客觀意義抽離與理解出來，才能將作者創造的意涵結構，也就是文化創作實質的價值基礎，作一徹底研究。可以說孔子「可以群」觀念是現代文學理論講究分析集體意識的先趨。

六　結語

詩歌中，描述景色事物的作品，李臨秋的〈望春風〉與〈四季紅〉出現「因事而生情」、「因景而明理」的情形，可以參考張紅雨

25 何金蘭：《文學社會學》（臺北市：桂冠圖書公司，1989 年 8 月一版），頁 97。

《寫作美學》中的一段說法：「敘事詩裡寫作主體不僅情入，有時也身入，這就是抒情詩和敘事詩常常難以分開的道理。」[26]李臨秋的〈望春風〉與〈四季紅〉內有敘事的成分，也有抒情的成分，出現「事－情」的結構；而「因景而明理」的情況也應作如是觀，泛具結構也就由此產生。因為美感情緒的波動湧現並無法做一截然的規範，它有「通常如此」的規律性，但也有「偶然如此」靈活性。正因運用泛具法，既有靈活性也有規律性，所以李臨秋的〈望春風〉與〈四季紅〉才能更貼切表達自身對事物的看法與情感。

其次觀察李臨秋的〈望春風〉與〈四季紅〉由於泛具法的使用，促使其作品豐富深刻，境界悠遠。童慶炳曾言：

> 語言作為一種符號，給人們以很大的助益，但他的侷限性也是明顯的，他不能表達人們所想的一切。[27]

誠然如此，言語能幫助人們表達思想，但實質上也有其侷限性，人們所想表達出的特殊以及個別之處，未必能完整表示出來。而歌謠利用泛具法使得言語更精緻，更能使讀者去品味其中奧妙，往往將形象描繪得栩栩如生、歷歷在目，使人得到具體的形象與情景，而這些形象中飽含率真坦白的情感，使人的心靈受到強烈震盪，在經過咀嚼反思這些作品之後，會發現其含意模糊或朦朧，可有許多意涵，適用於多種場合，彷彿可言有彷彿不可言，似乎可解有似乎不可解，使人感到意味無窮，然而泛具法自身具有完整形象以及投射功能，可以將文字上不完整的組織利用引導，使讀者藉由思考促使其完整，將空白填為

---

26 見《寫作美學》頁 157-158。

27 童慶炳：《中國古代心理詩學與美學》（臺北市：萬卷樓圖書公司），1994 年 8 月初版，頁 87。

充實，如此一來，讀者從此得來的審美體驗，便十分曲折微妙，難以捉摸，不僅詩歌的泛具法是其個人的創作，也成為讀者的再創造。

本文從李臨秋歌詞中對詩歌滋味、審美經驗、「怨」、「群」、「情」的表現，去討論與現代章法學中的泛具法，相互輝映之處。發現敘寫「事、景、情、理」時泛寫具寫合用的情形，可以解釋為「抽象」與「具象」關係，它們會分別形成抽象美與具象美，也會互相適應而達成調和美感，詞人對事物的描述，就交叉呈現抽象美與具象美，並達成和諧，使情韻迴盪。詩歌泛具法使得作品自然渾圓，確實是一種完美的藝術形式，如此便確立一種前所未有的審美理想，對後世與影響久遠。

參考文獻

洪宏元　《台灣閩南語流行歌謠語文研究》　國立新竹師範學院碩士論文　1999 年

魏細慈　〈共調不共款——日治時期「外來曲台語詞」歌曲現象研究〉　《第肆屆俗文學與通識教育學術研討會論文初稿彙編》　2010 年

葉龍彥　《日治時期台灣電影史》　臺北市　玉山社　1998 年

葉龍彥　《台灣唱片思想起》　臺北縣　博揚文化公司　2001 年

葉石濤　《台灣文學史綱》　高雄市　春暉出版社　2007 年

簡上仁　《台灣福佬系民謠——老祖先的台灣歌》　臺北縣　漢光文化公司　1998 年

柯榮三　《時事題材之台灣歌仔冊研究》　臺北市　國立編譯館　2008 年

郭慧娟　〈李臨秋歌謠中的美感呈現〉　《第肆屆俗文學與通識教育學術研討會論文初稿彙編》　2010 年

李修鑑　〈我的父親李臨秋〉　《第肆屆俗文學與通識教育學術研討會論文初稿彙編》　2010 年

廖炳惠　《關鍵詞 200 文學與批評研究的通用辭彙編》　臺北市　麥田出版社　2008 年

廖秀齡　《葉俊麟台語歌謠創作研究》　臺北市　國立臺灣師範大學臺灣文學研究所碩士論文　2010 年

林二、簡上仁　《臺灣民俗歌謠》　臺北市　眾文出版社　1978 年

林淇瀁主編　《作詞家葉俊麟與台灣歌謠發展研討會論文集》　國立臺北教育大學臺灣文化研究所　2008 年

林淇瀁主編　《作詞家陳達儒與台灣歌謠發展研討會論文集》　國立臺北教育大學台灣文化研究所　2009年

林太崴　「桃花開出春風」部落格

盧廣誠　《台灣閩南語詞彙研究》　臺北市　南天書局　1999年

呂興昌　〈文學角度論李臨秋歌詩〉　《第肆屆俗文學與通識教育學術研討會論文初稿彙編》　2010年

呂淑惠　《台語歌謠的句型研究》　臺南市　國立成功大學碩士論文　2009年

賴玲玉、邱湘雲　〈台語流行歌詞（1980-2010）中愛情結構隱喻〉　第七屆台灣文化國際學術研討會　2011年

黃文車　〈李臨秋戰前作品的時代意義〉　《第肆屆俗文學與通識教育學術研討會論文初稿彙編》　2010年

黃曉君　《1930 至 1960 年代台語流行歌曲與台語電影之互動探討》　新北市　輔仁大學碩士論文　2008年

黃裕元　《日治時期台灣唱片流行歌之研究——兼論一九三〇年代流行文化與社會》　臺北市　國立臺灣大學歷史所博士論文　2010年

黃宣範　《語言、社會與族群意識：台灣語言社會學的研究》　臺北市　文鶴出版社　1993年

黃詩茜　《三〇年代臺語流行歌曲研究》　臺北市　臺北市立教育大學碩士論文　2005年

黃慶萱　《修辭學》　臺北市　三民書局　1994年

黃信彰　《李臨秋與望春風的年代》　臺北市　臺北市文獻委員會　2009年

黃詩茜　《三〇年代臺語流行歌曲研究》　臺北市　臺北市立教育大學碩士論文　2005年

黄信彰　〈李臨秋創作濫觴及〈望春風〉版本研究〉　（仝上彙編）
黄士豪　「臺灣留聲機音樂協會」部落格
吳國禎　〈李臨秋作品之詞彙使用情形試探〉　《第肆屆俗文學與通識教育學術研討會論文初稿彙編》　2010 年
施福珍　《台灣囝仔歌一百年》　臺中市　晨星出版社　2003 年
施炳華　《歌仔冊欣賞與研究》　臺北市　博揚文化公司　2010 年
蕭　蕭　《現代詩學》　臺北市　東大圖書公司　1987 年
蕭　蕭　《臺灣新詩美學》　臺北市　爾雅出版公司　2004 年
沈　謙　《文心雕龍與現代修辭學》 臺北市　文史哲出版社 1992 年
蘇婉毓　《日據時期台語歌曲研究》 國立東華大學碩士論文 2010 年
台灣歌謠協會彙編　《台灣歌謠》　臺南縣　臺南縣政府　1996 年
陳芳明　《台灣新文學史》　臺北市　聯經出版公司　2011 年
鄭恆隆　《台灣民間歌謠》　臺北市　南海出版社　1989 年
鄭恆隆、郭麗娟　《台灣歌謠臉譜》　臺北市　玉山社　2002 年
程祥徽　《語言風格初探》　臺北市　書林出版社　1991 年
竺家寧　《聲韻學》　臺北市　五南圖書出版公司　1992 年
竺家寧　《語言風格與文學韻律》　臺北市　五南圖書出版公司 2001 年
竺家寧　《詞彙之旅》　新北市　正中書局　2009 年
張德明　《語言風格學》　高雄市　麗文文化公司　1995 年
張慧美　《廣告標語之語言風格研究》 臺北市　駱駝出版社 2002 年
張慧美　《語言風格之理論與實例研究》　臺北市　駱駝出版社 2006 年
張屏生　《台灣地區漢語方言的語音和詞彙》　臺南市　開朗出版社 2007 年

杜文靖　《台灣歌謠歌詞呈顯的台灣意識》　世新大學碩士論文　1999年

謝國平　《語言學概論》　臺北市　三民書局　1998年

謝雲飛　《文學與音律》　臺北市　東大圖書公司　1978年

謝美鈴　《日治時期台語創作歌謠的修辭美學》　靜宜大學碩士論文　2011年

覃子豪　《論現代詩》　臺中市　普天書版社　1975年

鍾榮富　《文鶴最新語言學概論》　臺北市　文鶴出版社　2007年

莊永明、孫德銘　《台灣歌謠鄉土情》　臺北市　作者自行出版　1994年

莊永明　《台灣歌謠追想曲》　臺北市　前衛出版社　1999年

莊永明　《大稻埕逍遙遊》　臺北市　臺北霞海城隍廟　2007年

莊永明　《1930 年代絕版臺語流行歌》　臺北市　臺北市文化局　2009年

莊永明　《台灣歌謠：我聽 我唱 我寫》　臺北市　臺北市文獻會　2011年

莊永明　〈台語歌謠史略——兼談日治時代流行歌〉　《第肆屆俗文學與通識教育學術研討會論文初稿彙編》　2010年

徐麗莎、林良哲　《從日治時期唱片看台灣歌仔戲》　宜蘭縣　傳統藝術中心　2007年

附錄

第四居語文教育暨第十居辭章章法學學術研討會

歡迎各界蒞臨指導！

一、主辦單位：教育部國民小學師資培用聯盟國語文學習領域教學研究中心

臺灣師範大學國文學系

中華民國章法學會

協辦單位：中國語文學會

國文天地雜誌社

二、日　　期：中華民國 104 年 11 月 14 日（星期六）

三、地　　點：臺北市大安區和平東路一段 129 號

臺灣師範大學綜合大樓五樓 508 會議室、509 國際會議廳

四、會議主題：

（一）章法學與辭章學研究

（二）章法學與中西語言學

（三）辭章學與國語文教學

（四）辭章學與華語文教學

五、會議議程：

時間	地點	11月14日（星期六）			
08:30-09:00	師大綜合大樓五樓	報　　到			
場次	地點	主持人	主講人	論　文　題　目	特約討論
09:00-10:00	509國際會議廳	陳佳君 中心主持人 鍾宗憲 臺灣師大國文系系主任 許錟輝 中華民國章法學會理事長		開　幕　式	
			陳滿銘 中華民國章法學會名譽理事長	專題演講：論「篇章結構」教學之重心──以思維（意象）「0 一二多」雙螺旋邏輯系統切入作探討	
10:00-10:20		茶　　敘			
第一場 10:20-12:00	甲場 509國際會議廳	周美慧 國立臺北教育大學語創系系主任、中心常委	許碧霞 美語村文教機構主任	從王力芹小說《誰？跌進了豬屎坑》看閩南語在少年小說中的運用	許秀霞 臺東大學副教授
			陳燕玲 臺北市立大學中語系博士生	蒼涼的「好人」──論張愛玲〈紅玫瑰與白玫瑰〉的敘事特色	李志宏 臺灣師大教授
			張娣明 開南大學應華系助理教授	李臨秋創作歌詞與泛具法的輝映	鄭柏彥 淡江大學助理教授
			歐貞君 臺灣師大國文所碩士生	杜牧詩音節助詞探討	楊如雪 臺灣師大副教授
			謝宇璇 臺灣師大國文所碩士生	石中英詩作音韻特色──以詠物類絕句為例	周美慧 國北教大系主任
	乙場 508會議室	莊雅州 元智大學中文系客座教授	顏智英 海洋大學共同教育中心副教授	末世孤臣的海戰詩中「他者」形象較論：文天祥、張煌言	蒲基維 空中大學兼任助理教授

<table>
<tr><td rowspan="4"></td><td rowspan="4"></td><td rowspan="4"></td><td>許瑛玳
政治大學民族系博士生</td><td>從張文環小說作品〈藝妲之家〉看藝妲的發展與愛情</td><td>蒲基維
空中大學兼任助理教授</td></tr>
<tr><td>邱燮友
東吳中文系兼任教授</td><td>李白詩中的四川方言</td><td>莊雅州
元智大學客座教授</td></tr>
<tr><td>何四維
海洋大學海文所碩士生</td><td>前所未見的新田園：周紫芝詩中的海洋書寫</td><td>林淑雲
臺灣師大副教授</td></tr>
<tr><td>林均珈
永平高中國文教師</td><td>《紅樓夢》子弟書借鑑唐詩之探析</td><td>邱燮友
東吳大學兼任教授</td></tr>
<tr><td>12:00-13:20</td><td></td><td colspan="4">午　　餐</td></tr>
<tr><td rowspan="6">第二場
13:20-15:00</td><td rowspan="5">甲場
509 國際會議廳</td><td rowspan="5">賴明德
臺灣師大國文系退休教授</td><td>劉楚荊
臺灣師大國文系博士生</td><td>明哲的怨情──「班婕妤」詩賦美學</td><td>曾進豐
高雄師大副教授</td></tr>
<tr><td>楊雅貴
臺北市育成高中國文教師</td><td>辭章內涵之閱讀理解分析與讀寫互動之 PCK 教學──以張曉風〈許士林的獨白〉、蒲松齡《聊齋誌異・翩翩》、陳黎《我城・翩翩》之互文教學為例</td><td>余崇生
臺北市立大學副教授</td></tr>
<tr><td>亓婷婷
臺灣師大國文系退休副教授</td><td>跨領域研究示例：增補司馬遷《史記》的褚先生是誰？</td><td>賴明德
臺灣師大退休教授</td></tr>
<tr><td>陳佳君
國北教大語創系副教授</td><td>小學國語習作中篇章結構佈題的考察</td><td>仇小屏
成功大學副教授</td></tr>
<tr><td>黃麗容
真理大學語文學科副教授</td><td>莫言《懷抱鮮花的女人》情節之 3S 及結構表現</td><td>余崇生
臺北市立大學副教授</td></tr>
<tr><td>乙場
508
會議室</td><td>孫劍秋
國立臺北教育大學語創系教授</td><td>朱宇、謝奇懿
廈門大學副教授、金門大學華語文系主任</td><td>對外漢語寫作測驗評分者特質與評分嚴苛度之關係初探</td><td>孫劍秋
國立臺北教育大學教授</td></tr>
</table>

			紀閔中 臺灣師大國文系教學碩士生	章法結構在國中閱讀教學上的運用——以蒲松齡〈大鼠〉為例	張清榮 臺南大學教授
			曾祥芹、張延昭 河南師範大學文學院教授	從「章句」到「文章」的結構奇觀——《孝經》研究的文章學視野	陳滿銘 臺灣師大退休教授
			竺靜華 臺大華語教學碩士學位學程助理教授	句句為營——論華語教材中生詞例句之編寫原則	謝奇懿 金門大學系主任
			張淑萍 臺北市立大學中國語文學系助理教授	視障生的國語文識字教學策略與輔導機制	江惜美 銘傳大學教授
15:00-15:20		茶　　敘			
第三場 15:20-17:00	甲場 509 國際會議廳	王偉勇 成功大學文學院院長	劉崇義 杭州第二中學國學教師	審美意象解讀中「悖論」的運用——以國中國文範文為例	黃淑貞 慈濟大學副教授
			蘇心一 國立空中大學兼任講師	東坡詞中略喻多	王偉勇 成功大學文學院院長
			胡其德 臺灣師大退休教授	從「青鳥」到「青蓮」——論蓉子詩風的延續與轉變	潘麗珠 臺灣師大教授
			蔡欣芸 臺灣師大國文所碩士生	淺論二晏詞的領字	王偉勇 成功大學文學院院長
			黃淑貞 慈濟大學東語系副教授	《全宋詞》簾幕內的薰香意象	胡其德 臺灣師大退休教授

<table>
<tr><td rowspan="5"></td><td rowspan="5">乙場
508
會議室</td><td rowspan="5">張春榮
國立臺北教育大學語創系教授</td><td>高婉瑜
淡江大學中文系副教授</td><td>試論禪宗語言的理據性——以玄沙師備的說法為例</td><td>傅武光
臺灣師大退休教授</td></tr>
<tr><td>仇小屏
成功大學中文系副教授</td><td>論譬喻的分類及其依據</td><td>張春榮
國立臺北教育大學教授</td></tr>
<tr><td>林芳如
臺灣師大國文所碩士生</td><td>「爆」字語義網絡分析</td><td>許學仁
東華大學教授</td></tr>
<tr><td>吳雪麗
新北市修德國小教師</td><td>課文大意摘要策略教學對章法結構的影響——以國小二年級學童為例</td><td>仇小屏
成功大學副教授</td></tr>
<tr><td>許逸如
臺灣大學語言學研究所博士生</td><td>新聞標題慣用語隱喻及語境分析</td><td>張春榮
國立臺北教育大學教授</td></tr>
<tr><td>17:00-17:20</td><td>509 國際會議廳</td><td>許錟輝
中華民國章法學會理事長</td><td>陳滿銘
國文天地雜誌社總編輯</td><td colspan="2">閉　幕　式</td></tr>
</table>

※ 主持人 3 分鐘，主講人宣讀論文 10 分鐘，特約討論人 6 分鐘，其餘時間為綜合討論。

※ 本議程如有更動，以會議當天會場公布之議程為準。

文學研究叢書·辭章修辭叢刊 0812A06

章法論叢·第十輯

主　　編　教育部國民小學師資培用聯盟國語文學習領域教學研究中心、中華章法學會
責任編輯　蔡雅如

發 行 人　陳滿銘
總 經 理　梁錦興
總 編 輯　陳滿銘
副總編輯　張晏瑞
編 輯 所　萬卷樓圖書股份有限公司
排　　版　林曉敏
印　　刷　百通科技股份有限公司
封面設計　斐類設計工作室

發　　行　萬卷樓圖書股份有限公司
臺北市羅斯福路二段 41 號 6 樓之 3
電話 (02)23216565
傳真 (02)23218698
電郵 SERVICE@WANJUAN.COM.TW
大陸經銷　廈門外圖臺灣書店有限公司
電郵 JKB188@188.COM
香港經銷　香港聯合書刊物流有限公司
電話 (852)21502100
傳真 (852)23560735

ISBN 978-986-478-032-7
2016 年 10 月初版一刷
定價：新臺幣 860 元

如何購買本書：
1. 劃撥購書，請透過以下郵政劃撥帳號：
帳號：15624015
戶名：萬卷樓圖書股份有限公司
2. 轉帳購書，請透過以下帳戶
合作金庫銀行 古亭分行
戶名：萬卷樓圖書股份有限公司
帳號：0877717092596
3. 網路購書，請透過萬卷樓網站
網址 WWW.WANJUAN.COM.TW
大量購書，請直接聯繫我們，將有專人為您服務。客服：(02)23216565 分機 10
如有缺頁、破損或裝訂錯誤，請寄回更換

國家圖書館出版品預行編目資料

章法論叢. 第十輯 /教育部國民小學師資培用聯盟國語文學習領域教學研究中心、中華章法學會主編. -- 初版. -- 臺北市 ：萬卷樓, 2016.10
面； 公分. -- (文學研究叢書. 辭章修辭叢刊)
ISBN 978-986-478-032-7(平裝)
1.漢語 2.作文 3.文集
802.707　105018061